BRIGITTE RIEBE | Die Hüterin der Quelle

D1929432

Das Buch

Bamberg 1626: Der Hexenwahn des Weihbischofs versetzt die einst friedliebenden Bürger der Stadt in Angst und Schrecken. Doch Marie Sternen ist das Herz noch aus anderen Gründen schwer. Sie hat Veit geheiratet, den Krippenschnitzer aus Neapel, der nach dem Tod seiner Frau mit den Kindern Simon und der nach einer Krankheit taub gewordenen Selina in seine Heimatstadt Bamberg zurückgekehrt ist. Als Maries Ehe kinderlos bleibt, wendet sie sich in ihrer Verzweiflung an Ava, eine geheimnisvolle, schöne Frau, die im Bootshaus am Fluss wohnt. Sie bittet Ava um einen Liebeszauber. Doch die Fremde kann Marie nicht helfen - wie auch, sie liebt Veit, heimlich und verzweifelt. Marie ahnt nicht, dass ausgerechnet in Selinas Händen alle Fäden zusammenlaufen, denn das Mädchen kann beinahe perfekt von den Lippen ablesen, aber eben nur beinahe. Und so heckt sie einen Plan aus, der ein Menschenleben gefährden wird. Ava und Marie müssen ihre Kräfte bündeln - im Kampf gegen den Wahn des Hexenbrenners.

Pressestimmen

»Wer für den Urlaub noch einen Schmöker mit Niveau sucht, hier ist er.«
Augsburger Allgemeine

Die Autorin

Brigitte Riebe ist promovierte Historikerin und arbeitete lange Zeit als Verlagslektorin. Zu ihren bekanntesten historischen Romanen zählen »Palast der blauen Delphine«, »Schwarze Frau vom Nil«, die beiden erfolgreichen Jakobsweg-Romane »Straße der Sterne« und »Die sieben Monde des Jakobus« und ihr neuestes Buch »Die Hüterin der Quelle«. Brigitte Riebe lebt mit ihrem Mann in München. Weitere Romane sind im Diana Verlag in Vorbereitung.

Lieferbare Titel

»Die sieben Monde des Jakobus« (3-453-35103-7)
»Die Hüterin der Quelle« (3-453-29004-6)
»Straße der Sterne« (3-453-87799-3)
»Muss denn Liebe tödlich sein« (3-453-87018-2)
»Schöne Männer sterben schneller« (3-453-21200-2)

BRIGITTE RIEBE

Die Hüterin der Quelle

Roman

Diana Verlag

FSC
Mix
Produktgruppe aus vorbildlich bewirtschafteten Wäldern und anderen kontrollierten Herkünften

Zert.-Nr. SGS-COC-1940
www.fsc.org
© 1996 Forest Stewardship Council

Verlagsgruppe Random House FSC-DEU-0100
Das für dieses Buch verwendete FSC-zertifizierte Papier *München Super* liefert Mochenwangen Papier.

Taschenbucherstausgabe 05/2006
Seite 6 und 7: Gründtlicher abriß der Statt Bamberg, Kupferstich von Petrus Zweidler aus Teuschnitz, 1602
Copyright © 2005 und Copyright © 2006 dieser Ausgabe by Diana Verlag, München, in der Verlagsgruppe Random House GmbH
Printed in Germany 2006
Umschlagmotiv | Eisele Grafik-Design, München, unter Verwendung eines Fotos von Freyda Miller / Corbis
Umschlaggestaltung | Hauptmann & Kompanie Werbeagentur, München – Zürich,
Herstellung | Helga Schörnig
Satz | Franzis print & media GmbH, München
Druck und Bindung | GGP Media GmbH, Pößneck
ISBN-10: 3-453-35130-4
ISBN-13: 978-3-453-35130-1

http://www.diana-verlag.de

Für Angelika

Gründtlicher abriß
der
Statt Bamberg
Joannes Philipps
Dem hochwürdigen fürste und herren

Ep̄s Bambergensis
SEPTENTRIO
OCCIDENS
ORIENS
MERIDIES
Die Pegnitz

Was wir wissen, ist ein Tropfen,
was wir nicht wissen, ein Ozean

ISAAK NEWTON (1643–1727)

Erstes Buch

Schwarzer Mond

Eins

Rekas Fiepen drang in ihren Schlaf und ließ sie unruhig werden. Als es immer durchdringender wurde, erwachte sie.

Im Traum war Ava mit ihm zusammen gewesen, wieder einmal. Sie hatte das Aroma von frischem Holz wahrgenommen, das von seinen Kleidern ausging, die Hitze seiner Haut. Ohne Forderung oder Ungeduld hatte er sich ihr genähert, mit wissenden Händen und einem schmerzlichen Zug um den Mund, den sie nicht zu enträtseln wusste, bis sie in seiner Umarmung verschwunden war. Ob der Krippenschnitzer heute auf den Wochenmarkt kommen würde?

Reka war verstummt. Stattdessen stupste er nun mit seiner Schnauze so lange gegen die Decke, bis sie die Hand ausstreckte und ihn streichelte.

»Du weißt genau, dass du nicht ins Bett darfst«, sagte sie, da war er schon neben ihr. Über den Winter war er mager geworden. Sie spürte die Rippen unter der Haut, als sie ihn berührte, betastete die dünnen Flanken, den eingefallenen Bauch. Sein Fell war feucht und verströmte einen unverwechselbaren Geruch. Er war ein Raubtier mit messerscharfen Zähnen, wenngleich er ihr gehorsamer folgte als ein Hündchen. Als Welpen hatte sie ihn gefunden, in einem verlassenen Fuchsbau, unten am Fluss, mit trübem Blick, halbtot vor Hunger. Sie hatte gewartet, ob die Fähe nicht doch zurückkam, aber als die Zeit verstrich und nichts geschah, nahm sie den Winzling an sich und trug ihn nach Hause.

Sie hatte richtig gehandelt, das wusste sie spätestens am nächsten Morgen, als sie beim Kräutersammeln im Wald entdeckte, was zwei unter Laub versteckte Ottereisen aus seiner Mutter gemacht hatten. Sie gab ihm einen Namen aus ihrer alten Heimat und sorgte dafür, dass er groß und stark wurde.

Die Leute aus der Stadt verstanden nicht, was sie verband. Sie wandten sich ab, wenn sie sie zusammen erblickten, manche voller Scheu, andere mit unverhülltem Widerwillen. Ava machte sich nichts daraus.

Egal, was sie tat, sie bot ohnehin Anlass zu vielerlei Spekulationen. Man munkelte, in mondhellen Nächten steige sie als Menschenfrau in die Regnitz, um anschließend als Otterweibchen das gegenüberliegende Ufer zu erklimmen. Sie trage ein Fellkleid, das sie abstreifen könne, sobald es Tag werde, verstünde sich auf die Sprache der Tiere. Mühelos wandere sie zwischen den Welten. Kein Kraut sei ihr unbekannt, sogar gegen Impotenz und Unfruchtbarkeit wisse sie den richtigen Trank. »Die Otterfrau« nannten sie die Leute in Bamberg, und sie war stolz darauf, betrachtete es als Auszeichnung, nicht als Beschimpfung, auch wenn es sie einsam machte.

Sie hatte aufgehört zu widersprechen, lange schon. Im Wald und am Fluss war sie zu Hause. Geschlossene Häuser mit engen, dumpfen Zimmern bereiteten ihr Unbehagen. Und sie liebte diese Tiere, ihre kraftvollen, gedrungenen Körper, die im Wasser heimisch waren, aber sich ebenso schnell an Land bewegen konnten.

Rekas Augen waren schwarz und lagen weit auseinander. Er legte eine Pfote auf ihren Arm, eine auffordernde Geste, die sie jedes Mal rührte.

»Das heißt, ich soll aus dem Bett, um endlich nach den Fischen zu sehen.« Er bekam einen liebevollen Klaps. »Und Recht hast du, ich bin die langweilige Grütze ebenso leid wie du!«

Sie schob ihn zur Seite und stand auf. Ein Windstoß fegte durch die Ritzen des Hauses, heulte durch Küche und Kammer. Ava fröstelte, als die überraschende Kälte mit kleinen Nadelstichen ihre Haut traf. Gestern Abend noch war es so mild gewesen, dass sie nackt unter die Decke geschlüpft war, und jetzt konnte es ihr gar nicht schnell genug gehen, das Winterkleid überzustreifen. Zitternd schlang sie zusätzlich ein Tuch um die Schultern.

Reka zwängte sich vor ihr durch die angelehnte Türe. Sie lief ihm nach und blieb nach ein paar Schritten stehen.

Ihre Lungenflügel füllten sich mit kalter Luft. Dabei war es schon Ende Mai, einige Tage nach Christi Himmelfahrt. Gestern noch hatte alles geblüht, war prall, voller Verheißung gewesen. Jetzt hatte Frost das Laub geschwärzt, mit weißen Linien die Konturen nachgezeichnet. Reif bedeckte das Gras, ließ ihre bloßen Füße taub werden.

Überall Zeichen der Zerstörung, abgestorbene Blumen, geknickte Zweige, winzige Schwarzdrosseln, die viel zu früh aus dem Nest gefallen waren und nun leblos am Boden lagen, verkrümmte, dunkle Federknäuel auf dem körnigen Eis.

Sie erreichten den Hollerbaum. Nackt reckten sich die Äste in den bleiernen Himmel; all die frischen grünen Blätter waren abgefallen, lagen nun schwarz und tot am Boden. Ava lehnte ihre Wange an den Stamm. In seinen Zweigen wohnen die Vorfahren, das hatte sie schon als Kind gelernt. Der Lebensbaum, der stets in Menschennähe wächst und zu kümmern beginnt, wenn ein Haus brennt oder eine Kapelle abgerissen wird. Mehr als alles andere war er für sie die Erinnerung an ein verlorenes Zuhause, an einen anderen Garten, in dem sie gespielt und gelacht hatten, unter den dunklen Dolden des Holunders.

Das war lange vorbei.

Sie fuhr sich mit der Hand über die Augen. Dann tasteten ihre kräftigen Finger den Zweig entlang. Sie spürte erste Knospenansätze. Kraftvoll fühlten sie sich an, lebendig. Der Holler war ein Baum voller Wunder. Wenn sie Glück hatte, würde er sich erholen, und sie konnte den Kindern im Herbst Saft und Marmelade vorsetzen.

Der Gedanke an die fünf, stets zusammen und doch so unterschiedlich, brachte sie in Bewegung. Kuni, die drei Jungen und vor allem die Kleine, die sich ihnen als Letzte angeschlossen hatte, brauchten ein warmes Quartier, jetzt, wo die Kälte den Frühling so jäh in die Flucht geschlagen hatte, und sie würden hungrig sein.

Sie überschlug die Fischmenge, die sie für den heutigen Markttag vorgesehen hatte, und zog ein gutes Drittel davon ab. Lenz und Toni konnten mühelos für vier essen, und selbst Kaspar, der Jüngste, war in letzter Zeit kaum satt zu bekommen. Einer der Gründe, warum sie mit Bastians Hilfe bereits im Herbst den Räucherofen vergrößert hatte. Jetzt war er so stattlich, dass er die Rückseite des Schuppens füllte.

Bastian Mendel hätte gern noch mehr für sie getan, *alles* für sie getan, aber das konnte er sich aus dem Kopf schlagen. Denn da gab es auch noch Mathis, den sie lieber niemals zu genau fragte, woher er seinen Fang hatte. Sie war nicht zu kaufen, weder mit Fischen noch mit Schmeicheleien, und der wortkarge Fischermeister hatte diese Lektion ebenso lernen müssen wie der Wilderer, der nie um eine Ausrede verlegen schien.

Gestern war sie zu müde gewesen, um die Forellen und Schleien herauszunehmen und die Zander und Hechte abzuhängen. Jetzt holte sie das Versäumte nach, legte die Fische in zwei Körbe und freute sich, als sie noch eine Reihe fast vergessener Äschen entdeckte. Thymianduft erfüllte den ganzen Schuppen. Das Wasser lief ihr im Mund zusammen.

Rekas Stupsen wurde dringlicher. Sie warf ihm den kleinsten Fisch zu. Hungrig stürzte er sich darauf.

»Ich werde mich beeilen müssen«, sagte sie und ließ einen zweiten folgen, den er ebenso gierig verschlang, schließlich einen dritten. »Heute dauert ohnehin alles länger, darauf kannst du wetten. Auf dem Markt werden sie viel zu reden haben, jetzt, wo die Welt aus den Fugen geraten ist.«

Aufmerksam schaute Reka zu ihr hinauf. Ava war überzeugt, dass er jedes Wort verstand.

»Ja, ich möchte, dass er kommt«, sagte sie. »Ich wünsche es mir, mehr als alles andere. Obwohl ich ihn kaum kenne und so gut wie nichts über ihn weiß. Aber ich will sein Lächeln wieder in meinem Rücken spüren. Und sehen, wie seine Hände meine Fische anfassen, wenn sie schon nicht meine Haut streicheln.«

Unwillkürlich hatte sie sich bewegt, stieß sich dabei mit der Schulter am gemauerten Ofen und unterdrückte einen Schmerzenslaut.

»Natürlich wird Bastian eifersüchtig sein. Und Mathis könnte einen seiner Wutanfälle bekommen. Aber ich gehöre ihnen nicht. Und schließlich müssen sie es ja nicht einmal erfahren. Der Krippenschnitzer ist und bleibt mein Geheimnis. Mein wunderschönes, kostbares Geheimnis, Reka.«

Das Jungbier war verdorben. Pankraz Haller roch es, als er seinen Felsenkeller auf dem obersten Stephansberg betrat. Vier riesige Bottiche, und allen entströmte der gleiche Gestank. Betreten stand Georg Schneider, sein dienstältester Braugeselle, daneben.

Haller zog seinen Rock aus, krempelte die Hemdsärmel hoch. Jetzt störte ihn, dass das brokatbesetzte Wams so eng saß. An feiner Kleidung lag ihm nichts. Er trug sie nur, weil später eine Sitzung im Rathaus stattfand, an der er teilnehmen musste.

»Wie konnte das passieren?« Schimmel hatte sich abgesetzt, trieb träge im flackernden Licht der Öllampen auf der Oberfläche. »Am Brunnenwasser kann es nicht liegen. Das

Quantum Malzschrot ist richtig bemessen, die Siedezeit stimmt. Die Würze war in Ordnung, als du sie bei mir geholt hast. Das habe ich selber überprüft. Woran liegt es also?«

»Drutenwerk!« Georg Schneiders mageres Gesicht wurde finster. »Habt Ihr nicht gesehen, was sie draußen alles angerichtet haben? Man sagt, der ganze Wein sei schwarz, am Stock verdorrt. In einer einzigen Nacht. Das ganze Korn erfroren – weit und breit.«

Der Braumeister schien ihn nicht zu hören. Der Gerstenvorrat war ausreichend. Eine Teuerung konnte ihn nicht schlimm treffen. Aber was war mit dem Hopfen? Seit Jahren schon bezog er ihn vor allem aus dem böhmischen Saaz; er hatte die stabile Qualität der gelblich grünen Dolden zu schätzen gelernt. Doch seitdem er darauf hoffen konnte, in absehbarer Zeit Hoflieferant zu werden, hatte er aus taktischen Gründen auch bei Bamberger Hopfenbauern gekauft. Und sie mussten ebenso von dem Kälteeinbruch betroffen sein.

»Braumeister?« Schneiders Stimme klang besorgt. »Ist etwas mit dir?«

»Nein. Nichts. Gar nichts.« Alles würde sich fügen. Wer so umsichtig zu wirtschaften wusste wie er, fand immer eine Lösung. »Du hast doch die Hefe verwendet, die ich dir angeschafft habe?«

Plötzlich vermisste er Marie. Alles hatte er mit ihr besprochen und beraten; manchmal hatte es schon geholfen, wenn er seiner Tochter einfach nur sagen konnte, was ihn bedrückte. Keine zweihundert Schritte trennten die Lange Gasse, wo sie mit ihrem Mann wohnte, vom Oberen Sand, wo sein Brauhaus stand. Und dennoch kam es ihm vor, als lebten sie in zwei verschiedenen Welten, seitdem aus seinem Mädchen die Frau von Veit Sternen geworden war.

»Ja. Natürlich. Ich habe ganz genau abgemessen. Fünfzehn Maß auf ein Gebräu von dreißig Eimern.«

Pankraz Haller war schon beim nächsten Punkt.

»War jemand außer dir hier? Jemand, der sich vielleicht unbemerkt Eintritt verschafft haben könnte?«

»Niemand. Zumindest kein menschliches Wesen«, verteidigte sich Schneider. »Der Schlüssel hängt an meiner Schürze. Immer.« Er dämpfte seine Stimme. »Aber du weißt ja, dass ich nicht gerne hier unten bin. Diese langen unterirdischen Gänge ...«

»Was soll das Gerede? Wir Brauer profitieren am meisten von den Kellern unter der Stadt. Also hör auf damit. Irgendetwas muss den Gärvorgang gestört haben. Aber was könnte das sein?«

Haller tauchte einen Becher hinein, schöpfte ihn halb voll und hielt ihn seinem Gesellen unter die Nase.

»Es könnte am Transport liegen, an Temperaturschwankungen, an der Lagerung – an irgendetwas, was wir noch nicht wissen. Es gibt eine logische Erklärung dafür. Davon bin ich überzeugt. Wir müssen sie nur finden.«

Schneider wich zurück.

»Die Druten. Ich sag es dir doch. Und sie haben uns auch die Kälte beschert, dieses elende Hexenpack!«

»Mein Namensvetter Pankratius ist ein strenger Herr. Vielleicht hat er sich mit seinen eisigen Brüdern dieses Jahr einfach nur um ein paar Tage verspätet. Nein, unser Bier ...«

»Lebendige Kröten werfen sie heimlich in den Sud«, fiel Schneider ihm ins Wort. »In Würzburg hat man sie dafür ins Feuer geschickt. Hast du nicht die Predigt am letzten Sonntag in Sankt Martin gehört? Dagegen kann nicht einmal der heilige Laurentius etwas ausrichten«, seine Hand fuhr zum Amulett, das er um den Hals trug, »geschweige denn ein Stück geweihte Kreide im Kessel ...«

Pankraz Hallers Gesicht färbte sich rot.

»Davon wirst du schön die Finger lassen! Im Storchenbräu ist kein Platz für solchen Aberglauben. Sauberkeit, Genauigkeit und Fingerspitzengefühl, das sind meine Zauberworte.

Und wer sich nicht daran hält, hat in meinen Diensten nichts verloren. Hast du das endlich kapiert?«

»Ja. Natürlich.« Er klang jämmerlich. »Aber was soll nun damit geschehen?«

»Wir fangen noch einmal an. Aber wir werden uns beeilen müssen. Wenn wir das Sommerbier nicht bald in die Eiskeller schaffen, haben wir nichts mehr zu verkaufen, wenn es warm ist.« Haller wirkte gelassen, auch wenn er es nicht war. »Ich muss zu einer Sitzung ins Ratshaus. Du lässt inzwischen beim Müller das Malz mahlen und bereitest einen neuen Sud vor. Sobald ich zurück bin, übernehme ich die Aufsicht.«

»Um dort den Druten für alle Zeiten das Handwerk zu legen?« Schneiders Tonfall war erwartungsvoll.

»Unsinn! Die Stadt braucht Geld. Und der Rat muss sehen, wo er es herbekommt. Die auswärtigen Schiffer werden es sich künftig mehr kosten lassen müssen, unseren Hafen anzulaufen. Unser Fürstbischof kommt uns teuer. Seine Treue zur Katholischen Liga lässt er sich am liebsten mit blankem Gold aufwiegen.«

»Warte. Geh noch nicht!« Schneider hatte ihn am Ärmel gepackt. »Mir ist gerade etwas Wichtiges eingefallen.«

»Ausgerechnet jetzt?«

»Hannerl vom Seelengässchen«, stieß er hervor. »Die Tochter der alten Hümlin. Natürlich, warum bin ich nicht gleich darauf gekommen?«

»Was ist mit der Frau?«, fragte Pankraz Haller.

»Tag für Tag kam sie, ihr Krüglein abzuholen«, sagte Schneider verlegen. »Sie hat mich gedauert, mit ihrem lahmen Bein. Weil sie doch ganz allein auf der Welt ist, seitdem man ihre Mutter damals …«

»Du hast ihr Bier geschenkt?«

Zaghaftes Nicken.

»Nur Reste. Das, was wir sonst weggeschüttet hätten. Aber irgendwann ist sie übermütig geworden und hat es regelrecht verlangt. Als stünde es ihr zu. Und als sie mich vor zwei Tagen wieder so dreist angegangen ist, da hab ich sie zum Teufel gejagt. Sie hat gekeift und gezetert und zum Schluss …« Er schluckte. »Sie hat uns verflucht. Den ganzen Storchenbräu mit Mann und Maus. Ihr haben wir dieses Schimmelgebräu zu verdanken, Braumeister. Sie ist schuld!«

»Es ist immer einfacher, Fehler bei anderen zu suchen, nicht wahr?« Pankraz Haller nahm seinen Rock und zog ihn an. »Da kann man sich das eigene Nachdenken sparen. Du weißt, was ich davon halte – gar nichts! Kümmere dich also lieber um das Malz. Und sei achtsam bei jedem Handgriff! Noch mehr verdorbene Sude können wir uns nicht leisten.«

Er hörte nicht mehr, was der Geselle hinter ihm murmelte. Er konnte auch nicht sehen, dass jener vor eine Wand trat, die im Halbdunkel lag. Vom Untergrund hoben sich rote Farbreste ab, Überbleibsel von Zeichen, die eine menschliche Hand vor langer Zeit auf den groben Fels aufgetragen hatte. Schon bei seinen ersten Einsätzen als Lehrling im dunklen Felsenkeller, wo er vor Angst zunächst wie gelähmt gewesen war, hatte er sie entdeckt.

Georg Schneider streckte die Hand aus und berührte das magische Buchstabenquadrat, das kaum noch zu lesen war. Für einen Augenblick glaubte er die Kraft des Bannspruchs zu spüren und konnte wieder freier atmen.

Aber wie lange würde der Gegenzauber noch wirken?

Sie hasste es, wenn Veit sie aufforderte, das Hemd auszuziehen, so wie er es erst gestern wieder getan hatte. Unter dem Schutz des steifen Leinens fühlte Marie sich stark, und sie genoss es, wenn ihre Brustspitzen den Stoff streiften. Kaum jedoch war sie nackt, überfiel sie Scheu. Dann ging etwas in ihr zu, und je fordernder seine Hände, je drängender seine Berührungen wurden, desto mehr verkrampfte sie sich.

Von Anfang an hatte sie vermieden, bei ihm zu liegen, solange es hell war, aber inzwischen schützte nicht einmal die tiefste Dunkelheit sie vor diesen unangenehmen Gefühlen. Sie verabscheute ihren Körper, der schmal und mädchenhaft geblieben war. Die Zeit lief ihr davon, verhöhnte sie, dreister von Monat zu Monat, von Jahr zu Jahr. Andere in ihrem Alter wurden bereits Großmutter – und sie hatte noch kein einziges Mal geboren.

Veit machte sich nichts daraus, ja, er schien es nicht einmal zu bemerken. Er freute sich an ihrer hellen Haut, küsste ihre kleinen Brüste, vergrub sein Gesicht in ihren rotblonden Haaren. Für ihn war sie schön, und er sagte es ihr, wieder und wieder. Liebchen nannte er sie, Herzensschatz, Bettfüchslein und konnte nicht genug davon bekommen, Marie in immer neuen Varianten zu beschlafen. Manchmal ging er dabei so hemmungslos vor, so selbstvergessen, dass sie beim Gedanken daran noch am anderen Morgen erröten musste. Ihre Zweifel aber hielten sich und wuchsen sogar, je länger sie zusammenlebten. Am meisten quälten sie Marie nach solchen Nächten. Meinte er wirklich sie? Oder verlor er sich nur, sobald er eine Frau berührte?

Als er sie vor sechs Jahren Abend für Abend in der Gaststube des Storchenbräus angestarrt hatte, hatte sie sich in ihn verliebt. Damals hatte es nur vereinzelte Silberfäden in seinen Locken gegeben, die er sich immer wieder mit einer ungeduldigen Geste aus den Augen strich. Dass es jetzt fast ergraut war, stand ihm ebenso gut wie die schwerer gewordenen Lider, die seinem Blick etwas Schläfriges verliehen, von dem man sich allerdings nicht täuschen lassen durfte. Überhaupt waren seine Augen das, was sie als Erstes in Bann gezogen hatte: von einem hellen, zornigen Grün, das ein Kranz dunkler Wimpern noch leuchtender machte. Ich bin da, schienen sie zu sagen. Worauf wartest du noch?

Auch der Rest gefiel ihr, damals wie heute. Veit war ein

stattlicher Mann mit breiten Schultern; seine Ausstrahlung schien jeden Raum heller zu machen. Seine tiefe Stimme passte dazu, weicher geworden durch eine fremdartige Färbung, die er wohl seinem langen Aufenthalt im Süden verdankte. Wie gemacht schien sie zum Werben, zum Schmeicheln und Kosen. Aber er konnte auch fluchen und losbrüllen, wenn ihm etwas nicht passte, und das tat er nicht weniger selbstbewusst.

Keiner hatte je solche Empfindungen bei ihr ausgelöst – nicht mehr, seit Adam nach Italien geflohen war.

Marie hatte sich einzurichten gewusst, nachdem ihr Jugendtraum ein so jähes Ende gefunden hatte. Schließlich gab es als Tochter des Braumeisters und Ratsherrn Pankraz Haller genug zu tun. Und je mehr Zeit verstrich, desto deutlicher zeigte sich, dass der Vater alles andere als unglücklich über diese Entwicklung war. Sie war sein einziges Kind, das nach dem frühen Tod der Mutter alles für ihn wurde. Halb Bamberg zerriss sich das Maul darüber, dass er Marie beinahe wie einen Sohn behandelte.

Vater und Tochter scherten sich nicht darum. Ihm half es, dass er sie an seiner Seite wusste, und sie genoss die Freiheiten, die damit verbunden waren. Nicht einmal das Älterwerden hatte sie gestört. Und auch nicht besonders, dass sie als Einzige ledig blieb, wo doch inzwischen jede aus dem Kreis ihrer einstigen Freundinnen unter der Haube war.

So nah waren sie sich, so verbunden, dass oft ein Blick, eine Geste genügten. Sie sagten sich, was sie dachten. Ohne Scheu, ohne Zurückhaltung. Deshalb überraschte Marie es auch nicht, als Pankraz das Werben Veit Sternens direkt ansprach.

»Dass er dich will, ist nicht zu übersehen«, sagte er eines Abends zu ihr, als die letzten Gäste endlich gegangen waren. »Aber was ist mit dir? Bist du nur geschmeichelt, mein Kind? Oder brennst du auch?«

»Ich mag ihn«, sagte sie vorsichtig, plötzlich auf der Hut. »Die Leute sagen, er sei ein großer Künstler.«

»Das klingt ziemlich lau für meine kluge Tochter. Denn nicht die Leute werden das Bett mit ihm teilen, sondern du«, war seine unverblümte Entgegnung. »Du liebst ihn also, diesen welschen Sternen?«

»Ich will seine Frau werden, wenn du das meinst.«

»Vergiss nicht, er hat schon ein ganzes Leben hinter sich, unten in Neapel. Ein Leben, von dem du nichts weißt. Du kennst nur Bamberg. Den Storchenbräu. Und deinen alten Vater, der ohne dich sehr einsam sein wird.«

Bei seinen Worten stand Adam Thies wieder vor ihr, der Gastwirtssohn vom benachbarten *Blauen Löwen*, mit dem sie ihre Jugend verbracht hatte. Sie dachte an die scheuen Küsse, die sie am Fluss getauscht hatten, beide noch halbe Kinder. Sie mochte, wie er lachte. Wie er sich bewegte. Und sie liebte seinen wachen Geist, hörte gern und aufmerksam zu, wenn er ihr von seinen Studien bei den Jesuiten erzählte.

Bis zu jenem Abend, wo er ihr heimlich auf den Stephansberg gefolgt war. Was sie im Felsenkeller geredet hatten, zwischen den ordentlich gestapelten Bierfässern ihres Vaters, wusste Marie nicht mehr. In ihrer Erinnerung gab es nur Haut und Hände und einen jähen Schmerz, als er plötzlich von ihr abgelassen hatte.

Das war *ihr* Leben, das bereits hinter ihr lag wie eine bleischwere Ewigkeit, und sie würde es weiterhin für sich behalten, wie sie es schon so lange tat.

»Seine Frau ist tot«, sagte sie. »Sie liegt in ihrer Heimat begraben. Er hat sie geliebt. Und jetzt ist er zurück in Bamberg – und liebt mich.«

Italien hatte ihr einen Geliebten genommen. Jetzt gab das fremde Land ihr dafür einen anderen zurück, ausgerechnet jetzt, wo sie längst aufgehört hatte, noch damit zu rechnen. In ihren Augen eine Art ausgleichende Gerechtigkeit.

»Er ist gewohnt, zu bekommen, was er möchte, egal, was es ist. Männer wie er ändern sich niemals. Jetzt will er dich, die

Erbin des Storchenbräus. Was aber, wenn er irgendwann seine Meinung ändert? Was wirst du dann tun – seelenruhig dabei zusehen, wie er um eine andere buhlt?«

»Mein Erbe spielt doch gar keine Rolle, Vater! Veit ist einsam. Das hat er mir gesagt. Und er ist kein armer Mann. Warum also sollte ich ihm misstrauen? Außerdem hat er zwei Kinder, die eine neue Mutter brauchen.«

»Ein Erbe wie deines spielt immer eine Rolle, Marie! Und auch die Mitgift, die du erwarten kannst. Ich dachte, wenigstens das hätte ich dir beigebracht. Betrachte die Angelegenheit doch einmal nüchtern: Sternen ist nicht arm, aber zu Reichtum wird ein Holzschnitzer wie er niemals gelangen. Also verbindet er das Angenehme mit dem Nützlichen: Er hält Ausschau nach jemandem, der ihm künftig die Kleider für seine Figuren sticheln kann, und du hast nun mal geschickte Hände. Was die Kinder betrifft«, sie hörte ihn ausatmen, »so ist der Junge schon fast so groß wie du. Der braucht bald ganz andere Dinge.«

»Aber Selina«, sagte sie heftig, »sie ist doch noch …«

»Das zornige kleine Mädchen«, er ließ sich nicht abbringen, doch seine Stimme war auf einmal voller Mitgefühl, »wirst du nicht retten können. Es gibt Wunden, die niemals heilen. Dagegen ist selbst ein so starker Wille wie der deine machtlos.«

Das Haus flüsterte. Sobald Marie die Augen schloss, konnte sie es hören. Jeder Raum steckte voller Geschichten. Am tollsten ging es in ihrer Kammer zu. Gesichter tauchten vor ihr auf und glitten wieder davon. In letzter Zeit schoben sich immer Francescas Züge vor alle anderen, das Gesicht von Veits erster Frau, das sie niemals gesehen hatte, das ihr inzwischen dennoch merkwürdig vertraut war.

Du denkst, er betrügt dich mit mir, dachte Marie. Ich weiß, dass du mich deswegen hasst. Doch du tust mir Unrecht, Francesca. Denn du bist tot, und ich lebe. Aber ich verstehe dich, besser sogar, als mir lieb ist. Mit welcher Frau wird er *mich* als Erstes betrügen? Kannst du mir das sagen? Oder hat er es längst getan?

Wir können uns nicht aussuchen, wen wir lieben.

Das hatte Adam damals zu ihr gesagt, im Felsenkeller, und sie zutiefst damit getroffen. Denn sie wusste im gleichen Augenblick, dass sie ihn für immer verloren hatte. Seine Worte enthielten eine Wahrheit, gegen die sie sich machtlos fühlte.

Jetzt erging es ihr schon zum zweiten Mal ähnlich, in mehr als einer Hinsicht. Mit ihrer Heirat hatte sie den Vater niemals verletzen wollen – und es dennoch getan. Sie hatte sich den Gegenpart zu ihm ausgesucht und konnte mit Veit nicht glücklich werden, genauso, wie er es vorausgesagt hatte. Manchmal hatte sie Lust, zu weinen und zu schreien, ihm zu sagen, wie Recht er gehabt hatte. Und dass sie davon träumte, zu ihm zurückzukehren, zu dem behaglichen, erfüllten Alltag im Gasthof *Unter den Störchen*, wo alles seine Ordnung gehabt hatte. Aber natürlich würde sie sich eher die Zunge abbeißen, als es laut auszusprechen.

Ja, es tat weh, wie Veit die Frauen ansah, hungrig, voller Neugierde. Als ob jede Einzelne sein Begehren wert sei. Und die Frauen reagierten darauf, unübersehbar. Sie plusterten sich auf, bewegten die Hüften, streckten die Brüste heraus. Plötzlich schienen sie von innen zu strahlen. In ihren Augen erwachten Träume zu neuem Leben. Nicht einmal alte Weiblein waren dagegen gefeit.

Veit lachte nur, wenn sie ihn darauf ansprach, und versuchte nicht einmal, es abzustreiten.

»Das will ich meinen, mein Herz! Ich studiere Gesichter, Leiber, Bewegungen. Nur so werden meine Figuren erst richtig lebendig. Und Frauen haben nun mal die viel ausdrucksvolleren Körper. Aber das muss ich meiner eigenen Frau doch nicht sagen, oder?«

Es war längst hell, doch Marie fühlte sich zu schwach, um aufzustehen. Veit war fort. Sie hatte ihn im Morgengrauen weggehen hören, vom Fürstbischof zur Jagd gebeten. Fuchs von Dornheim, seit drei Jahren weltlicher und geistlicher Herr über Bamberg, plante eine neue Krippe. Eine riesige, prächtige Jahreskrippe, die vielleicht sogar den Dom schmücken sollte. Um die Frömmigkeit der Menschen zu fördern, auf dieser katholischen Insel, mitten im protestantischen Feindesland.

Das war die Gelegenheit, auf die Veit gewartet hatte. Man hatte ihn mit Kleinkram abgespeist, seit er in die Heimatstadt zurückgekehrt war, viel zu lange für seinen Geschmack. Mehr als einmal hatte er seine Entscheidung bereut und sogar davon gesprochen, Bamberg zu verlassen und wieder in Neapel zu leben. Ein unruhiger Geist wie er war nicht mit kleinen Aufträgen zufrieden. Großes schwebte ihm vor, nie zuvor Gesehenes. Wenn jetzt endlich wahr würde, wonach er sich so lange sehnte, vielleicht würde er dann aufhören, von Italien zu träumen – und von anderem.

Jetzt, wo sie sich stärker bewegte, spürte sie plötzlich die Nässe zwischen den Beinen. Marie wusste, woran es lag, noch bevor sie das Blut auf dem Laken entdeckte. Wieder einmal hatte sie vergeblich gehofft. Wie jeden Monat. Es gab kein Ankommen dagegen, was immer sie auch versuchte. Ein starker Strom, als rinne das Leben aus ihr heraus, so fühlte sich an, was ihr geschah.

Und in gewisser Weise war es ja auch so.

Ihre Tränen waren versiegt, als sie später das Leinenzeug hinunter in die Waschstube brachte. Sie trug sogar das rote Kleid mit dem bestickten Mieder, das sich dank eines eingearbeiteten Polsters um ihre Hüften bauschte, und hatte in einem Anflug von Trotz die Silberkette mit dem großen Bergkristall umgelegt, die Veit ihr im vergangenen Sommer geschenkt hatte. Das Haar war gebürstet und mit einem Reif aus der Stirn genommen. Ihm gefiel es, wenn es lang und glänzend über ihren Rücken fiel, wie bei einer Braut, und sie es nicht wie die anderen verheirateten Frauen unter einer Haube versteckte.

Die Göhlerin, die ihr bei der Hausarbeit zur Hand ging, weil sie jeden Kreuzer dringend brauchen konnte, würde tun, was zu tun war. Es kam Marie entgegen, dass sie nicht bei ihnen wohnte, sondern abends zum Schlafen heimging. An ihren Blicken erkannte sie, dass die ältere Frau sehr wohl ahnte, wie es um sie stand. Aber Theres Göhler tratschte nicht. Was im Haus geschah, behielt sie für sich. Marie schätzte ihre Verschwiegenheit wie ihren Fleiß, den die Witwe immer wieder bewies.

Auch an diesem Morgen war sie nicht untätig gewesen, hatte den Ofen angeheizt, Wasser vom Brunnen hergeschleppt und zwei der hölzernen Bottiche gefüllt. Wieso noch länger warten? Es konnte ihr nicht schnell genug gehen, die persönliche Schmach loszuwerden.

Marie ließ das besudelte Laken hineingleiten und tauchte es unter. Die bauschigen, geschlitzten Ärmel störten sie dabei; mit ihnen zu arbeiten hieß, sie nass zu machen oder sogar ganz zu verderben. Manchmal wünschte sie sich, es gäbe Frauenkleidung, die einfacher und bequemer wäre. Als das Wasser sich rötlich färbte, verstärkte sich das Ziehen in ihrem Unterleib. Sie fröstelte. Eigentlich hatte sie schon den ganzen Morgen gefroren.

Etwas ließ sie zusammenfahren. Selina stand neben ihr und starrte mit unverhohlenem Interesse in den Trog.

»Dass du dich immer wie eine Katze anschleichen musst!« Sie fühlte sich ertappt, bloßgestellt wie ein Kind, das bei etwas Verbotenem erwischt wird. »Du wirst erst zufrieden sein, wenn ich eines Tages vor Schreck tot umfalle.«

Das Mädchen zuckte die Achseln und lächelte.

Marie hasste dieses Lächeln, das so wissend war, so hintergründig. Ein Lächeln, das sie ausschloss. Es würde kein neues Kind geben. Davon hatte Selina sich eben vergewissert. Auch künftig würde ihr niemand die Vorrangstellung beim Vater streitig machen.

Veits Tochter beherrschte die Kunst des Lippenablesens, aber wenn es darauf ankam, verstand sie nur, was sie verstehen wollte. Scharlach hatte sie taub gemacht, bald nach ihrer Ankunft in Bamberg. Seitdem konnte sie auf einem Ohr gar nichts mehr hören, auf dem anderen kaum noch, aber sprechen konnte sie, wenngleich es immer häufiger geschah, dass die Wörter in ihrem Hals stecken blieben oder seltsam verdreht herauskamen.

Marie wusste, dass Selina sich dafür schämte. Manchmal verstummte sie, tagelang. Aus Angst, sich zu blamieren, hatte sie immer ein Schiefertäfelchen bei sich, auf dem sie alles aufschrieb, was sie sagen wollte, wenn Simon nicht in der Nähe war.

Simon, ihr Dolmetscher. Der, der ihr immer geholfen hatte, die Welt zu verstehen.

»Geht es dir gut?« Selina betrachtete sie neugierig.

Hochgeschossen war sie über die langen Wintermonate. Unübersehbar an der Schwelle zur Frau. Davon zeugten die zarten Erhebungen unter dem Stoff, wenn auch die Nägel stets schmutzig waren. Nichts schien mehr zusammenzupassen, die Beine waren zu staksig, der Hals zu lang, die Lippen zu voll. Aber Selina würde schön werden, mit ihren dunklen Locken und den klaren blaugrauen Augen, auch wenn sie selber es noch nicht wusste. Oder ahnte sie es bereits? Marie hatte sie regungslos vor dem Spiegel kauern sehen, der früher ihrer Mutter gehört hatte.

»Nein«, sagte Marie. Veit hatte Recht. Sie sprach schlechter als noch vor einiger Zeit. Deutlich schlechter sogar. Er hatte jeden in der Familie beschworen, sie zu behandeln, als sei nichts geschehen, aber es war nicht einfach, wenn das Mädchen sich so verschloss. »Ich friere jämmerlich. Lass uns nach oben gehen und zusammen frühstücken. Vielleicht kann uns eine heiße Milchsuppe aufwärmen.«

»Draußen ist es wieder Winter.« Die Laute brachen aus Selinas Mund. »Nackte Bäume. Alle Blumen sind tot. Und die Vögel.«

»Du warst schon wieder unterwegs? So früh am Morgen – bei dieser Kälte? Ich möchte wirklich zu gerne wissen, wohin es dich immer zieht!«

Erneutes Achselzucken. Wieder jenes spezielle Lächeln. Und keine Antwort, natürlich nicht.

Selina hatte sich angewöhnt, zu kommen und zu gehen, ganz wie ihr der Sinn stand. Regeln und Verbote waren für sie wie zu enge Kleider, die sie bei der erstbesten Gelegenheit abstreifte. Versuchte Marie, sie deshalb zur Rede zu stellen, benützte sie ihre Taubheit als Schutzwall.

»Hab sie einfach nur lieb«, sagte Veit, wenn sie sich darüber beklagte. »Das ist das Allerwichtigste. Sie hat so Schweres durchmachen müssen. Und sie trägt es so tapfer! Wenn du nur etwas Geduld mit ihr hast, wird alles gut. Selina ist doch unsere kleine Tochter, Marie.«

Geduld – er hatte gut reden. Als hätte sie nicht schon fuderweise davon aufgebracht! Aber dass Selina nicht daran dachte, sie, die zweite Frau ihres Vaters, jemals als Mutter zu akzeptieren, das zeigte sie unmissverständlich, Tag für Tag.

Sie hatte dem Mädchen Lesen und Schreiben beigebracht, wie sie selber es auch von ihrem Vater gelernt hatte. Schon weil sie wusste, wie schwierig es für Selina sein würde, sich künftig zu verständigen. Aber welche Mühe war es gewesen, was für ein Aufwand! Mit tausend Listen hatte Marie versucht, Selina die richtigen Töne zu entlocken. Schließlich hatte sie sie in ihrer Verzweiflung vor einer brennenden Kerze lesen lassen, damit sie wenigstens den Hauch sehen konnte, den ihre Stimme verursachte, und Selinas Hand an den eigenen Kehlkopf gelegt, um die Schwingungen zu spüren.

Mit dem Ergebnis konnten beide zufrieden sein. Allem anderen jedoch verweigerte Selina sich.

Vergeblich bemühte sich Marie, sie zu einfachen Näharbeiten anzuleiten, damit sie irgendwann zusammen die Gewänder für die Krippenfiguren herstellen könnten. Aber das Mädchen zerbrach die Nadeln, zerriss feine Spitzen oder machte so große Stiche, dass sich nichts davon gebrauchen ließ. Niemand wusste, was wirklich in ihrem Kopf vorging. Der Einzige, der sie immer zu verstehen schien, war ihr großer Bruder.

»Wo steckt eigentlich Simon?«, fragte Marie. »Hat er deinen Vater auf die Jagd begleitet?«

»In der Werkstatt.« So viel geredet wie heute Morgen hatte sie schon lange nicht mehr. Selinas Finger flatterten. Marie wusste, dass sie damit sprechen konnte. Auf ihre Weise. Aber nur Simon war in der Lage, diese Botschaften zu verstehen. »Simone macht Hände. Immer nur Hände. Hände aus Holz. Große Hände. Kleine Hände. Er wird schon ganz krank vor lauter Händen.«

Als Einzige aus der Familie bestand sie darauf, ihn weiterhin Simone zu nennen. Selina hielt alles in Ehren, was an ihre italienische Heimat erinnerte, manchmal bockig, manchmal voller Wehmut. Wie sollte man dagegen angehen? In Neapel hatte das Mädchen noch die Vögel singen hören, das Rauschen des Meeres, Flötenklänge. Die Stimme ihrer Mutter, ihres Vaters, ihres Bruders. Stimmen, die sie liebte. Jetzt gab es für sie nur noch die Erinnerung daran.

»Dann wollen wir ihn lieber nicht stören. Kommst du nun?«

Selina gab kein Zeichen. Und wieder einmal fragte sich Marie, ob sie sie überhaupt verstehen wollte.

Kuni kannte sich aus. Deshalb hatte Kuni bei ihnen auch das Sagen. Eigentlich war es immer Kuni, die anschaffte, von jeher, und bislang war das auch in Ordnung gewesen. Sie war die Älteste von ihnen, und die Stadt war ihr vertraut bis in die verstecktesten Winkel. Kuni wusste, welcher Bäcker frühmorgens ein paar warme Wecken verschenkte, wo die besten Kirschen wuchsen, welches Kloster Armensuppe verteilte.

Und wenn sich auf redlichem Weg nichts beschaffen ließ, wusste Kuni, was sie tun mussten, um nicht zu verhungern. Niemand hatte schnellere Finger als sie, nicht einmal Toni, den ein lahmer Würzburger zum Diebstahl abgerichtet hatte. Ihm kam dabei zugute, dass er sehr klein war, viel zu klein für seine elf Jahre; wenn es auch beim Betteln half und beim Stehlen manchmal nützlich sein konnte, so trug er doch immer schwerer an dieser Last. Inzwischen war ihm sogar Kaspar über den Kopf gewachsen, der jüngere Bruder von Lenz. Vielleicht gerieten Tonis Geschichten deshalb immer weitschweifiger. Die anderen aus der Bande mochten sie schon nicht mehr hören, weil er sie schon so oft erzählt hatte.

Toni hatte die beiden Brüder vor zwei Jahren im Seelhaus kennen gelernt, der Aufnahmestelle für Waisen und Findelkinder am Kaulberg, und schon ein paar Wochen dort hatten ihnen genügt, um sich darüber zu verständigen, dass sie unter keinen Umständen bleiben wollten. Es lag weniger am kargen Essen und an den Prügeln, die man schon beziehen konnte, wenn man nur falsch guckte. Das viele Beten störte sie. Das eintönige Korbflechten. Vor allem aber, dass man in dem baufälligen Haus wie im Gefängnis eingeschlossen war.

Noch besser als reden konnte Toni singen. Er musste eine Melodie nur ein einziges Mal hören, um sie nachzupfeifen oder auswendig vor sich hinzuträllern, und manchmal tat er das den ganzen Tag. Anderen wurde sein ständiges Singen und Summen schnell zu viel, die Nonnen aber, die für die Kinder sorgten, hatten einen Narren an ihm gefressen. Ihre Augen wurden feucht, sobald Tonis klarer Knabensopran sich im dämmrigen Kirchenschiff in die Höhe schwang, aber mehr als einen Apfel zusätzlich oder einen Teller Grütze ab und zu war es ihnen trotzdem nicht wert.

Die Flucht war einfach, doch als sie draußen waren, erging es ihnen schlecht. Das Frühjahr war kalt und regnerisch, sie litten Hunger, und dann zog sich Kaspar bei einem Sturz auch noch die Wunde am Zeh zu, die nicht heilen wollte. Er aß nichts mehr, fieberte, redete wirres Zeug und wäre vielleicht sogar gestorben – hätte es nicht Kuni gegeben.

Kuni mit dem frechen Mundwerk, die plötzlich vor ihnen stand wie eine Erscheinung. Mit den klapperdürren Beinen und ihren zerzausten spatzenbraunen Haaren, die immer aussahen wie ein halb aufgelöstes Mäusenest.

Kuni, die auf alles eine Antwort wusste.

»Wir müssen es ausbrennen«, sagte sie, nachdem sie den Fuß gründlich untersucht hatte. »Oder wegschneiden. So bleiben kann es keinesfalls.«

»Woher weißt du das?«, fragte Lenz.

»Weil ich es eben weiß«, war die schnippische Antwort.

Da Lenz mit dieser Auskunft nicht zufrieden schien, beschloss sie, ihm etwas entgegenzukommen.

»Das hab ich mir von einem alten Bader abgeschaut«, erklärte sie.

Er gefiel ihr, mit seinen warmen braunen Augen und dem abgeschlagenen Vorderzahn, der ihm etwas Vorwitziges gab. Sehr sogar. Aber das brauchte er nicht zu wissen. Es war nicht klug, Männern zu zeigen, dass man sie mochte. Das hatte sie in ihrem kurzen Leben bereits gelernt.

»Und der kannte sich aus«, fuhr sie fort. »Ich bin eine Zeit lang mit ihm in der Gegend herumgezogen. Wir haben die Leute ausgenommen und manchmal sogar den Schweden ein Schnippchen geschlagen. War keine schlechte Zeit, alles in allem. So lange eben, bis sich was Besseres ergeben hat.« Sie war so schmutzig und zerlumpt, dass es nicht besonders glaubhaft klang. Aber die Angst um Kaspar ließ Lenz keine Wahl. Er klammerte sich an jede Hoffnung.

»Du wirst ihm doch nicht wehtun?«, sagte er. »Er weint, wenn es wehtut. Und dann muss ich auch weinen.«

»Das wird sich nicht vermeiden lassen. Aber ich weiß, was dagegen hilft. Habt ihr Branntwein?«

Lenz und Toni schüttelten den Kopf.

Sie zog einen kleinen Krug aus ihrem zerschlissenen Beutel, hob Kaspar leicht in die Höhe und setzte ihn an seinen Mund. Er hustete, als er das scharfe Zeug schmeckte, versuchte, sich zu wehren.

Das Mädchen war stärker als er.

»Trink«, sagte Kuni. »Sonst stirbst du.«

Irgendwann fiel Kaspars Kopf zur Seite. Sie nahm ihr Messer, zögerte aber plötzlich.

»Wir bleiben ab jetzt zusammen«, sagte sie. »Für immer. Das ist meine Bedingung. Sonst krümme ich keinen Finger. Seid ihr einverstanden?«

Lenz und Toni nickten.

»Dann schwört – bei eurem Leben!«

»Ich schwöre.«

»Ich auch.« Die Jungenstimmen klangen dünn in dem Kellergewölbe.

Kuni nickte, dann kniff sie die Augen zusammen, setzte das Messer an und schnitt.

Kein Wunder, dass Kaspar seitdem in abgöttischer Liebe an ihr hing. Es machte ihm nichts aus, dass seitdem an seinem zweiten Zeh das oberste Glied verkrümmt war. Beim Laufen störte es ebenso wenig wie beim Klettern, und wenn er seinen linken Fuß nur weit genug vorstreckte, fiel das Almosen häufig sogar größer aus.

Am großzügigsten zeigten sich die Jakobspilger, die sich mit ihren Pelerinen, Stöcken und den Krempenhüten vor dem

Portal von St. Jakob zum Weiterwandern sammelten, nachdem sie in der alten Säulenbasilika die Frühmesse besucht hatten. Die meisten von ihnen hatten selber nicht viel. Aber ihm gaben sie trotzdem etwas, Brot, ein Stück Wurst, manchmal sogar ein paar Kupfermünzen. Kaspar passte sie ab und war stolz, wenn Kuni ihn dafür lobte. Überhaupt war alles in Ordnung, solange Kuni guter Laune war.

An diesem Tag jedoch war nichts, wie es sein sollte. Der Hagel hatte sie aufgestört; sie hatten umziehen müssen, mitten in der Nacht, und waren durchnässt und frierend herumgelaufen, bis sie endlich einen halbwegs trockenen Unterschlupf gefunden hatten. Aber auch dann war an Schlaf nicht mehr zu denken.

»Ich hab Hunger«, jammerte Lenchen. In ihren dunklen Augen standen Tränen. »Und Angst. Wo ist Ava? Ich will zur Otterfrau!«

»Morgen«, vertröstete sie Kuni. »Es ist zu kalt, um mitten in der Nacht durch die ganze Stadt zu rennen.«

Manchmal wäre sie das kleine Mädchen am liebsten wieder losgeworden. Lenchen machte die Bande langsamer und damit auch angreifbarer, zwang sie zu Kompromissen, die sie sonst vermieden hätten. Und sie weinte dauernd, entschieden zu viel für ihren Geschmack. Kuni hätte sie anschreien mögen und schütteln, damit sie endlich damit aufhörte. Wozu das Geplärre?

Die Dinge waren nun mal, wie sie waren. Daran musste man sich rechtzeitig gewöhnen. Sie selber war kaum älter gewesen, als sie lernen musste, auf der Straße zu überleben.

Andererseits brachte sie es nicht über sich, Lenchen wegzuschicken. Wo hätte sie auch hingehen sollen? Ihre Mutter war tot, einen Vater hatte sie niemals gekannt. Kuni und die Jungen waren alles, was sie hatte.

Kuni wirkte angespannt. Sie war blass, zerstreut, fahrig. Wie dunkle Sprenkel hoben die Sommersprossen sich von ihrem fahlen Gesicht ab. Sie kaute auf einem Halm, den sie immer wieder von einer in die andere Backe schob.

»Du willst also neue Sitten einführen?«, sagte sie langsam. »Hast du dir das auch gut überlegt?«

Tonis Mund wurde schmal, und Kaspar duckte sich vorsichtshalber, Lenz aber ließ sich nicht einschüchtern.

»Ich habe lediglich gesagt, dass wir beim Wochenmarkt nach Arbeit fragen sollten«, sagte er. »Wenn wir beim Zusammenräumen helfen, könnten wir ...«

»Siehst du nicht, wie müde sie sind?« Kunis Kinn wies auf die beiden Jungen, dann auf Lenchen. »Die können sich kaum noch auf den Beinen halten. Kisten schleppen – das kannst du vergessen!«

»Dann machen eben wir es, du und ich«, sagte er mutig. »Und teilen mit den Kleinen, was wir bekommen.«

»Wir bleiben zusammen«, beharrte sie. »So war es vereinbart, falls du dich daran noch erinnerst. Das gilt für alle. Also auch für dich.«

»Sie könnten am Fischbrunnen auf uns warten«, sagte Lenz. »Vielleicht hat Toni Lust, ein bisschen zu singen? Wir holen sie dann später ab.«

»Bei dem Wetter? Vergiss es!«

»Ich weiß gar nicht, warum du heute so feindselig bist.«

Er war näher gekommen, so nah, dass ihre Hände sich fast berührten. Lenz war seit dem Winter ein Stück größer als sie, und dass er nun schräg auf sie herunterschauen konnte, gefiel ihr ganz und gar nicht. Ein Bild drängte sich in ihren Kopf, und obwohl Kuni es schnell wegschob, hinterließ es doch Spuren auf ihren Wangen.

Sie spie den Halm aus und zertrat ihn.

»Dann denk mal ganz genau nach! Ich weiß nämlich zufällig, was du heute Morgen gemacht hast. Als wir so lange auf dich warten mussten. Und du angeblich mit Milch für die Kleinen zurückkommen wolltest. Ich hab dich gesehen. Dich und deine Taube.« Ihre Stimme wurde höher. »Du kannst dich nicht unsichtbar machen. Auch wenn du es dir vielleicht einbildest.«

»Ach, das meinst du!« Er grinste. »Wir haben nur ganz kurz miteinander gesprochen. Der Donner hat sie geweckt. Wie uns auch. Und später ...«

»Ach, dann kann sie jetzt auf einmal wieder hören und muss nicht mehr auf ihrer blöden Tafel rumschmieren?«

Kuni hasste es, dass sie nicht lesen konnte. Lenz hatte versprochen, es ihr beizubringen, aber bislang immer eine Ausrede gefunden, es nicht zu tun.

Er packte ihren Arm und zwang sie, ihn anzusehen.

»Sie ist nicht weniger wert als du, nur weil ihre Ohren nichts mehr taugen«, sagte er. »Selina hat gesagt, dass sie den Donner in ihrem Körper gespürt hat. Und ich glaube ihr. Außerdem geht es dich gar nichts an, mit wem ich rede. Und worüber.«

Der Ernst in seinen Augen machte sie befangen. Und nur noch wütender.

»Selina, deine kleine, zuckersüße Selina! Ist dir eigentlich noch nie aufgefallen, dass sie hässlich ist wie ein Sack Kröten? Wärst du nicht so verblendet, würdest du es selber sehen. Und wenn sie den Mund aufmacht, dann klingt es, als würde jemand sägen.« Herausfordernd sah Kuni zu Toni und Kaspar, aber niemand lachte, nicht einmal Kaspar.

»Wir sollten jetzt gehen«, sagte Lenz schließlich. »Sonst werden wir gar nichts mehr bekommen.«

»Dich treibt wohl die Sehnsucht, was?« Kuni hätte sich auf die Lippen beißen mögen, aber es war schon heraus. »Dann tu eben, was du tun musst«, schickte sie hinterher.

»Ava. Ich will zu Ava.« Lenchens Jammern setzte wieder ein. »Gehen wir doch zu Ava!« Rotz lief aus ihrer Nase. Ihr falbes Haar war voller Nissen. Sie fror in ihrem zerschlissenen Kleid und dem Umschlagtuch, das jedes Mal heruntergl itt, wenn sie sich kratzte. Dass sie einen Rosenkranz um den dünnen Hals geschlungen hatte, ließ sie nur noch jämmerlicher aussehen.

»Gute Idee!« Das Wehklagen der Kleinen war der letzte Rettungshalm, an den Kuni sich klammern konnte. Und sie war dankbar dafür. »Ja, wir gehen zu Ava. Sie hat sicherlich ein paar Fische für uns aufgehoben. Wir essen uns satt – und später machen wir uns im Bootshaus ein gemütliches Bett. Kommt schon! Worauf wartet ihr noch?«

Sie hatte sich an alle gewandt, aber eigentlich nur Lenz gemeint.

Ein Blitzen in seinem Blick war die einzige Antwort, die sie erhielt. Wortlos. Scharf.

Kuni spürte plötzlich, wie schwer der Beutel war, den sie stets mit sich herumschleppte. Und wie tief die Fasern in ihre Schulter schnitten.

Der Markt wimmelte von Menschen, aber es wurden nur wenige Geschäfte gemacht. Besonders vor den Ständen der Zeiler Korbmacher drängten sich die Leute. Jeder wollte wissen, ob auch dort alles erfroren war, Wein und Korn und Gemüse.

Die Bamberger und die Bauern aus den umliegenden Dörfern hatten sich viel zu erzählen. Jeder wusste etwas beizusteuern zu dem Temperatursturz der vergangenen Nacht, konnte von einem besonders schlimmen Unglück berichten, von jemandem, dem der Kälteeinbruch auf tragische Weise mitgespielt hatte.

Manche hatten ihre Stände erst gar nicht aufgebaut, und die Marktbüttel, die herumgingen, um die Gebühren zu kassieren, zogen ein finsteres Gesicht, weil sie so wenig im Beutel hatten. Der Handel kam nur schleppend in Gang, weil viele Preise gestiegen waren. Manche zögerten, überhaupt etwas zu kaufen, andere rafften zusammen, was sie kriegen konnten, aus Angst, es würde in der nächsten Woche noch teurer sein. Am wenigsten geändert hatte sich bei den Pfefferküchlern und Striezelbäckern, die wegen der Kälte heißen Met anboten und regelrecht umlagert wurden.

Auch Ava konnte sich nicht beklagen.

Sie hatte ihre Fische in verschiedenen Körben angerichtet, die sich langsam leerten, während die Bettler, die den Platz umkreisten wie eine Schar hungriger Krähen, immer zahlreicher wurden. Sie hätte wetten können, dass auch die Kinder bald unter ihnen zu sehen sein würden. Wenn ihnen so kalt war wie ihr, brauchten sie wenigstens etwas Anständiges im Magen.

Ihr Platz nahe dem Fischbrunnen gestattete einen ausgezeichneten Blick auf den Stand eines Frankfurters, der einige Male im Jahr nach Bamberg kam, um hier seine Stoffe zu verkaufen. Nicht einmal heute musste er sich wegen des Umsatzes Sorgen machen. Wo bei den anderen nur gestikuliert und geredet wurde, konnte er Elle um Elle abschneiden.

»Hätt was Schönes für dich dabei«, sagte er, als zwei Kundinnen nach abgeschlossenem Handel zufrieden abgezogen waren. Sein feistes Gesicht hing wie ein Vollmond über dem engen Kragen. »Ein Rot, dem keiner widerstehen kann.« Seine Augen unter den buschigen Brauen verrieten ihn, so lüstern waren sie auf ihre Brüste gerichtet.

So widerlich er war, sie musste trotzdem lachen. Dutzende Male hatte sie ihn schon abgewiesen, aber er gab nicht auf.

»Meinst du, dazu brauch ich deinen Tand?«, sagte sie und rieb ihre kalten Hände aneinander. Sie hätte die dicksten Strümpfe anziehen sollen. Ihre Füße waren eisig.

»Das schadet keiner. Nicht einmal dir. Obwohl ich zugeben muss, dass du etwas hast, was anderen fehlt. Die Otterfrau, so nennt man dich doch hier. Die Fischer haben es mir erzählt.

Möcht mal wissen, weshalb. Weil du so wild bist? So unersättlich? Was machst du eigentlich mit den Männern – frisst du sie bei lebendigem Leib auf, nachdem sie dich gehabt haben?«

Sie drehte ihm den Rücken zu. Sollte er doch reden, was er wollte! Sie wusste, wie man sich Männer vom Hals hielt. Und der Fettwanst war alles andere als eine Versuchung.

»Sie sagen auch, du schwimmst im Fluss, wenn es Nacht wird. Dabei würd ich dir zu gern einmal Gesellschaft leisten!«

»Mein Otter heißt Reka und hat scharfe Zähne.« Sie fuhr herum und zeigte ihm ein breites Lächeln. »Und eifersüchtig kann er werden, dass man fast Angst bekommen könnte. Ist dir noch gar nicht aufgefallen, dass so manchem aus der Fischerzunft ein paar Finger fehlen?«

»Musst nicht gleich böse werden! Ich rede eben gern mit dir. Und bis wir zwei Hübschen uns zu Jakobi wiedersehen, ist es noch eine halbe Ewigkeit.« Er ließ nicht locker. »Willst du mein Rot nicht wenigstens mal probieren? Mein Florentiner Spiegel könnte dir gute Dienste dabei leisten.«

Bevor sie protestieren konnte, war er schon neben ihr, wickelte ein paar Bahnen ab und drapierte sie über ihre Schultern. Dann drückte er ihr den Spiegel in die Hand.

»Wie eine Königin.« Sein Ton gestattete keine Widerrede. »Sag selber!«

Der Spiegel zeigte ein breites, bräunliches Gesicht, mit ausgeprägten Wangenknochen und dunklen Augen, die weit auseinander standen. Die Nase war kurz und gerade. Lippen, die zunächst spöttisch verzogen waren, dann weicher wurden. Das Rot stand ihr, keine Frage. Und der Stoff lag so zart auf der Haut wie eine Liebkosung.

»Seide«, seine Stimme vibrierte, weil er sie schon am Haken glaubte, »feinste, reinste Seide! Der Liebste könnt darüber vollständig den Verstand verlieren …«

Wo blieb er eigentlich? Sie hatte schon ein paarmal den Hals gereckt, weil sie glaubte, ihn in dem Gewimmel entdeckt zu haben. Aber der Krippenschnitzer war nirgends zu sehen. War alles doch nur Einbildung gewesen?

Seine Hände? Seine Worte?

Mit einer jähen Bewegung zog Ava den Stoff herunter und drückte ihn dem feisten Frankfurter in die Hand.

»Otterfett verdirbt jede Seide«, sagte sie. »Bis zum Jüngsten Tag. Hast du das nicht gewusst?«

Beleidigt zog er sich zurück. Für heute würde sie Ruhe vor ihm haben.

Bei jeder Bewegung schnitt das Stachelband noch tiefer in seinen Schenkel. Er begrüßte den Schmerz wie einen alten Freund. Zum ersten Mal seit Jahren hatte er es wieder angelegt und tief in sich eine Welle von Glück gespürt. Damals war er kreuz und quer durch die Diözese geritten, bis an die Grenzen Thüringens, um vom Glauben Abgefallene aufzurütteln und verlorenen katholischen Boden zurückzugewinnen.

Seine Mission war leider nicht so erfolgreich gewesen, wie er es sich gewünscht hätte. Denn in jener Zeit hatte es ihm an den richtigen Mitstreitern gefehlt. Glücklicherweise sah das heute anders aus. Sein Widersacher war erledigt, der Fürstbischof stand auf seiner Seite, und keiner, dem sein Leben lieb war, würde es wagen, ihn noch einmal anzugreifen, ihn, den Weihbischof Bambergs.

Was wichtiger war denn je.

Denn sie waren zurück. Nur eine knappe Woche nach Christi Himmelfahrt hatte die Teufelsbrut sich wieder gemeldet.

Anzeichen dafür hatte es genug gegeben, zuletzt die graue Katze, die plötzlich vor seiner Türe gesessen und ihn angemaunzt hatte. Er hasste diese Tiere, elende Nachtgeschöpfe, die nichts Besseres zu tun hatten, als ihn zu verhöhnen. Mehrmals war er versucht gewesen, Fuchs von Dornheim davon zu berichten – um es dann doch lieber zu unterlassen. Er wollte erst ganz sicher sein, Beweise haben, die keiner widerlegen konnte.

Friedrich Förner ließ die Perlen des Rosenkranzes durch seine Finger gleiten. Glatt und kühl war der Bergkristall, und er vermisste die Wärme der Korallen, die sich in seinen Händen immer so lebendig angefühlt hatten. Sie fehlten ihm. Seit er sie nicht mehr hatte, schien alles schwerer geworden.

Er begann sein Gebet.

Sein Herz gehörte der Himmelsmutter, seit er denken konnte, und die Zeit im römischen Germanicum hatte seine Liebe und Verehrung noch inniger werden lassen. Der himmlischen Jungfrau hatte er alles zu verdanken – sein Talent als Prediger, den scharfen Verstand, sogar das Amt, nach dem er sich so lange gesehnt hatte. Dem Jahreskreis nach wären heute die freudenreichen Geheimnisse an der Reihe gewesen. Die Ereignisse der vergangenen Nacht aber ließen nur die schmerzhaften Mysterien zu. Ohnehin fühlte er sich Maria am nächsten, wenn er sich in die Passion ihres Sohnes versenken konnte.

Sonst ließ der gleichmäßige Rhythmus des Sprechens seine Seele zur Ruhe kommen. Förner liebte das Murmeln, das die Welt draußen ausschloss und direkt in sein Innerstes zu dringen schien. Oftmals konnte er schon beim ersten Vaterunser die Tränen nicht mehr zurückhalten. Heute jedoch ließ die ersehnte Versenkung auf sich warten.

Riefen sie schon wieder nach ihm, jene Kräfte der Finsternis?

Und wenn schon – er war bereit, ihnen den Kampf anzusagen, mit allen Mitteln!

Durch den Kamin konnten sie nicht mehr, dafür hatte er gesorgt. Die neue Platte aus schwerem Eisen, in die er den Schmied die gekreuzten Palmzweige hatte punzieren lassen, versperrte den Weg. Außerdem lagen unter jeder Schwelle gefaltete Schutzbrieflein gegen böse Geister. Die Summe, die er dafür investiert hatte, war enorm, aber was sollte er machen? Inzwischen waren sie fast so teuer geworden wie einfache Reliquien.

Hatte er eigentlich die Haustüre abgeschlossen?

Ein Gedanke, der ihn unablässig quälte. Das Kreuz über dem Rahmen reichte nicht aus. Ebenso wenig das C+M+B, das in Kreide darüber prangte. Manchmal musste er sogar mitten in der Nacht aufstehen, um sich zu vergewissern. Aber waren all diese Maßnahmen ausreichend? Es gab Tage, wie heute, da zweifelte er daran. Dann jedoch tröstete ihn wieder die Vorstellung, dass er den Schlüssel mindestens dreimal im Schloss umgedreht hatte.

Plötzlich fiel ihm ein, dass er ja nicht allein im Haus war. Apollonia fuhrwerkte unten in der Küche herum, rau, ungelenk und viel zu laut, wie immer.

Wie unwohl er sich fühlte!

Das Mal am Hals war aufgegangen, schuppte, nässte. Die hohen, steifen Kragen, die er niemals ablegen konnte, forderten ihren Tribut. Er fror. Und er war hungrig. Nicht, weil er sich bewusst zum Fasten entschlossen hätte, sondern weil der Fraß, den sie ihm vorsetzte, seinen empfindlichen Magen jeden Tag stärker beleidigte. Auf zwei Punkte hatte er sein Augenmerk gerichtet, als sie bei ihm vorgesprochen hatte: dass sie alt und möglichst hässlich war. Der üble Geruch, den sie verströmte, bestärkte ihn zusätzlich in seiner Wahl. Kein Teufel würde ihm jemals diese Kreatur schönreden können, so viel war gewiss.

Die Folgen waren erheblich. Er war so mager geworden, dass seine Soutanen schlotterten und Kinder wegliefen, wenn sie sein ausgezehrtes Gesicht sahen, das ein schwarzer Bart noch finsterer machte. Sodbrennen und Durchfall musste er ertragen, und nach all diesen Malaisen fühlte er sich so schwach, dass er sogar Stimmen vernahm. Darüber verriet er natürlich niemandem etwas, nicht einmal Gabriel Hofmeister, seinem Sekretär, der ebenfalls unter dem schlechten Essen litt. Mehr als einmal hatte er ihn schon beschworen, Apollonia lieber heute als morgen vor die Türe zu setzen.

Förner hörte nicht auf ihn.

Was bedeuteten schon körperliche Unannehmlichkeiten, wenn dafür seine Seele in Sicherheit war? Schlimm genug, dass sie einmal schon so großen Schaden genommen hatte. Bis zum Totenbett würde er sich diese Verfehlung nicht verzeihen. Auch deshalb schloss er seinem Rosenkranz stets die Worte von Bruder Klaus an.

»Mein Herr und mein Gott, nimm alles von mir, was mich hindert zu dir …«

Ein Schmerzenslaut kam über seine Lippen. Der Stacheldorn schien seinen Knochen zu durchbohren. Für einen Augenblick war er versucht, das eiserne Band zu lösen, dann aber blieb er stark.

Er würde nicht zaudern oder zweifeln, nicht noch einmal. Förner wusste, was zu tun war. Und das Wichtigste war, keine Zeit zu verlieren. Auch dafür hatte er gesorgt. Alle Akten der alten Drutenverfolgung lagen bei ihm, buchstabengetreu abgeschrieben. Das war Gabriel Hofmeisters Bewährungsprobe gewesen, und dass er sie zu seiner vollständigen Zufriedenheit gelöst hatte, nahm ihn sehr ein für den jungen Mann.

Die passende Lektüre für lange Abende, wenn der Sturm um die Häuser fegte. Die Menschen waren inzwischen an kalte Winter und nasse Sommer mit geringer Ernte gewöhnt. Aber was heute Nacht passiert war, war etwas anderes: als hätte die Hand des Teufels die Natur persönlich niedergedrückt. Ein Zeichen. Eine Strafe für all die, die vom rechten Glauben abgefallen waren.

Doch dieser Spuk würde bald ein Ende haben. Vor sieben Jahren hatten Förner und seine Getreuen kurz vor dem Ziel aufgeben müssen, bedrängt von einflussreichen Familien, die dafür sorgten, dass ihnen schließlich der Geldhahn zugedreht wurde. Einer davon hatte sich besonders hervorgetan, jemand, der auch heute noch ein hohes Amt bekleidete, als hätte sein damaliges Handeln eine besondere Auszeichnung verdient – Kanzler Kilian Haag.

Der Hass auf jenen Widersacher und alle, die wie der Braumeister Haller gemeinsame Sache mit ihm gemacht hatten, brannte noch immer in ihm, eine Flamme, die er sorgsam gehütet hatte. Jetzt bekam sie neue Nahrung, loderte auf wie ein Feuer, in das der Wind fährt.

»Ich krieg euch – euch alle.« Er ließ den Rosenkranz sinken und legte ihn schließlich ganz beiseite. »Und dieses Mal gibt es keine Gnade.«

Beim Aufstehen war der Schmerz am Schenkel so heftig, dass er sich die Lippe blutig biss. Förner taumelte, suchte nach Halt.

Als sein Atem wieder ruhiger ging, streifte ihn ein feiner Duft. Er schüttelte den Kopf.

Lavendel.

Unmöglich, aber der Geruch schien noch stärker zu werden. Sein Körper reagierte unwillkürlich. Er war froh, dass niemand ihn beobachten konnte.

Genauso hatte Barbara gerochen. Und Gundel. Gundel mit dem hellen Haar und dem aufsässigen Blick, die seine Schubladen durchwühlt hatte und dabei an die versteckte Essenz gekommen sein musste. Vielleicht der Grund, weshalb er sie überhaupt wahrgenommen hatte. Weil sie auf einmal den Duft seiner Lieblingsschwester verströmt hatte.

Aber Barbara war seit mehr als zwanzig Jahren tot, und was mit Gundel geschehen sein mochte, nachdem er sie vor die Türe gesetzt hatte, daran wollte er nicht einmal denken. Sie hatte die Frechheit besessen, ihm auch noch einen Brief zukommen zu lassen, nachdem sie ihn so dreist bestohlen hatte; jemand anders musste ihn verfasst haben, denn sie konnte ja weder lesen noch schreiben. Er hatte ihn nur überflogen, dann in ein Gebetbuch gesteckt und weggeschlossen. Allein der Name – die reinste Blasphemie! Nicht einmal davor war sie in ihrer abgrundtiefen Schlechtigkeit zurückgeschreckt.

Aber bisweilen, in den allerdunkelsten Stunden, war er zum Schrank geschlichen und hatte sich dieses Machwerk erneut vorgenommen. Durch die Lagerung hatte es Barbaras Geruch angenommen. Und kaum geriet ihm der Lavendel in die Nase, stand ihm jedes Mal wieder ihre teuflische Verführungskunst vor Augen. Vor allem jedoch die Schwäche seines eigenen Fleisches. Deshalb gab es den Brief noch immer, so gefährlich er für Friedrich Förner auch war. Um niemals zu vergessen.

»Monsignore? Seid Ihr zu sprechen?« Hofmeisters frische Stimme drang von unten zu ihm. »Ich bringe die neuen Abschriften.«

»Ich komme.« Förners magere Finger strichen die Kleidung glatt. Seine Erregung verebbte. Der Stoff der Soutane war schwarz und glücklicherweise dicht genug gewebt, um Blutflecken zu verdecken. »Bemüh dich nicht. Ich bin gleich bei dir, mein Sohn.«

Nebenan hörte sie die Männer reden, und ein Impuls war, zu ihnen hinüberzugehen, nackt, wie sie gerade war. Dann hätte alles ein für alle Mal ein Ende: das Warten, die Heimlichkeiten, die Lügen. Überrascht würden sie sein. Dabei kannten sie, was sie ihnen zu zeigen hatte. Denn mit beiden war sie vertraut, wenngleich auf unterschiedliche Weise. Mit ihrem Mann Harlan das Lager zu teilen war für Agnes Pacher wie eine deftige, einfallslose Mahlzeit. Sie war den Geschmack längst leid und froh, sobald die Sättigung eintrat. Veit Sternen dagegen zu schmecken ließ sie jedes Mal nur noch hungriger zurück.

Natürlich blieb sie, wo sie war, in der Kammer, in der sie während der Zeit des Wochenflusses geschlafen hatte und die sie am liebsten für immer behalten hätte. Nichts in der Welt zog sie zurück zu dem allnächtlichen Stöhnen und Schnarchen ihres Mannes.

Aus der Wiege in der Ecke drang Wimmern. Sie legte die Kleider beiseite, die sie aus der Truhe geholt hatte, ging hinüber, beugte sich hinunter und steckte dem Kind einen biergetränkten Stofffetzen in den Mund, an dem es gierig saugte. Milchschorf bedeckte sein Gesicht und den kleinen Brustkorb, und sie hoffte jeden Tag, er würde endlich abfallen.

Ein Nimmersatt, ihr erster Sohn nach zwei Töchtern, Harlans ganzer Stolz. Er hatte seinen bräsigen Schädel, seine Nase, die großen Ohren geerbt, das war schon jetzt unübersehbar. Gepaart mit seinem tyrannischen Wesen, auch daran gab es leider keinerlei Zweifel. Auf den Namen Johannes Harlan Martin hatten sie ihn taufen lassen, und Agnes hatte beschlossen, dass er ihr letztes Kind bleiben sollte.

Dabei hatte sie die Schwangerschaft genossen. Stark und heißblütig hatte sie sich gefühlt, mit ihrem quellenden Busen, den vollen Wangen, Augen, aus denen überbordende Lebenslust blitzte. Voller Übermut war sie gewesen, so draufgängerisch, dass nicht einmal Veit ihr länger widerstehen konnte. Im Holzlager hatten sie sich getroffen, und dass es ausgerechnet Harlans Lager war, das für ihre heimlichen Liebesstunden herhalten musste, hatte alles nur noch aufregender gemacht.

Die Geburt jedoch und alles, was danach gefolgt war, beendete ihre Liebschaft jäh. Seitdem fühlte sie sich manchmal wie ein altes Weib.

Agnes sah an sich herunter. Eigentlich konnte sie es Veit nicht einmal verdenken. Der Gestank der vergangenen Wochen lag zum Glück hinter ihr, aber noch immer war ihr Körper so verändert, dass er ihr fremd vorkam. Über den weichen Bauch zogen sich silbrige Streifen, die Brüste hingen schlaff, und die entzündeten Spitzen waren alles andere als ein Quell der Lust.

Johannes musste endlich abgestillt werden. Sie hatte es satt, dass kein Mieder mehr passte. Und ihre Hüften durften nicht länger plump bleiben. Schon ohne Auspolsterung sah sie fett aus. Mehr als einmal verwünschte sie Harlan dafür. Wenn er glaubte, in ihr die Zuchtstute gefunden zu haben, die ihm ständig warf, dann täuschte er sich! Sie hatte nicht vor, Jahr für Jahr zu gebären, jetzt, wo es einen Sohn und Erben gab.

Ihr Körper durfte sie nicht im Stich lassen. Er war stets ihr Kapital gewesen, etwas, worauf sie bauen konnte, ohne nachzudenken. Jetzt hatte er sie auf bittere Weise gelehrt, wie vergänglich die Macht schöner Frauen war. Aber es durfte nicht für immer vorbei sein; sie war doch noch jung – und sie wollte ihren Geliebten zurück!

Für den Moment blieb ihr nichts anderes übrig, als sich in ein grünes Kleid zu hüllen, eines der wenigen, die locker genug saßen. Trotzdem war das Mieder so eng, dass sie kaum atmen konnte. Ihre üppigen blonden Locken hatten ihm immer gefallen, deshalb band sie sie zu zwei losen Zöpfen. Bevor sie hinüberging, befeuchtete sie ihre Lippen, damit sie voller wirkten, und sandte ein stummes Bittgebet zu ihrer Namenspatronin. Sie war keine schnöde Ehebrecherin. Sie liebte nur einen anderen – war das ihre Schuld?

Die beiden Männer saßen am Tisch und sahen kaum auf, als sie hereinkam. Sie störte offensichtlich und ärgerte sich, dass sie es so wenig verbargen.

»Veit!« Agnes errötete wider Willen, als er stumm blieb, ohne ein Zeichen des Erkennens, ohne Gruß. »Du hast dich aber lange nicht mehr bei uns blicken lassen.«

»Das wird sich ändern.« Harlan lächelte selbstzufrieden. »Schläft der Kleine?«

»Was sollte er sonst tun, wenn er nicht gerade trinkt?«, sagte sie. »Ihr habt ein neues Geschäft verabredet?«

»Es geht um Fuchs von Dornheim«, sagte Harlan. »Der Fürstbischof will eine große, schöne Krippe. Veit soll sie ihm schnitzen. Und das Holz dafür bekommt er von mir.«

»Noch steht nichts auf dem Papier«, wehrte Veit Sternen ab. »Der Fürstbischof war heute ausgesprochen übler Laune. Schmeckte ihm gar nicht, dass er die Jagd im letzten Augenblick absagen musste. Aber das nächtliche Reißen hat ihn so gepiesackt, dass er sich kaum bewegen konnte.«

»In diesem Zustand hast du ihn überredet?«, sagte Agnes und berührte ihn wie zufällig mit dem Arm. »Meine Hochachtung!«

»Es war nicht weiter schwierig.« Veit rückte ab. Die Röte auf ihren Wangen vertiefte sich. Wieso hatte sie sich nicht mit Rosenwasser beträufelt? Das würde selbst den gleichgültigsten Mann wild machen, hatte eine Nachbarin ihr anvertraut. Aber gefiel ihm überhaupt noch, was er sah? Oder überlegte er gerade, wie er sich jemals auf sie hatte einlassen können? »Er scheint nur einer von denen zu sein, die sehr viel Zeit brauchen, um Entschlüsse zu fassen.«

Er wandte sich zu Harlan, als sei sie gar nicht vorhanden.

»Bisher hab ich vor allem mit Pappel gearbeitet. Und mit Zedern- und Pinienholz, drunten, in Neapel. Bei diesem Auftrag aber will ich es mit Linde versuchen.«

Harlan wirkte ungeduldig.

»Ich weiß genau, was du brauchst. Wir können sofort zum Lager fahren, damit du siehst, was alles auf Bestand ist. Soll ich anspannen lassen?«

»Zum Lager? Lieber morgen. Ist schon lange her, dass ich dort war.«

Etwas Heißes schoss Agnes in die Kehle. Sie spürte, wie ihre Brüste hart wurden. Plötzlich hasste sie den kleinen Johannes, noch mehr aber hasste sie ihren Mann. Was sollte sie mit Harlans hungrigem Kind – und den weiteren, die sie Jahr für Jahr gebären sollte, wenn es nach ihm ging?

Der Krippenschnitzer war es, den sie begehrte. Sie krampfte die Hände in ihren Rock. Am liebsten wäre sie ihm um den Hals gefallen.

»Dann wird es ja Zeit. Hast du Hunger? Die Frau kann für uns auftragen lassen.«

Als ob sie seine Magd wäre! Sie hatte Harlan all die vergangenen Monate nur ertragen können, weil sie wusste, dass es Veit gab. Sie wollte bei ihm sein. Ohne Veit verloren die Dinge ihre Farbe, war die Welt ohne Glanz.

»Geh selber«, sagte sie und schickte ein Lächeln hinterher, damit er nicht gleich wütend wurde. »Mir ist gerade nicht recht wohl. Der Kleine nimmt mich ganz schön her.«

»Seh ich dich irgendwann wieder?«, flüsterte sie, als Harlan draußen war. »So wie früher?«

»Du hast ein schönes Kind geboren«, erwiderte er. »Ich hätte längst schon zu eurem Stammhalter gratulieren sollen.« Er lächelte. »Ihr müsst sehr stolz sein, Harlan und du.« Er wirkte so fern, als hätten sie sich niemals berührt.

Sie spürte, wie ein Zittern durch sie ging. Jeder Atemzug tat weh. Ihre Verzweiflung wuchs. Ihr Mut auch.

»Veit, du musst mir glauben, dass ich nur …«

»Ich hab der Magd Bescheid gesagt.« Harlans massige Gestalt war zurück und machte den kleinen Raum dunkler. »Sie bringt gleich Brot, Schinken und Bier.«

Sie starrte Veit an. Nichts in seinem Gesicht bewegte sich.

Rede, dachte sie. Mach irgendetwas, eine Geste, ein Zeichen, eine Bewegung, sonst geh ich zugrunde.

Eine Ewigkeit geschah nichts.

Plötzlich fiel ein verirrter Sonnenstrahl durch das Fenster. Veits Augen blitzten auf. Das helle Grün, das sie so verrückt gemacht hatte, vermischte sich mit Gelb und wirkte auf einmal tückisch.

Teufelsaugen, dachte sie, die mich noch in den Abgrund bringen werden, wenn ich so weitermache. Etwas Kaltes legte sich um ihr Herz. Für einen Augenblick zweifelte Agnes.

Dann aber war sie sich auf einmal sicher, dass er ihr heimlich zugezwinkert hatte.

Es wurde warm in Avas Rücken, nun, da Veit endlich gekommen war, und sie wagte plötzlich nicht mehr, sich zu rühren. Nur ihre Hände arbeiteten weiter, ruhig, gleichmäßig, als ob ein anderer sie bewegte.

Die Kinder mussten nicht wissen, was in ihr vorging. Sie war froh, dass sie sich endlich eingefunden hatten, durchfroren und zerlumpt, wie sie waren.

»Bist du bald fertig?«, rief Kaspar, dessen Nase rot und spitz aus dem kleinen Gesicht stach. »Mein Bauch hat schon ein riesengroßes Loch, so leer ist er!«

»Lass sie in Ruhe«, schalt ihn Lenz. »Wenn du sie dauernd störst, dauert es noch länger.«

»Wieso geht ihr nicht einfach vor?« Alles hätte sie darum gegeben, jetzt allein zu sein. Allein mit ihm.

»Ach, wir können doch genauso gut auf dich warten.« Kunis schlechte Laune war nur ungenügend kaschiert. Lenz und sie hatten sich gestritten. Ava spürte es, auch wenn sie nicht darüber sprachen. Aber sie schauten sich nicht an, hielten so krampfhaft Abstand, dass es jedem auffallen musste. Auch die Kleinen wussten genau, wie gereizt die Stimmung war. Sie sah es an ihren wachsamen Blicken, den verhaltenen Gesten. »Du weißt doch, dass wir immer zusammenbleiben.«

Veit Sternen hatte sich inzwischen an Lenz und Lenchen vorbeigeschoben und stand nun direkt vor ihr. Viel zu lange starrte er in die nahezu leeren Körbe.

»Forellen und Schleien sind schon aus«, sagte sie, weil sie das Schweigen zwischen ihnen nicht mehr ertrug. »Zander auch. Und was die Hechte betrifft, so gibt es nur noch …«

»Ich bin spät, ich weiß«, sagte er. »Schön, dass ich dich überhaupt noch antreffe! Eigentlich sollte ich heute ja auf einer Jagd sein, aber die wurde abgesagt. Ich bin froh darüber. Aus dem Gemetzel mach ich mir nicht viel.« Er räusperte sich. »Wie es aussieht, brauch ich nach Äschen gar nicht erst zu fragen?«

»Nichts mehr da. Keine einzige. Aber ich könnte neue räuchern«, sagte Ava. »Sobald ich einen frischen Fang bekomme.«

»Und wann würde das sein?«

Die Zeit schien stillzustehen. Seine Hände lagen auf dem rauen Holz des Verkaufsstandes. Breit waren sie, bedeckt mit zahlreichen kleinen und größeren Narben, die sein Handwerk verrieten. Bei aller Schwere hatten sie etwas Verletzliches, das sie berührte. Ava musste sich eisern zusammenhalten, um nicht ihre darauf zu legen.

»Kommt ganz darauf an«, sagte sie. »Wenn es eilig ist …«

»Sehr eilig.« Er lächelte.

»Ich hab solchen Hunger«, maulte Toni. »Und Lenchen stößt mich dauernd. Aber nur, wenn du nicht hinsiehst. Ich bin schon voller blauer Flecken. Gehen wir endlich?« Er begann zu summen.

»Sind das deine?« Veits Blick flog über die Kinder. »Alle fünf?«

»Sozusagen.« Sie lächelte zurück. »Aber geboren hab ich sie nicht. Ich bin nur eine Art Hafen für sie. Eine Anlegestelle für schlechte Zeiten. Wenn sie satt sind, nicht mehr frieren und sich ausgeschlafen haben, ziehen sie wieder weiter. Und das ist mir ebenso recht. Denn ich bin gern für mich.«

»Die Kleine auch?« Lenchen hatte sich an Avas Beine geschmiegt. Unter dem hellen Schopf wirkten ihre Augen fast schwarz. »Ist sie nicht noch ein bisschen zu jung dafür?« Sie kam ihm bekannt vor. Er hatte sie schon gesehen. Aber Veit wusste nicht mehr, wo es gewesen war.

»Das Leben hat sie nicht danach gefragt.« Ava drückte das Kind an sich. »Ich bin froh, dass sie die anderen hat.«

»Nächste Woche?«

Er hatte so leise gesprochen, dass sie sich unwillkürlich vorgebeugt hatte. Aus den Augenwinkeln sah sie, dass der dicke Frankfurter zu ihnen herüberstarrte. Und noch einen Gaffer gab es, ein hoch gewachsenes, schlankes Mädchen mit dunklen Locken, das sich jetzt seitlich an einen der Stände drückte, weil es offenbar nicht gesehen werden wollte.

»Wenn der Mond voll ist«, sagte sie. Es durfte nicht zu schnell geschehen. Sie wollte noch weiter in ihrem Traum wohnen. »Ich will es versuchen.«

»Ich freue mich«, sagte er. »Und ich danke dir.«

Etwas Warmes strömte in ihren Bauch. Die Kälte, der Hagel, all die toten Pflanzen und Tiere waren vergessen. Plötzlich war der Tag weich und still. Er würde kommen. Jetzt erst wusste sie, dass es ihn wirklich gab.

»Du kennst mein Haus, unten am Fluss?«

Der Krippenschnitzer nickte.

Dann streckte er seine Hand aus und streichelte vorsichtig über das helle Köpfchen mit den Nissen.

Zwei

Da war diese Hitze in seinem Körper. Und ein stechender Schmerz, im rechten Ellenbogen und in der Schnitzhand, der ihn zwang, langsamer zu arbeiten. Er hatte schlecht geschlafen und noch schlechter geträumt, war lang vor der Dämmerung aufgewacht, zerschlagen und missmutig. Am liebsten hätte Veit Sternen das mit raschen Schnitten gefertigte Modell zweier kämpfender Widder an die Wand geworfen und wäre nach draußen gerannt, aber die Zeit drängte. Der Fürstbischof war ein ungeduldiger Auftraggeber, jetzt, da er sich endlich entschlossen hatte.

Die Werkstatt war enger geworden, seit sie zur Hobelbank auch noch den Zeichentisch hineingezwängt hatten, an dem Simon arbeitete. Morgenlicht fiel auf sein blasses Gesicht, die dunkelblonden Haare, die schlanke Linke, die die Kreide über das Papier führte. Er hatte die gebogene Nase seiner Mutter und war Francesca im Profil so ähnlich, dass Veit beklommen zumute wurde. Sie war ihm sehr fern geworden in letzter Zeit – ebenso wie ihr Sohn. Aber war es nicht immer schon so gewesen? Francesca und Simon gehörten zusammen, während Selinas Platz von jeher bei ihm gewesen war.

Simon liebte seine neue Aufgabe, zeichnete bereits, wenn der Vater die Werkstatt betrat, verließ seinen Platz mittags nur, um zerstreut etwas hinunterzuschlingen, und war auch abends kaum zum Aufhören zu bewegen. Manchmal kam er ihm so entrückt vor, dass er ihn am liebsten geschüttelt hätte.

»Es ist erst der Anfang«, wollte er zu ihm sagen. »Bevor das kostbare Holz an die Reihe kommt. Du musst lernen, Maß zu halten. Das ist das Wichtigste. Wenn du so weitermachst, wirst du vor dem Ziel verbrennen.«

Aber er hielt nicht Maß, er brauchte keins.

Simon war jung, voller Elan und schien über unerschöpfliche Energien zu verfügen, während Veit von Tag zu Tag deutlicher zu spüren bekam, welch enge Grenzen seiner Kraft gesetzt waren. Es hatte ihn Überwindung gekostet, den Jungen dieses Mal von Anfang an einzubeziehen, aber inzwischen war er froh, dass er sich zu diesem Schritt entschlossen hatte.

Fuchs von Dornheim hatte den Ausschlag dazu gegeben.

»Ich bin froh, dass wir Euch gewinnen konnten«, sagte er, nachdem in der heiklen Frage der Honorierung endlich ein Kompromiss gefunden worden war. Sein Kämmerer hatte sich eingemischt, ein spitznasiger Kleriker mit scharfen Magenfalten, der so geschwind Zahlen auf ein Blatt Papier schrieb, dass einem ganz schwindelig dabei werden konnte. Und noch ein Dritter war dabei gewesen, Weihbischof Friedrich Förner, in seiner zerschlissenen Soutane hager und dunkel wie ein Totengeist. »Ihr wisst, was wir von Euch erwarten. Keine leichte Aufgabe. Denn das scheinbar Einfache entpuppt sich oft als das Schwierigste.«

Veit Sternen verneigte sich leicht.

»Es ist mir eine Ehre, meiner Heimatstadt auf diese Weise dienen zu dürfen, Exzellenz«, sagte er. »Ihr werdet gewiss nicht enttäuscht sein. Die Bilder des Südens leben in mir. Jetzt aber werden sie sich mit den Eindrücken des Nordens vermischen.«

»Der Süden – ja.« Der Fürstbischof klang plötzlich sehnsuchtsvoll. »Wisst Ihr, dass ich Euch um die Jahre dort beneide? Das Licht, die Weite, die Sonne, das hat der Süden uns voraus. Und eine reine, schlichte Frömmigkeit, die ich hier oft vermisse.«

Die Tür ging auf. Ein schlanker Mann in mittleren Jahren kam herein, zurückhaltend gekleidet, mit blondem, leicht schütterem Haar.

»Mein Hofastrologe, Damian Keller«, sagte von Dornheim. »Vater und Sohn Sternen, Krippenschnitzer ihres Zeichens. Wo war ich eben stehen geblieben?«

»In Rom«, soufflierte Förner. »Bei dem Licht und der reinen Frömmigkeit.«

»Genau. Mein Lieblingsthema. Eine Frömmigkeit, die das Herz berührt, nicht den Kopf. Um Christus zu lieben, brauchen wir keinen Verstand!«

»Manchmal jedoch kann der Verstand sehr hilfreich sein«, sagte der Weihbischof. »Wenn er uns hilft, die Klarheit und Schönheit der jungfräulichen Gottesmutter zu begreifen ...«

»Ihr redet wie ein Jesuit«, fiel Fuchs von Dornheim ihm ins Wort. »Ich weiß, dass Ihr gebildet seid, studiert, belesen. Aber das Volk ist es nicht. Es soll einfach glauben, fühlen, beten – ohne dem Götzen des Wortes zu verfallen wie jene Abtrünnigen, die sich Protestanten schimpfen!«

»Es gibt noch weitaus Schlimmere«, wandte Förner ein. »Jene, die ihre Seele verkauft und sich den Mächten der Finsternis verschrieben haben. Gerade jetzt, wo sie wieder ihre Fratzen erhoben haben, müssen wir schnell ...«

»Kein Wort von jenen Unseligen! Mir geht es um die Frommen, um die, die tun, was die Gebote des Herrn verlangen. Die, die wie Kinder mit reinen Seelen zum Himmel streben. Dabei wird die neue Krippe ihnen helfen. Deshalb muss sie so schlicht und ungekünstelt sein wie das Volk selber – und sehr, sehr groß. Um der Herrlichkeit Jesu gerecht zu werden.«

»Ihr habt Glück, Exzellenz, denn die Zeichen stehen äußerst günstig für Euer Vorhaben«, mischte sich Keller ein und wies auf ein Stück Papier, das er in der Hand hielt. »Der Augenblick ist optimal gewählt, denn der wohltätige Jupiter beherrscht diese Stunde.« Sein Finger wies auf eine Stelle. »Sein Zeichen, der Schütze, geht gerade auf, noch kraftvoll in seinem eigenen Haus stehend, dem *domus religionis*. Eine wahrhaft vortreffliche Konstellation für ein so frommes Werk!«

Der Fürstbischof wirkte zufrieden. Die Gegenwart seines Astrologen schien ihn zu entspannen. Während der gesamten Audienz hatte er immer wieder zu Simon geschaut, der schweigend dagestanden war, die Augen gesenkt. Manche verwechselten diese Haltung mit Schüchternheit, aber wer den jungen Sternen näher kannte, wusste, dass sich anderes dahinter verbarg: Konzentration und der Wille, sich durch nichts vom Wesentlichen abbringen zu lassen.

»Und wie lautet die Meinung des *filius* in dieser Angelegenheit?« Auch beim näheren Hinsehen gewann Dornheims Gesicht nicht. Kleine, in Fett gebettete Augen, ein schlaffer Mund, die Nase scharfrückig. Unter dem Bischofskäppchen ragten krause, graumelierte Haarbüschel hervor.

»Wer vor den Krippenberg tritt, soll sich zugehörig fühlen«, sagte Simon. »So wenigstens begreife ich es. Und es muss eine große Krippe sein, genau, wie Ihr es eben gesagt habt. Das macht es einfacher.«

»Gut und klar geantwortet!« Die fleischigen Hände des Fürstbischofs nestelten an seinem goldenen Pektorale, ebenso üppig wie der Amethyst an seiner Hand. »Ein junger Mann, der sich seine Gedanken macht. Das gefällt mir.«

»Es fällt leichter, wenn das, was man zu sehen bekommt, nicht zu fremd ist«, fuhr Simon fort. »Sonst bleibt man draußen und gelangt nicht vom Staunen zum Fühlen. Die Geschichte Jesu aber muss ganz nach innen.« Er berührte seine Brust. »Direkt ins Herz. Deshalb würde ich den Figuren Gesichter geben, wie man sie hier in der Stadt findet. Unter Freunden. Nachbarn. Oder durchziehenden Kaufleuten. Und ich würde sie auch dementsprechend kleiden …«

»Was bedeutet schon äußerlicher Tand?«, unterbrach ihn Förner. »Wo es doch um die unsterbliche Seele geht – und nicht um den Körper. Ich fürchte, das Wesentliche bleibt bei dieser Betrachtungsweise auf der Strecke.«

»Das glaube ich ganz und gar nicht.« Simon sah den Weihbischof furchtlos an. »Wenn die Figuren so aussehen wie Ihr und ich, dann ist es doch, als träfe ich meinen Nachbarn vor dem Stall. Und damit werde ich auf einmal selber Teil des Geschehens.«

»Was er sagt, hat Hand und Fuß.«

Der Fürstbischof erhob sich von seinem Sessel, den ein mächtiges Geweih krönte. Weitere Jagdtrophäen zierten die roten Wände. Er hatte zur Audienz in die Alte Hofhaltung auf dem Domberg gebeten, nicht in sein komfortabler eingerichtetes Schloss Geyerswörth, am Rande des Mühlenviertels gelegen. Sicherlich nicht ohne Grund. Alles, was Fuchs von Dornheim tat, war wohl überlegt.

»Denn hätte Gott nicht gewollt, dass wir den Leib ehren, hätte er uns ohne ihn erschaffen. Dann wäre sein Sohn auch niemals Mensch geworden. Außerdem«, sein Blick heftete sich durchdringend auf die abgeschabte Soutane seines Gegenübers, »verpflichtet ein Amt zur Sorgfalt. Wir verkörpern die heilige Mutter Kirche. Auch in unserer Erscheinung. Feinden, die nur auf Schwächen warten, sollten wir es nicht zu einfach machen.«

Er wandte sich Veit Sternen zu.

»Aber kann er das auch umsetzen?«, fragte er, als sei Simon gar nicht mehr im Raum. »Ich meine, ist der *filius* überhaupt in der Lage dazu?«

»Mein Sohn arbeitet in meiner Werkstatt.« Veit antwortete vorsichtig, weil er noch nicht genau wusste, worauf die Unterhaltung hinauslief. »Ich war sein Lehrmeister. Ich kenne seine Fähigkeiten. Dass er fleißig und geschickt ist, weiß ich. Und ich übertreibe nicht, wenn ich sage, dass Simons Zeichentalent meines noch übertrifft.«

»Dann haben wir sicherlich alsbald Gelegenheit, uns von

diesem Können auch *in natura* zu überzeugen, nicht wahr?« Wenn der Fürstbischof die Augen schloss, erinnerte er an eine schläfrige Kröte.

»Wie meint Ihr das, Exzellenz?«

Erstaunlich behände war Fuchs von Dornheim zu Simon herumgefahren. Der wäre am liebsten zurückgewichen vor der halslosen Gestalt, aber er nahm sich zusammen.

»Deine Handschrift will ich sehen, mein Sohn«, sagte er. »Und zwar in den Figuren. Die Menschwerdung des göttlichen Kindes – ist das nicht eine treffliche Gelegenheit für ein junges Talent?«

Er wandte sich ab, nahm einen Schluck aus seinem Silberbecher.

»Wir müssen schon heute an morgen denken.« Das war wieder an Veit gerichtet. »Und erst recht an übermorgen. Keiner von uns ist unsterblich. Unsere Mission aber soll es sein. Wer anders als die Jungen könnte der Bogen sein für diesen Pfeil, der weit in die Zukunft zielt? Die Juden nennen sie das ›Salz der Erde‹, wusstet Ihr das? Und wenn die Söhne Israels auch in vielem irren, in diesem Punkt haben sie Recht.«

Förner, der neben dem feisten Fürstbischof noch magerer wirkte, blieb stumm, obwohl ihm anzusehen war, dass er ganz und gar nicht einverstanden war.

»Mein Bruder in Christo und ich haben uns für das Privileg des Zölibats entschieden und damit auf das Glück einer eigenen Nachkommenschaft verzichtet. Umso mehr erfreuen wir uns an den Gaben der Jungen.« Der Fürstbischof nestelte an seinem Kragen. Es war warm geworden im Audienzsaal. Die Frühlingssonne warf Kringel auf die dunklen Eichenbohlen. Staub tanzte in der Luft. Auf einmal roch man die Muffigkeit des Raumes. »Also, lasst uns nicht zu lange warten!«

Von Dornheim meinte, was er gesagt hatte, und diese Gewissheit stimmte Veit Sternen nicht gerade fröhlicher, obwohl schon Tage seit diesem Zusammentreffen verstrichen waren. Sein Kopf brummte, als er sich wieder daran erinnerte. Sein Körper glühte. Er durfte nicht krank werden, nicht jetzt, wo alles in Bewegung kam und ein lang gehegter Wunsch in Erfüllung zu gehen schien.

Er streckte sich, wollte das Unbehagen aus den Gliedern vertreiben und stieß versehentlich gegen die Hobelbank. Das Schnitzeisen entglitt ihm und fiel zu Boden.

Er stieß einen leisen Fluch aus.

»Vater – was ist mit dir?«

»Nichts«, sagte Veit. Tränen schossen in seine Augen. Es war, als seien die Arme doppelt so dick wie sonst, gefüllt mit glühender Lava, die Hände versteift. Er wollte sich bücken, um das Werkzeug aufzuheben, aber die Finger versagten ihm den Dienst.

Simon tat es an seiner Stelle. Dann spürte er dessen kühle Berührung auf seiner Stirn.

»Du bist ja ganz heiß«, sagte er. »Du gehörst ins Bett.«

»Zeig mir lieber deine Blätter!«, verlangte Veit. Er war ihm dankbar, dass er die nassen Augen nicht erwähnte. »Ich will endlich sehen, was du seit Tagen ausbrütest.«

»Ich bin noch nicht so weit …«

»Die Zeichnungen, Simon!«

Er bekam sie gereicht, sichtlich unwillig.

»Das sollen Hirten sein?«, sagte er schließlich.

»Nein«, sagte Simon. »Von denen gibt es auch ein paar Skizzen. Aber ich konnte plötzlich nicht mehr weitermachen. Nicht so. Denn mir kam in den Sinn, dass ich ja mit den Königen beginnen muss. Schließlich haben sie als Erste den Stern gesehen.«

Die Köpfe waren kraftvoll. Melchior hatte ein scharf geschnittenes, bärtiges Greisengesicht, in dem die Augen wie eine Lichtquelle strahlten. Balthasar, mit einem kurzen Kinnbart, sah aus wie ein selbstbewusster Ratsherr, der Tatkraft und Zuversicht verströmt. Caspar, der jüngste der drei Magier, glatt rasiert, wirkte sanft und gleichzeitig weise. Der Überlieferung nach stammte der erste aus Asien, während der zweite Europäer war, der dritte Afrikaner. Aber was Simon zu Papier gebracht hatte, waren hiesige Gesichter, Gesichter aus Bamberg: Männer, die man am Hafen sehen konnte, auf den Brücken oder in irgendeiner Werkstatt. Nicht einmal die dunkle Schattierung des Mohren änderte etwas daran.

»Sehr schön«, sagte Veit. »Das Beste, was ich bislang von dir gesehen habe. Aber vereinbart hatten wir etwas anderes.«

»Ich weiß, Vater. Es tut mir Leid. Aber ich musste es tun. Es wollte einfach aus mir heraus – genau auf diese Weise.«

Veit hatte auf diesen Augenblick gewartet. Aber musste er ausgerechnet jetzt eintreten, wo er sich so elend fühlte?

»Man sollte sich nur entschuldigen, wenn man es auch wirklich so meint«, sagte er. Die Zunge lag ihm so pelzig im Mund, dass selbst das Sprechen plötzlich eine Anstrengung war. »Sonst ist es nichts als Verstellung. Und damit schlimmer als Hochmut. Wir reden darüber, sobald ich mich besser fühle.«

Er stand auf, umfasste den Ellenbogen mit der linken Hand und spürte dabei die starke Schwellung. Seine Rechte war taub, die Fingergelenke erschienen ihm unnatürlich verdickt. Wenn dieser Zustand anhielt, konnte er vielleicht nie wieder ein Schnitzeisen führen. Veit wehrte sich gegen die Angst, die ihn bei diesem Gedanken befiel.

»Ich muss mich wirklich niederlegen. Arbeite du weiter an den Entwürfen für die Tiere. Wenn du willst, kannst du dich an ein paar neuen Böcken versuchen. Ich möchte noch mehr Lebendigkeit in das Geschehen bringen. Und danach nimmst du dir die Hirten vor. Ich bin schon gespannt auf deine Zeichnungen.«

»Aber ich …«

»Oder willst du wieder nur Füße und Hände machen – so lange, bis auch diese Krippe beendet ist?«

Simon schüttelte den Kopf. Seine Augen waren dunkel geworden.

»Gut. Dann ist ja alles klar. Und trödle nicht herum. Wir sollten so bald wie möglich mit dem Schnitzen beginnen.«

Sehr aufrecht ging er hinaus.

Simon packte das Blatt, zerknüllte es und warf es ihm hinterher.

Es war schwieriger mit den Äschen, als sie geglaubt hatte. Bastian Mendel, den Ava danach fragte, als er ihr einen frischen Fang brachte, wiegte nachdenklich den Kopf.

»Sie beißen schlecht«, sagte der Fischermeister und steckte die Münzen ein, die sie ihm gegeben hatte. »Könnte an der neuen Steinmühle liegen, die sie erst vor ein paar Tagen flussaufwärts in Betrieb genommen haben.«

»Und was wird jetzt aus der Hechtmühle? Die, die Kurz früher bewirtschaftet hat?«

Er zuckte die Schultern. »Da musst du schon Kurz selber fragen. Aber wozu willst du ausgerechnet Äschen?« Er deutete auf die gefüllten Körbe, in denen Zander, Forellen und Hechte lagen. »Zum Verkaufen hast du doch mehr als genug.«

»Ich brauche sie«, beharrte Ava. »Für ganz spezielle Kunden.«

Eine Weile blieb er stumm. Die Falte zwischen seinen blonden Brauen vertiefte sich.

»Kannst ja den anderen damit beauftragen«, sagte er dann. »Er hört nicht auf, in unseren Revieren zu wildern. Aber das weißt du ja sicher. Sag ihm, er soll aufpassen. Denn wenn wir Fischer ihn in die Finger bekommen, hat er nichts mehr zu lachen.«

Das erste Mal, dass er direkt auf Mathis anspielte. Ava beschloss, es nicht zu kommentieren.

»Dann warte ich eben«, sagte sie, »bis sie wieder besser beißen. Obwohl ich es nicht gern tue.«

Bastian antwortete nichts darauf, wie es seine Art war, die Augen aber flogen neugierig durch den Raum. Toni und Kaspar saßen nebeneinander auf der Küchenbank und vertilgten die letzten schrumpeligen Winteräpfel, während Lenz gerade mit einem Bündel Äste aus dem Wald zurückkam.

»Du hast ja ordentlich Zuwachs bekommen«, sagte er schließlich.

»Sozusagen.« Von draußen war Kunis Stimme zu hören und das freudige Quietschen Lenchens; die beiden spielten Fangen unterm Hollerbaum.

»Für immer?«

»Nein«, sagte Ava. »Nur so lange, bis sie wieder etwas mehr Fleisch auf den Rippen haben.«

»Und ich dachte, du bist am liebsten allein.«

Bastian hatte einen wunden Punkt getroffen, das merkte sie, als er sich wortkarg verabschiedet hatte. Am liebsten hätte sie die Kinder tatsächlich weggeschickt. Ava wollte das Haus richten, alles für sein Kommen vorbereiten. Unbeobachtet. Nicht unter den wachsamen Augen von fünf Kindern, denen es zur Überlebensnotwendigkeit geworden war, selbst die kleinste Änderung in ihrer Umgebung zu registrieren. Aber als ob Kunis Bande es gespürt hätte, zeigten die fünf sich ungewöhnlich anhänglich. Tagsüber verschwanden sie zwar zu ihren Streifzügen, doch sobald es dunkel wurde, fanden sie sich alle wieder bei ihr ein.

»Die Leute sind so geizig geworden«, maulte Toni. »Ich hab heute gesungen, bis ich heiser war. Aber keiner hatte auch nur ein Kupferstück übrig.«

»Es stimmt, was er sagt.« Kunis Gesicht war noch spitzer als sonst. »Einer hat mich angebrüllt, als ich nur im Abfall gestochert habe. ›Das ist für meine Schweine, nicht für solche Bankerte wie dich‹, hat er geplärrt.« Sie zog die Nase hoch und grunzte. «Dabei hat er selber wie ein Schwein ausgesehen – und genauso gestunken.«

Die Kinder lachten. Reka stieß ein Fiepen aus. Anfangs hatten sie Angst vor ihm gehabt, und auch er hatte die ungewohnten Besucher mit Argwohn betrachtet. Einmal hatte Lenz bei einer zu schnellen Bewegung sogar die scharfen Fänge zu spüren bekommen. Inzwischen aber waren sie aneinander gewöhnt. Am liebsten mochte der Otter offenbar Kuni, die ihm manchmal sogar den Bauch kraulen durfte, und das Mädchen war stolz, dass er ihr seine Zuneigung so offen zeigte.

»Ist die Suppe nicht bald fertig?« Kaspar schaute hungrig zum Herd. »Mich haben sie von den Domstufen gejagt. Wäre ich nicht so schnell gewesen, hätten sie mir sicher auch noch das Fell gegerbt.«

Ava gab ihm ein Stück Brot.

»Später hab ich dann die Taube getroffen«, fuhr Kaspar mit vollem Mund fort und blinzelte dabei unsicher erst zu Kuni, dann zu Lenz. »Auf der Oberen Brücke. Ich hab sie gefragt, ob sie etwas zu essen für mich hat. Verstanden hat sie mich genau, das weiß ich, weil sie wie wild mit ihrer Tafel herumgefuchtelt hat, aber bekommen hab ich trotzdem nichts von ihr. Vielleicht ist sie doch nicht so nett, wie sie immer tut, wenn mein großer Bruder dabei ist.«

Kunis Blick verriet Zufriedenheit. Sie vertrug sich wieder mit Lenz, aber nur, solange der Name Selina nicht fiel.

»Künftig bleibst du am besten immer ganz dicht bei mir«, beendete Lenz das heikle Thema. »Aus der Regnitz sollen sie gestern nämlich einen kleinen Jungen gefischt haben, keine sieben Jahre alt und mausetot.«

»Die Druten waren das!«, rief Toni. »Überall in der Stadt reden sie davon. Die fangen kleine Kinder, schlachten sie bei lebendigem Leibe und essen dann ihr Herz. Und mit dem Fett beschmieren sie …«

»Welches Fett?«, unterbrach ihn Ava.

Die Kinder sahen sich an und prusteten los.

»Am wenigsten ist allerdings an dir dran.« Ava zog Lenchen auf den Schoß. »Helle Haare, Vogelknöchelchen und ein bisschen Haut – allerdings sehr schmutzige Haut. Wann hast du eigentlich zum letzten Mal gebadet?«

Das Mädchen machte sich steif in ihren Armen. Ihr Gesicht war plötzlich wächsern.

»Sie kann Wasser nicht leiden«, sagte Kuni. »Lass sie einfach. Es erinnert sie zu sehr an ihre Mutter.«

»Etwas davon könnte trotzdem nicht schaden – keinem von euch, wenn ich euch so betrachte«, sagte Ava. »Vielleicht sind die Leute freigebiger, wenn ihr nicht mehr wie verdreckte Vogelscheuchen herumrennt.«

Sie strich der Kleinen übers Haar. Reka rieb sich zutraulich an ihrer Wade. Lenchen schaute unsicher zu Kuni, dann zu Ava. Erst als diese nickte, streckte sie die Hand aus und streichelte vorsichtig seinen Rücken.

»Wenn es wärmer wird, gehen wir alle zusammen schwimmen«, sagte Ava, nahm die Suppe vom Herd und trug einen Teller mit Fischen zum Tisch. »Was ist? Seid ihr plötzlich festgewachsen, oder kann mir vielleicht jemand helfen?«

»Du kannst schwimmen?«, sagte Toni, während er ungeniert nach der dicksten Forelle angelte.

»Natürlich. Und ihr werdet es auch bald können«, bekam er als Antwort. »Ist gar nicht schwer, denn das Wasser trägt euch. Ihr müsst nur die erste Angst überwinden und lernen, was man mit den Armen und den Beinen macht. An Reka kommt allerdings keiner heran. Er ist der Herr des Flusses, und allein schon ihm zuzusehen ist ein Vergnügen.«

Am anderen Morgen hielt sie die Kleine zurück. »Du bleibst heute ausnahmsweise bei mir.«

Vielleicht würde es ihr helfen, besser mit der inneren Unruhe fertig zu werden. Der Mond rundete sich. Zwei, höchstens noch drei Nächte, dann wären sie endlich zusammen. Sie wollte keine Zeugen für diese Begegnung, auch nicht die Kinder. Inzwischen war es draußen wieder so warm geworden, dass sie ohne Mühe ein anderes Quartier finden konnten. Mit den Kleidern, die heute Abend als Überraschung auf sie warteten, würden vielleicht sogar die Almosen wieder reichlicher fließen.

Lenchens Augen wurden groß, als Ava die Truhe in ihrer Kammer öffnete. Sie ließ sie in den Stoffen wühlen, bis sie schließlich ein blaues Kinderkleid herauszog.

»Das gefällt dir?«, sagte Ava.

Lenchen nickte.

»Eigentlich wollte ich es ja aufheben. Für meine Kleine, irgendwann. Aber nun sollst du es bekommen.«

Lenchen presste es fest an sich.

»Musst es nicht gleich zerreißen«, sagte Ava. »Niemand wird es dir wieder wegnehmen. Aber zuvor wird gebadet. Und keine Widerrede!«

Den Schal ließ die Kleine sich noch abnehmen, während das Wasser schon im Bottich dampfte, aber als Ava das Kleid mit dem zerrissenen Kragen aufknöpfen wollte, sträubte sie sich.

»Du stinkst wie ein Iltis«, sagte Ava und ließ sich nicht von ihrem Vorhaben abbringen. »Sogar Reka riecht besser als du.« Schließlich fiel das alte Kleid zu Boden und gab ein nicht minder schmutziges Hemdchen preis.

»Die Kette auch«, sagte Ava.

»Das darf ich nicht«, flüsterte Lenchen. »Niemals. Die Mutter hat es verboten.«

Jetzt erst entdeckte Ava das Kreuz, das am unteren Ende baumelte. »Ein Rosenkranz«, sagte sie überrascht. »Mit schönen roten Perlen. Ob die echt sind? Keine Angst, du bekommst ihn wieder, sobald du sauber bist.«

Die Kleine ließ ihn sich abstreifen.

»Und was ist das?«

Bräunlich zeichneten sich von der hellen Haut des dünnen Halses zwei gebogene Spitzen ab.

»Das sind Teufelshörner, hat die Mutter immer gesagt.« Lenchen begann zu weinen. »Aber man sieht sie nicht. Niemand kann sie unter den Haaren sehen.«

»Sie fehlt dir?« Ava zog sie sanft an sich.

Das Mädchen schluchzte. »Sie war so weich. Und sie hat so gut gerochen. Ich wünschte, ich wäre schon bei ihr im Himmel!«

»Damit kannst du ruhig noch ein Weilchen warten, Lenchen. Außerdem wirst du gleich so gut riechen wie sie, das verspreche ich dir.«

Ava hob sie hoch, trug sie zum Bottich und setzte sie hinein. Sie ließ ein paar getrocknete Blütenblätter ins Wasser fallen und verteilte sie. Über Nacht hatte sie Lenchens Kopf dick eingerieben, aber die Nissen waren hartnäckig. Sie musste sie von jedem Haar einzeln abziehen, das konnte Stunden dauern. Nicht einmal die stärkste Tinktur aus Herbstzeitlosen würde ihnen den Garaus machen.

»Die Haare müssen ab«, sagte Ava entschlossen und setzte ihre Schere an. »Alle!«

»Aber ich bin doch ein Mädchen, kein Junge! Und wenn das Mal ...«

»Ach was, Junge! Wer einen so hübschen Kopf hat wie du, der braucht keine Haare. Außerdem wachsen sie ja wieder.«

Die Kleine wehrte sich nicht. Strähne um Strähne fiel zu Boden.

Irgendwann war Ava fertig.

Lenchen hatte die Augen geschlossen. Auf ihrer hohen Stirn sammelten sich Schweißtropfen. Mit der hohlen Hand schöpfte Ava Wasser auf das Köpfchen und verrieb etwas Seifenkraut. Sie spülte es aus. Sauber und friedlich wie ein satter Säugling sah die Kleine nun aus.

»Gefällt dir das Baden?«

Lenchen nickte, ganz entspannt und rosig von der Wärme. Zart berührten Avas Fingerspitzen das Mal.

»Und das mit den Teufelshörnern vergessen wir auch«, sagte sie. »Du brauchst dein Mal nicht länger zu verstecken. Du kannst es nicht einmal mehr, jetzt, wo die Haare ab sind.«

»Nein?«, sagte Lenchen.

»Nein. Du trägst nämlich die Mondsichel am Hals. Und alle Kinder, die das tun, sind Glückskinder.«

Er lag in der Kammer, das Gesicht zur Seite gedreht, und schlief. Zum Glück war heute sein Appetit besser gewesen. Und er hatte sich auch nicht mehr ganz so heiß angefühlt. Einen Bader hatte sie trotzdem nicht rufen dürfen, und auch nicht den krummbeinigen Wundarzt, der in der Stadt die gebrochenen Knochen schiente; aber damit hatte sie auch nicht gerechnet.

Es machte ihr nichts aus, dass Veit krank war, jetzt, wo Besserung in Sicht war. Nun war er ganz in ihrer Obhut, und sie konnte für ihn sorgen, wie sie es am liebsten tat. Wenn das Haus so still und friedlich war wie jetzt, kam es ihr vor wie ein großes, kostbares Ei: innen weich und lebendig, voller Leben, äußerlich geschützt von einer robusten Schale, die allen Unbilden der Welt trotzen konnte.

Marie widerstand dem Wunsch, sich zu ihm zu legen, an seinen kräftigen Rücken geschmiegt, die Arme fest um ihn geschlungen. Aber es war mitten am Tag, und so viel Nähe ertrug er nur, wenn sie sich liebten. Selbst dann war es stets Veit, der sich als Erster von ihr löste.

Sie blieb, wo sie war. Sie wollte kein Risiko eingehen, nicht in dieser heiklen Zeit, wo schon ein falscher Blick genügte, um ihn in Rage zu bringen. Marie ahnte, was dahinterstand. Es war nicht nur der Fürstbischof, der ungeduldig auf erste Ergebnisse drängte. Es ging auch um Simon. Sie wusste nicht, was zwischen den beiden vorgefallen war. Aber Simons eckig hochgezogene Schultern und seine verbissene Schweigsamkeit verrieten ihr, dass es sich um etwas Ernstes handeln musste.

Ewig hätte sie noch dastehen können, vertieft in sein ruhiges Atmen und die tieferen Töne, die er zwischendrin von sich gab, als jemand sie am Rock zupfte.

»Wie geht es ihm?«, sagte Selina.

»Besser«, sagte Marie. Sie legte den Finger auf die Lippen. »Lassen wir ihn weiterschlafen. Das braucht er jetzt.«

»So hab ich ihn noch nie gesehen, so schwach und müde. Ich hatte Angst, dass er stirbt.« Aufregung schraubte ihre Stimme hoch.

»Dein Vater wird noch lange leben, Selina. Aber jetzt muss er sich erholen.«

»Eben.« Marie, die gerade die Tür zumachte, drehte sich erstaunt nach dem Mädchen um. »Sie sollen ihn in Ruhe lassen. Damit er schnell wieder gesund wird. Draußen ist jemand, der nicht hierher gehört.«

»Wen meinst du?«, sagte Marie, da zog Selina sie schon weiter.

Beide wären im Flur fast mit Agnes Pacher zusammengeprallt. Ihre vollen Wangen waren gerötet, die Augen funkelten angriffslustig. Unter der gestärkten Haube quollen blonde Haarsträhnen hervor. Sie trug ein raschelndes blaues Kleid, das eher zu einer Feier im Hochzeitshaus als zu einem Krankenbesuch gepasst hätte.

»Wie geht es ihm? Muss er noch liegen?«, stieß sie hervor. »Braucht er Arznei? So rede doch endlich!«

»Sterben wird er nicht«, sagte Marie. »Du kannst ganz beruhigt sein. Aber es ist trotzdem rührend, wie sehr mein Mann dir am Herzen liegt. So sehr, dass du sogar deinen Säugling allein zu Hause lässt.« Die kleine Häme tat ihr gut. Die dralle Pacherin hatte ihr noch nie besonders gelegen. Sie trat zur Seite. »Willst du nicht wenigstens einen Moment in die Stube kommen?«

»Harlan schickt mich«, sagte Agnes schnell und ließ sich auf einen Stuhl fallen. »Und der Kleine ist versorgt – ein so gesundes Kind. Wenn er nur nicht diesen grässlichen Schorf hätte! Aber der geht bestimmt noch weg. Harlan macht sich Sorgen. Das ist doch alles zu viel für Simon.« Sie reckte den Hals und schürzte die Lippen zu einem koketten Lächeln. »Kann ich nicht wenigstens für einen Moment zu Veit?«

»Er schläft«, sagte Marie. »Du würdest jetzt keine rechte Freude an ihm haben.«

»Simon ist ein guter Schnitzer. Schon fast so gut wie Vater.« Die Worte rollten auf Selinas Zunge dick und störend ineinander. »Er kann alles. Und mit Holz kennt er sich aus.«

»Was für ein Unglück – nun verlernt das arme taube Ding auch noch das Sprechen!« Agnes schlug die rundlichen Hände zusammen. »Was meint sie denn? Ich hab kein einziges Wort verstanden! Veit tut mir wirklich Leid. Womit er das wohl verdient hat?« Sie senkte ihre Stimme. »Ihr habt doch keine Feinde, oder wären dir irgendwelche bekannt?«

Marie hob fragend die Brauen.

»Nun, es gibt ja Menschen, die anderen übel gesonnen sind. Das weiß doch jeder. Sie sagen böse Dinge – und später wird man krank. Man verliert plötzlich einen Zahn. Oder das Kind bekommt hässlichen Schorf. Alles nur wegen ihrer Verwünschung. Solche Feinde meine ich.«

»Nein«, sagte Marie ruhig. »Solche Feinde haben wir bestimmt nicht.«

Selina hatte ihre Tafel herausgezogen und schrieb.

Sie soll weggehen, las Marie, als das Mädchen sie ihr halb unter dem Tisch entgegenstreckte. *Sofort. Und nie mehr wieder zu uns kommen.*

Beinahe hätte sie gelächelt. Selten genug, dass Selina und sie einer Meinung waren.

»Manchmal soll ja Weihwasser helfen«, fuhr Agnes fort, die Augen auf das Mädchen gerichtet. »Das hab ich schon öfter gehört. Besonders Wasser, das in der heiligen Osternacht geweiht wurde. Man träufelt es ins kranke Ohr und dann …«

»Ich fürchte, damit sind wir ein paar Jahre zu spät«, sagte Marie. »Außerdem kann man Selina sehr gut verstehen, wenn man sich nur ein bisschen Mühe gibt. Soll ich meinem Mann etwas von Harlan ausrichten, wenn er aufwacht?«

»O ja, das hätte ich beinahe vergessen.« Agnes' hellblaue Augen wurden noch runder. »Sag ihm, das Holz sei da. Genau so, wie er es bestellt hat. Im Lager. Dann weiß Veit schon Bescheid.«

»Ich schicke Simon morgen vorbei.« Maries Stimme klang ruhig.

»Aber das ist doch ganz allein Veits Sache! Er wird nicht dulden, dass man ihm alles aus der Hand nimmt.«

»Veit liegt krank in unserer Kammer. Und bis er wieder gesund ist, vertritt ihn unser Sohn.«

Agnes hatte es plötzlich sehr eilig aufzubrechen.

»Hat meine Stimme wieder sehr komisch geklungen?«, sagte Selina. »Ich kann es nicht ausstehen, dieses dumme Weib. Sie lächelt, aber ihr Mund sagt dabei ganz hässliche Dinge.«

»Es ist besser, wenn du langsam redest. Die Worte laufen dir doch nicht davon. Und die Menschen erst recht nicht.«

Selinas Lippen bildeten einen geraden Strich.

»Manche schon.« Sie wischte ihre Tafel mit dem Rockzipfel sauber. »Und dafür hasse ich sie.«

Seite an Seite verließen Pankraz Haller und der Kanzler des Hochstifts das Rathaus.

»Es geht wieder los«, sagte Kilian Haag, als sie die hölzernen Verkaufsstände auf der Oberen Brücke hinter sich gelassen hatten, wo Schmuck und bunte Bänder angeboten wurden und sie keine unliebsamen Mithörer mehr fürchten mussten. »Drüben, in Zeil, haben sie zwei Frauen ins Loch geworfen. Dabei hab ich so sehr zu allen Heiligen gebetet, dass es für immer vorbei sein möge!«

»Wovon sprichst du?«

»Vorgestern gab es auch hier bei uns zwei Anzeigen. Heute eine. Ausgerechnet gegen die junge Hümlin – als hätte sie damals nicht schon genug mitgemacht. Sie soll Hühner verhext haben. Drei davon lagen plötzlich tot im Stall.«

»Mein abergläubischer Braugeselle behauptet, uns habe sie verflucht«, sagte Haller. »Den ganzen Storchenbräu. Jetzt muss ich ihn ständig daran hindern, geweihte Kreide in mein Bier zu werfen.«

»Du glaubst doch nicht etwa diesen Unsinn?«

»Ebenso wenig wie du. Aber andere tun es. Es gibt zu viele wie ihn in Bamberg.«

»Die beiden Frauen sollen Hagel gehext haben. Zum Glück war ich persönlich anwesend, hab es aufgenommen und konnte auch gleich dafür sorgen, dass es dorthin kommt, wo es hingehört: zwischen zwei Aktendeckel, die keiner jemals wieder aufschlagen wird. Aber was wird morgen sein, Pankraz?«

»Ich weiß es nicht. Das sind keine guten Nachrichten, denn du kannst nicht überall gleichzeitig sein«, sagte der Braumeister. »Leider leben wir nicht mehr unter der gütigen Herrschaft von Bischof Gebsattel. Würden er und seine Mätressen noch regieren, würde ich mir keine Sorgen machen. Aber du hast dir schon unter Aschhausen Feinde gemacht, Kilian. Nachtragende Feinde, die nur darauf lauern, dich endlich ans Messer zu liefern.«

»Du sprichst von Förner?«

Pankraz Haller zog den Hut vor einem Bekannten, dann drängte er den Kanzler in einen schattigen Innenhof, wo sie ungestört waren.

»Man munkelt, er säße bereits an neuen Hexenpredigten. Aber ob es wahr ist oder nicht – der Weihbischof gibt nicht auf. Regelrecht besessen ist er davon.«

»*Finis coronat opus* – Das Ende krönt das Werk. Und Förner besitzt das Zeug, um Menschen aufzuhetzen«, sagte Haag. »Wenn er predigt, kann man die Teufel in der tiefsten Hölle jaulen hören.«

»Vergiss nicht, seine Rechnung mit dir ist noch nicht beglichen. Du bist ein versierter Jurist, der seine Rechte kennt. Das zieht er sicherlich ins Kalkül. Aber er könnte versuchen, dich am schwächsten Glied zu treffen – bei deiner Frau. Deiner Mutter, wie er es schon einmal versucht hat. Oder deinen Kindern. Was tust du dann?«

»Du willst mir Angst machen?«

»Ganz im Gegenteil! Warnen will ich dich, Kilian. Sieh dich vor. In der Stadt gärt es. Die Leute suchen Schuldige für die Frostnacht – und sie werden sie finden. Wenn es Förner gelingt, sich ihrer zu bedienen, könnten alle Schranken fallen. Dann steht uns etwas bevor, was ich mir nicht einmal auszumalen wage.«

»Aber was sollen wir dagegen tun? Weißt du eine Lösung?«

»Vielleicht«, sagte Haller. »Auf keinen Fall darfst du weiterhin als Einzelgänger agieren. Das ist viel zu gefährlich. Wir müssen versuchen, eine Mehrheit im Rat zu finden.«

»Du denkst, das wäre möglich?«

»Weshalb denn nicht? Zwei sind wir schon mal. Und auf Anhieb fallen mir noch eine Reihe vernünftiger Männer ein, der Leitner, Ewald Kraus zum Beispiel, die Gebrüder Wildenberger, du wirst schon sehen! Ich lege eine Liste an. Die gehen wir anschließend gemeinsam durch. Und dann natürlich der Fürstbischof. Der vor allen andern. Es muss uns gelingen, ihn für unsere Sache zu gewinnen.«

»Fuchs von Dornheim? Niemals! Seit Förner ihm den Einzug auf den Domberg verschafft hat, ist er ihm doch verpflichtet.« Er klang plötzlich gehetzt. »Oder kommst du deswegen auf die Idee, weil du unbedingt sein Hoflieferant sein willst?«

»Unsinn! Wenn er sich für das Storchenbier entscheidet, dann, weil es das beste in Bamberg ist. Und falls nicht, kann ich auch damit leben. Er liebt Gold, Kilian, gutes Essen und die Katholische Liga. Das heißt aber nicht, dass er nicht denken kann. Rechnen jedenfalls kann er. Überleg doch mal: Druten zu brennen ist eine kostspielige Angelegenheit. Und unser Fürstbischof investiert seine Taler sehr viel lieber in aufwändige Jagden, Juwelen und kostbare Monstranzen.«

Jetzt war es Haag, der seine Stimme senkte.

»Schickt man arme Leute ins Feuer, dann muss die Staatskasse für die Kosten bluten. Knöpft man sich aber wohlhabende Bürger vor, sieht die Sache anders aus. Ihr Vermögen lässt sich konfiszieren. Und daran könnte Dornheim sehr wohl Interesse haben.«

»Du *hast* Angst, Kilian«, sagte Pankraz Haller. »Zum ersten Mal, seit ich dich kenne, sehe ich dich so.«

»Ja«, sagte der Kanzler. »Und nicht nur um mein Leben. Sondern auch um unsere Stadt.«

Seine Worte beschäftigten Haller, als er den Stephansberg hinaufging. Wenn schon Männer wie Kilian Haag mutlos wurden – wie mochten dann erst andere reagieren?

Der Nachmittag war warm, aber noch immer hing der Schatten der Frostnacht über Bamberg. Es war etwas Unfassbares, etwas, das sich nicht greifen ließ, aber trotzdem da war.

Nicht nur er spürte es. Alle in der Stadt taten es.

Schweißtropfen sammelten sich in seinem Nacken. Auf halber Strecke zog er den Rock aus und krempelte die Ärmel hoch. Eigentlich hatte er vorgehabt, Schneider zu der Begehung mitzunehmen, sich aber dann doch dagegen entschieden. Er hatte keine Lust, sich wieder dessen abergläubisches Gebrabbel anzuhören! Er hatte sogar erwogen, seinen Braugesellen zu entlassen, aber das würde nur böses Blut geben, und deshalb verwarf er den Gedanken wieder. Solange Schneider seine Arbeit tat, konnte er im Brauhaus bleiben.

Er atmete erleichtert aus, als er die Kühle des Stollens spürte. Mit dem Jungbier schien dieses Mal alles in Ordnung, aber Haller war kein Mann, der sich auf Zufälle verließ. Was vor kurzem geschehen war, konnte sich jeden Tag wiederholen, solange er nicht herausgefunden hatte, was der Grund dafür gewesen war.

Unzählige Male war er in Gedanken alles durchgegangen. Aber es blieb nur eine Lösung: Sie mussten einen anderen Ort finden und probieren, ob es dort besser lief. In alten Familienschriften hatte er einen Plan entdeckt, auf dem weitere Stollen eingezeichnet waren. Sie waren höher, was die Arbeit erleichtern würde, und schienen noch tiefer in den Berg hineinzuführen. Dies könnte ein Vorteil für die Lagerung sein.

Irgendwann einmal hatte man sie verschlossen, aus Gründen, die er nicht kannte. Aber wenn er sich nicht täuschte, müsste es ein Leichtes sein, sie mit dem bisherigen Netz zu verbinden. Dafür waren nur ein paar Männer nötig. Männer, die den Mund halten konnten. Und die nicht irgendwann im Schutz der Nacht versuchten, sich an seinem Bier zu vergreifen.

Mit der Fackel in der Hand ging Pankraz Haller weiter. Ab und zu überprüfte er seinen Standort mit Hilfe des alten Plans. Wer auch immer ihn gezeichnet hatte, er hatte präzise gearbeitet. Einen Hammer für sein Vorhaben hatte er schon ein paar Tage früher hier deponiert. Immer wieder klopfte er damit gegen die Felswand, bis der Ton sich schließlich änderte. Das Licht flackerte. Feiner Staub rieselte herunter. Er nickte zufrieden und markierte die entsprechenden Stellen mit dicken Kreidekreuzen.

Dahinter befand sich offenbar, wonach er gesucht hatte. Glückte sein Vorhaben, so war damit gleichzeitig auch eine weitere Schwierigkeit gelöst. Er brauchte mehr Platz. Für neue Gärbottiche und weiteren Lagerraum. Haag hatte richtig getippt, als er ihn auf den Fürstbischof angesprochen hatte.

Ja, er rechnete damit, Hoflieferant zu werden. Bereits im vergangenen Jahr waren die Verhandlungen nahezu beendet gewesen, als eine Unterbrechung eintrat, für die er bis heute keine Erklärung hatte. Mit diplomatischem Geschick und großzügigen Spenden jedoch war es ihm gelungen, sie wieder in Gang zu setzen. Jetzt konnte der positive Bescheid jeden Tag eintreffen. Und das war nur der Beginn, denn seine Pläne reichten weit über Bamberg hinaus.

Einen Teil der Bierfässer würde er allerdings am bisherigen Platz lassen, ab und an auf Qualität prüfen und sehr genau mit dem Neugebrauten vergleichen. Dann sollte die Zeit entscheiden, ob seine Wahl richtig gewesen war.

Zufriedener als zuvor verließ er den Stephansberg. Jetzt machte ihm auch die drückende Hitze nichts mehr aus. Er war so guter Stimmung, dass er sich sogar entschloss, in der Langen Gasse vorbeizuschauen.

Veit war krank. Holzhändler Pacher, von dem er seine Buchenscheite bezog, hatte ihn davon unterrichtet. So lange schon hatte er einmal allein mit Marie reden wollen.

Vielleicht war heute genau der richtige Tag, um es zu tun.

Sie empfing ihn freundlich, aber nicht so herzlich, wie er es sich gewünscht hätte. Der Krippenschnitzer stand zwischen ihnen, ob krank oder gesund. Daran hatte sich seit seiner Werbung um Marie nichts geändert, und manchmal verließ ihn die Zuversicht, es könne noch jemals anders werden.

Trotzdem ließ Pankraz sich nicht entmutigen. Er nahm ihr Angebot an, ihm einen Imbiss zu richten, lobte das selbstgebackene Brot, das Geräucherte, den Wein.

Marie sah entspannter aus als bei ihrem letzten Zusammentreffen, das für seinen Geschmack schon viel zu lang zurücklag. Es kostete ihn Überwindung, Veit anzusprechen, aber schließlich tat er es doch.

»Er ist heute aufgestanden, stell dir vor, endlich! Zum Bader ist er gegangen. Und morgen will er wieder in die Werkstatt.«

»Du hast dir Sorgen um ihn gemacht?«

»Natürlich. Er kann so unvernünftig sein, so stur.« Sie lachte. »Und sagen darf man natürlich kein Wort. Sonst wird er gleich wütend. Aber das ist ja nichts Neues für dich. Du kannst ebenso deinen Kopf haben wie er.«

Zartes Rot lag auf ihren Wangen, die Augen glänzten. Das grüne Kleid unterstrich den Messington ihres Haares. Sie war keine Matrone geworden, wie die meisten ihrer Freundinnen, sondern sah frisch und noch immer jugendlich aus. Was für ein Glück Sternen hatte, eine solche Frau gefunden zu haben! Am liebsten hätte er sie in die Arme genommen und fest an sich gedrückt, aber er unterließ es.

Stattdessen breitete er seine Pläne auf dem Tisch aus und begann von seinem Vorhaben zu erzählen. Er war noch nicht sehr weit damit gekommen, als plötzlich die Türe aufging und Selina sich hereinschob, vorsichtig und geschmeidig wie eine Katze. Sie blieb unschlüssig stehen, als sie die beiden Köpfe nebeneinander über das Papier gebeugt sah, dann setzte sie sich zu ihnen an den Tisch.

Pankraz hielt inne. Was er zu sagen hatte, ging seine Tochter an und niemanden sonst, aber er wusste nicht, wie er das dem tauben Mädchen beibringen sollte.

Selina nickte ihm zu, als wolle sie ihn aufmuntern, fortzufahren, und schließlich tat er es. Sie würde ohnehin kaum verstehen, was er vorhatte. Vielleicht wollte sie einfach nur bei ihnen sein.

Irgendwann war er fertig. Marie hatte nicht viel gesagt, nur ab und an zerstreut genickt, als sei sie mit ihren Gedanken anderswo. Das Mädchen dagegen schien ganz bei der Sache.

»Das gefällt mir«, sagte sie und schaute dabei konzentriert auf seine Lippen. »All diese Gänge, die in den Bauch des Berges kriechen. Wie ein Wurm, der keinen Anfang hat und kein Ende. Nimmst du mich einmal dorthin mit, *nonno*?«

Sie nannte ihn Großvater – zum ersten Mal! Pankraz war so überrascht, dass er nach Worten rang.

»Weißt du, Selina, das ist eigentlich kein geeigneter Ort für kleine Mädchen«, sagte er. »Die Stollen sind eng und schmutzig. Und wenn jemand Angst vor der Dunkelheit hat ...«

»Das macht mir nichts aus. Und klein bin ich schon lange nicht mehr. Hast du nicht bemerkt, dass ich fast so groß wie Marie bin?« Er spürte, wie sehr sie sich anstrengte, möglichst deutlich zu sprechen. »Und wenn man eine Fackel hat, ist es doch gar nicht mehr so dunkel, oder? Ich möchte so gerne zu deinem Bier!«

Sie hatte ihm ihr linkes Ohr zugewandt, das, mit dem sie noch ein Restchen hören konnte, und alles verstanden, jedes einzelne Wort. Die Überraschung musste ihm ins Gesicht geschrieben stehen, denn Selina fuhr fort: »Ich kann dich viel besser verstehen, jetzt, wo du keinen Bart mehr hast.«

»Du interessierst dich für Bier? Seit wann?«

»Ja, ich will endlich sehen, wo dein Bier reift. Nimmst du mich also mit, *nonno*?«

Jetzt reagierte auch Marie.

»Du solltest ihr den Wunsch erfüllen, Vater«, sagte sie und nahm seine Hand. »Bitte tu es. Mir zuliebe. Sobald deine Umbauarbeiten abgeschlossen sind.«

Was blieb ihm anderes übrig, als einzuwilligen?

Um einiges vergnügter, als er gekommen war, machte er sich auf den Nachhauseweg. Nur ein paar Schritte vom Storchen entfernt sah er eine Frau, die unbeholfen die Seite wechselte. An ihrem Gang war sie leicht zu erkennen. Hanna Hümlin, die das linke Bein nachzog, seit sie als Kind an einer schlimmen Krankheit gelitten hatte.

»Warte!« Er hatte gerufen, ohne lange zu überlegen. »Ich will mit dir reden.«

Sie blieb stehen. Er kam ihr nach.

»Weshalb? Dein Geselle war mehr als deutlich. Es gibt kein Bier mehr, wenn man dafür nicht bezahlen kann. Das hab ich verstanden.«

»Georg hat es nicht so gemeint ...«

»Er *hat* es so gemeint. Und du bist beileibe nicht der Einzige. Jeder, der bisher noch halbwegs barmherzig war mit den Armen dieser Stadt, scheint es sich jetzt anders zu überlegen.«

»Noch immer kein Grund, uns zu verfluchen, meinst du nicht?«

Sie lachte. Warf dabei den Kopf nach hinten, dass die Locken flogen. Ihr scharf geschnittenes Gesicht mit den schmalen, bräunlichen Wangen und der kühnen Nase zog ihn an. Sie hatte dunkelblaue Augen, unter denen tiefe Ringe lagen. Sah man genauer hin, stellte man fest, dass sie ganz leicht schielte, was ihrem Blick etwas Geheimnisvolles gab, weil man sich nie ganz sicher sein konnte, ob sie einen nun anschaute oder nicht.

»Das hat er gesagt, dieser Feigling? Dann richt ihm von mir aus, er soll sich gefälligst die Ohren waschen!«

»Du hast uns nicht verflucht?«

Ihr Gesicht wurde ernst.

»Weißt du nicht, was sie mit meiner Mutter gemacht haben? Glaubst du, ich will landen, wo sie schließlich gelandet ist? Einen Geizhals hab ich ihn genannt. Und einen unverschämten Geilkopf dazu. Denn dass er mir dreist die Brüste betatscht hat, als sei ich eins der willfährigen Bademädchen, davon hat er dir sicher nichts erzählt.« Sie wollte an Pankraz vorbei. »Und jetzt lass mich vorbei. Ich muss nach Hause.«

»Einen Augenblick noch.« Der Gedanke war plötzlich in ihm aufgestiegen. »Zu verschenken hab ich nichts, aber Lohn könnt ich dir anbieten. Lohn für gute Arbeit.«

»Und was sollte das sein?« Sie sah ihn furchtlos an.

»Ich mag kein Gesinde in meinem Haus wohnen haben«, sagte Haller. »Wer es auch ist – irgendwann stört mich ein jeder. Mir reichen schon die vielen Menschen in der Gaststube, zu denen ich Tag für Tag freundlich sein muss. Aber ich bräuchte eine tüchtige Frau, die bei mir daheim nach dem Rechten schaut.« Unwillkürlich glitt sein Blick zu ihrem Bein.

»Das? Das ist nur manchmal beim Gehen lästig. Bei langen Strecken. Oder wenn es steil bergauf geht. Sonst hat es mich noch an nichts gehindert«, sagte sie. »Mein Leben lang.«

Er nickte, plötzlich erleichtert.

»Vierzig Kreuzer in der Woche. Und natürlich einen ordentlichen Krug Bier täglich dazu.«

Ihr Mund begann sich zu kräuseln. Wenn sie lachte, bekam sie tiefe Grübchen.

»Wann kann ich bei dir anfangen?«

«Zu viel Fett und zu viel Bier.« Die Stimme Stoibers klang nüchtern. »Du wirst künftig kürzer treten müssen. Kein Räucherfisch. Keine Innereien, schon gar kein Bries. Nimm dich außerdem in Acht vor weißen Bohnen, Erbsen oder Linsen – es sei denn, du willst den Rest deines Lebens unter höllischen Schmerzen verbringen. Ich kenne Männer, die weder stehen noch sitzen oder liegen konnten. Einem hab ich sogar ein leinenes Gestell gebaut, in dem er den halben Tag hängen musste, weil jede harte Berührung unerträglich für ihn war.«

Veit Sternen versuchte auf der Holzliege eine halbwegs bequeme Stellung zu finden. Wenigstens war er nicht vergeblich gekommen, wie er schon befürchtet hatte. Längst wurde die Badestube hinter St. Martin nicht mehr alle Tage eingeheizt. Gott sei Dank hatte sie nicht schließen müssen wie so viele andere in Bamberg. Hetzpredigten und die Angst um die öffentliche Moral hatten dafür gesorgt. Zu der Badestube Im Sand, eine der größten und komfortabelsten in der Stadt, mochte er nicht gehen, weil ihm nicht danach war, womöglich seinem Schwiegervater zu begegnen.

Er war froh, dass sie in einem Nebenraum waren, nicht im großen Badesaal, wo neben den einfachen Holzbottichen auch Kupfer- und Messingwannen standen, die reichlich Zuspruch fanden. Der Rupfenvorhang dämpfte die Geräusche von nebenan: das Plätschern von Wasser, das Schlurfen vieler Füße auf dem feuchten Steinboden, die tiefen Stimmen der Männer, das hellere Lachen der Mägde. Ab und zu schwebten helle Dampfwolken herein, ein Zeichen, dass die Flusssteine heiß genug waren und Stoiber sein Handwerk verstand.

»Was ist es?«, sagte Veit. »Und sag mir ruhig die Wahrheit. Du brauchst mich nicht zu schonen!«

»Das weißt du nicht?« Stoiber hatte weißblonde Haare und ein mageres, verdrießliches Gesicht. »Da muss ich kein großes Geheimnis draus machen. Die Gicht, was sonst? Damit bist du allerdings in bester Gesellschaft – Fürsten, Pfaffen, Könige, sie alle leiden daran.«

»Aber im Gegensatz zu mir schnitzen sie kein Holz und brauchen daher auch keine geschmeidigen Finger.« Er streckte seine Hände vor. »Es hätte mich zu keinem ungünstigeren Zeitpunkt treffen können. Siehst du, wie sie aussehen? Wie bei einem Greis. Und wie es sich anfühlt – zum Davonlaufen!«

»Wird bald besser werden.« Der Bader griff nach seinem Messer. »Vertrauen und Geduld – lass mich nur machen. Die Armbeuge brauche ich«, verlangte er. »Krempel den Ärmel hoch.«

»Was hast du vor? Und was ist das da?«

»Der kleine Freund in meiner Hand? Mein Fliet. Der hat schon so manches rote Tröpfchen fließen lassen. Kannst du Blut sehen?«

Veit machte eine unbestimmte Kopfbewegung.

»Also nein. Wie die meisten Männer. Dacht ich mir schon. Da sind die Weiber tapferer. Wird nicht plätschern, versprochen! Dreh dich zur Wand, und denk an etwas Schönes. Sterben wirst du nicht daran, das garantier ich dir.« Der Schnitt war auszuhalten, ein kurzes Brennen. Dann rann das Blut langsam in das Gefäß. »Hätt dir ja auch meine fleißigen Egelchen ansetzen können. Aber wenn die erst mal zu schmatzen beginnen – das mögen die meisten deiner Geschlechtsgenossen noch viel weniger.«

Veit hielt die Augen geschlossen. Erst als Stoiber seinen Arm verband, schaute er wieder zu ihm.

»Das wiederholen wir jetzt dreimal«, sagte er. »Im Abstand von ein paar Tagen. Danach solltest du dich deutlich wohler fühlen. Und halt dich beim Essen und beim Saufen zurück. Sonst ist meine ganze Kunst vergebens.«

»Ist das alles?«, sagte Veit, während er sich aufsetzte. Er spürte ein Rauschen im Kopf, eine leise Schwäche, die sich nicht unangenehm anfühlte. »Ich meine, muss ich sonst noch etwas beachten?«

»Die Weiber, meinst du?« Stoiber lachte. »Ihr Kerle seid doch alle gleich! Sieht leider nicht mehr rosig aus bei meinen Mädchen, wenn du das meinst. Die guten alten Zeiten, wo das vornehme Bamberg täglich harte Gulden bei mir ließ, sind wohl für immer vorbei – und geschickte Badereiberinnen, wie es sie früher zuhauf gab, sind rarer geworden als Gold.«

Sein Blick wurde träumerisch, dann fasste er sich wieder.

»Aber was soll's? Jetzt leben wir, jetzt spielt die Musik! Also, zurück zum Geschäft: Gesche hat sich den Venusfluss zugezogen. Traute drangsaliert ein eifersüchtiger Galan, der wie ein scharf gemachter Gockel auf jeden Freier losgeht. Katharina ist hochschwanger – das mögen nur die allerwenigsten. Und die zarte kleine Blonde …«

»Gundel? Die hab ich schon eine Ewigkeit nicht mehr bei dir gesehen.«

»Wie denn auch? Tot ist sie. Die Lunge – noch vor dem Wintereinbruch ist sie plötzlich gestorben. Aus der hätt vielleicht was werden können. Hübsch genug war sie. Aber das muss ich dir ja nicht sagen. Hast dich selber mehr als einmal mit ihr vergnügt. Aber traurig, immer traurig. Lag vielleicht an ihrer Kleinen, die sie ständig mit sich herumgeschleppt hat. Hab ihr immer wieder gesagt, das hier ist kein Ort für Kinder. Aber hat sie auf mich gehört? Mitnichten! Da war nichts zu machen.«

Stoiber hatte den Vorhang zurückgeschlagen und musterte seine arbeitenden Bademägde kritisch.

»Barbell? Nein, an der stößt du dir bloß die Knochen wund, so dürr ist sie. Vielleicht die Martha. Ja, die noch am ehesten. Ein Hintern wie ein Brauross und ein Paar himmlischer Brüste. So viel Fleisch und Weib, das wär doch was! Und sanft kann sie sein, sanfter als ein Engel. Soll ich sie dir kommen lassen? Sieht aus, als sei sie gerade frei.«

»Bemüh dich nicht! Es war nur eine Frage.«

»Ach, du hast eine andere im Sinn?« Stoiber kam ihm so nah, dass er jedes Härchen in seinem blassen Gesicht sehen konnte. »Ein Narr, wer die Ehe mit der Liebe verwechselt. So hast du es doch von jeher gehalten, oder?« Sein Grinsen wurde breiter. »Ich kann dich verstehen. Denn von dieser Einstellung hab ich lange gut gelebt – und werd es hoffentlich noch weiterhin, auch in diesen mageren Zeiten, wo die Prüden und die verzagten Frömmler auf einmal das Sagen haben.«

Veit wollte etwas einwenden, aber Stoiber redete schnell weiter.

»Bleibt natürlich unter uns. Ehrenwort! Aber Gicht heißt auch die Krankheit der Völlerei. Von allem zu viel. Du verstehst, Sternen? Man sagt, am besten dagegen sei Askese. In allem. Wer schlau ist, hält sich daran und wird gesund. Wer nicht, hat die Folgen selber zu tragen.«

Einen Augenblick blieb es still.

»Gibt es denn sonst gar nichts?«, sagte Veit. »Ist dagegen kein Kraut gewachsen?«

»Schlüsselblumen natürlich, die sollen gegen jedes Zipperlein helfen. Und Bärwurz. Der freilich ist nur im Schnaps genießbar – und den sollst du ja gerade meiden. Geißfuß vielleicht noch. Vorausgesetzt, du bringst den bitteren Sud hinunter. Die Leute reden dies und das«, sagte Stoiber, nun ganz in seinem Element. »Wer so viel zu hören bekommt wie ich, könnte geradezu taub davon werden.«

»Dann lass dir doch nicht jedes Wort einzeln aus der Nase ziehen!«

»Etwas Spezielles? Kannst du haben! Schneidet man einer schwarzen Katze ein Loch ins Ohr, lässt die Blutstropfen auf ein Stück Brot laufen und isst dieses, so sollen die Schwellungen verschwinden.«

»Hast du nicht Klügeres parat?«

»Natürlich. Angeblich stärkt es das betroffene Gelenk gewaltig, wenn man einer lebenden Kröte das Bein ausreißt und es sich dann um den Hals hängt …«

»Etwas, das wirklich hilft, Stoiber!« Veit wurde langsam ungeduldig. »Keine Ammenmärchen.«

»Na gut, weil du es bist.« Der Bader senkte seine Stimme. »Es gibt ein Mittel. Ein einziges. Aber es ist teuer und nicht einfach zu bekommen.«

»Und was soll das sein?«

»Otterfett«, sagte Stoiber. »Gewonnen in einer Vollmondnacht. Aufgetragen auf die befallenen Stellen – und du bist die Gicht für immer los.«

«Was suchst du eigentlich bei ihnen? Kannst du mir das mal verraten?«

Selina hatte schon ihr Täfelchen hervorgezogen, wollte schreiben, aber Simon packte ihre Hand und hinderte sie daran.

»Ich soll reden?« Ihre Hände flogen. »Nun gut, dann rede ich.«

»Nicht so.« Er hielt sie fest, schon zum zweiten Mal. »Wenn du auf diese Weise sprichst, kann ich dich zwar verstehen – die anderen aber nicht. Das macht die Sache auf Dauer nicht einfacher für dich.«

»Du bist doch der Einzige, der mich immer versteht.« Sie legte die Hand an seine Wange. »Ich wünschte, alle anderen wären auch so wie du!«

»Aber das sind sie nicht«, sagten seine Lippen. »Und deshalb habe ich Angst um dich.«

Aus dem Nebenraum kam der Duft von Holz, ein Geruch, der sie an früher erinnerte. Manchmal kam es ihr vor, als seien ihre anderen Sinne feiner geworden, seit sie nicht mehr hören konnte, die Augen schärfer, die Nase empfindlicher. Sogar ihr Tastsinn schien sich entwickelt zu haben. Aber eigentlich hatte sie immer schon gut riechen können, genau hingeschaut und Dinge gerne angefasst. Ja, so war es schon gewesen, als in ihrer Welt alles noch vollkommen gewesen war: Mamas Lachen, die Wärme des neapolitanischen Sommers, der Straßenlärm, der von draußen wie fröhliche Musik hereinströmte, die Hände des Vaters, die sie geschützt und gestreichelt hatten.

Und natürlich Simon. Ihr großer Bruder, auf den sie so stolz war.

Mehr denn je wünschte sie sich, seine Stimme wieder zu hören. Von allen anderen würde sie sie unterscheiden. Selina wurde jedes Mal traurig, wenn sie dies zu Ende dachte. Sie würde Simon nicht erkennen, selbst wenn sie jemals wieder hören könnte. Er war ein Mann, kein Junge mehr wie damals.

»Also – wer sind diese Kinder?«, beharrte er. »Und was machst du mit ihnen?«

»Eigentlich kenne ich sie kaum«, sagte sie, auf einmal vorsichtiger. »Wir spielen. Manchmal. Oder laufen einfach zusammen herum. Du hast doch selber gesagt, ich soll die Stadt erkunden, damit ich mich nicht mehr einsam fühle. Einer von ihnen, Toni, soll sehr schön singen. Und ein anderer, Lenz, versteht mich. Beinahe so wie du.«

Die Augen verrieten seine Skepsis.

»Aber das heißt doch nicht, dass du diesen Bettlern nachrennen musst. Sie nützen dich aus. Hast du das wirklich nötig, Selina?«

Es ging ihn nichts an, wie oft sie ihnen heimlich folgte. Dass sie die Bande regelrecht belauerte, stets darauf bedacht, ein Zusammentreffen wie Zufall erscheinen zu lassen. Die Kleinen spielten keine Rolle dabei. Die waren bloß Mitläufer in ihren Augen. Und was Kuni von ihr hielt, das wusste Selina. Mit der würde sie kein Wort mehr wechseln.

Aber schließlich war da noch Lenz. Und allein ihn zu sehen lohnte den ganzen Aufwand.

»Ja, ich weiß, sie sind Bettler – Bettler.« Sie hatte das Wort verhaltener wiederholt und hoffte, dass ihre Stimme nicht zu schrill klang. »Aber was können sie dafür, Simone?« Es tröstete sie, seinen italienischen Namen zu sagen, auch wenn er selber wenig Wert darauf legte. »Sie nützen mich nicht aus. Sie haben nur keine Mutter mehr. So wie wir. Sie müssen betteln, wenn sie nicht verhungern wollen.«

»Wir haben Marie«, sagte Simon. »Vergiss das nicht.«

Marie – als ob sie ausgerechnet *das* jemals vergessen könnte!

Stets hielt er zu ihr. So war es von Anfang an gewesen, als der Vater diese Rothaarige plötzlich als seine Braut ins Haus gebracht hatte. Gleich darauf hatte der Scharlach Selina gepackt, und als sie endlich aus den dunklen Schmerzensstälern der Krankheit wieder aufgetaucht war, war alles nur noch schlimmer gewesen. Die beiden waren verheiratet, und Simon hatte sich bestens mit der neuen Lage arrangiert. Er mochte Marie. Er schien ihre Anwesenheit regelrecht zu genießen. Und manchmal, besonders in letzter Zeit, da sah er sie so merkwürdig an, dass Selina sogar schon beinahe gedacht hatte, die Beiden ...

Aber das war Unsinn. Simon war jung und gesund und konnte jede in der Stadt haben, wenn er nur wollte. Und Marie war doch schon fast eine alte Frau.

»Ja, Marie«, wiederholte er. »Und das ist ein großes Glück, auch wenn du es nicht einsehen willst. Außerdem haben wir ein Handwerk, auf das wir stolz sein können. Wir sind angesehene Krippenschnitzer und nicht auf Almosen angewiesen. Mir tut weh, wenn du dich vor anderen so klein machst.«

Sie berührte die Holzmodelle, eines nach dem anderen, die er in den letzten Tagen gefertigt hatte.

»Ich mag sie«, sagte sie. »Sie gefallen mir. Die Tiere sehen schon jetzt aus, als ob sie lebendig wären. Die Krippe wird sehr schön. Vertragt ihr euch eigentlich wieder, Vater und du?«

»Sie betteln nicht nur, diese Kinder, sie stehlen auch«, sagte er, ohne auf ihre Frage einzugehen.

Wieso sagte er ihr nicht, was wirklich los war? Früher hatte es niemals Geheimnisse zwischen ihnen gegeben. Aber auch das hatte sich geändert, seit Marie bei ihnen lebte. Manchmal überkam Selina das Gefühl, dass ihr alles entglitt. Dass alles, was sie einmal für sich geglaubt hatte, sich in nichts auflöste.

»Denn genau das tun sie doch – habe ich Recht?« Er begann sich aufzuregen. Sie sah es daran, wie er die Backen aufblies, wie er den Mund verzerrte. »Sollst du auch dabei mitmachen? Sei ehrlich: Haben sie dich schon dazu aufgefordert?«

»Nein. Das ist nicht wahr.«

»Nein? Und sie haben dich auch noch nicht aufgefordert, heimlich Sachen aus unserem Haus zu schaffen? Lüg mich nicht an, Selina! Ich kann nämlich in deinen Augen lesen.«

Empört schüttelte sie den Kopf. In ihren Augen stand nichts davon. Wenn er so von ihr dachte, dann sagte sie besser kein einziges Wort mehr.

»Ich bin sicher, sie werden es noch tun. Denn sie betteln und stehlen, und du treibst dich mit ihnen herum. Was ist, wenn ihr erwischt werdet? Gehst du dann ins Loch, zusammen mit deinen neuen Kumpanen? Ist es das wert?«

Einen Moment nur hatte sie nicht genau aufgepasst, da war es schon geschehen. Wörter flogen durch die Luft und sanken nieder, starr und tot. Sie hasste Augenblicke wie diese. Am liebsten hätte sie sich auf den Boden gelegt und zu atmen aufgehört.

»Bläst du in mein Ohr, Simon?«, bat sie. Ein Spiel, ein altes Spiel zwischen ihnen aus der Zeit nach der Krankheit, das sie oft gespielt hatten. Das Einzige, das sie wieder lebendig machen konnte.

»Ich lass mich jetzt nicht ablenken«, sagte er. »So schlau du es auch anfängst. Mir gefällt nicht, was deine neuen Freunde tun. Das sag ich dir noch einmal ins Gesicht. Auch wenn sie vielleicht keine andere Wahl haben. Aber du hast ein Zuhause, Selina. Du frierst nicht. Und du musst auch nicht hungern. Du hast doch alles, was ein Mädchen braucht.«

Ihr Körper begann sich zu verkrampfen. Dabei hatte sie Simon heute eigentlich alles erzählen wollen. Die weichen Knie, jedes Mal, wenn sie den blonden Jungen nur von ferne sah. Das wehe Gefühl im Herzen, wenn sie sich wieder von ihm trennen musste. Vor allem jedoch die Freude, wenn Lenz sich die Mühe machte, mit ihr zu reden, als sei sie genauso wie alle anderen. Er mochte sie, das spürte sie. Und sie konnte kaum noch an etwas anderes denken.

Aber wenn nicht einmal Simon sie verstand – wer dann?

Sie ging zur Hobelbank und nahm einen kleinen Bock auf. Es war, als spräche sie nur zu ihm, zu dem groben Holzmodell in ihrer Hand.

»Außer Freunden«, sagte sie so leise, dass er es nicht hören konnte.

Er kam nicht, als der Mond voll über den Wolken schwamm, und auch nicht, als die runde Scheibe Nacht für Nacht wieder an Umfang verlor. Ava hatte längst aufgehört, auf dem Markt nach ihm Ausschau zu halten.

Es war, als sei Veit Sternen spurlos verschwunden.

Sie war nicht länger aufgeregt, sie war nicht einmal zornig. Aber sie ging ihn auch nicht suchen. Sie nahm als Zeichen, was geschah, ohne es zu bewerten, aber sie verstand es nicht. Sie hatte gespürt, wie sehr sie ihm gefiel. Weshalb zierte er sich auf einmal?

Jetzt tat es ihr beinahe Leid, dass die Kinder nicht mehr da waren. In der alten Hechtmühle waren sie untergekrochen und schienen sehr beschäftigt, sich dort häuslich einzurichten. Kuni, Toni und Kaspar hatte sie schon seit Tagen nicht mehr gesehen. Nur Lenz war gekommen, mit Lenchen, weil sie sich ein Häubchen wünschte, damit nicht alle ihren kahlen Kopf anstarrten, und hatte ihr bei dieser Gelegenheit davon erzählt.

Sie gab ihnen alte Decken mit, Becher und ein paar Schüsseln, und sah den beiden nach, als sie Hand in Hand davonstapften; in den abgelegten Kleidern aus ihrer Truhe sahen sie beinahe wie ehrbare Handwerkerkinder aus. Einen Augenblick hatte sie sogar gedacht, dass Lenchen am liebsten bei ihr geblieben wäre. Die Kleine im roten Häubchen hatte sie so sehnsüchtig angesehen und ihr nachgewinkt, bis Lenz sie energisch weiterzog.

Ava kehrte zu ihrem bisherigen Leben zurück, zum Ausnehmen und Salzen der Fische, zum Schichten des Buchenholzes, zum Aufhängen und Wiederabnehmen des Geräucherten im Ofen. Alle Hände voll hatte sie damit zu tun, denn Bastian Mendel versorgte sie so üppig, dass ihr wenig Zeit zum Nachdenken blieb. Der Münzvorrat in ihrem Versteck wuchs. Alles in Bamberg hatte sich empfindlich verteuert seit jener Frostnacht, und so hatte auch Ava den Stückpreis für ihre Räucherware heraufgesetzt. Den Leuten schien es nichts auszumachen. Sie kauften mehr als je zuvor.

Sie war gerade dabei, das Holzmehl der letzten Räucherung zusammenzukehren, als sie eine Bewegung in ihrem Rücken spürte. Reka hatte nicht geknurrt, wie er es sonst immer tat, wenn ein Fremder sich dem Haus näherte. Es musste also jemand sein, den er kannte – oder jemand, dem er spontan vertraute.

Ihr Herz begann schneller zu schlagen. Freude stieg in ihr empor, ein Verlangen, so stark, dass sie sich beinahe dafür schämte. Männerhände legten sich auf ihre Hüften, und für ein paar Augenblicke überließ sie sich mit geschlossenen Augen ihrer Kraft und Wärme.

Er war da. Sie hatte nicht umsonst gewartet.

»Da hat jemand ja richtig Sehnsucht!« Die spöttische Stimme ernüchterte sie. »Hätte ich das geahnt, wäre ich früher gekommen.«

»Du bist es!« Sie machte sich frei, stand auf und drehte sich leicht verlegen zu ihm um.

»Hast du einen anderen erwartet? Etwa deinen alten Freund Mendel?« Mathis grinste. Er trug ein helles Hemd, zerschlissene Hosen, die unter dem Knie lose zusammengebunden waren, und seine unvermeidlichen Stulpenstiefel, die er am liebsten sogar im Bett angelassen hätte. »Sag nur, der schüchterne Fischermeister schleicht sich mitten in der Nacht zu dir heraus, um dir ein paar schöne Stunden zu bereiten!«

»Lass Bastian in Ruhe!« Obwohl es dunkel war, machte es ihr etwas aus, dass sie so schmutzig und verschwitzt wie eine Kehrmagd vor ihm stand. »Er hilft mir, wo er kann. Und er tut es gern. Ohne ihn hätte ich meinen Stand schon längst zumachen müssen. Oder glaubst du vielleicht, ich könnte von deinen spärlichen Almosen leben?«

»Almosen, sagt sie!« Mathis zog einen großen Korb hinter sich her. »Almosen – ich hör wohl nicht recht! Und dabei hat sie noch nicht einmal einen einzigen Blick auf all meine Köstlichkeiten geworfen.«

Er zog einen Fisch nach dem anderen heraus. Hinter ihm fuhr der Nachtwind in den Hollerbaum.

»Barben, und das hier sind Brachsen zum Verlieben. Sogar Aiteln hab ich. Und hast du schon einmal zuvor so prächtige Blaunasen gesehen? Den halben Fluss hab ich dir leer gefischt – und dann dieser Empfang! Die Leute werden deinen Stand stürmen, wenn sich rumspricht, was du anbietest.«

»Komm erst einmal herein«, sagte Ava.

Er streichelte nachlässig Reka, ließ sich auf die Bank fallen, tat, als sei er zu Hause. Sie stellte ihm einen Becher Holunderwein hin, den er in einem Zug austrank, ebenso den nächsten.

»Hast du nichts anderes?«, sagte er. »Etwas Besseres als dieses Kinderzeug?«

»Einen Rest Wacholderbrand, wenn du willst.«

»Dann gib mir den. An manchen Tagen braucht ein Mann einen starken Freund.«

Wortlos stellte sie ihm den Krug hin. Mathis bediente sich, ausführlich, wie sie registrierte. Eine seltsame Unruhe ging von ihm aus. Er kam ihr vor wie ein Waldtier, das mit allen Sinnen Witterung aufgenommen hatte.

»Du siehst blass aus«, sagte er schließlich und hob die Lampe, um sie besser sehen zu können. »Blass, aber verdammt schön. Ich hab dich vermisst. Du mich auch?«

»Wie viel bekommst du für den Fang?«

»Nichts«, sagte er. »Solltest du eigentlich wissen.«

»Und du solltest aufpassen«, sagte sie, heftiger als eigentlich beabsichtigt. »Bastian und die anderen Fischer sind nämlich hinter dir her. Sie haben deine Wilderei gründlich satt.«

»Ach, hat er dich gewarnt? Weil er endlich kapiert hat, dass wir beide zusammengehören? Denn das tun wir doch, oder? Ich, der Mann vom Fluss, der kein Zuhause hat, und du, die Frau von nirgendwoher.«

Plötzlich war er neben ihr. Sie spürte seine Muskeln unter dem Hemd, seinen warmen Bauch, als er sie an sich zog. Seine Hände glitten zu ihren Brüsten. Unwillkürlich wurde sie weich in seinen Armen, dann jedoch versteifte sie sich. Sie hatte seinen Körper immer gemocht und auch die Art, wie er sie anfasste, aber heute war es anders.

»Lass mich«, sagte sie. »Bitte!«

»Was ist, Ava? Es ist doch nicht wirklich dieser lahme Mendel? Das kannst du mir nicht antun!«

»Nein. Ich bin nur nicht in Stimmung.«

»Aber deine Augen glänzen, und deine Haut glüht. Und vorher, als ich dich berührt habe ...«

Sie drehte sich abrupt weg.

»Wer ist es?«, sagte Mathis. »Kenn ich ihn?«

»Was meinst du?«

»Keine Spiele, Ava. So haben wir es immer gehalten.«

»Immer, wenn wir wollten. Und heute will ich nicht.«

»Ich glaub dir kein einziges Wort.« Er ging zum Tisch, goss sich nach, trank.

»Du kannst gern die ganze Nacht Wacholderschnaps in dich hineinschütten«, sagte sie. »Ich geh jetzt schlafen.«

»Da bin ich doch mit dabei!«

»Bist du taub?« Sie stieß ihn zurück, als er sie umarmen wollte. »Ich will für mich sein. Ist das denn so schwer zu begreifen?«

Seine Hände packten ihren Kopf und hielten ihn fest. Reka schoss mit gesträubtem Nackenhaar aus seiner Ecke. Sie rief ihm einen kurzen Befehl zu, er reagierte, aber zögernd.

Immer noch sehr wachsam, blieb er auf halber Strecke stehen.

»Mach mich nicht wütend!«, sagte Mathis. »Du weißt, was dann passieren kann. Und nicht mal dein Otterscheusal nützt dir dann noch etwas.«

»Davon würde ich an deiner Stelle nicht ausgehen, Mathis«, sagte sie ruhig. »Reka kann sehr schnell sein. Und mindestens so wütend werden wie du. Aber auch ohne ihn hab ich keine Angst vor dir.« Sie ließ zu, dass er ihre Lippen streifte, aber sie erwiderte den Kuss nicht. »Ich wusste nur nicht, dass du Frauen jetzt nötigst. Das ist mir neu.«

Er ließ sie sofort los. Der Otter legte sich auf den Boden, ohne an seinen alten Platz zurückzukehren.

»Es ist dir also ernst«, sagte er. »Weshalb hast du das nicht gleich gesagt?«

»Du bist ja verrückt!«

»Ja, vielleicht bin ich das. Aber du bist es auch.« Aus der Nähe sah sie neue Linien um seinen Mund. Es war ein hartes Leben, das er führte, ohne Rast, ohne Schutz, so gut wie mittellos, obwohl er stets beteuerte, sich kein anderes zu wünschen. »Kauerst mitten in der Nacht vor deinem Ofen und träumst mit offenen Augen von einem Kerl, der sich herumtreibt, anstatt dich glücklich zu machen.«

»Das geht dich gar nichts an!«

»Und ob es das tut.« Noch nie hatte sie ihn so aufgebracht gesehen, so verletzt.

»Ich will nicht darüber reden.«

»Was ist los mit ihm? Will er dich nicht? Oder hat er schon eine Frau und weiß nicht, wie er sie am besten belügen soll? Komm schon, Ava, jetzt, wo wir einmal damit angefangen haben, möchte ich es genau wissen.«

»Es ist besser, wenn du jetzt gehst«, sagte sie mit schmalen Lippen. »Es ist spät.«

»So hast du es immer gemacht, meine Schöne, nicht wahr? Mit den Männern gespielt und sie fortgeschickt, sobald es dir zu gefährlich wurde.« Er schwankte leicht. Sein Gesicht hatte einen Ausdruck, den sie nicht kannte. »Ich kenn das verdammte Spiel. Hab sogar eine ganze Zeit fleißig dabei mitgetan. Aber es geht nicht gut auf Dauer, weißt du das? Es geht niemals gut. Wenn der Haken erst einmal sitzt, tut es weh. Und je mehr du zappelst, desto größer wird der Schmerz, bis er dich von innen her zerreißt.«

Er schien nur noch zu sich selber zu sprechen.

»Einmal musst du dafür bezahlen. Du merkst es allerdings erst, wenn es zu spät ist.« Er zog sie an sich, und sie hatte keine Kraft, sich dagegen zu wehren. »Überleg es dir gut, Ava.« Er ließ sie los, küsste flüchtig ihr Haar. »Alles. Und vergiss niemals, wer deine Freunde sind.«

Als die Tür hinter ihm zuschlug, war ihr nach Weinen zumute. Aber Mathis war fort.

«Du warst noch einmal bei Pacher?«, sagte Simon, als Veit zurückkam. Es dämmerte. Langsam wurde der Himmel dunkelblau. Er hatte bereits die Lampen anzünden müssen. Ein Stück Brot lag auf der Werkbank. Ein angebissener Wurstzipfel daneben. Der Mostkrug war leer getrunken, sein grünes Wams zu Boden gefallen. Feiner Holzstaub bedeckte seine bloßen Unterarme. Simon schien die Werkstatt den ganzen Tag nicht verlassen zu haben.

»Es lag auf meinem Weg.«

»Weshalb? Unser Lager ist übervoll. Und Marie hat das Nachtessen schon gerichtet.«

»Weil wir nach dem Unmöglichen streben müssen, um das

Gute zu erreichen.« Veit lächelte. »Das hat ein alter Meister zu mir gesagt, unten in Neapel, vor vielen Jahren. Damals war ich zu jung, um ihn zu verstehen. Heute ahne ich, was er damit gemeint hat.«

»Und das Holz, das ich ausgesucht habe, taugt nicht dafür?«

»Harlan hat eine brandneue Lieferung bekommen. Geflößt, entkernt, abgelagert. Etwas, das der Großvater für seinen Enkel vorbereitet. Ein Glücksgriff, Simon, wie man ihn nur einmal im Leben macht – wenn überhaupt! Er hat mich sofort benachrichtigt. So feine Linde hab ich noch nie in der Hand gehabt. Sie wird sich schnitzen lassen wie Wachs.«

»Wachs schmilzt, wenn man es zu nah ans Feuer hält«, sagte Simon. »War die Pacherin auch dabei?«

»Agnes? Nein. Wieso? Die schaukelt ihr jüngstes Kind.« Er spürte den Blick des Sohns, aber er hielt ihn aus. »Ich weiß, ich hätte dir Bescheid sagen sollen. Aber du wirst mit meiner Auswahl zufrieden sein. Pacher lässt es so bald wie möglich anliefern.«

»Hier ist kein Platz dafür.« Simon starrte auf das Eisen in seiner Hand. »Manche sagen, es sei gar nicht von ihm.«

»Was soll nicht von ihm sein?«

»Das letzte Kind. Von Pacher. Es heißt, seine Frau mache auch anderen Männern schöne Augen. Vor allem einer soll es ihr angetan haben.«

»Welche Frau tut das nicht von Zeit zu Zeit?«, sagte Veit. »Und wenn, dann ist das Pachers Problem. Ich hab übrigens schon mit dem Nachbarn gesprochen. Eder wird uns sein Erdgeschoss abtreten – was sagst du dazu? Über die Außenleiter kann er ins erste Stockwerk, ohne uns zu stören. Der Preis ist in Ordnung. Und die Wand nicht einmal zu dick. Kann sein, dass die Häuser früher einmal zusammengehört haben. Wir holen den Zimmermann und brechen durch.

Gleich morgen lasse ich ihn kommen, um alles zu besprechen.«

»So riesig soll die Krippe werden, dass du einen halben Wald hier stapeln musst?«

Veit kam näher, bis er ganz dicht vor Simon stand.

»Das mit den Königen hast du mir immer noch nicht verziehen, habe ich Recht?« Eine unmerkliche Bewegung. »Aber so funktionieren die Regeln nun einmal nicht.«

»*Deine* Regeln!«, sagte Simon aufbrausend. »Regeln, die andere verletzen und die nicht einmal dir gut tun. Oder wärst du sonst krank geworden?«

»Was hat das eine denn mit dem anderen zu tun?«

»Jede Menge! Du lebst, als wärst du allein auf der Welt. Für dich sind die Menschen doch nichts anderes als Holzfiguren, Vater. Du stellst sie nach Belieben auf, arrangierst sie und packst sie wieder zusammen. Genau so, wie es dir passt.«

»Du übertreibst. Maßlos. Woher hast du diesen Unsinn?«

»Das ist nichts als die Wahrheit! Du sammelst sie, bestaunst sie, und manche liebst du sogar. Für eine gewisse Zeit. Aber du verstehst sie nicht und gibst dir nicht einmal Mühe, es zu versuchen. Was weißt du schon von ihnen? Sogar wir, deine Allernächsten, sind dir fremd. Du hast doch nicht die geringste Ahnung, was in uns vorgeht – in mir, deiner Frau oder deiner Tochter.«

»Wieso redest du jetzt auf einmal von Selina? Ist irgendetwas mit ihr? Sag schon!«

Simon begann zu lachen.

»Ja«, sagte er, »allerdings! Was willst du zuerst hören? Sie ist beinahe taub, einsam und kein kleines Mädchen mehr. Sie hasst Bamberg und weiß nicht, wohin mit sich. Vielleicht sucht sie sich sogar die falschen Freunde aus …«

»Aber sie ist nicht wieder krank geworden, oder? Es ist ihr doch nichts zugestoßen?«

»Nicht mehr als sonst, wenn dich das beruhigt. Nein, nur das Übliche. Verzeih, ich hätte erst gar nicht damit anfangen sollen.«

Sie sahen sich schweigend an.

Simon hob das Tuch, mit dem er die Figuren zugedeckt hatte. »Lämmer, Widder und Hunde«, sagte er. »Lauter hübsche kleine Modelle. Alles fertig. Wenn du willst, kann ich auch noch Otter, Hirsche und Auerhähne schnitzen. Oder soll ich morgen früh lieber die Hirtenunterkünfte skizzieren, sobald es hell geworden ist? Ich warte nur auf deine Anweisungen.« Er ließ das Tuch wieder sinken.

»Du weißt genau, was der Fürstbischof gesagt hat«, erwiderte Veit ruhig. »Du hast es selber gehört. Fuchs von Dornheim wird sich nicht die Mühe machen, deine Handschrift in Hunden und Schafen zu suchen. Also, was ist nun mit den Hirten?«

Simon griff blindlings nach einem Balleisen und nahm einen der Abziehsteine, die in einem ölgefüllten Behälter lagen. Heftig begann er zu schleifen, wütend über den Verlauf des Gesprächs.

»Was ist denn nun schon wieder los?«, fragte Veit in seinen steifen Rücken hinein.

»Nichts. Ich muss dich enttäuschen. Irgendwann hat mich die Eingebung verlassen. Aber was macht das schon? Du wirst ohnehin bereits wissen, was weiter zu tun ist, nach deinen geheiligten Regeln, die niemals versagen …«

Er wandte sich ab. Einen Moment sah es aus, als würde er das Eisen auf die Hobelbank werfen wollen, aber er besann sich im letzten Augenblick und legte es nur unsanft auf einen Tisch.

»In der Zwischenzeit kann ich ja wieder Hände schnitzen. Hände und Füße – so lange, bis meine Demut tief genug ist und du mich gnädigerweise davon erlöst.«

»Ich mag nicht, wenn du so redest«, sagte Veit. »So zynisch, so verloren. Dafür gibt es keinerlei Grund.«

»Nein?«, sagte Simon und sah ihn mit Francescas spöttischem Lächeln an. »Bist du dir da wirklich so sicher, Vater?«

Sie hatte sich große Mühe gegeben mit dem Linseneintopf, aber keinem schien er zu schmecken. Selina kaute lustlos an den Würsten herum und starrte ausdruckslos vor sich hin. Veit hatte sich gleich nach den ersten Löffeln auf seinem Stuhl zurückgelehnt, und jetzt kritzelte er auf einem Stück Papier herum. Selbst Simon, von allen offensichtlich noch der hungrigste, schlang eher, als zu genießen, was sie mit so viel Liebe gekocht hatte.

Als die Göhlerin vorsichtig den Kopf zur Türe hereinstreckte, um zu fragen, ob sie abräumen könne, nickte Marie ihr zu. Je schneller ihr das Geschirr aus den Augen kam, desto besser.

»Ich weiß bald überhaupt nicht mehr, was ich noch auf den Tisch bringen soll«, sagte sie. »Nichts, was ich koche, scheint euch zu schmecken.«

Drei Augenpaare flogen zu ihr.

»War doch gut«, sagte Simon. »Und mehr als reichlich. Satt geworden bin ich jedenfalls.«

Selina schwieg. Marie wusste auch so, was in ihr vorging. Sie vermisste die Küche ihrer Mutter, die Teigwaren, die Kräuter, die Gewürze. Sie machte sich nichts aus Schmalz und Gänsefett, und bevor sie einen von Maries üppigen Kuchen probierte, aß sie lieber gar nichts.

»Das finde ich auch«, sagte Veit.

»Und deshalb isst du nichts?«, gab sie zurück. »Ich dachte immer, du bist ganz verrückt auf Linsen.«

»Das war einmal. Du weißt doch, was der Bader gesagt hat.« Er schickte ihr ein schiefes Lächeln. »Abstinenz – leider. Du hast einen alten Mann geheiratet, Marie, keinen jungen Spund.«

Sie verstand, was er meinte, besser, als ihr lieb war.

Nicht nur am Tisch hielt er sich zurück, auch nachts in der Kammer war es nicht anders. Er berührte sie kaum noch, allenfalls mit flüchtigen Küssen, und manchmal hielt er wie ein schüchterner Jüngling einfach nur ihre Hand, bis sie eingeschlafen waren. Auf einmal schienen ihre Rollen vertauscht, und Marie ertappte sich dabei, dass sie die früheren Zustände herbeisehnte.

Ihm schien nicht daran gelegen, etwas zu ändern. Zuerst hatte sie es der Gicht zugeschoben, dann der Phase seiner Rekonvaleszenz, aber langsam begann sie, sich Sorgen zu machen. Das war nicht der Veit, den sie kannte. Dieser blasse, zurückhaltende Mann, der nicht aß, nicht trank und sie nicht mehr begehrte, war ein Fremder.

»Wollt ihr morgen vielleicht Fisch haben?«, sagte sie. »Gebraten oder gekocht? Es ist Markttag, und du könntest wieder einmal geräucherte ...«

»Alles verboten!«, unterbrach er sie schnell. »Keine Fische. Nichts Geräuchertes. Ich darf kein Risiko eingehen.«

Selina schien plötzlich schneller zu atmen. Ihre Augen waren auf Veit gerichtet, durchdringend, als hänge ihr Leben von ihm ab. Sie strich sich die Haare hinter das Ohr, das linke, als ob sie Angst hätte, etwas zu verpassen.

Marie warf ihr einen scharfen Blick zu.

Ahnte das Mädchen, was sie beschäftigte? Veits Gleichgültigkeit bereitete ihr natürlich auch noch aus einem anderen Grund Kopfzerbrechen. Wenn sie nicht miteinander schliefen, konnte sie auch kein Kind empfangen.

»Aber ich hab gute Neuigkeiten.« Er strahlte. »Simon kennt sie schon, und nun sollt auch ihr sie endlich erfahren. Wir werden uns vergrößern.« Er legte das Papier vor ihr auf den Tisch, strich es glatt und winkte auch Selina heran. »Das sind meine Pläne«, sagte er. »Natürlich erst vorläufige Skizzen, die Reinzeichnungen mache ich dann morgen, bei Tageslicht.«

»Was soll das sein?«, fragte Selina belegt.

»Das Untergeschoss des Nebenhauses. Siehst du das nicht? Ich hab es angemietet. Dort werden wir das neue Holz lagern. Wir müssen uns nicht länger beschränken. Es ist so geräumig, dass wir sogar noch Platz für neue Arbeitskräfte haben, sollte es einmal nötig werden – Fasser, Vergolder, vielleicht sogar Farbenreiber …«

»Du willst künftig für jedes Stück Holz hinüber zum Nachbarn laufen?«, sagte Marie. »Ist das nicht viel zu umständlich? Außerdem wird keiner aus einer anderen Zunft in deinem Haus arbeiten. Du weißt doch, wie sie sind. Jeder beäugt jeden.«

»Eben nicht.« Veits Zeigefinger deutete ungeduldig auf das Blatt. Die Gichtknoten an seinen Gelenken waren zwar zurückgegangen, aber noch immer nicht verschwunden. »Wir brechen eine Türe durch. Hier! Dann sind die beiden Gebäude miteinander verbunden. Nun, was sagt ihr dazu?«

Selina nickte abwesend. Es war ihr nicht anzusehen, ob es sie überhaupt interessierte.

»Und du hast dir alles wirklich gut überlegt?«, fragte Marie vorsichtig.

»Was gibt es da noch zu überlegen?«

»Die Kosten, zum Beispiel«, sagte Marie. »Und der ganze Aufwand. Du musst den Zimmermann bezahlen und dann Monat für Monat die Miete …«

»Herrgott – wenn man nichts wagt, gewinnt man doch auch nichts!« Er war enttäuscht. Alles in ihm weigerte sich zu akzeptieren, dass sie seine Begeisterung nicht auf Anhieb teilte. »Der Auftrag des Fürstbischofs ist nur ein Anfang. Weitere werden folgen, und dafür müssen wir gerüstet sein. Außerdem ist die Remise im Preis mit inbegriffen. Weißt du, was das bedeutet? Wir werden uns also an Ort und Stelle von der Wirkung der Figuren überzeugen können …«

Ihre Augen schienen durch ihn durchzusehen. Er hielt überrascht inne, legte die Hand auf ihre Schulter und schüttelte sie sanft.

»Was ist denn auf einmal los mit dir, Marie? Wo ist die Kämpferin an meiner Seite geblieben? Du ziehst ja ein Gesicht, als sei der Leibhaftige hinter dir her!«

Sie blieb stumm.

»Es geht doch nur um eine Tür und ein paar neue Räume, sonst nichts. Wir werden nicht gleich verhungern, das verspreche ich dir!«

Marie nahm sich zusammen, versuchte ein Lächeln aufzusetzen und hoffte, dass es nicht misslang.

Es gab keinen realen Grund dafür, das wusste sie, aber sie fürchtete sich trotzdem. Das Haus in der Langen Gasse war ihr immer wie ein geschützter Raum erschienen, als etwas, das nur ihnen gehörte. Alles Böse musste draußen bleiben. In ihren vier Wänden, ihrem geliebten Ei, gab es keinen Platz dafür. Doch diese neue Türe sprengte die Schale. Was, wenn die Wände Risse bekamen?

Dann war das Böse nicht länger aus dem Haus verbannt.

Drei

Mit jedem Schritt wurde sie langsamer, und als der Geruch modriger Planken ihr immer stärker in die Nase stieg, blieb Selina stehen. Wieso tat sie sich das überhaupt an? Die Kinder würden sie doch nur auslachen, sobald sie den Mund aufmachte. Und wieder wegschicken. Und sie würde sich noch überflüssiger vorkommen.

War es wert, das zu riskieren?

Sie konnte nicht anders. Seit mehr als zwei Wochen hatte sie Lenz nicht gesehen und schon befürchtet, er und die anderen Kinder hätten Bamberg für immer den Rücken gekehrt, jetzt, wo im Rat nahezu täglich neue Verordnungen gegen das Betteln erlassen wurden. Manche sperrte man ins Loch, andere wurden mit Stöcken aus der Stadt gejagt. Pankraz hatte Simon ausführlich darüber berichtet, und ihrem großen Bruder wiederum war es ein besonderes Anliegen, ihr alles haarklein weiterzugeben und drastisch auszumalen.

Aber nicht Simon, sondern Marie hatte ihr schließlich den entscheidenden Hinweis gegeben, ausgerechnet Marie!

»Kurz ist mit der neuen Steinmühle sehr zufrieden«, sagte sie, als sie mit Theres Göhler zurückkam. Beide schwitzten, weil der Tag heiß war, der Holzkarren unhandlich und die Säcke prall. Nicht nur ihre Kleider, auch die Haare waren staubig. Natürlich hätte Selina sie begleiten und ihnen helfen können, aber sie hatte es wieder einmal verstanden, sich im passenden Moment unsichtbar zu machen. »Sein Mehl ist so fein und weiß wie sonst bei keinem. Nur etwas weit flussaufwärts liegt sie für meinen Geschmack!«

Selina lächelte vielsagend. Mit den roten Wangen, den aufgelösten Haaren und den dunklen Schweißflecken sah Marie aus wie ein ganz gewöhnliches Marktweib. Es gefiel ihr, wenn die zweite Frau ihres Vaters nicht die feine Dame spielen konnte.

Marie warf ihr einen scharfen Blick zu, sagte aber nichts.

Um das Abladen kam Selina nicht herum, doch sie achtete darauf, dass es ausschließlich leichtere Säcke waren, die sie ins Haus trug.

»Die alte Hechtmühle will er an einen Walker vermieten, aber erst im Herbst.« Durstig trank Marie einen Becher Wasser und reichte der Göhlerin einen anderen. »Für die Zwischenzeit haben sich ein paar Waisenkinder bei ihm eingenistet. Er hat nichts dagegen, solange sie nicht zündeln. Er sagt, auf diese Weise hielten sie sogar Einbrecher ab und noch schlimmeres Volk.«

Sie ließ sich auf die Bank fallen und zog die Schuhe aus.

»Ihr Ehrenwort hätten sie ihm gegeben.« Marie rieb die Füße aneinander. Für ihren zarten Körperbau waren sie zu breit, was Selina immer wieder erfreut registrierte. »Sein Gottvertrauen möchte ich haben! Auf so ein Ehrenwort zu bauen ist ganz schön leichtsinnig.«

Selina tat gleichgültig, innerlich aber jubelte sie. Die Hechtmühle, natürlich – warum war sie nicht eher darauf gekommen! Sie kannte den Holzbau auf der schmalen Insel zwischen den beiden Brücken, den man nur über einen Steg erreichen konnte. Früher hatte sie Simon einige Male dorthin begleitet. Sie würde den Weg auch allein finden.

Selina ging weiter, langsam, fast zögerlich. Schon jetzt schlug ihr Herz schneller als sonst, und sie fürchtete sich vor dem Moment, wo es wieder rasen würde.

Auf der Unteren Brücke blieb sie stehen.

Obwohl sie den Hals reckte, verwehrten ihr Dächer und hohe Bäume den Blick auf die beiden Domtürme. Mehrmals schon war sie am Kaisergrab gewesen. Seite an Seite lagen sie hier bestattet, Heinrich und seine Gattin, Kunigunde, die zur Stadtheiligen geworden war und seit Jahrhunderten Menschen und Häuser vor Bösem beschützte. Das hatte Simon ihr erzählt, und ihr hatte gefallen, was er gesagt hatte, wie fast alle seine Geschichten.

Warum nur musste sie ausgerechnet wie Kuni heißen?

Sie lehnte sich ans hölzerne Geländer. Unter ihr glitzerte der Fluss im Sonnenschein. Rechter Hand wurden am Kranen gerade zwei Boote gelöscht. Dahinter erhob sich das Hochzeitshaus, in dem Vater und Marie geheiratet hatten. Selina war zu krank gewesen, um am Fest teilnehmen zu können. Aber bis zu ihrer Gesundung zu warten hatten sie offenbar nicht mehr die Zeit gehabt. Einfach hinter ihrem Rücken die Ringe zu tauschen! Bis heute hatte sie ihm diesen Verrat nicht verziehen.

In ihren schlimmsten Träumen hörte Selina das Fiedeln und Blasen, das Trommeln und Schlagen der Instrumente, Hochzeitsmelodien, die leise begannen, sich dann steigerten, um schließlich in ein ohrenbetäubendes Finale zu münden, als wollten sie ihr Trommelfell zum zweiten Mal verletzen. Dann schoss sie hoch, die Hände auf den Ohren, den Mund zu einem Schrei geöffnet.

Heute war wieder so ein Morgen gewesen. Selina strich ihr Kleid glatt, das neue aus himmelblauem Leinen, das ein enges Mieder hatte und sie erwachsen wirken ließ. Eigentlich hätte sie es erst zu Simons Geburtstag anziehen sollen, aber sie war so schnell aus dem Haus gelaufen, dass niemand sie hatte aufhalten können. Marie behauptete, die Farbe mache ihre Haare dunkler und ihre Augen strahlender, aber was wusste schon Marie!

Am Gürtel baumelte das bestickte Säckchen, in dem sie Tafel und Kreide vor neugierigen Augen verbarg. Ihre Ziersticke waren lustlos und alles andere als gleichmäßig ausgefallen, dafür konnte sie den großen Knopf mit einer Hand öffnen und schließen.

Der neue Schneider hatte beides genäht, ein kleiner Mann mit schiefen Zähnen, der säuerlich aus dem Mund roch und offenbar ein Angeber war, aber flinke Hände hatte. Lorenz Eichler war sein Name, und er brüstete sich mit all den wichtigen Auftraggebern, für die er in Bamberg schon die Nadel geführt hatte.

»Selbst der Weihbischof lässt bei mir arbeiten!« Er hielt kurz inne, um die Wirkung seiner Worte zu genießen. »Na ja, er *hat* jedenfalls bei mir arbeiten lassen – und wird es sicherlich wieder tun. Wo sonst sollte er diese Qualität finden, diese Präzision?«

Sie schrie auf, denn er hatte sie gepikst, als er voller Verzückung die Nadeln zu tief in den Stoff des Mieders gesteckt hatte.

»Oh, ich denke, da müssen wir wohl noch etwas Spielraum zugeben!«

Noch jetzt schoss Selina die Schamesröte ins Gesicht, wenn sie daran dachte. Das ging nur sie etwas an, dieses halb prickelnde, halb beunruhigende Gefühl, wenn sie im Schutz der Nacht vorsichtig mit den Händen über die zarten Erhebungen fuhr. Sie hoffte, sie zeichneten sich nicht zu deutlich unter dem hellen Stoff ab.

Und wünschte im gleichen Moment, sie täten es.

Noch immer in Gedanken ging sie in Richtung Hafen, ohne darauf zu achten, wohin sie trat. Sie stieß gegen eine ältere Frau, die in jeder Hand einen Tonkrug trug. Vor Schreck ließ die Frau einen fallen. Er zerbrach. Dunkle Flüssigkeit lief aus.

»Bist du blind?«, fuhr die Frau sie an. »Und blöd dazu? Wer ersetzt mir nun meinen Wein?«

»Es tut mir Leid«, wollte sie sagen, aber alles, was sie herausbrachte, war dumpfes Krächzen.

Die Frau fuhr zurück, hob die rechte Hand und streckte den Mittelfinger gegen sie. Ein Abwehrzauber. Damit die Taubheit nicht auch auf sie überging. Ihre Lippen öffneten sich. Zwischen fauligen Zähnen prasselte etwas auf Selina nieder. Es mussten Verwünschungen sein, Beleidigungen und Flüche, davon war sie überzeugt, denn das Gesicht der Frau war zur Fratze geronnen.

Verstanden hatte sie nichts davon.

Ihre Beine waren unsicher, als sie weiterlief, bis sie endlich den kleinen Steg erreicht und die Keifende hinter sich gelassen hatte. Etwas Raues kratzte ihr im Hals, und in ihrer Brust tat es weh. Wer taub ist, ist auch dumm. Selina wusste seit langem, dass viele Leute so dachten, und die Reaktion der Frau hatte es ihr es erneut bewiesen. Aber sie war nicht blöd. Sie konnte nur nicht mehr hören – das war alles.

Dennoch saß der Stachel. Sollte sie ihr Vorhaben nicht lieber abbrechen? Etwas Bitteres sammelte sich in ihrem Mund.

Sie war keine Idiotin, und feige war sie erst recht nicht. Selina strich sich das Haar aus dem erhitzten Gesicht und stieß die Türe auf.

Es roch nach Holz, nach Mehl, nach alter, vielfach gewendeter Leinwand. Nach getrockneten Fledermausköteln. Staub flirrte in der Luft. Langsam ging sie weiter. Links von ihr führte eine Tür in den Raum, wo die An- und Ablieferung des Mahlgutes erfolgte.

Ob sie dort steckten?

Wie einfach wäre es jetzt gewesen, wenn sie hätte hören können! Aber nicht einmal rufen mochte sie, aus Angst, die anderen mit ihrer ungeübten Stimme zu verschrecken.

Es blieb nur der Weg nach oben. Selina betrat die Stufen, die ins Obergeschoss führten. Zu gerne hätte sie gewusst, ob ihre Füße das Holz zum Schwingen brachten, aber das würde sie erst erfahren, sobald jemand auf sie reagierte.

Der große Raum war hell. Links lag die Mahlstube. Rechter Hand sah sie ein paar Lumpen, scheinbar nachlässig hingeworfen. Enttäuschung machte sich in ihr breit. Niemand war zu sehen. Sie war vergeblich gekommen.

Jemand packte von hinten ihren Arm und drehte ihn jäh auf den Rücken. Selina schrie auf. Sie spürte die Wärme eines Körpers. Und die Anspannung, die von ihm ausging.

Plötzlich war sie wieder frei. Sie fuhr herum.

Lenz stand vor ihr, mit nacktem Oberkörper, die Hose halb auf die Hüften gerutscht. Sie sah die Schweißtropfen auf seiner mageren Brust. Und wie das einfallende Sonnenlicht die blonden Härchen auf seinen Armen zum Leuchten brachte.

Ihr wurde heiß. Auf einmal hasste sie sich für die Idee mit dem Kleid, kam sich aufgeputzt vor und unendlich töricht. Am liebsten hätte sie sich unsichtbar gemacht und konnte doch gleichzeitig nicht aufhören, ihn anzusehen.

»Du? Um ein Haar hätte ich dir eins übergezogen!«

Sie setzte zu sprechen an und hörte mittendrin auf. Seinem Gesicht war anzusehen, dass sie etwas Komisches gesagt haben musste. Selina wollte schon die Tafel herausziehen, um ihre Antwort aufzuschreiben, aber er hinderte sie daran.

»Das brauchst du nicht«, sagte Lenz. »Ich verstehe dich. Und du mich doch auch, oder? Versuch es noch einmal, Selina!«

Der Anfall von Scham verflog so schnell, wie er gekommen war. Mit Lenz war alles einfach. Sie brauchte sich nicht zu verstellen.

»Ich dachte, ihr seid alle fort«, wiederholte sie langsam. Marie hatte Recht – ausnahmsweise. Wenn man die Worte nicht hetzte, waren sie auch keine Feinde. Ihre Hände flogen dabei. Das passierte ihr immer öfter in letzter Zeit. Aber Lenz schien sich nicht daran zu stören. Vielleicht würde er eines Tages sogar deren Sprache verstehen, so wie Simon.

»Fort?« Er schüttelte den Kopf und lachte. »Nein, wir haben uns nur etwas hier eingerichtet. Aber dann bin ich krank geworden. Muss wohl an dem verschimmelten Brot liegen. Das Einzige, was die Leute noch hergeben.«

»Krank?« Ein Vibrieren lief durch ihre linke Körperhälfte. Unwillkürlich tastete sie wieder nach der Tafel. Plötzlich hatte sie Angst, auch mit dem linken Ohr nichts mehr hören zu können.

Lenz schien ihre Unruhe zu spüren. Er trat auf sie zu, berührte ihren Arm. Durch das Leinen wurde es warm. Es war nicht die glühende Hitze von eben, die einen verbrennen konnte, wenn man nicht aufpasste, sondern eine zarte, heilende Wärme, nach der sie sich schon lange gesehnt hatte.

»Geht schon wieder«, sagte er. »Aber jemand muss doch auf die Kleine aufpassen. Lenchen hat es viel schlimmer erwischt.«

Er deutete auf einen Lumpenhaufen in der hintersten Ecke. Selina entdeckte ein rotes Häubchen, das darunter hervorlugte.

Sie waren nicht allein.

Die Enttäuschung war beinahe so stark wie das vorherige Glücksgefühl, aber sie zwang sich, vernünftig zu sein. Die Kleine spielte keine Rolle. Selbst wenn sie Kuni alles verraten würde.

»Wo sind die anderen?«, fragte sie.

»Wo wohl?« Sein Mund verzog sich.

Beim Betteln, das meinte er. Simon fiel ihr ein und was er über die Bande gesagt hatte. Oder beim Stehlen.

Lenz schien ihre Gedanken zu erraten.

»Was bleibt uns übrig?«, sagte er. »Sollen wir vor Hunger krepieren? Es gibt viele in der Stadt, denen das am liebsten wäre. Aber solange sie uns noch nicht am Kragen haben, können wir immer noch entwischen.«

Er hatte Recht. Simon hätte nur mal sehen sollen, wie armselig sie hier hausten! Dann würde er verstehen, dass sie sich nicht darum kümmern konnten, woher ihr Essen kam.

»Ich hätte etwas mitbringen sollen«, sagte sie. »Von zu Hause. Wir haben mehr als genug. Nächstes Mal werde ich daran denken.«

Er hatte begonnen, nervös auf und ab zu gehen. Wieder erfasste Selina Unruhe. Wenn er ihr den Rücken zudrehte, bekam sie doch nicht mit, ob er etwas sagte! Sie musste seinen Mund sehen, musste sein Auf und Ab konzentriert beobachten, sonst konnte sie ihn nicht verstehen.

Abrupt war er vor ihr stehen geblieben. Seine Lippen lagen aufeinander. Dann öffnete sie ein Lächeln, machte sie weich und ließ sie gleichzeitig verschmitzt aussehen.

»Du kommst also wieder?«

Sie nickte.

»Das Kleid – schönes Blau. Wie deine Augen.«

Plötzlich wagten sie beide nicht mehr, den anderen anzuschauen, und senkten den Blick. Selina fasste als Erste wieder Mut und sah, dass er in die Ecke starrte. Die Kleine hatte sich aufgerichtet, halb aus den Lumpen befreit und gestikulierte.

»Was will sie?«, fragte sie.

»Der Bauch tut ihr weh. Schon seit Tagen. Vielleicht sollte ich sie besser zu Ava bringen. Die hätte bestimmt das passende Kraut.«

Selina folgte ihm, sah zu, wie er dem kleinen Mädchen Wasser einflößte.

»Ava«, murmelte Lenchen. »Mama! Ich will zu Ava.«

»Hast du verstanden, was sie gesagt hat?«, sagte Lenz.

»Nein«, sagte Selina. »Nicht genau. Wer ist …«

»Ava?«

Sie nickte.

»Unsere Freundin«, sagte er. »Sie gibt uns zu essen und lässt uns manchmal bei sich wohnen, in ihrem Haus am Fluss. Sie hat sogar einen zahmen Otter, der ihr aufs Wort gehorcht. Lenchen ist wie ihr Kind.«

Die Kleine atmete schwer. Er legte ihr die Hand auf die Stirn.

»Gefällt mir gar nicht, dass sie wieder heiß ist …«

Sie sah, wie er zusammenschreckte.

Die Bande war zurück. Kunis Beute war eine tote Henne, die auf dem Boden dunkle Blutspritzer hinterließ. Toni schien einen halben Hühnerstall ausgeräumt zu haben, so viele Eier beulten seinen Beutel aus, während Kaspar sich ein paar Wecken Brot unter die Arme geklemmt hatte.

»Was will die denn hier?« Kunis Gesicht verzog sich, aber es war kein Lächeln. »Rede!«

Selina erhob sich steif. Alle Worte steckten in ihrem Hals fest. Aber die Frage galt einzig und allein Lenz.

»Sie hat mich besucht«, sagte er.

»Ach was! Schnüffeln wollte sie. Aber wir brauchen keine Schnüffler. Sag ihr das.«

Auch die beiden Jungen sagten irgendetwas. Selina sah Gesichter, mahlende Lippen, Kinne, die sich schnell bewegten. Die Worte hüpften einfach weg, von einem Lippenpaar zum anderen. Jetzt fühlte sie sich wirklich taub – taub und schrecklich dumm.

Kuni schwang ihre Rechte, die immer noch die tote Henne umklammert hielt, und kam ihr dabei immer näher.

»Nun gut, dann muss ich es eben tun – Feigling!« Sie streifte Lenz mit einem unfreundlichen Blick. Dann ging sie zu Selina.

»Ich hab ihr den Hals umgedreht.« Sie hielt die Henne an den Füßen und ließ sie drohend vor ihr hin und her baumeln. »Gerade eben.« Kuni hatte Zähne, die wie bei einer Katze an den Ecken spitz zuliefen, und eine rote Zunge. »War ganz einfach. Soll ich das auch bei dir machen?«

»Lass Selina in Ruhe!«, rief Lenz, rührte sich aber nicht von der Stelle. »Sie hat dir doch nichts getan.«

»Woher willst du das wissen?« Kuni versetzte Selina einen Stoß. Das Mädchen machte einen Schritt rückwärts und einen weiteren, als der nächste Stoß kam, härter, aggressiver. »Ich will dich hier nicht mehr sehen!« Kunis Augen funkelten. »Niemals wieder! Hast du das verstanden?«

Selinas Kopf war auf einmal wie festgefroren. Nicht einmal nicken konnte sie noch. Wie eine von Simons Holzfiguren kam sie sich vor, so starr, so stumm.

Kunis freie Hand fuhr zum Gürtel und riss mit einem Ruck Selinas Säckchen ab. Sie warf es Lenz zu und nickte zufrieden, als er es reflexartig fing.

»Schreib es ihr auf!«, befahl sie. »Damit deine Taube es ein für alle Mal kapiert.«

»Wenn du nicht sofort damit aufhörst …«

Selina wartete nicht auf Kunis Antwort. Sie drehte sich um, lief die Treppe hinunter und riss die Tür auf. Als sie draußen war, begann sie zu rennen.

Erst als sie das Ufer ein ganzes Stück hinter sich gelassen hatte, blieb sie keuchend stehen. Lenz war ihr nicht nachgekommen, natürlich nicht. Gerechnet hatte sie nicht damit – und es insgeheim doch gehofft. Aber die Bande bedeutete ihm mehr als sie.

Selina schloss die Augen und machte keine Anstalten, die Tränen zurückzuhalten. Das Weinen tat gut.

Marie würde einen Anfall bekommen. Der Gürtel war zerrissen, Tafel und Kreide lagen in der Mühle. Auf dem neuen Kleid hatte Hühnerblut seine dunkle Spur hinterlassen.

⁂

»Trink diesen Tee aus Fenchelsamen. Dann wird deine Milch wieder besser fließen.« Die junge Frau wirkte so erschöpft, dass sie kaum noch nicken konnte. Das Kind an ihrer Brust war eingeschlafen. Ava musterte sie besorgt. »Hast du mich verstanden, Elisabeth?«

»Ja«, sagte sie. »Ich war schon drauf und dran, sie abzustillen. Aber sie ist doch noch so klein und schwächlich.«

»Finchen braucht deine Milch«, sagte Ava. »Das ist viel besser als Brei und Grütze und wird sie später umso robuster machen. Aber die Kleine ist nicht deine einzige Sorge, oder?«

»Ja«, sagte die junge Frau. »Franz hat immer so schlimme Augen. Manchmal hab ich Angst, dass er blind wird.«

»Eine Spülung aus Augentrost, Kamille und Fenchel könnte vielleicht helfen.« Ava stand auf und ging nach nebenan. Wenig später kehrte sie mit einem kleinen Säckchen zurück. »Ein Löffel voll in einen Becher und mit heißem Wasser aufgießen. Dann nimmst du einen sauberen Leinenstreifen – sauber, hast du gehört? –, machst ihn gut nass und legst ihn ihm als Kompresse auf die Augen.«

»Und das hilft?« Das Erstaunen stand in dem blassen Gesicht geschrieben.

»Manchmal«, sagte Ava. »Stillhalten muss er. Auch wenn's schwer fällt. Und Garantie gibt es keine. Wir müssen es eben ausprobieren. Wenn es nach einer Woche nicht besser wird, bringst du ihn zu mir.«

Die Frau blieb noch immer sitzen.

»Da ist doch noch etwas?«, sagte Ava, etwas ungeduldiger.

»Der Schwiegervater.« Die junge Frau errötete heftig. »Er murmelt unanständiges Zeug, wenn ich an ihm vorbeigehe. Und jedes Mal tätschelt oder zwickt er mich. Es ist mir so eklig. Am liebsten würde ich davonlaufen, wenn ich ihn nur von weitem sehe!«

»Weiß dein Mann davon?«

»Martin? Der würde einen Wutanfall bekommen und eher auf mich losgehen! Er behauptet ohnehin, dass ich fremde Männer zu freundlich anlächle. Dabei komm ich doch gar nicht dazu bei der vielen Arbeit!«

»Gegen die Geilheit der Menschen ist kein Kraut gewachsen«, sagte Ava. »Er wird einsam sein, nach dem Tod seiner Frau. Aber das ist noch lange kein Grund, dich so zu behandeln. Verschaff dir Respekt, Elisabeth! Du hast doch zwei gesunde Arme und ein Mundwerk, das du gebrauchen kannst, oder etwa nicht?«

»Ich soll ihn schlagen?«

»Wenn er das nächste Mal nach dir greift, sagst du ihm laut und deutlich, dass er seine Finger bei sich behalten soll. Schadet nichts, wenn du dabei etwas lauter wirst. Und wenn selbst das nicht hilft, dann gibst du ihm einen kräftigen Klaps, wie man es bei quengelnden Kindern manchmal macht. Das wirkt Wunder, wirst schon sehen!«

»Aber wenn ich nicht den Mut dazu habe?«

»Den wirst du schon aufbringen müssen, Elisabeth! Sonst musst du weiterhin dulden und leiden.«

Die junge Frau blieb still. Aber in ihre Augen war der Glanz zurückgekehrt. Die Kleine an ihrer Brust schlug die Augen auf und begann mit den Beinchen zu strampeln.

»Wird Zeit, dass wir nach Hause kommen«, sagte sie. »Sonst fangen die dummen Fragen wieder an.«

»Du hast doch nicht gesagt, dass du zu mir gehst?«, sagte Ava.

»Nein«, sagte Elisabeth. »Natürlich nicht.«

»Dann behalt es auch künftig für dich. Und die Kräuter ...«

»... hab ich natürlich selber gesammelt. Ich gehe manchmal spazieren. Niemand wird Verdacht schöpfen.«

»Gut. Wenn du noch etwas brauchst, kommst du einfach wieder. Ich bekomme dann elf Kreuzer von dir.«

Es war mehr, als die junge Frau gedacht hatte, das sah Ava daran, wie lange sie in ihrer Tasche kramte. Schließlich aber lagen die blanken Kupferstücke auf dem Tisch.

Ava strich sie ein. Guter Lohn für gute Arbeit, so lautete ihr Motto. Und es erlaubte ihr, in Notfällen umsonst zu helfen.

»Pass auf dich auf«, sagte sie, als Elisabeth aufstand und dabei die Kleine fest an sich drückte.

Die beiden waren schon eine ganze Weile draußen, als ihr plötzlich einfiel, dass sie Mathis' Worte gebraucht hatte.

«Santa Barbara!« Der böhmische Hauer fluchte und schwitzte. Heißes Wachs war aus der kleinen Laterne, die er sich auf den Kopf gebunden hatte, auf seine Brauen getropft.

»Sie hat dich bereits erhört – der Berg hat sich schon geöffnet«, sagte Pankraz Haller, der jeden Handgriff der Männer beobachtete. »Komm schon, nur noch ein Stück, dann sitzt der Bottich genau da, wo er hinsoll.« Er wiederholte es auf Böhmisch, das er seit seinen Reisen nach Saaz und Pilsen leidlich sprach.

Stark hervortretende Adern schienen den Hals des Böhmen sprengen zu wollen, so sehr strengte er sich an und mit ihm die anderen beiden aus seiner Heimat, die neben ihm zogen.

»*Pozur, velký balík* – Achtung!«

Der Bottich, der letzte von einem guten Dutzend, war an seinem Standort angekommen.

Der Hauer wischte sich den Schweiß von der Stirn.

»*Sládku ty nám dlužíš velký, balík*!«

Pankraz lachte, erleichtert, dass die heikle Arbeit endlich abgeschlossen war.

»Ja, ihr sollt euren guten Batzen haben«, sagte er. »Ihr habt einwandfrei gearbeitet. Und schnell dazu. Die Stollen und die Bottiche – ohne euch hätte ich mein Vorhaben vergessen können. Jetzt ist alles bereit für mein neues Bier im Herbst.«

»Und der andere?« Der Böhme fasste sich an die Schulter. »Dein Mann? Noch krank?«

»Schneider, meinst du? Er klagt noch immer über Schmerzen, aber mir scheint, es wird langsam besser. Seit er sich beim

Runterlassen die Schulter verrenkt hat, scheint allerdings auch in seinem Kopf etwas quer zu liegen. Jetzt glaubt er noch fester an Zauberei als zuvor.«

Pankraz übersah, dass der Hauer sich bei seinen Worten eifrig bekreuzigte. Und die anderen es ihm nicht minder hastig nachtaten. Sollten sie ruhig so abergläubisch sein wie sein Geselle – Hauptsache, die Stollen waren verbunden und die Bottiche an ihrem Platz!

Er konnte es kaum noch erwarten, endlich mit der Arbeit zu beginnen. Die Kühle in den neu erschlossenen Gewölben erschien ihm konstant, aber mit der Annahme würde er sich auf Dauer nicht zufrieden geben. Auf seiner letzten Reise hatte er Braumeister in Pilsen von wundersamen Glasapparaturen erzählen hören, mit Weingeist oder anderem Hochprozentigem gefüllt, mit deren Hilfe man die Temperatur exakt bestimmen konnte. Thermometer nannte man sie, und zu seinen Plänen gehörte, sich so bald wie möglich einen davon zu beschaffen.

In wenigen Tagen würden die fleißigen Böhmen Bamberg wieder in Richtung Heimat verlassen – und damit, was das Beste war, das Geheimnis seiner neuen Stollen mit ihnen. Er brauchte sich nicht zu sorgen, dass sich jemand aus der Stadt an seinen Vorräten zu schaffen machte. Von Schneider drohte keine Gefahr. Sein Geselle mochte an Druten und Magie glauben, aber er war kein Dieb. Pankraz hoffte, dass er bald wieder die Arbeit aufnehmen konnte.

Selina kam ihm in den Sinn, als er nach oben stieg, Selina, die ihn immer wieder an sein Versprechen erinnerte. Erst kürzlich war Pankraz Zeuge eines heftigen Streits zwischen Marie und dem Mädchen geworden, als sie schmutzig und verweint nach Hause gekommen war, und zum ersten Mal hatte er seine Tochter als zu hart empfunden.

»Die Kleine hat es schwer, das darfst du nicht vergessen«, sagte er beschwichtigend, als sie Selina in ihre Kammer schickte, obwohl es noch hell war. »Vielleicht könntest du sie …«

»Nimm du sie jetzt auch noch in Schutz – das hat mir gerade noch gefehlt! Hast du nicht gesehen, wie sie heimgekommen ist? Das neue Kleid – verdorben. Keine Ahnung, wo sie sich wieder rumgetrieben hat. Fragen kann ich mir ohnehin sparen. Selina tanzt mir auf der Nase herum. Wenn ich ihre Mutter wäre …«

»Aber du bist nicht ihre Mutter, Marie.«

»Und du nicht ihr Großvater.« Wütend war Marie zu ihm herumgefahren. »Sie geht dir um den Bart, merkst du das nicht? Schlau ist sie nämlich, das kleine Biest – und störrisch wie ein Maulesel!«

Er musste lächeln, als er daran dachte.

Er würde Selinas Wunsch nachkommen und sie demnächst mit in den »Bauch des Berges« nehmen, wie er es versprochen hatte. Pankraz tat es nicht ohne Hintergedanken. War das Mädchen wieder guter Laune, vertrug sie sich besser mit Marie.

Und sein Mädchen würde auch wieder glücklich sein.

Veit Sternen blickte ungehalten auf, als Marie die Tür zur Werkstatt öffnete. »Ich hab dir doch gesagt, dass ich nicht gestört werden möchte.« Er ließ den Zirkel sinken.

»Ich weiß«, sagte sie. »Aber du hast Besuch. Hohen Besuch.«

Gleich hinter ihr drängte sich Damian Keller in den Raum.

»Ich muss Euch sprechen«, sagte er. »Ihr habt doch einen Augenblick Zeit für mich?«

Simon erhob sich von seinem Hocker. Veit wischte sich die Hände an der Hose ab. Er wies auf die halbfertigen Modelle und die Holzspäne, die den Boden bedeckten.

»Wir sind mitten in der Arbeit …«

Marie schloss die Türe und zog sich zurück. In sechs Ehejahren hatte sie gelernt, wann der richtige Moment dafür war.

Der Astrologe sah sich neugierig um.

»Überall Holz. Und dieser wundervolle Geruch! Ich beneide Euch. Ihr müsst glückliche Männer sein.«

Vater und Sohn tauschten einen raschen Blick.

»Ist etwas passiert?«, sagte Simon. »Ich meine, schickt Euch der Fürstbischof?«

»Der Fürstbischof? Nun, in gewisser Weise könnte man das sogar so sehen. Aber Fuchs von Dornheim weiß nicht, dass ich hier bin. Und er darf es auch niemals erfahren.«

»Ich verstehe nicht ...«

»Mein Fehler!« Keller deutete eine Verneigung an. »Ich müsste etwas ausholen. Dann werdet Ihr wissen, was ich meine.«

»Dann redet!«

»Ich kenne den Fürstbischof seit einem Jahr«, sagte Keller. »Das erscheint auf den ersten Blick nicht besonders lang – und ist es andererseits doch. Denn ich habe sein Geburtshoroskop erstellt.« Er rieb die Hände aneinander. »Ich darf mich kurz setzen?«

Simon räumte einen Hocker frei. Damian Keller nahm Platz und schlug die langen Beine übereinander.

»Als er die Welt erblickte, stand Saturn am Mittagshimmel. Deshalb ist ihm die öffentliche Meinung stets ein ganz besonderes Anliegen. Der feurige Mars dagegen steht im gefühlvollen Krebs, der für seine gewundenen Wege bekannt ist. Ihr wisst, was ich damit sagen will?«

»Keine Ahnung«, sagte Veit Sternen. »Könnt Ihr nicht deutlicher werden?«

»Gewiss.« Kellers Gesicht überzog sich mit heller Röte. Offenbar hatte er sich seine Mission einfacher vorgestellt. »Lasst mich anders beginnen. Ihr erinnert Euch an Weihbischof Förner?«

»Der bärtige Mann in der geflickten Soutane?«

»Ganz genau. Natürlich ist auch sein Horoskop kein Geheimnis mehr für mich. Förners Sonne steht im Schützen, was zu seinem Amt passt, wenngleich es ihn wenig empfänglich für Kritik macht. Und Venus und Mond sind im Skorpion. Macht, versteht Ihr? Reine, pure Macht, die andere unterwerfen will – und genau diese Konstellation könnte Euer Problem werden!«

»Und was hat das mit unserer Krippe zu tun?«, sagte Veit.

»Habt Ihr schon von Förners Hexenpredigten gehört?«, sagte Keller. »Wart Ihr jemals sonntags in St. Martin und habt gesehen, was sich dort abspielt?«

»Wir besuchen die Messe in St. Stephan. Und von Aberglauben und Zauberei wollen wir nichts wissen.«

»Das solltet Ihr überdenken«, sagte Keller.

»Dazu fehlt uns die Zeit.« Veit war entschlossen, sich nicht beunruhigen zu lassen. »Der Fürstbischof wartet auf unseren Entwurf. Wir wären ohnehin schon sehr viel weiter, hätte mich nicht eine Krankheit ans Bett gefesselt ...«

»So also soll die Krippe aussehen?« Keller ging zu der Hobelbank, wo inzwischen fast drei Dutzend Figuren standen. »Aber sie haben ja gar keine Gesichter!«

»Natürlich nicht«, erklärte Simon geduldig. »Das sind *bozzetti*, wie man in Italien sagt, Entwürfe, die lediglich skizzieren, wie die Figur später einmal aussehen soll. Für die Gesichter gibt es Zeichnungen, die später im richtigen Maßstab auf das Holz übertragen werden. Ihr könnt sie sehen ...«

»Was wollt Ihr uns eigentlich sagen, mit Eurem ganzen Gerede von Mars und Schützen?«, unterbrach ihn Veit.

Der Hofastrologe schien nach Worten zu ringen. Er nahm eine der Hirtenfiguren auf, einen Mann mit Stab und Hut.

»Sonntag für Sonntag hetzt der Weihbischof gegen die Druten«, sagte er. »Und Sonntag für Sonntag werden es mehr, die zu seiner Predigt strömen. Die Menschen sind ratlos, durcheinander, aufgewiegelt. Sie suchen nach Schuldigen für Dinge, für die sie keine Erklärung haben – und sie werden sie bald gefunden haben, wenn es so weitergeht. Wenn die Hexenjagd beginnt, wird nichts mehr so sein, wie es einmal war. «

»Unsere Krippe – kommt endlich zum Punkt!«, verlangte Veit.

»Ich bin bereits dabei«, sagte Keller mit einem missglückten Lächeln. »Glaubt Ihr allen Ernstes, Sternen, der Fürstbischof wird sich dann noch mit Hingabe ihrem Entstehen widmen?«

»Wollt Ihr sagen, dass er wortbrüchig wird?« Veit sah den Astrologen fassungslos an. »Dass wir den Auftrag verlieren?«

Keller zuckte die Schultern. »Wohin führt diese Türe?«

»Zum Nebenhaus. Ich hab es angemietet, um mehr Platz zu haben, aber wozu interessiert Euch das?«

»Ich will gar nichts sagen. Nur, dass Ihr Fuchs von Dornheim das bis jetzt Geschaffene nicht länger vorenthalten solltet. Und dass es weiterhin klug wäre, sich mit eigenen Augen und Ohren davon zu überzeugen, welche Hölle in Förner brennt. Der Rest ist ganz und gar Eure Sache.«

Er stellte die Hirtenfigur ab und ging zur anderen Tür.

»Weshalb tut Ihr das?«, rief Simon ihm hinterher. »Wieso warnt Ihr uns? Ihr kennt uns doch kaum. Was ist Euer Vorteil dabei?«

Als Keller sich zu ihm umdrehte, war sein Gesicht heller geworden.

»Weil ich Euch für talentiert halte«, sagte er. »Und weil mich seit jeher die Vorstellung tief bewegt hat, dass Jesus das Dasein als Mensch auf sich genommen hat. Für uns Sünder ist er am Kreuz gestorben. Das belegt die Heilige Schrift. Aber dazu musste er erst einmal von Maria geboren werden. Ich darf mich für heute verabschieden.«

Er zog die Türe hinter sich zu.

Eine Weile blieb es still.

»Und wenn alles nichts als ein Vorwand ist?«, sagte Simon schließlich. »Und er uns nur auf schonende Weise beibringen sollte, dass der Fürstbischof längst andere beauftragt hat?«

»Hör auf!«, sagte Veit. »Das bringt doch nichts.«

»Aber was willst du jetzt tun? Wir können doch nicht einfach dasitzen und abwarten!«

»Wir machen genau das, was er vorgeschlagen hat. Nächsten Sonntag gehen wir zur Messe in St. Martin. Und danach werden wir dem Fürstbischof beweisen, dass wir die einzigen Holzbildhauer weit und breit sind, die für seine Krippe in Frage kommen.« Sein Blick flog prüfend über die Figuren. »Ich werde ihm gleich die Bitte um eine Audienz zukommen lassen.«

»Aber die Heilige Familie fehlt doch noch«, sagte Simon. »Und damit das Allerwichtigste! Der ganze Stall und die …«

»Lass mich nur machen«, sagte Veit Sternen. »Du kannst deinem Vater vertrauen!«

Nie sind Menschen wehrloser als im Schlaf.

Ava musste an den Satz denken, den sie so oft aus dem Mund ihrer Mutter gehört hatte, als sie Lenchens Decke glatt strich, aus der die Kleine sich schon wieder freigestrampelt hatte. Wehrlos und unschuldig – offen für gute, aber auch für böse Träume.

Die Kleine lag auf dem Rücken, die Arme wie ein Säugling nach oben. Die Lippen waren leicht geöffnet. Sie schnarchte.

Ava schaute in ein Kindergesicht, das wenig Kindliches hatte. Dazu war die Haut zu blass, waren die Brauen zu dunkel, der Mund zu rot. Der Kopf war mit hellen Stoppeln bedeckt, die seine anmutige Form betonten. Man konnte jetzt schon ahnen, wie sie einmal als Frau aussehen würde – verletzlich und anziehend.

Die Wangen waren eingefallen. Ava musste dringend dafür sorgen, dass Lenchen wieder Appetit bekam. Sie streichelte sie behutsam und spürte, wie sich ein sehnsuchtsvolles Gefühl in ihr regte, das sie nicht zum ersten Mal in ihrer Nähe überkam. Am liebsten hätte sie die Kleine in die Arme genommen und an sich gedrückt, aber sie wollte den Schlaf der Genesung nicht stören. Sogar Reka schien Rücksicht zu nehmen. Wie eine Fellbrezel hatte er sich zu Füßen des provisorischen Bettchens eingerollt.

Lenchen murmelte etwas und drehte sich zur Seite. Die Perlen des Rosenkranzes hatten Abdrücke auf ihrer Haut hinterlassen, die nun zu sehen waren, weil sich die Kette verschoben hatte. Beinahe, als gäbe es nun zwei Perlenschnüre, eine sichtbare und eine unsichtbare.

Eine neuerliche Welle von Zuneigung erfasste Ava.

Sie war froh, dass Lenz die Kleine zu ihr gebracht hatte, wenngleich sie zunächst über ihren geschwächten Zustand erschrocken war. Inzwischen hatten ihre Abkochungen aus Bitterklee und Brombeerblättern das Fieber senken und den Durchfall beenden können. Aber Lenchen war immer noch schwach und matt.

Sie beugte sich über die Schlafende und küsste ihre Stirn. Das Mädchen bewegte sich.

»Mama«, murmelte es. »Mama!«

»Ich bin es, Ava«, sagte sie sanft. »Ist alles in Ordnung mit dir?«

Lenchen schlug die Augen auf.

»Bin gleich wieder zurück. Schlaf noch ein bisschen. Dann bist du bald wieder gesund.«

Ava nahm ihren Korb und machte sich auf den Weg. Jetzt, mitten im Sommer, war es keine Schwierigkeit, die Stängel des Tausendgüldenkrautes zu pflücken. Sie mochten es nicht zu trocken; deshalb hielt sie sich in Flussnähe, bis sie zu einer Wiese kam, auf der sie viele der rötlichen Blüten entdeckte.

Sie schnitt sie mit ihrem kleinen Sichelmesser ab, das sie immer bei sich trug. Zusammen mit Kamillenblüten, Schafgarbe und Melisse würden sie einen bitteren, aber heilsamen Tee ergeben, der hoffentlich Lenchens Appetit anregte.

Die Sonne brannte inzwischen so heiß auf ihren Rücken, dass sie sich nach einer Erfrischung sehnte. Es waren nur noch wenige Schritte zum Hafen, wo eine Gaststube neben der anderen lag. Ava setzte sich in die erste am Weg, ließ sich von der Wirtin einen Becher Most einschenken, leerte ihn zügig und bestellte einen zweiten.

Außer ihr saßen nur ein paar Hafenarbeiter um einen runden Tisch und würfelten. Die Türe stand offen. Von draußen hörte man Stimmen und das Räderknarren der großen Wagen, die schwer beladen auf dem holprigen Pflaster ächzten.

»*Viděl jsi tu malou rostomilou zrzku s ohonem?*«

Der Klang der heimatlichen Laute traf sie unvorbereitet.

Hast du die niedliche Kleine mit dem Feuerschopf gesehen?

Ava reckte den Hals. Ein rothaariges Mädchen ging mit wiegenden Hüften vorbei, etwas langsamer als unbedingt notwendig.

Ein weiterer böhmischer Satz folgte.

»*Ach, tady nemáte žádné!*«

Sie genoss das Zusammenspiel der Konsonanten, eine vertraute Melodie in ihren Ohren, für Fremde jedoch, die die Sprache zu lernen versuchten, schwierig aneinander zu reihen.

Ach, hier haben sie auch keine Schöneren als wir zu Hause!

Lautes, belustigtes Lachen.

Ava ging nach draußen und sah, wie sich eine Gruppe kräftiger Männer um ein Boot scharte, das bereit zum Ablegen schien.

»*Odkud' jste?*«, sagte sie, obwohl sie die Antwort eigentlich schon wusste.

»Aus Saaz«, erwiderte der Älteste von ihnen in gebrochenem Deutsch. »Böhmen. Und du?«

»Aus Glasert«, sagte sie. »Oder Trávník, wie es bei uns zu Hause heißt.«

»Glasleute?«

»Ja«, sagte Ava. »Aber das ist lange her.«

Grußlos ging sie davon. Ihre Beine fühlten sich steif an, und die Schultern drückte eine seltsame Schwere. Sie kam nicht weit, dann musste sie Halt machen.

Mit den Füßen im Fluss blieb sie still sitzen. Das kühlende Wasser tat gut. Aber es konnte das Feuer nicht löschen, das erneut in ihrer Erinnerung aufgeflackert war.

Woher wir kommen, ist das, was wir sind.

Wieder jene Stimme, die sie so oft in ihren Träumen hörte!

Ein enger Strick schien plötzlich um ihren Hals geschlungen, der ihr das Atmen erschwerte. Es gab keine Trennung von Vergangenheit und Gegenwart, sosehr sie sich auch bemüht hatte. Die böhmischen Laute hatten die Risse in ihr vertieft.

Erst recht die Frage nach den Glasleuten.

Ihr Zuhause war für immer verloren. Nichts davon war ihr geblieben, bis auf ein paar hastig zusammengekaufte Kleider, die sie nun als ihre Vergangenheit ausgab.

Die Stimme ihrer Mutter wurde irgendwann leiser, ebenso das Zischen des Feuers, das Krachen der einstürzenden Balken. Wie immer, wenn sie sich an früher erinnerte, hatte sie starke körperliche Begleiterscheinungen. Ihre Hände wurden feucht; es fiel ihr plötzlich schwer, scharf zu sehen. Niemand in Bamberg wusste davon. Keinem hatte sie je erlaubt, ihr so nah zu kommen, nicht einmal Mathis.

Es kostete Ava Kraft, aufzustehen und den Rückweg zu ihrem Haus anzutreten. Wenigstens wusste sie, dass Reka dort wartete.

Und Lenchen, die kleine Waise, die sie brauchte.

»… habt ihr keine Augen, um zu sehen, keine Ohren, um zu hören? Spürt ihr sie nicht, jene Ausgeburten der Hölle, die sich unter uns gemischt haben, um uns für alle Ewigkeit zu verderben?«

Im Langschiff von St. Martin gab es keinen freien Platz mehr. Auf den Bänken duckten sich Männer, Frauen und Kinder unter der schneidenden Stimme des Predigers. Mit beiden Händen umklammerte Friedrich Förner das schmale Geländer der Kanzel, bebend vor Zorn und Erregung. Obwohl es der dritte Sonntag nach Trinitatis war, war die Stola auf seinem Priesterkleid nicht weiß, sondern violett, wie zur Passionszeit.

»Wer aber sagt, es gäbe keine Druten, keine Hexen und Zauberer, den, meine Brüder und Schwestern in Jesu, den solltet ihr erst recht genau in Augenschein nehmen! Denn wer so zweifelt, ist entweder ein gefährlicher Narr oder, was um vieles schwerer wiegt, selber ein Hexenmann oder ein Hexenweib.«

Marie, nur mitgekommen, weil Veit sie darum gebeten hatte, fühlte sich immer unbehaglicher. Obwohl sie seine Wärme an ihrem Schenkel spürte, wünschte sie sich plötzlich, nicht ihn, sondern ihren Vater neben sich zu haben. Dann könnte sie das Brummen hören, mit dem der Braumeister solche Sätze zu kommentieren pflegte, und sehen, wie er solche Behauptungen einfach wegwischte.

Neben Veit und Simon saß Selina, wie immer ganz nah neben dem großen Bruder. Auf der anderen Seite des Kirchenschiffs hatte sie Harlan und Agnes Pacher entdeckt, er in dunklem Tuch, sie in einem Kleid mit breiten Brokatbesätzen. Die Pacherin griff sich immer wieder ans Mieder, als sei sie zu eng geschnürt, und verdrehte die Augen, wenn Förner loswetterte.

»In summa sollten wir alle wissen, dass, sobald jemand ein Hexenmann oder Hexenweib geworden ist, er gleichzeitig alle anderen vergiften muss. Weil ihnen der Teufel keine Ruhe lässt, können sie gar nichts anders, als Schaden zufügen, sei es nun ihren eigenen Eheleuten, ihren Kindern, Verwandten, Nachbarn – ja nicht einmal vor Tieren machen sie Halt.«

Unruhe ergriff die Lauschenden. Dabei war es die ganze Zeit mucksmäuschenstill gewesen, abgesehen von dem kleinen Aufruhr, der kurz vor dem Gottesdienst geherrscht hatte, als der Küster ein Rudel Kinder hereingetrieben hatte, die die Kirchgänger vor St. Martin um Almosen angebettelt hatten. Still kauerten sie jetzt auf der letzten Bank, offenbar zu ängstlich, um sich noch zu rühren.

»Druten verursachen Krankheiten bei Mensch und Vieh«, donnerte Förner von der Kanzel. »Sie buhlen mit dem Teufel. Satan haben sie ihre Seele verschrieben!«

In der vordersten Bank erhob sich eine ältere Frau, grauhaarig und gedunsen.

»Meinen guten Jockel haben sie mir vergiftet«, rief sie. »Mit einem riesigen Bienenschwarm, der ihm an den Hals gegangen ist. Jetzt bin ich ganz allein auf dieser Welt.«

Der Weihbischof schien nicht ungehalten wegen der Unterbrechung, ja, es sah sogar aus, als nicke er ihr ermutigend zu.

»Sie stehlen und verderben die Früchte des Feldes«, fuhr er fort, als der Frau nichts weiter zu sagen einfiel.

Gleich zwei Frauen auf einmal sprangen auf, um seine Worte zu bestätigen.

»Mein ganzes Korn ist faul«, jammerte die eine. »Jetzt müssen meine Kinder Hunger leiden!«

»Mir ist die Kuh krepiert«, fiel die andere ein. »Meine einzige. Aber ich kenne die Schuldige – büßen soll sie es mir!«

»Sie machen Frauen unfruchtbar durch teuflische Zauberei.«

Marie spürte Förners Stimme wie ein Messer in ihrem Bauch. Und wenn es wirklich jemanden gab, einen *Feind*, wie Agnes Pacher gemutmaßt hatte, der ihnen das alles angetan hatte? Selinas Taubheit, ihre eigene Unfruchtbarkeit, Veits

Gichtanfall, der ihm so zugesetzt hatte, und nun auch noch die neuerliche Angst um das Schicksal der Krippe …

Ihre Eingeweide krampften sich zusammen. Sollte sie aufstehen und Zeugnis ablegen, wie die anderen Frauen, die inzwischen wieder auf ihren Bänken saßen? Forderte er sie nicht geradezu auf?

Sie tat es nicht. Aber ihr Atem ging schneller, und sie begann zu schwitzen. Von drüben starrte sie jemand an. Marie musste nicht einmal den Kopf bewegen, um zu wissen, dass es nur die Pacherin sein konnte.

»Mit dem Finger müsst ihr auf sie zeigen! Niemand darf euren aufmerksamen Sinnen entgehen, damit sie alle ihrer gerechten Strafe zugeführt werden können. Denn büßen müssen sie – büßen und brennen! Keine Gnade darf ihnen zuteil werden, bis sie all ihre Vergehen gestanden haben, auf dass die teuflische Saat nicht noch weiter aufgehe! Denn es sind viele Hexen heimlich unter uns, geliebte Brüder und Schwestern im Herrn, so unendlich viele …«

Er sackte nach vorn, kraftlos, wie in Trance. Einen Augenblick sah es aus, als würde er vornüberstürzen.

Alle Kehlen verbanden sich zu einem einzigen Schrei, der Förner in die Gegenwart zurückbrachte. Langsam erhob er sich, richtete sich auf, bis er schließlich wieder kerzengerade auf der Kanzel stand, asketisch, unerbittlich.

»Es kann dein Nachbar sein. Dein Freund. Deine Nichte – sogar dein eigenes Kind. Seid mutig, reißt ihnen die Maske vom Gesicht! Denn Jesus Christus spricht: ›Nur wer Gottes Willen tut, der ist mein Bruder und meine Schwester und meine Mutter.‹«

Sein Donnern drang bis in den letzten Winkel der Kirche.

»Nur durch ihren Tod kann die ewige Verdammnis Unschuldiger vermieden werden. Nur so wird endlich wieder Frieden einkehren in unsere Stadt, unser schönes Bamberg, *Bamberga beata* …«

Nach dem Segen ertönte Orgelspiel. Es dauerte eine Weile, bis die Stimmen der Gläubigen das Kirchenschiff erfüllten, so verzagt klangen sie zunächst. Der ideale Hintergrund für einen klaren Knabensopran, der erst mit der zweiten Strophe einsetzte, dann aber mühelos an Höhe gewann. Alles lag in ihm, wonach die Menschen sich jetzt sehnten – Freude, Reinheit, Zuversicht.

Woher kam er?

Toni sang aus voller Brust. Die Nonnen hatten ihm das Lied beigebracht. Sich die Worte zu merken war nicht weiter schwierig gewesen. Und die Melodie strömte ohnehin aus seinem Innersten, wie all die anderen, die er in sich trug, sobald er sie einmal gehört hatte.

»*Allein Gott in der Höh sei Ehr ...*«

Die Köpfe flogen herum. Und irgendwann hatte jeder in St. Martin kapiert, dass es ein kleiner, schmutziger Bettlerjunge war, der so schön wie ein Engel sang.

«Ihr wart großartig, Monsignore. Eindrucksvoll. Gewaltig. Ihr habt ihnen ordentlich Angst eingeflößt.«

Geschickt lösten Gabriel Hofmeisters Hände das Zingulum, das das weiße Unterkleid zusammenhielt, für den Weihbischof um vieles angenehmer als die groben Pranken des Küsters. Nicht einmal die Berührung seiner bloßen Haut empfand Förner als peinlich, so kühl und unaufdringlich war sie.

Er fühlte sich leicht, beinahe schwebend, als hätte die Glut seiner Predigt auch seinen Körper gereinigt. Und es war still in ihm – endlich. Einer jener raren Augenblicke, bevor die gewohnten Sorgen und Nöte ihn wieder plagten. Leider kam ihm viel zu schnell das widerliche graue Katzenvieh in den Sinn, das vorhin neben dem Kirchenportal gesessen und ihn frech mit gelben Augen angestarrt hatte. Ja, sie waren überall, er wusste es, aber sein Kampf gegen die Unholde war bereits in vollem Gang!

»Sie sollen Angst haben«, sagte der Weihbischof und legte den schmalen Gürtel auf die Truhe. »Sie haben allen Grund dazu. Sie werden noch lernen, sich richtig zu fürchten. Dreh dich jetzt um.«

Der Sekretär wandte ihm den Rücken zu, bis Förner seine schwarze Soutane wieder bis zum Hals zugeknöpft hatte.

Dann trat er mit einem verlegenen Lächeln auf ihn zu.

»Ich fürchte, Seine Exzellenz wird sehr ungehalten werden, wenn Ihr nicht tut, was er neulich angeregt hat«, sagte er. »Und ich muss dem Fürstbischof Recht geben. Der Stoff fällt Euch ja buchstäblich vom Leib. Ihr braucht dringend neue Gewänder, Monsignore. Habt Ihr nicht früher bei einem gewissen Lorenz Eichler nähen lassen? Ich habe einige Rechnungen gefunden …«

»Nicht diesen Namen – nie mehr!«

»Gut, wenn nicht er, dann ein anderer, den Ihr zum Maßnehmen kommen lasst.« Gabriel Hofmeister ließ sich seine Überraschung über die heftige Reaktion nicht anmerken. »Jeder Schneider in Bamberg würde sich glücklich schätzen, für Euch zu arbeiten!«

»Kommt nicht in Frage!«, sagte Förner barsch. »Ich kann nun mal nicht ausstehen, dass jemand an mir herumgrapscht.« Er schüttelte sich.

»Ihr haltet es für unwichtig, ich weiß, aber es geht doch auch um das Ansehen Eures hohen Amtes …«

»Weißt du, was mich bewegt, Gabriel?«, unterbrach er ihn. »Ich wünschte, ich könnte meine Predigten nicht nur auf Latein verfassen, sondern sie auch in der Sprache unserer Kirchenväter halten, anstatt mich mit diesem schwerfälligen Deutsch herumzuplagen! Um wie viel schärfer und präziser könnte ich mich dann erst ausdrücken.«

»Nur, dass Euch dann niemand mehr in St. Martin verstehen würde«, sagte Gabriel Hofmeister. »Und mit dem, was Ihr sagt, trefft Ihr doch direkt in die Herzen der Menschen. Es spricht sich herum; alle wollen Eure Predigt hören. Die Kirche kann sie kaum noch fassen, so viele sind es inzwischen geworden.« Er räusperte sich. »Soll ich mich also auf die Suche nach einem neuen Schneider machen?«

»Genug davon! Ich hab mich um Wichtigeres zu sorgen als um solchen Tand«, herrschte Förner ihn an. »Nimm das Ding, und trag es irgendwohin. Und jetzt lass mich allein. Ich habe vor dem Essen noch zu arbeiten.«

Gabriel Hofmeister öffnete die Truhe und nahm eine der zerschlissenen Soutanen heraus.

»Und wie viele soll ich machen lassen, Monsignore?«

»Was weiß ich? Drei, fünf – genügend jedenfalls, dass ich für lange Zeit nichts mehr davon hören muss! Sind die Blätter von Franciscus Agricola schon fertig kopiert?«

»Bis auf die letzten drei Seiten. Aber wenn Ihr wollt, kann ich natürlich …«

»Morgen reicht«, sagte Förner. »Bring sie nach der Morgenandacht vorbei.« Er berührte den Rosenkranz auf seiner Brust. Plötzlich war seine Stimme weicher. »Da war doch dieser Junge«, sagte er unvermittelt. »Hast du den auch gehört?«

»Den Kleinen mit der großen Stimme? Natürlich. Wie ein himmlischer Gruß hat sein Lied geklungen.«

»Du kennst ihn? Wer ist er?«

»Das weiß ich nicht, aber gesehen hab ich ihn schon oft. Er bettelt häufig auf den Domstufen. Singt fromme Lieder und hält danach die Hand auf. Sicherlich ein einträgliches Geschäft, bei seiner Stimme.«

»Ich möchte, dass du ihn suchst«, sagte Förner. »Bring mir die kleine Lerche!«

»Soll er für Euch singen? Oder wollt Ihr ihn wegen seines Bettelns zur Rede stellen?«

»Das lass nur meine Sorge sein.« Der Weihbischof wirkte plötzlich müde. »Und richte Apollonia aus, dass ich es mir anders überlegt habe. Kein Mittagessen. Ich werde bis zum Abend fasten.«

Endlich war sie mit Veit allein.

Simon hatte sich noch einmal in die Werkstatt gesetzt, um seinen Zeichnungen den letzten Schliff zu geben. Selina war nach dem Abendessen ins Bett gegangen, blass und stumm. Etwas musste sie in der Kirche aufgeregt haben, das hatte Marie gespürt, aber das Mädchen gab ihr keine Gelegenheit herauszufinden, was es war. Ein paar Tage hatte Selina sich auffallend viel im Haus aufgehalten, bis sie irgendwann ihre Streifzüge wieder aufgenommen hatte. Nicht einmal jetzt konnte Marie sicher sein, dass sie sich wirklich in ihrer Kammer aufhielt. Der wilde Wein, der sich auf der Hofseite am Haus emporrankte, war eine willkommene Leiter für ein Mädchen, das am liebsten eigene Wege ging.

Heute hatte Marie mit Kerzen nicht gegeizt. Drei dicke brannten in dem Kandelaber, der auf dem Tisch stand; zwei weitere leuchteten am Fenster, zwei auf der Truhe. Sogar die in den beiden Wandleuchtern hatte sie angezündet, aus dem Bedürfnis, keine Regung in Veits Gesicht zu verpassen.

Wenigstens hatte er heute ordentlich gegessen, nicht wie sonst in letzter Zeit in allem nur mäkelig herumgestochert. Er brauchte seine Kraft, jetzt, wo er mehr als je zuvor arbeitete.

»Der Mann macht mir Angst«, sagte sie nach einer langen Gesprächspause. »Förners Worte bohren sich tief in dich hinein, ohne dass du es willst. Und dort beginnen sie zu wirken. Du merkst es zunächst nicht einmal. Aber plötzlich bist du bereit zu tun, was er verlangt.«

»Du willst also Druten jagen?« Veit sah sie überrascht an, und zum ersten Mal seit langer Zeit funkelte etwas von der früheren Spottlust in seinen Augen. »Wo willst du sie denn finden – hier vielleicht?«

»Unsinn«, sagte Marie. »Aber er stellt es sehr geschickt an. Und er erreicht viele damit. Die meisten, würde ich behaupten. Jene Frauen, die plötzlich wie entrückt aufgesprungen sind, mitten in seiner Predigt, die wären bereit gewesen, auf der Stelle jeden anzuzeigen.«

Sie verriet ihm nichts über ihre eigenen Gedanken und Empfindungen während der Predigt, für die sie sich inzwischen schämte. Es gab keine *Feinde*. Alles, was die Pacherin gesagt hatte, war nichts als törichtes Geplapper. Ihre Abneigung gegen die Frau des Holzhändlers wuchs. Beim nächsten Mal würde sie einfach nicht mehr zuhören. Oder, noch besser, zu verhindern wissen, dass es ein nächstes Mal überhaupt gab.

»Die Angst in der Stadt wächst. Ich spüre es, obwohl ich nur noch selten vor die Türe komme. Die Menschen verändern sich. Ihre Blicke, ihre Gesten. Also ob ihnen jemand im Nacken säße. Man müsste Förner Einhalt gebieten. Aber ich weiß nicht, wie! Ich hab sogar schon daran gedacht, mit dem Fürstbischof darüber zu reden. Doch würde er mir überhaupt zuhören? Ich bin nur ein Holzbildhauer, kein Theologe. Und genau das würde er mir vermutlich sagen.«

Er begann seinen Hals zu reiben, als ob er den Druck, von dem er eben gesprochen hatte, selber spüre.

»Manchmal denke ich, es war ein Fehler, nach Bamberg zurückzukommen«, sagte er unvermittelt. »Wir hätten im Süden bleiben sollen. Dann wäre Selina vielleicht nicht krank geworden. Simon hätte längst eine hübsche Neapolitanerin zur Frau und ich …«

»Und du hättest mich nie kennen gelernt«, sagte Marie. »Wärst du dann zufriedener?«

»Das darfst du nicht einmal denken!«

»Aber ich tue es«, sagte sie. »Und ich tue es immer öfter in letzter Zeit.« Sie verriet ihm nicht, dass dabei auch Adams Bild wieder lebendiger wurde. Sein Gang. Die Art, wie er gelacht hatte. Ob sie mit ihm glücklicher geworden wäre, wenn er sich nicht für die Kirche entschieden hätte? Manchmal machte sein Verrat sie noch immer bitter. »Was ist es, was uns trennt, Veit? Sag es mir. Jede Wahrheit ist mir lieber als diese lähmende Ungewissheit.«

»Ich bin krank«, sagte er heftig. »Das ist es. Und ich spüre, wie ich alt werde. Alles ist auf einmal so begrenzt, so endlich, Marie. Als ob der Tod schon an der Schwelle lauere. Ich hasse dieses Gefühl. Aber ich bin ohnmächtig dagegen.« Er sah so ernst dabei aus, so zerfurcht, dass es sie anrührte.

»Wäre es nicht besser, die Sorgen zu teilen?«, sagte sie. »Für uns beide? Wieso sprichst du nicht mit mir?«

»Ich will dich nicht mit allem belasten.«

»Fang doch wenigstens mal damit an. Dann wirst du schon sehen, wie belastbar ich bin.«

»Also gut, wenn du unbedingt willst!« Er strich sich das Haar aus der Stirn. Sie sah das Silber darin aufschimmern, das mehr geworden war in den letzten Wochen und Monaten, und das machte ihn in ihren Augen noch begehrenswerter. »Kein Fehler darf uns unterlaufen. Schon ein einziger kann zu viel sein. Tag und Nacht grüble ich darüber nach, wie wir es am besten anstellen. Die Audienz beim Fürstbischof wird alles entscheiden. Gefallen ihm unsere Entwürfe nicht, wird er uns fallen lassen.«

»Aber sie sind wunderschön!«, rief Marie. »Du musst dir keine Sorgen machen, Liebster! Simons Zeichnungen werden ihn bestimmt überzeugen. Und was die Gicht betrifft …«

Sie stand auf, ging zu ihm und setzte sich nach kurzem Zögern auf seinen Schoß. Er blieb ganz unbewegt zunächst. Nach einer Weile schlang er die Arme um sie und zog sie enger an sich.

»Du riechst gut.« Er vergrub sein Gesicht in ihrem Mieder. »Nach Zimt, nach Vanille – und nach Marie. Ich hatte es fast schon vergessen.«

»Das hab ich gemerkt.« Sie lächelte. »Und es hat mir überhaupt nicht gefallen. Vergiss deine Gicht! Du wirst wieder gesund, mein Liebster. Ich weiß es! Du brauchst nur ein wenig Geduld …«

Er küsste sie. Nicht so flüchtig und zerstreut wie in der vergangenen Zeit, sondern voller Leidenschaft. Ihr Körper reagierte sofort. Unter seinen Händen wurden ihre Brustspitzen hart, und eine heiße Welle durchflutete ihren Schoß.

Marie begann an seinem Hemd zu zerren, wollte seine Wärme spüren, seine Haut. Veit lachte leise, als er sie kurz losließ, um es über den Kopf zu ziehen.

»Ich erkenn dich ja gar nicht mehr wieder«, sagte er. »Meine keusche Frau …«

Mit einem langen Kuss brachte sie ihn zum Schweigen. Sie spürte, wie seine Hand mit sanftem Druck über ihren Rücken glitt. Eine köstliche, besitzergreifende Geste, die Marie plötzlich sehr sicher machte. Sie brauchte keinen anderen, nicht einmal in unzufriedenen Gedankenspielen. Sie gehörte zu ihm. Und sie liebte es, wenn er es ihr zeigte.

Ja, es war richtig, was sie taten!

Veit war ihr Mann und sie seine Frau. Vielleicht war heute die Nacht gekommen, in der sich ihr Traum erfüllte.

Sie klammerte sich an ihn, wild und stürmisch. Seine Hände suchten ihren Körper unter dem Stoff des Kleides. Ihre Lippen auf seinen Wangen, seinen Augen, seinem Mund. Ihre Finger auf seiner Brust, seinem Bauch, seinem harten Geschlecht. Sie wollte nur noch, dass er in ihr war, hier, jetzt, immer, und ihr schenkte, wonach sie sich schon so lange sehnte.

Ein Geräusch im Haus ließ sie zusammenzucken.

»Meinst du nicht, wir sollten lieber in die Kammer gehen?«, murmelte Marie zwischendrin in dem Durcheinander von

Stoff und Haut. »Wenn Simon plötzlich reinkommt. Oder Selina …«

»Und wenn schon«, sagte Veit, aber ihre Worte hatten doch einen kühlen Wind in die Stube geweht. »Na gut, wenn du meinst!«

Sie erhob sich, plötzlich verlegen, strich das Kleid glatt, versuchte, das verrutschte Mieder zu ordnen, was beides misslang. Ihre Wangen glühten, die Haare waren zerzaust.

In ihren Augen las er, wie sehr sie ihn begehrte. So hätte er sie sich damals in der Hochzeitsnacht gewünscht. Aber vielleicht war es noch nicht zu spät, heute alles nachzuholen.

»Geh schon mal voraus.« Veit betrachtete sie voller Verlangen. »Ich will nur noch die Kerzen ausblasen.«

Ihrem Liebesspiel hatte die Unterbrechung geschadet. In dem Bett mit dem Baldachin kam die altbekannte Prüderie wieder über sie. Plötzlich schämte sie sich für ihre Gier, und je leidenschaftlicher Veit wurde, desto mehr zog sie sich in sich zurück.

Er schien nichts davon zu spüren, koste sie, küsste sie und bewegte sich in ihr, als wolle er niemals mehr damit aufhören. Inzwischen wünschte sie sich seinen Höhepunkt, ohne dabei noch an die eigene Lust zu denken, aber es war kein Ende in Sicht.

»Du machst mich wahnsinnig, Feuerfüchslein«, flüsterte er in ihr Ohr, schweißüberströmt, vom Stöhnen heiser. »Weißt du das?«

Der rechte Arm tat Marie weh, und in den Beinen spürte sie den Beginn eines Krampfes. Es sollte vorbei sein, es sollte *bald* vorbei sein, aber Veit schien nichts davon wissen zu wollen.

War ihm überhaupt noch bewusst, dass es ihr Körper war, den er so hingebungsvoll bearbeitete? Wieder einmal überkam sie das Gefühl, er hätte es längst vergessen, war nur noch ein Mann, der eine Frau beschlief, irgendeine.

Sie drehte den Kopf zur Seite, um seinen schweißnassen Haaren auszuweichen. Ihr Schoß brannte.

Sie betete, er möge ein Ende finden.

Irgendwann glitt er aus ihr heraus. Er küsste ihre Wange, rollte sich zur Seite und war binnen kurzem eingeschlafen.

Den Samen war er ihr schuldig geblieben.

Noch jetzt war es schwierig für sie, Veit das nicht nachzutragen. Marie machte ein fröhliches Gesicht und hoffte, dass es nicht zu aufgesetzt wirkte.

Unter Simons aufmerksamen Blicken fühlte sie sich unbehaglich. Vielleicht waren sie zu laut gewesen und hatten ihn unwissentlich zum Mithörer gemacht. Es war ohnehin nicht einfach für sie, mit Veits erwachsenem Sohn unter einem Dach. Zum Glück hatte er sich niemals bockig oder aufsässig verhalten, wie Selina es nur zu oft tat. Andererseits war es gerade das, was sie irritierte: seine Wärme und Zuneigung, die für ihren Geschmack bisweilen das Maß eines Stiefsohns überschritten. Warum sah der hübsche Bursche sich nicht längst nach einer Braut um?

Veit schien sich um all das nicht zu scheren. Er schlürfte die warme Morgensuppe und war in Gedanken bereits wieder bei seinen Figuren.

»Ich will mich heute an die Heilige Familie machen«, sagte er. »Damit der Fürstbischof auch etwas zu sehen bekommt, wenn wir ihn besuchen.«

Er dachte an Maria, Josef und das Jesuskind – und sie konnte sich noch immer nicht lösen von den Ereignissen der vergangenen Nacht.

Selina hatte die Augen gesenkt; dabei entging ihr nichts, was am Tisch geschah. Sie spürte, wie angespannt Simon war, wie schnell seine Blicke zwischen dem Vater und Marie hin und her flogen. Und auch zwischen den beiden war es anders als in letzter Zeit. An Maries schlankem Hals entdeckte sie einen rötlichen Fleck, der ihr ganz besonders missfiel.

Ob sie doch noch ein Kind haben würde?

Wie schön wäre es gewesen, all das mit Lenz zu besprechen! Aber seit der unverhofften Begegnung in der Kirche hatte sie ihn nur noch ein einziges Mal von ferne gesehen. Eine ganze Weile stand er da alleine, bis plötzlich Kuni aus einem Hoftor gekommen war.

Sie würde sich nicht aufdrängen. Nicht nach dem, was in der Mühle geschehen war. Aber die Wege der Bande verfolgte sie weiter, trotz allem. Wenigstens auf diese Weise konnte sie ihm nah sein.

Sie legte den Löffel beiseite und stand auf.

»Du willst los?«, sagte Simon.

Selina nickte. Ohne ihre Tafel fühlte sie sich unsicher, aber jetzt war nicht der Augenblick, um ihm das zu sagen.

»Wolltest du mir nicht beim Backen helfen?«, sagte Marie, als sie sich an der Türe noch einmal umdrehte.

»Später«, sagte Selina. »Wenn ich wieder zurück bin.«

Etwas hatte sich im Haus verändert, seit Hanna Hümlin bei ihm sauber machte. Es waren kleine, fast unscheinbare Zeichen, die sie setzte, aber ihm entgingen sie nicht.

Blumen in einer Kupfervase. Die alten Tischdecken, die plötzlich gestärkt und gebügelt waren. Sein Lieblingsgericht, Linsen mit Speck, das in einem Topf auf dem Herd stand.

Zu sehen bekam er sie kaum, denn sie begann ihr Tagwerk, wenn er in die Brauerei ging; und wenn er meist spätabends aus der Gaststube zurückkehrte, war sie gewöhnlich schon gegangen. Manchmal tat es ihm beinahe Leid, dass sie sich so selten begegneten. Er hatte sie nur wenige Male beim Arbeiten gesehen, aber es hatte ihn beeindruckt, wie sie die Dinge erledigte. Trotz des lahmen Beines bewegte sie sich zügig und geschickt. Sie hatte kleine, kräftige Hände, die gut zupacken konnten, und einen ausgesprochenen Ordnungssinn.

»Man merkt, dass keine Frau hier wohnt«, hatte sie lachend gesagt, als er sie darauf ansprach. »Alles, was du hast, ist gut und teuer, aber tot. Vielleicht gelingt es mir ja, den Dingen wieder etwas Leben einzuhauchen.«

Er hatte ihren Lohn erhöht, gleich nach der ersten Woche. Sie schien erfreut, aber nicht wirklich erstaunt.

»Ich bin gerne hier«, sagte sie. »Und das Geld ist genug.« Ihr Blick war schärfer geworden. »Kaufen lasse ich mich ohnehin nicht. Das solltest du wissen. Von niemandem.«

Bevor er etwas erwidern konnte, drehte sie sich um und ging zur Tür. Ihr Rücken war schmal und sehr gerade. Es gefiel ihm, wie sie beim Gehen die Hüften bewegte.

Er hatte den Eindruck, dass sie sich in seiner Nähe auch wohl fühlte. Vielleicht blieb sie deshalb etwas länger im Zimmer, antwortete ausführlicher, als es eigentlich ihre Art war, lachte. Aber ihn zur Messe zu begleiten, dazu hatte er sie nicht bewegen können.

»Ich hab meine eigene Religion«, sagte sie. »Und die hat viel zu tun mit Himmel und Wasser, mit Erde und Korn. Ich mag alles, was wächst, beobachte gern, wie es reift und wieder vergeht. Um mit Gott zu reden, brauch ich kein steinernes Haus. Und erst recht keine Eiferer, die alles verachten, was Brüste und einen Schoß hat. Offenbar wollen sie mit aller Macht vergessen, dass eine Frau sie geboren hat. Aber ändern können sie nichts daran – sosehr sie auch zetern und wüten.«

Erstaunt sah Pankraz sie an. Niemals wäre ihm zuvor in den Sinn gekommen, dass eine einfache Frau wie Hanna Hümlin sich solche Gedanken machte.

Die Worte des Predigers klangen noch immer in ihr. Allerdings hatten sie Agnes Pacher zu einem Entschluss gebracht, den er sicherlich nicht gutgeheißen hätte. Ja, es gab Druten und Zauberer – aber wenn sie schon mal existierten, warum sollte man sich ihrer dann nicht auch bedienen?

Sie litt unter der Entfernung, die sie von Veit Sternen trennte. Und sie hasste die hochmütigen Blicke, mit denen seine Frau sie strafte. Was wusste sie schon, diese magere rote Hexe? Keine Ahnung hatte sie von dem, was Veit und sie verband!

Ihr Herz war voller Sehnsucht, als sie die Häuser der Fischer hinter sich ließ und weiter am Fluss entlangging. Die Schwalben flogen tief, Mücken umschwirrten sie. Es dämmerte, obwohl es erst früher Nachmittag war. In der Ferne hörte man das erste Grollen eines Gewitters, aber selbst das hatte Agnes nicht von ihrem Vorhaben abbringen können. Es war schwierig genug gewesen, aus dem Haus zu kommen. Manchmal kam es ihr vor, als bewache Harlan sie wie ein fetter, eifersüchtiger Molch. Sie hatte lügen müssen, und ob er die Ausrede, sie müsse dringend nach der kranken Tante sehen, glaubte, war zweifelhaft.

Egal. Sie war beinahe am Ziel angelangt. Es gab viel Gerede über die Otterfrau, seit langem schon. Jetzt würde Agnes selber ausprobieren, ob sie etwas taugte. Neben dem Haus wuchs ein großer Hollerbaum. Obwohl er kaum Blätter trug, hing er voller schwarzer Beeren. Vielleicht würden einige von ihnen in die Hexenmedizin wandern, die sie sich erhoffte.

Die Haustüre war nur angelehnt. Agnes klopfte und trat, ohne eine Aufforderung abzuwarten, ein. Die Stube war geräumig und aufgeräumt. Über dem Ofen entdeckte Agnes eine straff gespannte Leine, an der zahlreiche Kräuterbüschel zum Trocknen hingen.

»Ist niemand zu Hause?«, rief sie. »Hier ist Kundschaft!«

Erst blieb alles ruhig. Dann hörte sie auf der Treppe, die

nach oben führte, leise Tritte. Ein kleines Mädchen stand im Türrahmen, blass, mit hellblonden Stoppeln. In der Hand hielt sie ein rotes Häubchen. Auf ihrer mageren Brust baumelte ein Rosenkranz. Sie hatte dunkle Flecken am Hals und starrte die Besucherin wortlos an.

»Wo ist deine Mutter?«, sagte Agnes. Kein Mensch hatte ihr verraten, dass die Otterfrau ein Kind hatte!

»Im Himmel.« Lenchen zupfte an ihrem Hemd. »Sie wartet dort auf mich.«

»Tot ist sie? Seit wann? Bist du deshalb kahl geschoren?« Agnes wollte zu ihr, aber ein Knurren aus der Ecke ließ sie innehalten. »Was ist das denn?« Entsetzt starrte sie auf den Otter.

»Das? Das ist Reka.« Die Kleine klang plötzlich vergnügt. »Er kann sehr lieb sein, aber jetzt ist er böse. Schau mal, er ist schon aufgestanden. Und sein Fell ist ganz dick!«

»Reka!« Sein Knurren verstummte sofort. »In die Ecke mit dir, aber schnell! Und du gehörst ins Bett, kleines Fräulein.«

Ava stellte den Korb mit den geräucherten Fischen auf den Tisch und wandte sich an Agnes.

»Kann gefährlich werden, hier unangemeldet hereinzuplatzen«, sagte sie. »Reka ist besser als jeder Wachhund. Was willst du?«

»Also, tot bist du schon mal nicht«, sagte Agnes. »Das ist gut. Ich wollte nicht stören. Ich wollte nur …«

»Fische? Die kommen gerade frisch aus dem Ofen. Morgen verkaufe ich sie auf dem Markt. Wieso sollte ich tot sein?«

»Hat die Kleine behauptet. Ich bin nicht wegen deiner Fische hier. Das ist es nicht.«

»Was ist es dann?«

Lenchen machte keine Anstalten, nach oben zu gehen, sondern saß auf einer Stufe und schien jedes Wort, das zwischen den beiden Frauen fiel, geradezu einzusaugen.

»Wegen eines Anliegens – eines sehr persönlichen Anliegens. Können wir nicht einen Augenblick allein sprechen? Ich möchte nicht, dass deine Tochter zuhört.«

Ava lachte. Aus einem Krug goss sie sich Wasser über die Hände und griff dann nach einem Leinentuch, um sie abzutrocknen.

»Ab ins Bett«, sagte sie, und dieses Mal gehorchte das Mädchen und verzog sich nach oben. »Sie ist nicht meine Tochter«, sagte sie. »Ich pflege sie nur.« Ihr Mund wurde spöttisch. »Aber Reka kann bleiben, ja?«

»Ja«, sagte Agnes, leicht verwirrt. »Nicht deine Tochter? Solange er mir nichts antut …«

»Das hängt ganz allein von dir ab«, sagte Ava und lachte wieder. »Also?«

»Es geht um einen Mann.« Agnes befeuchtete ihre Lippen. Ihre Kehle war plötzlich sehr trocken. »Er …«

»… liebt dich nicht mehr, und das willst du ändern«, ergänzte Ava.

»Ja, so ungefähr. Aber woher weißt du das?«

»Weil die meisten Frauen aus diesem Grund kommen«, sagte Ava. »Abgesehen von denen, die nicht schwanger werden können. Und denen, die es um keinen Preis der Welt bleiben wollen.«

Sie nahm die Fische aus dem Korb und begann sie auf dem Tisch zu sortieren, konzentriert, als hätte sie ganz vergessen, dass Agnes gegenübersaß.

»Das will ich auch. Nicht mehr schwanger werden. Ich hab schon drei. Mehr als genug in meinen Augen. Auch wenn mein Mann am liebsten einen ganzen Stall voll hätte. Dagegen lässt sich doch was machen, oder? Ich hab von Abkochungen gehört. Und von gewissen Dingen, die man sich einführen kann …«

»Dein letztes Kind ist noch sehr klein«, sagte Ava, ohne aufzuschauen.

»Ja, erst ein paar Monate. Aber woher weißt du …«

Ava sagte nichts von den Milchspritzern am Mieder, die ihr sofort aufgefallen waren. Und von den kleinen weißen Schüppchen, mit denen Agnes' Brusttuch bedeckt war.

»Man kann es an deinem Gesicht sehen. Und an deinen Brüsten. Dazu braucht man keine Kristallkugel.«

Agnes hätte am liebsten die Fische vom Tisch gefegt, so unruhig war sie.

»Der Mann, den ich liebe, er ist nicht … Wir sind beide verheiratet, aber nicht miteinander, verstehst du?«

Hatte die Otterfrau genickt? Sie redete einfach weiter.

»Wir haben uns geliebt, als ich schon schwanger war – und es war … wie im Himmel. Dann aber habe ich meinen Sohn geboren, und mein Geliebter … er wurde krank. Die Gicht! Dabei braucht er seine Hände wie kein anderer und nicht nur, um mich zu streicheln. Es geht ihm wieder besser, aber wir sind seitdem nicht mehr … ach, du verstehst schon!«

Ava verzog keine Miene.

»Er schaut mich kaum noch an. Aber ich will ihn zurück. Gib mir irgendetwas, ein Kraut, einen Trunk, einen Stein, was weiß ich! Nur wirken muss es.« Sie griff unter ihre Schürze und zog eine prall gefüllte Geldkatze hervor. »Du wirst es nicht bereuen. Ich zahle gut.«

»Steck dein Geld wieder ein.«

»Später. Gib mir zuerst das Mittel. Die *beiden* Mittel. Mehr will ich nicht!«

Die Fische waren sortiert zurück in den Korb gewandert. Ava stand auf und stellte ihn beiseite. Es dauerte eine Weile, bis Agnes begriff.

»Du wirst mir nicht helfen?« Sie starrte Ava an.

»Du willst nicht schwanger werden und fragst mich im gleichen Atemzug nach einem Liebeszauber? Überleg doch mal in Ruhe: Wenn du das eine lässt, brauchst du dich auch um das andere nicht mehr zu sorgen.«

»So war es aber nicht gemeint.« Agnes wurde wütend. »Ich bin gekommen, um mir deine Hilfe zu holen …«

»Und ich entscheide, wem ich sie gebe«, sagte Ava ruhig. »Meine Kräuter helfen Leiden lindern und stillen Schmerzen. Gegen Langeweile taugen sie nicht.«

Sie wandte sich um. Für sie schien die Unterhaltung beendet.

»Aber ich leide!« Agnes war aufgesprungen. »Ich kann an nichts anderes mehr denken. Seine grünen Augen, seine silbernen Locken, die wunderbaren Hände, mit denen er jedes Holzstück zum Leben erwecken kann …«

Ein Ruck schien durch Ava zu gehen.

Sie fuhr herum und musterte Agnes eingehend, bis dieser ganz unbehaglich zumute wurde.

»Geh«, sagte sie. »Es reicht.«

»Du wirfst mich raus? Das wird dir noch Leid tun!«, sagte Agnes aufgebracht. »Ich werde dafür sorgen, dass du …«

»Der Schorf bei deinem Jüngsten fällt übrigens ab, wenn du ihn in lauwarme Kamillebäder setzt. Und gib ihm Ziegenmilch, die wird er besser vertragen«, sagte Ava, inzwischen schon am Fuß der Treppe angelangt.

Agnes starrte sie mit offenem Mund an.

Dann raffte sie ihre Röcke und machte, dass sie aus dem Haus kam.

Selina erhob sich hinter den großen Büschen, als sie die Pacherin das Haus verlassen sah. Sie schritt schnell aus und wirkte verärgert. Was immer die Frau des Holzhändlers hier gewollt hatte, sie schien es nicht erhalten zu haben.

Sie verzichtete darauf, ihr nachzugehen. Es reichte, dass Agnes sie hierher geführt hatte. Es musste das richtige Haus sein, Avas Haus, denn sie hatte die Kleine mit der roten Haube am Fenster entdeckt.

Ob Lenz kommen würde, um nach ihr zu sehen?

Die freudige Erregung, die sie bei diesem Gedanken überfiel, verschwand wieder, als sie an die Bande dachte. Er würde nicht allein kommen. Und auf eine weitere Konfrontation mit Kuni konnte sie gut verzichten.

Das Gewitter schien sich verzogen zu haben, aber noch immer lag eine unerträgliche Schwüle in der Luft. Selina war fast bereit, nach Hause zu gehen und Marie doch noch beim Backen zu helfen, als die Haustür ein weiteres Mal geöffnet wurde.

Eine kräftige, junge Frau mit braunem Haar trat heraus. Und neben ihr ging ein Otter, so friedlich wie ein zahmes Hündchen.

Die Otterfrau! Das musste Ava sein, von der Lenz gesprochen hatte.

Selinas Herz begann schneller zu schlagen, und dieses Mal war nicht Lenz' blonder Schopf der Auslöser.

Ava, die Otterfrau, war niemand anders als die Fischverkäuferin vom Markt, die ihr Vater vor einigen Wochen so sehnsüchtig betrachtet hatte.

Als Ava in den Fluss glitt, stieß sie einen Seufzer aus. Reka, ein ganzes Stück vor ihr, hielt kurz inne. Erst als sie ihm zunickte und damit das Zeichen gab, tauchte er unter.

Sie spürte die Strömung, die sie ohne Anstrengung weitertrieb, den Nachtwind, der durch die Bäume am Flussufer streifte. Der Mond war bereits untergegangen. Nur noch ein schwaches Licht am dunklen Himmel erinnerte an ihn.

Das Wasser liebkoste ihren Körper. Seine Kühle schien tief in sie einzudringen. Sie hatte keinen Otterschwanz, wie die Leute behaupteten, kein dichtes Fell, das sie vor Kälte schützte. Aber eins werden mit dem Fluss, das konnte sie.

Sobald das geschah, fiel alles von ihr ab, die Sehnsucht nach Veit, der Streit mit Mathis, der Ärger über die Frau, die das Liebesmittel von ihr verlangt hatte.

Es gab nur noch Ava und die Nacht. Ava und das Wasser, das seinen Weg nahm, seit Urzeiten, ohne sich um die Belange der Menschen zu scheren.

Sie schloss die Augen und tauchte. Es war nicht immer so, aber oft. Heute hatte sie endlich wieder das Gefühl, eins mit dem Fließen zu werden.

Es war zu dunkel, um Reka zu sehen, doch sie spürte ihn, weil er immer wieder zu ihr zurückkehrte, um sich kurz an ihr zu reiben. Auf diese Weise hatte sie ihm das Tauchen beigebracht, und es hatte gedauert, bis er mutig genug gewesen war, sich im Wasser von ihr zu entfernen.

Als Ava wieder nach oben kam, sah sie, dass Reka einen Fisch im Maul hatte. Ab und zu fischte er für sie, brachte ihr die Beute, und jedes Mal erfüllte es sie mit tiefer Zuneigung.

»Das ist deiner«, sagte sie. »Genieß ihn! Aber ich bedanke mich natürlich.«

Er schien jedes Wort zu verstehen, schwamm weiter, tauchte unter, und irgendwann war er verschwunden. Aber Reka würde wiederkommen, und diese Gewissheit machte sie froh.

Am dicht wachsenden Ufergestrüpp zog Ava sich nach oben. Sie blieb sitzen, eine ganze Weile, bis das Wasser auf ihrer Haut verdunstete und sie zu frösteln begann.

Dann stand sie auf und ging zum Haus zurück.

VIER

Veit wurde immer ruheloser; Marie erkannte es an der steilen Falte zwischen seinen Brauen und an der Art, wie er die Mundwinkel herunterzog. Er hatte sich morgens nicht einmal rasiert, so eilig hatte er es, aus dem Haus zu kommen. Der bläuliche Bartschatten unterstrich die Unzufriedenheit in seinem Gesicht. Ständig sah er sich um, als ob er etwas suche. Dabei waren viele der Stände verwaist, und es gab weit und breit nichts zu sehen, das auch nur von geringstem Interesse gewesen wäre. Nur ein paar magere Tauben stolzierten umher und pickten auf dem feuchten Boden nach Futter.

»Das ist alles?«, sagte er.

»Alles?«, wiederholte der feiste Frankfurter aufgebracht. Ein Platzregen hatte den Markt leer gefegt. Erst jetzt, wo die Sonne wieder hinter den Wolken hervorschaute, kehrten Händler und Käufer nach und nach zurück. »Vor dir liegt die stattlichste Stoffauswahl im gesamten Mainverlauf! Was um Himmels willen suchst du noch?«

Bei den ersten Tropfen hatte er seine Ware blitzschnell weggeräumt. Inzwischen aber stapelte sich wieder, was er anzubieten hatte. Veit hatte Wolle, Barchent, Hanf und Nessel eingehend geprüft und sich von dem einen oder anderen Ballen sogar ein paar Ellen abschneiden lassen. Zufrieden wirkte er trotzdem nicht.

»Nachtblauen Brokat. Schillernde Seide. Purpurroten Samt.«

In gespielter Verzweiflung drehte der Händler sich einmal um die eigene Achse.

»Ein verregneter Jakobimarkt – und nichts als Sonderwünsche! Aber bei euch Bambergern ist ja keiner gegen Überraschungen gefeit. Die Leute kaufen miserabel, der Himmel heult, und drüben in Zeil schichten sie schon wieder das Holz für Scheiterhaufen. Wird höchste Zeit, dass ich mich nach einer anderen Gegend umsehe!«

Flink nahmen seine Augen Maß an Marie.

»Hier. Das wär doch was!« Er hielt Veit einen Stoff entgegen. »Bestes Leinen, ein Restposten, aber was für einer! Diese Ausgabe sollte dir dein schönes Weib wert sein. Aber wozu rede ich, sieh doch selbst – mit diesem Grün wird ihr Haar schimmern wie ein poliertes Kupferdach.«

»Du täuschst dich«, sagte sie schnell, weil sie bemerkte, dass Veits Gesicht immer finsterer wurde. »Es geht nicht um mich.«

»Ja, sie hat Recht. Was ich suche, sind Stoffe für meine Krippenfiguren. Aber du hast nicht das Richtige. Das hab ich schon gesehen.«

»Samt und Brokate? Bedaure – nicht auf diesem Bauernmarkt. Solche Kostbarkeiten findest du nicht einmal im hiesigen Handelskontor.«

»Ich weiß«, sagte Veit düster. »Da haben wir uns auch schon umgesehen.«

»Kannst du uns nicht einen Rat geben, wo wir doch noch fündig werden?«, sagte Marie. »Du kommst überall herum. Und für uns ist es wirklich eilig.«

Der Frankfurter rieb seine hölzerne Elle zwischen den Fingern. Voller Stolz hatte er vorher mehrmals betont, dass sie exakt dem eingeritzten Maß an der Adamspforte des Bamberger Doms entsprach.

»Zufriedene Kundinnen sind mir das Wichtigste, egal, ob sie einen Ballen wollen oder nur auf Restposten aus sind. Es gibt auf dieser Welt alles zu kaufen. Man muss nur wissen, wo.«

»Und du weißt es.« Es begann ihr Spaß zu machen, seine Eitelkeit zu reizen. »Verrätst du es uns auch?«

»Natürlich.« Er schien ihren Spott nicht zu bemerken, oder er überhörte ihn geflissentlich. »Früher kamen solche Artikel vor allem aus Flandern. Aber heutzutage muss man schon nach Italien gehen, wenn man etwas Besonderes will. Einige Tuchfabrikanten in Prato könnten euch womöglich weiterhelfen. Die Stoffbörse in Verona. Oder ihr entscheidet euch gleich für Mailand. Was ihr dort nicht findet, findet ihr nirgendwo.«

»Ich hab lang genug in Neapel gelebt«, sagte Veit. »Über Italien weiß ich Bescheid. Aber jetzt sind wir in Bamberg. Und der Weg über die Alpen ist gefährlich und weit.«

»Wenn ihr alles schon wisst, wieso stehlt ihr mir dann meine Zeit?«

Das Grinsen, das er eiligst aufsetzte, sollte zwei ältere Frauen anziehen. Aber sie schienen es sich im letzten Moment anders zu überlegen und schwenkten ab, bevor er seine Lockrufe ausstoßen konnte. Sein Gesicht verfinsterte sich wieder.

»Lass uns gehen!« Veit packte seine Stoffe. »Hier kommen wir doch nicht weiter.«

»Weißt du eigentlich, wo sie steckt?«, rief ihm der Frankfurter hinterher.

»Wer?« Veit, schon im Gehen, drehte sich halb um.

»Na, wer schon? Ava! Hab mich die ganze Zeit auf dem Kahn hierher auf sie gefreut. Diese Kratzbürste hat wirklich was, was anderen fehlt! Aber gestern hat sie sich nirgendwo blicken lassen. Und heute auch nicht. Ist sie vielleicht krank?«

»Woher soll ich das wissen?« Veits Stimme bekam einen gefährlichen Unterton. Jetzt riss er Marie beinahe mit sich, so eilig hatte er es auf einmal wegzukommen.

Sie blieb stumm, bis sie zu Hause angelangt waren.

»Wer ist diese Ava?«, sagte sie, als sie die Werkstatt betraten. »Wieso hat er sie als Kratzbürste bezeichnet? Und hast du mit ihr zu tun?«

»Hast du nicht gehört, was ich ihm geantwortet habe?«

Veit legte seine Einkäufe auf den Zeichentisch. Simons erwartungsvolles Lächeln erlosch, als er das Paket geöffnet hatte.

»Das soll alles sein? Also, das hab ich mir anders vorgestellt!«

»Ich auch«, sagte Veit. »Das darfst du mir glauben. Leider war die Auswahl mehr als dürftig und das hier das Einzige, was überhaupt in Frage kam. Wir sind nicht mehr im Süden. Das merke ich jeden Tag deutlicher.«

»Weshalb hat dich der Fettwanst dann nach ihr gefragt?« Marie war entschlossen, nicht nachzugeben. Schließlich ging es darum, dass ihre Welt keine Risse bekommen durfte. Aber anlügen lassen wollte sie sich auch nicht. »Du musst sie kennen!«

»Ich denke, wir sollten die Idee mit den Stoffen vergessen«, sagte Simon. »Wenn die Gewänder nicht prächtig genug ausfallen, könnte es mehr Schaden anrichten als Nutzen bringen. Weshalb sind wir nicht so selbstbewusst, Vater, die Schnitzereien für sich wirken zu lassen? Du weißt ja, ich war von vornherein skeptisch!«

»Weil zu viel davon abhängt«, sagte Veit. »Und wir damit beauftragt sind, Gliederpuppen zu fertigen – keine Holzplastiken wie unsere *bozzetti*. Kennst du den Fürstbischof gut genug, um zu wissen, wie es mit seiner Vorstellungskraft aussieht? Was, wenn er keine Fantasie besitzt und sich das Endergebnis nicht vorstellen kann? Außerdem liebt er es prächtig. Hast du nicht sein Schloss gesehen, die Juwelen, die er trägt? Auf seinen Geschmack kommt es an, Simon. Er ist unser Auftraggeber!«

»Aber es ist doch unsere Handschrift. Unser Werk«, beharrte Simon. »Die Figuren werden noch da sein, wenn wir nicht mehr sind, du und ich ebenso wie von Dornheim. Wir sind sterblich. Unsere Krippe ist es nicht. Das sollten wir nicht vergessen.«

»Daran musst du mich erinnern? Glaubst du das wirklich?«, sagte Veit. »Ich hab schon Krippen geschnitzt, da warst du noch nicht einmal geboren.«

»Du bist der Meister, ich weiß«, sagte Simon bitter. »Bist es immer schon gewesen. Und ob ich es eines Tages auch werde, hängt von dir ab – wie so vieles andere auch.« Mit steifen Schritten verließ er die Werkstatt.

Erst jetzt schien Veit zu registrieren, dass Marie noch immer hinter ihm stand.

»Hör zu, Liebchen.« Seine Stimme klang belegt. »Kann sein, dass der Frankfurter die Fischhändlerin gemeint hat, bei der ich früher ab und zu Geräuchertes gekauft habe. Aber diese Zeiten sind vorbei, wie du ja weißt. Und jetzt lass mich arbeiten – bitte! Du siehst ja, wie stark wir unter Druck stehen!«

Für den Moment musste Marie sich mit dieser Antwort zufrieden geben. Aber sie fürchtete sich schon jetzt vor Francescas spöttischem Gesicht in der Stille ihrer Kammer.

Seine Hand zitterte, als er das Siegel erbrach. Der springende Fuchs vor dem Bischofsstab, tief in dunkelrotes Wachs eingedrückt. Er wusste sofort, von wem der Brief stammte.

Langsam rollte Pankraz Haller das Blatt auf. Feinstes Pergament, bedeckt mit gestochen scharfen Buchstaben. Allein die Initiale war ein Kunstwerk. Ein grünes H, umrankt von Blumengirlanden, in denen sich Rehe und kleine Hasen tummelten.

»Hiermit ernennen wir den Küfer- und Braumeister Pankraz Matthias Kassian Haller, Eigentümer der Storchenbrauerei zu Bamberg, zum Hoflieferanten Seiner Exzellenz des Fürstbischofs Georg II. Fuchs von Dornheim …«

Unten war noch einmal das Wappen angebracht, gekrönt

von einer Unterschrift, so prächtig und ausschweifend wie der Fürstbischof selber. Erst jetzt wurde ihm das ganze Ausmaß dieses Schreibens bewusst.

Seine Augen wurden feucht. Er musste sich setzen, so überwältigend war seine Freude. In alten Zeiten wäre er damit sofort zu Marie gelaufen, aber seine Tochter hatte schon seit Tagen nichts anderes im Sinn als Stoffe. Außerdem war er einfach zu stolz, um sich an die zweite Stelle schieben zu lassen.

Im Haus hielt Pankraz es nicht länger aus. Hanna Hümlin war heute früher gegangen, sonst hätte er seine Freude vielleicht mit ihr geteilt. Am liebsten hätte er sie gefragt, wohin es sie so eilig zog, aber natürlich hatte ihm der Mut dazu gefehlt. Hinter ihrer Freundlichkeit lauerten Stolz und ein starker Wille. Ein falsches Wort genügte – und sie verschloss sich, wie sie es in der ersten Zeit stets getan hatte. Hanna führte ein eigenes Leben, das ihn nichts anging und das mit ihm zu teilen sie nicht vorhatte. Jeder Blick, jede Geste bewies es ihm. Sie musste nicht einmal den Mund aufmachen. Er verstand die Botschaft auch ohne Worte.

Wie sehr er jemanden brauchte, mit dem er die alltäglichen Dinge bereden konnte, erst recht aber, was heute geschehen war! Pankraz spürte die Leere beinahe körperlich. Auch die Gaststube, sonst oft eine willkommene Abwechslung, erschien ihm jetzt nicht als geeigneter Ort. Ohne anzuhalten, lief er den Stephansberg hinauf und sperrte den Felsenkeller auf.

Er hatte schon vor längerem begonnen, einen Sud auf mehrere Gärbottiche aufzuteilen, und damit verschiedene Chargen miteinander verschnitten, um die Bierqualität zu stabilisieren. Die Proben, die er entnahm, bestätigten ihn in der Richtigkeit seiner Entscheidung. Die mehrfache Umfüllung gab dem Bier einen erfrischend herben Geschmack, ohne jede Bitterkeit. Der charakteristische Rauchgeschmack trat jetzt sogar noch deutlicher hervor. Pankraz beschloss, dieses

Verfahren auch in den Lagerfässern anzuwenden; vielleicht ließ sich dadurch eine weitere Steigerung erzielen. Der Fürstbischof sollte stolz sein auf seinen neuen Hoflieferanten!

So bald wie möglich würde er in Schloss Geyerswörth vorsprechen, um das weitere Vorgehen zu klären. Möglicherweise ergab sich dann sogar Gelegenheit, das leidige Thema anzuschneiden, das ihm auf der Seele lag. In der gelösten Stimmung, in der er sich jetzt befand, schien ihm nichts unmöglich.

Außerdem verstrich kaum ein Tag, an dem der Kanzler des Hochstifts ihn nicht daran erinnerte. Durch Haag hatte er erfahren, dass für das nah gelegene Zeil zwei Juristen als neue Hexenkommissäre verpflichtet worden waren. Dass er einen davon persönlich kannte, machte die Sache nicht besser. Dr. Ernst Vasoldt galt als grausamer Mann und war zudem bekannt wegen seines fatalen Hangs zu Hochprozentigem.

Wie lange würde es in Bamberg noch ruhig bleiben?

Es hätte keiner Mahnung bedurft, denn er fühlte sich Kilian Haag ohnehin verpflichtet. Ihn bedrückte, dass er nicht halten konnte, was er damals so voreilig in Aussicht gestellt hatte. Bei seiner Suche nach Verbündeten war Pankraz schnell an Grenzen gestoßen. Manche der Ratsherren wandten sich ab, als er sie um Unterstützung bat, andere, auf die er fest gezählt hatte, hatten eine Reihe von Gegenargumenten angeführt. Und zu seinem Erschrecken gab es eine stattliche Fraktion, die eine Drutenjagd aus vollem Herzen zu befürworten schien.

Es lag auf der Hand, wer sie beeinflusste. Weihbischof Friedrich Förner tat alles, um die Stimmung in Bamberg weiter anzuheizen. Inzwischen strömten die Leute von weit her zu seinen Hexenpredigten. Der Druck in der Stadt wuchs. Eine gefährliche Mixtur aus Aberglauben, Vorurteilen und Angst, die jeden Augenblick in die Luft gehen konnte. Wenn schon Frauen wie Hanna Hümlin in Verdacht gerieten, nur weil sie sich ihrer Haut erwehrte, was mochte dann noch alles geschehen?

Als hätte er seine Gedanken erraten, stand plötzlich Georg Schneider vor ihm. Die Verletzung an seiner Schulter musste inzwischen verheilt sein, aber er hatte sich angewöhnt, sie ein wenig höher zu halten. Auch sein Gang hatte sich verändert. Aus einiger Entfernung hätte man ihn für einen alten Mann halten können.

»Das Bier ist zu deiner Zufriedenheit, Braumeister?«, sagte er.

»Was heißt schon zufrieden? Das Beste ist der Feind des Guten. Du kennst doch meine Devise!«

Die Fackel warf seltsame Schatten auf Schneiders Gesicht.

»Schau nicht so finster drein! Es gibt Anlass zur Freude. Ab morgen liefert der Storchenbräu das Bier für die Tafel des Fürstbischofs. Wir sind Hoflieferant geworden, Georg – endlich! Jeder von euch soll drei Taler bekommen. Denn ihr habt alle euren Beitrag dazu geleistet.«

»Und was ist mit dem Mädchen?«, fragte Schneider unbeeindruckt.

»Welches Mädchen?«

»Die Taube. Die Tochter des Krippenschnitzers. Sie steht draußen und behauptet, du würdest sie erwarten.«

»Selina? Natürlich!« In der ganzen Aufregung hatte er Veits Kleine vollkommen vergessen. Aber wenn er schon die Freude nicht mit seiner Tochter teilen konnte, dann wenigstens mit ihr! »Herein mit ihr. Sie hätte sich keinen besseren Tag aussuchen können.«

Die Jungen hatten ihre Hemden ausgezogen und wateten mit hochgekrempelten Hosen ins Wasser. Ava hatte sie zu einer Furt geführt, wo der Fluss seicht genug war, um mit dem Üben zu beginnen.

»Es reicht mir schon bis über die Schenkel«, rief Toni. »Gleich werd ich untergehen!« Er verdrehte die Augen und tat, als ob er strauchelte. »Hilfe! Hilft mir denn niemand? Ich ertrinke!«

Ava, direkt hinter ihm, versetzte ihm einen Stoß.

»Damit spaßt man nicht«, sagte sie. »Niemals. Das ist schon mal das Erste, was du lernen solltest.« Sie wandte sich um und sah Kuni noch immer unschlüssig am Ufer stehen. »Komm schon! Worauf wartest du noch?«

Das Mädchen zupfte an seinem löchrigen Hemd. Das Kleid lag neben ihr im Gras. Erst jetzt sah man, wie dünn ihre Beine und Arme waren.

»Ich weiß nicht.« Es klang ungewohnt schüchtern. »Ich glaube, eigentlich will ich gar nicht schwimmen lernen.«

»Aber du musst!«, rief Lenz, der sich im Flachen schon geschickt bewegen konnte. »Du weißt ja gar nicht, was du versäumst. Glaub mir, der Fluss trägt dich, genauso wie Ava es gesagt hat.«

Eine große Welle ließ ihn verstummen. Aber es machte ihm offenbar nichts aus, Wasser zu schlucken.

»Seht nur, dort vorne schwimmt Reka«, rief Toni. »Er soll sich bloß vorsehen! Spätestens morgen bin ich so weit, um mitzuhalten.«

Der Otter hielt inne, als hätte er seinen Namen verstanden. Reka legte sich auf den Rücken, in den Pfoten einen Fisch, den er rasch verschlang. Plötzlich drehte er sich, tauchte in einer eleganten Rolle blitzschnell unter und war verschwunden.

»Ich will auch schwimmen«, sagte Lenchen. Sie hatte ihr Häubchen abgenommen und wollte ins Wasser waten.

»Du bleibst draußen!« Avas Stimme klang scharf. »Was hatten wir beide vereinbart?«

»Dass ich warten muss, bis ich zwei Wochen ohne Fieber war«, kam es kläglich zurück. »Wie lange dauern denn zwei Wochen, Ava?«

»Ach, die sind so flugs vorbei, dass du dich noch wundern wirst. Warum gehst du inzwischen nicht ein paar Blumen pflücken?«

Lenchen rannte davon.

Ava hatte Kaspar gepackt und blitzschnell auf den Bauch gedreht. Der Junge klammerte sich an ihr Hemd.

»Lass mich bloß nicht los …«

»Ich lass dich doch nicht los, was denkst du denn? Sieh mal, das machen die Arme.« Sie zeigte ihm die Bewegung. »Und genau das die Beine.« Sie öffnete und schloss seine Schenkel. »Und jetzt beides zusammen, ganz langsam. Ja, genau, Kaspar, so ist es richtig. Jetzt musst du nur noch üben. Schneller und sicherer wirst du von ganz allein.«

Toni hielt sich an Lenz fest und strampelte wie wild.

»Ich bin ein Fisch«, schrie er. »Ein wilder, gefährlicher Fisch mit Zähnen, scharf wie ein Messer. Hast du schon Angst? Gleich werd ich dich fressen!«

»Fische sind allerdings stumm – und das könnte dir gelegentlich auch nicht schaden.« Lenz ließ ihn überraschend los, so dass er unter Wasser geriet, griff aber schnell wieder nach ihm und zog den wild Prustenden hoch.

Inzwischen schien auch Kuni Mut gefasst zu haben. Sie steckte einen Fuß ins Wasser, dann den nächsten. Ava erhob sich, um ihr entgegenzukommen, aber irgendetwas ließ das Mädchen plötzlich in der Bewegung erstarren. Sie drehte sich um und flüchtete zurück aufs Ufer.

Erst als Ava an sich herunterschaute, ahnte sie, weshalb. Das nasse Leinen lag eng an ihrem Körper. Und die schräg einfallenden Sonnenstrahlen taten ihr Übriges.

Kuni hatte keine Angst. Kuni schämte sich.

Sie überließ die Jungen sich selber und setzte sich zu dem Mädchen.

»Wir können es ein anderes Mal versuchen«, sagte sie. »Nur wir zwei. Was hältst du davon?«

»Das würdest du tun?« Kuni sah sie überrascht an.
»Du willst doch schwimmen lernen, oder?«
»Unbedingt. Aber …«
»Ich kann dich gut verstehen. Tut mir Leid. Ich hätte daran denken sollen.«
»Es ist nicht mehr so, wie es war«, sagte Kuni belegt. »Früher gab es diese Unterschiede nicht. Ich meine, es hat sie natürlich schon gegeben, aber nicht …«
»Man hat sie nicht gesehen«, sagte Ava. »Nicht auf den ersten Blick, das meinst du doch, oder? Aber das ändert sich jetzt. Du wirst eine Frau, Kuni. Deine Brüste wachsen. Das lässt sich auf Dauer nicht verstecken. Und bald kannst du Kinder bekommen.«
»Aber das will ich nicht.« Kuni stierte vor sich hin. »Ich will keine Frau werden!«
»Daran kannst du nichts ändern. Außerdem, was ist schlimm daran?« Ava sah, dass die Jungen sich immer weiter abtreiben ließen. »Kommt zurück!«, rief sie. »Es wird sonst zu gefährlich.«
»Und du, bist du gern eine Frau?« Kunis Frage kam vorsichtig.
Ava nickte.
»Du schämst dich nicht deswegen?« Ihre Augen huschten über das Leinen, das langsam in der Sonne trocknete. Auf Avas Brüsten blieben sie eine Spur länger. »Niemals?«
»Nein«, sagte Ava. »Warum sollte ich?« Sie machte eine Pause. »Aber als ich so alt war wie du, da hab ich mich oft geniert. Ich kann mich noch gut daran erinnern. Vieles war mir peinlich, und ich wusste auf einmal nicht mehr, wohin mit mir.«
»Es wird also besser, wenn man älter wird?«
»Manches.« Ava lachte. »Nicht alles.«
»Das mit der Liebe auch?«
Sie musste dem Mädchen ganz nahe kommen, so leise war Kuni geworden. »Lenz und du – ihr mögt euch?«

Es blieb lange still.

»Es ist sein Lächeln«, sagte Kuni. »Die blonden Haare. Dass er schreiben kann. Und wie er zu den Kleinen ist. Die Taube darf ihn mir nicht wegnehmen! Er gehört doch zu mir.«

»Welche Taube?«, fragte Ava.

»Sie wohnt in einem schönen Haus. Sie ist reich. Ich hab doch nur die Kleinen – und Lenz. Er ist ganz anders als der alte ...« Sie verstummte.

Etwas Dunkles schien auf einmal zwischen sie zu treten.

»Magst du es mir erzählen, Kuni?« Avas Stimme war sanft. »Es kann dich erleichtern. Und du weißt ja, bei mir ist jedes Geheimnis gut aufgehoben.«

»Der alte Bader, mit dem ich unterwegs war ... Tag und Nacht war er hinter den Frauen her, aber kaum eine hat ihn gewollt. Wie denn auch, mit seinen schlechten Zähnen, dem fetten Wanst und den schmutzigen Pranken! Er war ständig sauer – und ständig geil. Und er hat ... er hat mir wehgetan. ›Heul nicht!‹, hat er gesagt und dabei gelacht. ›Die Weiber brauchen das. Man kann gar nicht früh genug damit anfangen.‹« Kunis Augen wurden schmal. »Ich überlege oft, was ich machen soll, wenn Lenz später auch einmal so wird.«

Ava ließ sich Zeit mit ihrer Antwort.

»Es gibt solche Männer wie deinen Bader, aber viele sind anders. Und Lenz erst recht, da bin ich mir sicher. Falls wir beide uns trotzdem geirrt haben, dann schick ihn weg. Trau dich! Lass dir nichts gefallen. Frauen sind nicht dazu da, dass man ihnen wehtut. Ganz im Gegenteil, Kuni.«

»Du schickst die Männer weg, die das bei dir versuchen? Hast du das bei deinen Ottern gelernt?«

Lenchen, die mit einem Strauß Wiesenblumen zurückkam, enthob sie einer Antwort.

Die Häuser im Unteren Sand waren klein und aus einfachen Materialien gebaut. Das war der älteste Teil der Stadt, errichtet zwischen den beiden Armen der Regnitz, im Lauf der Jahrhunderte immer wieder Überschwemmungen ausgesetzt.

Wie geschaffen für Menschen, die gewohnt sind, sich zu ducken, dachte Gabriel Hofmeister. Bislang war er nur selten hierher gekommen. Seit er in Würzburg gearbeitet hatte, bevorzugte er breite Straßen und schön angelegte Plätze, wo man Licht und genügend Luft zum Atmen hatte.

Er schämte sich für das zerlumpte Etwas, das er über dem Arm trug. Dann aber sagte er sich, dass solche Gedanken undankbar und sogar dumm waren. Was machte es schon aus, was man über ihn dachte?

Schließlich war er in Diensten des Weihbischofs unterwegs. Und ein gelehrter Mann wie Friedrich Förner hatte Besseres zu tun, als sich um solche Kleinigkeiten zu kümmern.

Andererseits hatte Gabriel sich schon öfter darüber gewundert, dass Förner sich keine tüchtigere Wirtschafterin suchte. Apollonia Krieger war nicht nur schwerfällig und schlampig, sondern auch ausgesprochen faul. Zudem roch sie nach altem Fett und kochte so miserabel, dass er jede Gelegenheit nutzte, auswärts zu essen. Mehrfach hatte er seinem Dienstherrn schon angeboten, sich nach besserem Ersatz umzusehen, der Weihbischof aber wollte davon nichts wissen. Förner schien zufrieden. Oder zumindest gleichgültig. Darüber klagen jedenfalls hatte er ihn noch niemals gehört.

Er blieb stehen, zog ein Leinentuch heraus und tupfte sich den Schweiß von der Stirn. Bei allen Heiligen – die Sonne brannte ihm unerträglich aufs Hirn. Und jedes dieser Häuser war von gleicher Schäbigkeit. Nirgendwo ein Zunftzeichen, das ihm Aufschluss gegeben hätte. Sogar der kleine Junge, der ihm vorhin nachgeschlichen war, schien verschwunden. Wie sollte er da finden, wonach er suchte?

»Kann ich Euch vielleicht weiterhelfen, junger Herr?«

Die Stimme kam aus einem geöffneten Fenster schräg über ihm.

»Bin ich hier richtig im Schneiderviertel?«

»Allerdings. Nur einen Augenblick – ich bin gleich bei Euch!«

Nach wenigen Augenblicken stand ein gebeugter Mann mit schiefen Zähnen vor ihm, der zu ihm aufsehen musste. Er legte den Kopf in den Nacken und lächelte.

»Eine Soutane«, sagte er. »Auf meine Augen kann ich mich also doch verlassen! Ist schon ein Weilchen her, dass ich so etwas in der Hand hatte.« Er nahm sie hoch, sorgfältig, fast ehrfürchtig, und betrachtete sie eingehend. Dabei nickte er unablässig.

»Sie gehört meinem Dienstherrn«, sagte Gabriel. »Und der hat sehr genaue Vorstellungen …«

»Weihbischof Förner!« Über die Züge des anderen ging ein Leuchten. »Ich wusste es. Früher oder später würde er zurückkommen.«

»Was soll das heißen?«

»Das will ich Euch gerne erklären!« Der kleine Mann hatte den verschlissenen Kragen der Soutane gewendet. »Seht Ihr?« Er deutete auf zwei verschlungene Buchstaben. »Mein Zeichen. Ein L und ein E. Ich habe dieses Gewand genäht. Allerdings ist es in schrecklichem Zustand!«

Er klang plötzlich streng.

»Weshalb habt Ihr so lange gezögert, mich aufzusuchen? Kleider wollen ebenso gepflegt werden wie Lebewesen. Nun, diese Gelegenheit ist vertan. Dieses Ding kann niemand mehr retten.« Er strengte sich an, gewinnend zu lächeln, doch es misslang. »Wann, sagtet Ihr, soll ich zum Weihbischof kommen, um Maß zu nehmen?«

»Dann seid Ihr …« Gabriel trat einen Schritt zurück.

»Lorenz Eichler. Schneidermeister. Stets zu Euren Diensten.« Er verneigte sich leicht.

Gabriel riss ihm die Soutane aus den Händen. Verblüfft starrte Eichler ihn an.

»Lebt wohl!«

Er wollte davon, aber Eichler packte seinen Ärmel.

»Was soll das heißen?« Sein säuerlicher Atem schlug Gabriel Hofmeister entgegen.

»Dass Ihr die Soutanen nicht nähen werdet.«

»Auch nicht, wenn ich um ein Drittel billiger arbeite?«

Kopfschütteln.

»Und wenn ich es Euch für die Hälfte anbiete? Kommt schon, schlagt ein! Das allerdings wäre dann mein letztes Angebot. Denn wenn ich noch tiefer gehe, bin ich ruiniert.«

»Auch dann nicht. Nicht einmal, wenn Ihr umsonst nähen würdet.«

»Hört zu, um des gnädigen Heilands willen! Ich brauche diese Arbeit. Ihr dürft sie mir nicht verwehren!« Er begann zu spucken, so erregt war er. »Ich verspreche Euch, ich werde für den Weihbischof so fein nähen, dass er …«

»Ihr werdet nie mehr für den Weihbischof nähen.« Gabriel wandte angeekelt den Kopf ab. »Was immer es war, Ihr habt ihn so aufgebracht, dass er nichts mehr von Euch wissen will.«

»Aber das kann nicht sein!«

»Nicht einmal Euren Namen darf man in seiner Gegenwart erwähnen. Und jetzt lasst mich gehen! Ich bin in Eile.«

»Es gibt keinen Grund, mich derart zu behandeln.« Mühsam um Fassung bemüht, reckte Eichler seinen mageren Hals. »Niemals hab ich dem Weihbischof Anlass zur Klage gegeben.«

»Ich bin nicht hier, um mit Euch zu streiten. Was ich suche, ist ein guter Schneider. Nicht mehr und nicht weniger.«

»Aber Ihr werdet keinen besseren finden. Nirgendwo.« Er streckte ihm seine dünnen, zerstochenen Finger entgegen. »Nächtelang hab ich für ihn gestichelt. Für einen Hungerlohn, schon damals. Und selbst, als es vorbei war – hab ich in all der Zeit jemals einem Menschen etwas gesagt? Niemals! Nicht ein Wort ist über meine Lippen gekommen. Dabei hätte ich Gründe genug gehabt, alles zu verraten …«

Gabriel Hofmeister machte sich los. Mit seinen langen Beinen war es keine Schwierigkeit für ihn, Eichler hinter sich zu lassen.

Er lief, bis die Straße eine Biegung machte.

Als er neben einer Einfahrt das verblasste Blau einer aufgemalten Schere an der Hauswand entdeckte, dankte er dem Erzengel, dessen Namen er tragen durfte, und trat schnell ein.

Im Licht der flackernden Fackeln war die Verständigung mit Selina schwieriger als draußen. Außerdem waren die Gänge eng, und aus Gründen, die er sich nicht recht erklären konnte, blieb sie immer wieder weit hinter ihm zurück. Sie zu rufen, machte keinen Sinn; Pankraz Haller musste ein paarmal zurückgehen und nach ihr suchen.

Er entdeckte sie schließlich an einer Abzweigung, wo die erst kürzlich wieder zugänglich gemachten Stollen auf einen alten Gang trafen. Er trat zu ihr, hielt das Licht ganz nah an sein Gesicht.

»Wenn wir derart langsam weitergehen, sind wir morgen früh noch hier unten.« Er bewegte den Mund sehr stark, damit sie ihn verstehen konnte. »Sind wir beide Schnecken, Selina? Ich glaube, doch eher nein!«

Selina kicherte.

»Du musst dich nicht so anstrengen«, sagte sie. »Ich kann sehr gut von deinen Lippen lesen. Außerdem siehst du aus wie ein Frosch, wenn du so übertrieben redest. Von mir aus können wir gerne die Welt draußen lassen und für immer hier unten bleiben.« Sie drehte sich um, deutete in das Dunkel. »Was ist das denn, das dort hinten?«

»Fässer.«

»Wieso sind sie nicht bei den anderen?«

»Ich möchte, dass das Bier an verschiedenen Stellen lagert – und damit unterschiedlich reift«, sagte er. »Nur so kann ich herausfinden, ob sich der Geschmack verändert.«

»Viele Fässer?«

»Eine ganze Menge. Für eine durstige Kompanie würde es schon reichen.« Er lächelte. »So viele Fragen, Selina. Du bist wirklich neugierig! Ich hatte gedacht, du willst vor allem wissen, wie mein Bier gemacht wird.«

»Will ich doch auch. Aber erst, wenn ich mich hier unten gründlich umgesehen habe.« Mit der Fackel in der Hand war sie schon wieder auf und davon.

Georg Schneider, den er aufgefordert hatte mitzukommen, gab ein Brummen von sich.

»So ein verwöhntes kleines Balg! Wäre das meine Tochter, ich würde sie schon lehren, was sich gehört!«

»Sie ist Maries Stieftochter, und du wirst tun, worum ich dich gebeten habe. Schließlich machen wir das nicht alle Tage.«

»Einmal ist schon zu viel.« Schneiders Gesicht wurde immer verdrießlicher. »Und das, wo jede Menge Arbeit wartet!«

»Es geht immer weiter, dort hinten!« Selina war wieder bei ihnen angelangt, erhitzt, übermütig. Sie musste irgendwo herumgestochert haben. Ihre Ärmel waren schmutzig, und auf ihrer Nase prangte ein Rußfleck. »Wohin führt dieser lange Wurm, *nonno*?«

»Zu einem anderen Ausgang«, sagte Pankraz. »Etwas weiter unten am Berg. Früher haben wir ihn ständig benutzt, aber inzwischen sind die Fässer zu groß dafür. Außerdem ist einer der Stollen nicht mehr sicher. Es gab Steinschlag, ohne jede Vorwarnung. Einer der Gesellen ist schon einmal verschüttet worden.«

Selina machte ein erschrockenes Gesicht.

»Du musst keine Angst haben«, sagte er schnell. »Das ist schon länger her. Hier oben kann uns nichts passieren. Überleg doch mal: Hätte ich dich sonst mitgenommen?«

»Hat er überlebt?«, fragte sie.

»Hat er.« Sie fuhr erst zu Schneider herum, als er ihren Arm streifte. Zum ersten Mal, seit sie hier unten waren, richtete er das Wort an sie. »Gerade noch. Aber er kann seitdem auf dem rechten Ohr nichts mehr hören. Und schlimme Dinge sind ihm widerfahren.«

»Schlimme Dinge?«, wiederholte sie. Dieser Mann war auf dem gleichen Ohr taub wie sie!

»Schlimme Dinge.« Er bekreuzigte sich rasch. »Sein Haar ist weiß wie Schnee. Seine Hände zittern. Speichel tropft ihm aus dem Maul. Und er macht kaum noch die Augen zu. Weil ihn Nacht für Nacht die Steinerne Frau besuchen kommt.«

Mit großen Augen starrte Selina ihn an.

»Hast du mich verstanden, Mädchen?«, fragte Schneider.

Sie nickte.

»Und was macht sie dann, die Steinerne …«

»Schluss jetzt mit diesem Unsinn!«, befahl Pankraz. »Ich will nichts mehr davon hören. Geh schon mal zurück, Georg. Wir bleiben noch ein Weilchen hier unten.«

Schneider verzog sich nach oben, während Pankraz und Selina schweigend nebeneinander durch die Stollen liefen.

Plötzlich blieb sie stehen.

»Luft«, sagte sie und wandte ihr Gesicht zur Seite. »Irgendwo muss eine Öffnung sein.«

»Du hast wirklich sehr feine Sinne«, sagte Pankraz überrascht. »Da ist tatsächlich ein Schacht, der nach draußen führt. Er gehört zu dem alten Eingang, von dem wir vorhin geredet haben.«

Selina nickte abermals, sichtlich befriedigt.

»Wollen wir zwei jetzt zu den Braukesseln?«, fragte er.

»Ja«, sagte sie. »Gerne. Aber zuvor hab ich noch zwei Wünsche, *nonno*.«

»Dann heraus damit!«

»Leihst du mir deine schönen Pläne mit all den unterirdischen Gängen?«

»Wozu? Was willst du denn damit?«

»Sie abpausen. Das hat Simon mir beigebracht. Ich bin ganz gut darin. Dann kann ich immer, wenn ich später einmal Lust dazu habe, mit dem Finger durch den Bauch der Erde spazieren gehen.«

»Genehmigt. Und dein zweiter Wunsch, Selina?«

»Führ mich draußen zu dem alten Eingang, wenn wir fertig sind. Ich möchte genau wissen, wo er liegt.«

Als es Abend wurde, war Ava allein im Haus. Reka war fort. Die warmen Sommernächte lockten ihn zum Jagen.

Viele von den Glasleuten hatten zur Erntezeit der Kornmutter gehuldigt, ein Brauch, den die Kirche am liebsten verboten hätte. Aber niemand schien sich darum zu kümmern. Überall an Wegkreuzungen standen plötzlich Brote und Krüge mit Wein. Es gab Früchte, gesüßt mit Honig, man schnitt Kräutersträuße, die später getrocknet wurden, und formte Puppen aus den frisch geernteten Ähren. In manchen Nächten hatte niemand mehr als ein paar Stunden geschlafen, so viel wurde getanzt, gelacht und geliebt.

Als kleines Mädchen hatte sie die Feiernden beobachtet und sich nichts so sehnlich gewünscht, wie endlich groß zu sein und mitzumachen. Es war nicht mehr dazu gekommen. Die Flucht hatte alles beendet. In Bamberg gab es nichts davon, weder heimliche Opfergaben noch öffentliche Feiern. In manchen Jahren hatte sie nicht einmal mehr an das Fest gedacht.

Heute aber war es anders.

Sie spürte einen Sog, die Trauer und die Kargheit, die hinter dem Üppigen lauerten. Der Sommer neigte sich, auch wenn es erst wenig Anzeichen dafür gab. Aber die Früchte reiften, die Nächte wurden wieder länger. Bald würden die Blätter fallen und den Winter ankündigen, die dunkle, ruhige Zeit, in der alles schlief, um neue Kräfte zu sammeln.

Ihr Körper war hungrig. Es half nichts, unruhig in der Stube auf und ab zu laufen, weil die warme Nachtluft draußen sie nur noch sehnsüchtiger machte. Gemäß der Tradition hatte sie ein rundes Brot gebacken, mit Linien wie Sonnenstrahlen auf der Kruste, und es dick mit Salz bestreut. Aber es gab weit und breit niemanden, mit dem sie es hätte teilen können.

Ein Pochen an der Tür, und gleich darauf stand Mathis vor ihr.

Die Erleichterung, ihn endlich wieder zu sehen, war so groß, dass sie ihm am liebsten um den Hals gefallen wäre. Er hielt ein Kaninchen an den Läufen gepackt, bereits gehäutet, und legte es auf den Tisch.

»Keine Fische heute?«, sagte sie.

»Keine Fische. Ausnahmsweise. Aber dich möchte ich mitnehmen, Ava.«

»Wohin?« Sie brach ein Stück von dem Brot ab, gab es ihm.

»Egal, wohin – immer noch besser, als hier allein Trübsal zu blasen, oder nicht?« Er steckte es in den Mund. »Es schmeckt wie du«, sagte er. »Nach Salz und Leben.«

Sie forschte in seinem Gesicht, ob er es spöttisch meinte, aber seine Augen waren ernst.

»Ich weiß nicht«, sagte sie. »Manche deiner Überraschungen gefallen mir womöglich nicht.«

»Leg das Karnickel in Wein ein, damit es nicht zu stinken beginnt«, befahl er. »Und dann komm! Du wirst es nicht bereuen.«

Ava war neugierig geworden. Und sie spürte, wie ihr Körper auf Mathis reagierte. Sie wusch sich die Hände, nachdem sie das Wild versorgt hatte, benetzte ihr Gesicht mit Wasser. Plötzlich hätte sie gern ein buntes Band im Haar gehabt, ein neues Kleid getragen. Lachend deutete sie auf ihren Rock, der voller Mehl- und Teigspuren war.

»Das muss an dir liegen.« Sie lachte. »Immer wenn du kommst, bin ich ganz besonders unansehnlich.«

»Bist du nie«, sagte er. »Und das weißt du. Außerdem spielt es keine Rolle. Nicht dort, wohin wir jetzt gehen.«

Als sie dem Feuer näher kamen, sah Ava, wie viele sich darum versammelt hatten, Frauen und Männer jeden Alters, auch ein paar Kinder. Und sie erkannte seine besondere Form. Ein leuchtender Stern, der die Nacht erhellte, umgeben von einem brennenden Kreis.

Ein Hexenzeichen, schoss es ihr durch den Sinn.

Unwillkürlich trat sie einen Schritt zurück. Die Frau, die ihr freundlich entgegenwinkte, schien ihre Gedanken erraten zu haben.

»Komm in den Kreis«, sagte sie. »Er hat keinen Anfang und kein Ende. Er schützt dich. Du musst keine Angst haben.«

Ava zögerte.

»Schau genau hin!«, sagte die Frau. »Was siehst du?«

Ava kniff die Augen zusammen.

»Einen Menschen«, sagte sie dann. »Die oberste Spitze ist sein Kopf. Die rechte und linke Spitze sind die Arme. Und die beiden unteren die Beine.«

»Ein uralter Schutz.« Die Frau lächelte. »Nichts Böses, sondern Weiße Magie. Kommst du nun?«

Ava trat in den Kreis. Hinter sich spürte sie Mathis. Es bedurfte keiner Berührung, aber sie war froh, dass er bei ihr war.

»Setz dich!«

Eine Hand zog sie nach unten. Neben ihr ließ Mathis sich auf dem warmen Boden nieder.

Ein großer Becher, aus dem alle tranken, ging reihum. Ava schmeckte Wein, dem etwas Bitteres beigemischt war. Sie fühlte eine leichte Taubheit auf ihrer Zunge, die rasch wieder verflog.

Dann setzte das Summen ein. Es klang wie ein Bienenschwarm, aber es hatte nichts Bedrohliches.

»Wir sind rechtzeitig gekommen.« Sie spürte Mathis' Mund an ihrem Ohr. »Es ist schöner, wenn man von Anfang an dabei ist. Du wirst schon sehen!«

Schon das zweite Mal, dass sie zum Sehen aufgefordert wurde! Dabei brannten ihre Augen, und sie hatte das Gefühl, dass die Pupillen übergroß waren. Der Becher machte seine Runde, wieder und wieder. Es gab niemanden, der ihn verweigert hätte. Ava trank jedes Mal, wenn er ihr gereicht wurde, achtete aber darauf, immer nur winzige Schlucke zu nehmen.

Irgendjemand kümmerte sich um das Feuer, denn es loderte immer höher, immer heller. Die Frau neben ihr erhob sich, und plötzlich wusste Ava, wer sie war. Hannerl vom Seelengässchen, die junge Hümlin. Über ihre Mutter gab es viele hässliche Gerüchte. Als Hexe sei sie verbrannt worden und habe noch auf dem Scheiterhaufen ganz Bamberg verflucht. Seitdem mieden viele die Tochter, und auch Ava hatte sich bisher lieber von ihr fern gehalten, ohne darüber nachzudenken, weshalb.

Was ihr plötzlich falsch und kindisch vorkam. Hanna hatte kluge Augen und eine hohe Stirn, von der braune Locken störrisch abstanden. Auf Ava wirkte sie wie eine Frau, die wusste, was sie tat. Sie trug ein Kleid, so leuchtend blau wie die Wegwarten, die sie sich ins Mieder gesteckt hatte

Auf der gegenüberliegenden Seite erhob sich jetzt ein zartgliedriges Mädchen, das auf dem Boden gesessen hatte, fast noch ein Kind, mit weißblonden, lockigen Haaren, die ihr bis zu den Hüften reichten.

Die beiden sahen sich an.

Es wurde still. Nur noch der Nachtwind war zu hören, der in den Zweigen raschelte, und das Prasseln des Feuers.

Hanna Hümlin wandte sich nach Osten, berührte ihre Stirn, dann die Brust, die rechte und anschließend die linke Schulter.

»Osten bedeutet Luft.« Ihre Stimme war voll. »Wind und Sturm, Blitz und Donner. Leben schwebt, es atmet ein. Hauch vergeht, wird immer sein. Und sein Zeichen ist die Spinne – Dank sei dir, Kornmutter!«

Sie drehte sich nach Westen.

»Westen bedeutet Wasser. Quelle, Fluss, Nebel, Raureif, Schnee. Leben trinkt den Himmelswein, Totes sinkt, wird immer sein. Und sein Zeichen ist der Krebs – Dank sei dir, Kornmutter!«

Sie verstummte. Nun war das Mädchen an der Reihe.

Die gleichen Bewegungen, wie Hanna sie vollführt hatte. Dann begann es zu sprechen, leise zuerst, beinahe schüchtern, bis auch seine Stimme kräftiger wurde.

»Norden bedeutet Erde. Hügel, Tal und Felsgestein, Sand, Kiesel und Staub. Leben bricht das Felsgebein, kommt ans Licht, wird immer sein. Sein Zeichen ist die Maus – Dank sei dir, Kornmutter!«

Sie drehte sich südwärts.

»Süden bedeutet Feuer. Kerze, Licht und Sonnenschein, Rauch und rote Glut. Leben brennt im Feuerschein. Nur wer das erkennt, wird immer sein! Und sein Zeichen ist der Salamander – Dank sei dir, Kornmutter.«

Ava bekam eine Gänsehaut. Sie blieb wie erstarrt sitzen, wagte nicht, sich zu rühren.

Aber in all die anderen schien plötzlich Bewegung zu kommen. Sie sprangen auf, tanzten um das Feuer, lachten und sangen. Jemand zog auch sie nach oben. Sie spürte eine sanfte Berührung auf ihrer Brust, einen Mund, der ihren Hals küsste. Jemand streichelte ihr Gesäß.

Beim Tanzen sah sie in Gesichter, die ihr fremd waren und im gleichen Moment vertraut, sie spürte Hände auf ihren Hüften, dem Rücken, die verschiedenen Männern und Frauen gehörten, manchmal auch Kindern. Ein Mann spielte Flöte, einige Frauen trommelten, und zwischendrin waren auch Geigentöne zu hören, inbrünstig, aber nicht ganz sauber gespielt. Sie bewegten sich weiter, immer weiter, auch als die Instrumente längst verklungen waren. Ava war eins mit den Elementen, spürte das Feuer auf ihrer Haut, die kühlere Luft, wenn sie sich von ihm abwandte. Die harte, trockene Erde unter ihren Füßen, das Wasser in dem Schweiß der vielen erhitzten Körper.

Längst schon gab es keine festen Konturen mehr, sondern nur noch einen Wirbel von Farben und Formen, der sich unablässig änderte. Warum konnte es nicht immer so sein? Beim Gedanken an die Alltagswelt kam sie Ava auf einmal starr und leblos vor.

Sie war sehr durstig, doch als sie einen großen Schluck aus dem Becher nahm, wurde sie nur noch durstiger. Irgendwann sank Ava zu Boden. Sie war müde, todmüde sogar, aber jeder Teil ihres Körpers fühlte sich zu lebendig an, um zu schlafen.

Der Untergrund war hart, trotz eines Mantels, auf dem sie lag. Jemand atmete neben ihr. Sie ertastete glattes Haar, starke Wangenknochen, eine schmalrückige Nase. Ihre Hände hätten sich die Erkundigung ersparen können. Am Geruch hatte sie ihn längst erkannt.

»Du?«, sagte sie.

Mathis lachte. »Wen hast du sonst erwartet?«

Ava beugte sich über ihn. Sie war zu weit vom Feuer entfernt, um seinen Ausdruck erkennen zu können, aber sie spürte dankbar seine Wärme.

»Ich bin froh, dass du es bist.«

»Bist du? Aber wolltest du nicht lieber einen anderen ...«

»Scht!« Sie legte einen Finger auf seine Lippen. »Sei kein Idiot, Mathis! Nicht in dieser Nacht.«

Sie küsste ihn. Es dauerte, bis auch er seine Lippen öffnete und den Kuss zurückgab, dann aber schlossen sich seine Arme um sie und hielten Ava, als wolle er sie niemals mehr loslassen. Sie hörte sein Herz klopfen, spürte seinen harten Brustkorb.

»Bist du dir wirklich sicher?«, flüsterte er, als ihre Hand unter sein Hemd fuhr und dann weiter zu seinem Geschlecht.

»Frag nicht«, sagte sie. Ein leises Geräusch erregte ihre Aufmerksamkeit. Sie wandte die Augen zur Seite, weil sie einen festen Blick zu spüren glaubte. Nickte Hanna Hümlin ihr von ferne zu, oder war es bloß eine Einbildung? Um Mathis ging es. Und um sie. Um nichts sonst. »Tu es einfach!«

«Nichts Halbes und nichts Ganzes!« Simon versetzte dem Hocker einen wütenden Tritt. »Er weiß es doch ganz genau. Er muss es doch wissen! Wer, wenn nicht er?«

»Ich finde, ihr habt beide schwer gearbeitet ...«

»Das reicht eben nicht«, fiel er Marie ins Wort. »Wochenlang liegt er mir damit in den Ohren, wie wichtig diese Audienz ist – und dann das!«

»Du bist enttäuscht, dass sie noch einmal verschoben wurde?«, sagte sie. Er nickte. »Aber das liegt nicht an deinem Vater. Sei nicht ungerecht, Simon! Der Fürstbischof ...«

»Ich bin enttäuscht, dass wir die geschenkte Zeit nicht besser nutzen. Keller hat uns so dringlich gewarnt. Wieso reißen wir den Figuren die hässlichen Stoffe nicht runter und zeigen sie in ihrer schlichten Holzschönheit?«

»Veit meint, es sei besser so. Er wird seine Gründe haben, glaubst du nicht?«

Er war ihr ganz nah gekommen.

»Du würdest ihn doch immer verteidigen. Egal, worum es geht. Sei wenigstens einmal ehrlich!«

Marie wich zurück.

»Veit ist mein Mann«, sagte sie. »Und ich liebe ihn. Das heißt aber noch lange nicht, dass ich keine eigene Meinung habe.«

»Dann sag sie mir! Ich will hören, was du denkst.«

Langsam umrundete sie das Figurenensemble. Die Hirtengruppe war vollständig, mit Schafen, Böcken, Hunden, Hirschen und Rehen. Obwohl die Gesichter noch fehlten, war die Szene lebendig. Wie ein Sternenschweif waren die Anbetenden rund um die Geburtshöhle gruppiert.

»Wer sie sieht, wird neugierig«, sagte Marie. »Die Figuren haben etwas Verheißungsvolles. Und außerdem finde ich gerade bei ihnen die Stoffbeispiele sehr gelungen.« Sie sagte nichts darüber, welche Arbeit es für sie gewesen war, auf die Schnelle die Mäntel und Hirtengewänder zusammenzusticheln.

»Und was ist mit den anderen?«

Ihr Blick glitt zu den Königen, und natürlich verstand sie, was er meinte. Wer einmal Simons Zeichnungen in der Hand gehabt hatte, wollte sich schwerlich zufrieden geben mit den groben Schnitten der *bozzetti*. Gerade bei den drei Weisen aus dem Morgenland fiel die missglückte Stoffwahl besonders ins Auge.

»Du sagst nichts.« Er fühlte sich bestätigt. »Ich wusste es. Weil du es genauso erbärmlich findest wie ich. Kann man so meine Handschrift erkennen, Marie? Man kann es nicht. Aber genau darauf ist der Fürstbischof erpicht!«

»Ihr müsstet ihm zuerst die Zeichnungen zeigen«, sagte Marie. »Und erklären, dass das andere nur ein Entwurf …«

»Wenn uns dafür keine Zeit bleibt! Es heißt, Dornheim sei

aufbrausend, schnell verstimmt. Wenn er nun unsere Krippe schon beim ersten Hinsehen verwirft?«

Simon holte aus, und für einen entsetzlichen Augenblick fürchtete sie, er würde seine Faust mitten in die Figuren schmettern. Aber seine Hand sank kraftlos wieder herab.

»Ich könnte es ihm nicht einmal verdenken. Schau dir doch nur die Heilige Familie an!« Jetzt klang er wirklich verzweifelt. »Am besten sind noch Ochs und Eselin gelungen, aber die anderen! Ein Manteljosef, wie man ihn schon hundertmal gesehen hat. Eine Mariengestalt, so grob geschnitzt, dass man sie nur erahnen kann. Und dieses klumpige Etwas in der Krippe ...«

Marie legte ihm die Hand auf den Arm.

»Du bist überarbeitet, Simon. Du brauchst dringend eine Pause, dann wirst du alles wieder mit anderen Augen sehen. Ihr könnt jetzt nichts mehr ändern. Der Entwurf steht – präsentiert ihn so dem Fürstbischof, wie er ist, und hört euch erst einmal an, was er dazu zu sagen hat.« Sie lächelte. »Vielleicht hat er tatsächlich das eine oder andere zu kritisieren. Und wenn schon! Dann bessert ihr eben nach. Ich bin sicher, alles wird gut. Ein wenig solltest du deinem Vater schon vertrauen. Schließlich hat Veit viel Erfahrung!«

Simon wandte sich ab, suchte in einer Kiste nach weichen Lappen.

»Wo steckt er eigentlich?«, fragte er.

»Im *Löwen*. Mit Harlan Pacher. Die beiden wollten etwas besprechen.«

Wenn es denn wirklich Pacher war – und nicht seine dralle, geile Frau, schoss es ihm durch den Sinn. Simon sah sie an, und Marie gab den Blick zurück, arglos, voller Freundlichkeit.

Manchmal hatte er sie so gern, dass es fast schmerzte.

Wie eine große Schwester war sie für ihn, eine Freundin, manchmal sogar eine Mutter, obwohl nur wenige Jahre sie voneinander trennten. Marie war das Beste, was der Familie

Sternen jemals hatte passieren können, davon war er überzeugt. Niemand durfte ihr wehtun. Vor allem nicht Veit. Verletzte sein Vater dieses Gebot, würde er es mit ihm zu tun bekommen.

»Magst du nicht einen kleinen Spaziergang mit mir machen?«, schlug Marie vor. »Die Luft ist so lau. Und du könntest auf andere Gedanken kommen.«

»Nimm lieber Selina mit«, sagte Simon. »Ich hab noch zu tun.«

Selina blieb dem kleinen Mädchen auf der Spur. Lenchen führte sie zur Otterfrau, Lenchen führte sie zu Lenz. Inzwischen war sie wieder zu den anderen in die Mühle zurückgekehrt. Von der Unteren Brücke aus hatte Selina beobachtet, wie sie mit den Größeren das alte Gebäude verlassen und wieder betreten hatte.

Meistens trug sie das rote Häubchen, was es leicht machte, sie auch in dichterem Gedränge zu verfolgen. Toni schien sie zum Betteln anzuleiten. Lenchen wartete neben ihm, bis er auf den Domstufen gesungen hatte. Dann schickte er sie herum, um Münzen einzusammeln.

Und immer war Lenz irgendwo in der Nähe.

Lenz, den sie nur noch aus sicherer Entfernung betrachten konnte. Der ihr Herz noch immer schneller schlagen ließ.

Während Selinas Sehnsucht wuchs, begann eine Idee in ihr zu reifen. Zunächst hatte sie sie vor sich selber als Hirngespinst abgetan, als etwas Verrücktes, das sich niemals umsetzen ließe. Manchmal nahm sie sogar die neue Tafel heraus, die Marie für sie gekauft hatte, ohne über den Verlust der anderen ein Wort zu verlieren, und schrieb ein paar Zeilen. Aber es war nicht mehr wie früher. Ihre Buchstaben wirkten auf einmal wie Gekritzel, beinahe, als ob die neue Tafel ihr den Gehorsam verweigerte. Selina hätte sie am liebsten weggeworfen und sich die alte zurückgeholt, doch wie hätte sie das anstellen sollen? In die Mühle jedenfalls würde sie nie mehr freiwillig einen Fuß setzen.

Je mehr sie über ihre Idee nachdachte, je öfter sie über den alten Plänen grübelte, die sie Pankraz Haller abgeluchst und anschließend abgepaust hatte, desto zuversichtlicher wurde sie. Das konnte die Lösung sein! Wenn sie die Bande dorthin führte, mussten sie sie endlich als vollwertiges Mitglied aufnehmen.

Nicht einmal Kuni würde sich dieser Offerte verschließen können. Jetzt galt es nur noch, den richtigen Zeitpunkt abzupassen. Es schadete nichts, noch ein bisschen zu warten, damit die hässliche Szene zwischen ihnen in Vergessenheit geriet. Andererseits drängte alles in ihr, das Warten so schnell wie möglich zu beenden.

Aber sie konnte die Zeit benutzen, um weitere Informationen zu sammeln. Pankraz schien mehr als erfreut über ihr Interesse und erteilte bereitwillig jede Auskunft. Auch Marie machte keine Schwierigkeiten mehr, seit sie wusste, dass ihr Vater Selina unter seine Fittiche genommen hatte.

Die Sache mit dem Felsenkeller lief also, darüber musste sie sich den Kopf nicht weiter zerbrechen. Doch was sie nach wie vor ratlos machte, war die Otterfrau.

Welche Verbindung gab es zwischen ihr und dem Vater?

War sie nur eines jener vielen Weiber, die für ihn entbrannt waren? Aber wenn es sich tatsächlich so verhielt, weshalb versuchte sie dann nicht, in Kontakt mit ihm zu treten?

Selina hatte Ava inzwischen lange genug beobachtet, um zu wissen, dass sie es nicht tat. Andererseits war jene Szene auf dem Markt, die jetzt schon so lange zurücklag, wie eingebrannt in ihr.

Wie er sie angesehen hatte! Und sein Lächeln!

Nicht einmal Marie sah er so an.

Eigentlich hätte diese Beobachtung sie froh stimmen können. Aber so war es nicht. Ganz im Gegenteil. Marie kannte sie. Sie wusste, was sie von ihr zu halten hatte. Marie stellte keine Bedrohung für ihre Stellung beim Vater dar – sie war einfach nur störend und lästig.

Die andere aber war ihr fremd. Von ihr wusste sie nichts. Und damit war sie umso gefährlicher.

Ava musste sie also weiterhin im Visier behalten. Für heute, wo es bereits dämmerte und die Mücken immer emsiger stachen, konnte sie ihren Beobachtungsposten guten Gewissens verlassen. Aber vielleicht musste sie einmal im Schutz der Nacht wiederkommen, um mehr zu erfahren.

Ihr Bauch sagte ihr, dass es sich lohnte. Bislang hatte dieses Gefühl sie noch niemals getrogen.

Über kurz oder lang würde die Otterfrau sich verraten. Und Selina endlich erfahren, ob ihre schlimmsten Befürchtungen zutrafen.

Simon ließ den Lappen sinken. Der penetrante Geruch des Leinöls erfüllte die Werkstatt, und plötzlich wurde ihm übel. Er hatte sich an die Regeln gehalten, die Oberfläche zuerst zart und danach fester überrieben, aber was war das Ergebnis?

Aus stumpfen *bozzetti* waren lediglich glänzende *bozzetti* geworden!

Er ließ den Lappen fallen, ging zur Hobelbank. Der Größe nach geordnet lag sein Werkzeug vor ihm – verschiedenste Eisen, Geißfüße, Ziehklingen, als hätte alles nur auf ihn gewartet.

Er wandte sich zum Zeichentisch, schlug die Mappe auf. Das Gesicht des ersten Magiers sah ihn an: Melchiors Greisenantlitz, in dem das Wissen über Freude und Leid eines ganzen Menschenlebens steckte.

Und dort drüben stand der plumpe *bozzetto*, ohne Aussage, ohne Charakter!

Simon hatte schon den Zirkel in der Hand, als ihm bewusst wurde, was er tat. Aber nun gab es kein Zurück mehr. Die Proportionen hatte er rasch auf das Holz kopiert. Zwei, drei weitere Öllampen anzünden, um es heller zu haben, das war die einzige Unterbrechung, die er sich noch gönnte. Er wählte das passende Eisen aus.

Die ersten Schläge. Die Späne flogen. Er musste kaum die Zeichnung zu Hilfe nehmen, so präzise arbeiteten seine Hände. Aus dem Holz schälte sich nach und nach Melchiors Gesicht heraus.

Als er die Hände viel später wieder sinken ließ, rauschte es in seinen Ohren. Er stellte die Figur ab, trat einen Schritt zurück. Jetzt lebte sie, sah wach aus, wissend. Dieser Mann hatte die anderen Weisen zum Jesuskind geführt, als ältester und weisester der Könige.

Seine Kehle brannte, und er spürte eine Spannung in seinem Körper, die kaum auszuhalten war. Er stellte den veränderten *bozzetto* zu den anderen, fegte die Späne auf, ordnete die Eisen, die er verwendet hatte, legte sie zurück zu den anderen.

Durch das geöffnete Fenster strömte warme Nachtluft. Simon holte die kleine Kiste aus dem Versteck, in der er sein Gespartes aufbewahrte, nahm ein paar Münzen heraus und steckte sie ein.

Dann verschloss er die Türe und ging.

Eine Weile ließ er sich treiben, scheinbar ziellos. Der warme Abend hatte nicht nur ihn nach draußen gelockt. Es zog ihn zum Fluss, wo sich manchmal die jungen Burschen versammelten, aber heute war die Stelle unter der Brücke verwaist.

Für ein Badehaus war es schon zu spät. Nach den neuen Sittengesetzen hatten sie lange vor Sonnenuntergang zu schließen. Doch es gab noch einen anderen Ort, nicht weit entfernt von St. Martin, wo der Weihbischof gegen die Druten wetterte.

Von außen unterschied das Haus nichts von den benachbarten. Aber Simon wusste, dass man die schmale Treppe hinaufgehen und den Klopfer im ersten Stock betätigen musste. Er war schon einmal hier gewesen. Auch wenn er die Erinnerung daran am liebsten aus seinem Gedächtnis gelöscht hätte. Doch heute fühlte er sich so allein, dass ihm jede Gesellschaft recht war.

Es dauerte eine Weile, bis geöffnet wurde.

»Komm herein!« Die Frau mit den grellen Locken lächelte geschäftsmäßig. »Du warst schon einmal bei uns?«

Sie schien ihn wieder zu erkennen!

Simon spürte, wie das Blut in seinen Kopf schoss und die Erregung, die er den ganzen Abend über gespürt hatte, abrupt verebbte. Manchmal hasste er sein forderndes Glied. Aber er wusste schon lang, dass er zum Mönch nicht taugte.

»Ja. Aber das ist schon eine Weile her.« Wie ein Idiot hatte er sich damals gefühlt, ein Versager, der nicht vermochte, was alle anderen konnten.

»Ein Fehler, wie du sehr rasch erkennen wirst. Es lohnt sich, regelmäßig vorbeizuschauen. Denn bei uns gibt es ständig Neues zu entdecken.« Sie musterte ihn unverhohlen. »Bestimmte Vorlieben, junger Mann?«

Er blieb stumm. Sie hatte ihn nicht erkannt, sonst hätte sie anders reagiert.

»Dann lass es mich mal versuchen: Soll sie jung sein, alt? Klein? Kräftig oder lieber dünn …«

»Jung«, sagte er rasch. »Und eher zart gebaut.«

Sie schien einen Augenblick zu überlegen.

»Hilla«, sagte sie dann. »Du magst rotes Haar?«

Er nickte.

»Auch, wenn es erst wieder am Nachwachsen ist?« Sie zuckte die Achseln. »Ein Läusebefall von der allerübelsten

Sorte! Uns blieb leider nichts anders übrig – leider! Dafür ist sie jetzt sauber wie ein Säugling.«

»Egal. Wo ist sie?«

»Da hat es einer aber eilig! Hast du Geld? Unser Haus ist nicht gerade billig.«

»Natürlich.« Simon klopfte gegen seine Hosentasche. »Willst du es sehen?«

Sie lachte wieder.

»Nicht nötig. Du hast ein ehrliches Gesicht. Ich glaube dir. Das regelt ihr unter euch. Dann viel Vergnügen!«

Anfangs lief alles gut. Hilla war anziehend, mit einem eleganten, schmalen Kopf, den der hellrote Flaum noch unterstrich. Als sie nackt vor ihm stand, sah er, dass ihre Brüste mädchenhaft waren, die Hüften schmal. Ein makelloses, rundes Gesäß. Von hinten hätte man sie ohne weiteres für einen hübschen Jungen halten können, ein Gedanke, der ihn erregte.

Er ließ zu, dass sie ihm die Hosen abstreifte. Sie weigerte sich, ihn zu küssen, begann aber gekonnt sein Glied zu reizen. Er spürte, wie seine Lust wuchs, und schloss die Augen. Vielleicht klappte es dieses Mal. Vielleicht erhielt er heute endlich die Gewissheit, dass ihn nichts von anderen Männern unterschied.

Simon öffnete die Augen.

Es war plötzlich kühl geworden. Sie berührte ihn nicht länger.

»Ist das alles, was du willst?«, sagte sie. »Das kannst du auch von einer Jungfrau haben – aber das hier nicht!« Hilla hatte die Schenkel weit gespreizt. Ihre rasierte Scham entblößte alles. »Sieh her. Das Tor zum Paradies. Und du hast den Schlüssel dazu! Worauf wartest du noch?«

Er versuchte krampfhaft, nicht hinzusehen. Sie roch schal, mit einem Anflug ins Ranzige. Wenig hätte gefehlt, und er hätte sich auf der Stelle übergeben.

»Wieso machst du nicht weiter wie zuvor?«, fragte er gepresst und wusste im gleichen Moment, dass die Gelegenheit vertan war. »Mach weiter, Hilla, bitte! Sonst müsste ich …«

Ihre mageren weißen Schenkel schnappten zusammen.

»Moment, Moment – willst du etwa dein Geld zurück?« Sie setzte sich auf, verschränkte kampfeslustig die Arme. »So läuft das nicht bei mir. Bezahlt ist bezahlt!«

»Behalt das Geld. Das ist es nicht.«

Jede Erregung war dahin. Simon fühlte sich erbärmlich.

»Was ist es dann? Gefall ich dir nicht?« Sie erinnerte ihn an ein keifendes Marktweib. »Oder sind es andere Dinge, die du eigentlich möchtest?« Vergeblich strengte Hilla sich an, verlockend zu wirken. In Simons Ohren klang jetzt alles abstoßend. »Verrat sie mir! Komm schon, mein Hübscher! Wir beide können doch über alles reden …«

Ihr geschminkter Mund kam ihm riesig vor. Die Brüste mit den hellen Spitzen schienen ihn feindselig anzustarren. Aber am allerschlimmsten erschien Simon dieser klaffende Schoß, der alles verschlingen wollte …

Blindlings griff er nach seinen Kleidern.

»Du willst abhauen?«, rief sie. »Auch gut – Schlappschwanz, elendiger!«

Irgendwie gelang es ihm, sich halbwegs anzuziehen, während weitere Tiraden auf ihn niederprasselten. Die rettende Türe fest im Blick, machte er einen großen Schritt.

»Du bist ja nicht einmal ein richtiger Mann!«, giftete sie ihm hinterher.

Dann war er endlich in Sicherheit.

Toni wusste, dass es den Teufel gab. Und ebenso, dass er vielerlei Gestalt annehmen konnte. Die Nonnen im Seelhaus hatten unzählige Geschichten darüber gewusst. Er hatte zugehört, scheinbar aufmerksam. Neues hatten sie ihm nicht erzählt.

Er kannte den Teufel, seit er ein kleines Kind war.

Seinen Vater hatte er zum Saufen und Huren verführt, bis er eines Tages ganz weggeblieben war und sie im Stich gelassen hatte; seiner armen Mutter hatte er bald darauf den Tod gebracht.

Das Wichtigste war, sich nicht täuschen zu lassen. Denn der Teufel lauerte auf seine Beute, scheinbar geduldig, in Wahrheit voller Hinterlist. Bis er bekam, was er wollte, zog er alle Register. Lockte, schmeichelte, versprach das Blaue vom Himmel. Dass er sich nun als junger Herr mit Samtwams und Barett präsentierte, der freundlich seine außergewöhnliche Stimme lobte, überraschte Toni nicht weiter.

Auch nicht, dass er ihn schon in St. Martin gesehen hatte, vor einiger Zeit, wo der magere schwarze Prediger von der Kanzel gegen die Druten gewettert hatte. Wahrscheinlich war es keinem anderen als ihm zu verdanken, dass man sie im letzten Augenblick in die Messfeier getrieben hatte, anstatt sie wie sonst mit ihren paar erbettelten Kupferstücken abziehen zu lassen. Die anderen hatten nichts davon hören wollen, als er damit angefangen hatte.

Auch gut. Sie ließen sich vielleicht vom Teufel hinters Licht führen – Toni nicht.

Deshalb hatte er auch zu singen begonnen, der beste Schutz gegen alles Böse, wie die Nonnen ihm bestätigt hatten. Sein Lied hatte die Herzen der Menschen erreicht und das Bittere zerstört, das der schwarze Mann von der Kanzel in sie hineingeträufelt hatte. Keine Frage, dass er in irgendeinem Zusammenhang mit dem Teufel stand!

Auf jeden Fall waren die beiden jetzt hinter ihm her. Und er musste sich etwas einfallen lassen, um ihnen zu entkommen.

»Da bist du ja«, hatte der Teufel heute gerufen. »Warte! Ich will nur mit dir reden!«

Er sah so freundlich dabei aus, dass Toni beinahe schwach geworden war. Aber nur beinahe.

»Siehst du den Mann dort drüben?« Ein Zischen zu Lenchen.

»Den mit dem Hut?«

»Das ist ein Barett. Der Mann ist die Ausgeburt der Hölle. Nimm deine Beine in die Hand und lauf!«

Ihn kriegte keiner so leicht. Das hatten schon andere erfahren dürfen, die nicht wussten, dass sie in Toni einem Meister des Abhauens begegnet waren. Ein zähes Häuflein Mensch, das hatte lernen müssen, sich seinen Teil zu sichern, um zu überleben.

Deshalb hatte Toni auch beschlossen, den Spieß umzudrehen. Anstatt sich vom Teufel jagen zu lassen, verfolgte er nun heimlich ihn. Allerdings wurde dieses Abenteuer bald langweilig. Tagelang schien der Teufel nur zwischen dem Haus am Markt, wo er untergekommen war, St. Martin und der Wohnung des schwarzen Predigers zu pendeln. Einmal nur hatte er sich in den Unteren Sand verirrt und dort auf der Straße mit einem buckligen Mann lautstark gestritten.

Toni nahm sich vor, in Zukunft noch mehr auf der Hut zu sein. Seit er Lenchen zum Singen mitnahm und sie das Geld einsammeln ließ, war es einfacher für ihn geworden. Bislang war seine Strategie bestens aufgegangen. Kaum sah er den Teufel kommen, rannten sie auch schon davon. Toni konnte wirklich stolz sein: Seit der ersten Begegnung war es Beelzebub nicht mehr geglückt, ihn zu erwischen.

Allerdings lebte er seitdem in ständiger Wachsamkeit. Und die forderte ihren Preis. Tagsüber mochte er alles unter Kontrolle haben, doch nachts verhielt es sich anders. Manchmal schoss der Teufel in Tonis Traum, packte und schüttelte ihn, bis seine Seele herausflog wie eine kleine weiße Feder. Dann hörte er hohles Gelächter und kam beinahe um vor Angst. Im schlimmsten seiner Alpträume hatte er dünne, eiskalte Finger um seine Kehle gespürt, die so unbarmherzig zudrückten, bis ihm eine blaue Zunge heraushing und Toni für immer verstummte.

Schreiend war er erwacht, nass vor Furcht. Später hatte er erwogen, Lenz ins Vertrauen zu ziehen, es dann aber lieber doch bleiben lassen.

Sein großes Vorbild hatte sich irgendwie verändert. Immer still, immer abwesend, als ob ihm der Kopf weggeflogen und nur noch eine leere Kugel auf den Schultern zurückgeblieben sei. Wann hatte er Lenz eigentlich zum letzten Mal lachen hören?

Es war so lang her, dass Toni sich kaum noch daran erinnern konnte. Außerdem hatte Lenz seit neuestem ein Flattern im linken Auge, das ihn ebenfalls irritierte. Ob diese Taube daran schuld war, die Kuni aus der Mühle vertrieben hatte? Vielleicht hatte der Teufel sie auch nachts heimgesucht und malträtiert, bis sie schließlich ihr Gehör verloren hatte.

Toni nahm sich vor, auch das so schnell wie möglich herauszubekommen.

Sie schwitzten, obwohl die Ladung nicht schwer war, aber der alte Karren, auf den sie die in Sackleinen gehüllten Figuren geladen hatten, war einfach zu schwerfällig.

»Morgen früh fliegt er in die Regnitz! Ich hab die Nase endgültig voll.«

Veits Haar war feucht von Schweiß. Er fürchtete um sein neues Wams, das unter den Achseln scheuerte. Auch Simon trug sein bestes Gewand: lederne Beinlinge, ein weißes Hemd, ein Wams aus grünem Tuch, Stulpenstiefel.

»Wir müssen uns nicht so hetzen«, sagte er, weil ihn beunruhigte, wie ungesund sich das Gesicht des Vaters gerötet hatte. »Wir sind gut in der Zeit. Und ohne uns können sie nicht beginnen!«

»Solange du nur deinen Galgenhumor behältst«, brummte Veit Sternen, wurde aber doch langsamer, bis er auf der Brücke schließlich stehen blieb. »Siehst du die Palisaden?«

»Natürlich«, sagte Simon. »Was ist mit ihnen?«

»Sie kommen mir noch höher vor als sonst. Meinst du, sie haben sie aufgestockt?«

»Keine Ahnung«, sagte Simon. »Einer feindlichen Armee würden sie trotzdem nicht standhalten. Lass uns weitergehen. Ich möchte, dass wir die Angelegenheit endlich hinter uns bringen.«

Sie klopften an das Tor.

»Vater und Sohn Sternen?«, fragte der spitznasige Frater im Kapuzinerhabit, der ihnen schließlich öffnete.

»Das sind wir. Und wir bringen ...«

»Seine Exzellenz erwartet Euch. Folgt mir!«

Sie durchschritten lange Gänge, in denen schwere Kommoden standen und an deren Wänden vergilbte Porträts dunkel gekleideter Geistlicher hingen. Schließlich mussten sie mit ihrem Karren über das unebene Pflaster eines mit Weinlaub berankten Innenhofes holpern.

»Ob das unseren Figuren nicht schadet?« Veit Sternen hielt inne und überprüfte, ob alles noch an seinem Platz war. »Stell dir vor, wir bauen die Krippe auf, und etwas ist abgebrochen!«

»Wir sind gleich da«, sagte der Frater. »Der Fürstbischof hat Euch freundlicherweise das Gartenzimmer zur Verfügung gestellt. Dort könnt Ihr Euch ausbreiten.«

Es blieb ihnen keine Zeit, sich im berühmten Lustgarten des Schlosses näher umzusehen. Im Vorübergehen fiel Simon nur das Vogelhaus auf und die Orangerie, deren Glastüren geöffnet waren. Sofort hatte er wieder die Düfte des Südens in der Nase.

Nicht einfach, sich danach wieder ganz auf die Gegenwart zu konzentrieren.

Der Raum, in den sie schließlich kamen, war mit Marmorplatten ausgelegt, die ihn angenehm kühl hielten, und glich eher einer Halle als einem Zimmer. Ein Kreuzrippengewölbe gliederte die Decke. Seine Kappen waren über und über mit farbigen Ranken bedeckt, in denen sich Vögel und Grotesken versteckten, während an den Wänden Jagdmotive prangten. An der Südseite hatte man einen riesigen Tisch aufgestellt.

»Ich lass Euch jetzt allein. Beeilt Euch. Der Fürstbischof hasst es zu warten.«

Blicke und ein paar gemurmelte Worte genügten Veit und Simon, um sich zu verständigen. Nicht lange, und alles war genauso, wie sie es zu Hause in der Remise ausgetüftelt hatten. Das schräge Sonnenlicht kam ihrer Anordnung zugute. Die Strahlen illuminierten die Heilige Familie in der Geburtsgrotte auf geradezu magische Weise.

»Jetzt müsste er kommen!« Simon war einen Schritt zurück getreten und beäugte alles kritisch. »Wir haben Glück, Vater! Selbst die Stoffe sehen in dem Licht nicht mehr so grässlich aus.«

»Du willst doch damit nicht etwa sagen, dass ich vielleicht Recht gehabt haben könnte?« Veit gab ihm einen freundschaftlichen Klaps.

Simon grinste.

Plötzlich war die Anspannung zwischen ihnen verschwunden, die sie beide in letzter Zeit so gelähmt hatte. Was immer auch geschehen mochte, es war ihr gemeinsames Werk, und jeder hatte dazu beigetragen, was ihm möglich gewesen war.

Die Türe zum Garten ging auf. Keller kam herein, sichtlich in Eile.

»Wo bleibt Ihr denn?«

»Gute Frage«, sagte Simon. »Wir hatten alle Hände voll damit zu tun, unsere Krippe aufzubauen. Der Fürstbischof ...«

»Erwartet Euch unter den Arkaden. Beeilt Euch, denn ...«

»... er hasst es zu warten«, vervollständigte Veit. »Gehen wir also!«

Kies knirschte unter ihren Sohlen, als sie die schnurgeraden Wege beschritten. Überall sorgfältig gestutzte Rabatten, kunstvoll angelegte Blumenbeete. In der Mitte erhob sich eine Fontäne aus einem sechseckigen Brunnen, der mit skurrilen Figuren bestückt war, doch sie näher zu betrachten fehlte die Zeit. Es war noch immer so drückend, dass sie erleichtert waren, den Schatten des Arkadengangs zu erreichen.

»Seid willkommen!« Fuchs von Dornheim reichte Veit und Simon seinen Ring zum Kuss. »Ich kann Euch gar nicht sagen, wie gespannt ich bin. Aber zuvor muss ich Euch unbedingt noch mein jüngst erworbenes Lieblingsobjekt zeigen.« Er deutete auf eine große Messingscheibe mit zahllosen Skalen, Beschriftungen und Einkerbungen. »Habt Ihr solch ein Wunderwerk schon einmal gesehen?«

Simon schüttelte den Kopf, während Veit näher kam und das Gebilde eingehend studierte.

»Ja«, sagte er schließlich. »In Neapel. Das ist allerdings schon eine ganze Weile her. Meines Wissens ein Instrument, das man auch für die Seefahrt einsetzt.«

»Ihr seid in der Tat ein welterfahrener Mann.« Der Fürstbischof klang ernüchtert. »Ja, das stimmt. Aber es ist beileibe nicht seine einzige Funktion. Man kann damit ebenso die astrologischen Häuser bestimmen wie die Polhöhe vermessen oder die Fixsterne positionieren. Der ganze Kosmos liegt einem damit zu Füßen! Es gibt so gut wie nichts, was mein Astrolabium nicht vermag. Aber wir wollen dazu lieber den Spezialisten hören. Magister Keller, wenn ich bitten darf!«

Keinen schien wirklich zu interessieren, was Damian Keller viel zu ausführlich von sich gab, am wenigsten Friedrich Förner, der ungeduldig von einem Fuß auf den anderen trippelte. Simon fiel auf, dass er heute deutlich manierlicher als beim letzten Mal aussah. Haupthaar und Bart waren frisch gestutzt, und die matt glänzende Soutane, die er trug, sah nagelneu aus. Nur an seinen Manieren schien sich nichts geändert zu haben.

»Das reicht!«, unterbrach er schroff. »Lasst uns endlich zur Sache kommen. Die Abendvesper naht. Ich werde in meiner Gemeinde gebraucht.«

»Gut«, sagte der Fürstbischof. »Dann unterbrechen wir für heute.«

Natürlich gebührte es dem Hausherrn, als Erster den Gartensaal zu betreten, aber zu Veits und Simons Überraschung ließ er Förner den Vortritt.

Schließlich standen alle vor der Krippe.

»Es gibt ein paar wichtige Punkte, die wir gern vorab geklärt hätten«, sagte Veit, nachdem er sich ausgiebig geräuspert hatte. Die Kehle war ihm plötzlich eng geworden. Er hoffte, dass seine Stimme ruhig klang, dass seine Worte überzeugend genug wirkten. »Das betrifft vor allem die Zeichnungen, die wir hier in der Mappe …«

»Später!«, unterbrach ihn Fuchs von Dornheim. »Lasst erst dem Auge sein Recht. Der Mund mag später dazukommen.«

Eine Weile blieb es still. Veits Herz schlug so laut, dass er fürchtete, jeder im Raum würde es hören. Simons Gesicht war weiß und verschlossen.

»Nun«, sagte der Fürstbischof schließlich, »das, was wir hier sehen, ist gewiss eine sehr eigenwillige Interpretation!«

»Eigenwillig?« Förner runzelte die Stirn. »Wieso so zurückhaltend? Wo das Thema ganz offensichtlich verfehlt wurde!«

Veit und Simon Sternen tauschten einen beklommenen Blick.

»Mein Bruder in Christo ist streng, wie immer! Aber ich sehe die Dinge mit milderem Blick.« Fuchs von Dornheim umrundete bereits zum zweiten Mal den Tisch. »Lasst uns etwas ins Detail gehen! Was mir gefällt, ist die sternförmige Anordnung. Man ahnt sofort, wohin sie führt – direkt ins Zentrum des Geschehens. Allerdings«, er hatte einen der Hirten aufgenommen, betrachtet und wieder abgestellt, »gibt es durchaus einiges, was mich irritiert. Habt Ihr nicht bei unserem letzten Treffen von den unvergesslichen Bildern des Südens gesprochen, die in Euch wohnen? Hier kann ich nirgendwo etwas davon entdecken! Ich vermisse die klare Aussage, das einfache Leben. Diese Figuren sind …«

»… nichts als eine Anhäufung von Eitelkeit! Das soll christliche Schnitzkunst sein?« Förners Lippen verzogen sich verächtlich. »Wenn ja, dann muss der Teufel persönlich Euch den Beitel geführt haben!«

»Der Teufel war niemals in unserer Werkstatt«, sagte Simon ruhig. »Darauf könnt Ihr meinen Eid haben. Stattdessen haben wir während unserer Arbeit immer wieder Gott um Hilfe und Unterstützung angerufen. Was Ihr hier seht, Exzellenz, sind lediglich *bozzetti*. So nennt man Modelle, die in wenigen Schnitten andeuten, wie die fertigen Figuren später einmal aussehen werden.«

»Eine Art Skizze also?«

»Ganz genau, Exzellenz«, sagte Veit. »Damit es leichter für Euch wird, sich das Endergebnis vorzustellen, haben wir an einigen Exemplaren schon mal mit Stoffen gearbeitet …«

» … wohlwissend, dass auch das nur eine Übergangslösung sein kann«, fiel Simon unterstützend ein. »Das Beste konnten wir aus Zeitgründen noch nicht beschaffen. Aber wir werden es tun, seid da ganz gewiss!«

»Das setze ich voraus. Denn meine Krippe soll und muss die schönste und prächtigste weit und breit sein.« Fuchs von Dornheim hatte angefangen, mit seinem Pektorale zu spielen. »Das habe ich mir als Ziel gesetzt. Und meinen Zielen bleibe ich treu. Kümmert Euch also um das Notwendige.«

»Natürlich.« Veit deutete eine Verneigung an. »Wird umgehend erledigt. Wenn Ihr jetzt vielleicht einen Blick auf die Zeichnungen werfen wollt?« Er öffnete die Mappe.

»Sie stammen alle von Euch?« Der Fürstbischof sah Simon an, nachdem er sie durchgeblättert hatte.

»Ja, Exzellenz. Wie Ihr es gewünscht habt. Und an diesem König hier«, er hielt ihm die Figur des Melchior entgegen, »könnt Ihr Euch davon überzeugen, wie die Ausarbeitung ausfallen wird.«

Fuchs von Dornheim nickte bedächtig.

»Genauso habe ich es mir vorgestellt, wenngleich ich das Flair des Südens noch immer etwas vermisse ...«

Die Tür flog auf.

»Sie kommen, Exzellenz!«, schrie der Kapuzinerpater mit hochrotem Kopf. »Sie haben Fackeln in der Hand. Und das Gebrüll – hört Ihr es? Es müssen Hunderte sein!«

»Wovon redest du?«

»Menschen. Männer, Frauen, die halbe Stadt. Sie verlangen, dass Ihr den Druten auf der Stelle den Garaus macht. Sie wollen sie brennen sehen. Alle! Weil sie die Ernte verdorben haben. Nicht nur der Weizen und der Roggen, auch der ganze Hopfen ...«

»Wozu haben wir erst jüngst den Zaun erhöht? Wir sind doch hier in Sicherheit, oder etwa nicht?«

»Macht Euch da keine Illusionen! Dem Feuer hält das junge Holz nicht lange stand. Diese Menschen scheinen zu allem entschlossen. Niederbrennen werden sie ihn und anschließend das Schloss stürmen!«

Förner hielt die Augen geschlossen. Seine Hände waren gefaltet. Um seinen Mund lag ein siegesgewisses Lächeln.

»Endlich!«, flüsterte er. »Wie lange habe ich darum gebetet. Ich danke dir, mein guter Herr, dass du mein Flehen erhört hast!«

Immer lauter wurde das wüste Rufen und Schreien. Vereinzelt waren geistliche Lieder zu hören, die allerdings mehr gegrölt als gesungen wurden.

»Was sollen wir tun?« Der Fürstbischof wandte sich erregt an Keller. »Die Kanonen zünden und auf sie schießen? Oder uns zurückziehen? Aber wohin? Auf den Domberg kommen wir nicht mehr. Und das Rathaus … ebenfalls zu spät! So redet doch, Keller! Was sagen die Sterne?«

»Wie ich Euch schon zuvor sagte, Exzellenz! Jupiter steht im vierten Haus, während Saturn und Mars als Paar das zehnte Haus beherrschen …«

»Genauer, Keller! Der Pöbel wird kaum in der Laune sein zu astrologischen Spitzfindigkeiten!«

»Das Volk gewinnt, während der Regent in dieser Sache schlechte Karten hat.« Keller verneigte sich. »Bedaure, Exzellenz, aber Ihr wolltet eine unmissverständliche Antwort. Anders formuliert: Nur wenn Ihr jetzt die Demut zum Nachgeben habt, könnt Ihr aus dieser Angelegenheit als Sieger hervorgehen!«

»Ich soll also tun, was sie verlangen?«, fragte Fuchs von Dornheim. »Das rätst du mir?«

»Ich fürchte, das ist das Gebot der Stunde.« Keller war nicht anzusehen, was er persönlich davon hielt.

»Und unsere Krippe, Exzellenz?«, wagte Veit einen Einwand. »Sollen wir sie …«

»Schweigt! Was fällt Euch ein, mich jetzt damit zu behelligen! Seht Ihr nicht, dass eine Revolte droht? Und mein Leben in Gefahr ist? Nehmt Eure Holzfiguren und verschwindet, aber schnell!«

Mit fliegenden Händen machten Simon und Veit sich ans Einpacken. Sie waren schon im Garten, als Simon einfiel, dass sie die Zeichnungen vergessen hatten. Er rannte noch einmal zurück, um sie zu retten.

Fuchs von Dornheim hatte sich inzwischen an Förner gewandt.

»Bist du nun zufrieden, Friedrich? Das, was sich da draußen abspielt, ist doch dein Werk. Aber du sollst wissen, dass du mir persönlich dafür bürgst. Für alles, was ab jetzt geschieht, werde ich dich zur Verantwortung ziehen.«

»Es ist Gottes allmächtiger Wille allein …«

»Schweig!«, unterbrach er ihn, »und gib Acht, dass du dich nicht gegen Seinen heiligen Namen versündigst. Kein anderer als du hat das Feuer entfacht. Nun sieh zu, wie du es wieder löschen kannst!«

Nun, da womöglich alles verloren war, zog es Veit zu ihr. Blindlings stolperte er am Ufer entlang, unfähig, darauf zu achten, wohin er seine Füße setzte.

Was Simon wohl davon halten würde?

Er hatte ihn mit dem Karren nach Hause geschickt, ohne sich eine fadenscheinige Ausrede für Marie auszudenken. Natürlich würde sie misstrauisch werden und wieder Fragen stellen. Aber daran wollte er erst morgen denken.

Irgendwann blieb er stehen.

Neben ihm erhob sich ein schlanker, unbelaubter Hollerbaum, der viele dunkle Dolden trug. Das Licht der Mondsichel verlieh ihm etwas Unwirkliches. Menschen, die sterben, nisten sich in den Wänden der Häuser oder in den Wipfeln der Bäume ein. Francesca hatte oft davon gesprochen. Er wusste nicht, warum ihm ausgerechnet jetzt ihre Worte wieder einfielen. Vielleicht, weil Marie immer behauptete, sie spuke in der Kammer. Energisch schob er die Gedanken beiseite und ging weiter.

Nicht weit entfernt lag das Haus. Als er die sorgfältig aufgehängten Netze sah und den großen Räucherofen, wusste Veit, dass er am richtigen Platz angelangt war. Die Haustüre war offen. Er trat ein, ohne anzuklopfen.

Ob sie ihn immer noch erwartete?

Alter Narr, schalt er sich selber. Wahrscheinlich weiß sie nicht einmal mehr, wer du überhaupt bist.

Dennoch war die Enttäuschung groß. Nirgendwo eine Spur von Ava. Nur ein flüchtiger Duft, den er mit ihr verband.

Er verließ das Haus und hielt sich nach kurzem Zögern flussabwärts. Langsam setzte er Fuß vor Fuß, bis er plötzlich auf etwas Helles stieß. Ein Kleid! Vielleicht war sie doch in der Nähe.

Er ließ sich am Ufer nieder, zog die Schuhe aus und streckte die Füße in den Fluss. Die Kühle des fließenden Wassers war angenehm, vertrieb die Hitze des Tages, die schlechten Gefühle, die Angst.

Ein Keckern. Dann Wellenschlagen.

Den Otter entdeckte er zuerst. Reka schwamm auf dem Rücken, entblößte seinen silbrigen Bauch. Als er Veit bemerkte, stutzte er, dann vollzog er eine elegante Rolle und schwamm direkt auf ihn zu.

Er schnupperte an seiner Hand wie ein neugieriger Welpe. Die sanfte Berührung kitzelte Veit.

Ava ließ sich ans Ufer treiben.

»Schleien sind aus«, war das Erste, was sie sagte. »Du hast zu lang gewartet.«

»Ich weiß. Und inzwischen weiß ich auch, wie falsch es war.«

»Weshalb hast du es dann getan?«

Sie streckte ihm ihre Hände entgegen, er zog sie ans Ufer. Sie setzte sich neben ihn, ohne Anstalten zu machen, ihre Blöße zu bedecken.

»Ich war feige. Und krank – die Gicht. Alles steif. Ich konnte meine Hände nicht mehr bewegen. Alles hat mir wehgetan. Ich hab den Tod gespürt.«

»Und jetzt spürst du ihn nicht mehr?«

»Doch«, sagte Veit. »Und ich fürchte mich noch immer vor ihm. Aber viel schlimmer, als zu sterben, wäre doch, nicht gelebt zu haben, meinst du nicht?«

»Bist du deshalb hier? Mein Haus und der Fluss sind kein Platz für Feiglinge.«

Er nickte.

»Man muss dich nur ansehen, dann weiß man Bescheid.«

»Gib mir mein Kleid!«

Er reichte es ihr, und ihre Hände berührten sich dabei flüchtig. Seine Finger waren grober geworden, steifer. Ava konnte die Verdickungen fühlen. Etwas wie Rührung überkam sie. Er hatte gelitten. Und er hatte sich dafür geschämt. Vielleicht war er deshalb so lang verschwunden gewesen.

»Es gibt ein paar gute Mittel dagegen …«

Veit berührte sanft ihren Mund.

»Sag es nicht«, sagte er. »Deswegen bin ich nicht hier.« Er deutete zum dunklen Fluss, wo man Reka nur erahnen konnte.

»Ach, das meinst du – Otterfett!« Ihr frisches Lachen hatte etwas Ansteckendes. »Das ist doch nur etwas für Abergläubische. Oder für Idioten. Gegen das Reißen hilft es kein bisschen. Aber es reicht als Vorwand dafür, diese wundervollen Geschöpfe zu jagen und zu töten.«

Sie rückte ein Stück ab.

»Was ist mit dir?«, sagte Veit.

»Nichts. Ich muss mich nur erst daran gewöhnen. All die Zeit warst du nur in meinen Träumen – und jetzt bist du plötzlich da. Was ist geschehen? Es muss doch etwas passiert sein, was dich veranlasst hat zu kommen.«

»Ja«, sagte er. »Eine ganze Menge. Aber das erzähle ich dir ein anderes Mal.«

»Und was erzählst du mir heute?«

Er zog sie an sich. Avas Wange rieb kurz an seinem Wams, sie öffnete die Lippen und sog seinen Geruch ein. Sie spürte, wie er über ihre Zunge rollte. Alles in ihr wurde weich. Ich sehne mich, dachte sie. Ich hatte vergessen, dass ich mich so sehr nach ihm sehne.

»Du musst mit mir schwimmen«, murmelte sie.

»Ja«, sagte Veit. »Ganz bestimmt. Aber nicht heute Nacht. Komm – wir haben schon so viel Zeit verloren!«

Er zog sie hoch. Sie machte sich schwer, aber es schien ihn nicht zu stören. Es tat gut, sich an ihn zu lehnen.

»Du kennst mich doch gar nicht«, sagte sie. »Du weißt nichts von mir.«

»Genau das versuche ich gerade zu ändern.« Seine Hände waren auf ihrem Hintern, ihrem Rücken, ihren Hüften. Dann spürte sie den Druck seiner Hand im Nacken.

Er küsste sie. Seine Lippen waren warm und fest.

»Du bist nicht der Einzige«, sagte Ava. »Das solltest du wissen. Es gibt andere. Besonders einen ...«

»Was spielt das jetzt für eine Rolle?« Veit hielt sie fest umschlungen. »Was zählt, ist der Augenblick. So lange will ich schon bei dir sein. Und endlich bin ich es!«

Sie küssten sich wieder. Innig, vertrauter. Als seien beide nach einer langen Reise zu Hause angekommen.

Plötzlich spürte Ava ein leichtes Zupfen an ihrem Kleid. Zuerst glaubte sie, sie habe es sich nur eingebildet, aber es kam wieder, ungeduldiger. Fester.

Sie löste sich von Veit. Mit großen Augen sah Lenchen zu ihnen auf.

»Ich bin allein.« Die Unterlippe zitterte. »Und ihr seid zu zweit. Ich hab so viel weinen müssen. Aber jetzt will ich nicht länger traurig sein!«

Sie brachen im gleichen Augenblick in Lachen aus.

»Dann komm!«, sagte Ava, gab die eine Hand Lenchen und

die andere Veit. Das Mädchen schien plötzlich zu zögern, dann aber drückte sie sich Schutz suchend gegen Avas Knie. »Komm mit, ins Haus! Heute Nacht wird nicht mehr geweint, meine Kleine!«

Selinas Kehle brannte, und sie musste sich ans Buschwerk klammern, um einen Halt zu spüren.

Das also war das Geheimnis der Otterfrau!

Lenz' Worte, die sie so harmlos von seinen Lippen gelesen hatte, klangen auf einmal höhnisch in ihrem tauben Ohr. Er hatte längst Bescheid gewusst.

Lenchen ist wie ihr Kind.

Lenchen *war* ihr Kind. Und Veit Sternen der passende Vater dazu!

Deshalb war er so oft nicht zu Hause. Deshalb gab es noch keine Stiefgeschwister im Hause Sternen – weil längst schon ein Bastard im roten Häubchen in der Stadt herumlief!

Lenchens Alter stimmte. Und alles andere fügte sich plötzlich ineinander wie Steinchen in einem Mosaik. Wie hatte sie nur so lange blind sein können?

Wo die Dinge doch sonnenklar auf der Hand lagen!

Plötzlich hatte Selina beinahe so etwas wie Mitleid mit Marie. Die Stiefmutter musste ahnungslos sein, sonst hätte sie sich die ganze Zeit über anders verhalten. Ahnungslos wie sie selber. Bis eben.

Sie atmete heftig. Ihr Kopf war auf einmal so schwer, als wäre er mit Wasser gefüllt. Wie eine reife Melone, kurz vor dem Platzen. Dieser Verrat – das würde sie dem Vater heimzahlen! Und seiner Brut dazu! Er hatte bereits eine Tochter.

Wozu in aller Welt brauchte er eine zweite?

Sie sehnte sich nach Ruhe und Kühle. Nach einem Platz, der ihr ganz allein gehörte. Wo niemand sie stören konnte.

Und sie all ihre Wünsche aufsteigen lassen konnte wie schillernde Seifenblasen – zusammen mit der ungeheuren Wut, die sie in sich spürte.

Es gab einen Ort, der all diese Voraussetzungen erfüllte. Den Schlüssel dazu besaß Pankraz Haller.

Wenn sie es schaffte, ihn an sich zu bringen, konnte sie unbemerkt zurück in den Felsenkeller – so oft sie wollte.

Zweites Buch

Weißer Mond

Fünf

Simon hatte Bamberg verlassen. Er war unterwegs nach Italien, auf einer Stute, die sie nach zähen Verhandlungen auf dem Viehmarkt zu Zeil gekauft hatten. Veit Sternen glaubte zwar, entschieden zu viel für das Pferd bezahlt zu haben, während Marie, die sich gleich beim ersten Anblick in das Tier mit dem rotbraunen Fell und der blonden Mähne verliebt hatte, den Preis für durchaus angemessen hielt.

»Ich bin überzeugt, dass sie ihn sicher über die Alpen und wieder zu uns zurück bringen wird. Lucie hat Erfahrung und ein sanftes Wesen, sie ist kräftig und gesund. Und man kann sie als Packpferd bestens verwenden.«

Angestrengt hatte sie es vermieden, auf die Reste des Scheiterhaufens am Rand des Marktplatzes zu schauen. Ein Pfahl ragte in den blauen Spätsommerhimmel, an dem sich ein Stück Sackleinen eingebrannt hatte. Trotz des sonnigen Wetters liefen ihr Kälteschauer über den Rücken. Nichts hatte sie auf diesen Anblick vorbereitet, nicht einmal die hässlichen Gerüchte, die in Bamberg inzwischen die Runde machten.

Offenbar hatte sich keiner bislang die Mühe gemacht aufzuräumen. Oder man hatte zur Abschreckung absichtlich alles so belassen. Zwei Frauen hatten hier den Tod gefunden, an zwei aufeinander folgenden Tagen, eine betagte Großmutter die erste, ein blutjunges Ding die andere. Gestorben aber waren sie verblüffend ähnlich. Ganz Zeil redete noch im Flüsterton davon. Die beiden hatten ihre Unschuld beteuert und schreiend alles widerrufen, was man ihnen an Geständnissen unter der Folter abgepresst hatte. Unter Verwünschungen gegen ihre Peiniger waren sie in den Flammen erstickt.

»Da spricht die echte Kennerin! Und weshalb sollte uns der Viehjud bei deinen glänzenden Augen mit dem Preis auch weiter entgegenkommen?«

Marie reagierte zornig. »Ich bin mit Vaters Pferden aufgewachsen und schon als Mädchen geritten. Außerdem kenne ich mich mit Geschäften aus. Stell dir vor, Veit, nicht nur du hattest ein Leben vor mir!«

Er schwieg, wieder einmal, und Marie wünschte, sie hätte weniger heftig gesprochen. Aber in letzter Zeit verlor sie rasch die Fassung. Vielleicht lag es daran, dass sie befürchtete, Veit immer weniger zu erreichen. Seit er allein arbeitete, schien er mehr in der Werkstatt zu leben als zu Hause. Manchmal fiel er erst neben ihr ins Bett, wenn sich das Morgenlicht schon zeigte, und blieb auch den ganzen Tag über tief in Gedanken versunken.

Doch selbst wenn sie zusammen waren, überkam sie oftmals ein Gefühl der Leere. Dann war es, als nage ein Giftzahn an der kostbaren Eischale, die ihre Welt umschlossen hielt. Die Risse, die längst entstanden waren, spürte sie körperlich. Veit redete mit ihr, er berührte sie, aber wo war dabei sein Kopf?

Und wo vor allem sein Herz?

Konnte sein Verhalten doch etwas zu tun haben mit jener Ava, die der Stoffhändler erwähnt hatte? Marie verwarf den Gedanken wieder, obwohl dieser Name auf seltsame Weise in ihrem Gedächtnis haften geblieben war. Veit hatte bestritten, sie näher zu kennen. Außerdem hatte sich ihr Francescas Spottgesicht schon länger nicht mehr in der Stille der nächtlichen Kammer gezeigt.

Es nützte ohnehin nichts, weiter in Veit zu dringen. Offenkundig wollte er nicht verraten, was ihn so sehr beschäftigte, jedenfalls nicht ihr. Weder sprach er über seine Angst vor einem neuerlichen Gichtausbruch noch über seine Sorgen wegen der ungewissen Zukunft der Krippe. Eigentlich wusste sie nicht einmal, was bei der Präsentation in Schloss Geyerswörth genau passiert war. Auch Simon war nicht bereit gewesen, ihr eine zufrieden stellende Beschreibung zu geben, und so hatte Marie sich notgedrungen eine eigene Version der Ereignisse zurechtgezimmert.

Festzustehen schien, dass Weihbischof Förner gegen die Figuren der beiden gewettert hatte und den Fürstbischof damit angesteckt haben musste. Dazu kam der Fackelmarsch gegen die Druten, der die angespannte Situation zusätzlich verschärfte. Und es war wohl erneut zu einem Streit zwischen Vater und Sohn gekommen, so Maries Mutmaßung.

Wie sonst ließe es sich erklären, dass Veit die ganze Nacht fortgeblieben war und erst am Vormittag hohläugig und ohne sein bestes Wams zurückkehrte, während Simon konsequent schwieg?

Am meisten schien Selina darunter zu leiden. Herauszubringen war wie gewöhnlich nichts aus ihr, aber Marie waren die wütenden Blicke nicht entgangen, mit denen sie Veit seit neuestem bedachte. Auffällig mied sie seine Nähe, wandte den Kopf zur Seite, wenn er ihre Wange streicheln wollte, und betrat nie die Werkstatt, wenn er darin arbeitete. Marie schrieb all das einer noch schwierigeren Phase als sonst zu, in der das Mädchen sich offenbar befand. Sonst hätte man fast glauben können, sie habe plötzlich Anlass, ihren über alles geliebten Vater zu hassen.

Irgendwann waren sie unter einigen Mühen zu dem zurückgekehrt, was man Alltag nennen konnte, wenngleich Selina sich mehr denn je von der Familie absonderte. Rastlosigkeit schien sie erfasst zu haben, stärker als jemals zuvor. Morgens verschwand sie aus dem Haus, ohne zu sagen, wohin, und kehrte erst zurück, wenn es dunkel wurde, schmutzig, mit Schrammen an Händen und Beinen, über die sie ebenso beharrlich schwieg.

Veit und Simon bewegten andere Sorgen. Eines Abends setzten sie sich zusammen, um zu beratschlagen, wie sie den

Auftrag doch noch retten konnten. Die Teller waren abgetragen; die Göhlerin versorgte die Küche, bevor sie sich auf den Heimweg machte. Marie hatte sich Hanf und Werg vorgenommen und arbeitete am Rumpf verschiedener Krippenfiguren. Keiner schien etwas dagegen zu haben, dass sie zuhörte. Und so war schließlich sie es gewesen, die eine Reise nach Italien als rettende Idee in die Waagschale geworfen hatte.

Veit führte viele Gründe an, warum er nichts von dieser Idee hielt, aber als ihm schließlich die Argumente ausgingen und Simon zu reden begann, wurde schnell klar, dass es die beste Lösung war.

»Was haben wir zu verlieren? Der Fürstbischof hat es offenbar mit der Krippe nicht mehr allzu eilig. Ihn zu drängen erschiene mir sinnlos. Betrachte es doch einmal von der anderen Seite: Dadurch haben wir ein ganzes Stück Zeit gewonnen. Also macht es nichts, wenn ich eine Weile als Arbeitskraft in der Werkstatt ausfalle.«

Auch Veits Einwand, es sei zu spät im Jahr, um noch nach dem Süden aufzubrechen, wusste er zu entkräften.

»Der Brennerpass ist sogar im Winter begehbar, und wenn es einmal doch zu stark schneit, dann muss ich eben eine Pause einlegen. An der Stoffbörse in Verona werde ich bekommen, was uns noch fehlt. Und falls nicht, so wäre es nicht einmal bis Prato zu weit. Außerdem kann ich mich bei dieser Gelegenheit bei den Krippenschnitzern in Brixen umsehen. Wir müssen Neues wagen, Vater, etwas, das ihn wirklich überzeugt! Sonst werden wir bei Fuchs von Dornheim auf Dauer nicht gewinnen können.«

»Und du glaubst wirklich, du könntest bei diesen Gebirglern das finden, was der Fürstbischof für den ›Duft des Südens‹ hält?«

Es erstaunte Marie, dass er so zögerlich war, so voller Bedenken. Simon dagegen antwortete ungeduldig.

»Immerhin gelten sie als Meister der Tierschnitzerei. Vielleicht finde ich in ihrer Arbeit Anregungen, um unsere Szenen noch lebendiger zu gestalten. Es geht um den Austausch, Vater. Jeder, der reist, kommt mit frischen Ideen zurück.«

»Manchmal kann eine weite Reise auch eine Flucht sein, Simon. Und wenn es tatsächlich so wäre, dann wüsste ich gerne, wovor du wegläufst.«

Es hatte keine Antwort darauf gegeben, nur eine rasche, verlegene Geste Simons, die Marie sehr nachdenklich machte. Er trug etwas mit sich herum, lange schon, und sie hatte keine Ahnung, was es war. Nie hatte er auch nur die leiseste Andeutung gemacht. Dafür reichte sein Vertrauen, auf das sie stets so stolz gewesen war, offenbar nicht aus.

Er fehlte ihr – und nicht nur ihr. Ohne ihn wirkte Veit verloren, und Selina ging umher wie eine Schlafwandlerin. Selbst die kantige Verschlossenheit, die Simon an den Tag legen konnte, wenn ihm etwas nicht passte, vermissten sie auf einmal. Zu viert hatten sie trotz aller Gegensätzlichkeit eine Einheit gebildet, zu der jeder seinen Teil beigetragen hatte. Seit Simon fort war, war sie zerstört – und jeder von ihnen damit schutzloser als zuvor.

Die meisten fühlten sich unbehaglich, wenn sie überraschend zu einer Audienz nach Schloss Geyerswörth gerufen wurden. Josef Grün schien nicht dazuzugehören. Der alte Jesuit wirkte gelassen. Nicht einmal die lange Wartezeit, bis man ihn endlich vorließ, schien ihm etwas auszumachen. Er nutzte die Zeit für eine seiner Konzentrationsübungen und erfreute sich anschließend am Rosen- und Dahlienschmuck des frühherbstlichen Gartens, auf den er von seinem Fenster im ersten Stock einen ausgezeichneten Blick hatte.

»Pater Grün? Seine Exzellenz der Fürstbischof lassen bitten!«

Kein Zeichen des Erstaunens, dass ihn ausgerechnet der Hofastrologe in das Audienzzimmer führte. Und auch nicht, dass Damian Keller keinerlei Anstalten machte, es anschließend wieder zu verlassen, sondern sich wie ein Wächter neben der Türe postierte.

Fuchs von Dornheim saß an einem Schreibtisch, den Löwenfüße zierten. Vor ihm, auf der makellos polierten Tischplatte, lagen verschiedene Papiere.

»Ihr wisst, weshalb ich Euch habe rufen lassen?«

»Ich bin überzeugt, ich werde es gleich erfahren.«

Eine Handbewegung, die ihn aufforderte, gegenüber Platz zu nehmen. Der Pater setzte sich auf den harten Stuhl und wartete.

»Es gibt Aufruhr in unserer Stadt«, sagte der Fürstbischof. »Die Menschen machen die Druten für die Schäden in Feld und Flur verantwortlich. Es wirkt wie ein gerechter Zorn. Es spricht sogar einiges dafür, dass sie Recht haben könnten mit ihren Anschuldigungen. Aber nun verlangen sie eine Hexenjagd – von mir, ihrem Fürsten. Und schon die Kirchenväter wussten, dass jeder Aufruhr stets den Keim des Bösen in sich birgt.«

Grün neigte seinen schmalen Kopf.

»Wo Feuer ist, da ist für gewöhnlich auch Rauch. Und Ihr habt jemanden hier, der kräftig einschürt, Exzellenz.« Er machte eine kleine, wirkungsvolle Pause. »Mit Eurer vollen Einwilligung, wie ich doch annehmen darf?«

»Weihbischof Förner? Er hat sein Leben nun mal der Beseitigung der Hexensekte geweiht. Und er weiß schlagkräftige Argumente anzuführen, denen man sich nur schwerlich entziehen kann. Genau zu diesem Punkt würde mich Eure Meinung interessieren.«

»Theologische Spitzfindigkeiten überlasse ich grundsätzlich den Spezialisten. Ich bin nur ein einfacher Lateinlehrer, nichts weiter.« Seine Hände unterstrichen gestenreich, was er soeben gesagt hatte.

»Und das ausgerechnet von einem wie Euch, der jahrelang in der Neuen Welt gelebt hat? Der den Dschungel kennt und Wilde furchtlos missioniert hat? Manche Bescheidenheit, verehrter Pater, ist nichts als verkappter Hochmut!«

»Ihr kennt die Regeln unseres Ordens, Exzellenz. Wir Jesuiten gehen dorthin, wo wir gebraucht werden. Demütig. Ohne nach Gründen zu fragen.«

»Dann will ich deutlicher werden. Natürlich bin ich dafür, dem Drutenpack das Handwerk zu legen. Aber ich möchte, dass es dabei zu keinerlei Überhitzungen kommt, versteht Ihr? Und erst recht zu keiner Revolte. Schließlich haben wir Gesetze. Beamte. Prozessordnungen. Alles soll legal geschehen.«

»Dann hättet Ihr vielleicht schon bei den Hexenkommissaren damit beginnen sollen. Schließlich ist Dr. Vasoldt überall bekannt für ...«

»Ich kenne Vasoldt! Aber an seiner Bestellung ist nun nichts mehr zu ändern, zumindest nicht in nächster Zeit. Doch mir liegt sehr daran, diesem Gremium eine andere Kraft entgegenzusetzen. Jemanden, der mit der heiklen Materie bestens vertraut ist. Jemanden, der furchtlos durchgreifen kann, ohne dabei Gefahr zu laufen, sich in Leidenschaften und Fanatismus zu verstricken. Jemanden, der die hiesigen Gegebenheiten kennt. Jemanden schließlich, der jung genug ist, um noch nicht unter meinen Vorgängern gedient zu haben, die eine entgegengesetzte Politik verfolgten.«

»Da fragt Ihr ausgerechnet mich?« Die Hände hatten ihr Spiel wieder aufgenommen.

»Ihr seid sein alter Lehrer. Und der Einzige, der weiß, wo Adam Thies sich aktuell befindet.«

Grüns Blick glitt über die dunkel tapezierten Wände, die prachtvollen Gemälde, die goldenen Kandelaber. Dann schaute er ruhig den Fürstbischof an, bevor er antwortete.

»Adam hat sich zu Exerzitien zurückgezogen. Zu ausführlichen Exerzitien. Auf seinen persönlichen Wunsch hin. *Und* mit ausdrücklicher Empfehlung der Ordensleitung. Wem wäre damit gedient, wenn er sie vorzeitig unterbräche?«

»Uns allen. Denn jetzt ist nicht die Zeit für Fasten und stille Einkehr.« Dornheims Gesicht, das langsam rot anlief, verriet seine innere Erregung. »Also: Wo steckt er?«

»Er hat Schweres hinter sich, das solltet Ihr nicht vergessen. Seine Seele braucht Ruhe. Besinnung. Die Hexenprozesse in Köln haben ihn viel Kraft gekostet ...«

»Er ist jung. Er hat sich längst wieder erholt. Außerdem ist Thies ein Kind dieser Stadt. Und hätte die Kirche ihm in jungen Jahren nicht wohltätig unter die Arme gegriffen, er würde im *Löwen* noch immer das Bier seines Vaters zapfen. Alles, was er heute ist, verdankt er uns.« Sein Tonfall bekam etwas Drohendes. »Keiner sollte seine Herkunft vergessen. Und wem er was schuldet – keiner!«

Eine Weile blieb es still.

»Es ist lange her, Exzellenz, dass jemand mich an meine jüdische Herkunft erinnert hat.« Jetzt lagen Grüns Hände ganz ruhig im Schoß. »Im Orden sind *conversos* wie ich so selbstverständlich, dass man es über all den Tagesgeschäften manchmal fast vergisst. Aber was ich nie vergesse, ist, woher ich komme. Und wem ich Dankbarkeit schulde.«

»Den Ort, Grün! Wo finde ich Thies?«

Josef Grün war langsam aufgestanden.

»Er hat mein Versprechen, ihn nicht zu verraten«, sagte er. »Gleichgültig, wer nach ihm fragt. Und daran halte ich mich. Aber ich kann mich mit der Ordensleitung in Verbindung setzen, wenn Ihr es wünscht. Ihr bekommt die Antwort, Exzellenz, sobald ich sie in Händen halte.«

Eine leichte Verneigung. »Gelobt sei Jesus Christus!«

Er ging zur Tür, ohne Keller eines Blicks zu würdigen, und war verschwunden.

Fuchs von Dornheim starrte ihm hinterher.

»Nun, was sagst du zu diesem Exemplar?«, fragte er schließlich.

Keller kam langsam näher.

»Eines der interessantesten Horoskope, das ich je in Händen halten konnte. Zu schade nur, dass wir nicht seine Geburtsstunde wissen! Aber nach allem, was ich eben gesehen und vor allem gehört habe, steht der Aszendent für mich ohnehin fest. Ich darf doch einmal ganz kurz, Exzellenz?«

Er zog die Zeichnung unter einem Stapel anderer Papiere hervor, die sie verdeckt hatten.

»Eindeutig Wassermann! Diese Freiheit im Denken, der Mut, diese ... Ihr verzeiht! ... strahlende Unverschämtheit, das kann nur der Wassermannaszendent. Und das Starke, das Beharrende, das muss die Stiersonne sein. Seht Ihr, Exzellenz? Hier! Dazu kommt ein Merkur im dritten Haus, das bedeutet ...«

»Meinst du, er schafft ihn her?«, unterbrach ihn der Fürstbischof. »Wird er kommen?«

»Thies? Ich bin ganz sicher, er wird nicht wagen, sich Euch zu widersetzen!«

»Und wenn doch?« Fuchs von Dornheim war aufgestanden und schaute zum Fenster hinaus. »Wenn doch, und mein schönes Bamberg am Ende in Rauch und Flammen aufgeht?«

Es blieb ein Traum, ein schwebender, atemloser Zustand, wie sie ihn niemals zuvor erlebt hatte, und jedes Mal, wenn Ava erwachte und den Platz neben sich leer fand, überfiel sie die Angst, sie sei unwiederbringlich daraus erwacht.

Dann musste sie schnell etwas tun, um sich Veits Gegenwart zurückzuholen. Die Nase in das Wams pressen, das sie ihm gleich am ersten Abend abgeluchst hatte, und seinen

Geruch einatmen. Die Hände auf ihre Brüste legen und sich vorstellen, es wären seine. Die Augen schließen und sich in Erinnerung rufen, was er gesagt hatte – und was er nicht mehr hatte sagen können, weil ihre Küsse ihn zum Schweigen gebracht hatten.

Feierlich und fröhlich waren ihre gemeinsamen Nächte, voller Lust und fast schüchterner Zärtlichkeit zugleich, als rührten sie beide an etwas Zerbrechliches, das sich in Luft auflösen würde, wenn sie nicht sorgsam damit umgingen. Es glich der Reise in ein neues Land, in dem es viel Unbekanntes zu erforschen gab, und erinnerte gleichzeitig an eine Heimkehr, so sicher und vertraut fühlte es sich an. Wenn er sie berührte, reagierte ihr Körper sofort, nahm ihn auf, als sei er ein Teil von ihr, aber Ava vergaß keinen Augenblick, wie fremd sie sich noch immer waren.

Worte spielten keine große Rolle dabei. Manchmal kam es Ava sogar vor, als seien Worte ihre einzigen Feinde, weil sie das Draußen in ihre verzauberte Welt trugen. Drinnen gab es Blicke, Gesten, Liebkosungen. Veit kannte das leise Seufzen ihres Atems. Er wusste, dass sie im Schlaf stöhnte oder fremdartige Laute vor sich hin murmelte, dass ihre Arme ständig in Bewegung waren, als wollten sie ihr Gesicht, ihren Leib schützen. Wenn sie aufschrie, weil sie wieder einmal vom Feuer geträumt hatte, streichelte er die wulstige Narbe an ihrem linken Bein, und sie wurde ruhiger. Gefragt, was dies alles zu bedeuten habe, hatte er Ava noch nicht. Sie würde es ihm erzählen, eines Tages, wenn die Zeit dafür gekommen war.

Sie vergaß zu essen, konnte kaum noch schlafen. Fing tausenderlei verschiedene Dinge an, um plötzlich mittendrin abzubrechen und mit offenen Augen vor sich hinzustarren. Etwas Fiebriges hatte sich ihrer bemächtigt, das sie nicht mehr zur Ruhe kommen ließ – bis sie endlich wieder seine Stimme hörte, seinen festen Schritt, der sein Kommen ankündigte.

Sie war nicht immer froh darüber, manchmal fühlte sie sich wie gefangen. Ava war es nicht gewohnt, dass ein Mensch ihr Denken und Fühlen derart beherrschte, und es gab Tage, da nahm sie Veit diese unsichtbare Okkupation regelrecht übel. Ihn schlafen zu sehen liebte sie dagegen. Sie setzte sich im Schein der Öllichter im Bett auf, um ihn ausführlich zu betrachten.

Diese unterschiedlichen Farben seines Körpers!

Eine Landschaft, die Ava inzwischen auswendig kannte. Das Ocker der Hände und Unterarme, bedeckt mit zartem dunkelblondem Flaum, jäh kontrastierend gegen das milchige Weiß der Lenden, das dagegen umso nackter wirkte. Die schwarze, gekräuselte Linie, die vom Nabel nach unten lief und sich zum lockigen Dreieck verbreiterte. Heller davor sein Geschlecht, das ihr wie kaum etwas anderes die menschliche Sterblichkeit und Verletzlichkeit bewusst machte. Wenn Veit neben ihr schlief, konnte Ava ihn nie länger ansehen, ohne dass sich ihre Augen mit Tränen füllten.

Dennoch fühlte sie sich stark und sicher wie selten zuvor. Etwas Strahlendes ging von ihr aus, das sie umhüllte wie eine zweite Haut. Sie verströmte Kraft und Weiblichkeit, eine Wärme, die jeden in ihren Bann zog.

Bastian Mendel war kaum noch aus dem Haus zu bekommen, nachdem er seinen Fang bei ihr abgeliefert hatte.

»Heuer möchte ich dich zum Fischertanz führen, Ava«, brachte er schließlich hervor. Seine Hände nestelten am Hemd, so aufgeregt war er. Ihr fiel auf, dass Haar und Bart frisch geschnitten waren. Sogar eine Jacke mit bunten Bändern hatte er sich zugelegt, wie sie sonst nur eitle Stutzer trugen. »Bis Kirchweih dauert es zwar noch ein Weilchen, aber ich hätte deine Zusage am liebsten heute schon.«

»Wir beide, Bastian?« Sie lächelte, denn sie mochte ihn zu gern, um ihn zu verletzen. »Unter all deinen Zunftgenossen? Die zerreißen sich doch sowieso schon das Maul darüber, woher meine Fänge stammen! Nein, weißt du, ich glaube, das wäre keine besonders gute Idee.«

»Und weshalb nicht?« Er klang wie ein trotziger Junge.

»Du kennst die Antwort. Lass uns Freunde bleiben, wie wir es immer waren. Das ist besser für uns!«

Mathis hielt sich fern, und Ava war erleichtert, dass es so war. Ab und an träumte sie von ihm, wilde, raue Nachtgesichte, in denen er außer sich geriet, weil er sich hintergangen fühlte. Beim Erwachen musste sie daran denken, was geschehen würde, träfen er und Veit in ihrem Haus wirklich aufeinander. Wortgefechte? Eine Rauferei? Oder würde solch ein Zwischenfall den Wilderer für immer aus ihrem Leben vertreiben?

Es wird nicht geschehen, machte sie sich dann Mut. Und wenn doch, werde ich schon das Richtige sagen und tun.

Selbst Fremde schienen die Veränderung zu bemerken. Männer blieben stehen, wenn sie ihr begegneten, schauten ihr nach oder riefen ihr Scherze hinterher. Kinder liefen zu ihr, erzählten etwas, wollten gestreichelt oder auf den Arm genommen werden. Nicht einmal das seltsame Mädchen mit den zornigen Augen und den dunklen Locken irritierte sie wirklich, das sich immer wieder mal am Fluss zeigte und zu ihr herüber starrte.

Was sie wohl von ihr wollte?

Vielleicht war sie in Not, suchte ihre Hilfe und hatte noch nicht den Mut, sie darum zu bitten. Ava wusste, eines Tages würde sie vermutlich doch kommen. So, wie die vielen, vielen anderen vor ihr gekommen waren.

Aber es gab auch weniger erfreuliche Reaktionen. An einem regnerischen Markttag erschien Agnes Pacher. Die Frau, die ihr mit Konsequenzen gedroht hatte.

Ava bekam zu spüren, was sie damit gemeint haben könnte, als die Pacherin sich in all ihrer raschelnden Pracht vor dem Stand aufbaute, ein paar geräucherte Hechte aufhob, daran roch und sie mit angeekelter Miene wieder zurücklegte.

»Wer weiß schon, was da dran ist?« Ihre Stimme war durchdringend genug, um Neugierige aufhorchen zu lassen. »Mandragora? Bilsenkraut? Vielleicht sogar eine Prise Menschenasche? Wer im Schutz der Nacht Hexenkräuter braut, den sollten am helllichten Tag die Büttel vom Markt jagen!«

»Was macht eigentlich dein Kleiner? Alles in Ordnung mit ihm?«, fragte Ava. »Zahnt er schon?«

Agnes' hübsches Gesicht wurde fahl. »Das würdest du nicht wagen!«, zischte sie. »Untersteh dich!«

Ava schien auf einmal sehr damit beschäftigt, ihre Forellen neu zu sortieren. Ihr Blick blieb dabei hartnäckig auf die Körbe gerichtet. Die Pacherin fühlte sich genötigt, ihre Taktik zu ändern.

»Du könntest mir noch immer entgegenkommen«, sagte sie, leise und deutlich freundlicher. »Du weißt schon, was ich meine. Dann wäre ich gern bereit, einiges zu vergessen.«

»Noch immer auf der Suche nach einem Liebeszauber?« Ava gab sich keine Mühe, ihre Stimme zu dämpfen.

»Nicht so laut! Du musst ja nicht gleich den ganzen Markt zusammenschreien! Also, was ist? Kann ich mit dir rechnen? Oder willst du weiterhin deine Kräutergeheimnisse für dich behalten?«

Avas braune Augen begegneten den wasserblauen von Agnes. Wut las sie darin. Enttäuschung. Aber auch Verzweiflung.

»Die Liebe ist ein Kind der Freiheit«, sagte sie. Plötzlich tat die andere ihr beinahe Leid. Aber Veit würde sie trotzdem nicht mit ihr teilen. Und einen Rüffel hatte sie allemal verdient. »Es gibt keinen Zwang, kein Rezept. Hat es niemals gegeben! Ist die Liebe vorüber, lässt sich nichts mehr daran ändern. Das ist das einzige Geheimnis, das ich kenne. Fang damit an, was du willst!«

Agnes wollte etwas antworten, aber sie kam nicht mehr dazu.

Lautstark hatte Kunis Bande inzwischen den Stand umringt.

»Da seid ihr ja!« Ava war erleichtert, als die Pacherin abzog. Natürlich hatte sie ihre Abschiedsgeste nicht übersehen, den ausgestreckten Mittelfinger der linken Hand, wütend gegen sie erhoben.

»Und wie laufen die Geschäfte?« Ava hatte die Kinder in ihrem Liebesglück nicht vergessen. Sie waren nur für eine Weile in den Hintergrund gerückt.

»Gar nicht so übel«, sagte Toni stolz. »Lenchen und ich sind ein prima Gespann. Ich singe, und sie sieht dabei so verhungert aus, dass viele Mitleid bekommen. Knauserig wie alte Pfeffersäcke sind sie zwar nach wie vor, aber ab und zu fällt trotzdem etwas ab.« Er zog eine übertrieben weinerliche Grimasse. »Heute allerdings war es besonders wenig. Du hast nicht zufällig ein winziges Fischlein übrig?«

»Natürlich«, sagte Ava. »Dieser ganze Korb ist für euch bestimmt. Zwei Brote liegen auch dabei.«

Hungrig stürzten sie sich drauf und stopften, was sie nicht gleich verschlingen konnten, in ihre Beutel.

»Es ist schön in der Mühle.« Kaspars Mund glänzte vor Fett. »Außerdem hat Lenz versprochen, mir einen Drachen zu bauen. Aber ich muss noch warten, bis die Herbstwinde richtig wehen. Dann lassen wir ihn zusammen steigen.«

»Lenz hält bei weitem nicht alles, was er verspricht.« Kuni leckte sich jeden Finger einzeln ab. Den Rest verrieb sie auf ihrem Rock. »Daran solltest du dich beizeiten gewöhnen. Auch wenn du sein kleiner Bruder bist.«

Der große Junge warf ihr einen scharfen Blick zu, sagte aber nichts. In den letzten Wochen war Lenz ein auffälliges Stück gewachsen. Trotz der knochigen Schultern wirkte er plötzlich erwachsen.

»Und meine Kleine?« Ava legte ihre Hand sanft auf die rote Haube. »Wie geht es dir?«

»Gut, aber ich will wieder zu dir«, flüsterte Lenchen. »Und zu Reka. Aber nur, wenn der Mann nicht da ist.«

»Weshalb?«, sagte Ava überrascht. »Magst du ihn nicht?«

Lenchen presste die Lippen aufeinander.

Sie kannte ihn. Sie hatte ihn mit ihrer Mutter im Badehaus gesehen. Er hatte sie geküsst und lachend auf seinen Schoß gezogen, ganz ähnlich wie er Ava küsste und umarmte. Aber das würde sie ihr nicht verraten.

»Ich muss dir noch etwas erzählen.« Mit wildem Gestikulieren strengte Toni sich an, Avas Aufmerksamkeit auf sich zu ziehen. »Ein Mann folgt mir. Aber bis jetzt hat er mich noch nicht gekriegt. Er hält sich für sehr schlau, doch ich weiß längst, dass es der Teufel persönlich ist ...«

»Jetzt fängt er schon wieder damit an!«, zeterte Kuni. »Du bist unerträglich, Toni! Kein Mensch will mehr deine Lügenmärchen hören – wann kapierst du das endlich?« Sie seufzte wie eine schwer geplagte Mutter. »Komm, wir müssen los.« Sie beugte sich näher zu Ava. »Wenn wir Glück haben, können wir die Hechtmühle vielleicht sogar über den Winter behalten. Dann müssen wir dir nicht zur Last fallen«, sagte sie halblaut. »Jetzt, wo du andere Dinge im Sinn hast.«

Ava ließ sich die Überraschung nicht anmerken.

Hatte Lenchen geplaudert? Sie war die Einzige, die Veit bei ihr gesehen haben konnte.

Ihr seid mir noch nie eine Last gewesen, wollte sie eigentlich entgegnen. Und falls es mir doch einmal zu viel wird, dann sage ich es euch. Aber sie tat es nicht. Zurzeit genoss sie ihr Alleinsein mehr denn je.

Sie zog Kuni enger heran.

»Wie steht es eigentlich mit unserem gemeinsamen Schwimmen?«, sagte sie ihr ins Ohr. »Es sind die allerletzten warmen Tage.«

»Du hast es nicht vergessen?« Kuni zog die Luft zwischen ihre spitzen Schneidezähne.

»Natürlich nicht. Was hältst du von heute Nachmittag?«

Kuni strahlte sie an.

Pankraz Haller hatte das Thermometer, das er einem Händler aus Pilsen abgekauft hatte, am Vorabend auf einem Fass im Felsenkeller abgelegt. Ein ovales Vorratsgerät aus Glas, gefüllt mit Weingeist, aus dessen Mitte ein langes, dünnes, oben geschlossenes Steigrohr aufragte.

Er nahm es und hielt seine Fackel dichter an die Skala. Die Temperatur war unverändert, seinem Gefühl nach aber, dem er bisher stets vertraut hatte, war es heute deutlich kühler als gestern.

Er klopfte an das Glas. Schüttelte es. Keine Änderung.

Außerdem wirkte es in seiner Hand so fragil, dass er kaum den Mut finden würde, es jemals beim Sieden einzusetzen. Was, wenn es trotz aller Zusagen zerbrach und das Gemisch von Wasser und Alkohol sich in das Bier ergoss? Und wer garantierte ihm überhaupt für die Reinheit der Ingredienzien, die irgendjemand zusammengegossen hatte?

Seine Freude über das neue Instrument war bereits bei der zweiten Anwendung erloschen. Unhandlich erschien es ihm, zu wenig ausgereift, um sinnvoll eingesetzt zu werden. Vielleicht war er doch zu voreilig gewesen, hätte lieber abwarten sollen, bis mehr und vor allem detailliertere Untersuchungen über seine Anwendungsmöglichkeiten vorlagen. Plötzlich reuten ihn die Taler, die er dafür bezahlt hatte, eine stattliche Summe, die sich auch gut anderweitig in der Brauerei hätte investieren lassen.

Pankraz haderte mit sich, als er weiterging, wie immer alles in seiner Nähe gründlich inspizierend. Aber er war ehrlich genug, um sich einzugestehen, dass es nicht nur am Thermometer lag.

Maries Gesicht konnte er nicht vergessen, obwohl sie wie immer alles getan hatte, um vor ihm zu verbergen, wie bedrückt sie wirklich war. Doch seine Augen ließen sich nicht hinters Licht führen. Er kannte sein Mädchen viel zu gut, um nicht zu wissen, was es bedeutete, wenn sie sich betont munter und zuversichtlich gab. Marie war zu stolz, um zu klagen, zu tapfer, um ihre Verletztheit zu zeigen. Dabei litt sie ganz offensichtlich unter Veits neu entbrannter Arbeitswut, fühlte sich zurückgesetzt, zu wenig beachtet.

Was für ein Idiot dieser Sternen doch war, eine Frau wie Marie so zu behandeln! Dass er die Krippe nur als Ausrede nahm, stand für Pankraz Haller längst fest. Bei einer seiner Audienzen in Schloss Geyerswörth war er zufällig Zeuge eines Gesprächs geworden, das der Fürstbischof mit seinem Sekretär führte.

»Kein übler Mann, dieser Meister Sternen«, sagte er zu Gabriel Hofmeister, der ihm Schriften von Förner brachte. »Wenngleich für meinen Geschmack ordentlich von sich eingenommen. Sein Junge gefällt mir da schon besser. Bin gespannt, mit welchen Ideen er aus Italien zurückkommt!«

»Und wenn er nichts mitbringt, müssen wir uns auch nicht sorgen; es gibt genügend andere, die liebend gerne die Arbeit übernehmen«, sagte der Sekretär. »In Würzburg soll es ganz ausgezeichnete Leute geben. Das hier sind übrigens die neuesten Predigten, Exzellenz. Monsignore Förner ersucht Euch um eine rasche Beurteilung. Er arbeitet rastlos, isst und trinkt kaum. Erst in den Morgenstunden ist er damit fertig geworden.«

»Das zu entscheiden bleibt immer noch Zeit. Wir wollen nichts überstürzen in diesen gottlosen Zeiten, wo der Pöbel sich schon anschicken möchte, dem Fürsten zu gebieten.« Fuchs von Dornheim warf nur einen kurzen Blick auf den dicken Packen. »Die ganze Nacht, habt Ihr gesagt? Die Druten lassen ihm offenbar nicht einmal mehr Ruhe zum Schlafen.«

Dann schien er sich plötzlich daran zu erinnern, dass Veit Sternen mit Pankraz Haller verwandt war.

»Euer Herr Schwiegersohn, wenn ich nicht irre? Sicherlich seid Ihr stolz auf ihn und seine Kunst!«

Mehr als ein knappes Nicken hatte Pankraz sich nicht abringen können. Und wäre es nicht um Marie gegangen, er hätte sehr wohl eine passendere Antwort parat gehabt.

»Ganz im Vertrauen: Ich zähle mehr auf Euer Bier als auf seine Holzfiguren. Eure Meisterschaft braucht Ihr mir nicht zu beweisen – die kann ich bei jedem Schluck schmecken. Bei ihm allerdings könnte ein wenig mehr von allem nicht schaden.«

Allein der Gedanke daran trieb Pankraz erneut den Schweiß auf die Stirn. Natürlich hätte er Marie davon erzählen müssen. Ihr diese Kritik an Veit zu verheimlichen kam ihm beinahe vor wie Verrat. Aber sein Mädchen hatte es schon schwer genug. Sollte er ihr auch noch Angst vor der Zukunft machen?

Wenn alles schief geht, kann sie jederzeit zu mir zurück, beruhigte er sein Gewissen. Das weiß sie, und das wird immer so bleiben. Bei mir wird es Marie an nichts fehlen.

Die Tröstlichkeit dieses Gedankens war süß, aber kurz. Denn Pankraz wusste, dass seine Tochter solch ein Angebot stets ablehnen würde. Und wenn er ganz ehrlich zu sich selber war, dann vermisste er sie nicht mehr so wie früher, seit Hanna nach dem Rechten sah.

Es gab wieder eine Frau im Haus. Er spürte es jeden Tag, und es gefiel ihm. Wenngleich er niemals vergaß, dass sie Geld für ihre Dienste bekam und es nach wie vor so einzurichten wusste, dass er sie nur selten zu Gesicht bekam. Warum das so war, wusste er nicht. Aber es genügte, um seine Phantasie anzuregen.

Hatte sie einen Liebhaber, der sie eifersüchtig bewachte? Gab es überhaupt einen Mann in ihrem Leben? Er schätzte sie auf Ende dreißig. Und wer Hanna Hümlin näher betrachtete, wer sah, wie sie sich bewegte, und hörte, was sie sagte, konnte sich kaum vorstellen, dass sie bislang wie eine Nonne gelebt hatte. Pankraz musste sich eingestehen, dass ihn diese Vorstellung erregte.

Oder verhielt es sich ganz anders und sie warf ihn in einen Topf mit Schneider, der ihr nur Bier versprochen hatte, damit er sie in Ruhe betatschen konnte? Der Gedanke brachte ihn gegen seinen Braugesellen auf.

»Braumeister?« Georg Schneider stand plötzlich vor ihm.

»Wo kommst du denn her?« Er hatte es tatsächlich fertig gebracht, ihn zu erschrecken.

»Direkt vom alten Stollen. Komm mit! Ich will dir etwas zeigen.«

Er folgte ihm durch die dunklen Gänge und musste dabei an Selina denken. Auch das Mädchen schien ihm verändert, war noch stiller, noch mehr in sich gekehrt. Keine Fragen mehr nach seinem Bier, kein fröhliches *nonno*, als er sie zuletzt gesehen hatte. Sie war aus dem Zimmer gerannt, kaum, dass er seinen Rock abgelegt hatte. Als vermeide Selina auf einmal, mit ihm allein zu sein.

»Da!« Schneider deutete auf den Boden. »Siehst du nichts?«

»Fußspuren«, sagte Pankraz. »Und weiter?«

»Ja. Das ist richtig. Aber fällt dir nichts daran auf?«

»Was soll mir schon auffallen? Ziemlich klein sind sie, wie von einem ...«

»Geist!«, ergänzte Schneider triumphierend. »Sie war hier, diese Teufelsbrut! Die Steinerne Frau – im Dunkeln des Berges lauert sie auf uns. Denk doch nur an die Verwünschungen der Hümlin! Das ist der Anfang vom Ende, Braumeister.«

»Seit wann hinterlassen Geister Fußspuren?« Pankraz begann zu lachen. »Georg, Georg, irgendwann wird deine blühende Fantasie dir noch zum Verhängnis werden!« Er senkte seine Fackel. »Und lass mir die Hümlin gefälligst in Ruhe! Die ist die beste Wirtschafterin, die ich je hatte. Diese Abdrücke hier stammen von Selina, erinnerst du dich nicht mehr, Maries taubes Stiefkind? Sie war doch hier, zusammen mit uns. Du und ich, wir haben ihr alles ganz ausführlich gezeigt.«

»Aber die Spuren sind frisch, das schwöre ich. Vor zwei Tagen waren sie noch nicht da. Und die Fackel da ...«

»... ist wohl runtergefallen. Steck sie einfach zurück in die Halterung! Du wirst nicht genau hingesehen haben. Außerdem hat mein erster Braugeselle eigentlich wichtigere Aufgaben, als im Felsenkeller herumzustochern, findest du nicht?«

Zögerliches Nicken.

»Dann lass uns jetzt gemeinsam zurückgehen. Das Thermometer hält offenbar nicht, was ich mir davon versprochen habe. Wir müssen wohl weitermachen wie bisher. Und weiterhin unserem Gefühl vertrauen.«

Haller ging voraus, während der Geselle ihm schweigend folgte. Plötzlich spürte er dessen Hand auf seinem Arm.

Er blieb stehen.

»Ich soll dir noch etwas bestellen«, sagte Schneider. »Vom Kanzler.«

»Kilian Haag? Wo hast du ihn gesehen?«

»In der Gaststube. Du sollst zu ihm kommen. Es sei dringend.«

»Das war alles? Sonst hat er nichts gesagt?«

»Doch.« Schneiders Augen wurden leicht glasig. »Aber ich hab es nicht genau verstanden.«

»Macht nichts. Wiederhol es einfach!«

»Jede Hexe hat eine Kröte im Haus. Schlägt man die Kröte tot, stirbt auch die Hexe.«

Die Messe in St. Martin besuchte Lorenz Eichler schon lange nicht mehr, obwohl das Gotteshaus mit dem schlanken Turm, in dem die Feuerglocke hing, früher seine Lieblingskirche gewesen war. Aber er konnte es nicht ertragen, Friedrich Förner predigen zu hören. Mehr noch als dessen Anblick brachten ihm seine zornigen Worte die eigene Schmach überdeutlich zum Bewusstsein.

Förner hatte ihn so behandelt, als gehöre auch er zu jenem Drutenpack, als sei er eine verderbte, gottlose Kreatur, die man vernichten musste. Dabei hatte Eichler gut gearbeitet und pünktlich geliefert, zu mehr als anständigen Preisen. Was konnte er schon dafür, dass er den Weihbischof versehentlich berührt hatte? Zum Beruf eines Schneiders gehörte es nun einmal, Maß zu nehmen.

Natürlich war ihm sofort aufgefallen, wie übertrieben jener zurückgezuckt war. Aber das war nichts Ungewöhnliches für Eichler. Immer wieder war er bei seiner Arbeit auf Menschen getroffen, denen alles daran lag, bestimmte körperliche Unzulänglichkeiten zu verbergen. Darin bestand ja die eigentliche Kunst seines Handwerks: durch geschickte Schnitt- und Stoffwahl das Positive zu betonen, um das Negative zu überspielen.

Außerdem hatte er eine Vorliebe für Menschen, die einen Makel hatten. Sie erschienen ihm weiser, durch ihr Gebrechen gereift. Er war stolz darauf, mit welchem Feingefühl er damit umzugehen wusste. Nur deshalb hatte er seine Vorschläge dem Weihbischof überhaupt unterbreitet. Um es ihm leichter zu machen. Um ihm Unbequemlichkeiten zu ersparen.

Aber zu seiner Überraschung hatte Förner empört reagiert. Hatte geschäumt, sich von ihm abgewandt, ihn schließlich zornig aus dem Haus verwiesen. Da erst hatte Lorenz Eichler begriffen, was sein eigentliches Verbrechen war: dass er *gesehen* hatte, was der Weihbischof unbedingt verbergen wollte.

Seitdem betrachtete er den Anstieg zum Domberg als eine Art Bußübung. Bei jedem Schritt hörte er das Knirschen in seinen Knien, das schlimmer geworden war, seit er die letzten Winter so sehr am Holz hatte sparen müssen. Je höher er kam, desto geläuterter fühlte er sich. Am schönsten war für ihn jedes Mal der Augenblick, wenn die enge Straße sich zum Domplatz öffnete. Die Steinbauten verströmten eine strenge Schönheit, der er sich nur zu gern unterwarf. Hier, wo Bambergs einstige Glorie am deutlichsten zu spüren war, gelang es ihm bisweilen sogar, seine drängenden Sorgen zu vergessen.

Der Haupteingang des Doms, das Fürstenportal, war dem feierlichen Einzug des Fürstbischofs vorbehalten und wurde nur an höchsten Feiertagen geöffnet. Aber in Lorenz Eichlers Augen stand ihm das Gnadenportal an der Nordostseite, zu dem er jetzt aufsah, in nichts nach.

Er war früh dran, wie immer, weil er dieses feierliche Gefühl nicht gern mit anderen teilte. Ein windstiller Tag; die Sonne schien mild aus einem blassblauen Himmel. Man hätte fast glauben können, der Sommer sei noch nicht vorbei, aber Eichler ließ sich nicht davon täuschen. Bald schon würde der Winter vor der Türe stehen – und seine Schwierigkeiten würden damit aufs Neue beginnen. Bisher war die Auftragslage erschreckend dünn. Änderte sich nichts daran, so würde ihm nichts anderes übrig bleiben, als sich in die lange Schlange der Hungrigen einzureihen, die sich an kalten Tagen vor dem Kapuzinerkloster bildete, wo die Armenspeisung verteilt wurde.

Eine klare Knabenstimme riss ihn aus seinen Grübeleien. Die schmutzigen Bettelkinder, die sich auf den Domstufen rumtrieben, hatten schon oft seinen Unmut erregt. Hier, wo alles erhaben und groß war, hatten diese kleinen Strauchdiebe absolut nichts zu suchen!

Der Ältere von beiden, ein dünner, braunhaariger Junge in einem zerschlissenen Hemd, sang aus voller Kehle, während das kleinere Mädchen, das ein rotes Häubchen trug, mit leicht geneigtem Kopf zuhörte. Lorenz Eichler war das geistliche Lied unbekannt, aber es gefiel ihm. Umso besser, je länger er zuhörte. Die zarten Töne rührten an sein Herz. Die frische, junge Stimme weckte Gefühle in ihm, die er beinahe vergessen hatte. Zu seinem eigenen Erstaunen merkte er, dass seine Augen feucht wurden.

»Heute wirst du mir nicht mehr entwischen, kleine Lerche!«

Der Gesang verstummte jäh. Ein Mann hielt den Sänger gepackt. Der Junge versuchte sich mit aller Macht zu befreien, trat um sich, wand sich wie eine Schlange, aber gegen den vielmals Stärkeren vermochte er nichts auszurichten.

Eichlers erster Impuls war, ihm zu Hilfe zu eilen, dann aber drehte der Mann, der jede Bewegung des Jungen geschickt parierte, sich zur Seite, und er erstarrte. Es war Förners Sekretär – jener geschniegelte Widerling, der ihn so arrogant hatte abfahren lassen!

Lorenz Eichler drückte sich enger an die Dommauer. Was immer hier geschah – er würde sich nichts davon entgehen lassen.

Der Widerstand des Jungen erlahmte. Keine Tritte und Püffe mehr. Sein Körper wurde schlaff.

Dann jedoch hob er plötzlich den Kopf.

»Lauf!«, rief er dem Mädchen zu, während der Mann ihn weiterzog wie ein widerspenstiges Kälbchen am Strick. »Hau ab, sag den anderen Bescheid.«

Sie gehorchte blindlings. Eichler musste nur abwarten, bis sie an ihm vorbeikam, die Hand ausstrecken und sie aufhalten.

Sie wagte nicht, sich zu wehren. Dunkle, angstvolle Augen sahen zu ihm auf. Ihr Pulsschlag erinnerte ihn an ein Tier in der Falle. Sie trug einen roten Rosenkranz um den Hals, der nicht zu ihrem zerschlissenen Aufzug passte.

»Du musst keine Angst haben«, sagte er freundlich. »Ich will dich nur etwas fragen.«

»Bist du der Teufel?«

»Ich?«, sagte Eichler. »Natürlich nicht. Wie kommst du auf so einen Unsinn? Ich heiße Lorenz. Und wer bist du?«

»Lenchen.«

»Und der Junge mit der schönen Stimme?«

»Das ist der Toni.«

»Ihr bettelt hier?«

»Toni singt, und ich sammle die Münzen, die die Leute uns geben. Hast du auch eine Münze für mich?«

Er griff in seine Tasche und zog ein kleines Kupferstück heraus.

»Danke.« Sie hielt es fest umklammert. »Und jetzt lass mich los. Ich muss zu den anderen.«

»Wer sind die anderen?«

»Das darf ich nicht verraten.«

»Auch nicht, wenn ich dir noch eine Münze gebe?«

Sie schien mit sich zu ringen, dann aber schüttelte sie energisch den Kopf.

»Nein. Kuni hat es verboten.«

Eichler hörte kaum, was sie sagte, so gebannt starrte er auf ihren Hals. Zwei bräunliche Spitzen, die sich deutlich von der zarten Haut abzeichneten. Eine davon erschien ihm leicht gerötet, als ob sie sich gekratzt hätte.

»Was hast du denn da, Lenchen?«, sagte er. »Dieses Mal am Hals, hast du das schon immer gehabt?« Unwillkürlich hatte er die Hand ausgestreckt, da drehte sie sich blitzschnell zur anderen Seite. Das konnte kein Zufall sein! Und verriet nicht allein der Rosenkranz genug? »Komm, zeig es mir noch einmal!«

Sie wich zurück. Jetzt waren ihre Augen fast schwarz.

»Das sind keine Teufelshörner! Das ist der Sichelmond. Ich bin ein Glückskind. Das hat Ava gesagt. Niemand darf mir wehtun.«

»Aber ich will dir doch gar nicht wehtun! Ich will doch nur wissen, woher du …«

Sie drehte sich um und rannte davon.

Einem größeren Kind hätte Eichler mit seinen maroden Knien nicht lange folgen können, aber mit Lenchen Schritt zu halten war für ihn kein Problem. Sie drehte sich nicht um, so eilig hatte sie es, nahm nicht die gewundene Straße, die nach unten führte, sondern trippelte eine der schmalen Treppen abwärts, die steil in das Gassengewirr der Inselstadt führte.

Er blieb in sicherem Abstand hinter ihr, sah das rote Häubchen am Storchenbräu vorbeilaufen, sah, wie Lenchen direkt auf die Untere Brücke zusteuerte. Sie betrat den Steg, der zur Hechtmühle führte, und lief auf den Holzbau zu.

Lorenz Eichler blieb stehen. Sie war verschwunden. Aber er wusste, wo er sie finden konnte.

Jeder Gegenstand im Haus von Kilian Haag verriet die Handschrift des Kanzlers. Wohin man auch sah, überall spürte man Geld, altes Geld. Die Haags, eine der wohlhabendsten Familien Bambergs, hatten es verstanden, Vermögen und Einfluss durch geschickte Heiratspolitik stetig zu mehren. Pankraz Haller bekam Gelegenheit, die besondere Atmosphäre auf sich wirken zu lassen. Eine Magd hatte ihn ins Giebelzimmer geführt und gebeten, dort zu warten.

Zwei Truhen aus dunklem, poliertem Holz. Ein Eichentisch mit sechs gedrechselten Stühlen. An der Nordwand eine leicht verblichene Wandstickerei, Jäger in bunten Gewändern, die in einem Wald ein Einhorn stellten.

Vor ihm, in der Ostnische, stand eine Marienstatue mit dem Jesuskind: ein kräftiger, kleiner Junge, der freundlich vom Arm seiner Mutter herablächelte. Sogar die Scheiben aus bleigefasstem böhmischem Glas glänzten heller als in anderen Häusern. Von hier konnte er weit über den Fluss sehen, mit all seinen Booten und Fischerkähnen.

»Ich muss mich entschuldigen.« Haag kam herein, hemdsärmelig, die Hände voll frischer Tintenspuren. »Aber in dem ganzen Schreibkram kann man schier ersaufen. Hat die Babet dir noch keine Erfrischung angeboten?«

»War gar nicht nötig. Ich bin nicht durstig.«

»Aber ich.«

Pankraz wartete, bis die Magd einen Krug Bier und zwei Becher gebracht und der Kanzler getrunken hatte.

»Was hat es mit diesem seltsamen Krötenspruch auf sich?«, sagte er dann. »Mein Braugeselle ist mir auch so schon viel zu drutengläubisch. Du musst vorsichtig sein mit dem, was du sagst, Kilian! Die Leute könnten es zu wörtlich nehmen.«

»Später, Pankraz, dann wirst du mich besser verstehen.« Haags zerfurchtes Gesicht war blasser als gewöhnlich. »Stimmt es wirklich, dass du dir die Hümlin ins Haus geholt hast?«

»Ja«, sagte Pankraz Haller. »Allein schon, um ein Zeichen zu setzen. Außerdem schaut sie bei mir nach dem Rechten, was überfällig war. Hanna Hümlin ist eine tüchtige Frau. Mein Haus war lange schon nicht mehr so freundlich und gemütlich.« Er musterte ihn besorgt. »Was ist mit dir, Kilian? Ist etwas passiert?«

»Förner hat die leidige Angelegenheit mit meiner Mutter wieder ausgegraben.«

»Hat man sie damals nicht in allen Punkten freigesprochen?«

»Ja, und es ist allgemein bekannt, aber damit will er sich nicht mehr zufrieden geben. Er brütet über den Kopien der alten Hexenakten, wahrscheinlich schon seit Monaten. Und sein jüngster Erfolg hat ihn offenbar ermutigt, die alten Verfahren neu aufzurollen.«

»Du meinst den Fackellauf?«

Haag nickte düster. »Jetzt kann er sich sogar mit dem Willen des Volkes brüsten. Obwohl der ihm, wie wir wissen, in Wahrheit mehr als gleichgültig ist. Aber Förner ist alles willkommen, was zu seinem Ziel führt.«

»Vielleicht solltest du ihm etwas Wertvolles anbieten, um ihn zu besänftigen? Hast du daran schon einmal gedacht? Etwas, was er unbedingt haben möchte. Was ihn überrascht. Und bewegt. Vielleicht lässt er euch dann in Ruhe. Meines Wissens verehrt er Reliquien über alle Maßen. Sagtest du nicht neulich, dein Vater hätte dir eine kostbare alte Sammlung vermacht?«

»Meinst du, Förner gibt sich mit ein paar Heiligenknöchelchen zufrieden? Er will Blut, Pankraz. Frisches Menschenblut.«

»Hat er deine Mutter etwa festnehmen lassen?«

»Nein. Und er wird auch keine Gelegenheit dazu haben, obwohl es ihm sicherlich gefallen würde, jemand anzuklagen, der über ein so stattliches Vermögen verfügt! Ich hab sie zu ihrer Base nach Nürnberg geschickt. Und wie du weißt, liefert Nürnberg nicht aus.«

»Dann kann Caterina also nicht mehr zurückkommen?«

Der Kanzler nickte. Sein Blick glitt zu der Wandstickerei. Für einen Moment sah es aus, als verliere er sich in dem bunten Märchenwald. Dann gewann er seine Schärfe zurück.

»Nicht, solange Förner hier wütet. Und das ausgerechnet jetzt, wo mein Klärchen wieder schwanger ist und sie sich so auf das neue Enkelkind gefreut hat! Aber immer noch besser im Exil, als in Bamberg auf dem Scheiterhaufen zu landen.«

»Hast du nicht auch schon ans Weggehen gedacht?«, sagte Haller, der sich sehr wohl bewusst war, welch schwierige Frage er stellte. »Zusammen mit dem Rest der Familie? An Geld fehlt es euch doch nicht. Ihr könntet irgendwo ein neues Leben beginnen. Ohne Angst. Ohne stets an die Vergangenheit denken zu müssen.«

»Aber was wären wir Menschen schon ohne Vergangenheit? Erst unsere Wurzeln machen uns doch zu dem, was wir sind. Bamberg ist meine Heimat«, sagte Haag. »Hier kenne ich jeden Grashalm, jeden Stein. Seit Generationen dienen wir der Stadt. Schlimm genug, dass meine Mutter fliehen musste. Aber sie ist alt, nicht mehr ganz gesund. Für sie ist es so das Beste. Wir anderen bleiben. Wir haben das gleiche Recht, hier zu leben, wie Friedrich Förner.«

»Er wird seine Wut gegen einen von euch richten.« Pankraz war aufgestanden, begann ruhelos auf und ab zu laufen. »Gegen deine Frau, deinen erwachsenen Sohn. Gegen dich, Kilian! Ihr seid alle in Gefahr.«

»Wem sagst du das? Ich schlafe kaum noch«, sagte der Kanzler. »Und jeder Bissen liegt mir wie Blei im Magen. Aber einfach davonzulaufen, das käme mir wie ein Schuldeingeständnis vor. Wir werden bleiben und kämpfen. Wir haben uns nicht das Geringste vorzuwerfen.«

»Du siehst wirklich elend aus. Wenn du so weitermachst, richtest du dich zugrunde. Und damit ist niemandem geholfen.«

»Einem schon.« Ein bitteres Lachen. »Förner! Doch so leicht kriegt er mich nicht, Pankraz! Jetzt kommt nämlich die Kröte ins Spiel, von der dein Braugeselle gesprochen hat.«

Pankraz Haller sah ihn verständnislos an.

»Jeder hat etwas zu verbergen«, sagte Haag. »Du. Ich. Alle – also auch Förner. Ein Geheimnis, einen dunklen Fleck. Etwas, was niemals herauskommen darf. Danach müssen wir suchen.«

»Du willst ihn erpressen?«

»Nenn es, wie du willst. Bei einem wie ihm, der keine Gnade kennt, wenn es darum geht, andere Menschen zu vernichten, darf man nicht zimperlich sein. Wir müssen seine

Kröte finden. Dann werden wir sehen, ob er weiterhin das Maul aufreißt – oder ob er wie ein Popanz in sich zusammenfällt.«

Pankraz goss sich einen Becher voll und leerte ihn in einem Zug.

»Das schmeckt mir nicht«, sagte er, »Methoden, die du selber verachtest, bei einem Feind anzuwenden. Stellst du dich damit nicht auf die gleiche Stufe? Und wie willst du das überhaupt anfangen? Dich bei Förner einschleichen? Du wärst der Erste, Kilian, den er entlarven würde!«

»Ich glaube, da täuschst du dich«, sagte der Kanzler. »Ich hab nämlich bereits die ersten Schritte unternommen. Seine Haushälterin war für einen Zusatzverdienst äußerst aufgeschlossen.«

»Du lässt sie ihren eigenen Dienstherrn bespitzeln?«

»Apollonia Krieger hält die Augen auf, nicht mehr und nicht weniger. Wieso auch nicht? Sie dient ihm für einen Hungerlohn, seit ihre Vorgängerin das Haus von einem Tag auf den anderen verlassen musste.« Er lächelte vielsagend. »Ein Punkt, der meines Erachtens nähere Betrachtung verdient.«

»Machst du dir es da nicht zu einfach? Dienstboten – wer von uns hat da nicht schon die merkwürdigsten Geschichten erlebt!«

»Aber es *könnte* etwas zu bedeuten haben, meinst du nicht? Ich werde jedenfalls in dieser Richtung weiterforschen.«

»Du weißt, was ich von derlei Tratsch halte – gar nichts! Ist dir außerdem klar, dass du Apollonia Krieger damit direkt auf den Scheiterhaufen bringst, wenn irgendetwas davon herauskommt?«

»Die Zeiten sind hart. Wir alle müssen Opfer bringen, Pankraz. Aber das ist nur der erste Teil meines Vorhabens.«

»Und was wäre der zweite?«

Kilian Haag massierte sich die Schreibhand.

»Es gibt da jemanden, den er noch mehr fürchtet als den Teufel«, sagte er. »Jesuit, wie er. Jünger, begabt und voller Tatkraft, eine Konkurrenz auf seinem ureigensten Feld.«

»Schöner?«

»Falsch geraten. Den hat er längst erledigt. Nein, der frühere Weihbischof ist es nicht. Denk nach, Pankraz, gib dir etwas Mühe!«

»Nicht die leiseste Idee!«

»Sie kennen sich aus Rom, ein Kapitel, über das Förner gerne schweigt. Aus guten Gründen, wie ich inzwischen weiß.« Er fasste ihn fest ins Auge. »Dir ist er bestens bekannt. Und deiner Tochter auch. Besser vielleicht, als ihr lieb ist.«

»Du meinst doch nicht etwa ...«

Der Kanzler nickte.

»Adam Thies. Der Gastwirtsohn mit den großen Ambitionen. Der es so weit in der Societas Jesu gebracht hat.«

»Aber Thies lebt meines Wissens in Köln. Dort lehrt er an der Universität ...«

»Lehrte, mein Freund, lehrte. In Köln hat sich vor kurzem das abgespielt, was wir hier rechtzeitig verhindern müssen. Hätte es Adam Thies nicht gegeben, so hätten sie dort vielleicht noch schlimmer gewütet. Er hat sein Möglichstes getan, um dem Kölner Hexenwahn Einhalt zu gebieten – so lange, bis seine Einflussmöglichkeiten schwanden und er die Stadt eiligst verlassen musste. Niemand weiß seitdem, wo er steckt. Seine Spur scheint sich im Nichts verloren zu haben.«

»Und wie kann er dann zu deiner Waffe gegen Förner werden?«

Haags Züge entspannten sich. Jetzt sah es beinahe so aus, als ob er lächelte. »Keine Regel ohne Ausnahme, Pankraz. Und meine Ausnahme heißt Josef Grün.«

»Du sprichst in Rätseln.«

»Der Einzige, der weiß, wo Adam Thies sich aufhält, ist sein alter Lehrer Josef Grün. Verraten hat er es mir nicht, weil er an ein Versprechen gebunden ist. Aber meine Worte scheinen ihre Wirkung auf ihn nicht verfehlt zu haben. Er wird ihn immerhin informieren, Pankraz! Das ist ein Anfang. Und es sollte mich wundern, würde Thies meiner Bitte, nach Bamberg zurückzukommen, keine Folge leisten.«

Pankraz Haller hatte ihm den Rücken zugedreht. Von hinten wirkte er noch immer kraftvoll, wie ein sehr viel jüngerer Mann.

»Ausgerechnet Thies!«, sagte er zum Fluss hin gewandt. »Du weißt, was du uns damit antust, mir – und vor allem Marie?«

»Ja«, sagte Kilian Haag. »Und ich wünschte, es gäbe eine andere Lösung. Aber wie sagte ich bereits? Die Zeiten sind hart. Wir alle müssen Opfer bringen, Pankraz!«

Selinas Hände hatten gezittert, als sie zum ersten Mal mit dem Schlüssel hantierte, den sie von seinem Bund gestohlen hatte. Ihr *nonno* hatte die Angewohnheit, ihn zusammen mit seinem Rock auf der Truhe im Flur abzulegen, wenn er sie besuchte. Nicht weiter schwierig, hinauszuschleichen, ihn abzumachen und heimlich an sich zu nehmen. Glücklicherweise hingen noch so viele andere daran, dass es ihm vielleicht nicht einmal auffallen würde. Er benutzte ihn ohnehin nicht mehr. Er selber hatte es ihr gesagt.

Aber sie wollte ihn nur so lange wie nötig behalten. Der Braumeister war in allen Dingen so aufmerksam, dass er den Verlust früher oder später doch bemerken würde. Selina war heilfroh, als sie ihn endlich wieder zurück zu den anderen hängen konnte. Da hatte sie den verlassenen Fuchsbau ganz in der Nähe, der sich so herrlich als Vorratskammer nutzen ließ, längst entdeckt.

Es kam ihr entgegen, dass der Eingang halb von wilden Brombeeren überwuchert war. Wollte sie sich nicht verletzen, musste sie erst das stachelige Gestrüpp mit einem Stock wegschieben, um zu der Türe zu gelangen, die hinab in den Felsenkeller führte. Ohne sie zu berühren, ließ sich nicht feststellen, ob abgeschlossen war. Sie wirkte wie ein Bollwerk mit ihren Eisenbeschlägen. Selina sicherte sie jedes Mal mit zwei ineinander verschränkten Stöcken – eine eigenwillige Konstruktion, die ihr überdies anzeigte, dass niemand außer ihr sich Eintritt verschafft hatte.

Inzwischen war ihr der Abstieg in die Unterwelt vertraut. Eine gewisse Überwindung kostete er Selina trotzdem. Die Leiter abwärts nahm sie jedes Mal sehr vorsichtig. War sie erst einmal unten angelangt, vollzog sie eine Art Ritual. Zunächst blieb sie regungslos stehen und versuchte sich zu konzentrieren, bis ihre Gedanken scharf wie Klingen waren. Danach sammelte sie all ihren Zorn, ihre Enttäuschung, und breitete sie aus wie einen unsichtbaren Teppich, bis sie den ganzen Stollen erfüllten.

Manchmal schrie sie auch. Ganz egal, wie ihre Stimme dabei klang, hier unten gab es niemanden, der sie deswegen scheel ansehen würde. Doch alles, was sie versuchte, brachte nicht die ersehnte Erleichterung. Ihren Vater zu hassen war ein Schmerz, der sie selber verletzte, jeden Tag ein bisschen mehr. Er hockte wie ein Tier in einer Ecke ihrer Seele, mit angespannten Muskeln und ausgefahrenen Krallen, lauernd, stets bereit zuzuschlagen. Und jetzt war nicht einmal mehr Simon da, der sie auffangen konnte.

Niemals zuvor hatte sie sich so allein gefühlt.

Vielleicht war Selina deshalb heute länger als gewöhnlich im Felsenkeller geblieben. Weil nichts sie mehr nach draußen zog. Als sie ans Tageslicht zurückkehrte, dauerte es, bis ihre Augen sich wieder an die Helligkeit gewöhnten. Sie blinzelte, griff irgendwohin, um sich festzuhalten.

Sie stöhnte. Diese Brombeeren! Ein Dorn hatte sich in ihren Handballen gebohrt. Tränen schossen ihr in die Augen.

Es war nicht nur der jähe Schmerz, es war die Anspannung vieler Tage und Wochen, die sich plötzlich entlud.

Eine warme Hand legte sich auf ihren Arm. Als sie aufschaute, blickte sie in die braunen Augen von Lenz.

Wie kommst du denn hierher?, wollte sie fragen, aber sie hatte plötzlich nicht genug Luft dafür.

»Halt ganz ruhig«, sagte er. »Ich zieh ihn dir raus, ich hab so was schon oft gemacht.« Er lächelte. »Kaspar hat ständig irgendwo einen Splitter oder Dorn.«

Er hantierte geschickt. Trotzdem zuckte Selina zusammen. Danach blies er sanft auf die Wunde. So wie es ihre Mutter in Neapel getan hatte, als sie noch sehr klein gewesen war!

»Tut es noch weh?«

Selina schüttelte den Kopf. Es *tat* weh, aber sie wollte vor Lenz nicht wie eine Jammerliese dastehen.

»Es tut mir Leid«, sagte er nach einer Weile. »Das wollte ich dir schon lange sagen. Und eigentlich wollte ich dir auch deine Tafel zurückbringen. Aber Kuni sitzt darauf wie eine Henne auf dem Ei.«

Selina zuckte die Achseln. Beinahe hätte sie gelächelt, aber so leicht würde sie es ihm nicht machen! Er sah müde aus. Und wie schmutzig er war – ein Bettlerjunge eben. Für ein paar Augenblicke gelang es ihr sogar, ihn mit Simons kritischen Augen zu sehen.

»Ich hab längst eine neue.« Sie entzog ihm die Hand, weil sie seine Berührung plötzlich nicht mehr aushielt, und klopfte auf ihr Säckchen, das sie am Gürtel trug.

»Du bist nicht zum ersten Mal hier«, las sie von seinen Lippen.

»Woher weißt du das?«, fragte sie zurück.

Sie spürte, wie aufgeregt sie wurde. Ihre linke Seite begann zu vibrieren, wie schon so oft in seiner Nähe.

»Ich weiß immer, wo du bist«, sagte Lenz. »Ich sehe dich, auch wenn du mich nicht siehst.«

Sein Adamsapfel tanzte hin und her, während er sprach. Er war mindestens so aufgeregt wie sie. Ein Gedanke, der sie versöhnlicher stimmte.

»Und ich sehe dich«, sagte Selina. »Auch wenn du mich nicht siehst.«

»Dann sehen wir uns eben beide.«

Sie lächelten verlegen. Keinem fiel etwas Passendes ein. Schließlich entschloss Lenz sich zum Vorstoß.

»Was machst du eigentlich hier? Ganz allein, mitten auf dem Stephansberg?«

»Der *nonno* ...«

An seiner Miene erkannte sie, dass er sie nicht verstanden hatte. Sollte sie es aufschreiben? Nein, mit Lenz hatte sie immer reden können!

»Mein Großvater«, setzte sie noch einmal an und betete innerlich, dass es langsam und deutlich genug war. »Er hat mir hier etwas gezeigt.«

»Und was war das?«

Konnte sie ihm trauen? Oder würde er sie wieder verraten?

»Das ist mein Geheimnis«, sagte sie.

Lenz nickte, als ob es so ganz in Ordnung wäre. In seinen Augen sah sie goldene Lichter tanzen.

Plötzlich wusste sie, was sie tun musste. Und worauf es wirklich ankam. Lenz sollte ihr beweisen, dass er zu ihr stand. Vor den anderen. Vor Kuni!

»Wo finde ich euch?«, sagte sie. »Kann sein, dass ich euch etwas zu sagen habe – irgendwann.«

»Du weißt, wo.« Seine Arme bewegten sich wie die Flügel einer Mühle, dann sanken sie plötzlich herab. »Tut mir Leid«, sagte er. »Schon wieder! Ich wollte dich nicht daran erinnern. Heute muss ich mich wohl dauernd entschuldigen.«

»Schon vergessen«, sagte Selina, und es war beinahe wahr. »Wo dann?«

»Bei Avas Fischstand?«

Ihr Kopfschütteln war so heftig, dass er erschrak.

»Am Hafen«, startete Lenz einen dritten Versuch. »Beim Kranen. Da sind wir jetzt oft nachmittags. Wenn die Boote anlegen. Da fällt manchmal etwas für uns ab.«

Selina schien zu überlegen.

»Gut«, sagte sie schließlich. »Wir werden sehen.«

Die innere Flamme wurde schwächer, je öfter er predigte, und das kam beileibe nicht von mangelndem Zuspruch. Inzwischen strömten mehr Menschen zu seinen Gottesdiensten, als St. Martin fassen konnte. An manchen Sonntagen entstand sogar Tumult, weil die Gläubigen sich um die Plätze auf den Kirchenbänken zankten.

Gabriel Hofmeister hatte schon vorgeschlagen, das Portal während des Hochamtes offen zu lassen, damit auch die zuhören konnten, die draußen bleiben mussten, aber davon wollte der Weihbischof nichts wissen. Er brauchte die Geborgenheit des dreischiffigen Gotteshauses, der heiligen, alten Steine, die ihn schützend umschlossen. Den Blick auf die Jakobsstatue, den ersten Märtyrer, der sein Leben für Christus gegeben hatte. Vor allem aber das reine Licht Gottes, das durch die neuen Glasfenster des Chors strömte.

Während er sprach, hingen sie an seinen Lippen; ihre Körper bewegten sich im Takt seiner Worte, schneller und schneller, je heftiger er wurde. Hätte er sie aufgefordert, sich in die eigenen Arme zu schneiden, ein Großteil der hier Versammelten wäre seiner Aufforderung gefolgt. Wo aber blieben die zahlreichen Anzeigen, auf die er fest gebaut hatte? Die Besagungen Verdächtiger, Grundlage für die endgültige Vernichtung der gefährlichen Hexensekte?

Das war der Grund seiner Unzufriedenheit, dieses unerträgliche Warten setzte ihm zu. Die Hexenkommissare hatten ihre Arbeit aufgenommen, durch den Fackellauf zu den schönsten Hoffnungen berechtigt; doch was nützte es, wenn in Zeil die Scheiterhaufen brannten, die Druten in Bamberg aber noch ungestraft ihr Unwesen treiben konnten?

Die graue Katze sorgte dafür, dass sein Unbehagen von Tag zu Tag wuchs. Inzwischen sah er sie überall. An jeder Ecke, in allen Gassen, sogar bis in seine Träume verfolgte sie ihn, wurde riesengroß, bis sie sich in einen Löwen verwandelte, der sein brandiges Maul aufriss, um ihn zu verschlingen.

Mittlerweile hielt er regelrecht Ausschau nach ihr. Er hatte Apollonia aufgefordert, täglich ein Schälchen Milch aufzustellen, und sie tat es, unwillig und mürrisch, wie alles, was er ihr anschaffte. Leider erwischte er die Graue niemals beim Trinken. Doch das Schälchen war Morgen für Morgen leer. Dann stellte er sich vor, wie das Biest seine gelben Teufelsaugen auf ihn richtete, als wisse es genau, was ihm blühte.

Was du noch nicht töten kannst, das musst du umarmen, dachte Förner mit grimmiger Befriedigung. Bis es erstickt. Verbrennt. Und schließlich ausgelöscht sein wird für alle Zeiten.

Er schwitzte. Der enge neue Kragen scheuerte unerträglich. Wo steckte eigentlich sein Sekretär?

Unwirsch hatte er den Küster hinausgeschickt. Niemand brauchte zu sehen, dass er sein Schmerzensband inzwischen fast täglich anlegte. Die Wunde war so tief geworden, dass sie fast bis auf den Knochen reichte. Jesus hatte gelitten – er litt aus freien Stücken für ihn. Schade nur, dass er sich nun das Messgewand ohne Hilfe abstreifen musste. Beinahe hätte er dabei den Ziersaum des Untergewandes zerrissen.

Wieso musste er sich überhaupt mit diesem Tand bedecken, um Gottes Wort zu verkünden? Er war ein Büßer, ein Diener des Herrn – nichts anderes wollte er sein.

Förner wandte sich dem Holzgestell zu, auf dem er seinen Zweitler-Plan aufgeschlagen hatte. Er hatte ihn mit ein paar

Eintragungen verändert. Die alten Prozessakten waren die Grundlage dafür gewesen; Gabriel Hofmeister war ihm dabei zur Hand gegangen.

Zehn große rote Kringel. Es wurden nicht mehr, sooft er auch darauf starrte. Dabei wusste er genau, dass noch Dutzende fehlten, vielleicht sogar Hunderte. Nach manch durchwachter Nacht überkam ihn eine wilde Lust, alles rot zu färben, jede Gasse, jeden Platz, jedes einzelne Haus.

Halblaute Stimmen vor der Tür rissen ihn aus seinen Grübeleien. Es klopfte, und ohne seine Antwort abzuwarten, öffnete Hofmeister die Tür.

»Die kleine Lerche!«, sagte Förner erstaunt. »Endlich.«

»Ich muss mich für die Verspätung entschuldigen, Monsignore. Es war schon ein hübsches Stück Arbeit, diesen Singvogel einzufangen, aber ihn zu Euch zu bringen war Schwerstarbeit!«

Der Junge starrte zu Boden. Jetzt, da er vor ihm stand, war Förner überrascht, wie dünn und klein er war.

»Wie heißt du?«, sagte er. »Und wie alt bist du?«

Es blieb still.

»Hast du nicht gehört, was ich dich gefragt habe?«

»Toni«, sagte der Junge schließlich. »Anton Schuster. Das ist mein Taufname. An Martini werde ich zwölf.«

Förner hatte ihn für neun gehalten, allerhöchstens. Aber vielleicht war es gar nicht nachteilig für seinen Plan, dass sich im Körper eines jüngeren der Geist eines älteren Kindes verbarg.

»Du hast vor einiger Zeit in meiner Kirche gesungen, Anton.« Als Antwort erhielt Förner einen wilden Blick, den er sich nicht erklären konnte. »Sehr schön gesungen. Eine Stimme wie deine ist ein kostbares Gottesgeschenk. Deshalb möchte ich mit dir reden.«

»Nur, wenn der andere rausgeht«, sagte Toni in Richtung Hofmeister. »Sonst sage ich kein Wort.« Er ließ die Tür nicht aus den Augen, auch wenn er es sich nicht anmerken ließ. Jeder Muskel in ihm war angespannt. Er musste schleunigst herausbekommen, was der schwarze Prediger mit dem Teufel zu tun hatte.

»Gabriel, lass uns einen Moment allein!«

»Ungern, Monsignore! Der kleine Kerl ist ausgesprochen pfiffig – und ungemein schnell.«

»Wir zwei werden schon zurechtkommen.« Förner wartete, bis sich die Tür hinter ihm geschlossen hatte. Dann nahm er Toni ins Visier. »Nun hast du deinen Willen bekommen, Anton. Ich hoffe, du wirst dich erkenntlich zeigen. Du weißt, wer ich bin?«

Fragend sahen die Kinderaugen ihn an. Dann schüttelte der Junge den Kopf.

»Ich bin Bischof Förner, ein Hirte Gottes.« Unwillkürlich glitt seine Hand zum Rosenkranz auf seiner Brust und tastete nach dem tiefer baumelnden Kreuz. Die geschliffenen Bergkristallkugeln ließen das matte Schwarz seiner Soutane durchschimmern. Aber sie konnten es bei weitem nicht mit dem warmen Rot der Korallen aufnehmen, die für ihn die kostbaren Blutstropfen Jesu symbolisiert hatten. »Und ich möchte, dass du in St. Martin singst. Beim Hochamt. Jeden Sonntag. Deine Stimme erhebt die Menschen, Anton. Verstehst du das Wort ›erheben‹?«

Erneutes Kopfschütteln.

»Sie tut ihnen gut. Sie bringt sie näher zu Gott. Du betest doch, Anton?«

»Manchmal«, sagte Toni. »Die Nonnen im Seelhaus haben es mir beigebracht. Und meine arme Mutter. Aber die ist schon lange tot.«

»Du lebst im hiesigen Seelhaus? Dann hast du also auch keinen Vater mehr?«

»Früher einmal. Jetzt nicht mehr.«

»Wo dann? Bei Verwandten?«

»Mal hier, mal da«, sagte Toni. »Etwas findet sich immer. Mehr darf ich nicht verraten. Sonst ... sonst findet mich noch der Teufel.« Sein Atem ging schneller.

»Was weißt du vom Teufel, Junge?« Förner klang plötzlich kalt.

Toni machte eine unbestimmte Geste. In seinem Bauch fing es an zu zittern, aber es gelang ihm, halbwegs ruhig zu antworten.

»Dass er die Menschen versucht. Dass er mal Mann, mal Frau sein kann. Dass er unsere Seelen will. Aber wer reinen Herzens ist, erkennt ihn und rennt davon. Und ich hab zum Glück sehr schnelle Beine.«

Er senkte seine Stimme.

»Vielleicht ist er da draußen. Vor der Türe. Und hört uns zu.«

»Hier zählt nur das Gebot des Herrn, Anton. Also, was ist nun – wirst du singen?«

Toni hätte ihm gerne geglaubt, aber er konnte es nicht. Wieso hatte der Teufel ihn hierher gebracht und eigenhändig durch die Türe gestoßen? Außerdem hatte der Bischof freundlich mit ihm gesprochen. Toni blieb Förner die Antwort schuldig. Sein Blick hatte sich plötzlich an dem Plan festgesogen.

»Was ist das?«, fragte er.

»Erkennst du es nicht?« Förner war neben ihn getreten. »Das ist ein Plan von Bamberg. Ein Mann namens Zweitler hat ihn gestochen. Das Geschlängelte ist der Fluss mit seinen Brücken. Und dort drüben, das ist der Dom.« Sein Finger klopfte auf die entsprechende Stelle. »Hier – der Kaulberg, wo das Seelhaus steht. Hier sind wir beide, in St. Martin.«

»Und das Rote? Was bedeutet das?«

»Das sind Orte, an denen sich Hexen heimlich versammeln«, sagte Förner. »Man nennt sie auch Druten – dieses Wort kennst du bestimmt. Es sind viele, Anton, unendlich viele! Dutzende, Hunderte, vielleicht sogar noch mehr. Eine unselige Saat, die immer weiter aufgeht und furchtbare Früchte trägt. Sie treffen sich zu ihrem Sabbat, dem Hexentanz, huldigen dem Teufel und tun furchtbare Dinge. Sie machen andere krank, verzaubern das Wetter und verhexen Tiere. Und sie…«

»… schlachten kleine Kinder«, sagte Toni angstvoll. »Sie essen ihr Herz. Anschließend landen sie in der Regnitz.«

»Woher weißt du das? Wer hat dir das gesagt – rede!«

»Niemand. Das weiß doch jeder hier.« Toni starrte gebannt auf den Plan. »Und was ist das? Da, wo der größte rote Kringel ist?«

»Die Lange Gasse. Einer ihrer bevorzugten Tanzplätze. Diese Hexen müssen mir erst noch ins Netz gehen«, sagte Förner düster. »Ich weiß, dass es sie gibt. Aber sie sind sehr schwer zu fangen, ich muss sehr vorsichtig dabei sein, denn die Natternbrut ist ebenso listig wie verderbt. Noch trennt mich ein Meer vom Sieg. Aber ich werde die Fluten teilen, wie Moses einst das Rote Meer teilte. Der Teufel darf nicht siegen. Nicht hier, in Bamberg, unserer heiligen Stadt!«

Seine brennenden dunklen Augen richteten sich auf Toni.

»Willst du mir dabei helfen, Anton? Wirst du beim Hochamt in St. Martin singen?«

Vor lauter Aufregung bekam der Junge Schluckauf.

Die Lange Gasse – dort wohnte die Taube mit der Tafel! Ob Selina auch etwas mit dem Teufel zu tun hatte? Oder war sie eine der Druten, die sich heimlich zum Tanzen trafen und kleine Kinder aßen?

All das und noch viel mehr schoss ihm durch den Kopf, wie ein Gewitter aus zuckenden grellen Blitzen. Es dauerte, bis er seine Antwort endlich herausbrachte.

»Und wenn ich dort singe, bei deinem Hochamt, bekommt der Teufel dann Angst?«

Friedrich Förner nickte feierlich. Die kleine Lerche war im Netz. Jetzt musste er nur noch überlegen, wie und wo sie ihm von Nutzen sein konnte.

»Ja, so kann man es sagen, Anton.«

Als Simon sein Pferd durch das Säbener Tor führte, kehrte seine Zuversicht zurück, die auf der langen Reise schon etwas geschwunden war. Endlich hatte er Brixen erreicht, die erste wichtige Station auf seinem Weg nach Süden. Er schien gerade zum richtigen Zeitpunkt gekommen zu sein. Zu Füßen des Doms breitete sich ein bunter Wochenmarkt aus. Überall wurden die dunklen Trauben angeboten, wie sie jetzt in den Weinbergen ringsumher gelesen wurden, dazu Birnen und Äpfel, die in den unzähligen Obstgärten der Region süßer und schmackhafter wuchsen als die, die er aus Bamberg kannte. Verschiedenste Laute trafen sein Ohr. Er verstand das meiste, was er hörte. Es war kein Italienisch, wie er es aus seiner Kindheit kannte, sondern ein Dialekt, der härter und deutlich kehliger gesprochen wurde.

Trotzdem klang es für Simon heimatlich. Und als er an einem Stand mit Wildbret vorüberging, drangen die Gerüche in seine Nase – Gerüche, die er noch aus seiner Kindheit kannte.

Jähes Heimweh nach Neapel stieg in ihm auf. Alles stand plötzlich wieder vor seinen Augen. Auf einmal fühlte er sich Selina so nah wie schon lange nicht mehr. Wehmütig erinnerte er sich daran, wie knapp sie sich voneinander verabschiedet hatten, jeder offenbar mit seinen eigenen Sorgen beschäftigt. Was sie jetzt wohl gerade machte, seine kleine Schwester, ganz ohne seinen brüderlichen Schutz? Ob sie noch mit diesen Bettelkindern herumzog?

Ein Gedanke, der ihm nicht gefiel.

Da gab es etwas, das ihn beunruhigte, eine Gefahr, die er nur wittern konnte, nicht genauer benennen. Ihm wäre es am liebsten gewesen, die kleinen Strolche wären für immer aus der Stadt verschwunden. Aber wer würde sie schon anderswo aufnehmen? Simon hätte darauf wetten können, dass sie nach wie vor in Bamberg bettelten, wenn nicht noch Übleres taten.

Vielleicht war er Selina trotzdem zu hart angegangen. In ihrer Lage hatte sie wenig Auswahl, was Freundschaften betraf. Viele mieden sie, als fürchteten sie, angesteckt zu werden. Dass die Familie so tat, als sei alles wie früher, war nicht besonders hilfreich dabei. Simon nahm sich vor, mit seinem Vater und Marie darüber zu reden, sobald er wieder zu Hause war. Lange hatte er darauf gehofft, Selina würde sich eines Tages enger an ihre Stiefmutter anschließen und lernen, sie ebenso zu schätzen, wie er es tat, aber inzwischen musste er einsehen, dass sein Wunsch sich wohl nicht erfüllen würde.

So stur konnte seine Schwester sein, so unnachgiebig! Und die Taubheit hatte diese Eigenschaften noch verstärkt. Was sie nicht verstehen wollte, verstand sie einfach nicht.

Simon musste unwillkürlich grinsen, denn im Grunde war es das, was sie beide verband. Keiner von ihnen ruhte, bevor erreicht war, was sie sich vorgenommen hatten.

Er beschleunigte seine Schritte. Lucie brauchte Futter und einen Stall. Und er freute sich nach mehreren kalten Nächten im Freien auf ein warmes Quartier.

Nachdem er im *Mohren* abgestiegen war und das Pferd versorgt hatte, schlenderte er durch die Gassen. Die Häuser mit den tief gezogenen Dächern und den zahlreichen Gauben erschienen ihm klein. Viele waren bunt bemalt. Schattige Laubengänge lockerten die Bauweise zusätzlich auf. Ab und zu entdeckte er neben einer Türe etwas, das wie ein Zunftzeichen aussah, doch wonach er suchte, fand er nicht.

Die Müdigkeit wurde immer stärker. Seine Beine fühlten sich an, als seien sie mit flüssigem Blei gefüllt. Simon entschloss sich, die Suche zu vertagen. Nach einem deftigen Gericht aus Nudeln und Kraut, das in reichlich Fett schwamm, fiel er ins Bett.

Am nächsten Morgen machte er sich erfrischt auf den Weg. Als er an einer offenen Einfahrt vorbeikam, stieg ihm ein unverwechselbarer Geruch in die Nase. Simon ging hinein und sah sich neugierig um. Ein junger Mann war gerade damit beschäftigt, Holz abzuladen und in einen Schuppen zu tragen.

Im Hof arbeitete ein Älterer an einer Werkbank mit dem Schnitzeisen.

Was sollte er sagen? Während er noch nach Worten suchte, spürte Simon eine grobe Hand auf seiner Schulter.

»Was willst du hier?« Der Mann hatte einen festen Griff.

»Ich bin Simon Sternen, ein Krippenschnitzer aus Bamberg«, sagte er in seinem schönsten Italienisch. »Auf der Durchreise nach Verona. Ich wollte mich ...«

»Wir halten nichts von Fremden. Und von Schnüfflern, die unsere Kunst abkupfern wollen, erst recht nichts.«

Ohne eine Antwort abzuwarten, drängte er ihn hinaus. Das hölzerne Tor schloss sich geräuschvoll.

Verblüfft blieb Simon allein in der Gasse zurück.

Natürlich war er nicht bereit, so schnell aufzugeben. Er ging weiter, schaute sich noch gründlicher um als zuvor. Aber auch seine nächsten Versuche blieben erfolglos. Zweimal machte man ihm nicht einmal auf, als er an die Türe klopfte, beim dritten Versuch ging ein wütender Hund auf ihn los. Er nahm die Beine in die Hand und rannte um sein Leben. Erst als er eine Brücke über den Eisack erreichte, gestattete er sich eine Verschnaufpause.

Er brauchte eine ganze Weile, um sich zu erholen. Simon starrte in das schäumende Wasser des Gebirgsflusses und überlegte, wie er es geschickter anstellen könnte.

»Ihr seid fremd hier?«, hörte er plötzlich eine Stimme neben sich. Der Mann sprach deutsch, als hätte er genau gewusst, wie er Simon anreden sollte. Er war schlicht gekleidet, und seine Füße steckten in abgetragenen Stiefeln.

»Ja«, sagte Simon. »Und dieses Brixen tut alles dazu, damit man sich noch fremder fühlt.«

Der andere lächelte.

»Wer an einer alten Durchgangsroute siedelt, muss sich ein gesundes Maß an Misstrauen bewahren, wenn er überleben will. Die Menschen hier sind nicht wirklich hart. Aber sie tun nach außen so, als wären sie es. Was ist Euer Anliegen?«

Während Simon es ihm erzählte, hatte er Gelegenheit, den Mann eingehend zu mustern. Er war beinahe so groß wie er, schlank, mit kräftigen Armen. In seinem welligen, dunklen Haar blitzte das erste Silber auf, doch die Haut war bis auf ein paar Lachfältchen glatt. Schmale, energische Lippen. Die Augen hatten die Farbe von hellem Bier.

»Bamberg, habt Ihr gesagt?«, unterbrach er ihn plötzlich. »Ihr seid tatsächlich aus Bamberg?« Seine Stimme klang, als sei er geübt im Reden.

»Ja, Bamberg, ist unsere neue Heimat«, sagte Simon. »Nach Jahren in Neapel. Dort hat mein Vater auch zum zweiten Mal geheiratet. Ihr kennt die Stadt?«

Ein knappes Nicken.

»Allerdings war ich schon so lange nicht mehr dort, dass ich es beinahe vergessen habe.«

»Jetzt lebt Ihr hier?«

»So würde ich es nicht nennen. Brixen ist eher eine Zwischenstation. Eine Art Besinnungspause, wenn Ihr so wollt.«

Der Mann räusperte sich, während seine Augen freundlich auf Simon gerichtet waren.

»Vielleicht kann ich Euch in der Zwischenzeit ein wenig unterstützen. Wenn die Menschen hier erst einmal ihr Misstrauen verloren haben, sind sie in der Regel offen und sehr hilfsbereit. Ich bin Priester und kenne einige in der Stadt, die Euch nützlich sein könnten. Wollen wir gemeinsam unser Glück versuchen?«

»Das würdet Ihr tun?« Eine Woge von Sympathie stieg in Simon auf. »Aber Ihr kennt mich doch kaum!«

»Ich kann gut zuhören. Und was ich soeben von Euch

erfahren habe, gefällt mir.« Er bewegte seine Hände, wenn er redete. Simon fiel der schmale silberne Ring auf, den er an der Linken trug.

Seite an Seite gingen sie zurück. Der Mann hieß Simon an einem kleinen Platz warten. Es dauerte, bis er wiederkehrte.

»Mein Plan scheint aufzugehen«, sagte er lächelnd. »Hinein lässt man uns jedenfalls schon einmal.«

Er ging so schnell voraus, dass Simon sich anstrengen musste, um mitzuhalten. Vor einem Haus mit wildem Wein, herbstlich bunt gefärbt, blieb er stehen.

»Die Brüder Rienzo erwarten uns. Jetzt möchte ich nur noch erfahren, wen ich als Gast mitbringen darf.«

»Natürlich! Wie konnte ich nur so ungehobelt sein? Ihr wisst ja noch nicht einmal meinen Namen. Ich heiße Simon. Simon Sternen. Und wer seid Ihr?«

«Adam Thies. Sag einfach Adam zu mir.«

Die Werkstatt war niedrig. Sowohl Simon als auch sein Begleiter mussten den Kopf einziehen, um nicht an den Deckenbalken anzustoßen. Die beiden Männer, die an einem Tisch geschnitzt hatten, erhoben sich eifrig. Überall standen und lagen Krippenfiguren in den verschiedensten Fertigungsstadien. Sie arbeiteten anders hier, das sah Simon auf den ersten Blick, mit einfachen, gröberen Schnitten, die ihm in ihrer kraftvollen Ursprünglichkeit gefielen.

»Seid gegrüßt, Pater Thies«, sagte der Jüngere und verneigte sich.

»Immer wieder eine Freude, Pater Thies, Euch bei uns zu sehen«, ergänzte der andere, offensichtlich sein älterer Bruder, so ähnlich waren sich ihre spitzen Nasen mit den langen Flügeln. »Eure Predigt war wunderbar. Aber deshalb seid Ihr nicht hier. Ihr habt uns heute Besuch aus der Fremde mitgebracht?«

»Simon Sternen stammt aus Bamberg und hat den gleichen Beruf wie ihr. Er ist auf der Durchreise nach Verona, um Stoffe zu kaufen, und dankbar für jeden guten Rat.«

Plötzlich bekam die Maria ihr Gesicht. Es war sein vierter Versuch, mindestens, denn er hatte aufgehört mitzuzählen. Jedes Mal hatte er mittendrin aufgehört, weil seine Hände dem Holz nicht abzuringen vermochten, was er sich vorgestellt hatte. Wie ein Anfänger hatte er sich gefühlt, jemand, der es trotz aller Anstrengung nicht fertig brachte, dem Material Leben einzuhauchen. Alles schien gegen ihn verschworen. Sogar die neue Türe schien ihn feindselig anzustarren. Inzwischen kostete es Veit regelrecht Überwindung, auch nur einen Fuß in das teuer angemietete Nebenhaus zu setzen.

Doch auf einmal nahm die Figur Gestalt an.

Er brauchte keinen Zirkel mehr, konnte die Reißwerkzeuge an der Wand lassen. Er wollte Fertiges in der Hand halten, Ergebnisse sehen. Wo war der Klöppel aus Buchenholz abgeblieben, den er in letzter Zeit vorzugsweise benutzt hatte? Er hatte ihn sogar mit seinen Initialen gekerbt, so lieb war er ihm geworden, aber heute war er unauffindbar.

Er gab die Suche auf und nahm stattdessen einen Ersatz zur Hand, mit dem sich auch gut arbeiten ließ. Geradezu zu fliegen schien der Klöppel, und die Schnitzeisen fanden wie von selber den Weg in das Holz. Das Lindenstück zwischen seinen Händen war makellos, genau das Richtige für die jungfräuliche Mutter Jesu. Was sich jedoch herausschälte, als er irgendwann sein Werkzeug erschöpft sinken ließ, waren Avas Züge.

Ihre Augen, ihr Mund, die kurze, gerade Nase. Der Schwung ihrer Brauen. Die vollen Wangen. Sogar ihr versonnenes Lächeln, wenn sie sich über etwas besonders freute, hatte er eingefangen.

Er war so in die Betrachtung vertieft, dass er das Klopfen überhört hatte. Erst als die Türe aufging, erwachte er aus seiner Versunkenheit. Blindlings griff er hinter sich und warf ein Tuch über den halbfertigen Kopf.

»Agnes!«

»Du bist allein?« Sie spähte nach allen Seiten.

»Simon ist auf dem Weg nach Italien und Marie …«

»Hat soeben mit der alten Göhlerin das Haus verlassen.« Sie lächelte. »Keine Angst! Sie haben mich nicht gesehen. Ich hab mich rechtzeitig in eine Einfahrt gedrückt.«

Langsam kam sie näher.

»Gut siehst du aus«, sagte sie. »Müde, aber gut. Und wie deine Augen strahlen! Genauso hab ich sie von unseren gemeinsamen Stunden in Erinnerung.«

»Agnes, ich …«

»Ja?« Sie hatte sich vor ihm aufgebaut. »Was willst du mir sagen? Die Wahrheit? Findest du nicht, dass es allmählich Zeit dafür wird, Veit?«

»Welche Wahrheit, Agnes? Deine? Meine? Es gibt so viele Wahrheiten.«

»Ach ja?« Ihr Ton wurde schärfer. »Damit kommst du vielleicht bei deiner mageren roten Hexe durch, aber nicht bei mir. Wieso läufst du vor mir davon? Was hab ich dir getan?«

»Nichts! Aber du hast einen Mann, zwei Töchter. Einen kleinen Sohn, der dich braucht. Daran solltest du denken.«

»Noch vor kurzem hat dich das alles kein bisschen gestört. Und mein schwangerer Bauch erst recht nicht. Der hat dich besonders heiß gemacht! Nein, das ist es nicht. Dazu kenne ich dich zu gut. Und plötzlich treu geworden bist du auch nicht. Ein alter Kater wie du verlernt das Mausen nicht. Ich glaube vielmehr, dass du wieder auf Freiersfüßen wandelst. Magst du mir nicht sagen, wer sie ist?«

Sie war ihm so nah, dass ihr Geruch schier übermächtig wurde – Lilien- und Veilchenöl, von allem wie immer etwas zu viel. Jähe Sehnsucht nach Ava überfiel ihn.

Veit drehte den Kopf zur Seite und schwieg.

»Du willst nicht reden? Auch gut, mein Lieber. Ganz, wie du willst! Aber das könntest du bald bereuen. Unsere schöne Stadt hat tausend neugierige Augen und Ohren – hast du das vergessen? Und sollte sich bestätigen, was ich vermute, dann wirst du eine ganz neue Agnes kennen lernen, das schwöre ich dir.«

Ihr Blick war kalt geworden.

»Die Erste, die davon erfährt, wird dein treu sorgendes Weib sein. Ich freu mich jetzt schon auf das Gesicht der dürren Marie!« Sie begann zu kichern. »Und dann der Fürstbischof! Denkst du vielleicht, ich wüsste nicht, wie man Gerüchte streut? Ein Krippenschnitzer, der hurt und die Ehe bricht – das wird ihm gefallen! Was meinst du: Soll ich dafür sorgen, dass der Weihbischof gleich mit informiert wird, oder sollen wir uns das für später aufheben, um die Spannung noch zu steigern? An geschlechtlichen Verfehlungen soll Förners Interesse übrigens nahezu gleich groß sein wie an allem, was mit Hexerei zu tun hat …«

Er sprang auf, packte ihre Handgelenke und zwang sie, ihn anzusehen.

»Das wirst du gefälligst bleiben lassen, verstanden? Du hast kein Recht, dich in mein Leben einzumischen.«

»Ach, hab ich nicht?« Ihre Augen glichen blassblauen Monden. »Was aber, wenn ich mir von dir keine Angst machen lasse? Und du gar nicht anders kannst, als auf meine klugen Vorschläge einzugehen? Damit hast du wohl nicht gerechnet, Veit Sternen!«

Schweigend starrte er sie an, voller Abscheu.

Agnes schien immun dagegen.

»Küss mich!«, flüsterte sie. »Nimm mich – gleich hier. Zwischen deinen harten Spänen. Ich will das Holz auf meiner Haut fühlen. Und dich endlich wieder in mir spüren. Komm schon! Worauf wartest du noch? Es ist noch nicht zu spät, Liebster!«

Veit ließ sie so abrupt los, dass sie taumelte, packte seinen Rock und rannte hinaus.

Sechs

Avas Hände waren schwarz vom Holunder. Die reiche Ernte erschien ihr wie ein Zeichen. Es machte ihr Mut. Der Baum hatte dem Frost getrotzt; er hatte ihn zwar die Blätter gekostet, nicht aber die Früchte. In gewisser Weise ähneln wir uns, dachte sie, während sie die Beeren vorsichtig abstreifte. Wir warten, bis die Gefahr vorüber ist. Dann ziehen wir neue Kraft aus der Tiefe – und überleben.

Zum Trocknen legte sie die dunklen Kügelchen auf den Brettern in ihrer Vorratskammer aus. Den ganzen Winter über würde sie von ihnen etwas haben, als Tee, Saft oder Wein. Auf dem Herd brodelte bereits ein großer Topf mit Hollersuppe, deren säuerlicher Duft den ganzen Raum erfüllte. Für gewöhnlich konnte sie nicht genug davon bekommen, musste schon davon naschen, bevor sie fertig war. Heute jedoch zog Avas Magen sich zusammen, und sie spürte, wie ihr Speichelfluss sich auf ungute Weise verstärkte. Vielleicht würde es besser werden, wenn sie später Honig und eine Prise Zimt dazugab. Am Stand von Lebzelter Floggel hatte sie sich erst neulich einen kleinen Beutel davon geleistet.

Der Markt – wenn sie nur daran dachte, wurde ihr mulmig. Bislang hatte niemand etwas dagegen gehabt, dass sie ihre geräucherten Fische dort verkaufte. Vergangenen Donnerstag jedoch hatten die Büttel sie von einer neuen Verordnung in Kenntnis gesetzt. Demnach musste sie ihre Waren künftig auf dem Fischmarkt nahe dem Kranen anbieten. Inmitten all der Konkurrenz würde ein Umsatzrückgang nicht ausbleiben. Noch ärgerlicher aber war die unmittelbare Nähe der Fischer- und Schifferzunft, die jeden argwöhnisch beäugte, der nicht dazugehörte. Kirchweih war die einzige Ausnahme, die sie gerade noch duldeten. Im vergangenen Jahr hatte Ava mit ihren Räucherhäppchen gut dabei verdient.

Sie wollte sich diese Einschränkungen nicht gefallen lassen. Aber was sie dagegen unternehmen sollte, wusste sie noch nicht. Ob es sinnvoll wäre, einen der Ratsherren deswegen anzusprechen? Beim näheren Überlegen fiel ihr nur Pankraz Haller vom Storchenbräu ein. Aber der war ausgerechnet Veits Schwiegervater, wie sie inzwischen erfahren hatte, und belieferte seit einiger Zeit sogar den Hof des Fürstbischofs.

Beim Umrühren verlagerte Ava das Gewicht von einem Bein auf das andere. Ihr war heiß, und das Übelsein der letzten Tage wollte sich nicht legen. Alles wurde ihr schnell zu viel; zu nichts hatte sie richtig Lust. Die Kinder hatten ihre rasch wechselnden Launen bereits zu spüren bekommen; nicht einmal Veit war davon verschont geblieben. Ihr Geliebter hatte empfindlich reagiert und ein beleidigtes Gesicht gemacht, als sie ihn nach kurzem Wortwechsel einfach fortgeschickt hatte. Daran freilich musste er sich gewöhnen, denn bislang hatte Ava es immer so gehalten, wenn ihr danach gewesen war.

Wurde ihr seine Nähe schon zu viel?

Sie lauschte in sich hinein, fand aber keine schlüssige Antwort darauf. Manchmal schalt sie sich selber als zu eigenbrötlerisch und damit auf Dauer zum Alleinsein verdammt. Seit dem Brand der Glashütte und der anschließenden Flucht über den Gläsernen Steg war es schwierig für sie geworden, Menschen zu dicht an sich heranzulassen, vor allem, wenn es sich um Männer handelte. Oft genügte ein falsches Wort, ein Blick, der ihr nicht gefiel, und Ava zog sich völlig zurück.

Aber vielleicht gab es ja auch einfachere, näher liegende Gründe, warum ihr nicht wohl in ihrer Haut war. Womöglich lag es daran, dass sie viel zu warm angezogen war. Der Oktober hatte kühl und regnerisch begonnen, heute jedoch stach die

Sonne von einem blanken Himmel. Kein Wunder, dass sie schwitzte!

Ava überließ die Suppe kurz sich selber. Als sie in ihrem Sommerkleid zurückkam, stand Mathis am Herd.

»Was machst du denn da?«, fragte sie erschrocken.

»Deine Hollersuppe – vorzüglich wie immer.« Er ließ den Löffel sinken. »Außerdem will ich mit dir schlafen.« Er zog sie an sich und bedeckte ihr Ohr mit Küssen. »Und behaupte jetzt bloß nicht, du hättest keine Sehnsucht nach mir gehabt!«

Ava schob ihn weg. Sie begann heftig zu niesen.

»Ist das vielleicht eine Begrüßung für einen alten Freund?« Ein schiefes Lächeln. »Beim letzten Mal warst du sehr viel zugänglicher, wenn du dich vielleicht erinnerst.«

»Du warst lange weg.« Sie nahm den Topf vom Feuer und trug die Äpfel, die sie schon bereitgelegt hatte, zum Tisch. Sie setzte sich und begann sie zu schälen.

»Nicht ganz freiwillig.« Mathis zuckte die Achseln. »Und an keinem besonders einladenden Ort, um bei der Wahrheit zu bleiben.«

Er klang so ernst, dass sie aufsah.

»Ja«, sagte er. »Es war so, wie du es mir schon seit langem prophezeit hast! Eingebuchtet haben sie mich. Wäre mein Wärter nicht so ein mieser Zocker gewesen, wäre ich noch immer im Loch. Außerdem hat er schwer gesoffen. Was die Sache stark vereinfacht hat.«

»Du warst im Loch? Hier, in Bamberg?«

Er steckte sich einen Apfelschnitz in den Mund.

»Nein, irgendwo. Nicht weit von hier. Egal – es ist ohnehin besser, wenn du es nicht zu genau erfährst. Nur für den Fall, man würde dich einmal ausquetschen. Dann kannst du guten Gewissens behaupten, du wüsstest von nichts.«

Ava schob den Teller beiseite. Ihre Nase prickelte. Ein weiterer Niesanfall. Und das flaue Gefühl im Magen, das einfach nicht verschwinden wollte!

»Was willst du jetzt tun?«

»Dasselbe wie bisher, vermute ich. Fallen stellen, Netze legen. Der hochnäsigen Zunft ein Schnippchen schlagen. Obwohl – ich hab da neulich ein paar Flößer getroffen, drunten im Lamitztal. Eine schöne, einsame Gegend. Ausgesprochen waldreich. Sie haben erzählt, man könne in den Wintermonaten einen ordentlichen Batzen verdienen, vorausgesetzt, man scheut sich nicht vor Schnüren eisigen Wassers im Gesicht und Schneeflocken, so dicht wie Gänsedaunen.«

Mathis musterte sie eindringlich.

»Ich sollte mich in aller Ruhe umsehen. Zumindest, bis ich wieder richtig zupacken kann. Deine Fischerfreunde haben sich während meiner Abwesenheit ein paar neue Widrigkeiten einfallen lassen. Und das, noch bevor die Jagdsaison richtig begonnen hat!«

Er streckte ihr seine linke Hand entgegen. Ava sah die tiefen, kaum verschorften Wunden, die scharfe Eisenzähne im Ballen hinterlassen hatten. Unwillkürlich zog sie Luft zwischen die Zähne.

»Ein Ottereisen!«, sagte sie.

Da war es wieder in ihren Ohren, das Tuten der Jagdhörner, das Hecheln der Hunde, die wilde Flucht der Otter, zu Wasser, zu Land! Herbst für Herbst flackerte der Irrsinn aufs Neue auf. Und jeden Herbst spürte Ava, wie ihre Wut wuchs. Sie gierten nach dem Fell der Otter, ihrem Fett – nach ihrem Leben. Reka hatte sie im letzten Augenblick davor bewahren können. Doch was war mit all den anderen Artgenossen, die getötet wurden oder schwer verletzt irgendwo qualvoll verendeten?

Die Übelkeit war plötzlich nicht mehr nur im Bauch, sondern auch im Schlund. Ava atmete vorsichtig dagegen an, und langsam zog sie sich wieder zurück, doch ihr linkes Bein fühlte sich unterhalb der alten Narbe auf einmal wie taub an.

»Das Ufergestrüpp strotzt davon. Sie sind so geschickt gelegt, dass selbst ein alter Hase wie ich in die Falle gegangen ist! Da sind Spezialisten am Werk! Du solltest ein wachsames Auge auf deinen pelzigen Freund haben. Wo steckt er eigentlich?«

»Nebenan«, sagte Ava. »In meiner Kammer. Tagsüber schläft Reka gern. Aber nachts geht er jagen. Und weder kann noch will ich ihn einsperren.«

»Es wird nicht gerade leichter für uns«, sagte Mathis. »Alles Wilde, was sie nicht bändigen können, betrachten sie als gefährlich, als etwas, das man mit Stumpf und Stiel ausrotten muss. Meinst du nicht, meine Schöne, wir sollten uns in solchen Zeiten erst recht zusammentun?«

Ihr Magen krampfte sich zusammen, schlimmer als je zuvor. Ava gelang es gerade noch, aufzuspringen und hinauszurennen. Unter dem Hollerbaum rang sie krampfhaft nach Atem.

»Arme Kleine!« Mathis war ihr gefolgt. »Es wird dir gleich besser gehen, wenn du siehst, was ich für dich habe.«

»Zwei Ziegen!« Er hatte die Tiere an einen Busch gebunden. Die eine war gescheckt, die andere schwarz. Beide trugen kleine Glöckchen um den Hals, die bimmelten, sobald sie sich bewegten. »Was soll ich denn mit denen anfangen?«

»Was wohl? Du hast Milch, nette Gesellschaft, wenn es kalt wird, und Fleisch, sollte es einmal eng werden.«

»Du hast sie doch nicht etwa ...« Sie stemmte einen Arm gegen den Stamm, als ob sie plötzlich Halt bräuchte.

»Gekauft, meine Schöne, natürlich gekauft! Zum Glück gibt es nicht nur dich als Gratis-Abnehmerin für meine Fische, sondern auch ein paar zahlungskräftige Kunden.« Er sah sie voller Mitgefühl an. »Du siehst elend aus, Ava. Langsam beginne ich, mir Sorgen zu machen.«

»Musst du nicht. Es ist nur eine kleine Magenverstimmung. Außerdem bin ich ein bisschen erkältet. Es war einfach dumm von mir, im Oktober noch schwimmen zu gehen. Jahr für Jahr versuche ich, den Zeitpunkt weiter hinauszuschieben, an dem ich damit aufhören muss. Immer habe ich das Gefühl, als ließe ich den Fluss im Stich.«

»Ja, es kommt nicht von ungefähr, dass sie dich in der Stadt die ›Otterfrau‹ nennen, aber für mich bist du die Hüterin der Quelle, die alle speist. Du darfst nicht krank werden! Wir brauchen dich!« Er lachte kurz auf, dieses spöttische Lachen, das sie von Anfang an so angezogen hatte. »Mich kriegen keine zehn Pferde in die Regnitz! Ich betrachte sie lieber vom Boot aus, trocken und in respektvoller Entfernung. Ich kann nicht einmal richtig schwimmen.«

Er lachte erneut. Sie hörte die kleine Unsicherheit, die darin schwang.

»Aber ein Wildtier wie Reka wirst du trotzdem nicht. Obwohl man es manchmal fast glauben könnte, wenn man dich im Arm hält.« Er zog sie zu sich heran, und diesmal ließ sie es geschehen. Seine Lippen waren an ihrem Hals, an ihrem Ohr. Sie hörte, wie er seufzte, spürte, wie seine Hände durch ihr Haar fuhren. Er war nicht Veit. Aber Mathis, ihr alter Freund, mit dem sie viel verband.

»Davon hab ich geträumt. Und man träumt so einiges im Loch, das kann ich dir verraten! Wie weich du bist, Ava. Und wie gut du riechst!« Spielerisch begann er an ihr zu schnuppern. »Aber irgendetwas ist anders. Hilf mir weiter! Du riechst erdiger. Weiblicher. Was hast du angestellt? Ein Kraut, irgendein Öl? Oder ist es nur meine Sehnsucht, die …«

Abrupt machte sie sich los. Etwas Namenloses stieg in ihr auf. Eine unbegreifliche Mischung aus Freude und Angst, die sie bislang unterdrückt hatte.

»Was hab ich denn nun schon wieder Verkehrtes gesagt?«

»Nichts«, sagte Ava. »Es hat nichts mit dir zu tun. Es ist nur, dass ich nicht …«

Sie hielt inne, hasste sich plötzlich für die eigene Feigheit. Hatte Mathis kein Recht zu erfahren, was in ihr vorging?

»Soll das etwa heißen, der andere ist noch im Spiel?« Seine Stimme war plötzlich frostig. »Der, der dir schon vor Monaten die Ruhe geraubt hat? Hast du so meine Abwesenheit genutzt?«

Eine abwehrende Geste.

»Und ich dachte, als wir beide im Feuerkreis die Kornmutter gefeiert haben …«

»Ja, das haben wir! Und ich bereue nicht einen Augenblick davon. Aber jetzt, Mathis«, Ava suchte nach Worten, »versteh mich nicht falsch. Ich fühl mich nicht besonders. Und ich muss nachdenken. Ich will allein sein. Bitte geh!« Sie sah die Enttäuschung in seinem Gesicht, die ihm alles Lebendige nahm.

»Und ich hatte geglaubt, wir beide …« Seine Lippen bildeten einen graden Strich. »Du brauchst mich nicht fortzuschicken, Ava. Nicht noch einmal.«

Sie starrte ihn schweigend an.

»Ich werde dich nicht mehr belästigen, darauf kannst du dich verlassen. Wenn du etwas von mir willst, dann musst du schon zu mir kommen.« Er griff nach seinem Hut. »Die gefleckte Ziege ist übrigens trächtig. Wirst dich bald auf Nachwuchs einstellen müssen.«

»Jetzt, mitten im Herbst?«, entfuhr es ihr, obwohl die Übelkeit mit einem Mal so überwältigend war, dass sie kaum noch die Zähne auseinander bekam.

»Das Leben kommt, wann es will«, sagte Mathis. »Ohne uns zu fragen. Pass auf dich auf, Ava!«

Wieder einmal war die Kreide mitten im Strich abgebrochen. Wütend starrte Kuni auf das nutzlose Stückchen, das in ihrer Hand verblieben war.

»Das lern ich nie!«, sagte sie und stieß die andere Kreide

wütend mit dem Fuß weg. »Dieses verdammte D – warum muss es auch einen so fetten Wanst haben!«

Toni und Kaspar verkniffen sich das Kichern, während Lenchen verträumt dabeisaß.

»Versuch es noch einmal!«, sagte Lenz. »Es ist ähnlich wie mit dem Schwimmen. Erst denkt man, man lernt es niemals, und plötzlich ist es ganz einfach.«

»Was heißt hier ›einfach‹!«, schnaubte sie. »Meine Finger sind dazu gemacht, Eier zu stehlen. Ich kann Börsen angeln und Wunden ausbrennen. Meinetwegen auch noch Körbe flechten, wenn es unbedingt sein muss. Aber zum Schreiben taugen sie nicht.«

»Du willst aufgeben?«

»Das könnte dir so passen!« Kuni strich sich das Haar aus der Stirn. Es ging ihn nichts an, dass ihre Achseln nass vor Aufregung waren und die Hände so feucht, dass sie die Kreide kaum halten konnte. Von seinem Zuhause erzählte er so gut wie nie, obwohl sie häufig versucht hatte, ihn dazu zu bewegen. Arme Leute waren seine Eltern bestimmt nicht gewesen, das stand für sie fest. Sie hatten nicht mit dem Vieh in einer Hütte gehaust, so wie sie oder Toni. Von Lenchen und ihrer Mutter ganz zu schweigen. Obwohl sie kaum etwas über sie wusste. Aber die Kleine fing sofort zu flennen an, sobald die Rede auf sie kam.

Irgendetwas war anders an Kaspar und ihm. Das roch sie förmlich. Die Art, wie er sich bewegte und wie er redete, obwohl er schon so lange auf der Straße lebte. Außerdem hatte Lenz Lesen und Schreiben gelernt, als er vielleicht halb so alt gewesen war wie sie heute. Und was er geschafft hatte, das schaffte sie auch!

»Ich gebe nicht auf«, bekräftigte sie. Sie liebte es, das letzte Wort zu behalten. »Niemals! Das weißt du doch? Also, zeig mir den nächsten Buchstaben!«

Die Kinder hatten sich ein ruhiges Plätzchen am Fischmarkt

gesucht, wo sie die warmen Strahlen der Herbstsonne genossen. Hinter ihnen schlugen die Fischerboote am Kai dumpf gegeneinander, eine eintönige, beruhigende Musik. Die Stände waren abgeräumt, der Verkauf bereits zu Ende, aber ein paar Reste waren noch für sie abgefallen. Ab nächster Woche, wenn Ava hier ihre Körbe auslegte, war deutlich mehr zu erhoffen.

Lenz nahm ihr die Tafel aus der Hand. Er schien nachzudenken, wollte zuerst ein E zeichnen, dann aber malte er einen vollkommenen Kreis, glatt und rund.

»O«, sagte er. »Und das daneben, das mit dem geraden Strich und dem Querstrich darüber, das ist ein T. Ganz einfach. T wie Toni. Siehst du?« Er bückte sich nach der abgebrochenen Kreide und gab sie ihr. Wenn sie das erst einmal beherrschte, konnte sie schon bald ein richtiges Wort, einen Namen schreiben. Die nächste Stufe. Er erinnerte sich noch gut, wie froh ihn das damals gemacht hatte.

Kunis Hand begann zu zittern. Das T bereitete ihr keine Schwierigkeiten, das O allerdings. Was bei Lenz so mühelos entstanden war, kam bei ihr schief und krakelig heraus.

»Das soll ein O sein?« Plötzlich stand Selina vor ihnen. »Es sieht eher aus wie ein Ei. Ein Ei von einem kranken Huhn.«

Kuni versteckte die Tafel hinter ihrem Rücken. Ihr Gesicht brannte. Ausgerechnet sie – das war noch schlimmer, als auf frischer Diebestat ertappt zu werden!

»Hau ab, Miststück!«, sagte sie. »Wir brauchen dich nicht.«

Das Mädchen rührte sich nicht.

»Hast du mich nicht verstanden?«, schrie Kuni. »Oder willst du Prügel?«

»Marie hat mir die Hand geführt«, sagte Selina sehr langsam und vermied es, Lenchen dabei anzusehen. »Meine Stiefmutter. Da wurde das Schreiben plötzlich ganz einfach.«

Jetzt hafteten die Blicke aller Kinder auf ihr. Toni schaute äußerst skeptisch drein, das war ihr gleich aufgefallen, und das kleine Mädchen mit der roten Haube, das sie Nacht für Nacht bis in die schlimmsten Träume verfolgte, tat, als wäre sie gar nicht vorhanden. Aber zum Glück gab es ja noch die braunen Augen von Lenz. Versinken mögen hätte sie darin. Aber nicht jetzt. Und schon gar nicht vor der anderen.

Sie machte einen Schritt auf Kuni zu und noch einen. Doch die war plötzlich aufgesprungen und wich zurück.

»Stehen bleiben«, sagte Selina. »Sonst geht es nicht.«

Zu ihrer Überraschung gehorchte Kuni. Selina nahm ihr die Tafel aus der einen Hand, die Kreide aus der anderen.

»Setz dich.« Sie tat es ihr nach und legte die Tafel auf den Boden. »Deine Hand!«, sagte sie. »Die rechte.« Sie gab ihr die Kreide. »Wir machen jetzt zusammen ein O.« Ihre Hand legte sich um Kunis, ganz leicht, aber die Führung war doch zu spüren. »Los – wir schreiben.«

Ein geschlossener Kreis entstand, nicht ganz perfekt, aber um vieles besser als das ungelenke Etwas von eben.

»Du kannst ja zaubern!« Kuni starrte sie ungläubig an.

Selina schüttelte den Kopf und lächelte.

»Nein, nur schreiben«, sagte sie. »Und das kann jeder lernen.«

»Was willst du wirklich?«, sagte Kuni. Sie nahm die Tafel und stand auf. Niemals würde sie das kostbare schwarze Ding wieder hergeben. »Warum bist du hier?«

Selina, die sich ebenfalls erhoben hatte, schien plötzlich nach Worten zu ringen. Erst als Lenz ihr aufmunternd zunickte, begann sie zu sprechen.

»Ich will euch etwas zeigen. Ein Geheimnis.«

»Wieso auf einmal so freundlich? Willst du dich bei uns einschleimen?«

»Kein Interesse?« Jetzt sah Selina nur noch Lenz an. Seit Simon fort war, war er ohnehin der einzig wichtige Mensch für sie auf der Welt. »Soll ich wieder gehen?«

»Nein, bleib! Ich will es sehen«, sagte er. »Unbedingt. Und ihr? Was ist mit euch?« Seine Frage galt den Kleinen.

Erst nickte Kaspar, dann, mit einer Verzögerung, auch Toni. Sogar Lenchen bewegte schließlich zustimmend den Kopf.

»Was ist es?«, beharrte Kuni.

»Ein Geheimnis«, sagten Lenz und Toni im Chor, und dieses Mal gelang Selina das Kunststück, nahezu gleichzeitig von ihren Lippen zu lesen.

»Ein Geheimnis?«, wiederholte Kuni. »Das ist mir zu billig.«

»Was willst du wissen?«, sagte Selina.

»Alles«, sagte Kuni. »Sonst kannst du dich gleich wieder verziehen.«

»Alles, das geht nicht.« Selinas Stimme war hoch und schrill. Lenchen sah sie ängstlich an. »Aber einen Teil – meinetwegen. Es ist ein unterirdischer Gang, der zu einem Schatz führt.«

Hatte sie schon zu viel verraten? Plötzlich war Selina unsicher. Aber Kuni brachte sie immer dazu, Dinge zu sagen oder zu tun, die sie eigentlich gar nicht wollte.

»Was für ein Schatz? Steine?«

Sie hörte nicht auf! Selina blieb nichts anderes übrig, als noch einmal zu antworten.

»Nicht nur. Auch Fässer.«

»Fässer?« Kuni schüttelte verständnislos den Kopf. »Was sollen wir mit Fässern?«

»Mensch, Kuni, sie meint Bier! Weißt du denn nicht, wer ihr Großvater ist? Pankraz Haller vom Storchenbräu!« Die Aufregung hatte Lenz' Wangen gerötet.

»Ja«, sagte Selina, glücklich, wie gut sie ihn wieder einmal verstanden hatte. »Er ist mein *nonno*! Er beliefert sogar den Fürstbischof.«

»Gut«, sagte Kuni schließlich, die nicht wusste, wer oder was ein *nonno* war, sich aber lieber die Zunge abgebissen hätte, als ausgerechnet die Taube danach zu fragen. »Meinetwegen. Doch wir kehren um – wenn ich es sage. Hier wird nämlich gemacht, was ich sage. Falls du es noch nicht gemerkt haben solltest.«

Selinas Lippen kräuselte ein schmales Lächeln. »Du musst noch Geduld haben. Denn heute wird nichts daraus.«

»Schade!«, rief Toni ganz aufgeregt. Wenn er Selina nicht aus den Augen ließ, würde er bestimmt herausfinden, ob sie wirklich mit jenen schrecklichen Dingen in Verbindung zu bringen war, von denen der Weihbischof gesprochen hatte. »Wann denn? Morgen?«

»Mal sehen. Irgendwann. Ich sage euch, wenn es so weit ist.«

Selinas Lächeln vertiefte sich, als sie Lenz und Kaspar eifrig nicken sah. Sogar Kuni fiel offenbar nichts mehr Gemeines ein. Um die Kleine würde sie sich später kümmern. In ihrem Bauch war es ganz warm geworden. Geträumt hatte sie schon davon. Viele, viele Male! Aber erst jetzt spürte sie, wie gut Macht sich anfühlte.

Das Leben war schwieriger geworden, seit er zum Hoflieferanten des Fürstbischofs bestellt worden war. Pankraz Haller war nicht wirklich überrascht, denn Fuchs von Dornheim galt bekanntermaßen als anspruchsvoll und überkritisch. Auch mit dem Neid der anderen Brauer, die ihn plötzlich übersahen oder auffällig seine Nähe suchten, hatte er gerechnet. Mehr zu schaffen machte ihm die eigene Ungeduld, die er gegenüber seinen Gesellen und Lehrlingen an den Tag legte. Natürlich nützte es nichts, sie anzubrüllen und damit zwingen zu wollen, schneller und gleichzeitig sorgfältiger zu arbeiten, und dennoch tat er es immer wieder. Es quälte ihn, dass er sich nicht beherrschen konnte, denn er wusste, dass sein Bier dadurch nicht besser wurde, sondern eher schlechter. Aber etwas brannte in ihm, das ihm keine Ruhe ließ, eine heiße, ehrgeizige Flamme, die umso heller leuchtete, je mehr er sich anstrengte, keine Fehler zu machen.

Dabei ging schon seit einiger Zeit alles schief, was nur schief gehen konnte. Begonnen hatte es bereits bei der ersten Lieferung. Natürlich hatte Pankraz Haller es sich nicht nehmen lassen, das Abladen der Fässer vor Schloss Geyerswörth selber zu beaufsichtigen. Trotzdem war das erste Fass vom Wagen gefallen und zerborsten. Dem spitznasigen Kämmerer, der mit dem Hofastrologen den Vorgang beobachtete, gelang es gerade noch, sich mit einem Satz in Sicherheit zu bringen. Damian Keller jedoch war von oben bis unten mit Bier bespritzt. Er machte gute Miene zum feuchten Spiel, zumindest solange Haller daneben stand. Aber er konnte sich schon jetzt lebhaft vorstellen, was er dem Fürstbischof berichten würde.

Kurz darauf stellte sich heraus, dass drei Fässer ungenießbar waren; sie verströmten einen stechenden Pechgeruch, nachdem man sie angezapft hatte. Die hohen Herren vom Domkapitel mussten bei ihrer Festlichkeit auf Wein ausweichen und lästerten ausgiebig. Und der ehrgeizige Braumeister, den man mit deutlicher Häme umgehend davon in Kenntnis setzte, wäre am liebsten in Grund und Boden versunken.

»Eine Unglückssträhne, die sicherlich bald vorbei ist«, tröstete ihn Marie, zu der er seinen Kummer trug. »Mach dir nichts daraus. Storchenbier ist und bleibt das beste!«

Sie empfing ihn in der Stube, die sie gerade zusammen mit der Göhlerin geputzt hatte. Die Fenster leuchteten vor Sauberkeit. Der Boden war noch feucht. Sie hatte die massive Truhe an die andere Wand geschoben, Tisch und Stühle näher zum Licht gerückt. Er konnte das Leinöl riechen, mit dem sie die Holzplatte eingerieben hatte. Ihr sattes Goldbraun erinnerte ihn an das Bernsteinherz, das seine Frau früher so gerne getragen hatte. Er hatte es ihr von einer seiner Reisen aus Böhmen mitgebracht, als Geburtstagsgeschenk, aber auch als Entschuldigung dafür, dass er so viel unterwegs war, um nach den neuesten Brautechniken Ausschau zu halten. Jetzt lag es schon seit langem vergessen in einer der vielen Schatullen, die sich auf dem Dachboden stapelten.

»Du kannst dir sicher vorstellen, was Georg Schneider dazu sagt. Am liebsten würde ich ihm einen Maulkorb umhängen.«

»Drutenwerk. Ein uralter Fluch.« Sie war in einen künstlichen Bass verfallen. »Mit Mann und Maus werden wir untergehen, bis ins siebte Glied ... Etwa diese Richtung?«

Er nickte beklommen, weil er unwillkürlich an Hanna denken musste. Etwas in ihm scheute sich davor, ihren Namen in Gegenwart seiner Tochter auszusprechen.

Marie aber lachte.

»Komm schon, Väterchen, du kannst es dem Fürstbischof nicht recht machen. Niemand kann das. Das weiß ganz Bamberg. Er wird immer etwas finden, womit er unzufrieden ist. Wenigstens darauf kannst du dich verlassen.«

»Aber er kürzt alle Rechnungen. Falls er überhaupt bezahlt. Dabei ist mein Kirchweihbock so gut geworden wie noch nie!«

»Eine Taktik, die sich bestens für ihn bewährt hat. Weshalb sollte er sie aufgeben? Viele Handwerker in der Stadt sind erleichtert, wenn keine Hofaufträge mehr kommen, obwohl sie das öffentlich niemals zugeben würden. Aber du bist ein Haller, vergiss das nicht! Außerdem wird das Ganze sich bald einspielen. Bis dahin müssen wir eben durchhalten. Und unser Bock wird ein großer Erfolg. Davon bin ich überzeugt.«

Sie hatte *wir* gesagt, so wie früher! Und *unser*.

Die Freude darüber ließ Pankraz vieles von seinem Kummer vergessen. Sogar, dass er sich Sorgen machte, wo er genügend Gerste für die nächsten Sude herbekommen sollte. Allerdings hatte er auch dazu bereits eine Idee. Mit neu erwachtem Interesse musterte er seine Tochter. Irgendetwas musste passiert sein, dass Marie plötzlich wieder die Welt außerhalb der Werkstatt wahrnahm.

»Hattest du Streit mit Veit?«, riet er aufs Geratewohl.

»Wie soll man mit jemandem streiten, der bestenfalls körperlich anwesend ist?«

»Er lässt dich nach wie vor so viel allein?« Sein Blick glitt in der Stube umher. Pankraz hatte sich hier niemals besonders wohl gefühlt. Und er hatte nie einen Hehl daraus gemacht.

Plötzlich sah sie ihr Zuhause nicht mit seinen, sondern mit Veits Augen. Sie konnte sich anstrengen, so viel sie wollte, scheuern, polieren, die Möbel neu arrangieren, es bedeutete ihm nichts. Es gab eine Kraft, die ihren Mann hinauszog, an Orte, von denen sie nichts wusste, zu Menschen, die sie nicht kannte. Ihr Mann ließ sich ebenso wenig einsperren wie seine Tochter Selina. Wenn sie bei ihm bleiben wollte, würde sie lernen müssen, damit zu leben.

»Veit sagt, er könne nicht anders. Wenn er überhaupt etwas sagt«, erwiderte sie. »Was nicht gerade oft vorkommt.«

Sie verriet dem Vater nicht, dass sie neulich nachts in die Werkstatt gegangen war und sie leer vorgefunden hatte, obwohl Veit behauptet hatte, er würde selbst bei ungünstigem Kerzenlicht bis zum Morgengrauen arbeiten. Später darauf angesprochen, hatte er behauptet, er habe nur einen kurzen Spaziergang durch die schlafende Stadt gemacht, um den Kopf wieder freizubekommen.

Ob sie ihm glauben sollte? Marie war sich nicht sicher. Stets hatte sie darauf gehofft, Veit würde sich ändern. Eines Tages. Ihr zuliebe. Weil ihm an ihrer Liebe etwas lag. Doch plötzlich erschien ihr diese Hoffnung mehr als trügerisch.

»Du sagst das so gelassen. Fast abgeklärt.«

»Was sonst sollte ich tun? Auf die Knie fallen und ihn anbetteln?« Sie schüttelte den Kopf. In ihren hellen Augen sah Pankraz eine Spur Ärger aufblitzen. »Er weiß genau, was ich mir wünsche. Ich muss ihm nicht Tag für Tag damit in den Ohren liegen.«

Das Thema schwebte zwischen ihnen, lange schon. Jetzt jedoch schien Pankraz der richtige Zeitpunkt, um es anzusprechen. Er wählte die Worte behutsam, um Marie nicht zu verletzen.

»Du bist die Sonne meines Lebens«, sagte er und merkte zu seinem eigenen Erstaunen, wie brüchig seine Stimme klang, so bewegt war er auf einmal. »Und sollte dir etwas zustoßen, dann möchte ich keinen Tag länger auf der Welt sein. Ich weiß um mein Glück, eine Tochter wie dich zu haben. Aber …«

Tränen liefen über ihre Wangen.

»Jetzt sprichst du endlich aus, was mich schon so lange quält«, sagte Marie.

»Ich weiß, mein Mädchen. Ich weiß.«

»Meinst du denn, das will ich auf Dauer entbehren?«, sagte sie. »Die kleinen Arme? Den warmen Geruch? Das Lachen? Alle haben sie Kinder, alle – nur ich nicht. Was hab ich verbrochen, Vater, dass Gott mich so bestraft?«

»Seinen Willen zu beurteilen steht uns Menschen nicht an«, erwiderte er. »Du weißt, dass ich den Zufall hasse. Und mich immer gegen blinde Schicksalsergebenheit aufgelehnt habe. Aber Zufall und Schicksal existieren. Und sich dagegen aufzulehnen bringt nichts als Kummer. Natürlich kann ich deine Sehnsucht verstehen, Marie!«

Er suchte ihren Blick.

»Doch ein Kind zur Welt zu bringen ist keine Garantie für ewiges Glück. Kinder können krank werden. Manche sterben schon in der Wiege, noch bevor sie laufen lernen. Sie werden dir durch Krieg genommen. Oder sie verlassen dich. Es mögen andere Schmerzen sein als die, die du jetzt fühlst – aber sind sie deshalb geringer?«

Pankraz legte ihr den Arm um die Schultern. Er spürte, wie sie schluchzte, konnte die zarten Knochen unter dem Kleid fühlen.

»Das ist doch nichts als ein billiger Trost«, stieß sie hervor. »Und das weißt du ganz genau!«

Was konnte er tun, um sie glücklich zu machen? Es lag nicht in seiner Macht. So schwer es auch einzusehen war.

»Und du weißt, dass ich so falsch damit nicht liege. Warum freundest du dich nicht mit dem Gedanken an, dass es vielleicht nicht deine Bestimmung ist zu gebären – und du trotzdem ein glückliches Leben haben wirst?«

»Das kann ich nicht«, flüsterte Marie. »Verlang das nicht von mir!«

»Nicht meinetwegen«, sagte Pankraz. »Deinetwegen, mein Mädchen!«

Sie machte sich plötzlich frei und wischte die Tränen mit dem Ärmel weg.

»Ich will nicht heulen«, sagte sie. »Ich hasse mich, wenn ich so schwach bin. Und schwanger wird man davon bestimmt nicht!«

Die Tür sprang auf. Selina polterte ins Zimmer.

»Ich sterbe gleich vor Hunger. Wann gibt es endlich Mittag ...« Sie verstummte, als sie Pankraz sah, drehte sich auf dem Absatz um und war wieder verschwunden.

Marie zog die Schultern hoch.

»So geht es jetzt alle Tage«, sagte sie. »Für kurze Zeit habe ich geglaubt, etwas hätte sich geändert, aber das war wohl nur ein Wunschtraum. Seit Simon fort ist, ist es besonders arg geworden. Nicht einmal Veit wird noch mit ihren Launen fertig. Jetzt schreit er sie schon an. Als ob das etwas nützen würde, wo sie ihn doch nicht einmal hören kann!«

»Und du?«

»Ich? Ich hab es längst aufgegeben.«

»Du sehnst dich nach einem Kind«, sagte Pankraz. »Du träumst Tag und Nacht von nichts anderem. Aber du *hast* doch bereits ein Kind, Marie! Ein großes, schönes Mädchen.«

»Hast du mir nicht gesagt, dass sie mich niemals als Mutter akzeptieren wird? Du hast Recht gehabt. Ich hätte dir glauben sollen, damals schon.«

»Aber da hab ich sie kaum gekannt. Ich finde, sie hat sich verändert. Selina kann so freundlich sein, so klug …«

»… und ebenso verschlossen und verletzend. Sie lehnt mich ab. Manchmal denke ich sogar, sie hasst mich. Und daran wird sich nichts ändern, egal, was ich versuche. Lassen wir es einfach, wie es ist, Vater. Selina bleibt Veits über alles geliebte Tochter – und ich kann froh sein, wenn ich irgendwie damit zurechtkomme.«

Verona war die schönste Stadt, die Simon je gesehen hatte. Alles zog ihn in Bann – Plätze, Gebäude, vor allem aber die Menschen. Sie hatten nur wenig gemein mit den quirligen Neapolitanern, die alles lautstark auf der Straße ausmachten. Aber sie waren auch ganz anders als die Bamberger, die ihm von Anfang an zurückhaltend und misstrauisch erschienen waren. Hier fand vieles draußen, das meiste jedoch in den Häusern statt, prächtigen Gebäuden, kleinen Palästen nicht unähnlich. Und nachdem ihm beinahe mühelos der Zutritt gelungen war, fühlte er sich dort so wohl, dass er Verona am liebsten gar nicht mehr verlassen hätte.

Sein Türöffner war Friedrich Rose gewesen, ein Tuchhändler aus Mainz, für den die Stadt an der Etsch zur zweiten Heimat geworden war. Sein Italienisch war elegant; manchmal kam Simon sich neben ihm fast wie ein Bauer vor. Kennen gelernt hatte er Rose in einer Schenke nahe der Piazza dell'Herbe. Bereits am zweiten Abend nahm er ihn mit zu einer Versammlung in der Casa di Mercanti und stellte ihn dort allen vor.

Als Rose ihn nur wenige Tage später zum Kontor von Mauro Mancini führte, nahm sein Staunen kein Ende. Er entdeckte Farbnuancen, die er niemals zuvor gesehen hatte. Hielt Seide in den Händen, zart und leuchtend, wie in seinen schönsten Träumen.

Doch das war nur der Beginn. Weiter ging es zu Ravello, der moosweiche Samte anbot, zu Paschetti, der hauptsächlich in Barchent machte, und zu den Tuchen von Antonelli und Vanucchi, mit denen sich Hirtenfiguren, Kinder und einfaches Krippenvolk ganz nach Wunsch einkleiden ließen. Die Namen flogen ihm ebenso um die Ohren wie die Vielfalt der Qualitäten. Simon kam mit dem Notieren kaum hinterher, denn sein beschränktes Budget verlangte eine strenge Kalkulation.

Inmitten all der Pracht fielen ihm plötzlich die Schnitzer aus Brixen wieder ein. Die Gebrüder Rienzo, zu denen Adam Thies ihn gebracht hatte, hielten sich nicht mit dem Ausstaffieren von Gliederpuppen auf, sondern schnitzten Plastiken aus Kernholz. Und dennoch gelangten sie zum Ziel. Ihre Krippe war lebendig, von einer strengen Schlichtheit, die ihn tief angerührt hatte.

»Das Geheimnis von Jesu Geburt will mit allen Sinnen erfasst werden. Nicht zuletzt mit dem Herzen.« Der Priester hatte bewegt geklungen. »Glauben kommt von Hören. Hören aber ist mehr als die Wahrnehmung der Botschaft über Gehör und Kopf.« Simon spürte noch jetzt dessen warme Hand auf seiner Brust. Eine überraschend wohltuende Berührung, die er bis heute nicht vergessen hatte. Ob Adam Thies noch immer in Brixen um eine Entscheidung rang?

Es blieb ihm nicht allzu viel Zeit, solchen Gedanken nachzuhängen, obwohl ihn die Stimme des Priesters und vor allem sein Lächeln bis in die Träume begleiteten. Simon hetzte von Kontor zu Kontor, von Lager zu Lager, verglich, rechnete, feilschte. Oft überlegte er, was sein Vater wohl zu der Anschaffung sagen würde, und korrigierte seine Wahl. Aber es gab auch eine ganze Reihe von Entscheidungen, die er ohne zu zögern traf.

Als schon alles beisammen war, wonach er Ausschau gehalten hatte, entdeckte er noch ein wunderschönes Stück Seide in strahlendem Hyazinthblau. Simon kaufte es, obwohl der Preis unvernünftig hoch war, aber für den Mantel Mariae erschien es ihm genau das Richtige.

Eigentlich hätte er nun die Heimreise antreten können. Die Stoffe waren in grobem Sackleinen sicher eingeschlagen und fest verzurrt, und Lucie schien des Stalllebens mehr als überdrüssig. Doch die sonnigen Herbsttage verlockten ihn zum Bleiben. Er schlenderte durch die Gassen, ließ sich hier zu einem Glas Roten bitten, dort zu einer Mahlzeit. Die jungen und älteren Dirnen, die ihre Dienste in den unteren Arkaden der Arena anboten, registrierte er, aber er beachtete sie kaum. Zu frisch war noch die Erinnerung an jene unselige Nacht in Bamberg.

Die Zeit schien stillzustehen, während er die wohltuende Wärme und die Leichtigkeit des urbanen Lebens genoss. Alle Last, alles Schwere fiel von ihm ab, und ein innerer Übermut kehrte zurück, den er lange vermisst hatte. Vielleicht vergaß er deshalb, rechtzeitig zu protestieren, als Mancini ihn bereits zum dritten Mal zum Abendessen in sein Haus bat und dabei seine Tochter immer auffälliger ins Spiel brachte.

Fania war ein streng gescheiteltes junges Mädchen mit breitem Becken und dunklem Flaum auf der Oberlippe, sicherlich liebenswert, aber so unbeholfen schüchtern, dass ihr rundliches Gesicht jedes Mal dunkelrot anlief, wenn er nur das Wort an sie richtete. Als der Vater sie unter einem Vorwand hinausschickte und wortreich begann, von ihren Tugenden und der Mitgift zu schwärmen, die ihren Zukünftigen einmal erwarten würde, wusste Simon, dass es höchste Zeit wurde, nach Hause zu reiten.

Obwohl man ihm in Verona von der Schönheit des Gardasees berichtet hatte, ließ er sich zu keinem Abstecher verleiten, sondern hielt sich strikt in Richtung Norden. Er nahm sich kaum Zeit für das Naturschauspiel der Veroneser Klause, wo der Weg am Fluss unter der steilen Felsenge so schmal wurde, dass man beinahe Angst haben musste, ins Wasser zu fallen.

Die Weinberge ringsumher waren inzwischen alle abgeerntet. Dafür entschädigte ihn das Gold und Rot der Obstbäume mit ihrem Farbspiel. Aber Simon bekam auch zu spüren, wie spät er schon dran war. Morgens hielten sich hartnäckige Nebelschwaden, die erst verschwanden, wenn die Sonne tagsüber mehr an Kraft gewann.

Er gönnte sich und dem Pferd nur die notwendigsten Pausen, bis sie Bozen erreicht hatten. Mancini hatte sich bemüht, seine Enttäuschung über den abrupten Aufbruch herunterzuspielen, und freundlicherweise nicht versäumt, ihm einen Hinweis auf die Messen zu geben, die mehrmals im Jahr hier stattfanden. Aber Simon war zur falschen Zeit gekommen. Die Messe zu Ägidius hatte bereits Anfang September stattgefunden, und bis zu der von St. Andreas am Tag vor Allerheiligen konnte und wollte er nicht warten. Abends wurde es bereits empfindlich kühl. Auf den Bergspitzen entdeckte er das erste Weiß. Außerdem brannte er darauf, all die neuen Eindrücke und Erfahrungen seiner Reise endlich in Holz umzusetzen.

Er sattelte Lucie und machte sich auf den Weg nach Brixen.

Wie beim letzten Mal empfingen ihn dort die Strahlen einer warmen Herbstsonne. Er ließ es sich nicht nehmen, bei den Rienzos vorbeizuschauen, die ihn freundlich empfingen und neugierig die Stoffproben begutachteten, die er vor ihnen aufrollte. Er erzählte von der Reise, plauderte über die Veroneser Tuchhändler, aber auf das, was ihm eigentlich auf dem Herzen lag, kam er nicht zu sprechen.

Er hatte sich wieder im *Mohren* einquartiert und erkundete zwei Tage lang die Stadt zu Fuß. Überall sah er Kapuzinermönche. Ganz Brixen schien von ihnen zu wimmeln, als ob die braunen Kutten heimlich die Herrschaft übernommen hätten. Wohin er seine Schritte auch lenkte, den Priester, nach dem er Ausschau hielt, entdeckte er nirgendwo.

Als am dritten Morgen eine dünne Schicht Raureif die Dächer bedeckte, wusste Simon, dass er nicht länger warten durfte. Er beschloss, sich den Reisesegen für die spätherbstliche Alpenüberquerung bei einer Messe zu holen.

Er war zu früh gekommen. Vorne, am Altar, entzündeten zwei bärtige Kapuzinermönche gerade die Kerzen in den silbernen Kandelabern. Sonst war das Kirchenschiff menschenleer.

Simon war nicht in der Stimmung, um sich in die Motive der zahlreichen Seitenkapellen zu vertiefen. Alles, was er hier wollte, war ein freundlicher Segen für die lange Heimreise, die ihm bevorstand. Seine Augen wanderten nach oben, wo blasses Morgenlicht durch die Glasfenster fiel. Ein vereinzelter Sonnenstrahl brach sich Bahn und beleuchtete seine Füße.

Fast hätte er aufgeschrien, denn vor ihm, auf dem Boden, lag ein Mann, bäuchlings, in einem dunklen Mantel, die Arme zum Kreuz ausgebreitet. Etwas an ihm kam Simon bekannt vor, obwohl er sein Gesicht nicht sehen konnte. Als er den schmalen Silberreif an der linken Hand entdeckte, wusste er auf einmal, wen er vor sich hatte.

Er kniete sich neben den Mann, berührte sanft seinen kräftigen Rücken.

»Adam«, sagte er. »Ich bin es. Simon.«

Langsam erhob sich der andere. Sein Gesicht war blass und so bewegt, dass er Simon zunächst ganz fremd erschien.

»Ich hab um eine Entscheidung gebetet«, sagte er. »Tag für Tag. Nacht für Nacht. Monatelang. Und um Barmherzigkeit. Denn der Vater im Himmel ist doch barmherzig, Simon? Jetzt bist du gekommen. Er muss dich mir geschickt haben. Jetzt weiß ich, was ich zu tun habe.«

Simon nickte. Alles erschien auf einmal so logisch, so folgerichtig. Als sei sein ganzes bisheriges Leben auf diesen einen Moment zugelaufen.

»Ich muss zurück nach Bamberg«, sagte er. »Heute noch. Begleitest du mich, Adam?«

»Ja.« Adam Thies sah ihn offen an. »Bamberg – das ist auch mein Ziel.«

Pankraz Haller sah erst auf, als er Hanna im Zimmer stehen sah.

»Ich hab mehrmals geklopft«, sagte sie. »Aber du hast mich nicht gehört.«

»So geht es einem, wenn man in der Vergangenheit versinkt.« Er deutete auf den Tisch, wo verschiedene Kästchen standen. Einige davon waren geöffnet. Briefe, Schmuckstücke und schön verzierte Gerätschaften des täglichen Lebens lagen vor ihm. »Das alles hat einmal meiner Frau gehört«, sagte er. »Sie hat uns leider viel zu früh verlassen, mein Mädchen und mich. Es hat bis heute gedauert, bis ich auf den Dachboden steigen und es wieder in die Hand nehmen konnte. Marie hat mich oft danach gefragt, aber ich habe es einfach nicht über mich gebracht.«

»Die Erinnerung lebt in uns«, erwiderte sie. Lag in ihrem Lächeln nicht eine Spur Spott? Er war sich nie sicher, was sie wirklich dachte, denn Hanna hatte die Angewohnheit, wenig zu reden und doch viel zu sagen. »Mächtig sind die Toten, die in unseren Herzen ruhen. Und solange sie lebendig sind, braucht man keine Haarnadeln, Broschen oder Scheren.« Sie räusperte sich. »Soll ich wieder die Hechtpastete von neulich zum Abendessen machen?«

»Ja.« Er klang angetan. »Sie war vorzüglich. Und wenn du wieder frisches Schwarzbrot dazu bringen könntest …«

Sie nickte, ungeduldig, wie es ihm schien. Aus irgendeinem Grund schien sie es eilig zu haben, wieder hinauszukommen, was ihn irritierte.

Er drehte sich ganz zu ihr um.

»Aber nur, wenn du mit mir isst. Das hast du noch nie getan, Hanna. Wir könnten den neuen Bock dazu probieren. Er reift seit über drei Monaten. Und seine Stammwürze ist nicht von schlechten Eltern.«

»Ich muss nach Hause.«

»Wer erwartet dich dort?«, sagte er. »Ein Mann?«

Ihre dunklen Brauen zogen sich zusammen. Von einem Augenblick zum anderen war ihr Gesicht finster geworden.

»Und wenn, so wäre es doch ganz allein meine Angelegenheit. Also Hechtpastete, Braumeister?«

Sie wollte die Türe schon schließen, aber Pankraz stand auf und hinderte sie daran.

»Was, wenn ich dich sehr darum bitte?«, sagte er. »Könntest du deine Meinung dann ändern?«

»Was hättest du schon davon?« Sie hob ihren Kopf und sah ihn an.

»Gesellschaft«, erwiderte er. »Eine anziehende Gestalt, die mir gegenübersitzt. Jemand, mit dem ich vernünftig reden kann. Mir liegt so vieles auf dem Herzen. Es ist auf Dauer ziemlich öde, immer allein zu sein.«

»Dann such dir doch eine Frau«, sagte Hanna. »Wieso hast du nicht längst wieder geheiratet? Auswahl hast du doch mehr als genug.«

»Und wenn ich meine Wahl schon getroffen hätte?« Seine Augen suchten ihren Blick. »Was dann?«

»Nein.« Sie wandte den Kopf abrupt zur Seite. »Nicht so. Nicht auf diese Weise. Das hab ich mir geschworen, als ich noch sehr jung war, und glaub mir, ich hatte im Lauf meines Lebens reichlich Gelegenheit, diesen Schwur immer wieder zu erneuern. Die Lahme als leicht zu erlegende Beute? Die meisten Männer denken so. Soll sie doch froh sein, dass sie überhaupt einer ansieht – von dem üblen Leumund ganz zu schweigen, den sie mit sich herumträgt, seit man ihre Mutter verbrannt hat! Meine Antwort lautet nein. Auch, wenn du kein geiler Geselle bist wie der Schneider, sondern der Braumeister höchstpersönlich.«

Sollte er ihr etwas erzählen von den neuerlichen Anschuldigungen, die man gegen sie erhoben hatte? Pankraz entschied sich dagegen. Solange sie sicher zwischen zwei staubigen Aktendeckeln verwahrt blieben, wie Kilian Haag es ihm versichert hatte, musste er sie nicht damit beunruhigen. Außerdem hätte Hanna es womöglich falsch verstehen können. Als Versuch, sie unter Druck zu setzen.

Stattdessen ging er zum Tisch, nahm einen Gegenstand auf und hielt ihn hoch.

»Komm!«, sagte er. »Schau dir das hier bitte mal an.«

Sie zögerte zunächst, kam dann seiner Aufforderung nach.

»Ein riesengroßes Herz«, sagte sie. »An einer Silberkette. Aber es ist kein Stein, oder? Es sieht so lebendig aus. Was ist es?«

»Bernstein«, sagte Pankraz. »Und was du gegen das Licht siehst, sind winzige Insekten, die vor unendlich langer Zeit im Baumharz eingeschlossen wurden. Eine Erinnerung in Gold, wenn du so willst. Festgehalten für alle Zeiten.«

Bevor sie etwas entgegnen konnte, hatte er ihr die Kette umgelegt. Ihr Nacken ragte schmal und gerade aus dem Kragen. Er sah den blonden Flaum, der ihn bedeckte, und musste sich beherrschen, um nicht seine Lippen auf ihre Haut zu pressen.

»Was soll das?« Sie tastete nach dem Verschluss, um ihn wieder zu öffnen, aber es gelang ihr nicht. »Lass das sein! Ich will das nicht!«

»Es ist ein Geschenk«, sagte er.

»Es ist ein Herz!«

»Ja, das ist es, und ich möchte, dass du es trägst. Der Bernstein ist genauso lebendig wie du. Er taugt nicht dazu, im Dunklen zu vergilben. Agathe – meine verstorbene Frau – hätte bestimmt nichts dagegen. Das weiß ich.«

»Und Marie?«, sagte sie. »Was ist mit der?«

»Ich liebe meine Tochter, aber um Erlaubnis frag ich sie nicht. Also?«

»Das kann ich nicht annehmen!«, protestierte sie, aber ihre Hand lag bereits Besitz ergreifend auf dem Bernsteinherzen.

»Doch«, sagte er. »Du musst sogar, wenn du mich nicht beleidigen willst. Was bin ich denn in deinen Augen? Ein Scheusal, mit dem man sich nicht einmal an einen Tisch setzen kann? Ein Unhold, vor dem man fliehen muss? Wenn du das glaubst, Hanna Hümlin, dann such dir lieber heute als morgen einen neuen Dienstherrn!«

Sie sah ihn zuerst verblüfft an, dann brach sie in lautes, fröhliches Gelächter aus.

»Also gut«, sagte sie. »Du hast mich überzeugt. Ich wusste gar nicht, dass du so viel von Frauen verstehst, Braumeister. Ich werde es in Ehren halten, das versprech ich dir. Einen neuen Dienstherrn brauch ich übrigens nicht, weil es mir bei dir gar nicht übel gefällt, alles in allem betrachtet. Und was das Essen heute Abend betrifft, so …«

»Ja?«, unterbrach er sie hoffnungsvoll.

»… bin ich auf deinen Bock schon gespannt. Ich werd in der Stube decken. Wenn es acht schlägt. Für zwei Personen.«

»Du hast Gewicht verloren.« Die Stimme Stoibers verriet Anerkennung. »Eine ganze Menge, oder? Steht dir. Macht dich irgendwie jünger. Hast du dich auch sonst an meine Anweisungen gehalten?«

»So gut es eben ging. Die Hände tun mir weh, weil ich so viel arbeite. Seit Simon fort ist, lastet alles auf mir«, sagte Veit Sternen. »Und das hat nichts mit der Gicht zu tun. Das liegt an ganz anderen Dingen.«

»Wann rechnet ihr denn mit seiner Rückkehr?«

»Ich hoffe, dass er noch vor Weihnachten kommt. Ist kein gutes Gefühl, den Buben da irgendwo allein in den Bergen zu wissen, inmitten von Kälte und Schnee.«

»Ach, Simon ist in Ordnung – und längst kein Bub mehr! Der schlägt sich schon durch.« Der Bader begann seinen Mörser zu bewegen, dann hielt er plötzlich inne. »Sag nur, du bist an Otterfett gekommen! Dann will ich aber auch die Quelle erfahren, nach allem, was ich für dich getan habe!«

Zu seinem Ärger spürte Veit, wie plötzlich Hitze in sein Gesicht stieg. »Otterfett – wie kommst du ausgerechnet darauf?«

Agnes fiel ihm ein und die Drohungen, die sie in seiner Werkstatt ausgestoßen hatte. Seitdem hatte sie ihn nicht mehr belästigt. Aber er rechnete damit, dass es jeden Tag wieder losgehen konnte.

»Weil du lange nicht mehr hier warst und auch jetzt nicht über Beschwerden klagst. Und weil es einfach das Beste gegen Gicht ist – das Einzige, was wirklich hilft, wenn du mich fragst. Der Fürstbischof ist offenbar auch dahinter her. Ich hab dir doch gesagt, dass du dein Leiden mit hochgestellten Persönlichkeiten teilst! Man munkelt, dieses Jahr stünde die größte Otterjagd seit Menschengedenken bevor. Diesen frechen Fischräubern stehen harte Zeiten bevor.« Er stellte seine Gerätschaften zur Seite. »Irgendwelche besonderen Wünsche?«

»Vielleicht ein kleiner Aderlass?«, sagte Veit. »Einen neuerlichen Gichtausbruch fürchte ich mehr als den Teufel.«

»Brauchst du dein Blut nicht eher für andere Dinge, Sternen?« Der Bader schob seine schmale Unterlippe vor. »Vielleicht wär Schröpfen angebrachter.«

Veit packte seinen Arm und hielt ihn fest.

»Bleib mir vom Hals mit deinen Würmern! Und wenn du nicht endlich mit deinen Anspielungen aufhörst …«

»Schon gut!« Stoiber machte sich frei. »Du brauchst dich nicht gleich aufzuregen. Von mir erfährst du alles, was du hören willst. Die Kleine war neulich hier. Na, schau mich nicht so groß an, die Kleine, die jetzt immer ein rotes Häubchen trägt. Sie kommt ab und zu bei uns vorbei, seit ihre Mutter gestorben ist. Das Bad war doch früher ihr Zuhause. Die Mädchen schenken ihr etwas zu essen oder nehmen sie auf den Schoß. Tut ihr gut, der armen Kleinen. Aber zum Glück ist sie jetzt nicht mehr ganz allein. Offenbar hat sie sich eine Art Brüderchen angelacht. Einen Sängerknaben! Als er das letzte Mal hier gesungen hat, war die ganze Badestube begeistert.«

»Was hat sie erzählt?«

»Erzählt?« Stoiber legte eine kunstvolle Pause ein. »Erzählt eigentlich gar nichts, wenn ich es recht bedenke, aber du weißt ja, wie Kinder so sind. Ein Wort ergibt das andere, und auf einmal waren wir bei der Otterfrau angelangt.« Sein Blick verriet nicht, was er dachte. »Wusste ja schon länger, dass du kein Kostverächter bist, aber muss es unbedingt dieses wilde Weib sein – in diesen schwierigen Zeiten?«

»Ich weiß nicht, wovon du redest.«

»Du bist doch kein Idiot, Sternen! Die ganze Stadt taumelt im Drutenfieber. Ein gefährlicher Tanz, bei dem man verdammt schnell heiße Füße bekommen kann. Und wer gerät leichter in Verdacht als jemand, der allein am Fluss lebt und Tränklein braut? Dazu noch dieses Tier, das angeblich mit ihr in einem Bett schlafen soll!«

Er schüttelte sich.

»Man sagt ja, ihr wüchse ein Otterschwanz, sobald sie nachts im Fluss schwimmt. Warst du schon einmal dabei? Hat sie dich in ihr Fell greifen lassen? Und wie ist es, sie zu … Ach, so genau will ich es gar nicht wissen! Mir graust schon, wenn ich nur daran denke. Ich gebe dir einen guten Rat: Lass die Finger von der Otterfrau! Wenn du schon deinen Spaß haben willst, komm lieber zu mir. Ich hab zwei neue blonde Bademägde, zart und unschuldig wie kleine Vögelchen. Die werden dir gefallen.«

Veit starrte auf seine Hände. Sie redeten also schon. Genauso, wie Agnes es prophezeit hatte. Die tausend neugierigen Augen und Ohren der Stadt – sie hatte Recht gehabt. Wenn Marie davon erführe …

Er schob den Gedanken schnell beiseite. Sie lebten sehr zurückgezogen, und Marie machte sich nichts aus Tratsch, genauso wenig wie ihr Vater, der Braumeister. Dem allerdings käme jeder Anlass gerade recht, um gegen ihn zu hetzen. Das hieß, er musste in Zukunft noch vorsichtiger sein als bisher. Denn die Stunden mit Ava aufzugeben, daran dachte er keinen Augenblick.

»Danke für das Angebot.« Diesmal zuckte Veit nicht zusammen, als er die scharfe Klinge des Fliets spürte. Langsam begann das Blut aus seinem Arm zu rinnen. »Vielleicht ein anderes Mal. Aber im Augenblick gilt meine ganze Aufmerksamkeit ausschließlich der Heiligen Familie. Der Fürstbischof, du verstehst? Ich möchte kein zusätzliches Risiko eingehen.«

Er wartete, bis Stoiber fertig war und ihn verbunden hatte.

»Ich geb dir auch einen guten Rat«, sagte er, während er Münzen auf den Tisch zählte. »Man sagt zwar, Kindermund täte Wahrheit kund, aber manchmal lügen diese kleinen Strolche auch das Blaue vom Himmel herunter. Dieses Rothäubchen ist doch nichts als eine Feder im Wind. Die plappert nach, was immer man ihr vorsagt. Und wer weiß schon, wer ihr welchen Unsinn eingeredet hat? Daran solltest du denken, Bader, in diesen schwierigen Zeiten. Vor allem aber daran, wer bei dir sein Geld lässt.«

Als es elf schlug, begannen alle Glocken Bambergs zu läuten: die dunklen vom Dom, die fröhlichen von St. Stephan, die altehrwürdigen von St. Jakob. Die blechernen, die im Turm von St. Gangolf hingen und schon längst wieder einmal in die Gießerei gehört hätten. Doch eine erhob sich über all die anderen, und Friedrich Förner konnte seine Befriedigung kaum verbergen, als er ihren hellen, silbrigen Klang hörte. Die Schutzengelglocke von St. Martin war die schönste Glocke der Stadt, und sie schlug allein zu Ehren der himmlischen Jungfrau.

Jahr für Jahr konnte er es kaum erwarten, bis endlich der Oktober angebrochen war, der Monat, der Maria geweiht war. Er bevorzugte ihn vor dem Mai, wo alles strotzte und prangte und ihm dieses berstende, fast schon geschlechtlich wirkende Wachstum der Natur schnell zu viel wurde. Jetzt, im Herbst, wo es endlich wieder karger und damit übersichtlich wurde und alles seine Form zurückbekam, war es einfacher, sich zu sammeln und in sich zu gehen. Tief im Herzen war die Andacht zu Hause, die allein die Gottesmutter verdiente.

Wie abgrundtief er sonst die Weiber verabscheute!

Jene unzüchtigen Geschöpfe, nach der Ansicht seines verehrten Lehrers Thomas von Aquin nichts als verstümmelte und verunglückte Männer. Sie hatten dem Teufel Einlass verschafft, indem sie das Siegel des Paradiesbaumes gebrochen und damit das göttliche Gesetz verletzt hatten. Nun taugten sie nur noch dazu, die Geilheit der Männer zu befriedigen – nachdem sie sie erst durch ihr wollüstiges Verhalten angefacht hatten.

Er selber hatte das bitter erfahren müssen. Ein paar schwache Augenblicke hatten alles verändert. Bis heute war es ihm schmerzlich bewusst. Er war gestrauchelt, bezwungen von den diabolischen Kräften eines Weibes. Sogar seine geliebte Schwester vermochte er nicht vollständig von dem Vorwurf der Wollust freizusprechen, obwohl Barbara als fromme Nonne gestorben war.

Ganz anders die Madonna.

Niemals hatte sie sich der Fleischeslust hingegeben. Kein Mann hatte sie besessen, kein männlicher Same jemals ihre

Jungfräulichkeit besudelt. Maria war Jungfrau geblieben, sogar nach der Geburt ihres Sohnes, eine Vorstellung, die ihn stets aufs Neue entzückte.

Aus diesem Grund wurde im Oktober in St. Martin jeden Morgen und jeden Abend der Rosenkranz gebetet, und es erfüllte ihn mit Stolz, dass die Menschen vor und nach ihrer Arbeit in sein Gotteshaus strebten. Gabriel Hofmeister behauptete zwar, sie täten das vor allem in der Hoffnung, wieder seine inzwischen berühmten Drutenpredigten zu hören, aber er wollte es nicht recht glauben.

In Zeil gingen die Verbrennungen stetig voran, zu langsam für seinen Geschmack, aber immerhin. Die Liste der besagten Personen wurde länger und länger. Es würde Monate dauern, bis alle vernommen und peinlich befragt waren. Und wenn schon – wie kein anderer fühlte er sich dazu berufen, die Schlechtigkeit und Verderbtheit aus den Herzen der Menschen zu reißen und sie durch die reine, keusche Liebe zur Gottesmutter zu ersetzen. Auch die Kirchweih stand für ihn ausschließlich unter diesem Zeichen.

Mochte sich Fuchs von Dornheim auf dem Domberg an die vorgeschriebenen Rituale klammern und mit großem Prunk durch seine Fürstenpforte Einzug halten, mochten die ängstlichen Pfarrer von St. Stephan, St. Jakob, St. Gangolf und all den anderen Kirchen ihre immer gleichen Lieder des Jahreskreises anstimmen lassen – er tat an diesem besonderen Tag, was er für richtig hielt.

Natürlich war das Gotteshaus geweiht, bereits seit Jahrhunderten, aber angesichts der schwierigen aktuellen Lage konnte es nicht schaden, das Thema Kirchweih wörtlich zu nehmen. Friedrich Förner schien nicht allein mit dieser Ansicht. Unzählige Menschen hatten sich eingestellt zu der öffentlich bekannt gemachten Konsekration, die heute bevorstand.

Als er in das mit Blumen festlich geschmückte Kirchenschiff einzog, besprengte er den Raum mit Weihwasser, während die

Ministranten ausgiebig die Räucherfässer schwangen, silberne Kostbarkeiten, die ein kleines Vermögen gekostet hatten. Zielstrebig wandte er sich schließlich zum Marienaltar, wo er seine Knie vor der Statue der Mutter Gottes beugte. Viele zutiefst bewegte Gläubige taten es ihm nach, bevor sie sich in die Bänke begaben.

Er ließ sich ungewöhnlich viel Zeit mit allem, vollzog die anschließende Messfeier so ruhig, dass manche schon an eine Wandlung glaubten. Erst als er wieder auf der Kanzel stand und das Kirchenvolk zu seinen Füßen erwartungsvoll zu ihm aufsah, kamen wie gewohnt die Worte des Hasses aus seinem Mund.

»Vielleicht glaubt ihr noch immer, ihr könntet euch schützen vor der Teufelsbrut. Indem ihr den Kopf senkt, die Augen verschließt und nicht sehen wollt, was ihr eigentlich sehen müsst – ich aber sage euch, ihr täuscht euch! Jeder, der versäumt, eine Hexe anzuzeigen, macht sich selber zu ihrem Komplizen. Seine Schuld ist keinen Deut geringer als die ihre.«

Seine donnernde Stimme erfüllte den Raum.

»Wer seine Pflicht versäumt, das Übel an das Licht des Tages zu zerren, der wird in der Finsternis verderben! Jeder, der das tut, hat das ewige Leben verwirkt für alle Zeiten.«

Er schwieg, schwer atmend. Es strengte ihn an, seelisch und körperlich, aber er war zu jedem Opfer bereit, um seinen heiligen Krieg voranzutreiben. Unter ihm war es längst unruhig geworden. Er konnte sie förmlich denken *sehen*, er spürte, wie die Angst in ihren Körpern waberte. Besonders auf den Frauenbänken gab es reichlich Bewegung.

Wer konnte schon sagen, ob sich nicht die eine oder andere Verderbte heimlich eingeschlichen hatte, in der Hoffnung, durch sichtbar frommes Tun die Verfolgung von sich abzuwenden? Ja, sie waren überall, und an manchen Tagen hätte er sie am liebsten alle zusammen ins Feuer geschickt, damit die Welt endlich von ihnen befreit war.

Förner wollte, dass es weiter in ihnen gärte, bis der bittere Sud der Wahrheit eines Tages überlief. Bis sie ihm erbarmungslos die lieferten, die schon lange den Tod verdient hatten – all die Frauen. Und natürlich auch einige Männer.

Dazu brauchte er die kleine Lerche. Um die letzten Dämme einzureißen.

Toni stand neben der Orgel, die ein bleicher junger Dekan wacker, aber uninspiriert malträtierte, doch das spielte heute keine Rolle. Wichtiger war die Reinheit der jungen Stimme, das Versprechen, das in ihr schwang, die Klarheit, die jedes Herz erreichte, selbst das verstockteste.

Förner hob die Hand, erteilte das Zeichen zum Einsatz.

»Alle Tage, Seele sage, Lob der Mutter unseres Herrn …«

Niemals hatte Toni schöner gesungen, heller, inniger. Die Akustik von St. Martin verstärkte den Eindruck, ließ seine Töne engelsgleich wirken. Jeder im Kirchenschiff war von einer Mutter geboren worden; die meisten weiblichen Gläubigen waren selber Mütter. Damit hatte er sie alle. Friedrich Förner sah die Tränen in ihren Augen, und grimmige Zuversicht erfüllte seine Seele.

Bratwurstduft lag in der Luft, es roch nach Bier, Fett und Schweiß. Zwischen den Holzbuden drängten sich die Menschen, und drüben, vor dem großen Kirchweihbaum, den die jungen Burschen schon gestern aufgestellt und die ganze Nacht über bewacht hatten, war das Gewusel besonders dicht.

Man konnte mit hölzernen Ringen nach kleinen Leckereien oder Schmuckflaschen zielen, die johlend in Empfang genommen wurden, wenn der Werfer getroffen hatte. Wettkämpfe im Laufen, Springen und Steinwerfen wurden lauthals angekündigt; sogar Frauen und Kinder durften teilnehmen. Überall waren tönerne Glückstöpfe aufgestellt, gespickt mit kleinen Zetteln, von denen die meisten allerdings Nieten enthielten, die aber dennoch lebhaft nachgefragt wurden. Tonkrüge voll Kirchweihbock machten die Runde, hier und dort hatte es bereits die ersten Schlägereien gegeben, die mehr als eine blutige Nase gekostet hatten.

Etwas Flirrendes hing in der klaren Oktoberluft, die alle Schatten scharf zeichnete. Die Sonne wärmte noch, aber im Wind, der ab und zu auffrischte und die weiß-roten Zachäusfahnen blähte, die überall von den Kirchtürmen flatterten, konnte man die kommende Kälte schon spüren. Blätter wirbelten über den Marktplatz, bunt wie die Kleider der Bamberger Frauen, die sich für dieses Fest besonders herausgeputzt hatten.

In der Nähe des Fischbrunnens hatte man einen Tanzboden aufgebaut, um den sich die jungen Burschen versammelten. Die Spielleute übten bereits, stimmten ihre Instrumente und ließen probeweise Sackpfeifen, Schalmeien, Schlüsselfiedeln und Trommeln erklingen. Doch die jungen Mädchen, die diese Musikfetzen eigentlich anlocken sollten, ließen sich Zeit, flanierten zwischen den Ständen der Lebzelter umher und schienen sich kaum losreißen zu können von dem Angebot an Küchla, Striezel und anderem Schmalzgebackenen.

Selina hatten sie irgendwo im Trubel verloren. Marie machte es nichts aus, weil sie daran gewohnt war, dass das Mädchen eigene Wege ging, aber Veit, bei dem sie sich eingehakt hatte, schien plötzlich beunruhigt.

»Sie kommt schon wieder«, sagte Marie. »Spätestens dann, wenn sie hungrig ist. Nach Hause hat sie bisher noch allemal gefunden.«

»Ich mache mir trotzdem Sorgen. Irgendetwas hat sie verändert. Ich erkenne sie kaum wieder. Seit einiger Zeit behandelt sie mich, als ob ich ihr Feind wäre.«

»Sie wird langsam erwachsen. Vielleicht ist es das.« Sie

musste an ihren Vater denken, der in so warmen Worten über Selina geredet hatte.

Sie spürte, wie Veit sich neben ihr plötzlich versteifte. Überrascht sah sie ihn an. Sein Gesicht war undurchdringlich. Nur das Flackern der grünen Augen verriet, dass ihn etwas beunruhigte.

Die lachende Frage, die sie schon auf den Lippen gehabt hatte, sprach Marie nicht mehr aus. Etwas machte ihr die Kehle eng. Da war sie wieder, seine Geheimnistuerei, gegen die sie nicht ankam!

Sie fragte ihn nicht, aber sie ließ ihre Blicke nun um einiges aufmerksamer über den Kirchweihmarkt gleiten. Ein Stück entfernt entdeckte sie Agnes Pacher in einem prächtigen Seidenkleid an der Seite Harlans; sie starrte mürrisch zu ihnen herüber, während der Holzhändler ihnen freundlich zuwinkte.

Nein, dorthin schaute Veit nicht.

Genau genommen sah er nirgendwohin, sondern starrte verbissen auf den Boden. An einem der Stände wurden geräucherte Fische verkauft, in mundfertige Stücke geschnitten, die offenbar großen Anklang fanden, denn es drängten sich Große und Kleine davor.

Sie machte ein paar Schritte nach vorn, um besser sehen zu können. Die Frau, die sie anbot, hatte braunes Haar, feste Lippen und ein klares Gesicht, aus dem das Lächeln verschwand, als sich ihre Blicke kreuzten. Schnell kehrte es wieder zurück, aber deutlich gezwungener.

Ob das diese Ava war, über die der Stoffhändler geredet hatte?

Ja, sie musste es sein. Marie war sich auf einmal ganz sicher.

»Mir ist nicht gut, ich fühle mich ganz schwach«, hörte sie Veit hinter sich murmeln. »Vielleicht hat Stoiber mir zu viel Blut abgezapft. Ich muss mich niederlegen. Aber du kannst ja …«

»Dann geh schon vor. Ich bleibe noch«, sagte Marie. »Es ist nur einmal im Jahr Kirchweih.«

«Ihr hättet nicht herkommen dürfen.« Apollonia Kriegers Stimme war voller Abwehr. »Das hatten wir doch vereinbart.«

»In der Höhle des Löwen ist es manchmal am sichersten«, sagte Kilian Haag. »Vor allem, wenn er auf der Jagd ist. Förner wird kaum vorzeitig die Messe abbrechen, nach dem ganzen Brimborium, das er heute veranstaltet hat. Und ich warte schon ungeduldig auf Neuigkeiten.«

»Aber es gibt keine. Alles, was ich weiß, hab ich Euch gesagt. Er arbeitet, er betet. Meistens mit dem hässlichen Stachelzeug um sein Bein. Er denkt, ich weiß es nicht, weil ich es nicht sehe. Aber ich höre ihn! Er stöhnt so laut, dass es in den letzten Winkel des Hauses dringt. Er schläft immer nur ein paar Stunden. Aus Essen macht er sich nichts, egal, was ich auf den Tisch stelle. Lieber fastet er. Dabei fühlt er sich offenbar am wohlsten. Er bekommt kaum Besuch, bis auf seinen Sekretär.«

»Das weiß ich doch alles schon. Hast du denn nicht getan, was ich dir aufgetragen habe? Seine Schubladen durchsucht? Seine Truhen? Hast du nichts entdeckt, was uns weiterhelfen könnte?«

»Wenn er mich dabei erwischt, steckt er mich ins Loch!«

»Er wird dich nicht erwischen. Nicht, wenn du es klug anstellst. Schließlich weißt du am besten, wann Messe ist. Und wie lange sie dauert. Das ist deine Zeit, Apollonia! Nutze sie.« Er griff in seine Rocktasche und zog einen kleinen Lederbeutel heraus. »Schau nur, wie prall er ist! Ich hab die Münzen verdoppelt. Und sobald du mir brauchbare Ergebnisse lieferst, bekommst du so viele, dass du für den Rest deines Lebens ausgesorgt hast.«

»In der einen Truhe sind nur die Gewänder. Lauter neue

Soutanen, sechs an der Zahl. Ich hab auch darunter nachgesehen. Da war sonst nichts.«

»Weiter!«, sagte Haag ungeduldig.

»Dann gibt es noch den großen Schrank. Dort hat er Schriftstücke aufbewahrt.«

»Welche Schriftstücke? Etwa Briefe?« Wenn sie aufgeregt war wie jetzt, roch sie noch ranziger als sonst. Haag trat unwillkürlich einen Schritt zurück. Mit dem Geld, das er ihr schon zugesteckt hatte, hätte sie sich eine ganze Schiffsladung Seife kaufen können, aber offensichtlich hielt sie nicht viel davon. »Herrgott, Apollonia, es geht um Menschenleben. Lass dir doch nicht jedes Wort aus der Nase ziehen!«

»Glaubt Ihr vielleicht, ich könnte lesen?«, schniefte sie aufgebracht.

»Nein, aber du hättest sie mir herbringen können«, erwiderte er mit schwindender Geduld. »Ich kann es nämlich. Also hol sie! Mach schon.«

»Das kann ich nicht.«

»Und weshalb nicht?«

»Er hat den Schrank abgesperrt. Das tut er immer in letzter Zeit. Und die Eingangstür, die schließt er ebenfalls zu. Dreimal. Auch, wenn wir alle im Haus sind.«

»Wo ist der Schlüssel?«

»Für den Schrank? Den trägt er an einem Band um den Hals. Den kann ich ihm nicht wegnehmen.«

»Und wenn er schläft?«

»An sein Bett gehe ich nicht. Ihn berühren – das könnt Ihr nicht von mir verlangen!«

»Nun gut«, sagte Haag resigniert. »Es bleibt wie besprochen. Du hältst weiter die Augen auf. Und falls du einmal an den Schlüssel kommen solltest …«

»Einmal stand der Schrank offen. Da hab ich Veilchen gerochen. Und drinnen lagen nicht nur die Briefe, von denen ich Euch erzählt habe, sondern auch ein paar bunte Bänder, so, wie kleine Mädchen sie tragen. Ich hab einen langen Hals gemacht, um mehr zu sehen, aber da hat Förner schnell die Türe zugeworfen. Seitdem sperrt er immer ab.« Sie klang, als hätte sie eine besondere Leistung vollbracht.

Der Kanzler fühlte sich plötzlich müde. Mit dummen Menschen zu tun zu haben hatte ihn stets viel Kraft gekostet, von jeher. Vielleicht hatte er sich ja in diese Idee nur verrannt. Vielleicht gab es gar keinen dunklen Fleck in Förners Leben und der Weihbischof war nichts als ein bigotter Fanatiker, der nicht ruhte, bis all seine Widersacher auf dem Scheiterhaufen verbrannt waren. Vielleicht musste er nach anderen Möglichkeiten suchen, um den Irrsinn der Drutenverfolgung nicht noch einmal in Bamberg ausbrechen zu lassen.

Vielleicht aber, und dieser Gedanke ließ sein Herz noch schwerer werden als seine Beine, vielleicht war es bereits zu spät. Und alles würde so kommen wie in seinen schlimmsten Albträumen.

»Hör zu, Apollonia«, sagte er kraftlos. »Es bleibt wie besprochen. Jede Lade, jede Truhe, alles kann von Interesse sein. Sei wachsam, ich bitte dich. Es hängt so viel davon ab.«

Sie starrte ihn mit gerunzelten Brauen an, beleidigt. Er hatte sie offenbar gekränkt. Aber auch das war ihm jetzt egal.

»Du weißt, wo du mich findest?«

Sie nickte.

»Und wenn ich einmal nicht da sein sollte, kannst du auch zu Haller vom Storchenbräu gehen. Er ist mein Freund.« Mein Verbündeter, hätte er beinahe gesagt, der Einzige, dem ich noch glauben kann in Bamberg. Aber vielleicht wäre das schon wieder zu viel für ihr bisschen Verstand gewesen. »Und in alles eingeweiht. Du kannst dich ihm anvertrauen.«

Ein noch zögerlicheres Nicken.

Dann verließ Haag das Haus seines Widersachers.

Toni ging nicht gerne in die Sakristei. In dem kleinen Raum war es eng und muffig, und wenn die Sonne so warm schien wie heute, kam es ihm noch unerträglicher vor. Er ekelte sich vor dem säuerlichen Geruch, der von Förner ausging, obwohl er sonst nicht gerade empfindlich war, was Gestank betraf.

Doch sich der Aufforderung des schwarzen Predigers zu widersetzen erschien ihm unklug. Denn noch immer hatte er nicht genau herausbekommen, wie Förner zum Teufel stand, und solange ihm das nicht gelungen war, würde er tun, was jener von ihm verlangte.

»Du hast wunderschön gesungen, Anton.« Der Weihbischof bemühte sich, aus den schweren Messgewändern zu kommen, die sich verheddert zu haben schienen. Immer fahriger zupfte er am Stoff, bis er schließlich einen halben Spitzensaum in der Hand hielt.

Toni senkte bescheiden den Kopf. Er hoffte schon lange auf ein ordentliches Silberstück, das er zu Kuni und den anderen tragen konnte, damit sie endlich aufhörten, ihn mit seinem lästigen Kirchendienst zu hänseln, der doch nichts einbrachte. Aber bislang war es bei der Hoffnung geblieben.

»Diese Hitze – entsetzlich!« Förners Gesicht hatte einen ungesunden Rotton angenommen. Seine Hand fuhr zum Hals, er sah zu Toni, zögerte. Dann aber schien er sich anders zu besinnen. Mit einem Ruck riss er sich den steifen Kragen ab. »So ist es viel besser!«

Er griff nach dem Wasserglas.

»Und weil deine Stimme so außergewöhnlich ist, habe ich auch Außergewöhnliches mit dir vor. Es ist nicht mehr lange bis Allerheiligen, ein Höhepunkt im Jahr für jene Unholde, die die Leichen aus den Gräbern reißen, um sich auf schändliche Weise an ihnen zu vergehen. Du musst wissen, in der Tiefe der Nacht sind die Druten am gefährlichsten. Wir werden zusammen eine Messe feiern, um die Dunkelheit zu vertreiben und die verlorenen Seelen nach Hause zu geleiten.

Und während die Hexen sich heimlich zu ihrem schmutzigen Sabbat versammeln, werden wir …«

Seine Stimme wurde immer leiser in Tonis Ohren, bis sie nur noch ein dumpfes Rauschen war. Der Junge starrte auf den mageren Hals des Predigers, und was er da sah, erschreckte ihn zutiefst.

War er doch ein Komplize des Teufels, wie er befürchtet hatte? Aber was war dann mit Lenchen? Die Kleine konnte doch keinesfalls zu den dunklen Mächten gehören! Und was war dann mit Selina, die in der Langen Gasse wohnte?

Wie sollte ein armer Junge wie er sie alle auf einmal im Auge behalten?

Förner redete weiter, irgendwann aber hörte er plötzlich auf. Das Rauschen in Tonis Ohren erstarb. Die Gassengeräusche, die durch das halb angelehnte Fenster drangen, kehrten langsam wieder zurück.

»Hast du mich verstanden?« Förner hatte sich inzwischen die weiße Stola umgelegt, die er nun gegen seine Haut drückte, als verschaffe sie ihm Kühlung.

Toni nickte schnell. Man durfte nicht lügen, unter keinen Umständen, das hatten die Nonnen im Seelhaus ihm eingetrichtert, aber was sollte er sonst tun?

»Gut.« Der schwarze Prediger schien sich zu entspannen. »Dann kann ich also mit dir rechnen …«

Der Satz blieb ihm im Halse stecken.

Denn als Gabriel Hofmeister die Türe öffnete, schoss die kleine Lerche wie ein Blitz an ihm vorbei ins Freie.

Ava war überrascht, als sie Hanna Hümlin an ihrem Stand erblickte.

»Schön, dich zu sehen«, sagte sie leise. »Ich hab unsere Nacht am Feuer nicht vergessen.«

»Deshalb bin ich hier«, antwortete Hanna ebenso gedämpft.

Sie schien kurz zu überlegen, dann ging sie um den Tisch, auf dem die Waren aufgebaut waren, herum nach hinten zu Ava. Jetzt schützten die Körbe mit Geräuchertem sie vor allzu neugierigen Ohren.

»Wir sind anders als die meisten«, sagte sie. »Wir glauben an andere Dinge. Dinge, die manchen Angst machen, obwohl es unnötig ist, denn sie schaden niemandem und nützen allen.« Sie schien unruhiger, als ihr Gesichtsausdruck und der gefasste Ton es vermuten ließen. Ihre rechte Hand spielte mit dem großen, in Silber gefassten Bernsteinherz, das sie um den Hals trug. »Wir müssen uns vorsehen. Es gibt nicht mehr allzu viele von uns.«

»Aber in jener Nacht waren doch …«

»Der Schein trügt. Du kannst Mathis fragen, wenn du willst.« Ihr Blick war warm. »Du hast dir einen wundervollen Gefährten ausgesucht.« Dann wurde ihr Gesicht wieder ernst. »Immer weniger bekennen sich zu den alten Bräuchen. Sie verweigern der Kornmutter die letzten Ähren auf dem Feld. Kein Schnittertanz mehr, keine geschmückte Garbe zu ihren Ehren. Für einen Topf Haferbrei oder eine Hand voll gekochte Linsen verleugnen sie alles, was ihnen einst heilig war. Die Angst geht um in Bamberg, Ava, schwacht die Menschen. Und schwache Menschen sind gefährliche Menschen.«

»Bist du deshalb beim Braumeister untergekrochen?«

Für einen Augenblick schaute Hanna sie erstaunt an, dann begann sie zu lachen.

»In dieser Stadt bleibt doch nichts unbemerkt«, sagte sie. »Nein, das hat andere Gründe. Er hat mir Arbeit angeboten, und ich habe angenommen. Und er bezahlt mich ordentlich dafür.«

»Und er schenkt dir schöne Dinge.« Ava hatte nur geraten, aber als sie sah, wie die andere errötete, wusste sie, dass sie richtig damit lag. »Dinge, die du dir sonst nicht leisten könntest.«

»Er ist ein feiner Mann«, sagte Hanna. »Er kennt weder Hass noch Engstirnigkeit. Er hat seine Meinung, zwingt andere aber nicht, sie unbedingt zu teilen. Und er hat Mut. Gäbe es mehr von seiner Sorte, so lägen die Dinge anders.«

»Du willst mich also warnen?«, sagte Ava. »Deshalb bist du hier.«

»Ja. Ich habe von geheimen Listen gehört, auf denen unsere Namen stehen sollen. Deiner, meiner und noch eine Menge anderer. Die Hexenkommissare halten sie angeblich verschlossen, aber einer von ihnen, Vasoldt, schaut gern zu tief ins Glas. Dabei muss ihm eine dieser Listen aus der Tasche gerutscht sein. Jemand von uns hatte die Gelegenheit, einen Blick darauf zu werfen.« Sie zögerte. »Jemand, der lesen kann.«

»Sie wollen uns als Druten anzeigen?«

»Sie werden es tun, wenn sie eine Gelegenheit dazu haben«, sagte Hanna. »Damit musst du rechnen. Aber noch ist es nicht zu spät. Es liegt an dir, das abzubiegen. Du weißt genau, was sie verabscheuen – und was sie fürchten.«

»Ich soll die Frauen wegschicken, die mich um Hilfe bitten?«, sagte Ava. »Meinst du das? Ich weiß, dass es nicht ungefährlich ist. Aber wohin sollen sie sich sonst mit ihren Nöten wenden?«

»Auf der Hut sollst du sein, noch vorsichtiger als bisher. Das ist alles, worum ich dich bitte, Ava. Außerdem hast du doch deine Fische zum Überleben. Und gegen geräucherte Forellen ist auch von Kirchenseite kaum etwas einzuwenden.«

Hanna Hümlins Blick lag lange auf ihrem Gesicht, dann glitt er tiefer. Sie hob die Hand, legte sie für einen Augenblick leicht auf Avas Brust.

»Du weißt doch, wofür es sich lohnt«, fügte sie leise hinzu. »Mehr als je zuvor. Und falls du nach Ostern Not an einer

Gode haben solltest, lass es mich wissen. Ich würde mich freuen!«

Avas Augen wurden feucht, als sie ihr hinterherschaute.

Hanna hielt den schmalen Rücken beim Gehen sehr gerade, aber ihr lahmes Bein zwang sie zu einem auffälligen Schaukelschritt, der unwillkürlich viele Blicke auf sich zog.

Sie hatte ihr die Schwangerschaft auf den Kopf zugesagt!

Zu sehen gab es noch nichts, und es war noch nicht lange her, dass sie es sich selber noch nicht eingestehen wollte. Aber Ava weinte nicht deshalb. Und auch nicht aus Furcht vor den geheimen Drutenlisten, obwohl deren Erwähnung ihre Stimmung sehr verdüstert hatte.

Es war ein anderes Bild, das ihr nicht aus dem Kopf gehen wollte: ein stattlicher Mann mit silbrigen Locken und eine schlanke, rotblonde Frau, die einträchtig Arm in Arm über den Markt schritten. Ein bürgerliches Paar, angesehen, vertraut, innig. Versehen mit dem Segen der Kirche. Eheleute.

Seitdem rumorte etwas in ihrem Inneren, machte sie schäbig und eng, und sie hasste sich dafür, aber es ließ sich nicht vertreiben. Sie war eifersüchtig, rasend eifersüchtig sogar. Das musste sie sich eingestehen. Am liebsten hätte Ava den Stand verlassen, Veits Arm aus dem seiner Frau geschlagen und ihr mitten ins Gesicht geschrien, dass sie es war, die ein Recht auf ihn hatte, weil sie sein Kind im Leib trug – falls nicht doch Mathis der Vater war.

Sie wischte sich die Tränen ab.

Die unvergessliche Nacht am Feuer? Oder die Liebesstunden in ihrem Haus? Beides war möglich. Sie brauchte selber noch Zeit, um damit klarzukommen.

Dort drüben kam Kunis Bande angelaufen. Kuni natürlich wie immer voran, gefolgt von Lenchen, die ihre rote Haube abgesetzt hatte und wie einen leuchtenden Wimpel in der einen Hand schwenkte, während die andere fest in Tonis Hand lag. Die Haare waren inzwischen nachgewachsen, bedeckten ihren Kopf wie eine helle Fellkappe. Bis ihr Kind auf der Welt war, würden sie Lenchen schon wieder bis über die Ohren reichen.

»Ava! Wir haben solchen Hunger! Hast du nicht etwas für uns?«

Sie musste lächeln, als sie die aufgeregten Stimmen hörte. Sie hatte die Kinder vermisst, trotz ihrer Launen, deren Grund sie ja inzwischen kannte.

Und plötzlich kam ihr ein Einfall.

Später am Nachmittag fand das traditionelle Fischerstechen auf der Regnitz statt. Eher unwahrscheinlich, dass Mathis sich ausgerechnet dort zeigte. Aber andererseits war man bei ihm niemals vor Überraschungen sicher. Der unschöne Abgang von neulich lag ihr noch auf der Seele.

Sie würde die Gelegenheit nicht versäumen, sich nach ihm umzusehen.

Inzwischen waren Lorenz Eichler die Wege der Kleinen mit dem roten Häubchen vertraut. Und auch die Kinder, mit denen sie sich herumtrieb, kannte er. Das dünne Mädchen mit den Sommersprossen und dem wirren Haar, offensichtlich die Anführerin, den großen Jungen, einen auffallend hübschen Blondschopf, der immer schaute, wo die Kleineren blieben. Toni natürlich, der weiterhin auf den Domstufen sang, während Lenchen das Geld einsammelte, und noch einen jüngeren Buben, dunkel und dünn, der unter dem besonderen Schutz des großen Blonden zu stehen schien.

Er sah sie betteln, kleine Arbeiten verrichten. Er beobachtete sie beim Stehlen. Er sah sie; sie aber bemerkten ihn nicht, dafür wusste er zu sorgen. Nie hatte Eichler sich besonders hervorgetan. Stets war es ihm gelungen, sich nahezu unsichtbar zu machen, so unauffällig war seine Gestalt, und jetzt konnte er zum ersten Mal im Leben davon profitieren. Er ließ sich Zeit; es herrschte keine Eile. Aber er blieb ihnen auf den Fersen. Die wenigen Schneiderarbeiten, die er zu erledigen hatte, gaben ihm ausreichend Gelegenheit, sich mit dem gewöhnlichen Tagesablauf der Kinder vertraut zu machen.

Viel schwieriger gestaltete es sich, Lenchen allein zu erwischen, worauf er von Anfang an abgezielt hatte. Denn seit ihrer ersten Begegnung war seine Neugier geweckt. Er wollte mehr wissen, *alles* wissen. Ein Gedanke begann sich in seinem Kopf zu formen, der mehr und mehr Gestalt annahm.

Vielleicht würde er sich alles zurückholen können.

Die Aufträge, die verlorene Reputation. Das Zunftzeichen. Seine Gesundheit. Sogar seine Frau, die ihn verlassen hatte und jetzt bei ihrer alten Base wohnte. Wenn ihm das gelang, hätte er ausgesorgt für alle Zeiten.

Doch mit bloßem Hoffen und Bangen gab Eichler sich nicht zufrieden, dafür war sein Widersacher zu mächtig und zu einflussreich. Er durfte sich keine Blöße geben, musste seinen Schlag aus sicherer Position führen. Die Kleine war der Schlüssel zu seinem künftigen Glück – sie allein. Er musste sie zu fassen bekommen, das war das Wichtigste. Wenn er energisch genug nachfragte, würde sie sicherlich entscheidende Informationen preisgeben.

Doch Lenchen zeigte sich niemals ohne einen der anderen; es war, als hätten die Kinder sich heimlich verabredet, die Jüngste stets und überall zu bewachen. Eichler hatte fest auf die Kirchweih gezählt. In dem Menschengewimmel müsste es eine Leichtigkeit sein, mit dem Kind ein paar Worte allein zu wechseln.

Aber er hatte sich getäuscht.

Lenchen hielt Tonis Hand umklammert, als sie über den Marktplatz gingen. Und später verschwand sie mit den anderen in der Bude einer Fischhändlerin und kam eine halbe Ewigkeit nicht mehr heraus. Er hörte sie reden, lachen. Einmal jagten sie sich um den Stand, sonst tat sich nichts weiter.

Er wartete, diesmal ungeduldiger als sonst.

Als der Duft von gebratenen Würsten so überwältigend wurde, dass seine Magenwände sich schmerzhaft zusammenzogen, brach er sein Vorhaben ab.

Bislang war er der Kleinen nur heimlich gefolgt. Ab heute würde er zu Lenchens Schatten werden.

Zwei Boote, die auf dem gegenüberliegenden Ufer warteten. Je zwei Ruderer, die darauf warteten, gegen die Strömung zu lenken, je ein Lanzenkämpfer, der sich auf der kleinen Plattform am Heck postiert hatte.

»Das sind die Letzten für heute«, sagte ein bärtiger Mann neben Ava. »Und wenn man mich fragt, dann hätt ich den Lumpen erst gar nicht antreten lassen.«

Sie nickte zerstreut und kniff die Augen zusammen. Die Sonne stand so tief, dass es blendete. Ein kühler Wind hatte sich erhoben. Unwillkürlich zog Ava das Tuch enger über der Brust zusammen.

»Warum?«, sagte sie.

»Da fragst du noch? Nach den alten Regeln dürfen nur Mitglieder der Schiffer- und Fischerzunft gegeneinander antreten. So war es von jeher. Aber Mendel musste ja unbedingt eine Ausnahme durchsetzen! Sonst wären wir alle schon längst beim Fischertanz.«

»Bastian?« Natürlich – sein helles Haar leuchtete rötlich im letzten Sonnenschein. Er war zu weit entfernt, als dass sie seinen Gesichtsausdruck hätte sehen können, aber aus irgendeinem Grund war sie sich sicher, dass seine Kiefer mahlten.

»Ich hätt mich niemals von diesem Lumpen provozieren lassen. Eine Art Zweikampf, Mann gegen Mann, dass ich nicht lache – zwischen einem Fischermeister und einem dahergelaufenen Niemand, der uns nichts als Scherereien macht! Nur darauf hat er es angelegt. Und Mendel ist auf ihn reingefallen. Hoffentlich lässt er seinen Herausforderer wenigstens ordentlich Wasser schlucken!«

Avas Handflächen wurden feucht. Der Mann auf dem anderen Boot war schlanker als Bastian Mendel und dunkelhaarig. Er trug zerbeulte braune Stulpenstiefel, die ihm über die Knie reichten – Mathis!

»Sie werden sich doch nichts tun«, sagte sie bang. »Es ist doch nicht wirklich gefährlich?«

»Kommt ganz darauf an«, sagte der Mann. »Im letzten Jahr hat einer die Stange so fest gegen den Brustkorb bekommen, dass er sich alle Rippen gebrochen hat. Später kam Wasser auf der Lunge dazu. Weihnachten hat er nicht mehr erlebt.« Er schien langsam ungeduldig zu werden. »Worauf wartet ihr noch?«, schrie er. »Sollen wir hier vielleicht Wurzeln schlagen?«

Eine helle Trompete erklang. Die Ruderer legten sich in die Riemen. Die beiden Boote trieben aufeinander zu.

Wo war Lenz?

Kunis Bande musste hier sein; eine solche Gelegenheit konnten sich die Kinder nicht entgehen lassen. Den ganzen Markt hatte Selina schon nach ihm abgesucht, aber sosehr sie ihren Hals auch reckte, sie konnte ihn nirgendwo entdecken. Sie war hungrig. Und sie fror. Durch das dünne Wolltuch, das sie um die Schultern geschlungen hatte, pfiff der Wind, der plötzlich auffrischte.

Früher wäre sie zu ihrem Vater gelaufen, hätte sich an seinen warmen Körper gedrückt, der ihr wie eine schützende Burg erschienen war, seit sie denken konnte. Doch diese Zeiten waren vorbei, unwiederbringlich. Schuld daran war diese Ava, die ihr den Vater gestohlen hatte.

Und ihr Balg, die Kleine mit dem roten Häubchen.

Sie erstarrte, denn plötzlich entdeckte sie die beiden. Ava hatte ihren Stand verlassen, bückte sich zu der Kleinen hinunter und küsste sie auf die Stirn. Das Mädchen schloss dabei die Augen, als ob sie träume. Dann gab Ava ihr einen zärtlichen Klaps, und Lenchen lief davon.

Etwas Raues kratzte in Selinas Hals. Ihre Knie wurden weich.

Mutter und Kind. Und der Vater war auch nicht weit. Die drei besaßen alles, was sie verloren hatte.

Sie würde nicht länger warten. Das beschloss sie in diesem Augenblick. Alles war für den unterirdischen Besuch der Bande bereit, der ausgediente Zapfhahn, den sie beim *nonno* entdeckt und ohne zu fragen mitgenommen hatte, ebenso wie der schwere Holzklöppel, der die Initialen ihres Vaters trug. Selina war froh, dass er die Suche danach inzwischen eingestellt hatte. Obwohl es eigentlich nahe lag, wer ihn entwendet hatte, war der Verdacht glücklicherweise nicht einen Augenblick auf sie gefallen. Beides lag im Fuchsbau gut verwahrt; erst gestern hatte sie sich dessen vergewissert.

Sie spürte eine warme Hand auf ihrem Rücken.

»Lenz …« Der Name erstarb ihr auf den Lippen.

»Du bist ja kalkweiß«, sagte Marie. »Und du zitterst. Ist dir kalt? Wo hast du nur die ganze Zeit gesteckt? Komm, wir gehen nach Hause, Selina, sonst wirst du noch krank.«

Widerstandslos ließ Selina sich von ihr weiterziehen, bis Marie plötzlich stehen blieb.

»Das gibt es doch nicht.« Sie starrte einer hinkenden Frau hinterher, die gerade an ihnen vorbeigegangen war. »Ich glaub, ich träume! Das muss ich mir näher ansehen.«

»Was denn?«, quengelte Selina. »Ich will nach Hause.«

»Gleich. Warte hier.«

Marie ließ ihre Hand los und ging wieder ein Stück zurück. Schließlich blieb sie neben einer fremden Frau stehen, die mit anderen einen der vielen Glückstöpfe umringte.

»Schönes Amulett«, sagte sie, die Augen fest auf das Bernsteinherz gerichtet, das Hanna um den Hals trug. »Und so ausgefallen. Meine Mutter hat einmal ein ganz ähnliches besessen. Darf ich erfahren, woher du es hast?«

»Du bist Hallers Tochter?« Hanna Hümlin hielt dem Blick stand, auch als Maries Miene immer mehr versteinerte.

»Und wenn schon – spielt das eine Rolle?«

»Ich denke schon«, sagte die Frau. »Ich bin Hanna Hümlin und führe deinem Vater seit einiger Zeit den Haushalt.«

»Und bei der Gelegenheit hast du dich auch gleich aus seinen Schatullen bedient …«

»Du irrst dich. Der Braumeister hat mir den Bernstein geschenkt. Ich wollte ihn zunächst nicht annehmen, aber er hat mich schließlich dazu überredet.« Hannas Ton besaß eine gewisse Schärfe. »Noch weitere Fragen?«

»Viele«, sagte Marie. »Aber die werd ich lieber ihm stellen, nicht dir.« Sie wandte sich nach dem Mädchen um. »Komm, Selina, wir gehen!«

Zweimal schon waren die Boote gegeneinander gerudert. Zweimal hatten die Widersacher einander die Brust zum Stoß geboten. Zweimal waren die Speerträger getorkelt, aber keiner war gestrauchelt, geschweige denn über Bord gegangen.

Jetzt stand der dritte Versuch an.

Die Sonne versank am Horizont; die Böen verstärkten sich.

»Beeilt euch!«, rief jemand aus der Menge. »Der Bock wartet nicht gern auf uns!«

Avas Schultern waren verkrampft, so sehr hatte sie die Hände ineinander verkrallt. Bastians Kahn war als erster an der Reihe. Die Ruderer schienen müde, plötzlich aber legten sie an Geschwindigkeit zu.

Bastian holte aus, erstaunlich kraftvoll. Sein Speer traf Mathis direkt in die Brust. Er taumelte, dann stürzte er wie ein Stück Holz seitlich vom Boot.

Die fließenden Wasser der Regnitz schlossen sich über ihm.

Sieben

Bevor es hell wurde, schlich Agnes aus dem Haus. Schon jetzt sah es aus, als würde auch heute die Sonne wieder dem Nebel unterliegen, so tief hingen dicke, feuchte Schwaden über der Stadt. Sie fürchtete sich vor dem heiseren Krächzen der Krähen, die plötzlich überall zu hocken schienen. Agnes hasste diese großen schwarzen Vögel beinahe ebenso sehr, wie sie sich vor ihnen fürchtete.

Eine harte Nacht lag hinter ihr, denn sie hatte nicht nur eine weitere Besteigung Harlans erdulden müssen. Kaum lag der Alte schnarchend neben ihr, meldete sich auch schon der Kleine mit lautem Gebrüll. Sein Schorf war verschwunden; seit einigen Tagen aber plagten ihn juckende rote Pusteln; er verweigerte das Essen, war fiebrig und übellaunig. Es blieb ihr nichts anderes übrig, als ihn herumzutragen, schier endlos, wie es ihr erschien, denn jedes Mal, wenn sie auch nur versuchte, ihn zurück in die Wiege zu legen, setzte sein empörtes Schreien erneut ein.

Als er irgendwann doch eingeschlafen war, war sie so erschöpft, dass am liebsten nun sie geweint hätte. Ihr ganzer Körper war ein einziger Schmerz – die Brüste, der Schoß, der Rücken. Natürlich hätte sie Harlans ungeliebtes Gewicht dafür verantwortlich machen können und seine Pratzen, die sie im Bett so umklammert hielten, dass sie sich vorkam wie in einem menschlichen Schraubstock. Aber Agnes Pacher wusste zu genau, was der eigentliche Grund für ihr Unbehagen war. Erst wenn ihr Werk vollendet war, würde sie wieder aufatmen können.

Bald schon würden die Mädchen wach werden und mit

ihnen das ganze Haus. Bis dahin musste getan sein, was sie sich vorgenommen hatte. Sie hatte lange überlegt, was wohl das geeignete Gefäß sein könnte, und sich schließlich für einen angeschlagenen Tontopf entschieden, in dem sie früher Honig aufbewahrt hatte. Ihre Streifzüge durch den Wald und entlang am Fluss hatten sich gelohnt. Zum Schluss war sie noch in der Abfallgrube fündig geworden.

Ihre gute Laune kehrte zurück. Bald schon würde Veit wieder ihr gehören. Und die andere, die sie verspottet und ihr so viel Leid zugefügt hatte, in der tiefsten Hölle schmoren.

Der Plan war perfekt eingefädelt, kein Detail, das sie dem Zufall überlassen hätte. Der Tag vor Allerheiligen eignete sich für ihr Vorhaben wie kaum ein anderer. Dass der Kleine ausgerechnet jetzt kränkelte, machte alles nur umso glaubhafter. Wenn Harlan gebieterisch nach seiner Morgensuppe verlangte, würde sie längst wieder an ihrem gewohnten Platz sein.

Während sie vor dem Haus grub, stieg ihr der erdige Geruch der Blätter in die Nase. Büsche und Bäume waren inzwischen fast kahl. Agnes fröstelte, obwohl die ungewohnte Arbeit ihr den Schweiß auf die Stirn getrieben hatte. Immer wieder hielt sie inne und kniff die Augen zusammen. In letzter Zeit fiel es ihr schwerer, in die Weite zu sehen. Dinge verschwammen, veränderten ihre Umrisse, als wollten sie sie foppen, und auch jetzt glaubte sie in der aufsteigenden Dämmerung ein Stück weiter in der Langen Gasse etwas zu erkennen, was am ehesten wie ein größerer Lumpenhaufen aussah.

Hatte er sich nicht eben bewegt? Und sah plötzlich ganz anders aus? Egal, was immer es auch war, sie musste fertig werden. Nur darauf kam es jetzt an.

Agnes setzte den Topf in das Loch und häufte hastig wieder Erde darauf. Mit den Füßen trat sie anschließend den Boden etwas glatt, aber nicht zu glatt, und trat einen Schritt zurück, um ihr Werk kritisch zu begutachten.

Ein Vogelruf ließ sie zusammenschrecken. Ein nasser Zaunkönig schüttelte sein Gefieder, bevor er aufflog.

Beim Pilzlesen musste Ava an Mathis denken. Ihr Aufschrei, als er in der Regnitz versunken war, hatte alle Zuschauer in Bewegung versetzt. Sie riefen, liefen durcheinander, die Mutigsten sprangen ihm nach. Am liebsten hätte sie sich selber ins kalte Wasser gestürzt; einzig und allein die Schwangerschaft hatte sie davon abgehalten.

Stundenlang stocherten die Männer mit langen Stangen im Fluss, obwohl der Wilderer nur ein Außenseiter war, der ihnen übel mitgespielt hatte. Bastian Mendel, besorgt und bleich, ließ es sich nicht nehmen, die Rettungsversuche persönlich zu überwachen. Doch alle Anstrengungen erwiesen sich als vergeblich.

Als es Nacht geworden war, dachte niemand mehr an den Fischertanz, den alle ein ganzes Jahr lang herbeigesehnt hatten. Noch immer flackerten Kienspäne und Talgfunzeln wie verirrte Seelenlichter entlang des Ufers. Irgendwann stellte man die Suche ein. Mathis war und blieb verschwunden.

»Das kann dauern, bis die Regnitz ihre Leichen wieder freigibt. Und dann erkennt man sie oftmals nicht wieder.« Der lakonische Spruch ihres Nachbarn hatte Ava endgültig dazu gebracht, sich abzuwenden und wegzulaufen.

Seitdem war das Haus ihr einziger Halt geworden, zumindest tagsüber, denn nachts quälten sie heftige Träume, in denen Mathis nach Atem rang oder versuchte, beinlos aus dem Wasser zu kriechen. Einmal sah sie ihn gefangen in einem riesigen Ottereisen, und sie erwachte schweißnass.

Doch sobald Ava die ledrige Oberfläche der getrockneten Pilze berührte, war er wieder bei ihr. Sein Geruch nach Wald und Fluss, die schnörkellose Sprache, seine Wildheit. Mathis war ein exzellenter Pilzkenner; vieles von dem, was sie über diese Gewächse wusste, stammte von ihm.

Herbsttrompete, Kuhmaul, Kupferroten Gelbfuß, Maronen, Grünlinge und ein paar der selten vorkommenden Steinpilze, die sie besonders liebte, hatte sie gereinigt, zerteilt und zum Trocknen ausgelegt. Auch vereinzelte Rötelritterlinge waren darunter, untrügliches Indiz, dass das Ende der Pilzsaison nahte.

Die Giftpilze, von denen sie jedes Jahr einen bescheidenen Vorrat zu Heilzwecken anlegte, berührte sie nur durch ein Leinentuch. Sie war von jeher respektvoll mit ihnen umgegangen, zerlegte sie nur mit einem besonderen Messer und bewahrte sie streng getrennt von den übrigen auf.

Und es gab noch einen dritten Haufen, ebenso vorbehandelt, den sie mit besonderem Interesse betrachtete: schmutzig gelbbraune Pilze mit breitem Hut und hellen Lamellen, die vorzugsweise auf Weiden wuchsen. Bereits einige Bissen, sorgfältig zerkaut, genügten, um die Wahrnehmung zu verfeinern – und damit Dinge zu sehen, die sonst im Verborgenen schlummerten.

Die Versuchung war groß, denn es gab vieles, was sie wissen wollte, und in anderen Zeiten hätte Ava nicht lange überlegt, sondern einfach gehandelt. Jetzt aber zögerte sie. Es war nicht nur das Kind in ihrem Bauch. Es war die Scheu vor jener besonderen Nacht, in der, wie Ava wusste, der Schleier zwischen der Welt der Lebenden und der der Toten zum Zerreißen fein ist. Es gab kein Grab in Bamberg, das sie an Allerheiligen mit Blumen und Lichtern hätte schmücken können, wie all die anderen es taten, aber in ihr war die Erinnerung an ihre Toten lebendig und machte sie heute besonders dünnhäutig. Wenigstens war ihr nicht mehr übel wie in den vergangenen Wochen. Dafür begann ihr Körper sich zu verändern, wurde weicher und schwerer. Vor allem zwang er sie dazu, mehr Rücksicht als bisher auf ihn zu nehmen.

Ava war gerade dabei, ihre Messer zu säubern, als Schritte sie aus ihrer Konzentration rissen.

»Veit – am helllichten Tag! Ist etwas geschehen?«

»Sehnsucht hatte ich. Unstillbare Sehnsucht. Das ist geschehen.« Er wollte sie umarmen, Ava aber tat einen Schritt beiseite und ließ ihn ins Leere greifen.

»So unstillbar wird sie schon nicht gewesen sein.«

»Was redest du da?« Er starrte sie verblüfft an.

»Weil seit Kirchweih bis heute ordentlich Zeit verstrichen ist. Und weil du schon auf dem Markt so getan hast, als sei ich eine Fremde für dich.«

»Ich weiß. Und es tut mir auch Leid. Aber es ging nun mal nicht anders.« Er trat einen Schritt auf sie zu. »Du hast es ja gesehen. Ich war nicht allein. Du musst verstehen …«

»Ja, ich hab euch gesehen. Deine Frau und dich.« Ava stellte die Pilze beiseite. Weitere Bemerkungen drängten auf ihre Zunge, hässliche, sinnlose Worte, die sie ebenso verletzen würden wie ihn. Sie beschloss, nichts zu sagen. Bis auf eines. »Aber verstehen muss ich es deshalb noch lange nicht.«

»Was hätte ich tun sollen? Kannst du mir das mal verraten?«

»Und was willst du jetzt? Kannst du *mir* das mal verraten?«

Er sah den Mund, den er so gern küsste, die flaumigen Wangen. Sie sah so weich aus, so weiblich! Alles in ihm sehnte sich nach ihrer Berührung.

Aber ihr Blick war distanziert.

»Ava, ich …«

»Still!«, unterbrach sie ihn. »Hörst du nichts?«

Ein hoher, klagender Ton, der menschlich in seinen Ohren klang.

»Eines der Kinder«, sagte Veit. »Ist es krank?«

»Nein, das ist meine Ziege. Sie wirft zum ersten Mal. Sie braucht Hilfe.«

Sie ging hinüber in den provisorischen Stall, den sie für die beiden Tiere eingerichtet hatte. Die schwarze Ziege fraß ruhig aus dem Trog, die gescheckte aber stieß ein klägliches Meckern aus, sobald sie Ava erblickte. Ava betastete ihren Bauch und das prall angeschwollene Geschlecht.

Veit war inzwischen nachgekommen.

»Sie hat Wehen«, sagte sie. »Und Angst. Es wird nicht mehr lange dauern. Es fühlt sich an, als ob es zwei wären.«

»Sie wirft jetzt, mitten im Herbst?«

»Das Leben fragt nicht danach, ob es kommen darf.«

Sie hatte Mathis' Worte benutzt! Plötzlich war es für sie, als stünde er neben ihr.

»Lassen wir sie in aller Ruhe ihre Zicklein bekommen.« Veit griff nach ihrer Hand. »Und uns lass nicht länger streiten! Dafür ist die Zeit doch viel zu schade. Du und ich, wir beide könnten inzwischen besser …«

»Ich bin schwanger.« Sie hatte es ausgesprochen, ohne lange nachzudenken.

»Du bekommst ein Kind?« Jede Farbe war aus seinem Gesicht gewichen. »Unser Kind, Ava?«

Sie atmete tief aus. Wäre sie bei Mathis nicht so feige gewesen, er hätte womöglich sein Leben beim Fischerstechen nicht aufs Spiel gesetzt. Veit verdiente ebenso die Wahrheit, auch wenn ihr Geliebter nicht gern hören würde, was sie ihm zu sagen hatte.

»Genau das weiß ich eben nicht, Veit«, sagte sie.

Georg Schneider war misstrauisch. Irgendetwas ging in dem alten Stollen vor, und er war entschlossen, dem Geheimnis auf die Spur zu kommen. Er hatte sogar schon die verwegene Idee gehabt, eine Nacht im Felsenkeller zu verbringen. Doch die Vorstellung, dabei womöglich in die Fänge der Steinernen Frau zu geraten, schreckte ihn ab.

Vielleicht wäre er mutiger gewesen, hätte er bei diesem

Vorhaben auf Unterstützung rechnen können, doch mit wem sollte er dieses heikle Thema erörtern, ohne gleichzeitig selber in Verdacht und damit in Lebensgefahr zu geraten?

Die anderen Gesellen hielten ihn seit langem für einen Sonderling und Spinner, den man ungestraft auslachen konnte. Den Braumeister ansprechen? Er war es gründlich leid, von Haller zurechtgewiesen zu werden, wann immer er sagte, was er wusste, dachte oder beobachtet hatte. Sein jüngerer Bruder, der sich als Knecht auf einem Hof nördlich von Bamberg verdingt hatte, kam so selten in die Stadt, dass sie sich seit Jahren nicht mehr gesehen hatten.

Dabei wusste niemand besser als Georg Schneider, was die Druten alles anzurichten vermochten. Heute, da die Reinigung der Fässer anstand, hörte er den Weihbischof wettern, als stünde er nicht auf der Kanzel, sondern unmittelbar neben ihm. Er war Förners treuester Jünger geworden, sein glühendster Verehrer. Keine Hexenpredigt, die er versäumt hätte; nicht eine einzige der allabendlichen Rosenkranzandachten in St. Martin hatte er ausgelassen.

Sein Schopf juckte, und unter seinen Achseln hatte sich kalter Schweiß gesammelt. Besonders gern war er noch nie in die gepichten Fässer gestiegen, in denen es stank und dunkel war, aber bislang hatte er diese Arbeit stets mit einem gewissen Gleichmut verrichtet.

Er kletterte auch heute hinein.

Allerdings flackerte die Kerze wie wild, während er die Innenseite mit Putzhefe schrubbte, um den Rest der Kräusen zu lösen, große Schaumblasen, die oft im Lauf der Gärung entstanden und bis über den Rand quollen. Würde sie ausgehen, so wusste er, dass es höchste Zeit war, das Fass zu verlassen, weil ihm dann bald die Luft zum Atmen fehlen würde und eine Ohnmacht drohte.

Ging da draußen nicht jemand vorbei? Strich nicht ein noch kühlerer Hauch als sonst durch die Gewölbe?

Schneider konnte nur durch den Fassboden lugen und damit so gut wie gar nichts erkennen. Sein Herz begann wie wild zu schlagen. Die hölzernen Wände schienen immer näher zu rücken. Sein Mund wurde trocken. Am Ende würden sie ihn zusammenquetschen wie ein wehrloses Insekt. Dann hätte die Steinerne Frau leichtes Spiel mit ihm.

Jämmerliches Wimmern ertönte. Er erstarrte.

Es dauerte eine ganze Zeit, bis ihm bewusst wurde, dass es aus seinem eigenen Kehlkopf kam.

Er schüttelte die Erstarrung ab und kletterte so eilig aus dem Fass, dass die Kerze dabei verlöschte. Nein, diese Arbeit sollte irgendein anderer übernehmen! Und wenn der Braumeister ihn noch so sehr deswegen schalt.

Seine Schulter würde niemals wieder heilen. Davon war er inzwischen überzeugt. Ebenso ein bösartiger Drutenzauber wie die Reihe von Unglücksfällen, die sich ereignet hatten, seit Haller zum Hoflieferanten des Fürstbischofs ernannt worden war.

Schneider berührte seine Brust, die Hüften. Sein Geschlecht. Seit neuestem trug er ein Heiligenamulett nicht nur um den Hals, sondern auch zusätzlich eins in jeder Rocktasche. Sogar in den Hosenlatz hatte er sich eine dicke Schicht geweihtes Osterwachs gesteckt, damit es ihn vor teuflischen Unholden bewahrte.

»Aber wie kann es Schutz und Heil geben, wenn Pankraz Haller sich das Böse ins eigene Haus geholt hat?«, murmelte er vor sich hin, während er den Felsenkeller verschloss. Der Klang der eigenen Stimme war tröstlich, und es störte ihn längst nicht mehr, wenn andere darüber lachten.

Tief in Gedanken versunken, lief er den Stephansberg hinunter. Ein Nachbar grüßte ihn, als er ihm entgegenkam. Schneider bemerkte es nicht einmal, so wild wirbelten die Gedanken in seinem Schädel durcheinander. Unfassbar für ihn, dass ausgerechnet die junge Hümlin Hallers Wirtschafterin geworden war. Die Tochter einer verbrannten Hexe und selber mit allen Wassern gewaschen! Hatte er nicht schmerzlich am eigenen Leib erfahren müssen, wie hochfahrend sich die Lahme ihm gegenüber benommen hatte, als er sie um einen kleinen Gefallen gebeten hatte?

In seiner Erinnerung verschwammen die Worte, die sie ihm damals an den Kopf geworfen hatte, aber dass es Drohungen, ja bösartige Verwünschungen gewesen waren, das hätte er beim Herzblut Jesu beschwören können. Haller hatte ihm nicht glauben wollen, schon damals nicht. Wahrscheinlich musste erst ein großes Unglück geschehen, damit der stolze Braumeister einsah, welches Unrecht er ihm damit zugefügt hatte.

Er blieb stehen, als er das Brauhaus im Sand erreicht hatte, und starrte durch die blanken Butzenscheiben hinein. Bänke und Tische waren geschrubbt. Der Boden war mit frischem Sand bestreut. Er hörte, wie neue Schankfässer im Hof abgeladen wurden. Den Scherz, den der jüngste Geselle machte. Das Lachen der Mägde. Geräusche eines neuen, hoffnungsvollen Tages. Alles im *Storchenbräu* machte sich bereit für die Zecher, die sich bald schon einfinden würden, um auch heute wieder viele Münzen in Pankraz Hallers Taschen fließen zu lassen.

Natürlich konnte er es ebenso wenig mit dessen Reichtum aufnehmen wie mit dem Einfluss, den der Braumeister in Bamberg hatte. Er, der nur ein einfacher Braugeselle war, ledig, arm, einflusslos, weder Ratsherr noch Hoflieferant. Aber eines konnte er tun, und daran würde ihn keiner hindern, solange noch ein Funken Atem in ihm war: die Augen offen halten. Denn seit Förners Predigten wusste Georg Schneider, dass dort, wo eine Hexe lebte, auch die anderen aus ihrer teuflischen Zunft nicht weit sein konnten.

Er sah müde aus und verdrossen, das fiel Marie gleich auf, als Veit zurückkehrte. Eigentlich hatte sie damit gerechnet, dass er sehr viel länger wegbleiben würde, wie so oft in letzter Zeit, sonst hätte sie die Göhlerin nicht angewiesen, alles Geschirr und Besteck herauszuräumen und Schränke und Truhen gründlich zu säubern. In der Speisekammer baumelte bereits seit einigen Tagen ein prächtiger Fasan am Haken, dessen Füße allmählich grünlich zu schillern begannen. Untrügliches Zeichen, dass er zum Braten mehr als bereit war. Am morgigen Feiertag wollte sie ihn als Festessen auf den Tisch bringen, und dazu gehörte es für sie, dass alles andere blitzblank war.

»Muss das wirklich sein?«, fragte Veit säuerlich. Er war mit seinem Fuß an einen Kessel gestoßen, der nun durch das halbe Zimmer rutschte. »Man kommt sich ja vor wie ein Eindringling im eigenen Haus!«

»Lass mich meine Arbeit machen und erledige du deine«, gab sie zurück. »Das ist für uns beide das Beste.«

»Dein Tonfall war schon freundlicher.«

»Deiner auch«, sagte Marie.

Wortlos verzog er sich in die Werkstatt. Die Türe schlug fester hinter ihm zu als unbedingt nötig.

Marie machte sich wieder ans Scheuern. Ihr Vater hatte ihr erst neulich einen Eimer Sand aus dem Felsenkeller mitgebracht, kurz bevor sie sich auch mit ihm gestritten hatte, weil er nicht einsehen wollte, dass das Bernsteinherz ihrer toten Mutter nichts am Hals Hanna Hümlins zu suchen hatte. Wie zwei Kampfhähne waren sie sich gegenübergestanden, bis er schließlich grußlos das Haus verlassen hatte.

Was war nur mit ihr los? Wenn sie so weitermachte, würde sie binnen kurzem mit jedem in ihrer Umgebung verfeindet sein.

Theres Göhler, die bislang schweigend neben ihr geschrubbt hatte, warf ihr einen kurzen Blick zu.

»Ich komm auch allein damit zurecht«, sagte sie. »Dort drüben steht Sülze, Most und ein frischer Weißwecken.

Könnt mir vorstellen, dass der Meister danach besser gelaunt ist.«

Marie zögerte kurz, bevor sie beschloss nachzugeben. Sie wusch sich die Hände und nahm die Schürze ab.

Als sie mit dem Imbiss in der Werkstatt stand, griff Veit hastig nach dem Tuch, das neben ihm lag, und warf es über den Kopf, den er auf der Bank eingespannt hatte. Nun erst recht neugierig geworden, kam Marie näher. Sie stellte Krug und Essen ab.

Dann trat sie vor den verhüllten Kopf.

»Was ist das?«, sagte sie.

»Nichts.«

»Nichts?«

»Ein Versuch, nichts weiter.«

»Wieso versteckst du es dann vor mir?«

»Wenn du es unbedingt wissen musst: Maria.« Veits Stimme schwankte zwischen Stolz und Trotz. »Die Gottesmutter. Aber noch lange nicht fertig. Deshalb.«

»Weshalb auf einmal so schüchtern? Das warst du bislang nie.«

»Ich habe etwas Neues ausprobiert«, sagte Veit. »Und über ungelegte Eier mag ich nicht reden.«

Sie legte den Kopf ein wenig zur Seite, wie sie es oft tat, wenn sie überlegte. Er drückte sich um die Wahrheit, das spürte sie, und er hatte Angst. Wovor? Ging es doch um diese Ava? Bislang war die andere nur ein Schatten gewesen, etwas Dunkles im Hintergrund, das sie ab und an beunruhigt hatte. Aber seit Kirchweih hatte der Schatten nicht nur einen Namen, sondern auch ein Gesicht.

»Nun gut«, sagte Marie. »Dann eben nicht.«

Sein Ausweichen hinterließ Spuren. Den ganzen Nachmittag über fühlte sie sich matt und dumpf. Obwohl es noch lange nicht Nacht war, glaubte sie plötzlich überall im Haus Francescas spöttisches Gesicht zu sehen. Ihre Unruhe wuchs. Und als Veit endlich die Werkstatt für kurze Zeit verließ, um einen neuen Schleifstein zu kaufen, ging sie sofort hinüber.

Alles erschien ihr unverändert. Der Boden war ordentlich gefegt; all seine Schnitzeisen steckten, der Größe nach geordnet, in der Ledertasche. Der neue Beitel lag griffbereit. Die Tür zum Nachbarhaus, wo das viel zu teuer angemietete Holzlager sich befand, stand offen. Der feine Duft der trockenen Linde stieg ihr in die Nase.

Wo war der Kopf abgeblieben, den er so eilig vor ihr versteckt hatte?

Marie schaute in jeden Winkel. Sogar im Holzlager sah sie sich gründlich um. Doch entdecken konnte sie ihn nirgendwo.

Der Schnee, der sie bei der Überquerung des Brennerpasses verschont hatte, überraschte die beiden, als sie das Werdenfelser Land durchquerten. Der klapprige Wallach, Adam Thies vom Brixener Priesterseminar für die Heimreise zur Verfügung gestellt, hatte bereits in Innsbruck gelahmt, und sie mussten ihn zum Abdecker bringen. Der Erlös reichte gerade für Fellhandschuhe, Mützen und ein paar Vorräte.

Ab da setzten Adam und Simon ihre Reise zu Fuß fort, eine Entlastung für Lucie, die genug an den Stoffen zu tragen hatte und mit den Hufen auf dem zunehmend glatten Boden immer öfter ins Rutschen geriet. Das Wandern, Seite an Seite, brachte sie ins Reden, wobei vor allem Simon erzählte, während Adam meist der Zuhörer war.

»Eigentlich weiß ich nichts von dir«, sagte Simon, als das Flockentreiben immer dichter wurde. »Du dagegen kennst inzwischen mein halbes Leben. Beinahe, als seist du dabei gewesen.«

»Bis auf die Dinge, die du vorsichtshalber für dich behalten hast.« Adam musste fast schreien, so stark wehte der Wind. »Weißt du, dass ich dich beneide?«

»Mich? Weshalb? Du bist ein Mann Gottes – und ich nur ein einfacher Schnitzer.«

»Ja, ich beneide dich, denn du hauchst dem Holz Leben ein mit deinen Händen. Und beseelst somit leblose Materie. Das ist ein Schöpfungsakt, Simon. Und vor dem Schöpfen hab ich von jeher den allergrößten Respekt.« Adams Stimme hatte auf einmal einen seltsamen Unterton. »Ich hab mich gegen das Leben versündigt, weil ich einem Treiben nicht Einhalt gebieten konnte, das nur den Tod bringt. Allerdings hatte ich gehofft, das läge für immer hinter mir. Doch nun sieht es so aus, als würde der ganze Wahnsinn noch einmal von vorn beginnen. Wie hätte ich davor fliehen können? Der Ruf kam aus zweierlei Richtungen. Und trotzdem wünschte ich, ich könnte mit dir tauschen, Simon.«

Er streckte seine Hände in den verschneiten Fellhandschuhen aus. »Sieh sie dir an! Sie taugen nun einmal nicht für Klöppel und Schnitzeisen.«

»Dafür können sie Segen spenden, Kinder taufen und Sterbende ölen«, sagte Simon. »Du darfst nicht mit deinem Schicksal hadern, Adam. Das wäre nicht richtig.«

»Was aber, wenn ich es doch tue? Und jetzt, da ich dich gefunden habe, mehr denn je?«

Der aufkommende Sturm verschlug Simon die Antwort.

»Dort drüben ist ein Bauernhof«, schrie er. »Wir sollten um Unterschlupf bitten.«

Die junge Bäuerin, einen weinenden Säugling an die Brust gedrückt, öffnete auf ihr Klopfen hin die Tür nur einen Spaltbreit, während von hinten ein Alter in dem harten Dialekt der Gegend etwas zeterte, das sie kaum verstanden. »Gasthaus« war das Einzige, was bei ihnen hängen blieb. Als sie nach einem anstrengenden Marsch durch den hohen Schnee wenig später links ein paar Häuser liegen sahen, glaubten sie sich fast am Ziel. Schließlich gelangten sie zu einem tief verschneiten Holzbau, an dem ein verbeultes Wirtshausschild baumelte.

»Zum goldenen Stern.« Trotz der Kälte musste Simon grinsen. »Ein Zeichen, trotz allem, glaubst du nicht?«

Sie brachten Lucie in den Stall, den sie sich mit ein paar mageren Kühen teilen musste, luden die Stoffballen ab und trugen sie nach drinnen. Vor einem Kachelofen saß eine Hand voll bärtiger Männer um einen Tisch beim Würfelspiel.

Es dauerte, bis der Wirt sich aus der Küche bequemte. Die Frage nach einem Zimmer beantwortete er zunächst mit einem unwilligen Schulterzucken.

»Es gibt nur noch eines, das halbwegs bewohnbar ist«, brachte er schließlich hervor. Beim Reden hüpfte der Adamsapfel an seinem mageren Hals auf und ab. »Wer seid ihr überhaupt? Und woher kommt ihr?«

»Eines reicht«, sagte Adam schnell, bevor Simon etwas antworten konnte. »Wir sind Brüder. Auf dem Weg von Italien nach Bamberg.« Als der Wirt sie noch immer misstrauisch beäugte, knöpfte er seinen Mantel auf. Das schlichte Holzkreuz auf seiner Brust hellte die Miene des Wirts sichtlich auf.

»Ein Priester«, sagte er. »Und du?«

»Ich bin Krippenschnitzer«, sagte Simon.

»Ein Priester und ein Krippenschnitzer.« Jetzt sah er beinahe freundlich aus. »Es gibt Kesselfleisch und eingelegtes Kraut. Und Bier, so viel ihr wollt. Hängt eure nassen Sachen an den Ofen. Dort drüben könnt ihr die Ballen stapeln. Ich werde die Luke aufmachen, wenn ihr wollt. Für später. Zum Schlafengehen. Dann ist die warme Luft nach oben gestiegen.«

»Seit wann bin ich dein Bruder?«, sagte Simon, als sie später vor den dampfenden Tellern saßen.

»Sind wir das nicht alle?«, sagte Adam. »Kinder Gottes und damit Brüder und Schwestern?« Er schaute hinüber zum Wirt, der sich inzwischen großzügig von seinem Selbstgebrannten bediente. »Einfache Antworten auf schwierige Fragen. Manchmal kann das die Rettung sein. Das hab ich schon in jungen Jahren bei den Jesuiten gelernt.«

»Auch wenn es eine Lüge ist?«, sagte Simon.

»Es ist keine Lüge, Simon. Kein Bruder könnte mir näher sein als du.«

Der Blick der hellbraunen Augen war so zwingend, dass Simon den Kopf senken musste. Im Traum hatte er ihn schon berührt. Aber bis auf das eine Mal, das inzwischen so lange zurücklag, dass er sich kaum noch daran erinnern konnte, noch nicht in der realen Welt.

»Erzähl mir wieder vom Schnitzen«, fuhr Adam fort. »Was geht in deinem Kopf vor, wenn deine Hände Eisen und Klöppel führen?«

»Mein Vater sagt, er sei in Gedanken immer ganz bei der Figur. Wenn er einen Josef schnitzt, denkt er ihn auch. Natürlich hat er versucht, mich in seinem Sinn zu formen, denn mein Vater ist ein willensstarker Mann, aber es ist ihm wohl gründlich misslungen.« Er stieß ein kleines Lachen aus. »In mehr als einer Hinsicht. Denn bei mir ist alles anders. Sobald meine Hände in Bewegung sind, gehen meine Gedanken auf die Reise. Es gibt so vieles, was mir dann durch den Kopf schießt.«

»Zum Beispiel?«, fragte Adam zwischen zwei Bissen.

»Ach, jetzt fällt mir gerade nichts ein.« Simon hörte, wie ausweichend er klang, und schämte sich dafür. Was sollte er ihm sagen? Die Wahrheit lag so klar vor ihm, dass er selber davor erschrak. »Und das meiste ist auch nicht so wichtig. Viel lieber würd ich noch etwas über das Schöpfen von dir hören.« Mit einem Stück Brot wischte er sich den Mund ab.

»Schöpfen? Gut – dann lass uns am besten an den Anfang zurückkehren. Gott erschuf die Welt. So hat alles begonnen.«

»Aber woraus?«

»Das weiß ich nicht. Kein Sterblicher weiß das. In der Bibel steht nur, dass er es getan hat.«

»Aber gab es das Universum schon, bevor Gott die Erde geschaffen hat? Und wenn, wo kam es dann her? Das frage ich mich jedes Mal, wenn ich zum Sternenhimmel hinaufsehe.«

»Du kannst Fragen stellen, Simon Sternen! Aber du solltest vorsichtiger sein. Das ist ein sehr ernsthafter Rat. Denn am falschen Ort zur falschen Zeit gestellt, könnte so eine Frage dein Leben gefährden.«

»Es war schlimm, was du alles mit ansehen musstest?« Simon legte ihm die Hand auf den Arm. Seine Angst war verschwunden. Er wusste nun, wohin er gehörte.

»Sehr schlimm«, sagte Adam. »Sie weinen und sie brüllen vor Schmerzen, wenn das Feuer sie erreicht. Und sie schreien Dinge, die man sein ganzes Leben nie mehr vergessen kann.«

»Das Werk des Teufels?«

»Nein. Menschenwerk, Simon«, sagte Adam. »Der Herrscher der Hölle könnte sich vieles bei uns abschauen.«

»Eines noch, was mich bewegt.« Simons Hand auf Adams Arm wurde schwerer. Er spürte die Hitze der Haut unter dem Stoff, und eine tiefe Ruhe breitete sich in ihm aus. »Hat Gott den Satan erschaffen? Und wenn ja, weshalb? Oder war der Teufel von Anfang an da und ist ebenso stark wie Gott?«

»Das fragst du ausgerechnet mich? Hunderte gelehrter Männer haben sich im Lauf der Jahrhunderte darüber schon in Rage diskutiert – und sind doch zu keinem gültigen Ergebnis gekommen.«

Als sie sich zum Essen setzten, fiel Pankraz Haller das Ungleichgewicht auf ihren Tellern auf. Ihm hatte Hanna eine große Portion Hirschragout mit Rotkraut aufgetan, offenbar kräftig gewürzt, denn das Aroma von Nelke und Lorbeer kitzelte seine Nase, während vor ihr nur zwei Äpfel und eine Hand voll Nüsse lagen. Bloß beim Wein, den es heute anstelle des gewohnten Biers gab, zeigte sie keine Zurückhaltung. Sie hatte ihren Becher ebenso voll geschenkt wie seinen.

»Bist du krank?«, sagte er. »Oder abstinent? Aber die Fastenzeit hat meines Wissens doch noch gar nicht begonnen.«

Sie lachte. »Wer nicht viel isst, kann im neuen Jahr besser sehen«, sagte sie. »So lautet die alte Regel.«

»Was meinst du damit?«, sagte er. »Bis das neue Jahr beginnt, dauert es doch noch eine ganze Weile.«

»Nicht für uns. Unser neues Jahr beginnt heute Nacht. Aber vergiss gleich wieder, was ich eben gesagt habe. Schmeckt das Wild?«

Er nickte. Es gefiel ihm nicht, wenn sie ihm auf diese Weise auswich, aber es geschah immer wieder.

»Hat die brennende Kerze im Fenster auch etwas damit zu tun?«, sagte er nach einer Weile. »Mit eurem neuen Jahr?«

»Nein. Ich dachte, das sei euer Brauch. Damit die Geister der Toten sich nicht verirren und den rechten Weg nach Hause finden. Ich wette, du hast Efeu an Agathes Grab gepflanzt.«

Hanna hatte zwei Nüsse zwischen die Hände genommen und drückte sie fest gegeneinander.«

»Hab ich. So ist der Brauch. Aber soll ich das nicht lieber für dich erledigen?«, fragte Pankraz.

»Schon geschehen.« Die Hälften waren sauber voneinander getrennt. Hanna begann zu essen. »›Was der Efeu einmal umschlingt, das gibt er nicht mehr frei.‹ Ein Liebeszauber. Für die Ewigkeit gemacht. Daran glaubst du also auch. Dachte ich mir schon. Deshalb hab ich auch etwas Wasser und ein Stück Brot für die Ahnen auf deiner Hausschwelle gelassen. Und natürlich wird das Herdfeuer in dieser Nacht nicht ausgehen.«

»Ich halte nichts von Aberglauben«, sagte Pankraz, heftiger, als er eigentlich beabsichtigt hatte. »Und meine Abneigung dagegen ist hinlänglich bekannt. Spätestens jetzt weißt du auch Bescheid.« Er ließ sein Messer sinken.

»Und was ist das hier?« Hanna stieß die Schüssel mit dem Hirsebrei ein Stück beiseite. »Warum sollte heute Hirse auf den Tisch kommen? Doch nur, damit die Seelen für einen Tag und eine Nacht aus dem Fegefeuer befreit werden! So heißt es doch bei euch, oder? *Das* ist kein Aberglaube? Dass ich nicht lache!«

»Es sind alte Bräuche, nichts weiter. Nur ein paar Überlieferungen ...«

»Das sind meine Äpfel und Nüsse auch. Und hinter ihnen steckt ein Wissen, um vieles älter und heiliger als das, was eure Pfaffen von der Kanzel plärren.«

»Ich weiß nicht, was das Ganze soll. Wen meinst du denn mit diesem verdammten *euch* und *uns*?«

»Dring nicht weiter in mich, Pankraz Haller. Ich kann und ich werd es dir nicht sagen.«

Hanna stand abrupt auf. Sie hatte ihr bestes Kleid an, aus festem dunkelrotem Tuch, das ein geschnürtes Mieder hatte und viel von ihrem üppigen Busen zeigte. Der ideale Rahmen für jeden Schmuck. Aber ihr Hals war blank. Zum ersten Mal seit Tagen trug sie das Bernsteinherz nicht.

Er fühlte, wie ihm die Brust eng wurde. Er mochte sie, er mochte sie immer mehr. Doch seine Gefühle schienen bei ihr auf keine Resonanz zu stoßen. In den letzten Tagen war sie besonders sperrig gewesen. Auf einmal kam er sich alt vor, alt und mutlos.

»Du willst wirklich schon weg? Aber ich dachte, wir könnten heute zusammen ...« Pankraz verstummte. Bei Licht betrachtet, war es gar nicht so schlecht, dass sie eigene Wege ging. Wie hätte er es ihr sonst erklären sollen, dass er später auch noch einmal wegmusste, mitten in der Nacht?

»Sieh mich nicht so an, Braumeister«, unterbrach sie ihn.

»Wie seh ich dich denn an?«

»Das weißt du ganz genau. Aber das darfst du nicht. Wir taugen nicht füreinander. Und das weißt du ebenfalls.«

»Weshalb bist du dir da so sicher?«

»Weil ich es bin.« Langsam begann sich ihr Gesicht zu röten. »Ich koche für dich. Ich halte dein Haus sauber. Wir können reden. Und manchmal essen wir auch zusammen, weil du es so willst. Mehr ist nicht zwischen uns. Mehr kann nicht sein. Hast du das verstanden?«

Er nickte, langsam, wie im Traum.

»Eines noch«, sagte er, während seine Hand nach dem Glas griff, als könne es ihm Halt geben. »Und wenn du auch nicht darauf antwortest, so will ich dich doch danach fragen.«

Hatte sie genickt? Pankraz entschloss sich, die kleine Bewegung als Zustimmung zu deuten.

»Wo gehst du jetzt hin, Hanna? Verrätst du mir wenigstens das?«

»Es gibt Fragen, die besser nie gestellt würden«, sagte sie. »Rechne morgen nicht mit mir. Und vergiss nicht, die Lichter zu löschen.«

Damian Keller verbarg sein Erschrecken, als er den Fürstbischof in einem Sack baumeln sah. Es war ein unförmiges Gebilde, zusammengestichelt aus grobem Leinen, mit übergroßen Öffnungen für Arme und Beine. Aufgehängt war es an einem Fleischerhaken, den man in die Kassettendecke des Ankleidezimmers getrieben hatte. Apathisch hielt Fuchs von Dornheim die Glieder von sich gestreckt. Sein Gesicht war gedunsen und erinnerte mehr denn je an einen Kröterich.

»Sag ja nichts Falsches«, brummte er, bevor der Astrologe auch nur den Mund auftun konnte.

»Ich werde mich hüten! Und seid versichert, Exzellenz, dass Euch mein aufrichtiges Bedauern gilt. Wenn ich Euch nur behilflich sein könnte?« Seine Augen irrten umher. »Vielleicht mit dem Becher hier? Eine Medizin, wie ich doch annehme …«

»Dieses Gebräu aus Edelgamander kannst du selber saufen. Reich mir lieber den Krug von dort hinten. Ich bin halb am Verdursten.«

Der Krug war beschlagen, so kalt musste das Bier sein. Damian Keller zögerte.

»Eiskaltes Bier, Exzellenz, ich weiß nicht recht! Wenn die Gicht Euch so akut geschlagen hat …«

»Für Diätverschreibungen hab ich meinen Medicus. Und wenn mir zum Beichten zumute ist, dann lass ich den alten Kapuzinerpater aus dem Kloster kommen. Also, was ist jetzt? Gehorchst du, oder muss ich erst meine Hunde auf dich hetzen?«

Er trank, gierig, bis der Krug leer war.

»Ah!« Er wischte sich den Schaum vom Mund. »Das tut gut. Und jetzt will ich die Glocke, um gleich nach dem nächsten zu läuten. Manche Sünden sind einfach zu köstlich, um von ihnen zu lassen!«

»Ich fürchte um Eure Gesundheit, Exzellenz«, sagte der Astrologe. »Wir alle fürchten darum. Was soll aus dem Bistum werden, wenn wir Euch zu früh verlieren?«

»Gott wird alles zum Besten richten. Was hat man denn von einem Leben, in dem alle schönen Dinge verboten sind? Außerdem halten Speis und Trank Leib und Seele zusammen. So heißt es doch, oder?«

Sein polterndes Gelächter ging in einen Schmerzenslaut über.

»So schlimm, Exzellenz?«

»Schlimmer«, sagte der Fürstbischof gepresst. »Ich häng hier wahrlich nicht zum Vergnügen! Schon am Tag plagen einen die Schmerzen bis zum Wahnsinn. Aber sobald es dunkel wird, ist es, als hätten sich alle Teufel auf einmal gegen einen verschworen. Es gibt Nächte, da hilft nichts gegen das Reißen und Brennen in den Gelenken, nicht einmal das Otterfett, von dem ich nun im Übermaß besitze.« Er verzog die dicken Lippen. »Ganz im Vertrauen – es stinkt widerlicher als Dachspisse. Nur ein Tröpfchen davon aufs Bettzeug, und man kann alles auf der Stelle verbrennen!«

Er versuchte seine Position aus eigener Kraft zu verändern, brummte und stöhnte, um schließlich nur noch kläglicher in seinem Gefängnis zu baumeln.

»In solchen Nächten hat man ausreichend Zeit zum Nachdenken, Keller. Und das hab ich getan. Mir über meinen Bruder in Christo den Schädel zermartert.«

»Förner?«

»Wen sonst.« Fuchs von Dornheim begann zu schaukeln. »An Kirchweih hat er seinen Auftritt in St. Martin inszeniert, als sei er der Herr der Stadt. Ich wüsste nur zu gern, was ihm heute und morgen so in den Sinn kommt. An Allerheiligen sind die Menschen immer besonders fromm. Das wird er sich nicht entgehen lassen. Ich bin sicher, er brütet etwas ganz Besonderes aus.«

»Er hat sich nicht mit Euch abgesprochen?«, sagte Keller.

»Er denkt nicht einmal daran. Nein, mit gutem Zureden lässt sich da schon längst nichts mehr machen. Die Scheiterhaufen in Zeil sind ihm nicht genug. Hier will er die Flammen zum Himmel steigen sehen, hier, in meiner Stadt. Es reicht ihm nicht, dass ich den Keller der alten Hofhaltung zum Verhörraum hab umbauen lassen, dass ich ihm gestattet habe, dort eine moderne Fragstatt einzurichten. Die Wände sind zum Glück dick genug, um das Schreien der Delinquenten nicht nach außen dringen zu lassen. Der perfekte Ort für diesen Zweck, würdest du doch auch sagen, oder nicht?«

Keller nickte beklommen.

»Aber er ist noch nicht zufrieden. Mehr will er, immer mehr. Jetzt hat Förner sich sogar den Bau eines eigenen Drutenhauses in den Kopf gesetzt und quält mich ständig mit irgendwelchen Plänen. Er ist unersättlich. Maßlos. Wie von Sinnen. Deshalb hab ich dich rufen lassen. Um ihm zumindest einen Schritt voraus zu sein. Also, was hast du für mich?«

»Ich fürchte, nicht ganz das, was Ihr Euch vorgestellt habt. Ich habe Euch die verschiedensten Stundenhoroskope ausgearbeitet, Exzellenz.« Der Astrologe hielt seinen Packen hoch. »Mehrere auf einmal. Weil wir ja nur den Tag vermuten, nicht aber die Stunde wissen.«

Der Fürstbischof hielt so abrupt im Schaukeln inne, dass der Leinensack bedenklich ächzte.

»Lass sehen!«

Keller hielt ihm die Blätter hin. Enttäuscht wandte sich Fuchs von Dornheim nach kurzem wieder ab.

»Alles wieder nur Linien und Symbole.« Er klang enttäuscht und gelangweilt. »Nichts als Kreuze und Kringel. Ich kann nichts damit anfangen. Es kommt mir alles sinnlos vor!«

»Hier – vielleicht ein Ansatz. Die Venus ist verletzt«, sagte der Astrologe. »Es könnte sich um eine junge Frau oder ein Mädchen handeln. Sie steht im Skorpion, eine Position, die mir ganz und gar nicht gefällt.«

»Weshalb?«

»Das achte Haus verkörpert den Tod – stirb und werde, wenn Ihr so wollt. Manchmal kann es sich auch um ein gut gehütetes Geheimnis handeln. Aber da wäre zudem auch noch der Stier mit einem wirklich übelst aspektierten Mars ...« Er begann mit seinem Zeigefinger wie wild auf dem Blatt herumzufahren. »Dieser da. Seht Ihr? Mannigfache Deutungen kämen dafür in Frage: Wollust, Triebhaftigkeit, überschwängliche Leidenschaft, Gewalt ...«

»Etwas konkreter geht es nicht, Keller? Was hat Förner vor?«

»Es *ist* konkret, Exzellenz. So konkret wie die Angaben, aus denen ich meine Schlüsse ziehen muss.«

»Nun gut.« Von Dornheims Ton war abschließend. »Dann belassen wir es für heute dabei. Vielleicht wissen wir ja morgen schon mehr. Und jetzt ruf meine Diener. Ich will raus aus dieser Affenschaukel.«

Zwei kräftige Männer kamen ins Zimmer. Aber auch Damian Keller musste mit Hand anlegen, um den Fürstbischof zu befreien.

»Ich wünschte nur, Adam Thies wäre bereits in Bamberg eingetroffen«, sagte er, während er sich in einen gefütterten Leibrock hüllen ließ. »Dann wüsste ich wenigstens einen an meiner Seite, der Förner auf die Finger schauen könnte.«

»Wird er denn kommen, Exzellenz? Oder sollen wir Grün noch einmal vorladen lassen?«

»Er wird kommen, verlass dich drauf.« Fuchs von Dornheim bleckte die Zähne. »Ich rechne mit Thies, Keller. Weißt du auch, warum?«

Er leerte den zweiten Krug.

»Jesuiten und Befehle, das geht zusammen wie Brot und Wein oder Soldaten und Uniform. Irgendwie steckt es ihnen im Blut. Manche rebellieren vielleicht zunächst dagegen. Aber zum Schluss bleibt immer ein einziger Sieger übrig – der Gehorsam.« Ein Seufzer. »Ich wünschte nur, meine Krippe wäre schon fertig!«

»Vergebt, Exzellenz, aber Ihr selber habt doch alles dazu getan, dass es länger dauert. Vater und Sohn Sternen wollten …«

Eine ungeduldige Geste brachte ihn zum Schweigen.

»Ich hätte nicht auf Förner hören sollen. Nicht einmal darin. Ich will die Menschen beten und büßen sehen – und er sie brennen. So kommen wir niemals zusammen. Lass den Schnitzer rufen. Sag ihm, er soll noch heute Abend kommen. Beim Vesperläuten. Und jetzt will ich endlich schlafen!«

Damian Keller verneigte sich tief, schon auf dem Rückzug.

»Deine fliegenden Blätter lass ruhig da«, forderte der Fürstbischof ihn auf. »Zu irgendetwas müssen sie ja taugen.

Und wenn es nur dazu wäre, dass mir die Augen schneller zufallen.«

Er hatte vergessen, den großen Schrank abzusperren!

Im ersten Augenblick war Apollonia Krieger so überrascht, dass sie erstarrte. Dann aber kam Bewegung in sie, zunächst in ihr Hirn, danach in ihre Finger. Der Kanzler hatte ihr eine Menge Geld angeboten. Für Förners Briefe.

Vor ihr lagen mehrere Packen Beschriebenes, die wie Briefe aussahen. Lesen konnte sie nicht. Daher wusste sie nicht, ob sie mit ihrer Vermutung nicht falsch lag. Nähme sie alle, würde Förner es sofort bemerken. Wenn sie aber nur einen auswählte, wer sagte ihr dann, ob es auch der Richtige war?

Kilian Haag war anspruchsvoll und schwer zufrieden zu stellen, das hatte sie schon gemerkt. Eigentlich konnte sie ihn nicht leiden, mit seinem aufgeblasenen Gerede, von dem sie nur die Hälfte verstand, und der hochnäsigen Art, in der er sie behandelte. Seine Münzen aber, die mochte sie. Der Vorrat in ihrer Kammer war schon ordentlich angewachsen. Und wenn sie nachts bei Kerzenschein die Geldstücke durch ihre Finger gleiten ließ, kam beinahe so etwas wie Glück in ihr auf.

Aber Glück war etwas, was sich nicht festhalten ließ. Auch das wusste Apollonia. Vielleicht verlor er die Lust, wenn sie nicht endlich Brauchbares lieferte.

Ihre Hände tasteten weiter. Sie schnupperte. Der Veilchengeruch war da, wie beim letzten Mal, schwächer zwar, aber unverkennbar. Doch was hatte er mit den bunten Bändern angestellt, von denen sie Haag erzählt hatte?

Sie schaute in jedes Fach. Nirgendwo war mehr eine Spur von ihnen zu entdecken.

Unten hörte sie das Knarzen der Haustür. Dann Schritte, die sich der Treppe näherten. Förner oder sein Sekretär? Vielleicht sogar beide?

Sie kamen zurück – und sie hatte noch nichts erreicht!

Entschlossen griff sie nach einem Gebetbuch und schob es unter ihr Mieder. Apollonia rannte aus dem Zimmer, zog die Türe hinter sich zu und stolperte in blinder Hast die steilen Stufen zum Dachboden hinauf.

Zwischen den feuchten Laken, die schon seit Tagen nicht trocknen wollten, ging ihr Atem allmählich wieder langsamer. Sie schlug das Buch auf; benetzte zum Blättern die Finger mit Spucke, weil die Seiten mit dem Goldschnitt aneinander kleben.

Plötzlich stutzte sie.

In der Mitte des Buches lag ein rotes Seidenbändchen, stockfleckig und mürbe. Zusammen mit einem schmutzigen Blatt Papier, auf dem einige Sätze standen. Das Papier war fleckig, die Tinte zerlaufen – taugte das überhaupt noch etwas?

Sie schlug das Gebetbuch wieder zu. Presste es an ihren Busen. War ihr Fund nichts anderes als eine Versuchung des Teufels?

Oder die Garantie für eine goldene Zukunft?

Sein Gesicht veränderte sich, nachdem der Becher mehrere Male die Runde gemacht und Selina immer wieder daraus getrunken hatte, obwohl sie sich aus Bier nichts machte. Dabei schmeckte es gar nicht übel, lag stark und würzig auf der Zunge und erinnerte sie an den saftigen Räucherschinken, den es nur zu Weihnachten gab und von dem sie niemals genug bekommen konnte.

Aber weshalb verschwammen Lenz' Züge mehr und mehr? Wieso war sein Kinn mit der Kerbe in der Mitte nicht länger spitz, waren die Wangen nicht mehr fest? Vielleicht lag es daran, dass die Talgfunzeln, die sie ringsumher aufgestellt hatten, rußten und widerlich in den Augen brannten.

Selina schüttelte sich, versuchte, die ungewohnte Schwere aus den Gliedern zu vertreiben, doch es misslang. Ihre Beine fühlten sich weich wie Grütze an, die Finger waren taub. Ihr war kalt, trotz des Wolltuchs um die Schultern. Für ihren Geschmack waren sie bereits viel zu lange hier, aber keiner von Kunis Bande machte Anstalten, den Felsenkeller wieder zu verlassen.

Als ob sie hier zu Hause wären, wo doch ihr allein alles gehörte!

Nicht einmal der Abstieg in die Dunkelheit war so verlaufen, wie sie es sich in ihren Träumen ausgemalt hatte. Natürlich war sie vorangegangen, mit dem Kienspan in der Hand, den Lenz so geschickt mit seinem Feuerstein zum Brennen gebracht hatte, gefolgt von Kuni. Selina spürte ihren warmen Atem im Nacken, so unerträglich nah hielt sie sich, und zweimal trat sie ihr sogar kräftig in die Fersen. Toni, Kaspar und Lenchen schlossen sich an, während Lenz die Nachhut bildete.

Schlimm war, dass sich für Selina alles in vollkommener Stille vollzog. Die Vorstellung, dass die anderen hinter ihrem Rücken redeten, missfiel ihr. Sie war erleichtert, als sie endlich unten angelangt waren. Hier, zwischen den teils gelben, dann wieder rötlich verlaufenden Sandsteinschichten, fühlte sie sich sicherer. Und als Lenz beim Anzapfen den Lieblingsklöppel ihres Vaters fast ein Dutzend Mal schwingen musste, bis ihm endlich der Anstich gelang, und ihm dabei eine Bierfontäne Hemd und Hose nässte, musste sie aus ganzem Herzen lachen.

Doch dann entglitten ihr die Dinge.

Lenz und Kuni stürzten sich geradezu auf das Bier, gierig, als hätten sie seit Tagen nichts mehr zu trinken bekommen, und sogar Toni hielt zunächst tapfer mit, während Kaspar sich bald zu langweilen begann. Er packte eine der Talgfunzeln und begann damit kreuz und quer in den Gängen herumzulaufen. Lenchen folgte ihm wie ein Schatten.

»Ihr müsst vorsichtig sein«, warnte Selina, als die beiden zwischendrin wieder zu ihnen zurückkehrten, »diese Stollen sind endlos lang und uneben. Wenn ihr irgendwo hinfallt und euer Licht ausgeht, wird niemand euch mehr finden.«

»Lang und uneben«, äffte Kaspar sie nach, »uneben und lang« – und war schon wieder halb um die nächste Ecke verschwunden, während Lenchen eingeschüchtert stehen blieb und sich damit begnügte, ihm großäugig und stumm hinterherzuschauen.

Kuni hatte sich neben Lenz gesetzt, erst in einigem Abstand, dann war sie immer näher gerückt, und inzwischen klebte sie geradezu an ihm. Er hatte seine Flöte zur Seite gelegt, auf der er zuvor gespielt hatte, und wenn Selina auch nichts davon hören konnte, so hatten ihr doch die Bewegungen seiner schlanken Finger auf dem Holz gefallen.

Was ihr jetzt allerdings sehr viel weniger gefiel, war Kunis Hand mit den abgebissenen Nägeln, die auf einmal auf seinem Schenkel lag, als sei es das Selbstverständlichste von der Welt. Kuni drehte den Kopf zu Lenz. Ihre Lippen bewegten sich sanft, und auch Lenz, der sich ihr zugewandt hatte, schien etwas zu sagen.

Selina verstand nichts davon. Die altbekannte Hitze erfüllte sie wieder, die alles verbrennen konnte. Und als ihr Blick auf die Kleine fiel, die unruhig herumrutschte, verschmolz sie auf hässliche Weise mit dem Schmerz, der seit dem Verrat des Vaters Tag und Nacht in ihr wütete.

»Habt ihr eigentlich schon einmal von der Steinernen Frau gehört?«, sagte sie.

»Nein. Wer soll das sein?« Endlich sah Lenz wieder sie an. Und er war zu ihrer Genugtuung auch gleich ein gutes Stück von Kuni abgerückt.

»Ein Geist«, sagte Selina. »Jemand, der schon vor langer Zeit gestorben ist. Jetzt geht sie hier unten um, irgendwo in diesen dunklen Gängen.« Sie stockte. Plötzlich wusste sie nicht mehr genau, was der Braugeselle gesagt hatte. Aber deshalb aufhören? Niemals! »Sie kann Stollen zum Einstürzen bringen. Sie macht das Haar weiß über Nacht. Und jeder, der sie berührt, wird auf der Stelle taub.«

Sie hätte sich denken können, dass Kuni ausgerechnet an dieser Stelle kichern musste, und sie hasste sie dafür nur noch mehr. Doch bei der Kleinen hatte sie offenbar ins Schwarze getroffen. Lenchen war erblasst, die dunklen Augen starrten sie furchtsam an.

»Dann kann man nichts mehr hören, so wie du?«, sagte Toni, der bislang ebenfalls ungewöhnlich einsilbig gewesen war. »Gar nichts mehr?«

Selina nickte knapp. »Manchmal stirbt man auch. Wenn sie einen zu fest an sich drückt …«

Jetzt weinte Lenchen.

»Hör auf!« Lenz war aufgesprungen, packte ihren Arm und schüttelte sie. »Siehst du denn nicht, dass sie vor Angst fast stirbt? Sie ist doch noch so klein, Selina. Du darfst sie nicht erschrecken!«

Er bückte sich zu Lenchen. Schluchzend klammerte sie sich an ihn. Er hob sie auf, trug sie herum. Auf ihrem schmalen Rücken sah seine braune Hand groß und schützend aus, fast schon erwachsen. Das Gefühl der Scham, das bei diesem Anblick Selina durchflutete, war noch schwieriger zu ertragen als die Hitze zuvor.

»Aber es stimmt!«, sagte sie heftig. Hoffentlich überschlug sich ihre Stimme jetzt nicht, so aufgeregt war sie auf einmal! »Ich hab es nicht erfunden. Ihr könnt Schneider fragen, wenn ihr wollt. Das ist der Mann, der …«

Lenz' Blick traf sie mit solcher Schärfe, dass sie verstummte.

»Mir ist schlecht«, sagte Toni und presste sich die Hand vor den Mund. »Ich muss raus.«

»Nimm Lenchen mit«, befahl Kuni. »Ich glaube, die hat für heute auch genug.«

Lenz ließ die Kleine runter, die sofort nach Tonis Hand griff. Der Junge lief so schnell zur Leiter, dass er sie fast mitschleifen musste.

»Und ihr?«, sagte Selina. »Was ist mit euch?«

Eigentlich meinte sie nur Lenz. Wieso kapierte Kuni nicht und verschwand endlich?

»Wir warten noch auf Kaspar. Lenz lässt seinen kleinen Bruder nie allein.« Kuni hielt ihren Becher wieder unter den Zapfhahn, leicht schwankend, wie Selina registrierte. »Gar nicht so übel, dein Geheimnis! Ich könnte mich direkt daran gewöhnen.« Sie fuhr sich mit der Hand über den Mund.

»Kaspar?«, rief Lenz ins Dunkel. »Wo bleibst du denn? Antworte gefälligst!«

»Der kann dich doch nicht hören«, sagte Kuni.

»Dann werd ich ihn eben suchen.« Nicht mehr ganz sicher auf den Beinen, zog Lenz mit einem Talglicht los.

»Auf das alles bildest du dir wohl mächtig was ein, was?« Kunis Gesicht war auf einmal ganz nah, und jetzt war jeder Anflug von Freundlichkeit daraus verschwunden. »Auf deine Buchstaben und dein Bier. Von mir aus! Aber ihn hast du nicht.« Ihr Kinn wies in die Richtung, in der Lenz verschwunden war. »Und du wirst ihn auch nie kriegen. Soll ich dir sagen, warum? Weil wir nämlich zusammengehören. Für immer. Merk dir das!«

»Heißt das, ihr wollt nicht mehr in den Felsenkeller kommen?«, fragte Selina. Und wenn Simon doch Recht hätte, mit allem, was er über die Bande gesagt hatte? Sie vermisste ihn so sehr. Warum war er nicht hier, um ihr jetzt zu helfen?

Die beiden Brüder kamen gemeinsam zurück.

Lachend zeigte Kuni ihre spitzen Katzenzähne.

»Wieso denn nicht? Wo wir jetzt doch wissen, wo dein Schatz liegt und wie wir uns ganz einfach bedienen können?«

Dann stakste sie steifbeinig in Richtung Ausgang.

Selina wandte ihr Gesicht zur Seite, als die Brüder an ihr vorbeigingen. Lenz sollte nicht sehen, dass ihre Augen feucht geworden waren.

An einen Baum gestützt, kotzte Toni das Bier aus, bis nur noch grüne Galle kam.

»Bleib mir vom Leib.« Mühsam hob er den Kopf, als Lenchen sich ihm nähern wollte. »Ich glaub, ich sterbe gleich.«

Sie blieb stehen, zupfte an den Wollfäden, die aus ihrem Umschlagtuch hingen. »Aber mir ist kalt. Und Hunger hab ich auch.«

»Dann geh zu Ava. Den Weg kennst du. Die hat bestimmt etwas für dich.«

»Ich will aber nicht allein.«

»Dann warte. Und jetzt lass mich in Ruhe.«

Es war nicht nur das Bier, das in seinen Eingeweiden rumorte. Schon seit dem Morgengrauen fühlte Toni sich, als hätte er ein Bleigewicht verschluckt. Er hatte die Frau beim Graben beobachtet. Jetzt wusste er, dass wirklich Druten in der Langen Gasse hausten, wie der schwarze Prediger es gesagt hatte. Allein diese Gewissheit war schon schwer genug zu ertragen. Aber sie zog noch eine Reihe weiterer Fragen nach sich. Gehörte Selina auch zu ihnen? Hatte sie die Bande deshalb in die Unterwelt geführt? Um sie dort früher oder später der Steinernen Frau zu opfern?

Lenchen schien unschlüssig geworden zu sein. Sie machte ein paar Schritte, schließlich lief sie los. Den Stephansberg hinunter, zum Fluss, wo sie sich viel wohler fühlte.

Das war der Moment, auf den Lorenz Eichler gewartet hatte, seit er dem Mädchen folgte. Er trat hinter der alten Eiche hervor und verstellte ihr den Weg.

Sie erschrak, als sie ihn sah, blieb aber stehen.

»Lenchen!« Er verzog seinen Mund zu einem Lächeln. »Schön, dich wiederzusehen. Wie geht es dir?«

»Gut«, sagte sie. »Ich muss zu Ava.«

»Aber zuvor muss ich noch ein paar Worte mit dir reden.« Seine Augen flogen über ihren Hals. Er kam ihm schmutziger vor und noch dünner als in seiner Erinnerung, aber da war das Mal. Unübersehbar. Gleich in Größe und Form. Als hätte der Teufel ein und denselben Stempel zweimal auf menschliches Fleisch gedrückt. Was sollte er sagen? Sie sah so klein und verfroren aus, dass er fast Mitleid bekam. »Wie heißt eigentlich deine Mutter, Lenchen?«

»Sie ist im Himmel.«

»Deine Mutter ist tot?«

Lenchen nickte. Begann sie jetzt zu weinen?

Er redete schnell weiter.

»Und bevor sie gestorben ist, ich meine, was hat sie da gemacht? Wo hat sie gearbeitet?«

»Wir waren im Badehaus, Mutter und ich.« Die Kleine verzog den Mund. »Aber da war es nicht schön.«

Eine Badereiberin? Nein, das passte nicht in sein Bild!

»Wo ist denn dein rotes Häubchen?«, fragte er.

Die Kleine starrte ihn an. Mit den hellen Haaren, die ihren Kopf umschmiegten, erinnerte sie ihn an irgendein Tier, aber ihm fiel nicht ein, an welches.

»Mein Häubchen«, wiederholte sie weinerlich. »Ich hab es verloren. Und wenn es sich nun die Steinerne Frau holt?«

Mit dem Unsinn, den sie brabbelte, konnte er nichts anfangen. Er musste es anders versuchen. Aber wie? Sein Hirn kam ihm vor wie leer gefegt. Dann fiel sein Blick auf den Rosenkranz, der aus ihrem verrutschten Umschlagtuch hervorlugte.

Der zweite Beweis, wenn es dessen überhaupt noch bedurft hätte!

Weshalb mühte er sich hier mit irgendwelchen Phrasen ab? Lorenz Eichler packte ihr Handgelenk.

»Weißt du was, Lenchen«, sagte er, »am besten kommst du jetzt erst einmal mit mir …«

Sie dachte nicht daran, sondern wand sich und brüllte los.

Eichler verstärkte seinen Griff. Lenchen ihr Geschrei. Er spürte, dass er wütend wurde. Wenn sie nicht sofort damit aufhörte, würde er sie sich einfach über die Schulter werfen und wie einen Sack …

Plötzlich standen der große Blondschopf vor ihm, das zerzauste Mädchen und noch ein zweites, dunkelhaariges, das er sofort erkannte – die taube Tochter des Krippenschnitzers, der er im Frühling für gutes Geld ein blaues Leinenkleid genäht hatte! Aber was machte die hier, bei diesem Lumpenpack?

»Lass sie los«, sagte Lenz drohend. »Sofort. Sonst kannst du was erleben.«

Der Tonfall verriet, wie ernst es ihm war. Nach einem Blick in das blasse, entschlossene Gesicht drehte Eichler sich um und suchte mit seinen knirschenden Knien eiligst das Weite.

»Was wollte der Mann von dir?«, sagte Kuni.

»Er hat uns schon mal aufgelauert«, sagte Toni an ihrer Stelle. »Vor dem Dom. Vor einer ganzen Weile. Damals, als mich der …« Er biss sich auf die Zunge. Das Wort »Teufel« würde er in Kunis Gegenwart nicht mehr in den Mund nehmen, das hatte er sich geschworen.

»Hat er dir etwas getan?« Lenz beugte sich über Lenchen. »Sag es mir! Tut dir etwas weh?«

»Nein«, brachte sie zwischen zwei Schluchzern hervor. »Er hat nach meiner Mutter gefragt, aber mein Häubchen … Ich hab mein Häubchen verloren, Lenz!«

»Nach deiner Mutter?«, sagte Lenz verwundert. »Hast du ihn denn gekannt?«

Lenchen schüttelte den Kopf.

»Mein Häubchen«, greinte sie. »Im Keller. Ich will mein Häubchen!«

»Du sollst dein Häubchen wiederbekommen«, sagte Lenz. »Beruhig dich erst einmal. Das kriegen wir schon hin. Kuni, was ist? Gehst du es mit ihr holen? Wir anderen wollen schon mal voraus zu Ava und später nach Hause, zur Mühle.«

Kuni verschränkte die Arme vor der Brust.

»Das soll die Taube machen«, sagte sie. »Ist ja schließlich ihr Keller.« Sie drehte sich halb um. »Es sei denn, sie hat Angst, so ganz allein, ohne dich …«

Selina warf ihr einen bitterbösen Blick zu und schwieg.

»Bitte, Selina«, sagte Lenz. »Lenchen hängt so sehr daran. Hilfst du ihr?«

Das Knäuel aus Wut, Schmerz und Rache in ihrer Brust schwoll an, während er sie freundlich ansah, bis es sie fast erstickte. Weißt du eigentlich, was du da von mir verlangst?, hätte sie ihm am liebsten ins Gesicht geschrien, egal, ob ihre Stimme dabei kippte oder nicht. Sie ist der Bankert meines Vaters – und ich hasse sie.

Selina schluckte, unfähig, einen Ton herauszubringen, dann nickte sie.

»Aber mit ihr allein will ich nicht.« Lenchen drückte ihr Gesicht an seine Beine. »Sie redet immer so komisch. Ich mag sie nicht.«

»Willst du dein Häubchen nun zurück oder nicht? Du gehst mit Selina – oder gar nicht.«

Lenz klang auf einmal so streng, dass Lenchen fügsam wurde. Sie streckte Selina sogar die Hand entgegen, als die anderen in Richtung Fluss aufbrachen, aber als diese das Angebot geflissentlich übersah, schien es ihr ebenso recht zu sein.

Als Veit Sternen die Brücke zum Schloss Geyerswörth überquerte, fühlte er sich unbehaglich. Unbehaglich und allein, ohne Simon. Seine Hände stanken nach Leinöl, so rasch hatte er sich gesäubert, und das gute Wams lag noch immer bei Ava.

Was wollte der Fürstbischof von ihm? Hatte Agnes ihre Drohungen wahr gemacht und geredet? Stand ihm der Rauswurf bevor? Würde er den Auftrag verlieren?

Seine Hände wurden feucht bei diesem Gedanken und die Kehle eng.

Wieder öffnete ihm einer der finsteren Kapuzinerpater das Tor, wieder wurde er durch lange, dunkle Flure und Zimmer geführt, bis er schließlich in einem holzgetäfelten Raum angelangt war. Veit erschrak, als er Fuchs von Dornheim erblickte. Die Wangen waren gedunsen, das Gesicht fleckig und rot. Er trug nicht seine gewohnte geistliche Kleidung, sondern einen weiten, pelzgefütterten Schlafrock und lag auf einem Ruhebett.

»Ja, ich bin krank«, sagte er, »und ich hab keine Lust, es zu verbergen. Das Reißen quält mich wie mit tausend Spießen. Nichts hilft dagegen.«

»Es tut mir Leid, Exzellenz«, sagte Veit. »Ich weiß genau, wovon Ihr redet. Wenn ich Euch …«

»Spart Euch das Mitleidsgeschwafel. Davon geht die Gicht auch nicht weg. Nicht einmal das Otterfett hilft. Sagt mir lieber, was meine Krippe macht.«

Jetzt erst bemerkte Veit Damian Keller, der unbewegt wie eine Statue an der gegenüberliegenden Wand stand und ihn mit brennenden Augen anstarrte. Wieso kam der Fürstbischof gerade jetzt darauf zu sprechen? Ava und das Ungeborene! Wenn er der Vater ihres Kindes war und Dornheim jemals davon erfahren sollte, war alles verloren.

»Es geht voran, Exzellenz«, sagte Veit. »Unaufhörlich. Jeden Tag arbeite ich daran, oft bis spät in die Nacht. Allerdings wisst Ihr ja, dass mein Sohn noch in Italien ist, auf Euren ausdrücklichen Wunsch hin …«

»Das hab ich niemals verlangt.« Der Fürstbischof bewegte sich ächzend. »Legt mir nichts in den Mund, Sternen, was ich nicht gesagt habe! In dem Punkt bin ich empfindlich.«

»Binnen kurzem rechne ich mit seiner Rückkehr.« Veit ließ sich nicht beirren. »Und ich bin sicher, Simon wird die herrlichsten Stoffe für Euch im Gepäck haben.«

»Was kümmern mich Eure Stoffe?« Die Stimme des Fürstbischofs verriet seine wachsende Ungeduld. »Was Italien? Was ich brauche, ist eine vernünftige Krippe, vor der die Menschen beten können. Ein Licht, das in ihren Herzen aufgeht in dieser finsteren Zeit. Bis Weihnachten muss alles fertig sein.«

»Bis Weihnachten, Exzellenz?« Veit verspürte eine plötzliche Schwäche. »Aber das wird kaum möglich sein. Mein Sohn und ich waren davon ausgegangen …«

»Euer Sohn hätte das sehr wohl geschafft.« Die Fettwülste um die Augen gerieten in Bewegung. »Das weiß ich. Ihn mit irgendwelchen Aufträgen fortzuschicken war ganz allein Eure Angelegenheit. Ich sage Weihnachten, und ich meine Weihnachten. Und jetzt lasst mich allein. Ich erwarte meinen Medicus. Auch wenn seine fragwürdigen Künste sich also ebenso sinnlos erweisen werden wie alles Übrige.«

Veit suchte Kellers Blick, als er sich mit einer Verbeugung zurückzog, doch der Astrologe schaute an ihm vorbei.

Lass es Mathis sein, dachte Ava, als es klopfte, aber er war es nicht, natürlich nicht, sondern Hanna Hümlin, die den Kopf durch die Türe steckte. Reka schoss von seinem Lager hoch, lief zu der Besucherin und beschnüffelte sie.

»Ich wollte dich einladen«, sagte sie. »Wir feiern das neue

Jahr. Heute Nacht.« Sie beugte sich zu dem Otter hinunter. »Du bist also der, über den ganz Bamberg tratscht. Schön, dass ich dich auch einmal zu Gesicht bekomme!«

Reka ließ zu, dass sie ihm einen Augenblick die Hand auf den langen Rücken legte, dann lief er wieder in seine Ecke zurück.

Avas Blick glitt über das feine Kleid, den Umhang aus gewalkter Wolle, die blank geputzten Stiefel. Hannas Locken waren im Nebel feucht geworden. Aufmüpfig umrahmten sie das Gesicht und die hohe Stirn.

»Gerüstet wie zu einem Fest«, sagte sie. »Ihr habt den Mut zu feiern? Trotz der Drutenlisten?«

»Wir haben unsere Maßnahmen getroffen«, sagte Hanna. »Übrigens stehen nicht nur solche drauf wie du und ich, sondern auch viele reiche Leute. Kanzler Haag zum Beispiel. Sie wollen nicht nur unser Leben, sie wollen auch Geld. Aber den Schneid lassen wir uns trotzdem nicht abkaufen. Deine Antwort lautet also nein?«

»Ich kann nicht«, sagte Ava. »Nicht unter diesen Umständen.«

»Das heißt, du hast nichts von ihm gehört?«, sagte Hanna. »Noch immer nicht?«

»Nein«, sagte Ava. »Und es wäre sicherlich klüger, die Hoffnung langsam aufzugeben. Er lebt nicht mehr, Hanna. Er kann nicht am Leben geblieben sein in diesem eiskalten Fluss.«

»Mathis ist für viele Überraschungen gut. Er kennt den Wald. Er kennt den Fluss. Er ist einer von uns.« Ihr Gesicht wurde weicher. »Weiß er, dass das Kind kommt?«

»Nein. Ich war mir noch nicht sicher«, sagte Ava. »Heute bereue ich meine Zurückhaltung. Aber damals …«

»Er würde sich freuen. Ich weiß, wie sehr er dich mag.« Sie nahm Avas Hände. »Willst du es dir nicht doch überlegen? Du würdest dich weniger allein fühlen. Und es gäbe kein schöneres Willkommen für das Leben, das in dir wächst.«

Für einen Augenblick wurde Ava unsicher. Jene Nacht am Feuer war noch immer so lebendig in ihr, als sei es erst gestern gewesen. Aber damals war Mathis an ihrer Seite gewesen, hatte sie begleitet, sie beschützt, sie geliebt.

»In Gedanken werd ich bei euch sein«, sagte sie schließlich. Denn da gab es noch etwas, was sie abhielt, auch wenn es nicht der Hauptgrund war. Lenchen würde noch kommen. Die Kinder hatten sie angekündigt. Die Kleine sollte nicht umsonst an ihre Türe klopfen, nicht in dieser Nacht. »Ich kann mir vorstellen, wie ihr …«

»Nein, das kannst du nicht.« Hanna klang auf einmal kühl. »Es gibt nur Teilen und Schenken, kein Beobachten, kein Beurteilen. Nur wer im Feuerkreis tanzt, spürt die Kraft. Du musst dich entscheiden, Ava! Willst du drinnen sein oder draußen?«

»Ich hab mich längst entschieden.« Ava wich einen Schritt zurück. »Ich lebe allein, schon sehr lange. Ich hab mich darin eingerichtet. Die meiste Zeit gefällt es mir sogar.« Sie lächelte. »Das ist meine Antwort.«

»Dann pass auf dich auf!«, sagte Hanna. »Der Krieg gegen uns hat erst begonnen. Ich muss dich jetzt verlassen. Die anderen warten sicherlich schon.«

Sie hat das Bernsteinherz des Braumeisters abgelegt, dachte Ava, als Hanna Hümlin gegangen und sie wieder mit Reka allein war. Sie wusste nicht, weshalb, aber dieser Gedanke ging ihr eine ganze Weile nicht mehr aus dem Kopf.

«Da ist kein Häubchen. Nirgendwo. Du musst es irgendwo anders verloren haben.« Selina hatte sich an der Leiter postiert, die nach oben führte. Ihre Geduld war zu Ende.

»Vielleicht dort hinten.« Lenchen machte ein paar zögerliche Schritte.

»Da waren wir schon. Überall waren wir. Da ist nichts. Du hast dich geirrt.«

»Hab ich nicht. Es muss da sein. Muss. Muss!« Zornig stampfte die Kleine auf.

»Wenn du so weiterhampelst, geht noch das Licht aus. Sieh nur, wie es in deiner Hand flackert …«

Die dünne Flamme schwankte tatsächlich gefährlich, aber Lenchen kümmerte sich nicht darum.

»Ich will mein Häubchen. Wenn du mir nicht hilfst, dann sag ich es Lenz! Ich bin nämlich ein Glückskind, hat Ava gesagt – und du nicht!«

Lenchen bewegte ihre Lippen so seltsam, dass Selina nicht jedes Wort verstand, aber den letzten Satz hatte sie ganz genau abgelesen. Was bildete der kleine Bastard sich ein? Ihr erst den Vater stehlen, dann die Otterfrau ins Spiel bringen und zum Schluss auch noch mit Lenz drohen!

Feindselig starrte sie auf Lenchen hinunter. Unter anderen Umständen hätten sie Schwestern sein und sich lieb haben können, aber so empfand Selina nichts als Ablehnung und Ekel.

»Ich gehe jetzt«, sagte sie. »Du kannst mitkommen, wenn du willst. Und wenn nicht, dann ist es mir auch egal.«

»Nein! Du bist gemein. Das darfst du nicht. Ich will mein Häubchen!«

Sie schrie. Selina sah es daran, wie sie den Mund aufriss und ihre kümmerlichen Milchzähne entblößte. Ein Gefühl der Genugtuung breitete sich in ihr aus. Sollte der Bankert doch plärren! Zum ersten Mal in ihrem Leben war sie froh, dass sie nicht hören konnte.

Unbeirrt kletterte Selina ein paar Sprossen nach oben. Dann schaute sie über ihre Schulter zurück.

»Bist du dort unten vielleicht angewachsen, Glückskind?«, rief sie. »Dann pass auf, dass du keine Wurzeln schlägst!«

Lenchen stand am Fuß der Leiter, mit dem Talglicht in der Hand, das Gesicht zu einer halb weinerlich, halb wütenden

Grimasse verzogen. Ihr Mund bewegte sich. Aber es war nicht hell genug für Selina, um die Worte ablesen zu können.

Entschlossen drehte sie sich um und kletterte hinauf, bis sie schließlich am Tageslicht angelangt war.

»Ich bin jetzt oben«, schrie sie nach unten. »Kommst du endlich?«

Keine Antwort.

Selina zögerte, aber nicht sehr lange. Dann lehnte sie die Tür zum Felsenkeller nur leicht an, anstatt sie wie gewohnt sorgfältig zu verschließen, und machte sich auf den Weg nach Hause.

Um St. Martin hatte sich ein lebender Wall aus Menschenleibern gebildet, der nicht zurückweichen wollte, auch nicht, als das Portal aufging und die Glücklichen, die an Förners Messe hatten teilnehmen können, wieder herausströmten. Gabriel Hofmeister gab das Zeichen für den Einsatz der zehn kräftigen Männer, die er für diesen Zweck bereitgestellt hatte, und gemeinsam gelang es ihnen, die Menge auseinander zu treiben und langsam zu zerstreuen.

Schweißgebadet, aber siegesgewiss ging er anschließend zu Förner in die Sakristei.

»Alles in Ordnung, Monsignore«, sagte er. »Nicht einmal zu einem Handgemenge ist es gekommen, und das will etwas heißen, so erregt, wie die Leute heute waren. Schätze allerdings, wir werden unsere Truppe aufstocken müssen, wenn es so weitergeht. Sie lechzen nach Euren Worten und würden alles tun, was Ihr von ihnen verlangt.«

Der Weihbischof saß auf einem harten Schemel und rührte sich nicht.

»Was ist mit Euch?«, fragte Hofmeister. »Fehlt Euch etwas?«

»Die kleine Lerche. Sie hat mich im Stich gelassen.«

»Toni? Aber den hab ich doch vorhin in der Menge gesehen. Soll ich mich noch einmal nach ihm umschauen?«

Eine müde Geste.

»Ich bring ihn Euch, Monsignore, diesen Tunichtgut, und wenn ich ihn am Kragen herschleifen muss!«

Doch schon vor der Türe prallte Hofmeister mit dem Jungen beinahe zusammen. Hofmeister packte Toni am Arm und schüttelte ihn unsanft.

»Du machst vielleicht Geschichten! Der Weihbischof ist außer sich«, sagte er. »Was ist dir eingefallen, dich seiner Aufforderung zu widersetzen?«

»Lass mich los.« Toni wand sich nach Leibeskräften, bemüht, dem harten Griff zu entkommen. »Ich schreie!«

»Dann schrei doch! Schrei, so lange du willst!« Hofmeister öffnete die Türe und stieß den Widerspenstigen hinein. »Hier, Monsignore. Hier ist der Taugenichts.«

»Lass uns allein«, sagte Förner zu seiner Überraschung. »Anton und ich haben zu reden.«

»Ich will ehrlich mit dir sein«, fuhr er fort, als der Sekretär verschwunden war. »Du hast mir sehr wehgetan, Anton. Warum hast du nicht in der Messe gesungen, wie ich dich gebeten hatte?«

Er sah so mager und traurig aus, dass Toni das Herz schwer wurde. Was sollte er ihm sagen? Was er heute Morgen beobachtet hatte? Die Geschichte vom Felsenkeller und der Steinernen Frau erzählen? Oder lieber etwas über den Mann mit den schiefen Zähnen, der Lenchen hatte mitnehmen wollen? Aber da war noch immer der Teufel. Und der schwarze Prediger hatte zugelassen, dass er ihn gepackt und zu ihm hereingezerrt hatte.

»Ich war krank«, sagte er schließlich und brachte damit all das schmerzhafte Durcheinander in seinem Kopf auf einen Punkt.

»Wieso hast du mir nicht Bescheid gesagt?«, sagte Förner. »Dann hätte ich nicht vergeblich auf dich warten müssen.«

»Ich konnte nicht. Ich dachte, ich muss sterben.«

»Komm einmal näher, Anton. Ich will dir etwas zeigen.« Zu Tonis Überraschung klang der Weihbischof plötzlich sanfter.

Förner führte ihn ans Fenster. Der Platz vor der Kirche war inzwischen dunkel und leer.

»Mach die Augen auf«, sagte er. »Was siehst du da draußen?«

»Nichts«, flüsterte Toni. »Es ist viel zu dunkel.«

»Es ist viel zu dunkel«, wiederholte Förner triumphierend. »Das hast du sehr richtig gesagt! Denn heute ist die Nacht der Unholde, der höchste Hexensabbat. Jetzt versammeln sie sich auf ihren glühenden Besen, um dem Teufel zu huldigen. Jetzt wetzen sie ihre Messer, um unschuldige Kinder zu schlachten. Jetzt kochen sie ihre Tränklein, um uns alle zu vergiften ...«

Toni presste seine Hände auf die Ohren.

Der Weihbischof löste Tonis Hände, zuerst die linke, dann die rechte. Und die behielt er fest in seiner Hand. Die Kälte seiner Haut strömte in Tonis Körper.

»Du hast mich enttäuscht, Anton«, sagte er. »Sehr enttäuscht sogar. Aber ich will dir vergeben, um Christi willen. Du bist noch zu klein, um die Gefahr zu verstehen, zu blind, um sie erkennen zu können. Doch ich werde dich sehend machen. Das verspreche ich dir. Und dann wirst du mich nie mehr enttäuschen. Versprichst du mir das, meine kleine Lerche?«

Der Junge nickte stumm, so klamm war ihm geworden.

»Ich erwarte dich in zwei Tagen. Nein, warum eigentlich nicht schon morgen? Also morgen. Beim Mittagsläuten. Vor meinem Haus. Wir unternehmen einen kleinen Ausflug in die Alte Hofhaltung. Und dort werde ich dir etwas zeigen, was du dein Leben lang nie mehr vergessen wirst. Hast du mich verstanden, Anton?«

»Ja«, krächzte Toni. »Ja.«

Als Erstes wechselte der Beutel den Besitzer. Er war aus dünnem, abgenutztem Leder und schwerer als eigentlich vereinbart, weil der Braumeister jedes Risiko ausschließen wollte. Lieber etwas großzügiger als zu geizig, so seine Devise. Bislang war er damit immer gut gefahren. Es war ohnehin gefährlich genug, dass er seinen Gewährsmann von der Stadtwache mitten in der Nacht empfangen musste, wenn es dunkel genug war, um unerwünschte Zaungäste auszuschließen.

Der Mann nahm die Münzen, dankte kurz und machte sich eilig davon. Er war ihm nicht zum ersten Mal behilflich gewesen, und Pankraz Haller hoffte, dass es auch nicht das letzte Mal gewesen war.

Ein Stück entfernt hörte er das Schnauben der Pferde, die die Getreidefuhre von weit her gebracht hatten und die nun gefüttert und getränkt werden mussten. Der warme Ton machte ihm Mut. Er war zuversichtlich, dass alles gut gehen würde. Sein neuer Speicher außerhalb der Stadt war keinen fremden Augen zugänglich. Beim Mälzen führte niemand genau Buch. Und um Georg Schneider, der ständig und überall herumschnüffelte, würde er sich persönlich kümmern.

Trotzdem war ihm alles andere als behaglich zumute, aber blieb ihm eine andere Wahl, wenn er in diesen Notzeiten weiterhin sein Gasthaus betreiben *und* gleichzeitig die fürstbischöfliche Tafel beliefern wollte? Ungewöhnliche Situationen erfordern ungewöhnliche Maßnahmen. Nur deshalb hatte er sich auf dieses Unternehmen eingelassen.

»Ihr seid nur zu zweit?«, fragte er den Fuhrknecht.

Der Mann nickte. Er war mager und klein und sah nicht aus wie jemand, der an harte Arbeit gewöhnt war.

»Dann werdet ihr länger als geplant mit dem Abladen zu tun haben. Worauf wartet ihr noch? Fangt an!«

»Oder du packen auch an«, entgegnete der Mann. Er sprach die deutschen Laute kehlig aus. »Dann wir schon drei.«

Pankraz Haller schwieg einen Moment, dann begann er zu lachen. Der Kerl hatte Recht. Wozu tatenlos im Finsteren herumstehen und abwarten, wenn seine Hände dazu beitragen konnten, dass die Angelegenheit schneller abgewickelt wurde?

Er zog seinen Rock aus, packte einen der Säcke.

»Nun denn«, sagte er. »Lasst uns die Sache so schnell wie möglich hinter uns bringen.«

Als sie auf der Hälfte der Leiter angelangt war, verlöschte das Talglicht. Im ersten Augenblick war Lenchen zu erstaunt, um ängstlich zu werden. Sie hob das Bein, versuchte, die nächste Sprosse zu erreichen. Aber da war kein rettendes Querholz, nichts als Leere.

Sie blieb stehen, rührte sich nicht.

»Selina!«, rief sie. »Selina. Hol mich! Ich bin hier. Ich will raus.«

Alles blieb still.

Die Dunkelheit legte sich schwerer um ihre schmalen Schultern. Sie spürte die Kühle im Nacken.

War das die Steinerne Frau, die mit kalten, toten Händen nach ihr griff?

»Ich bin ein Glückskind«, murmelte Lenchen vor sich hin. »Ich trage die Mondsichel und bin ein Glückskind, hat Ava gesagt.«

Tapfer hob sie den Fuß. Um ihn schon im nächsten Augenblick mutlos wieder sinken zu lassen.

War da hinter ihr ein Rauschen, das immer lauter wurde? Die Steinerne Frau, die ihr das Nachtlied sang?

»Lenz!«, schrie sie. »Lenz, wo bist du? Lenz …«

Sie zitterte und begann zu schluchzen. Irgendwo über ihr in der Schwärze musste die nächste Sprosse sein, doch plötzlich war alle Kraft aus ihren Beinen verschwunden.

Lenchen versuchte noch einmal, die nächste Sprosse zu erreichen, verfehlte sie und rutschte ab. Sie verlor das Gleichgewicht. Fiel rückwärts.

Mit einem dumpfen Geräusch schlug der kleine Körper auf dem Felsenboden auf.

Es war nicht mehr als eine dumpfe Ahnung, was Georg Schneider noch einmal zum Felsenkeller trieb, als es schon Nacht in Bamberg geworden war.

Die ganze Stadt kam ihm dunkler vor als gewöhnlich, obwohl doch heute eigentlich die Seelenlichtlein in den Fenstern den Büßern im Fegefeuer den Weg nach Hause hätten leuchten müssen. Er duckte sich. Krähengeschrei über ihm, und einmal flog ein schwarzer Vogel so dicht vorbei, dass er den Flügelschlag als kühlen Hauch spürte.

Er ging den Stephansberg schnell hinauf, aber er rannte nicht, zu schwer baumelte der Beutel von seiner Schulter. Schneider hatte lange überlegt, was er mitnehmen sollte. Es war nicht so einfach, eine Waffe oder einen Schutz zu finden gegen das Unbenennbare, das sein ganzes Denken und Fühlen mehr und mehr beherrschte. Das Einzige, was ihm schließlich als brauchbar erschien, war sein Werkzeug, und so hatte er es eingepackt und war aufgebrochen.

Als er oben beim Felsenkeller ankam, sah alles noch genauso aus, wie er es verlassen hatte. Die Türe war fest verschlossen. Die Riegel vorgelegt. Weder Fußspuren noch irgendwelche Anzeichen, dass jemand versucht hätte, sich mit Gewalt Zutritt zu verschaffen, waren im spärlichen Licht seines Kienspans zu entdecken. Für einen Augenblick machte sich Erleichterung in ihm breit, da durchzuckte ihn ein jäher Einfall, der alles erneut in Frage stellte. Der alte Eingang – natürlich, warum hatte er nicht schon früher daran gedacht!

Rasch lief Schneider den Weg hinunter, bis er vor dem früheren Zugang in den Felsenkeller stand. Die Türe war nur angelehnt; keine Spur mehr von der alten Befestigung.

Todesmutig leuchtete er mit seinem Kienspan ins Dunkel hinunter. Nichts als Stille. Schwärze.

»Ist da jemand?«, rief er, obwohl er nicht wirklich erwartete, dass die Steinerne Frau oder ihre teuflischen Kumpane ihm darauf eine Antwort geben würden. Aber sie hatten ihre Rechnung ohne Georg Schneider gemacht!

Er wühlte in dem Beutel, bis er das schwere Eisenschloss mit der geschmiedeten Kette aus dem Besitz seines verstorbenen Vaters ertastete. Stolz und zufrieden hängte er es in die eisernen Besätze der Türe ein und ließ es zuschnappen. Der Schlüssel dazu lag unter seinem Kopfkissen. An den kam niemand heran, der eine unsterbliche Seele hatte.

Ein Lächeln zeigte sich auf seinem Gesicht, als er noch einmal an der Kette rüttelte, nur um festzustellen, wie massiv sie war, wie schwer. Jetzt konnte keiner mehr raus oder rein. Wer immer sich dort drunten im Felsenkeller zu schaffen machte, war ihm in die Falle gegangen.

Acht

Beim Hollerbaum verließ Marie Sternen der Mut. Sie war schnell gegangen, mit langen, weit ausholenden Schritten, die ihr die Röcke um die Knöchel schlugen, damit sie es sich im letzten Augenblick nicht doch noch einmal anders überlegte. Den ganzen Weg von der Langen Gasse über die Untere Brücke, vorbei am Kranen, wo die Schiffe anlegten, bis schließlich Häuser und Gärten hinter ihr blieben, hatte sie nicht rechts und nicht links geschaut, und nun starrte sie auf den Fluss. Das bleifarbene, matt glitzernde Band verlor sich im Nebel, der alle Konturen verwischte und der vertrauten Landschaft etwas Unwirkliches verlieh.

Du musst zu Ava. Wie eine Melodie hatte es in ihr geklungen, ein Refrain, der sich ständig wiederholte, auch als sie seiner längst überdrüssig geworden war. Seit Tagen hatte er sie begleitet, bei allem, was sie gedacht oder zur Hand genommen hatte. Heute aber war er so fordernd geworden, dass sie sich seiner nicht mehr hatte erwehren können.

Du musst zu Ava. Sie konnte nicht abwarten, bis der gebratene Fasan auf den Tellern dampfte, fühlte sich unfähig, weiterhin eine gelassene Miene aufzusetzen. Gleich nach dem Wachwerden war sie aufgestanden, hatte Gesicht und Hals mit kaltem Wasser benetzt, das Mieder zugeschnürt und sich in das dicke braune Schultertuch gehüllt.

Jetzt stand sie hier und wusste plötzlich nicht mehr weiter.

Vor ihr ragten die nackten Zweige des Holunders in den Himmel. Hier, am Fluss, schien der Wind heftiger zu wehen. Als ob er über dem freien Feld Kraft gesammelt hätte, um lauter zu werden, ein scharfes Geflüster, das ungeduldig an den

Schindeln rüttelte. Regen begann zu fallen, in hellen, dünnen Schnüren.

»Du wirst dich erkälten, wenn du noch länger dort draußen herumstehst.« Die Otterfrau, eine ausgefranste Decke um die Schultern, erschien in der halb geöffneten Türe ihres Hauses, zwischen den Beinen ein schmales, bräunliches Pelztier, das sofort nach drinnen verschwand, als Marie sich bewegte. »Du willst zu mir?«

»Ja, das will ich.«

»Dann komm herein.«

Marie wunderte sich, dass die Beine ihr gehorchten, aber den Kopf trug sie sehr aufrecht. Ava hantierte am Herd, als sie zögernd die Stube betrat. Ein Geruch stieg ihr in die Nase, der sie an früher erinnerte.

»Baldrian«, sagte sie. »Meine Mutter hat das Kraut vom Apotheker bekommen, als sie schon sehr krank war.«

»Dazu muss man nicht erst krank werden.« Ava hatte zwei Becher mit der dampfenden Flüssigkeit gefüllt. »Besonders nach schlaflosen, sorgenvollen Nächten gibt es nichts Besseres. Setz dich und trink!«

Der Tee war heiß und bitter. Unwillkürlich verzog Marie das Gesicht.

»Also?«, sagte Ava und nahm den Stuhl gegenüber. »Weshalb bist du hier?«

»Das weißt du nicht?«

»Würd ich dich dann fragen?«

Sie wollte das Spiel also weiterspielen.

Marie war überrascht, aber einverstanden. Sie selber war keine Anfängerin darin, das würde Ava schnell bemerken. Allerdings war sie leicht irritiert, dass die Otterfrau weitaus schöner war als in ihrer Erinnerung, und jünger, die Haut glatt und leicht oliv, mit einer Spur Rot auf den hohen Wangenknochen, die Haare braun wie die Felder des Herbstes. Vom Körper konnte sie nicht allzu viel erkennen, dazu war das

Kleid zu grob und zu weit, aber die Schultern waren ausgeprägt und die Brüste alles andere als klein. Obwohl sie ihr gegenübersaß, vermochte Marie den Ausdruck der Augen nicht zu deuten. Dunkel und weit auseinander liegend unter kräftigen Brauen, wirkten sie ruhig und geheimnisvoll zugleich. Etwas Strenges ging von ihnen aus, eine innere Sammlung, die beinahe einschüchternd wirkte.

»Es geht um meinen Mann«, sagte Marie schließlich und kämpfte gegen ein sich plötzlich breit machendes Unterlegenheitsgefühl. »Ich denke, eine andere hat ihm den Kopf verdreht.«

»Ihr seid schon lange verheiratet?« Ava blies konzentriert in ihren Becher.

»Im siebten Jahr«, sagte Marie. »Aber manchmal kommt es mir vor, als habe Veit erst gestern um mich gefreit.«

Keine Reaktion, als sein Name fiel.

»Kinder?«, fragte Ava stattdessen.

Avas Hände lagen plötzlich auf ihrem Bauch, das fiel Marie auf, ineinander verschränkt, als wollten sie etwas schützen. Wieso ausgerechnet diese Frage? Marie war fest entschlossen, bei der Wahrheit zu bleiben, auch wenn es nicht leicht war. Ein Stück entfernt, auf einer Truhe, sah sie einen Korb mit Eiern stehen, und wieder kam ihr das Bild in den Sinn, das sie so lange getröstet hatte: ihr Zuhause als feste, intakte Eischale.

»Keine gemeinsamen. Er hat einen erwachsenen Sohn aus erster Ehe. Und eine halbwüchsige Tochter.«

»Seit wann geht das schon so?«

»Lange. Viel zu lange.« Marie spürte eine feuchte Berührung an ihrer Wade. Der Otter war aus seiner Ecke gekrochen, beschnüffelte sie, neugierig wie ein Welpe. Das war gar kein Ungeheuer, dachte sie, wie die Leute behaupteten, sondern ein freundliches, erstaunlich zahmes Wildtier. »Kann man ihn streicheln?«, fragte sie. »Oder beißt er?«

»Manchmal mag Reka es, manchmal nicht.«

»Reka?«

»Das bedeutet Fluss. In meiner Sprache.« Die Andeutung eines Lächelns, zum ersten Mal, seit sie hier war.

»Du kommst von weit her?«, sagte Marie. »Aus dem Osten, bist über den Gläsernen Steg nach Bamberg gekommen? Das sagen jedenfalls die Leute.«

Ein Schulterzucken.

»Jetzt bin ich hier. Und das schon eine ganze Weile.«

Marie ließ die Hand wieder sinken. Zu ihrer eigenen Überraschung war die Otterfrau ihr nicht zuwider. Sie fand sie sogar anziehend, auf eine fremde, verwirrende Weise, aber dieses Gefühl machte sie noch befangener, als sie es ohnehin schon war.

»Die Leute sagen auch, du verstündest dich auf solche Dinge.«

»Welche Dinge?«

»Ich liebe ihn. Vom ersten Moment an. Veit gehört zu mir. Und zu sonst niemandem. Wenn du mir …«

»Ich bin nicht besonders geschickt in Liebeshändeln, falls du das meinst.« Avas Hände hatten den Bauch verlassen und fuhren nun unruhig auf dem Tisch umher, obwohl das Holz sauber geschrubbt und nicht ein Krümel zu sehen war. Es waren kräftige Finger mit kurzen Nägeln, die die harte Arbeit am Wasser und im Räucherofen verrieten. »Außerdem bist du nicht die Erste, die mich danach fragt. Es war schon einmal eine hier, wegen deinem Veit.«

Marie spürte, wie eine plötzliche Kälte auf sie herabsank, obwohl im Ofen ein Feuer prasselte. Log die Otterfrau? Sagte sie das bloß, um den eigenen Kopf aus der Schlinge zu ziehen? Es hätte sie nicht gewundert, wenn mit einem Mal die Eier dort hinten aus dem Korb gerollt und zerbrochen wären, genauso wie ihre kostbare Eischale zerbrochen war.

Avas Gesicht war entspannt. Sie sagte die Wahrheit. Das spürte Marie. Und noch etwas wusste sie plötzlich, so sicher, als ob sie es mit eigenen Augen gesehen hätte: Der Marienkopf trug ihre Züge. Deshalb hielt Veit ihn so sorgsam vor ihr versteckt.

»Wie heißt sie?«, sagte sie.

»Ihren Namen hat sie mir nicht verraten«, sagte Ava. »Und selbst wenn, würd ich ihn nicht preisgeben. Was deine Frage betrifft …«

»Du wirst mir also nicht helfen?«

Ava stieß ein Lachen aus.

»Genau dasselbe hat sie auch gesagt. Ich hab sie weggeschickt. Seitdem hasst sie mich.« Sie fuhr sich mit der Hand über die Augen. »Es ist einfacher, mich zu hassen als ihn, nicht wahr, weil …«

Die Tür flog auf, und ein Haufen schmutziger Kinder kam in die Stube, allen voran ein magerer, braunhaariger Junge mit einem verschmitzten Lachen, das augenblicklich erlosch, als er Marie erblickte. Sein Blick bekam etwas Ängstliches.

»Wo ist Lenchen?«, sagte Toni. »Schläft sie noch?«

»Woher soll ich das wissen?«, erwiderte Ava.

»Ist sie denn nicht bei dir?« Lenz schien verblüfft. »Sie muss doch da sein!«

Ava sah Marie an.

»Du musst jetzt gehen«, sagte sie. »Die Kinder brauchen mich. Du siehst es ja.«

Marie erhob sich widerwillig, doch sie folgte der Aufforderung. Etwas, was sie nicht benennen konnte, hinderte sie daran, sich noch einmal umzudrehen. Sie zog die Tür hinter sich zu und machte sich auf den Heimweg.

Ava wandte sich wieder Lenz zu.

»Ich hab den ganzen Abend auf sie gewartet, wie ich es euch versprochen habe. Aber gekommen ist sie nicht.«

»Dann muss sie noch bei der Tauben sein«, sagte Kuni. »Aber im Keller sind sie nicht mehr, das ist klar. Vielleicht haben sie sich ja so lieb gewonnen, dass sie gar nicht mehr voneinander lassen können!«

»Welcher Keller?«, sagte Ava. »Und welche Taube? Wovon redest du, Kuni?«

»Selina hat uns dort hingebracht, ein Mädchen, das nicht mehr hören kann und es auf Lenz abgesehen hat. Ihr Bier war gar nicht so übel. Aber lausig kalt ist es dort unten!« Das Mädchen zog eine Grimasse.

»Dort habt ihr Lenchen zum letzten Mal gesehen?«

»Nein, das war später«, sagte Kaspar. »Draußen. Als es noch hell war. Toni hat gekotzt, und Lenchen hatte ihr Häubchen im Keller verloren. Sie hat geweint, und da hat Lenz gesagt, dass Selina es mit ihr suchen gehen soll.«

»Und das haben sie dann auch getan?«, fragte Ava.

»Natürlich«, sagte Kuni. »Was glaubst du denn? Die Taube macht doch alles, was Lenz will. Sie würde sich sogar nackt ausziehen, auf der Stelle, wenn er sie nur …«

»Halt den Mund!«, sagte Lenz. Seine Augen waren ganz dunkel geworden.

»Danach habt ihr sie nicht mehr gesehen?«, fragte Ava.

»Nein.« Die Kinder hatten im Chor geantwortet, alle vier auf einmal.

»Wo ist dieser Keller? Wir gehen dorthin und sehen nach. Alle zusammen!«

»Ich fürchte, das können wir uns sparen«, sagte Kuni.

»Und warum?«

»Weil wir schon da waren. Wir kommen von dort. Aber da war kein Lenchen. Nirgendwo. Und die Tür, die nach unten führt, war verriegelt und verrammelt.«

»Ihr redet doch nicht etwa vom Stephansberg?«, sagte Ava. »Dort, wo die Brauer ihr Bier aufbewahren?«

»Doch«, sagte Lenz. »Genau da waren wir gestern mit Selina. Bei den Fässern ihres *nonno*. Das heißt Großvater.«

Toni griff nach Avas Hand.

»Du hättest die Frau vorhin nicht wegschicken sollen«, sagte er. »Sie hätte uns sicherlich weiterhelfen können.«

»Wieso? Was hat sie denn damit zu tun?«

»Eine ganze Menge.« Toni schluckte. »Ich weiß nämlich, wer sie ist.«

»Das weiß ich auch«, sagte Ava. »Marie Sternen. Die Frau des Krippenschnitzers.«

»Und Selinas Stiefmutter«, flüsterte Toni. »Die, die mit ihr in der Langen Gasse wohnt.«

Der Kleine hatte eine schlechte Nacht gehabt, hatte gefiebert, gestrampelt, gegreint und Agnes nur ein paar Augenblicke flüchtigen Schlaf vergönnt. Als es hell wurde, fühlte sie sich so zerschlagen, dass ihr jeder Knochen wehtat.

Teilnahmslos sah sie zu, wie die Magd die Morgensuppe aufsetzte, hörte das Zanken der großen Mädchen, die sich wegen eines Haarbandes stritten, unterbrochen von Harlans Bass, als er gebratene Eier und Speck verlangte. Die gestrige Euphorie war gänzlich verflogen. Sie war nur noch müde und gereizt.

»Wieso isst du nichts?« Wenig später am Tisch musterten sie Harlans tief liegende Augen prüfend.

»Keinen Hunger.« Agnes schob die Schüssel weg. »Und außerdem bin ich schon fett genug.«

Er lachte, griff nach ihrer Hand.

»Ich mag es, wenn ich mich nachts nicht an deinen Rippen stoßen muss«, sagte er. »Unser Junge hat dich erst richtig schön gemacht. Und beim nächsten wirst du noch schöner werden. Lass uns nicht zu lange damit warten, Agnes! Weshalb warten wir eigentlich überhaupt?«

Sie zog ihre Hand zurück, so ungestüm, dass er sie verwundert ansah.

»Was ist?«, sagte er. »Hab ich schon wieder etwas Falsches gesagt?«

»Dein Sohn.« Sie stand schnell auf. »Hörst du nichts? Er brüllt schon wieder.«

Keines der sonst probaten Mittel half, weder der Bierzipfel noch der Mohnsauger. Der Kleine schrie, auch als er in einer frischen Windel steckte, und verweigerte sogar die Ziegenmilch, von der er sonst nicht genug bekommen konnte. Als Agnes ihn über die Schulter legte und im Zimmer auf und ab ging, damit er endlich still wurde, spürte sie durch das Leinen des Steckkissens seine Hitze. Das Fieber schien ihn leichter gemacht zu haben und irgendwie kleiner. Sogar sein Riesenschädel war geschrumpft.

Plötzlich bekam sie Angst.

Was, wenn die Otterfrau von ihrem Plan erfahren hatte und sie nun dafür bestrafte? Agnes konnte sich nicht mehr genau daran erinnern, was Ava alles über den Kleinen gesagt hatte, aber dass es mehr oder minder verhüllte Drohungen gewesen waren, daran erinnerte sie sich genau.

»Wenn sie dir nur das geringste Leid zufügt, brech ich ihr alle Knochen«, flüsterte sie ihrem Sohn ins Ohr. »Aber das wird gar nicht mehr nötig sein, mein kleiner Harlan, denn bald brennt sie ohnehin. Feuer heilt, so hat der Weihbischof von der Kanzel gepredigt, wirst schon sehen! An dem Tag feiern wir ein großes Freudenfest, nur du und ich, das versprech ich dir.«

Sein Brüllen setzte aus, und Agnes Pacher begann schon, Hoffnung zu schöpfen, da ertönte von anderer Stelle ein markerschütternder Schrei.

Mit dem Kleinen auf dem Arm rannte sie hinaus.

»Was ist los?«, rief sie.

»Da!« Barbel, die Magd, deutete mit ausgestrecktem Finger auf den Boden. »Da. Da!«

Dorle, ihre Älteste, karottenrot, dürr und auch sonst ganz aus der Art geschlagen, hatte blutige Knie und schluchzte heftig vor sich hin, während die kleinere, rundliche Veronika, die stets alles und jedes neugierig untersuchen musste, mit einem erstaunten Gesichtsausdruck unweit von ihr auf dem Boden hockte. Ihre dicken Hände und Ärmchen waren ebenso erdverschmiert wie Kleid und Schürze.

»Da ist etwas vergraben«, sagte sie. »Dorle ist darübergestolpert und hingefallen. Und jetzt heult sie. Sie heult ja immer. Aber ich hab nachgesehen. Schau mal, Mutter!«

Der Rand des Tongefäßes ragte schon halb heraus.

»Ein Drutentopf!« Barbel sagte es als Erste, genauso wie Agnes es gehofft hatte. »Und da – seht ihr nicht, die tote Ratte? Was ist wohl das andere daneben? Ein Krötenschwanz?« Voller Ekel spie sie aus. »Wir sind alle verhext!«

»Müssen wir jetzt sterben, Mutter?« Dorles blassgrüne Augen hatten jede Farbe verloren.

Eisige Ruhe erfüllte Agnes. Jetzt kam es darauf an. Auf jedes Wort. Jede Geste. Sie reichte den Kleinen an Barbel weiter, dann packte sie mit der einen Hand Dorle, die sich ganz steif machte, mit der anderen zerrte sie Veronika vom Topf weg.

»Fasst nichts an«, sagte sie. »Schaut nicht einmal hin. Ins Haus. Alle beide. Sofort.«

Die Kinder gehorchten ohne Widerrede, bleich und ängstlich.

Agnes bückte sich. Ihr Herz schlug so laut, dass sie fürchtete, es könne jeden Augenblick aus der plötzlich viel zu engen Brust springen.

»Aber du wirst ihn doch nicht etwa anfassen?«, rief die Magd entsetzt und presste den Kleinen an sich. »Du könntest auf der Stelle tot umfallen!«

Beherzt griff Agnes zu.

»Was soll der Aufstand?«, hörte sie Harlan hinter sich poltern. »Muss denn unbedingt schon am frühen Morgen die ganze Gass vor meinem Haus zusammenlaufen?«

Mit einem triumphierenden Ausdruck fuhr sie zu ihm herum. »Ein Drutentopf!«

»Drutentopf?«, wiederholte er begriffsstutzig. »Wieso Drutentopf? Ich verstehe nicht. Was hat das zu bedeuten?«

»Schadenszauber. Hexenwerk. Teufelsfluch! Etwas, das uns krank machen soll. Den Kleinen hat es schon erwischt. Aber damit ist jetzt Schluss! Ich weiß nämlich, wem wir das zu verdanken haben. Und ich weiß auch, wie wir uns dagegen wehren können. Verlass dich auf mich, Harlan: Der Spuk ist bald vorbei!«

Sie brauchte einen Wacholderschnaps, nachdem die Frau des Krippenschnitzers fort war und sie auch die Kinder weggeschickt hatte, um überall nachzusehen, wo Lenchen noch stecken könnte. Und einen zweiten gleich hinterher. Trotzdem verging eine Weile, bis die Übelkeit verschwand und Ava wieder durchatmen konnte.

Marie an Veits Arm als rechtmäßiges Eheweib über den Kirchweihmarkt stolzieren zu sehen war eine Sache. Ihr in der eigenen Stube gegenüberzusitzen eine ganz andere. Wie anmutig und fein sie war, mit der blassen Haut, den rötlichen Haaren und den hellen Augen, die sie so forschend gemustert hatten, als wollten sie bis auf den Grund ihrer Seele schauen!

Ava blickte an sich hinunter.

Nein, zu sehen war noch nichts. Darin schlug sie wohl ihrer Mutter nach, die erst kurz vor der Geburt des kleinen Bruders so träge und schwer geworden war, dass sie nicht mehr hinter den Tisch gepasst hatte. Als die Erinnerung ihr den Geruch nach Weingeist und Terpentin in die Nase steigen ließ, der die Glasarbeiten stets begleitet hatte, schüttelte sie sich. Sie wollte jetzt nicht an Flint- und Bleiglas denken, nicht an Holzscheite und Quarzsand. Schon gar nicht an Feuer. Sie bewahrte ihr Geheimnis in sich, wie ein Stück schmerzendes Glas unter ihrer Haut.

Ava horchte in sich hinein, aber da war kein schlechtes Gewissen, keine Spur von Schuldgefühlen. Die Sache zwischen Veit und ihr ging nur sie beide etwas an. Etwas hatte sich zwischen ihnen entzündet, eine Flamme, die sie beide erfasst hatte. Dennoch gehörte keiner dem anderen. Jeder von ihnen führte sein eigenes Leben. Das hatte sie vorhin so deutlich gespürt wie selten zuvor.

Jetzt tat es ihr Leid, dass sie an Kirchweih so eifersüchtig reagiert hatte. Stattdessen empfand sie beinahe so etwas wie Mitgefühl für Marie. Denn da war noch etwas anderes in ihrem Blick gewesen, das nichts mit der Sorge um den untreuen Mann zu tun hatte, eine uralte Sehnsucht, die Ava schon in so vielen Frauenaugen gesehen hatte. Marie wünschte sich inbrünstig, was in ihr wuchs – ein Kind. Würde sie eines Tages erfahren, dass Veit als Vater in Frage kam, würde ihr Schmerz nur noch größer werden. Aber sie musste es ja nicht erfahren. Außer Veit und Hanna Hümlin wusste ohnehin niemand, dass sie schwanger war.

Günstig, dass es jetzt Winter wurde und sie monatelang viele Kleiderschichten übereinander tragen konnte. Das würde ihr auch an ihrem neuen Stand am Kranen zugute kommen, wo sie nun ihre Räucherfische anbieten musste. Ihr Unbehagen den Leuten von der Fischerzunft gegenüber war noch immer da. Dabei konnte sie sich über niemanden beschweren. Alle waren ausnehmend freundlich zu ihr, behandelten sie nach dem Verschwinden von Mathis beinahe wie eine ehrbare Witwe. Allen voran schien Bastian Mendel sein schlechtes Gewissen damit beruhigen zu wollen, dass er sie mit frischer Ware geradezu überhäufte.

»Ich will zwar Fische räuchern, aber nicht in Fischen ersticken«, hatte sie protestiert. »Wer soll das alles kaufen, Bastian, nach dem schlechten Sommer und der miesen Ernte? Hast du dir das schon einmal überlegt?«

»Ach, Abnehmer findest du schon! Und mir musst du nur

sagen, wenn du etwas brauchst«, hatte er unbeholfen gemurmelt. »Was immer in meiner Macht steht – alles, Ava, damit du es nur weißt!«

Ihr Lächeln erstarb.

Das Verschwinden der Kleinen saß ihr im Gemüt wie ein Spreißel. Niemand löste sich einfach so in Luft auf, am wenigsten ein kleines, ängstliches Mädchen. Sollte sie Veit informieren, dass seine Tochter irgendwie mit im Spiel zu sein schien? Sie hatte Kunis Bande eingeschärft, unbedingt auch bei den Sternens in der Langen Gasse nachzufragen. Wenn Selina etwas darüber wusste, musste sie schnell damit herausrücken.

Ava verwarf die Idee wieder.

Die Dinge nahmen ihren Lauf, auch ohne ihr Eingreifen. Sie würde ihm nicht verraten, dass Marie hier gewesen war. Falls Veit überhaupt jemals wiederkommen sollte. Die Eröffnung seiner ungewissen Vaterschaft schien ihn tief verunsichert zu haben.

Lenchen! Hatte sie nicht immer wieder gesagt, wie gern sie bei ihr war? Seit die kleinen Ziegen im Stall meckerten, schien sie gar keine Lust mehr zu haben, mit den anderen zu gehen. Und dennoch war es Ava stets lieb gewesen, wenn Lenchen nach einer Weile mit den Größeren abzog. Zu lange war sie es schon gewohnt, tun und lassen zu können, was sie wollte, ohne auf andere Rücksicht nehmen zu müssen. Auch etwas, was sich bald verändern würde – wie so vieles in ihrem Leben.

Als hätte Reka ihre Gedanken gespürt, kam er auf sie zu und stupste sie mit der Schnauze an.

»Ich träume schon am helllichten Tag«, sagte Ava und versuchte, die bösen Gedanken zu verscheuchen. »So weit ist es mit mir gekommen. Das willst du mir doch sagen, oder? Gut, dass du mich aufweckst, Reka! Der Ofen muss dringend ausgeräumt werden.«

Der Otter rieb sich an ihrer Wade.

Sie bückte sich, um ihn zu streicheln, und merkte, dass ihre Augen dabei feucht wurden.

Ein böser Traum. Etwas, aus dem man aufwacht und heilfroh ist, es hinter sich zu lassen. Selina begann zu zittern, konnte nicht mehr damit aufhören. Der Felsenkeller war zu. Verschlossen und verriegelt. Sie vermochte es kaum zu fassen, als sie im fahlen Morgennebel davorstand.

Etwas hatte sie hierher getrieben, etwas, das auf ihren Schultern lastete und wie ein Alb auf ihrer Brust gesessen hatte, die ganze Nacht. Lenchen ist längst wieder bei den anderen, hatte sie den Weg bergauf unablässig wiederholt. Wahrscheinlich wacht sie gerade auf, Seite an Seite mit Lenz, in ihrer kalten Mühle. Oder sie ist wieder bei ihrer Mutter. Warum lässt die Otterfrau sie überhaupt mit den anderen Kindern herumziehen, anstatt sie bei sich zu behalten?

Doch die Bilder, die sie so verzweifelt heraufbeschwören wollte, blieben blass. Real dagegen war dieses Schloss vor ihr, das sie niemals zuvor gesehen hatte, doppelt gesichert durch die schwere Eisenkette.

Der *nonno!*

Für einen Augenblick wurde Selina so heiß, dass sie Angst hatte, auf der Stelle zu verbrennen. Vielleicht war ihm der Verlust des Schlüssels aufgefallen, und er hatte sie eine Zeit lang gewähren lassen, um zu sehen, was sie vorhatte. Dann aber war es ihm zu viel geworden, und er hatte gehandelt – auf seine Weise.

Was sollte sie tun? Zu ihm laufen und alles gestehen?

Vielleicht hatte Lenchen das ja längst getan. Es gehörte nicht viel dazu, die Kleine zum Reden zu bringen. Dann wusste der *nonno* bereits, dass sie, Selina, die Bettelkinder heimlich in seinen Keller geführt und sein Bier gestohlen hatte.

Vielleicht wusste er sogar, wer das Mädchen mit dem roten Häubchen in Wirklichkeit war. Aber wäre er dann nicht schon gestern bei ihnen in der Langen Gasse erschienen, hätte seine Tochter Marie in Kenntnis gesetzt und gleichzeitig sie zur Rechenschaft gezogen?

Selina spürte, wie sie wieder ruhiger wurde.

Nein, es musste anders gewesen sein. Lenchen war irgendwann nach oben geklettert und zu den anderen Kindern gelaufen, wie sie bereits vermutet hatte, und als der *nonno* irgendwann später das offene Tor entdeckte, war weit und breit keine Menschenseele mehr zu sehen gewesen. Bierdiebe, hatte er sicherlich gedacht. Trotz all seiner Maßnahmen. Und die Türe vorsichtshalber mit der Eisenkette verschlossen.

Die Erleichterung war groß, aber nicht von langer Dauer. Sie verschwand schnell wieder, als Selina die Glocken hörte, die zur Frühmesse riefen. In früheren Jahren hatten sie gemeinsam an Allerheiligen die Messe besucht und anschließend zur Erinnerung an die Mutter im Dom ein halbes Dutzend Kerzen angezündet. Trotz der Trauer, die sie dabei spürte, hatte sie sich stets behütet und beschützt gefühlt, wenn sie mit Simon und ihrem Vater das Gotteshaus verließ.

Heute war sie allein. Simon war unterwegs, der Vater zwar in Bamberg, aber dennoch unerreichbar. Schuld daran war die Otterfrau mit ihrer Brut, und wenn Lenchen im Keller ein paar schlimme Augenblicke gehabt hatte, dann sollte es sie wirklich nicht kümmern!

Ihre Lippen bewegten sich. Natürlich konnte Selina die eigene Stimme nicht mehr hören, aber innen drin, da hörte sie sich sehr wohl, laut, wohlklingend und deutlich.

Noch einmal fuhr ihre Hand zum Schloss und rüttelte.

Alles blieb, wie es war.

In ihrem Hals begann es fürchterlich zu kratzen. Aber sie würde nicht heulen, später vielleicht, wenn sie in Sicherheit war, doch nicht jetzt. Auch wenn sie ihre Zuflucht verloren hatte und damit den einzigen Trumpf, den sie gegen Kuni in der Hand gehabt hatte.

Selina drehte sich um, lief den Stephansberg wieder hinunter. Es dauerte nicht lange und ihr schmaler Rücken war im Nebel verschwunden.

Maries Stiefkind! Georg Schneider war sich ganz sicher. Die dunklen Locken, die Größe, der Gang. Aber was hatte das taube Mädchen so früh am Morgen am alten Felsenkeller verloren?

Er blieb stehen, sah sich nach allen Seiten um, soweit der Nebel es erlaubte. Womöglich war auch der Braumeister nicht weit. Und Pankraz Haller wäre der Letzte, den er bei seinem Vorhaben gebrauchen konnte. Doch zum Glück gab es nirgendwo eine Spur von ihm. Schneider fasste sich wieder, untersuchte als Erstes das Schloss.

Alles unverändert, wie gestern Abend. Trotzdem konnte er nicht verhindern, dass seine Hand zitterte, als er aufsperrte.

Rasselnd fiel die Kette zu Boden.

Dann flammte der Kienspan auf, und Schneider begann mit dem Abstieg.

Auf der Hälfte der Leiter blieb er stehen, versuchte, mit dem Licht die Dunkelheit zu durchdringen. Ein sinnloses Unterfangen. Er wusste es. Er musste hinunter, bis zur allerletzten Stufe.

Sein Fuß stieß an etwas Weiches, und er erschrak.

Die Steinerne Frau?

Es war der leblose Körper eines kleinen Mädchens mit kurzen, sehr hellen Haaren. Sie lag auf dem Rücken, die dünnen Beinchen seltsam verkrümmt. Die Arme waren weit ausgestreckt, als sei sie zum Fliegen bereit.

Aber sie flog nicht. Sie würde niemals wieder fliegen.

Die geöffneten Augen schienen ihn anzusehen, mahnend, wie eine stumme Aufforderung. Das schmutzige blaue Kleid war auf der Brust zerrissen. Als er sich mit seinem Licht tiefer über sie beugte, sah er, dass sie einen Rosenkranz aus roten Perlen um den Hals trug. Das schwere Kreuz, das am Ende baumelte, war zerbrochen. Überall, wo die Haut hervorblitzte, waren Totenflecken.

Aber da gab es noch etwas anderes, das ihm bei genauerer Betrachtung ins Auge stach: ein seltsames dunkles Mal auf der linken Halsseite, das irgendwie anders aussah.

Teufelshörner, schoss es ihm sofort durch den Kopf. Das Zeichen Satans!

Georg Schneider spürte die eisige Flamme, die wie ein Messer in seinen Körper fuhr. Langsam hob er seine Hand zur Brust und begann sich zu bekreuzigen, wieder und immer wieder.

Grau schlich der Morgen ins Zimmer. Adam schlief, das Gesicht tief in seinen Mantel gedrückt, der ihm als Kissen diente, die Glieder ausgestreckt. Simon, schon seit längerem wach, betrachtete ihn liebevoll. Als der Schlafende sich bewegte und die Lage veränderte, legte er ihm die Hand auf den Rücken, ließ sie da eine Weile, bis sie sich langsam tiefer bewegte und auf den Hinterbacken zur Ruhe kam.

»Schöne Art, geweckt zu werden«, murmelte Adam. »Weshalb machst du nicht weiter?«

Er drehte sich um und zog Simon an sich. Ein inniger Kuss. Simon glitt tiefer, begann ihn zu liebkosen. Es dauerte eine Weile, bis Adam seinen Rhythmus fand, dann aber begann er sich zu bewegen, die Beine, die Lenden, bis sein ganzer Körper vibrierte. Er stieß einen tiefen Seufzer aus. Sein Ausdruck veränderte sich. Und zum ersten Mal in seinem Leben dachte

Simon Sternen, dass Ekstase nur eines der vielen Gesichter des Schmerzes ist.

Doch als Adam nun seinerseits ihn berühren wollte, zog Simon sich zurück.

»Was ist los?« Adam stützte sich auf und betrachtete ihn aufmerksam. »Wir sind doch nicht in Eile. Noch haben wir alle Zeit der Welt.«

Das Wirtshaus zum *Roten Ochsen* in Forchheim war das komfortabelste seit langem auf ihrer Reise, und dennoch hatte beide Männer schon gestern Abend eine seltsame Befangenheit überkommen. Vielleicht lag es daran, dass ihnen die Blicke der Zecher folgten, als sie gemeinsam die schmale Treppe hinaufstiegen; vielleicht daran, dass der Wirt unter einem fadenscheinigen Vorwand später noch einmal zu ihnen gekommen war und sich auch danach unnötig lang vor ihrer Türe zu schaffen gemacht hatte. Vielleicht aber war tatsächlich Bamberg daran schuld, das sie morgen, spätestens übermorgen erreichen würden.

Simon zog die Decke höher.

»Auf einmal ist alles so real. Solange wir unterwegs waren, gab es nur uns beide, dich und mich. Und den Weg, der noch vor uns lag. Alles war wie ein Traum. Der schönste Traum, den ich jemals hatte.«

»Du hast Lucie bei deiner Aufzählung vergessen«, versuchte Adam zu scherzen, doch als er die bedrückte Miene seines Geliebten sah, wurde er schnell wieder ernst. »Ich hab dich gewarnt, Simon«, sagte er. »Ich wusste, worauf du dich eingelassen hast. Du offenbar nicht.«

»Doch, und ich wollte es«, sagte Simon heftig. »Mehr als alles zuvor in meinem Leben. Mit dir zusammen ist es endlich richtig. Als ob die Dinge plötzlich ihren Platz gefunden hätten.«

»Und das verändert sich, jetzt, wo Bamberg naht?«

Simon schwieg.

»Du hast vorhin wieder im Schlaf geredet«, sagte er schließlich. »Und einmal geschrien, hoch, ganz schrill, wie ein Kind oder ein Tier in Not.«

»Ich weiß«, sagte Adam. »Man hat mir davon berichtet, mehr als einmal. Manchmal durchlebe ich im Traum alles wieder von neuem. Ich rede, aber es ist, als ob ich zu Steinen sprechen würde. Ich handle, aber nichts verändert sich. Das ist das Schlimmste, Simon, diese Hilflosigkeit! Manchmal sind es aber auch meine eigenen Dämonen, die mich plagen. Und das sind nicht eben wenige.«

Er stand auf, ohne sich zu bedecken, stellte sich vor das Fenster und schaute hinaus.

»Dort unten liegt der Marktplatz«, sagte er. »Gepflastert, sauber gefegt, von schönen Fachwerkhäusern umgeben. Ob sie dort auch schon ihre Scheiterhaufen aufgeschichtet haben, vor einer grölenden Menschenmenge, hin- und hergerissen zwischen Grauen und Verzückung? Ich weiß es nicht. Ich will es gar nicht wissen! Ich sehe sie ohnehin überall, in allen Städten, durch die ich komme. Dann möchte ich nur noch vergessen. Und das kann ich am besten in der Lust. Wenn überhaupt.«

»Man hat dich im Schlaf schreien hören, mehr als einmal – es gab also Männer vor mir? Viele? Sehr viele?«

»Simon, bitte ...« Adam kam zurück zum Bett, setzte sich neben ihn. »Hör auf damit! Du tust dir nur weh. Und das will ich nicht.«

»Nein, ich bin nicht eifersüchtig, das ist es nicht. Ich muss es nur wissen. Bitte!«

Adam lehnte sich an die Wand. Im trüben Morgenlicht war sein Gesicht kantig und verschlossen.

»Ich hab mein Leben gelebt, so gut ich konnte«, sagte er. »Was würden dir Einzelheiten schon nützen? Natürlich gab es Männer. Ich hab schon früh gemerkt, dass sie es sind, zu denen es mich zieht. Deshalb bin ich weggegangen aus meiner Heimatstadt. Vielleicht bin ich deswegen sogar in den Orden eingetreten.«

Ein kurzes Lachen.

»Nicht, um in männlicher Gesellschaft zu sein, wie du jetzt vielleicht glaubst. Nein, weil ich hoffte, die Gelübde wären ein Schutz gegen die Versuchung. Armut war niemals ein Problem für mich. Irdische Schätze bedeuten mir nichts. Mit dem Gehorsam wurde die Sache schon komplizierter. Gehorsam, wenn es mir sinnvoll erscheint – immer. Gehorsam um des Gehorchens willen? Eine große, schwierige Demutsübung, an der ich mich bis heute abmühe. Für die Keuschheit habe ich meine eigenen Regeln gefunden.«

Adam legte seine Hand auf Simons Brust, und jetzt ließ er es zu.

»Jede Ehe besteht darin, dass man jemandem sein Wort gibt. Ich bin mit Gott vermählt, wenn du so willst, und wenn ich dieses Gelübde breche, betrüge ich Gott. Das Zölibat ist ein Charisma, so hat mein Lehrer Josef Grün es mir einmal erklärt, und er wusste, wovon er sprach, eine Gabe Gottes, damit wir den Schöpfer von ganzem Herzen lieben und ihm frei dienen können, ohne eine Verbindung im Weltlichen zu haben.«

Der Druck seiner Hand wurde stärker.

»Also hast du eigentlich immer nur Gott geliebt?«, sagte Simon. »Auch wenn du mit Männern zusammen warst?«

»Nein, denn ich war ihm untreu, von Anfang an. Ich hab den Körper vom Geist getrennt«, sagte Adam, »das war meine Methode. Und meinen Körper von Zeit zu Zeit einem Mann geschenkt, den ich begehrte. Mein Herz aber gehörte der Frau, die ich als blutjunger Mann geliebt hatte. Ich hab damals gespürt, welches Unrecht ich ihr antun würde, wollte ich mich dauerhaft mit ihr verbinden, so, wie sie es sich wünschte, und trotzdem hat es mich fast umgebracht, mich von ihr zu trennen. Als ich sie verließ, wollte ich Gott mein

Herz zurückgeben, so armselig und krank, wie es damals war, aber er hat es nicht angenommen. Ich musste es behalten – so lange, bis ich es dir schenken konnte.«

»Noch immer armselig und krank?«

»Die Risse sind da, aber gut verheilt.«

»Heißt das, dass du mich liebst?«

»Würdest du sonst meinen Ring tragen, Simon?«, sagte Adam mit großer Wärme. »Keinem anderen hätte ich ihn jemals gegeben! Und weil es so ist, sind wir beide in Gefahr. Du hast Recht mit deinem Unbehagen. In Bamberg sind wir nicht länger frei. Die tausend Augen dieser Stadt werden uns auf Schritt und Tritt beobachten. Unsere Liebe nennen sie Sodomie und verfolgen sie mit Feuer und Schwert. Wenn wir nicht vorsichtig sind, listig und stark, wird sie nicht überleben – und wir ebenso wenig.«

»Niemand kann uns trennen. Keiner!«

»Das hat sie damals auch gesagt.« Ein schmerzliches Lächeln. »Und ich wollte ihr so gerne glauben. Bis heute wünschte ich manchmal, sie hätte Recht behalten, und nicht meine Angst.«

»Wie war diese Frau?« Simon drängte sich an Adam. »Und warum hast du sie geliebt?«

»Wer weiß das schon? Wir können uns nicht aussuchen, wen wir lieben. Es ist einfach so geschehen. Wir waren Nachbarskinder, haben zusammen gespielt, geredet, gelacht. Eines Tages konnten wir ohne einander nicht mehr sein. Gott – wie jung wir damals noch waren! Unsere Väter waren beide Brauer und Gastwirte, eher Konkurrenten als Freunde. *Zum blauen Löwen* hieß das Anwesen meines Vaters, *Unter den Störchen* das, das ihrem Vater gehörte. ›Löwen und Störche passen nicht zusammen‹, hat sie stets im Scherz gesagt. Damals hab ich sie ausgelacht, aber sie war klüger als ich, viel klüger als ich, damals schon.«

Simon war blass geworden.

»Marie«, sagte er leise. »Sie hieß Marie, nicht wahr?«

»Ja. Marie. Genau. Woher weißt du das? Marie Haller. Und ihr Vater Pankraz war …«

»Weil Marie die Frau meines Vaters ist. Und meine Stiefmutter.«

Die ganze Nacht hatte die Katze wie ein Steingewicht auf ihm gehockt und ihm ihren stinkenden Atem ins Gesicht gefaucht. Kurz vor dem Aufwachen glaubte er ihre Krallen zu spüren, die tief in sein Fleisch fuhren, aber als er sich schlaftrunken vergewisserte, war es dann doch nur das Kreuz des Rosenkranzes, das sich in seine Rippen gebohrt hatte. Förner legte ihn schon seit langem nicht mehr ab, und dennoch glaubte er zu spüren, wie der Schutz der funkelnden Bergkristallperlen schwächer und schwächer wurde.

»Mein Gott und mein Herr«, begann er murmelnd, während er sich ankleidete, ohne der verhassten Fleischlichkeit seines Körpers auch nur einen Blick zu gönnen, »nimm alles von mir, was mich hindert zu dir. Mein Gott und mein Herr, gib mir alles, was mich fördert zu dir …«

Sollte er mit dem Schmerzhaften Rosenkranz weiterfahren? Er betete ihn weniger gern, seit er die Korallen vermisste, die ihn vor Hexerei geschützt hatten. Nein, er wusste da etwas sehr viel Besseres!

Friedrich Förner griff nach dem Stachelband, das er in einer Schublade verwahrte, und öffnete die Soutane. Er legte es an, zog es fest. Der jähe Schmerz ließ sein Gesicht aufleuchten.

Jetzt war er für die Messe bereit.

St. Martin war bis zum letzten Platz gefüllt, aber es gab niemanden, den man hätte abweisen müssen. Nahm die Bußfertigkeit der Menschen bereits wieder ab? Glaubten sie vielleicht, all die Gefährlichkeit der Druten habe bereits den

Zenit überschritten und man könne ruhigen Gewissens zum Alltag zurückkehren?

Friedrich Förner belehrte sie mit seiner Predigt eines Besseren. Er musste sich nicht einmal anstrengen; alles strömte einfach aus ihm heraus. Niemals zuvor waren seine Worte so präzise gewesen, seine Bilder so lebendig. Schon nach den ersten Sätzen begannen einige Weiber zu weinen, und als er fortfuhr, sicherer und noch überzeugter denn je von seiner heiligen Mission, erkannte er zu seiner Befriedigung, wie Grauen, Angst und Abscheu nach und nach die Gesichter unter ihm veränderten.

In ihm wurde es still.

Als kleiner Junge war er einmal mit seiner Schwester Barbara über ein Schneefeld gelaufen, so weiß und unberührt, als hätte Gott es eben erst erschaffen. Sie hatten sich an den Händen gehalten und nichts geredet, auch dann nicht, als sie längst wieder zu Hause angelangt waren. Das war ihr Geheimnis, etwas Wunderbares, das sie mit keinem aus der Familie jemals geteilt hatten. Friedrich Förner hatte vergessen, wie sehr er sich nach dieser Stille gesehnt hatte, dieser Reinheit. Dieser Ruhe.

Nun endlich kehrte die ganze Süße jenes Augenblicks zurück.

»Die Zauberinnen sollt ihr nicht leben lassen!« Seine Barbara war lange tot, aber jene Unholde waren noch am Leben, bereit, Unschuldige zu verderben. Doch er würde all dem ein Ende bereiten, ein brennendes, heiliges Ende! »So steht es schon in der Heiligen Schrift geschrieben. Und wer es dennoch tut, macht sich schuldiger noch als jene. Wollt ihr euch über das Wort des Allmächtigen erheben, ihr gottlosen Sünder?«

Die Köpfe in den Kirchenbänken waren inzwischen angstvoll gesenkt; doch die Herzen seiner Schafe, das wusste er, die hatte er erreicht.

Auch wenn die kleine Lerche heute wieder nicht zu hören gewesen war. Es gelang ihm, die Ungeduld zu zähmen. Bald würde der Junge ihm gehören. Dann musste er Antons Knabensopran nie mehr entbehren.

Er ließ sich von Gabriel Hofmeister beim Umkleiden behilflich sein. Förner schwitzte, fühlte sich nach dieser Predigt gestärkt und gereinigt. Selbst wenn der junge Sekretär den Stachelfreund an seinem Schenkel gesehen hätte, so wäre es ihm heute gleichgültig gewesen.

»Kann ich für Euch etwas tun, Monsignore?«, fragte Hofmeister. »Irgendwelche neuen Aufträge?«

»Später«, sagte Förner. »Ich werde mich noch einmal über die Drutenakten setzen. Zunächst jedoch will ich mit Anton hinauf zur Alten Hofhaltung. Es kann nicht schaden, wenn der Junge sieht, was ein Hexenkommissar zu leisten hat.«

»Ihr wollt ihn tatsächlich zu Vasoldt und den anderen bringen?«

Förner nickte.

»Und vor allem den Keller werd ich ihm zeigen. Damit die kleine Lerche endlich versteht, worum es geht.«

»Aber er ist doch noch ein Kind ...«, entfuhr es Hofmeister.

»Gerade deshalb«, sagte Förner. »*Weil* er noch ein Kind ist. Auch Kinder verschreiben ihre zarten Seelen dem Bösen, das weißt du doch, mein Sohn. Dann müssen auch sie im Feuer gereinigt werden, nicht anders als die der Großen. Beelzebub macht vor niemandem Halt, vor keinem Stand, keinem Geschlecht, keinem Alter. Anton hat ein empfindsames Gemüt. Nach diesem Erlebnis wird er ergreifender singen als je zuvor. Das ist gewiss.«

Zum ersten Mal in seinen Diensten überfiel Gabriel Hofmeister Grauen, als er den Weihbischof betrachtete. Die Wangen so eingefallen, die Augen tief in den Höhlen. Sein Fleisch schien mehr und mehr zu schwinden. Die Arme ragten knochig aus der Soutane, die Finger waren dürr wie Stecken. Als ob eine innere Flamme ihn verbrenne. Mitgefühl für den Jungen stieg in ihm auf.

»Soll ich mitkommen?«, bot er an. »Ich könnte vielleicht …«

»Bemüh dich nicht«, sagte Förner. »Das ist eine Angelegenheit zwischen Anton und mir.«

Natürlich hätte Marie am liebsten mit Veit über Ava geredet und das, was sie von ihr erfahren hatte, aber er war beim Mittagessen so verschlossen, dass auch sie kaum ein vernünftiges Wort herausbrachte. Selina setzte der allgemeinen Stummheit am Tisch noch eins drauf, indem sie schweigend in ihrem Wild herumstocherte und den Blick nicht vom Teller hob.

Kaum erschien die Göhlerin zum Abtragen, stand sie auf und schoss aus dem Zimmer. Wenig später hörte Marie die Haustür zuschlagen.

»So geht das nicht weiter.« Veit schien langsam aus seiner Agonie zu erwachen.

»Das finde ich auch.« Sie sah ihn fest an.

»Unternimm endlich etwas. Sie tanzt uns doch auf dem Kopf herum!«

»Sie ist deine Tochter, nicht meine, und es vergeht kein Tag, wo sie mich das nicht spüren lässt. Du musst dich darum kümmern! Oder fürchtest du dich vielleicht vor deinem eigenen Kind?«

Zu Maries Überraschung nickte er langsam.

»Manchmal«, sagte Veit. »Ja. Obwohl es mir schwer fällt, es zuzugeben. Ich kann sie nicht mehr erreichen, Marie! Egal, was ich tue. Was hab ich nur verbrochen? Ich weiß es nicht, aber es muss etwas Furchtbares sein, denn Selina meidet mich wie der Teufel das Weihwasser!«

»Selina kriegt mehr mit, als du glaubst. Vielleicht solltest du ehrlicher zu ihr sein.« Sie spürte, wie ihr Herz laut zu klopfen begann, aber sie sprach weiter. Vielleicht war er ja mutig genug, sich endlich zu offenbaren. »Und nicht nur zu ihr, Veit. Du lebst, als seiest du ganz allein auf der Welt. Du tust, was du willst. Wir kommen darin gar nicht mehr vor.«

»Das ist nicht wahr! Alles, was ich tue, tue ich für dich – für euch! Es ist eine harte Zeit, ich weiß, nicht nur für mich, für uns alle. Aber wenn Simon erst einmal zurück ist und diese Plackerei mit der Krippe ein Ende hat, werden wir …«

Marie spürte, wie eine Tür in ihr zuschlug. Und dennoch wagte sie noch einen Vorstoß.

»Warum zeigst du mir nicht endlich den Marienkopf, den du geschnitzt hast?«, unterbrach sie ihn.

»Den Marienkopf?«, wiederholte er gedehnt. Sie spürte, wie er versuchte, Zeit zu gewinnen. »Jederzeit. Warum nicht? Sobald er fertig ist.«

»Das ist er noch nicht?« Ihre Stimme schwankte leicht. »Du musst dich also weiterhin nächtelang in der Werkstatt einsperren?«

»Ja. Noch eine ganze Weile. Leider! Der Fürstbischof will an Weihnachten die fertige Krippe haben – was bleibt mir also anderes übrig? Und was den Kopf betrifft: Die Muttergottes ist das Herz jeder Krippe, das verstehst du doch, Feuerfüchslein? Von ihr hängt alles ab. Sie ist das Zentrum, die Mitte, in der alles zusammenläuft. Und deshalb schwieriger zu gestalten als alle anderen Figuren zusammen.«

»Und ich dachte immer, das Jesuskind sei der Mittelpunkt. Unser Heiland. Das Licht der Welt.« Ihre Augen ließen ihn nicht los.

»Ja, natürlich, nach der Heiligen Schrift ist es so. Aber wie soll ein winziges Holzfigürchen das bewerkstelligen? Dagegen die göttliche Jungfrau, in ihrem roten Kleid und dem blauen Mantel …«

»Wie kann Maria Jungfrau sein, wo sie doch eben ein Kind geboren hat?«

Veit erhob sich so abrupt, dass er den Stuhl umstieß.

»Du machst mir Kopfschmerzen mit deinen theologischen Spitzfindigkeiten«, sagte er. »Und mein Magen rebelliert auch schon. Ob der Fasan zu lange gehangen hat? Ich muss dringend ein paar Schritte gehen!«

Sie blieb allein zurück, mit der Göhlerin, die das meiste des Abwaschs bereits erledigt hatte und gerade die abgetrockneten Teller in den Schrank räumte. Sonst beschränkte die ältere Frau sich meist auf viel sagende Blicke und ließ höchstens mal ein Brummen hören, wenn ihr etwas besonders missfiel, heute aber trug sie das Herz auf der Zunge.

»Wird Zeit, dass wieder eine Herrin das Haus regiert«, sagte sie. »Kein Mann. Und erst recht kein Kind.«

»Du meinst also, ich mache alles falsch?«, sagte Marie. »Was soll ich denn tun? Ihnen nachlaufen? Das kann ich nicht!«

»Nein, du sollst ihnen deutlich machen, wo ihr Platz ist. Dem Kind. Und erst recht dem Mann. Wie sonst soll hier jemals wieder Ordnung einkehren?«

Ein Klopfen an der Türe. Theres Göhler ging öffnen, Marie hörte sie draußen reden, nach einer Weile kam sie mit verdrießlichem Gesicht zurück.

»Bettler«, sagte sie. »Eine Horde schmutziger Kinder. Ich hab ihnen Brot gegeben. Doch deshalb sind sie nicht gekommen. Sie haben nach Selina gefragt.«

»Nach Selina? Weshalb?« Ihre Schläfen begannen zu pochen.

»Das wollten sie mir nicht sagen. Nur der Mutter oder dem Vater. Das Lumpenpack scheint sehr genaue Vorstellungen zu haben.«

»Sie warten noch immer?«

Die Göhlerin nickte.

»Dann führ sie herein!«

Tonis Gesicht war kalkweiß und winzig, als er an der Seite des Weihbischofs aus dem Keller zurückkam. Sogar die riesige Eingangshalle, die er zuvor kaum wahrgenommen hatte, erschien ihm auf einmal bedrohlich. Nicht mehr lang, versuchte er sich selber Mut zuzusprechen, und du bist wieder bei den anderen. Die haben Lenchen inzwischen sicherlich gefunden. Alles wird gut.

Doch das wunde Gefühl in seiner Brust wollte nicht vergehen.

»Hast du dir alles angesehen, Anton?«, fragte Förner. »Ganz genau, wie ich es dir gesagt habe?«

Toni nickte.

Es ging den schwarzen Prediger nichts an, dass er schon beim Eintreten die Augen zu Schlitzen verengt hatte, sodass er gerade noch hell und dunkel unterscheiden konnte und nirgendwo anstieß. Nein, gesehen hatte er zum Glück so gut wie nichts, doch er hatte leider nicht mit den Ohren gerechnet. So musste er wehrlos alles über sich ergehen lassen, was der andere an fürchterlichen Einzelheiten über den Zug, die Daumenschrauben, das Ätzbad und die Eiserne Jungfrau gesagt hatte. Der Junge sehnte sich danach, die Hände auf die Ohren zu pressen und endlich Ruhe zu haben.

»Schade, dass die Herren Hexenkommissare gerade nicht anwesend waren«, hörte er ihn weiterreden. »Aber es wird sicherlich ein anderes Mal Gelegenheit sein, sie dir persönlich vorzustellen …«

Förner hielt plötzlich inne.

Eine Frau stand vor ihnen, blond und üppig, in einem blauen Kleid, das aussah, als hätte sie es zu heiß gewaschen. Sie hielt ein unförmiges Ding in der Hand, das mit Sackleinen verhüllt war. Ihr folgte eine junge Magd, die einen kräftigen kleinen Jungen trug.

»Eminenz!« Sie griff nach Förners Hand und machte Anstalten, sie zu küssen. »Dass ich ausgerechnet Euch hier antreffe.« Die hellen Augen richteten sich gen Himmel. »Das muss ein Zeichen sein – ein göttliches Zeichen!«

»Was willst du?«, sagte Förner barsch und zog die Hand zurück.

»Ich muss zur Hexenkommission. Dringend.« Sie befeuchtete ihre Lippen und lächelte kokett. »Ich bin Agnes Pacher, die Ehefrau des Holzhändlers Pacher, und habe eine Anzeige zu machen. Das widerliche Teufelsding, das sie uns untergeschoben hat, hab ich zur Sicherheit gleich mitgebracht!«

Toni wich zurück. Das war sie, die Frau, die er gestern im Morgengrauen in der Langen Gasse beobachtet hatte!

»Mäßige dich«, sagte der Weihbischof streng. »Und beginne von vorn, schlicht und wahrheitsgemäß. Was bringst du uns hierher?«

Agnes stellte ihre Last auf einer Truhe ab.

»Das hab ich heute Morgen vor meinem Haus gefunden«, sagte sie. »Im Erdreich versteckt. Meine älteste Tochter ist darübergestürzt und hat sich verletzt. Deswegen haben wir genauer nachgesehen. So war es doch, Barbel, oder etwa nicht?«

Die Magd nickte so heftig, dass ihr ganzer Körper in Bewegung geriet. Der kleine Harlan erwachte und begann zu greinen.

»Wir haben es ausgegraben.« Agnes zog das Sackleinen beiseite. »Und hier ist es nun. In seiner ganzen Abscheulichkeit.«

Alle starrten darauf.

»Was ist das?«, flüsterte Toni.

»Ein Drutentopf!« Die Pacherin klang triumphierend. »Das ist es doch, Exzellenz?«

Harlan brüllte, bis er rot anlief.

»Das Kind«, sagte der Weihbischof irritiert, »wieso hast du das Kind mitgebracht? Es soll sofort aufhören!«

»Das Kind? Das will ich Euch sagen! Weil sie ihn bereits verhext hat.« Sie entriss der Magd den Kleinen und hielt ihn Förner entgegen. »Seht Ihr nicht die roten Flecken, die sie ihm beigebracht hat? Er weint und jammert, will nicht schlafen, nicht essen. Sie hat ihn krank gemacht und elend dazu, meinen süßen, meinen einzigen Sohn ...«

»Welche Sie?«, unterbrach Förner sie. »Von wem redest du?«

»Die Otterfrau«, sagte Agnes. »Jenes verderbte Weibsbild, das allein am Fluss lebt, Liebeszauber verkauft und Mensch und Vieh verdirbt.«

»Du lügst!«, schrie Toni, außer sich vor Angst und Entsetzen. »Ich kenne Ava. So etwas würde sie niemals tun!«

»Wer ist denn Ava?« Förner fuhr zwischen den beiden Frauen und dem Jungen herum, während der Säugling weiterschrie.

»Ava, das ist meines Wissens ihr Name«, sagte Agnes. »Wie sie weiter heißt, weiß ich nicht. Otterfrau wird sie deshalb genannt, weil sie ein zahmes Ungeheuer mit sich leben lässt. Manche sagen, sie nimmt ihn sogar mit ins Bett. Und natürlich hat sie es getan. Sie hat es mir sogar vorher angedroht!«

Toni kam langsam auf sie zu, sein Gesicht eine weiße, angestrengte Maske, der Mund nur noch ein Strich.

»Du lügst«, sagte er. »Nicht Ava hat dieses Ding vergraben. Du selber warst es!«

»Ich? Du bist ja verrückt!« Mit einer flehenden Geste wandte sie sich an Förner. »Glaubt ihm kein Wort, Eminenz. Er sündigt und er lügt, wenn er nur den Mund aufmacht.«

»Ich sündige nicht«, sagte Toni. »Aus meinem Mund kommt die Wahrheit.« Es grauste ihm, aber er überwand sich und griff nach Förners knochiger Hand. »Ich hab sie gesehen«, sagte er. »Mit meinen eigenen Augen. Sie hat im Morgengrauen heimlich dieses Ding vergraben – sie und nicht Ava. Ihr kennt mich. Ihr wisst, dass ich nicht lüge!«

Förner machte sich los, aber er tat es sehr sanft.

»Ganz ruhig, Anton«, sagte er. »Die Wahrheit ist bei mir in allerbesten Händen. Das weißt du doch. Aber vergiss niemals, dass Gott dich sieht – bei allem, was du tust.« Er räusperte sich. »Wir werden noch einmal ganz von vorn beginnen und diese Frau hier einer sehr gründlichen Befragung unterziehen, darauf kannst du dich verlassen …«

Sie wurden erneut unterbrochen, dieses Mal von den eintretenden Hexenkommissaren, Dr. Vasoldt, der den Vorsitz führte, Schramm, der als Protokollister diente, und dem Kastner Müller, für niedrigere Tätigkeiten zuständig. Alle drei machten ein ernstes Gesicht.

»Monsignore!«, rief Vasoldt. »Gut, dass wir Euch hier antreffen! Entsetzliches muss sich vergangene Nacht in Bamberg ereignet haben.«

»Wovon redet Ihr?«

»Die Leiche eines kleinen Mädchens. In einem aufgelassenen Felsenkeller. Zum Glück hat man uns rasch informiert. Wir kommen gerade von dort.«

»Dann verständigt die Büttel, falls es noch nicht geschehen ist. Aber ich verstehe nicht … was hattet Ihr dort zu schaffen?«

»Das will ich Euch verraten. Niemand weiß, wie die Kleine in den verschlossenen Keller gekommen ist. Sie trägt einen kostbaren Rosenkranz aus Korallen, viel zu kostbar für ihre zerlumpte Kleidung. Mit einem zerbrochenen Kruzifix – muss ich noch deutlicher werden? Überdies hat sie ein auffallendes Mal am Hals: braune Teufelshörner! Was sagt Ihr jetzt?«

»Lenchen«, flüsterte Toni. »Lenchen!«

Der Weihbischof fuhr sich mit der Hand an den Hals, als sei ihm der steife Kragen auf einmal unerträglich. Für einen

Augenblick sah es aus, als würde er zu Boden stürzen, dann aber fasste er sich.

»Vielleicht ist daran auch die Otterfrau schuld«, sagte Agnes mit plötzlich ängstlicher Miene. »Ich kann mir sehr gut vorstellen, …«

»Schweig!«, schrie Förner. »Verschon mich mit deinem Geschwätz! Du wirst später vernommen werden.«

»Der Felsenkeller gehört dem Ratsherrn Haller«, sagte Vasoldt. »Aber nicht er hat uns gerufen, sondern einer seiner Braugesellen, ein gewisser Schneider. Dieser Schneider scheint sehr viel über Druten zu wissen. Jedenfalls hat er ausgesagt, dass ihm schon seit einiger Zeit merkwürdige Dinge aufgefallen seien. Außerdem behauptet er, die Enkelin Hallers am Morgen vor dem Eingang gesehen zu haben. Selina Sternen.«

»Die Tochter des Krippenschnitzers?«, rief Agnes dazwischen. »Die kenne ich. Flüchtig, natürlich nur sehr flüchtig. Aber dass sie nicht ganz richtig im Kopf ist, weiß jeder!«

»Die Taube!« Toni wurde vor Aufregung ganz laut. »Ja, sie wohnt in der Langen Gasse. Sie hat Lenchens Häubchen im Felsenkeller gesucht. Seitdem ist die Kleine verschwunden …«

»Ein rotes Häubchen?« Vasoldt schien erfreut. »Das ist korrekt. Wir haben tatsächlich solch eine Kopfbedeckung gefunden. In einem der Nebenstollen. Der Kastner hat alles durchsucht.«

»Anton.« Mit großer Anstrengung bückte sich der Weihbischof zu ihm hinunter. »Du wirst jetzt alles, was du weißt oder gesehen hast, den Herren Hexenkommissaren berichten, versprichst du mir das? Ohne etwas dazuzufügen, aber auch, ohne etwas wegzulassen!«

Toni nickte.

»Und sie ist wirklich tot?«, sagte er leise.

»Ja«, sagte Vasoldt. »Mausetot. Ein Karren bringt sie gerade hierher. Der Fürstbischof ist bereits informiert. Er hat uns angewiesen, sie eingehend zu untersuchen.«

Förner richtete sich wieder auf.

»Aber zuvor will ich sie sehen«, sagte er. »Allein.«

Fuchs von Dornheim ließ sich den größten Silberpokal mit Portwein voll schenken und eine Platte mit geräuchertem Wildschweinschinken bringen. Dazu genoss er Weißbrot, getrocknete Feigen und Aprikosen. Obwohl es noch nicht dunkel war, brannten in allen Kandelabern bereits verschwenderisch die Kerzen. Vor ihm lag ein dickes, schweinsledern gebundenes Buch, daneben eine Landkarte, auf der er einige strategisch wichtige Punkte mit bunten Fähnchen markiert hatte. Seine Miene verriet, wie sehr er sich durch Damian Kellers Erscheinen gestört fühlte.

»Sag es schnell, wenn es denn unbedingt sein muss – und dann mach, dass du wieder verschwindest! Ich habe mich kaum von Vasoldts Bericht erholt. Außerdem ist heute mein erster schmerzfreier Tag. Ich bin gerade dabei, ihn feierlich zu begehen.«

»Ich dachte, das hier könnte Euch vielleicht interessieren!« Der Astrologe legte seine Zeichnung auf den Tisch.

»Schon wieder lauter Zeichen und Kringel? Ich kann den ganzen Hokuspokus nicht mehr sehen!« Der Fürstbischof wischte die Zeichnung ungeduldig vom Tisch. »Das hier, Keller, ist ungleich wichtiger: katholische Stützpunkte inmitten des protestantischen Feindeslandes. Siehst du, wie wir vom Bösen umtost sind? Wir dürfen uns keine Fehler erlauben. Gäbe es nicht Bamberg und Würzburg als rettende Inseln – unsere Seelen würden alsbald jämmerlich im evangelischen Meer ersaufen!«

»Dann ist dieses Stundenhoroskop Euer wichtigster Verbündeter.« Keller hatte das Blatt aufgehoben, strich es glatt und legte es ihm noch einmal vor. Seine schlanken Finger klopften auf eine bestimme Stelle. »Friedrich Förner«, sagte er. »Schaut nur, Exzellenz! Jetzt steht alsbald sein Dachstuhl in Flammen.«

»Was soll das heißen?« Fuchs von Dornheim nahm einen genießerischen Schluck.

»Skorpion am Aszendent, dazu dessen Zeichenherrscher Mars im Zwölften Haus – das Haus der heimlichen Feinde plus ein starker Spannungsaspekt auf die Sonne ...«

»Konkreter, Keller, konkreter!«

»Natürlich, Exzellenz, ganz, wie Ihr wünscht! Ich will es so konkret ausdrücken wie nur irgend möglich: Der unheimliche Skorpion erhebt sich im Osten. Mars regiert die Stunde. Unmittelbar neben dem Mond steht er im Haus der heimlichen Feinde und schaut böse auf die Sonne.« Kellers Stimme schraubte sich höher. »Verrat liegt in der Luft. Ein furchtbarer Verdacht könnte auf den Hexenbrenner Förner fallen.«

Jetzt wirkte der Fürstbischof interessiert.

»Ein furchtbarer Verdacht, sagst du?«

Keller nickte.

»Und es geht wirklich um Förner? Kein Irrtum möglich?«

Wiederum Nicken, wenngleich verhaltener.

»Das klingt in der Tat nicht uninteressant! Und wann, Keller? Wann genau?«

»Bald schon, Exzellenz. Sehr bald sogar.«

Fuchs von Dornheim legte die Stirn in Falten.

»Ich warte – aber gewiss nicht mehr lange! Also?«

»Sobald die Glocke sechsmal schlägt, um ganz exakt zu sein«, sagte Damian Keller mit einem tiefen Seufzer.

Sie hatte sie tatsächlich Magdalena genannt!

Den Namen der großen Sünderin hatte sie ihrem Kind gegeben. Nicht einmal davor war Gundel Gruber, seine einstige Magd, zurückgeschreckt. Friedrich Förner dachte an den schmierigen Fetzen, der nun schon so lange in einem seiner Gebetbücher versteckt lag. Ein Unbekannter hatte ihn eines Tages an der Pforte abgegeben und war, ohne auf Antwort zu warten, wieder verschwunden.

Geld hatte sie gewollt, noch mehr Geld, natürlich, was sonst?

Der Beutel, den er ihr beim Abschied in die Hand gedrückt hatte, um endlich seine Ruhe vor ihr zu haben, schien ihr nicht lange gereicht zu haben. Später hatte sie sich sogar als Badereiberin verdungen, war endgültig zur Dirne herabgesunken. Irgendwann hatte er von ihrem Tod erfahren, doch Erleichterung wollte sich selbst da nicht einstellen. Es war lange her, aber in seinem Gedächtnis war alles so tief eingegraben, als sei es erst gestern gewesen.

Wie hatte er sich nur dieser Gefahr aussetzen können?

Sobald er zu Hause war, musste er dieses unsägliche Gekritzel für immer verschwinden lassen!

Die Kleine lag da, mit offenen Augen. Unwillkürlich streckte er die Hand aus, um ihr die Lider zu schließen, wie er es unzählige Male zuvor bei anderen Verstorbenen getan hatte, aber es gelang ihm nicht. Auch nicht, als er den Druck verstärkte. Lenchen sah ihn an, nach wie vor.

Mit Augen, so dunkel wie die seinen.

Ihre Haut hatte sich kalt angefühlt, beinahe wächsern, aber das war es nicht, was ihn bis ins Mark getroffen hatte. Sie war Gundels Abziehbild, ihrer Mutter so erschreckend ähnlich, dass ihm schwindelte: der längliche Schädel, die helle Haut, das falbe Haar, der große, rote Mund. Mit diesen roten Lippen hatte Gundel ihn damals betört, mit diesen weißen Zähnen, die ihn an Perlen erinnert hatten, mit dem Veilchenduft, den sie seiner toten Schwester Barbara gestohlen hatte.

Lange Zeit war es ihm gelungen, sich ihrer erfolgreich zu erwehren. Er hatte gebetet und gefastet, kaum noch seine

Räume verlassen. Wenn er es doch einmal getan hatte, dann war sie da gewesen, im Haus: singend, lächelnd, mit ihrem großen, roten Mund. Ihn einmal nur zu berühren, einmal zu küssen – bis in die Träume hatte ihn dieses Verlangen verfolgt.

Gundel schien nicht einmal erstaunt, als er sie eines Tages in der Küche, vor den dampfenden Töpfen, gepackt und einfach an die Wand gedrängt hatte. Barbaras Veilchenduft und eine Weichheit, mit der er niemals gerechnet hätte. Wie sie ihm plötzlich die Arme um den Hals gelegt hatte. Wie leicht es gewesen war, sie hochzuheben. Ihre Beine um seine Hüften, ihr warmer Hügel an seinem Bauch. Ab da verschwamm seine Erinnerung. Es gab nur noch das Rauschen des Blutes in seinen Ohren, das Drängen des Fleisches zwischen seinen Beinen. Und die Scham, als er sich besudelt wieder aus ihr zurückzog.

Sie hatte den Kopf danach hoch getragen wie eine Königin, wohl schon damals wissend, dass ihre teuflische Saat aufgegangen war und es bei diesem einen Mal nicht bleiben würde.

Gundel sollte Recht behalten. Sein Fleisch war schwach gewesen. Sie zu riechen genügte, um ihn wieder schwach werden zu lassen. Er war noch öfter zu ihr gekommen, vier- oder fünfmal, wider seinen Willen, wie unter Zwang, getrieben von einer Begierde, die er verachtete, der er aber dennoch erlag. Auch hier versagte sein Gedächtnis glücklicherweise bei den Einzelheiten, nur an die anschließende Erniedrigung, an die erinnerte er sich sehr genau. Den Abscheu. Die Pein.

Zum Schluss, als er sie aus dem Haus gewiesen hatte, gerade noch rechtzeitig, bevor man ihr die Schande ansehen konnte, musste sie sich heimlich seines Rosenkranzes bemächtigt haben, seiner wundervollen Korallenperlen.

Jetzt lagen sie um den Hals dieses Mädchens, aber was hatte sie ihnen angetan! Die Perlen schmutzig und verschmiert, das kostbare Kruzifix zerbrochen, allein schon das ein untrüglicher Beweis, dass teuflische Mächte im Spiel waren.

Förners Finger zitterten. Dem toten Kind die blutroten Perlen abzunehmen war unmöglich: Dazu war es jetzt zu spät. Alle hatten sie gesehen. Mit Lenchen würden sie ins Feuer wandern, das war ihm klar, denn vor ihm lag ein Drutenbalg, das wusste er, auch wenn sein Blut in ihm geflossen war.

Er musste sie noch einmal berühren, trotz allem.

Seine Hand streckte sich dem Mal entgegen, exakt an derselben Stelle wie an seinem eigenen Hals. Es war kleiner und eine Spur heller, doch die Form war gleich.

Teufelshörner. Das *signum diabolicum*.

Ein Leben lang hatte er alles getan, um dieses Geheimnis zu bewahren, nun hatte es die Natur in einer Laune weitergegeben. Ein Gedanke, der ihm entsetzlich war. Dennoch gab es nicht den geringsten Zweifel: Die kleine Magdalena war sein eigen Fleisch und Blut. Würde jemals jemand in Bamberg davon erfahren, war nicht nur sein Kreuzzug gegen das Böse gefährdet, sondern auch sein eigenes Schicksal besiegelt.

Friedrich Förner fiel neben der Leiche auf die Knie und begann inbrünstig zu beten.

«Sie haben Toni mitgenommen!« Kaspars Stimme klang bedrückt.

Die Kinder hatten sich in der alten Mühle versammelt, vor ihnen die Schätze, die sie heute erbeutet hatten: ein Laib Brot, richtiges Brot, nicht der gebackene Kleiebrei, den sie in letzter Zeit so häufig bekommen hatten, etwas Gänseschmalz, Äpfel, ein paar Eier.

»Toni? Das glaub ich nicht!«, sagte Kuni. »Der ist doch viel zu schnell, um sich fangen zu lassen.«

»Er hat aber gar nicht versucht wegzulaufen. Ich hab ihn gesehen, zusammen mit dem Weihbischof. In die Alte Hofhaltung sind sie gegangen.«

»Dort, wo sie die Druten einsperren und verhören?« Das große Mädchen biss sich auf die Lippen. »Glaubt ihr, die Taube hat etwas damit zu tun?«

»Ja. Genau dort.« Kaspar schluckte. »Ich hab lang davor gewartet, aber er ist nicht wieder rausgekommen. Dann bin ich gegangen, um euch Bescheid zu sagen.« Er rieb sich die Augen, sah müde aus und traurig.

»Selina? Das glaub ich nicht!«, widersprach Lenz. »Wir werden sie fragen, wenn wir sie erwischen.«

»Ja, wenn!« Kuni griff sich den größten Apfel und biss hinein. »Nicht einmal ihre eigene Stiefmutter weiß, wo sie ist! Habt ihr nicht gesehen, wie ängstlich die Frau geworden ist, als wir sie gefragt haben? Und wieso rennt jemand überhaupt weg und versteckt sich, wenn er ein reines Gewissen hat, kannst du mir das mal verraten? Da ist etwas faul, sag ich euch, oberfaul!«

»Toni hatte schon lange etwas auf dem Herzen.« Lenz wusste, dass es manchmal besser war, nicht auf Kuni einzugehen. »Ein paar Mal hab ich ihn nachts weinen hören. Ich hab ihn gefragt, aber er hat sich stur gestellt. Und stur sein, das kann er!«

»Vielleicht hätten wir ihn nicht ständig wegen seiner Geschichten auslachen sollen«, sagte Kuni. »Da hat er wohl die Lust verloren, noch etwas zu erzählen. Aber wenn er erst einmal zurück ist und Lenchen dazu …«

Lenz legte ihr den Arm um die Schulter.

Sie blickte zu ihm hoch, freudig überrascht, lächelnd. Doch Kunis Gesicht wurde schnell wieder ernst, als sie seinen gequälten Ausdruck bemerkte. Er sah aus, als ob er friere.

»Komm, Kaspar«, sagte er. »Hierher, auf meine andere Seite!«

Der kleine Bruder folgte seiner Aufforderung.

»Was ist?«, sagte Kaspar. »Du zitterst ja. Bist du krank?«

»Lenchen kommt nicht mehr«, sagte Lenz. »Nie mehr wieder.«

»Wieso?«, fragte Kaspar. »Will sie vielleicht bei Ava bleiben?«

»Nein. Dort ist sie auch nicht.«

»Wo ist sie dann?«

Jetzt sahen ihn beide fragend an.

»Ich bin dem Karren ein Stück gefolgt, der sie am Felsenkeller abgeholt hat. Man hat sie aufgeladen wie ein Stück Holz. Und dann hinauf zum Domberg gefahren. Ich bin ihnen nachgeschlichen, solange ich einigermaßen Deckung hatte. Auf dem Platz wurde es mir dann mulmig. Da bin ich lieber rechtzeitig abgedreht.«

»Wovon sprichst du?« Kuni hatte sich frei gemacht, starrte ihn an.

»Lenchen ist tot.«

»Lenchen ist tot«, wiederholte Kaspar. »Unser kleines Lenchen? Wieso?«

»Das weiß ich nicht.«

Lenz zog ihn näher an sich heran, aber Kaspar kamen bereits die Tränen.

»Und Toni haben sie mit den Druten eingesperrt«, schluchzte er weiter. »Ich hab Angst, Lenz! Wann kommen sie, um uns zu holen?«

»Gar nicht«, sagte Kuni. »Weil sie uns nicht kriegen werden. Kommt!« Sie stopfte alle Lebensmittel in ihren Beutel. »Wir gehen!«

»Wohin willst du?«, sagte Lenz.

»Da fragst du noch? Zu Ava – wohin sonst?«

»... habe ich mir erlaubt, Euch einige Proben meines Könnens mitzubringen. Nicht dass es nötig gewesen wäre, Monsignore, ich bin sicher, dass Ihr Euch meiner Qualitäten noch recht gut entsinnt, aber weil inzwischen doch einige Zeit ins Land gegangen ist, dachte ich, es könne nicht schaden, wenn ich …«

In Förners Ohren rauschte es. Stumm starrte er auf die bucklige Kreatur, die ein paar zerknitterte Kleidungsstücke vor ihm ausgebreitet hatte. Apollonia anzuschreien, wie sie diesen Mann überhaupt hatte hereinlassen können, war ausgeschlossen, denn sie war spurlos verschwunden. Nicht einmal Hofmeister war in der Nähe, um ihm zu Hilfe zu eilen.

» … sollten wir vielleicht mit ein paar neuen Soutanen beginnen, was meint Ihr? Drei oder vier Stück?« Der kleine Mann bleckte seine schadhaften Zähne. »Für den Anfang natürlich nur. Später wird es mir eine große Ehre sein, mich an Eure wertvollen Messgewänder zu setzen …«

Gundels Brief war weg!

Mit fliegenden Händen hatte Förner alle Gebetbücher durchsucht, bis dieser Eindringling ihn dabei gestört hatte. Hatte er ihn herausgenommen und anderswo versteckt? Wann hatte er ihn überhaupt zum letzten Mal in der Hand gehabt? In seinem Kopf wurde es ganz leer. Sosehr er auch sein Hirn marterte, es wollte ihm keine Antwort einfallen. Anstatt sich in Ruhe darum zu kümmern, musste er sich jetzt mit dieser Kreatur befassen. Natürlich wusste er genau, wen er vor sich hatte. Weder diesen Namen noch dieses Gesicht würde er jemals vergessen – Schneidermeister Lorenz Eichler.

Der Mann, der sein Geheimnis kannte.

»Meine Zeit ist begrenzt«, unterbrach er ihn grob. »Mein Sekretär wird sich mit Euch in Verbindung setzen …«

»Dieser aufgeblasene Schnösel?« Eichler hob den Kopf und sah ihn furchtlos an. »Verschont mich vor dem. Nein, Ihr werdet Euch anders besinnen, Monsignore, ich bin mir ganz sicher!«

Etwas Kaltes kroch Förner den Rücken hinunter. Dass der Bucklige so aufzutrumpfen wagte, verhieß nichts Gutes. Es war ein Fehler gewesen, ihn all die Jahre unbehelligt zu lassen, ein fataler Irrtum, anzunehmen, er würde schweigen – und vergessen.

»Alles verändert sich und leider nicht immer zum Besten«, fuhr Eichler fort. »Die Zeiten sind härter geworden, nicht nur für mich, auch für Euch, Monsignore. Habe ich Euch nicht bewiesen, dass ich schweigen kann, all die Jahre?«

Der Weihbischof bewegte sich nicht.

»Und das werde ich auch weiterhin tun, vorausgesetzt natürlich, Ihr kommt mir ein wenig entgegen.« Er breitete die dünnen Arme aus. »Fordere ich etwa Silber? Oder Gold? Kostbare Juwelen?« Er wiegte seinen Kopf nachdenklich hin und her. »Nein, Monsignore, danach steht mir nicht der Sinn. Ich will nur meinen guten Ruf zurück. Meine Reputation. Und die bekomme ich, wenn ich wieder für Euch arbeiten kann. Das ist mein einziges Bestreben!«

Der Weihbischof starrte ihn angeekelt an. Er musste diesen Wurm loswerden – endgültig.

»Ihr zwingt mich, deutlicher zu werden«, sagte Eichler, als nichts von Förner kam, kein Laut, nicht einmal eine Geste. »Es gibt da ein kleines blondes Mädchen namens Lenchen in der Stadt, das Euer Mal am Hals trägt, das Mal, Monsignore, das Ihr so unbedingt verbergen wollt …«

»Schweigt!«

Ein Lächeln zuckte über Eichlers Gesicht. Wenn er bekommen würde, wonach ihn verlangte, würde er zum Heiligen Loch wallfahrten und dort alle Rosenkränze beten, das hatte er der Marienstatue im Dom gelobt.

» … und jetzt ist das kleine blonde Mädchen tot. Ganz Bamberg spricht von nichts anderem. Aber was glaubt Ihr, werden die Leute erst reden, wenn bekannt wird, dass sie Euer …«

»Was willst du?«, zischte Förner.

»Das hab ich bereits gesagt, in aller Bescheidenheit, aber ich wiederhole es gerne, sooft Ihr es wollt: Ernennt mich zu

Eurem Leibschneider. Auf Lebenszeit. Mehr verlange ich nicht.«

Der Weihbischof bewegte langsam den Kopf.

»Ihr seid einverstanden?«, sagte Eichler atemlos. »Tatsächlich einverstanden? Damit macht Ihr mich zum glücklichsten Mann Bambergs!«

Keuchend erreichte Apollonia Krieger das Haus des Braumeisters. Noch immer konnte sie nicht fassen, dass sie Kanzler Haag nicht angetroffen hatte, dieses eine Mal, wo sie ihn so dringend gebraucht hätte. Ihr Unbehagen ihm gegenüber war berechtigt gewesen. Es nützte nichts, sich auf die hohen Herren zu verlassen, wenn man in Not war – und das war sie!

Er sei nach Nürnberg gereist, zu seiner Mutter, hatte ihr die Magd gesagt, eine hochmütige Person in einem blauen Kleid, das aussah, als hätte sie es ihrer Herrschaft gestohlen. Ob sie etwas ausrichten solle?

Apollonia hatte sie wortlos stehen lassen, war weitergelaufen, hierher, hinunter in den Sand. Jetzt blieb nur noch Pankraz Haller, denn das gefaltete Schriftstück, das im Gebetbuch in ihrem Mieder brannte, musste sie auf alle Fälle loswerden.

Ob sie es nicht einfach in die Regnitz werfen sollte? Damit wäre freilich auch die Belohnung dahin, die der Kanzler ihr in Aussicht gestellt hatte.

All das Bangen und Warten – für nichts? Apollonia strich sich Haube und Schürze glatt und klopfte.

»Ich muss den Braumeister sprechen«, sagte sie, als eine Frau mit braunen Locken ihr die Türe öffnete. »Dringend.«

»Der Braumeister ist nicht zu Hause.«

»Wann kommt er wieder?« Apollonias Herz begann laut zu schlagen. Gleich zweimal hintereinander abgewiesen zu werden – so viel Unglück durfte einfach nicht sein!

»Das hat er nicht gesagt. Willst du warten?«

»Das kann ich nicht.« Sie musste sehen, dass sie so schnell wie möglich ins Pfarrhaus zurückkam. Dieser seltsame Bucklige mit den schiefen Zähnen, der sich an ihr vorbeigedrängt hatte! Vielleicht hätte sie die Schwelle doch besser verteidigen sollen. Der Weihbischof jedenfalls war bei seinem Anblick derart außer sich geraten, wie sie es noch nie bei ihm erlebt hatte. »Bist du seine Frau?«, fragte sie.

»Nein.« Ein belustigtes Lachen. »Obwohl das manche in der Stadt vielleicht glauben. Ich führe ihm lediglich den Haushalt. Was willst du von Haller? Hast du etwas zu bestellen?«

»Augenblick, ich denke, ich kann mich auch um die Frau kümmern!« Eine schlanke Rotblonde drängte die andere beiseite.

»Du willst zu meinem Vater?«, fragte sie Apollonia. »Dann herein mit dir!«

»Ich weiß nicht so recht …«

»Aber ich weiß. Ich bin Marie Sternen, die Tochter des Braumeisters. Komm!«

Marie zog die Zögernde in die Stube und schloss die Türe hinter ihr. Apollonia sah sie stumm an.

»Also, was ist?«, sagte Marie. »Du siehst aus, als hättest du etwas auf dem Herzen. Rede! Wir sind unter uns.«

»Es geht um Leben und Tod«, stieß Apollonia hervor. »Das hat der Kanzler gesagt.«

»Kilian Haag?«

Apollonia nickte.

»Du hast mit dem Kanzler geredet? Wann?«

»Immer wieder. Schon seit einiger Zeit. Ich … ich stehe in seinen Diensten, gewissermaßen. Und er hat auch gesagt, ich soll zum Braumeister gehen, wenn ich etwas Wichtiges für ihn habe und er nicht da ist. Jetzt ist er in Nürnberg, ausgerechnet heute. Und der Braumeister ist auch nicht da …« Sie brach hilflos ab, sah all die schönen Silbertaler für immer verschwinden.

»Aber ich bin da«, sagte Marie. »Und mein Vater vertraut mir in allen Dingen. Sag, warum gibst du mir nicht das Wichtige, das du bei dir trägst?« Sie streckte einladend die Hand aus. »Ich händige es ihm aus, sobald er kommt.«

»Versprochen?« Sie konnte es kaum erwarten, die elende Last loszuwerden.

»Versprochen!«

Apollonia Krieger fasste in ihr Mieder und zog das Gebetbuch heraus.

»Hier!« Sie reichte es Marie. »Und von wem bekomme ich jetzt meine Belohnung?«

»Ich versichere dir, dass der Kanzler sich an eure Abmachung halten wird. Sobald er zurück ist, werde ich dafür sorgen, dass du deine Belohnung bekommst.«

Wirklich zufrieden war Apollonia mit dieser Antwort nicht, aber sie war froh, den Beweis ihres Verrats nicht länger mit sich herumtragen zu müssen. Unwirsch verabschiedete sie sich und zog die Tür hinter sich zu.

Marie setzte sich und schaute einen Moment unschlüssig vor sich hin. Dann schlug sie das Buch auf und begann zu blättern.

»Du warst in seiner Kammer?« Hanna Hümlin stand plötzlich vor ihr wie eine Erscheinung. Marie ließ das Buch in ihren Schoß sinken.

»Das ist das Haus meines Vaters«, sagte sie. »Ich bin dir keine Rechenschaft schuldig.«

»Um nachzuprüfen, ob ich bei ihm schlafe?« Hannas Hand fuhr zum Bernsteinherz. Sie hatte es gerade erst angelegt. Um sich für diese Unterredung zu rüsten? Marie nahm die Provokation deutlich wahr. »Ist es das, was du herausfinden wolltest?«

Die beiden Frauen starrten sich an.

»Du könntest mich auch einfach fragen«, fuhr Hanna fort, »wenn die Neugierde dich schon derart plagt. Oder ihn. Anstatt heimlich herumzuschnüffeln. Nein, ich schlafe nicht bei ihm. Bist du nun zufrieden?«

»Ich hab nicht geschnüffelt«, verteidigte sich Marie. »Es ist mir egal, was du tust oder lässt.«

»Was dann?«

»Familienangelegenheiten«, sagte Marie steif. »Und jetzt möchte ich allein sein.«

»Du bist wegen dem kleinen Mädchen da, nicht wahr?«, sagte Hanna. »Die, die sie heute in Hallers altem Felsenkeller gefunden haben.«

»Sie haben sie gefunden? Bist du sicher? Darüber wird Selina aber froh sein!« Sie biss sich auf die Lippen. Was ging die Hümlin denn diese Geschichte an?

»Das glaube ich kaum«, sagte Hanna. »Denn die Kleine ist tot. Und jetzt heißt es, die Druten hätten sie …«

Schritte, dann stand Pankraz Haller in der Tür.

»Marie!« Sein Gesicht war aschfahl. »Hast du schon gehört?«

»Ja«, sagte sie, »gerade eben. Wie schrecklich, Vater! Wie kam sie denn in den Keller?«

»Ich weiß es nicht«, sagte er. »Es ist fürchterlich. Entsetzlich!« Sein Blick wurde flackernd. »Wo ist Selina? Zu Hause? Hast du sie gesehen?«

»Nein, den ganzen Nachmittag nicht mehr. Sie ist nach dem Mittagessen weggegangen, ohne mir zu sagen, wohin. Weshalb fragst du?«

»Weil die Hexenkommission sie vorladen will. Ich komme gerade von dort. Georg Schneider hat sie schwer belastet.«

Kratzen, als ob eine Katze Einlass begehrte.

Schlaftrunken öffnete Ava die Türe. Er lief so gebückt, kroch mehr, als dass er ging, dass sie ein paar Augenblicke brauchte, um zu erkennen, wer es war.

»Toni!« In ihren Armen fing sie ihn auf.

Er blieb ganz still, schmiegte sich an ihren Körper. Sie berührte vorsichtig seinen Kopf, seinen Hals, die schmale Brust.

Schmerzerfüllt zuckte er zusammen.

»Was haben sie mit dir gemacht?«, sagte Ava. »Du bist doch noch ein Kind!«

Er versuchte zu sprechen; es gelang erst beim zweiten Versuch.

»Ich muss wiederkommen. Ich bin nur auf Versprechen frei«, brachte er mühsam hervor. »Weil der schwarze Prediger mich schützt.«

»Aber erst einmal musst du essen und schlafen. Soll ich dich verbinden? Diese Schinder! Wie konnten sie dir das nur antun?«

Eine kraftlose kleine Geste. Sie brachte ihr Ohr näher zu seinem Mund.

»Gott sieht alles«, hörte sie ihn sagen. »*Alles!* Wusstest du das, Ava?«

Sie war so müde, dass sie kaum noch die Beine heben konnte, und der Heimweg erschien ihr endlos. Selina unter Verdacht – was sollten sie nur tun, um das Mädchen zu schützen?

Nicht einmal Pankraz hatte sie trösten können, obwohl er sich alle Mühe gegeben hatte, aber dazu war er selber zu tief in die Angelegenheit verstrickt. Tausend Möglichkeiten hatten sie erwogen und wieder verworfen und überm Grübeln die Zeit vergessen.

Auf der Oberen Brücke machte sie Halt, blickte hinunter ins Mühlenviertel. Der auffrischende Wind kühlte ihr erhitztes Gesicht. Unter sich hörte sie den Fluss rauschen, und das wehe Gefühl in ihrer Brust wurde stärker.

Wie sollte sie an der Seite von Veit kämpfen, wenn sie ihm nicht mehr vertrauen konnte?

Hufgeklapper schreckte sie auf.

Marie hob den Kopf, sah zwei Männer in dunklen Umhängen neben einer schwer beladenen Stute. Einer davon kam ihr bekannt vor. Die Haare, der Gang, das Profil!

Eine jähe Freude stieg in ihr auf.

»Simon«, sagte sie halblaut und begann loszulaufen. »Simon!«, rief sie. »Wie gut, dass du wieder da bist!«

Als sie die beiden fast erreicht hatte, blieb sie plötzlich stehen.

Den zweiten Mann kannte sie auch. Aber war das möglich?

Etwas zog ihr die Kehle zu. Seinen Namen konnte Marie nur noch flüstern.

»Adam? Adam!«

Am anderen Morgen fegte Hanna Hümlin die Stube aus, wie sie es jeden Tag tat. Sie war später dran als gewöhnlich, weil sie schlecht geschlafen hatte und mit trockenem Mund immer wieder aufgewacht war. Trotzdem öffnete sie das Fenster, ließ kalte frische Luft herein. Jede Bewegung schien über Gebühr Kraft zu kosten, ihre Glieder waren steif und schwer. Mühsam verschob sie den Tisch, um überall mit dem Besen hinzukommen, und rückte danach den Stuhl mit den Armlehnen beiseite, auf dem Marie gestern gesessen hatte.

Da lag etwas auf dem Boden – ein Stück gefaltetes Papier.

Sie hob es auf, sah es an. Es musste alt sein, denn der Untergrund war stockfleckig und bräunlich, die Tinte an einigen Stellen verschmiert oder zerlaufen.

Ob jemand darauf geweint hatte?

Hanna faltete es wieder zusammen und steckte es nach kurzem Überlegen in ihr Mieder. Sie konnte im Gegensatz zu Pankraz' hochmütiger Tochter Marie Sternen nicht lesen, die ihr gestern Abend nachdrücklich zu verstehen gegeben hatte, wer die Herrin im Haus war.

Aber sie wusste jemanden, der diese Fertigkeit beherrschte. Eine Frau, der sie vertrauen konnte. Zu ihr würde sie diesen Fund bringen. Sobald sie diese lästige Erkältung gründlich ausgeschwitzt hatte.

Drittes Buch

Roter Mond

Neun

Nacht für Nacht fahre der Teufel hinunter in die Erde, reite in den Bierkellern unter der Stadt auf glühenden Besen umher. Sein Thron sei ein schwarzer Sessel, und seine Augen strahlten so grell, dass niemand sein Gesicht sehen könne. Pechschwarz sei er gekleidet, der Fürst der Hölle, umgeben von seinen Druten. Auf Kinderfang seien diese Hexen aus, je jünger und unschuldiger, desto besser. Sie kröchen zu ihrem Herrscher, um ihm Opfergaben darzubringen, und würden dazu Knaben und Mädchen das Herz herausschneiden, bei lebendigem Leib. Später würfen sie ihre Opfer in den Fluss. An ihrer Stelle schickten sie dann kleine Dämonen in die Häuser der Menschen, um die Unschuldigen zu verderben bis in alle Ewigkeit …

Gerüchte wie diese machten die Runde, wurden weitergetuschelt hinter vorgehaltener Hand und dabei mit stets neuen, immer noch grässlicheren Einzelheiten ausgeschmückt. Inzwischen gab es zahllose Versionen über Lenchens Ende. Es half nichts, dass man die kleine Leiche in aller Stille an einem Ort beigesetzt hatte, der nur wenigen Ausgewählten bekannt war – denn Lenchen ging um, darüber waren sich alle einig. An den Ufern der Regnitz, am Stephansberg, im Mühlenviertel, vor allem aber um Mitternacht auf dem Domplatz wollte man sie gesehen haben, mit toten Augen und einer löchrigen Bettelschale in der Hand.

Natürlich schickte Ava die Kinder jetzt nicht mehr fort. Wohin hätten sie auch gehen sollen? Die alte Mühle war zugig und kalt; ohne eine Feuerstelle konnte dort niemand den Winter überstehen. Zudem stieg der Fluss schneller als in früheren Wintern, was sie nicht ohne Sorge beobachtete. Auch Reka schien zu bemerken, dass Ungewöhnliches vor sich ging. Seine nächtlichen Beutetouren fielen kürzer aus, und es gab Abende, wo sie schon nach kurzem wieder sein vertrautes Kratzen an der Türe hörte. An die neuen Bewohner hatte er sich rasch gewöhnt. Nach wie vor ließ der zahme Otter sich besonders gern von Kuni kraulen, hatte aber auch nichts dagegen, wenn einer der Jungen ihn streichelte.

Auf engstem Raum lebten sie nun zusammen, obwohl Ava es vorgezogen hätte, die stillen Wintermonate allein zu verbringen. Stattdessen hatte sie Lenz und Kuni ihr Bett in ein kleineres Zimmer hieven lassen und die frühere Schlafkammer an die Kinder abgetreten. Zwei alte Holzgestelle, ein paar Strohsäcke und Decken, mehr hatte sie nicht anzubieten, aber die Kinder waren damit zufrieden. Manchmal fand Ava morgens ein Knäuel aus Armen und Beinen, als sei über Nacht aus den vieren ein einziges Wesen geworden.

Die Kinder stritten sich nicht mehr; sogar die Kabbeleien zwischen Kuni und Lenz hatten aufgehört, und manchmal sehnte sich Ava nach den alten, übermütigen Zeiten zurück. Jetzt gingen sie so vorsichtig miteinander um, als könne schon ein Wort zu viel das fragile Gleichgewicht ins Schwanken bringen. Weinen sah sie keinen von ihnen, aber Kuni wirkte in sich gekehrt, Lenz schaute fast immer abwesend drein, und Nacht für Nacht war das Laken unter Kaspar nass. Toni hatte angefangen, schlafzuwandeln, stand zitternd im Raum, rang nach Luft. Ava wusste sich nicht anders zu helfen, als ihm einen Eimer vor das Bett zu stellen, damit sie wenigstens wach wurde, sobald er hinauspolterte.

Mehrfach hatte ihn die Malefizkommission in der Alten Hofstatt vernommen, doch seit jenem Abend, wo er in ihren Armen zusammengebrochen war, verriet Toni nichts mehr darüber. Sie spürte trotzdem, wie groß seine Last war, wie schwer sie seine schmalen Schultern drückte. Ava hatte sich ihren eigenen Reim darauf gemacht. Was Toni schützte, war seine Stimme, an der der Weihbischof offenbar ganz besonderen Gefallen gefunden hatte. Solange Toni also sang, war er in Sicherheit. Deshalb kochte sie ihm starken Salbeitee, als er sich erkältet hatte, legte ihm einen Umschlag mit warmen Zwiebeln um den Hals und ließ ihn erst wieder aus dem Bett, als eine Spur von Rot auf seine Wangen zurückgekehrt war.

»Sie waren hinter dir her«, sagte er eines Morgens, als die anderen zum Holzsammeln gegangen waren. Er saß auf der Bank und kaute an einem harten Brotkanten, während Ava Schwarzwurzeln geschält hatte, um den Speiseplan zu bereichern. Nun schrubbte sie sich die Hände mit Asche, um die hartnäckigen braunen Flecken wegzubekommen. »Die Herren Hexenkommissäre.«

»Ich weiß«, sagte Ava. »Man hat mich schon gewarnt.«

»Aber sie werden dir nichts tun, Ava! Dafür hab ich gesorgt. Ich hab ihnen nämlich gesagt, dass du keinem schadest. Weil du keine Drute bist. Und dass du nie im Leben irgendwo Hexentöpfe vergraben würdest.«

»Wer hat das denn behauptet?«, sagte Ava.

Für einen Moment sah sie wieder Flammen auflodern, und die altbekannte Angst stieg in ihr hoch. Sie bemühte sich, ruhig zu bleiben. Was sie erlebt hatte, war lange vorbei. Auch wenn sie jetzt ebenso schwanger war wie ihre Mutter damals.

»Die Frau vom Pacher – das ist eine ganz freche Lügnerin! Ich hab mit eigenen Augen gesehen, wie sie den Topf vor ihrem Haus verbuddelt hat. Das hab ich denen von der Kommission gesagt. Und sie haben mir geglaubt.« Er ließ sein Brot sinken und schaute sie an. »Der schwarze Prediger sowieso. Der weiß genau, dass ich die Wahrheit sage. Der andere, der, der neu in der Stadt ist, glaubt mir übrigens auch. Sonst hätten sie die Pacherin bestimmt nicht eingesperrt. Und dich werden sie nicht einsperren!«

»Dann bist du ja mein Schutz, Toni«, sagte Ava. »Mein großer Held!«

»Über dich wollen sie jetzt gar nichts mehr wissen. Ich soll nur noch über die Taube reden. Dabei weiß ich gar nicht viel über sie. Wahrscheinlich denken sie, dass sie Lenchen auf dem Gewissen hat.«

»Glaubst du das auch?« Ava stellte die Hafersuppe beiseite, damit sie nicht überkochte. »Hast du Selina schon einmal danach gefragt?«

»Nein. Wieso denn? Wenn sie es war, würde sie es mir doch bestimmt nicht erzählen.«

»Und wenn sie unschuldig ist?«

Das taube Mädchen war Veits Tochter, und vielleicht war das Kind, das in ihrem Bauch wuchs, ein Geschwisterchen. Vor ein paar Tagen hatte Ava zum ersten Mal eine Bewegung gespürt, ein zartes Flattern, das sich nach einer kurzen Pause wiederholt hatte. In der Nacht war es stärker geworden. Sie war ganz still liegen geblieben, die Hände auf dem Bauch, während ein starkes, warmes Glücksgefühl sie durchströmte.

Ava strich Toni über den Kopf, als sie jetzt wieder daran dachte, und der Junge, den die Tage im Bett noch magerer gemacht hatten, schien ihrer Hand geradezu entgegenzuwachsen.

»Mit dem Beschuldigen ist es so eine Sache, Toni«, fuhr sie fort. »Manchmal täuscht man sich. Das kommt häufiger vor, als man denkt. Man weiß etwas nicht genau, oder man zieht die falschen Schlüsse. Du willst doch sicher nicht, dass Selina für etwas bestraft wird, das sie nicht getan hat?«

»Nein, aber Lenchen und sie *waren* doch zuletzt im Felsenkeller! Und Selina wohnt doch in der Langen Gasse, dort, wo auch all die anderen Druten zu Hause sind.«

»Wer sagt so etwas?« Avas Augen blitzten. »Wer hat dir das über die Druten erzählt?«

»Das darf ich dir nicht sagen.« Toni senkte den Kopf.

»Hat das der schwarze Prediger verboten?«

Keinerlei Reaktion.

»Wenn du nichts sagen darfst, kannst du wenigstens nicken.«

Eine winzige Bewegung.

»Dein Prediger glaubt so fest an Druten, dass er sie überall sieht«, sagte Ava. »Wenn man so inbrünstig nach Zeichen sucht wie er, dann kann es schon mal geschehen, dass man ...«

Toni hatte den Kopf gehoben, starrte sie mit aufgerissenen Augen an.

»Du weißt es?«, flüsterte er. »Aber ich hab doch gar nichts gesagt – nicht ein einziges Wort!«

»Was soll ich wissen, Toni?«, fragte Ava. »Wovon redest du?«

»Nichts.« Er sah aus, als hätte man ihn geprügelt. Dann fuhr er sich schnell mit der Hand über den Mund, als könne er damit das Gesagte wegwischen.

Bevor Ava noch etwas tun konnte, sprang er auf und rannte nach draußen.

Maries Augen und Haare kamen ihm blasser vor als früher, das Strahlende, Lebendige, das ihn früher so fasziniert hatte, fehlte. Dennoch lag eine Entschlossenheit in ihrer Haltung, die ihm gefiel.

»Herein mit dir!« Adam trat zur Seite. »Ich hatte dich eigentlich schon eher erwartet.« Er lächelte. »Der Fürstbischof hätte mich natürlich am liebsten im Jesuitenkolleg gesehen. Aber ich konnte ihn davon überzeugen, dass ich angesichts der besonderen Umstände in meinem alten Elternhaus besser untergebracht bin.«

Ihre Augen glitten durch den niedrigen Raum, der ihr bis auf ein paar Kleinigkeiten unverändert schien. Den großen

Tisch, auf dem sich Aktenstöße und Dokumente häuften, hatte man wohl erst für ihn hereingetragen. Der dreibeinige Holzschemel davor sah unbequem aus. Und wie schmal ihr das Bett vorkam, das unter der Schräge stand! Marie war nur wenige Male hier oben gewesen, über dem Stall des Gasthauses *Zum Blauen Löwen*, wo Adam seit seiner Rückkehr wohnte, und sie errötete, als sie sich daran erinnerte.

»Vielleicht hätte ich besser nicht kommen sollen.«

»Was könnte verkehrt daran sein, einen alten Freund zu begrüßen?«

»Bist du das denn noch?« Marie musste die Hände zu Fäusten ballen, um ein Zittern zu unterdrücken.

»Was sonst?« Sein Lächeln bekam etwas Schiefes.

»Ein gelehrter Herr Hexenkommissar, der über das Schicksal Unschuldiger befindet.«

»Ich bin nur ein Beobachter, Marie, nichts weiter. Ich versuche mein Bestes. Aber ich weiß natürlich, dass es niemals genug sein kann.«

»Immerhin bestellt vom Fürstbischof höchstpersönlich, wie man allerorten hört.«

»Bestellt von Fuchs von Dornheim, der, wie man ebenfalls allerorts hört, bei deinem Mann eine stattliche Krippe in Auftrag gegeben hat.« Über die anderen, die ihn ebenfalls gerufen hatten, um das Schlimmste abzuwenden, durfte er nichts sagen, das hatten sie sich zur gegenseitigen Sicherheit feierlich gelobt.

Er trat einen Schritt auf sie zu.

»Bist du glücklich mit ihm, Marie?«

Sie starrte auf seine Schultern, die Arme, die sie vor einer halben Ewigkeit zärtlich umfangen hatten. Es war beinahe, als ob Adam sie wieder berührt hätte, so, wie kein anderer es jemals vermocht hatte – nicht einmal Veit. Da waren plötzlich Tränen, tief in ihrem Hals. Und ein klebriger Kloß, der ihr das Atmen schwer machte.

Sie hob ihr Kinn, wie sie es schon als Mädchen getan hatte. Löwen und Störche passten nicht zusammen. Es hatte keinen Sinn, sich Illusionen zu machen.

»Veit ist mein Mann – und Selina seine Tochter. Du musst ihr helfen!«

»Das versuche ich.« Adams Miene hatte sich verdüstert. »Mit allem, was in meinen Möglichkeiten steht. Aber die Zeit rennt uns davon, und das Mädchen macht es mir nicht gerade einfach. Selina sagt nur sehr wenig …«

»Sie ist taub, das weißt du doch!«

»Aber nicht stumm. Wenn sie will, kann sie ganz gut reden. Außerdem hab ich ihr gestattet, die Tafel zu benutzen. Wieso macht sie dann keinen Gebrauch davon? Was wir wissen, ist, dass sie die Kinder in den Felsenkeller deines Vaters geführt hat. Dort haben sie ein Fass angezapft und sich gemeinsam betrunken. Aber was ist danach geschehen? Selina bleibt dabei, Lenchen habe noch gelebt, als sie den Keller verlassen hat.«

»Welchen Grund sollte sie haben zu lügen?«

»Dazu fällt mir eine ganze Menge ein! Aber gesetzt den Fall, es stimmt, was sie behauptet, was hat sie dann am anderen Morgen wieder dorthin getrieben? Denn dass sie dort war, steht fest. Wir haben einen glaubwürdigen Zeugen. Und selbst wenn man das alles einmal außer Acht ließe: Selina lässt ein kleines Kind mutterseelenallein in einem finsteren, kalten Keller zurück? Weshalb, Marie? Was hat sie dazu veranlasst? Das ist kein unschuldiges Spiel!«

»Aufbrausend kann sie sein, trotzig, eigensinnig. Aber gemein oder hinterhältig ist sie nicht. Ich kann es mir einfach nicht erklären!«

»Wir sind noch lange nicht am richtigen Punkt, das ist mein Gefühl. Es steckt etwas in Selina, ein Geheimnis, etwas, das sie nicht verraten will. Ich bin überzeugt, sie weiß sehr viel mehr, als sie sagt. Das werden wir aus ihr herausbringen müssen – so oder so.«

»Meinst du damit etwa Förner? Ich hab ihn einmal predigen hören, das hat mir bis heute gereicht!«

»Über den Weihbischof kann und darf ich in diesem Zusammenhang nichts sagen, das musst du verstehen. Lass uns lieber bei Selina bleiben! Ich weiß nicht, ob sie wirklich begreift, was ihr droht. Wenn ich nicht weiterkomme, wird Vasoldt meine Arbeit fortsetzen – mit seinen Methoden.« Sein Ton wurde eindringlich. »Und wenn du es noch einmal versuchst, Marie? Sprich mit ihr. Sage ihr in aller Deutlichkeit, was ihr bevorsteht! Sie muss endlich begreifen.«

»Ich? Daraus wird nichts!«

»Ich fürchte, du hast keine andere Wahl. Wäre der Fürstbischof nicht erpicht auf das Bier deines Vaters und auf die Krippe deines Mannes, Selina säße längst im Loch. So stehen doch die Dinge.«

»Das weiß ich auch. Ich kann zwei und zwei zusammenzählen. Aber Selina wird sich mir trotzdem nicht öffnen. Niemals!«

»Weshalb? Du bist doch ihre Mutter, hast sie aufgezogen wie ein eigenes Kind.«

Ein eigenes Kind! Was wusste Adam schon von ihren Hoffnungen, ihren Schmerzen? Dass sie nach wie vor ihren Bauch beobachtete, morgens, abends, immerzu. Doch er blieb hart und flach, nichts Weiches machte ihn rund, kein Leben wuchs in ihm. Ihr Körper führte ein Eigenleben, nur darauf aus, sie Monat für Monat aufs Neue mit seinem Blut zu beschämen.

»Sie hat mich niemals als Mutter akzeptiert.« Maries Stimme zitterte leicht. »Seit geraumer Zeit verschließt sie sich sogar vor Veit. Und selbst Simon …«

»Was ist mit Simon?«, sagte er schnell.

»Ich denke, das weißt du am besten«, sagte sie mit klopfendem Herzen. »Ihr seid zusammen aus Italien gekommen. Eine lange Reise. Reichlich Gelegenheit, sich auszutauschen.«

»Simon ist kein großer Redner.« Sein Gesicht war plötzlich angespannt. »Natürlich hat er von sich erzählt. Aber ich wüsste nicht, was ich dir über unsere Gespräche sagen sollte.«

»Vielleicht, warum du ihm den Ring gegeben hast.« Sie sah ihn furchtlos an. »*Meinen* Ring. Weiß Simon das eigentlich?«

»Ich hab ihm von uns erzählt, aber das mit dem Ring ...« Adam schüttelte den Kopf. »Nein, das weiß er nicht.«

»Und weshalb nicht, Adam?«

Er hatte sich von ihr abgewandt, starrte aus dem Dachfenster. »Simon hat mir erst von eurer Verwandtschaft erzählt, als der Ring bereits an seinem Finger steckte.«

»Du weichst aus«, sagte sie in seinen Rücken hinein, der in einem braunen Wollrock steckte. Starke Schultern, schlanke Hüften. Volles Haar. Jemand, nach dem man sich umdrehte – Frauen wie Männer. Niemand hätte ihn für einen Kirchenmann gehalten, auch daran hatte sich nichts geändert. »Du bist immer ausgewichen, Adam Thies. Könnte es sein, dass du ein Feigling bist?«

Er blieb stumm.

»Bist du deshalb aus Bamberg geflohen, ohne ein Wort, ohne Abschied?«

»Du weißt genau, warum ich wegmusste.«

»Hast du mich wenigstens geliebt?«, sagte sie.

»Natürlich! Aber ich hatte eine Entscheidung getroffen – für den Orden und damit gegen dich.«

»Weshalb? Um Gott nah zu sein? Oder weil dich insgeheim die Nähe männlicher Ordensbrüder mehr angezogen hat als die eines naiven Mädchens?«

»Sei still!« Er fuhr zu ihr herum.

»Das war ich viel zu lange«, sagte Marie. »So still, dass ich fast verrückt geworden bin vor Kummer. Gesucht hab ich dich, in jedem Stück Himmel, jedem Windhauch, jedem Stein. Aber irgendwann ist es leichter geworden in mir und ruhiger. Ich konnte wieder lachen, der Himmel bekam seine

Farbe zurück. Ich hab den Wind auf meiner Haut gespürt, das Rauschen des Flusses gehört.«

Sie strich sich das Haar aus der Stirn.

»Eines Tages war ich zu meinem eigenen Erstaunen sogar imstande, mich wieder zu öffnen. Und Veit kam nicht allein. Ich bin noch heute froh darüber, auch wenn das Mädchen es mir schwer macht. Mit Simon hab ich mich auf Anhieb verstanden. Inzwischen ist er mir noch enger ans Herz gewachsen, ist wie ein jüngerer Bruder für mich, ein Vertrauter – ein Freund.« Ihr Mund wurde schmal. »Ich dulde nicht, dass du ihm wehtust, Adam.«

»Nicht nur du hast gelitten, Marie. Der Zwiespalt hat auch mich jahrelang gequält. Erst als ich Simon traf, wusste ich, dass …«

»Aber du brichst dein Gelübde ja schon wieder!«, fuhr sie ihn an. »Zuerst betrügst du Gott mit mir, dann mich mit ihm, und was tust du jetzt? Damals warst du ein junger Mann, der sich berufen fühlte. Aber heute bist du ein Mönch, ein Priester!«

»Ja, doch zu welchem Preis? Du hast keine Vorstellung, was ich alles gesehen habe!« Er streckte die Hände nach ihr aus. »Die Scheiterhaufen in Köln, die endlosen Prozesse, diese entsetzlichen Benennungen. Die Menschen sind wie von Sinnen, Marie! Ein Brand hat das ganze Land erfasst, hat *viele* Länder erfasst und schwelt weiter. Nur ein Windstoß – und das Schrecklichste kann passieren. Ich quäle mich, denn es ist schwierig, einen Gott zu lieben, der das alles zulässt. Aber sag: Ist es nicht noch unendlich viel schwieriger, Menschen zu lieben, die so etwas in seinem Namen anrichten?«

»Und deshalb hast du dir ausgerechnet Simon ausgesucht? Um ihm zu beweisen, dass du nicht mehr lieben kannst?«

»Du willst mich nicht verstehen«, sagte Adam. »Simon bedeutet mir alles. Weshalb machst du es mir so schwer?«

»Du lügst«, sagte sie kalt. »Sonst würdest du nicht mit seinem Leben spielen. Wenn herauskommt, was ihr miteinander treibt, ist er verloren. Mit deinem Leben kannst du anstellen, was du willst. Aber willst du aus freien Stücken seinen Tod in Kauf nehmen?«

»Nein. Niemals! Wie kannst du so etwas sagen?«

»Dann lass ihn leben. Und sieh zu, dass Selina entlastet wird, denn sonst wird er niemals wieder froh werden können.«

Sie musterten sich schweigend.

»Und wenn ich es nicht kann?«, sagte Adam Thies schließlich. »Was, Marie, wenn ich dafür nicht stark genug bin?«

Sie wandte sich um, ging zur Türe. Auf der Schwelle drehte sie sich noch einmal um.

»Du musst, Adam«, sagte sie. »Seinetwegen.«

Lenchen war immer bei ihr, im Wachen, im Schlafen, bei jeder Bewegung, sogar wenn sie den Atem anhielt. Es fühlte sich an, als sei sie ihr tief unter die Haut gekrochen, habe sich eingenistet in ihrem Körper. Wenn Selina die Nase an ihren Arm presste, roch sie wieder die Kleine, ihren flachen, leicht säuerlichen Duft. Es kam ihr vor, als sei sie selber geschrumpft und gleichzeitig härter dabei geworden. Und manchmal, wenn sie ihren Kopf berührte, spürte sie keine weichen Locken mehr, sondern widerspenstige Stoppeln, auf denen ein rotes Häubchen saß.

Anfangs hatte sich Selina dagegen gewehrt, hatte Weidenruten zu einem Kummerbesen geflochten und ihn heimlich vor dem Hauptaltar im Dom abgelegt, in der Hoffnung, dadurch befreit zu werden. »Du bist tot!«, sagte sie. »Hau ab – und lass mich endlich in Ruhe!«

Inzwischen wusste sie, dass es sinnlos war. Lenchen war ein Teil ihrer selbst geworden und schuld daran, dass Selina eine unsichtbare Mauer von den Menschen trennte, die sie bisher geliebt hatte. Am deutlichsten spürte Selina das, wenn Simon mit ihr sprach.

»Du musst mir die Wahrheit sagen, Selina! Nur so kann ich dir vielleicht helfen. Was hast du mit der Kleinen im Keller angestellt? Was hattet ihr beide dort überhaupt zu suchen?«

Sie sah, wie sein Mund sich bewegte, aber seine Worte erreichten nicht mehr ihr Herz. Sollte sie ihm von dem roten Häubchen erzählen, das sie gesucht hatten, oder von den hässlichen Gedanken, gegen die sie sich nicht wehren konnte? Sollte sie ihm sagen, dass sie nur mitgegangen war, um Lenz nicht zu enttäuschen und vor Kuni das Gesicht zu wahren? Er würde ihr ohnehin nicht glauben, das wusste sie und blieb deshalb lieber stumm.

»Ich hab dir doch gesagt, dass du dich von diesen schmutzigen kleinen Bettlern fern halten sollst. Immer wieder hab ich dich gewarnt. Warum hast du nicht auf mich gehört?«

»Ich weiß es nicht, Simon«, war alles, was sie schließlich herausbrachte. »Quäl mich nicht!«

Er wandte sich ab, und Selina tat es weh, dass ihretwegen seine Freude verblasst war, jenes geheimnisvolle innere Strahlen, mit dem er aus Italien zurückgekehrt war. Früher hätte sie den Grund dafür längst ausspioniert, wäre dem großen Bruder so lange gefolgt, bis sie Bescheid gewusst hätte. Jetzt aber vergrub sie sich im Haus und bangte vor der drohenden Strafe. Ihrer gerechten Strafe, wie sie zu wissen glaubte. Denn hätte sie Lenchen nicht allein im Keller zurückgelassen, wäre der Bankert ihres Vaters noch am Leben.

Natürlich wuchs ihre Angst, wenn die Büttel sie in die Alte Hofstatt brachten. Vernommen wurde sie in einem kleinen Raum im Erdgeschoss, nicht im Keller, wo die peinlichen Befragungen durchgeführt wurden. Körperlich tat man ihr kein Leid an, *noch nicht*, wie der Malefizkommissar dünnlippig zu versichern pflegte, aber die endlosen Verhöre waren auch so qualvoll genug.

Alles wäre noch unerträglicher gewesen, hätte nicht Pater Thies, dessen kluge, hellbraune Augen sie so zwingend ansehen konnten, die Fragen gestellt. Er bemühte sich, deutlich zu sprechen, ganz im Unterschied zu dem anderen, der zum Glück nur manchmal auftauchte, dann aber keifend im Raum auf und ab ging und nicht kapieren wollte, dass sie nur dann von den Lippen lesen konnte, wenn man sich ihr zuwandte. Zudem trank er; das hatte sie schnell gemerkt, nicht nur, weil er nach Fusel stank, sondern allein schon an seinen fahrigen Gesten.

Vasoldt hasste sie. Vielleicht, weil sie taub war, vielleicht, weil er ihre Schuld riechen konnte so wie sie seinen Schnaps. Vielleicht aber auch, weil Pankraz Haller ihr *nonno* war. Vasoldts gelbes Gesicht wurde noch grimmiger, sobald die Rede auf ihn kam, und Selina biss sich auf die Lippen, um nicht ein Wort zu viel zu sagen. Daran konnte nicht einmal der Weihbischof etwas ändern, der nur einmal dazwischengefahren war, wie ein magerer, schwarzer Geist, und sie zutiefst erschreckt hatte.

Aber auch vom *nonno* trennten sie jene unsichtbaren Nebelwände, die sich immer enger um sie schlossen. Sie hatte ihn hintergangen, belogen und enttäuscht, und obwohl er behauptete, er habe ihr verziehen, glaubte sie ihm nicht.

Wie denn auch?

Er hätte ihr niemals vergeben, hätte er die ganze Wahrheit gewusst: dass sie schuld war am Tod Lenchens, ihrer Halbschwester.

Selina hätte es herausschreien mögen, aber dazu fehlte ihr der Mut. Einmal nur besaß sie die Kraft, sich aufzuraffen und den Weg zur Heidmühle anzutreten. Aber bevor sie noch die Türe aufstieß, wusste sie bereits, was sie dort antreffen würde – nichts als Fledermauskötel, Schmutz, Leere.

Nun hatte sie Lenz für immer verloren.

Allein der Gedanke bewirkte, dass sie sich noch elender fühlte. Wie behutsam er Lenchen im Felsenkeller getragen hatte! Wie er ihr untersagt hatte, der Kleinen Angst zu machen. Was er jetzt wohl über sie dachte? Bestimmt hielt er sie für ein Ungeheuer in Menschengestalt!

Das traurige Gesicht von Lenz machte ihm zu schaffen, die hängenden Mundwinkel, die Augen, aus denen jedes Leuchten verschwunden war. Und Avas Worte gingen Toni auch nicht mehr aus dem Sinn.

Was, wenn Selina unschuldig ist?

Vielleicht hätte er die Taube sogar gefragt, hätte er sie irgendwo getroffen, aber er entdeckte sie nirgends. Sooft Selina ihnen früher scheinbar zufällig über den Weg gelaufen war, so unsichtbar machte sie sich jetzt, und in die Lange Gasse, zu ihrem Haus zu gehen, traute er sich nicht.

»Wieso kommst du nicht mit in die Kirche?«, fragte er Lenz, bevor er sich auf den Weg nach St. Martin machte. »Mein neues Lied wird dir gefallen.«

»Ich mach mir nicht viel aus Weihrauch und Gesängen«, murmelte Lenz.

»Es handelt von der Muttergottes. Sie geht durch einen dornigen Wald und trägt ein Kindlein unter dem Herzen …«

»So wie Ava«, unterbrach ihn Lenz.

»So wie Ava«, bekräftigte Toni. »Auch wenn sie nicht mit uns darüber spricht. Warum tut sie das wohl nicht, Lenz? Was meinst du?«

»Ava wird schon wissen, was sie tut.«

Toni nickte. Lenz konnte die Dinge genau auf den Punkt bringen, das mochte er ganz besonders an ihm.

»Meinst du, wir müssen fort, wenn sie es geboren hat?«, fragte er weiter.

»Weiß ich nicht«, sagte Lenz. »Aber es wird ohnehin noch dauern. Bis weit hinein ins Frühjahr, wenn ich richtig liege. Und bis dahin tut sich sicherlich etwas Neues auf.«

»Du kennst dich damit aus? Damit, wie die Kinder kommen, meine ich.«

»Ein wenig.« Zum ersten Mal seit langem lächelte Lenz wieder. »Rechnen kann ich jedenfalls.« Schnell wurde seine Miene wieder düster.

»Sie fehlt dir«, wagte Toni den Vorstoß.

»Wer?«

»Selina. Du vermisst sie. Du sagst nur nichts, weil du Kuni nicht verärgern willst. Hab ich Recht, Lenz?«

»Vor Kuni hab ich keine Angst, merk dir das! Ich mag nur nicht, wenn jemand ungerecht behandelt wird«, sagte Lenz. »Kuni hat Selina noch nie leiden können, schon von Anfang an. Und jetzt gibt sie ihr die Schuld an Lenchens Tod. Aber ich bin nicht davon überzeugt. Wieso hätte Selina so etwas machen sollen? Lenchen hat ihr doch gar nichts getan!«

»Das hat Ava auch gesagt«, sagte Toni. »Dass man sehr vorsichtig sein muss mit dem, was man zu wissen glaubt. Weil es manchmal ganz anders sein kann.«

»Das hat Ava gesagt?«

»Ja. Erst vor ein paar Tagen.« Toni packte die Weidenrute, die er geschnitten und geschält hatte, und hieb damit auf einen Stein. »Vielleicht heißt es ja nichts, dass sie auch in der Langen Gasse wohnt«, fuhr er fort. »Vielleicht hat es ja gar nichts zu bedeuten.«

»Was sollte es schon zu bedeuten haben?« Lenz klang plötzlich interessierter.

»Dass Selina eine Drute ist.«

»Das glaubst du doch wohl selber nicht!«

»Nein«, sagte Toni nach einer Weile. »Inzwischen eigentlich nicht mehr. Denn manche Leute sagen ja auch, dass Lenchen eine Drute gewesen sei. Und das stimmt nun wirklich nicht.« Er machte eine bedeutungsvolle Pause, aber etwas in ihm drängte, weiterzusprechen, es auszusprechen.

»Was ist?«, sagte Lenz. »Wieso bist du auf einmal stumm wie ein Fisch?«

»Du erinnerst dich doch noch an ihr Mal?«

»Klar. Was soll damit sein?«

Sollte er wirklich weiterreden? Lenz war sein Freund, eine Art großer Bruder, und wenn er einem vertrauen konnte, dann ihm.

»Der schwarze Prediger hat das gleiche«, sagte Toni. »Sogar an der gleichen Stelle. Und der ist bestimmt keine Drute – der jagt sie doch!«

»Bist du sicher?«, sagte Lenz.

Toni nickte.

»Ich hab es selber gesehen. Aber verraten darfst du es niemandem. Keiner Menschenseele.«

Er warf die Weidenrute weg. Morgen würde er sich eine neue machen, oder übermorgen. Die Winterabende waren dunkel und langweilig, da war es gut, wenn man etwas zu tun hatte. Sollte er ihm jetzt vom Teufel erzählen? Auch da begannen sich seine Zweifel zu häufen. Der Mann, den er dafür gehalten hatte, schaute ihn jedes Mal so freundlich an, wenn er zum Singen kam. War das nur eine neue Taktik – oder lag Toni mit seiner Furcht vor ihm völlig daneben? Er entschloss sich, das schwierige Thema heute noch nicht anzusprechen.

»Kannst dich auf mich verlassen«, sagte Lenz.

Toni fühlte sich erleichtert, trotz allem.

»Kommst du jetzt mit zur Kirche? Ich muss mich beeilen, sonst fangen sie ohne mich an. Und dann wird der schwarze Prediger wieder wütend.«

»Warum eigentlich nicht?«, erwiderte Lenz.

Das Kirchenschiff von St. Martin lag in vollkommener Dunkelheit. Erst als Toni zu singen begann, flammte die erste Kerze auf.

»Maria durch ein' Dornwald ging. Kyrie eleison …«

Ein Raunen ging durch die Reihen, wie aus einer einzigen Kehle. Die erste Strophe war bereits vorüber, bis sie den Mut fanden einzustimmen, dann aber taten sie es.

»Was trug Maria unter ihrem Herzen? Kyrie eleison …«

Förner wartete nicht das Ende des Liedes ab. Schneidend fuhr seine Stimme nach der zweiten Strophe dazwischen. Er hatte die halbe Nacht in der Bibel gelesen, um sich schließlich für diese Stelle bei Matthäus zu entscheiden:

»Der, der den guten Samen kennt, ist der Sohn des Menschen. Der Acker ist die Welt; der gute Same, das sind die Söhne des Reiches. Das Unkraut sind die Kinder des Bösen; der Feind, der es aussäte, der Teufel …«

Jeder wusste, wovon er redete. Die Furcht wuchs in Bamberg, manchmal glaubte er, sie mit Händen greifen zu können. Aber er war noch längst nicht am Ziel. Noch stieg kein reinigender Rauch zum Himmel auf. Noch musste er warten.

Wie lange noch?

»… der Sohn des Menschen wird seine Engel aussenden, und sie werden aus seinem Reich alle sammeln, die ein Ärgernis sind und die, welche tun, was wider das Gesetz ist, und werden sie dann in den Feuerofen werfen …«

Berauscht von der Wirkung seiner Worte, ging er nach der Messe in die Sakristei. So konzentriert wie heute war er lange nicht mehr gewesen, so brennend, so voller Leidenschaft.

»Die Glut des Glaubens«, murmelte er und spürte genussvoll das unbarmherzige Wirken des Stachelfreundes an seinem Schenkel, wo inzwischen Geschwüre eiterten. »Sie allein kann unsere Rettung sein.«

Alles verlief nach Plan. Die Restaurierung seiner Kirche neigte sich dem Ende zu. Die neuen Fenster waren eingesetzt, der Glockenturm renoviert. In wenigen Tagen würde seine Spitze in frischer Vergoldung erstrahlen.

Gabriel Hofmeister empfing ihn an der Türe. Hinter ihm wartete ein massiger, gedrungener Mann.

»Wieso hast du ihn ...«, konnte Förner gerade noch sagen, da warf sich der Eindringling schon vor ihm auf die Knie.

»Für mein armes Weib bitte ich, Monsignore«, stammelte er. »Ihr dürft ihr nichts antun. Agnes ist unschuldig – ich weiß es!«

Förner starrte auf den wulstigen Nacken. Als er den Kopf hob und mit nassen Augen zu ihm aufsah, erkannte er ihn.

»Steht auf, Pacher«, sagte er angewidert. »Benehmt Euch wie ein Mann!«

Harlan Pacher rührte sich nicht von der Stelle. »Erst, wenn Ihr mir meine Agnes wiedergebt!«

»Das zu entscheiden ist Aufgabe der Malefizkommission«, sagte Förner. »Sie wird das richtige Urteil fällen.«

»Welches Urteil?«, jammerte Pacher. »Drei kleine Kinder weinen zu Hause nach ihrer Mutter – das Jüngste nicht einmal ein Jahr!«

»Daran hätte sie früher denken sollen. Und Ihr, Pacher, solltet ebenfalls zur Vernunft kommen. Fasst Euch. Sonst müsste ich meine Konsequenzen ziehen. Schließlich gibt es noch andere Holzhändler in Bamberg und Umgebung.«

Ein Ruck schien durch Harlan Pacher zu gehen. Die Aufträge für die Zeiler Scheiterhaufen hatten ihm ordentlich Geld eingebracht. Förner hatte ihm eingeschärfte, die Angelegenheit diskret zu behandeln, und er hatte sich daran gehalten. Aber wenn Förner sich nicht mehr an ihre Abmachung gebunden fühlte, wieso sollte er es dann tun?

»Meine Agnes verschachere ich nicht für ein paar lumpige Fuder Holz.« Er erhob sich schwerfällig. »Außerdem dürft Ihr sie nicht länger eingesperrt halten – sie ist nämlich schwanger!«

Förner erstarrte. »Davon ist mir nichts bekannt«, sagte er steif.

»Aber ich weiß es. Es ist wahr – bei meinem Leben. Lasst meine Frau frei. Sie ist in der Hoffnung mit unserem vierten Kind!«

Später wusste der Weihbischof nicht mehr genau, wie es ihm gelungen war, sich aus dieser Zwickmühle zu befreien. Denn kaum war er zu Hause angelangt, bedrängte ihn bereits Apollonia Krieger.

»Schon wieder dieser Eichler«, sagte sie verdrießlich.

Seit Gundels Brief spurlos verschwunden war, war sie ihm noch unangenehmer als bisher. Er hatte sie eine Weile schärfstens beobachtet, war jedoch zu dem Ergebnis gelangt, dass sie viel zu töricht sei, um etwas damit zu tun zu haben. Er würde weitersuchen, und wenn er das ganze Haus auf den Kopf stellen musste.

»Mit neuen Gewändern.« Sie war noch nicht fertig. »Wenn Ihr ihn nicht sehen wollt, so sagt es ihm gefälligst selber. Auf mich hört er nämlich nicht.«

Es blieb ihm nichts anderes übrig, als Lorenz Eichler zu empfangen. Er wählte dazu das kleinste, engste Zimmer, kaum mehr als eine Kammer. Dem Schneider schien es nichts auszumachen. Über seinem Arm hing mindestens ein Dutzend neuer Soutanen, glatt und schwarz, und sein Gesicht strahlte.

»Tag und Nacht hab ich daran gearbeitet«, sagte er. »Sind sie nicht wunderschön geworden?«

Förner nickte knapp.

»Leg sie irgendwohin«, sagte er. »Ich habe jetzt keine Zeit.«

»Ihr wollt sie nicht probieren?« Der kleine Mann sah plötzlich noch gebückter aus. »Keine einzige Soutane? Ich hab sie aus dem Gedächtnis nähen müssen, aber passen werden sie trotzdem, denn hier«, er tippte an seine Stirn, »sind alle Eure Maße eingraviert. Natürlich hab ich berücksichtigt, dass Ihr schmaler geworden seid …«

»Später.«

»Dann wollen wir uns gleich den Messgewändern zuwenden?« Das Strahlen auf Eichlers Gesicht kehrte zurück.

»Hofmeister«, sagte Förner schnell. Kalter Schweiß stand ihm auf der Stirn. »Er wird alles Notwendige in die Wege leiten.«

»Und mein Geld? Und die neuen Stoffe? Wir haben noch gar nicht über die Materialien gesprochen! Außerdem wisst Ihr doch, Monsignore, dass ich Euren Sekretär nicht ...«

»Hofmeister«, wiederholte der Weihbischof, und der Boden begann unter seinen Füßen zu schwanken. »Hofmeister wird sich um alles kümmern.«

Den Weg hinauf zur Alten Hofhaltung ging er so schnell, dass keiner ihm so leicht hätte folgen können, schon gar nicht dieses bucklige Schneiderlein. Erst als die Stadt unter ihm zurückblieb, gönnte Friedrich Förner sich eine Verschnaufpause. Es war kalt, der schneidende Wind brachte die Flamme des Kienspans fast zum Verlöschen. Schützend legte er seine Hand darüber. Der Winterabend hatte sich auf Bamberg gesenkt, sonst seine Lieblingszeit, in der er innige Zwiesprache mit der Gottesmutter zu halten pflegte.

Heute aber fühlte er sich zerrissen. Tausend Teufel stritten in seiner Seele. Eichler setzte ihm zu, und er wusste nicht, wie er ihn loswerden sollte. Dazu dieser Holzhändler mit seinen Behauptungen! Aber wenn wahr war, was er sagte, mussten sie handeln und die Pacherin zumindest bis zur Entbindung auf freien Fuß setzen.

Förner beschloss, sich in einem kurzen Gebet zu sammeln, bevor er Vasoldt und seine Gehilfen aufsuchte. Eine kleine Kapelle in dem alten Gebäude, still und abgelegen am Ende eines langen Ganges, war der richtige Ort dafür.

Er öffnete die Tür. Es war dunkel, bis auf das Licht einer dicken, weißen Kerze, die ihn an seine heutige Messe erinnerte. Sofort fühlte er sich besser. Langsam ging er nach vorn, um vor der Marienstatue niederzuknien, doch der Platz vor dem kleinen Altar war bereits besetzt.

Der Betende wandte sich um, sah ihn an. Und plötzlich überkam Förner das widerliche Gefühl, die graue Katzenbestie würde ihm um die Waden streichen.

Denn es war Adam Thies, der die Kommission an ihrer Arbeit hinderte, seit er die Stadt betreten hatte.

Thies, der dieses taube Mädchen schonte, das sonst sicherlich längst gestanden hätte.

Thies, der angeblich auf Geheiß des Fürstbischofs das tote Kind mit dem Mal in aller Stille hatte begraben lassen, anstatt es zu verbrennen.

Thies, der einen Rosenkranz mit dicken roten Perlen um seine Hände geschlungen hatte – Förners heiß geliebte, lang vermisste Korallen!

Kaum war Förner weg, verließ auch Apollonia Krieger das Haus. Ein merkwürdiges Gefühl hatte sie ja gleich gehabt, damals, als die Tochter des Braumeisters sie in die Stube gezogen hatte. Aber diese Marie Sternen hatte so sicher geklungen, so bestimmt, und Apollonia hatte das Gebetbuch mitsamt seinem Inhalt nur zu gerne loswerden wollen.

Inzwischen wusste sie, dass sie einen Fehler gemacht hatte. Als die Tage verstrichen und von Haag nichts zu sehen war, stieg ihre Unruhe, aber sie zwang sich abzuwarten.

Nun jedoch schien es ihr an der Zeit, sich Gewissheit zu verschaffen.

Ja, Kilian Haag sei aus Nürnberg zurück, teilte man ihr in seinem Haus mit. Er sei beschäftigt, aber wenn sie etwas warten wolle, fände sich bestimmt ein Augenblick, in dem sie ihr

Anliegen vortragen könne. Es dauerte eine Weile, bis er schließlich erschien, die Hände voller Tintenflecken.

»Apollonia, ja«, sagte er zerstreut, als ob er sich erst jetzt daran erinnere, wer sie überhaupt sei. »Was führt dich zu mir? Neuigkeiten? Dann schnell heraus damit! Meine Zeit ist knapp bemessen.«

»Das Buch«, sagte sie. »Ihr wisst doch, was ich meine?«

»Das Buch? Ja, natürlich. Haller hat es mir gegeben. Sonst noch was?«

»Was ist mit der versprochenen Belohnung?«

»Wofür?« Kilian Haag starrte sie verblüfft an.

»Für das Buch«, wiederholte sie.

»Für ein Gebetbüchlein, wie man es überall kaufen kann? Das ist dreist! Ich hab mich schon gefragt, was diese seltsame Botschaft zu bedeuten hat. Vielleicht kannst du es mir ja jetzt erklären.«

Etwas Kaltes griff nach ihr, etwas, das sie schwindeln machte.

»Da war ein Zettel in dem Buch«, sagte sie. »Ein Brief, nehme ich an. Ihr habt ihn nicht gefunden?«

»Nichts war drin.« Haag schüttelte den Kopf. »Gar nichts! Ich hab es mehrmals durchgeblättert und sogar ausgeschüttelt, weil ich dachte, dass etwas darin versteckt sein müsse. Aber da war nichts, Apollonia!«

»Aber ich hab ihn doch selber in der Hand gehalten. Er war da. Ich weiß es!«

Kilian Haag runzelte die Stirn.

»Ich hole das Buch. Dann können wir uns gemeinsam davon überzeugen, dass nichts drin ist.«

Mit ein paar Schritten war er durch die Tür, und eigentlich ahnte sie schon, was geschehen würde, bevor er zurückkam und ihr das Gebetbuch in die Hand drückte. Apollonia feuchtete ihren Zeigefinger an und blätterte es durch, Seite für Seite.

Ohne Ergebnis.

»Und wenn Ihr ihn einfach rausgenommen habt?«, sagte sie schließlich mit hochrotem Kopf. »Weil Ihr Euch meine Belohnung sparen wollt.« Sie holte tief Luft. »Ich bin eine arme Frau, und es war ausgemacht, dass ich sie bekommen soll, wenn ich Euch etwas vom Weihbischof bringe. Und das hier ist etwas! Meinen Hals hab ich dafür riskiert.«

»Für ein altes Gebetbuch? Ich hätte dich für klüger gehalten, Apollonia! Bring es wieder zurück – damit ist uns wirklich nicht gedient! Und jetzt geh! Ich hab zu tun.«

Sie bewegte sich nicht.

»Meine Belohnung«, wiederholte sie. »Auf der Stelle! Und wenn Ihr nicht bezahlt, dann werd ich Euch verraten.«

Kilian Haag schien für einen Moment nach draußen zu lauschen. Dann griff er in seine Hosentasche und zog ein Silberstück heraus.

»Da!«, sagte er und drückte es ihr in die Hand. »Steck es ein, und lass es damit genug sein. Ich will dich nicht weiter in Versuchung führen. Und wenn mich jemand fragen sollte, so hab ich niemals im Leben auch nur ein Wort mit dir gewechselt.«

Etwas hatte ihn geweckt, ein zutiefst vertrautes Geräusch, das er aber nicht hatte zuordnen können. Jetzt war es verstummt, und das ganze Haus lag wieder still, doch an Schlaf war nicht mehr zu denken. Veit Sternen starrte in die Dunkelheit. Printenduft lag in der Luft, die die Göhlerin und Marie heute gebacken hatten. Sein Herz schlug überlaut; jegliche Müdigkeit war wie weggeblasen. Marie, die gleichmäßig neben ihm atmete, schien tief zu schlafen. Wie konnte sie Ruhe finden? Ihm saß die Angst unter der Haut wie scharfe Spitzen.

Wie lange würden sie Selina noch schonen?

Schlimm genug, dass die Büttel sie abholten und wie eine Verbrecherin hinauf zum Domberg führten. Klapperdürr war sie geworden unter ihren dicken Winterkleidern, so lustlos stocherte sie im Essen herum. Kaum ein Wort drang aus ihrem Mund, und wenn sie überhaupt redete, dann klang es so unbeholfen, dass er erst recht fürchten musste, die Häscher würden es gegen sie richten.

Natürlich hatte er alles versucht, überall herumgefragt, nach Zeugen und Entlastungsmaterial für Selina gesucht. Sogar beim Fürstbischof war er vorstellig geworden, um für sein Kind zu bitten. Aber Fuchs von Dornheim hatte ihn kaum ausreden lassen, stattdessen von den großartigen Fähigkeiten seiner Herren Hexenkommissäre geplaudert, um schließlich auf die Fertigstellung der Krippe zu kommen. Das war das Einzige, was ihn interessierte: lebloses Holz – keine Menschen aus Fleisch und Blut.

Diese leidigen Figuren!

Inzwischen war Veits heimlicher Zorn auf sie so gewaltig, dass er sie am liebsten mit einem Fußtritt in die Ecke befördert hätte. Gestern war ein großer Schwung vom Fasser zurückgekommen, stand nun mit bemalten Gesichtern, Händen und Füßen in der Werkstatt. Sie steckten bereits in den Kleidern, die Marie und die Göhlerin seit Wochen fieberhaft genäht hatten. Doch rechte Freude wollte bei ihrem Anblick nicht in ihm aufkommen. Es war, als hätte die Farbe ihren Charakter verändert. Nicht einmal Simons einstmals so prächtig gelungene Könige waren davon ausgenommen. Fremd fand er sie jetzt, leblos, ohne Ausstrahlung, und als sein Sohn sich nach einem kurzen Blick kommentarlos abgewandt hatte, spürte Veit, wie die nackte Angst in ihm aufstieg.

Was, wenn der Fürstbischof ihr Werk nicht abnahm? Drohte ihnen dann zum Verlust des Honorars noch die soziale Ächtung? Was würde ein derartiger Rückschlag für Selinas Schicksal bedeuten?

Daran mochte er kaum denken und musste es doch unentwegt. Er hatte aufgegeben, seine Tochter zum Reden bringen zu wollen; sogar Simon schien inzwischen an Selinas hartnäckigem Widerstand zu verzweifeln.

Eine kleine Hoffnung gab es noch. Offenbar war einer unter den Hexenkommissaren, der eine Spur von Verständnis aufzubringen schien: jener Adam Thies, den Marie schon als Kind gekannt hatte. Veit hatte sie beschworen, zu ihm zu gehen und sich für sein Mädchen einzusetzen.

»Dring nicht weiter in mich!«, hatte sie ihn heute erst kurz abgefertigt, als er erneut darauf zu sprechen gekommen war. Seit Simons Rückkehr war sie in sich gekehrt und verschlossen.

»Willst du damit warten, bis man Selina in die Eiserne Jungfrau gesteckt hat?« Seine eigene Stimme klang fremd in seinen Ohren, hohl und hallend, als käme sie aus weiter Ferne. »Dann allerdings ist es zu spät!« Inzwischen tat ihm seine Heftigkeit Leid, aber eine Entschuldigung hatte er trotzdem nicht zustande gebracht.

»Natürlich nicht.« Marie vermied, ihn anzusehen, wie so oft in letzter Zeit. »Was, wenn ich vielleicht schon bei ihm war? Und mein Vorstoß alles nur noch schlimmer gemacht hat?«

»Weshalb?«, hatte er gefragt. »Welchen Grund sollte es dafür geben?«

»Es gibt so einiges zwischen Männern und Frauen.« Ihr Tonfall ließ ihn aufhorchen. »Das weißt du doch, Veit.«

»Aber dieser Thies ist doch ein Kirchenmann, oder etwa nicht?«

«Ja. Aber das war er nicht immer. Nicht, als wir beide jung waren.« Sie stand leicht abgewandt, die rötlichen Haare zum Kranz geflochten, so dass ihr schlanker Nacken freilag. Wie gern hätte er sie dort geküsst! Doch wie die Dinge im Augenblick lagen, blieb ihm nichts anderes, als auf die zarte Vertiefung zwischen den Sehnen zu starren und sich in Erinnerung zu rufen, wie weich ihre Haut war.

»Was soll das heißen, Marie? Was ist zwischen dir und diesem Mann?«

Sie hatte ihm keine Antwort gegeben. Stattdessen breitete sich wieder Schweigen zwischen ihnen aus, jenes fürchterliche Schweigen, das sich wie ein Spinnennetz über das ganze Haus gelegt hatte und jeden von ihnen zu ersticken drohte. Mehr und mehr hatte er das Gefühl, abzurutschen, jeden Halt zu verlieren. Denn genau betrachtet waren es nicht nur Selina und die Angst um die Krippe, die ihm zusetzten.

Marie behandelte ihn wie einen Fremden, zog sich zurück, sobald er versuchte, sich ihr zu nähern, und schien so abwesend, dass er sich geradezu überflüssig vorkam. War es das, was ihn plötzlich wieder so brennen ließ? Ihre Unbestimmtheit, jenes schwer fassliche Verhalten, das ihm das Gefühl gab, seine Frau sei in Gedanken anderswo, an einem Ort, zu dem niemand außer ihr Zutritt hatte?

Veit Sternen hatte kaum Gelegenheit, sich diesem neu erwachenden Begehren zu überlassen. Denn da gab es auch noch Ava, die vielleicht sein Kind trug. Er wusste nicht, ob er es als Pech oder Glück betrachten sollte, dass Ava ihm nicht sagen konnte oder wollte, wer der Vater war. Und nicht zu vergessen: Agnes Pacher, die bereits im Loch saß und damit das Schicksal erlitt, das Selina drohend bevorstand.

Frauen – immer und überall nur Frauen!

Wieso nur musste er sich stets und überall von ihnen verlocken lassen? Weshalb unbedingt ergründen, wie ihre Haut duftete und welche Geheimnisse sie unter ihren Röcken verbargen? Warum träumte er davon, sie anzufassen, brannte vor Verlangen danach, ihre Haare zu lösen und über ihre Haut zu streichen?

Es hatte begonnen, kaum, dass er ein Jüngling war, und war ständig gewachsen, manchmal bis fast ins Unerträgliche. Veit hatte es als besondere Gabe genossen, als günstige Laune, die das Leben ihm zuteil werden ließ, und darauf gezählt, dass es mit dem Älterwerden nachlassen würde – die Begierde schwächer, die Leidenschaften gedämpfter. Auch Francesca hatte fest darauf gebaut, das wusste er, ohne jemals mit ihr darüber geredet zu haben. Jetzt war Francesca seit Jahren tot, in seinem Körper wütete die Gicht – und Besserung war noch längst nicht in Sicht.

Am schlimmsten waren die Hände. Sogar der Bader hatte heute bei ihrem Anblick ein sorgenvolles Gesicht aufgesetzt und ihn danach derart grob zur Ader gelassen, dass ihm noch immer schwindelte, wenn er nur daran dachte.

»Du ruinierst dich, Sternen«, hatte Stoiber gesagt. Sogar das Blut schien zäher aus ihm zu fließen als früher. »Immer von allem zu viel. Wohin soll das noch führen?«

Was wusste er? Was hatte er erfahren? Oder machte er nur wie üblich ein paar Andeutungen aufs Geratewohl? Veit beäugte ihn misstrauisch. Doch dem verdrießlichen mageren Gesicht, das sich über ihn beugte, war nichts darüber zu entnehmen.

»Das hält auch so ein Mordskerl wie du auf Dauer nicht aus. Und behaupte später nicht, ich hätte dich nicht gewarnt!« Ein überraschender Hieb in den Magen, eher drohend als freundschaftlich. »Wann kommst du endlich zur Besinnung, Alter? Aber was auch geschieht, du weißt hoffentlich, wo du immer einen Freund findest.«

Wer dich als Freund hat, braucht keine Feinde, schoss Veit durch den Kopf. Ach, er war es leid, sich weiter mit tausenderlei schwarzen Gedanken im Bett herumzuwälzen!

Er schlüpfte in seine Hosen, griff nach einer Kerze und ging nach unten. Schon auf der Treppe hörte er wieder das Geräusch von vorhin, und jetzt wusste er plötzlich, was es war. Es kam aus der Werkstatt, mitten in der Nacht!

Veit stieß die Türe auf und blieb wie erstarrt auf der Schwelle stehen.

Simon stand vor der Werkbank. Durch ein Loch in der Mitte war eine große Holzfigur eingespannt, die er beidhändig mit Beitel und Eisen bearbeitete. Dutzende von Kerzen brannten; es war fast taghell im Raum und so warm, dass Simon mit nacktem Oberkörper nicht fror. Schweißtropfen glitzerten auf seinen Schultern, ließen die Muskulatur plastisch hervortreten.

»Was zur Hölle tust du da?«, fauchte Veit.

Simon fuhr zu ihm herum, den Beitel noch erhoben. An seiner linken Hand schimmerte der silberne Ring, den er seit neuestem trug.

»Musst du mich so erschrecken?«, sagte er.

»Wieso schläfst du nicht?«

»Du schläfst doch auch nicht.«

Veit war näher gekommen. Es war eine Josefsfigur, die sein Sohn aus einem abgelagerten Lindenstück herausmodelliert hatte, aber kein müder, gebeugter Manteljosef, sondern ein stattlicher Mann mit breitem Kreuz. Alles erschien ihm neu und aufregend daran, die rauen, fast zornigen Schnitte, die so viel Lebendigkeit und Bewegung ergaben, ebenso wie der Gesichtsausdruck, der Gelassenheit, aber auch Wehmut verriet.

»Was für eine ungewöhnliche Figur!« Die staunende Bewunderung in seinen Worten war nicht zu überhören.

»Dieser Josef weiß, dass er Maria niemals besitzen wird.« Schwer atmend stand Simon neben ihm, so nah, dass er seinen frischen Schweiß riechen konnte. »Sie wird stets die Mutter des Herrn sein und niemals ganz seine Frau werden. Er hat diese Last angenommen, denn er liebt Maria, auch wenn ihm noch unklar ist, wie er diese Gewissheit ein Leben lang ertragen soll.«

Veit nickte, er konnte nicht anders.

Am liebsten hätte er geweint. Was er sah, machte ihm die Kehle eng, nicht nur die Kraft und die schlichte Schönheit dieser Skulptur, sondern vor allem die Tatsache, dass sein Sohn ihm nichts davon verraten hatte. Er verstand nicht, wie dieser Junge dachte, auf welchen Bahnen er sich bewegte, hatte es noch niemals verstanden, das begriff er in diesem Augenblick.

»Aber unsere Krippe …« Er verstummte. »Du wirst deine Kraft noch brauchen, Simon. Bis Weihnachten muss die Krippe fertig sein.«

»Kraft hab ich mehr als genug. Meine Tage gehören unserer Krippe, so lange, bis der Auftrag abgeschlossen ist. Die Nächte aber sind meine Sache.« Simon griff nach seinem Hemd, zog es an. Dann begann er die Kerzen auszublasen, eine nach der anderen.

»Ich nehme an, es gibt noch mehr davon«, sagte Veit, den Blick auf den halbfertigen Josef gerichtet, als nur noch eine Flamme brannte. »Josef ist nicht der Einzige.«

»Ja. Vielleicht zeig ich sie dir sogar eines Tages. Ich musste sie machen, Vater. Ich habe keine andere Wahl. Ohne sie könnte ich das Leben hier nicht mehr ertragen.«

»Wieso sagst du das, Simon? Es klingt schrecklich aus deinem Mund.«

»Weil es die Wahrheit ist.«

»Ich mag deine Wahrheit nicht. Welche Wahrheit überhaupt? Du bist so anders, seit du aus Italien zurück bist. Was ist dort geschehen, Junge?«

»Bin ich das?« Simon lachte. »Du hast Recht, Vater, aber ich bin deinetwegen über die Alpen geritten, vergiss das nicht. Um deinen Kopf zu retten. Und hast du nicht bekommen, wonach du verlangt hast?«

Veit trat näher, berührte seinen Arm.

»Aber nicht meinen Sohn«, sagte er. »Nicht den Simon, den ich gekannt habe.«

Der junge Mann löste die großen Flügelschrauben und trug die Figur nach nebenan.

»Hast du den wirklich gekannt, Vater?«, sagte er im Vorbeigehen, jetzt im Wams, die pelzgefütterte Jacke schon halb über der Schulter.

»Du willst noch weg?« Veit schaute Simon hinterher, der bereits die Haustür geöffnet hatte. Ein eiskalter Wind fegte in den Flur. »Aber wohin denn in Gottes Namen, mitten in der Nacht?«

»Die Nächte gehören mir!«, warf Simon über die Schulter zurück, bevor er die Tür behutsam ins Schloss zog.

Veit starrte noch fassungslos vor sich hin, als eine Bewegung ihn zusammenfahren ließ.

»Marie! Wieso schläfst du nicht?«

»Wie könnte ich?« Ihre Stimme, dunkler als sonst und ungewohnt heiser, versetzte ihm einen Stich. »Selina liegt wie Häuflein Elend in ihrem Bett. Ich werd ihr eine heiße Honigmilch machen, damit sie wenigstens ein paar Stunden schläft.« Sie zog das Tuch enger um ihre Schultern. »Er ist fort?«, sagte sie.

»Ja. Und frag mich bloß nicht, wohin.«

»Ich frag ja gar nicht«, sagte Marie und ging in die Küche.

»Du hast dir so viel davon versprochen, diesen Thies nach Bamberg zurückzuholen!« Mit großen, zornigen Schritten ging Pankraz Haller in der Gaststätte auf und ab. Es war früh am Vormittag, Boden und Bänke bereits geschrubbt, aber es würde noch eine ganze Weile dauern, bis sich die ersten Gäste einfanden. »Du weißt, ich war von Anfang an skeptisch! Und alles, was jetzt geschieht, beweist mir, wie richtig meine Einschätzung war!«

»Immerhin haben sie bei uns noch keine Scheiterhaufen errichtet. Ist das nichts?«

»Ach, das hätten wir auch ohne ihn verhindert! Jetzt ist Marie ganz durcheinander, und Selina schleppen sie wie eine

Verbrecherin auf den Domberg! Wenn Thies auf unserer Seite steht, wie du behauptest, wieso bereitet er diesem Treiben dann kein Ende?«

»Was soll er tun? In deinem Bierkeller ist ein totes Kind gefunden worden! Selina könnte bereits im Loch sitzen oder am Galgen baumeln. Und dir könnte man auch unangenehm auf den Pelz rücken. Sei froh, dass Thies seine Hände mit im Spiel hat!«

»Selina würde niemals ein anderes Kind töten, dazu kenne ich sie viel zu gut. Und diesen Unsinn mit der Hexerei kann ich nicht mehr hören! Sie ist schlau, sie hat den Schlüssel stibitzt und die anderen Kinder in den Keller gebracht. Na und? Sie haben ein Fass angezapft und Bier getrunken – gute Güte, das sind doch nur übermütige Kinderstreiche!«

Er schenkte zwei bauchige Pokale voll. Ihm war dringend nach anderem Gesprächsstoff zumute.

»Du musst unbedingt meinen Bock probieren, Kilian«, sagte er. »So süffig war er noch nie.«

»Und so stark«, sagte der Kanzler nach dem ersten Schluck.

»Das will ich meinen! Die Stammwürze ist nicht von schlechten Eltern. Dazu fein gehopft. Besonders stolz bin ich auf das schöne Raucharoma und die leichte Bitterkeit am Schluss. Das ist ein edles Weihnachtströpfchen – oder etwa nicht?«

»Wie viel hast du gebraut?«

»Es wird reichen, denke ich.« Pankraz lächelte. »Obwohl die Gäste gar nicht genug davon bekommen können. Wahrscheinlich ist er doch wieder eher aus, als mir lieb ist.«

Kilian Haag trank wieder. Als er seinen Becher absetzte, räusperte er sich.

»Manche wundern sich ohnehin, woher du die Gerste dafür hast«, sagte er. »Wo doch überall in der Gegend die Ernte so verheerend ausgefallen ist.«

»Ein guter Brauer kann eben Wasser in Bier verwandeln.«

Pankraz hatte seine unstete Wanderung wieder aufgenommen. »So ähnlich wie Jesus bei der Hochzeit zu Kanaan. Soll ich den Fürstbischof vielleicht verdursten lassen? Lass die Leute reden! Solange sie reden, können sie wenigstens nichts Böses tun.«

»Georg Schneider behauptet, dein Vorrat sei unerschöpflich. So viel Gerste du auch vermälzt, so viel sei am nächsten Morgen wieder da. Als ob das Korn über Nacht nachgewachsen sei.«

»Dieser verrückte Kerl! Seit Schneider die Kinderleiche im Felsenkeller gefunden hat, ist gar nichts Rechtes mehr mit ihm anzufangen. Anstatt zu arbeiten, stolziert er lieber umher und erzählt wilde Geschichten über Teufel und Druten. Mein Fehler – ich hätte ihn längst rauswerfen sollen.«

»Aber nicht jetzt. Du musst vorsichtig sein«, sagte Haag. Er lockerte seine Halskrause, als fühle er sich plötzlich beengt. »Du könntest ihn als Zeugen brauchen. Und dann wäre es sicherlich ungünstig, ihn gegen dich aufzubringen.«

Pankraz Haller stellte sich direkt vor seinen Freund.

»Du glaubst diesen Unsinn doch nicht etwa, den er verzapft?«, sagte er. »Korn reift am Halm und sonst nirgendwo, da helfen auch alle Teufel der Hölle zusammen nichts! Das weißt du, und ich weiß es auch. Kilian, was ist los mit dir? Ich erkenn dich ja kaum wieder!«

»Woher stammt deine Gerste, Pankraz? Darauf wirst du eine gute Antwort brauchen, und zwar schon bald. Schneider hat dich offiziell hingehängt. Der Stadtkämmerer ist neugierig geworden. Ihm musst du Rede und Antwort stehen, nicht mir!«

»Wir beide haben uns verbündet, um Menschenleben zu retten – und du gehst mich an wegen ein paar Fuder Gerste?«

»Die Menschen in Bamberg hungern und frieren, Pankraz. Und Menschen, denen das widerfährt, sind immer ganz besonders wachsam. Es geht nicht an, dass ein paar Reiche sich ihre eigenen Gesetze zimmern. Auch nicht, wenn sie zu meinen engsten Freunden gehören.«

»Die Regeln bestimmst also du? Bezahlte Spitzel zum Beispiel. Du weißt, was ich davon halte.«

Kilian Haag erhob sich steif.

»War das alles für heute, Kilian?«, sagte Pankraz Haller. »Oder hast du vielleicht noch mehr in dieser Richtung zu bieten?«

»Apollonia Krieger war bei mir. Um ihre Belohnung einzufordern.«

»Für ein altes Gebetbuch?«

»Sie behauptet, es habe ein Brief darin gelegen. Jedenfalls irgendetwas Geschriebenes.« Haags Stimme wurde höher. »Du hast nicht zufällig dieses Etwas herausgenommen und einbehalten, Pankraz?«

»Nein. Und ich wundere mich sehr, dass du mich danach fragst.«

»Auch nicht, um etwas in der Hand zu haben, falls du in Verdacht geraten solltest? Du musstest doch wissen, dass das mit der Gerste früher oder später auffallen würde.«

»Das hältst du für möglich, Kilian?«

»Ich hab mir nur laut Gedanken gemacht, Pankraz. Menschen sind zu vielem fähig, wenn sie unter Druck geraten.«

»Dann mach sie dir bitte künftig anderswo.« Hallers Gesicht war sehr ernst. »Und komm erst zurück, wenn dein Kopf wieder klar geworden ist.«

Beim Bücken spürte Ava, dass ihr Bauch stetig wuchs. Außerdem musste sie langsamer hochkommen, damit ihr nicht schwindelig wurde. Sie nahm die Forellen aus dem Ofen, und als sie dahinter die kurze Reihe Äschen entdeckte, musste sie an Veit denken.

Wie zwiespältig ihre Gefühle für ihn waren! Manchmal war er ihr gleichgültig, dann wieder erinnerte sie sich an seine Stimme, seinen Atem, seine warme Haut und empfand nichts als Sehnsucht. Vielleicht hatte er ihr ein Andenken hinterlassen, das sie ein Leben lang an ihn erinnern würde. Es gab Nächte, da war sie sich beinahe sicher. Und wenn dann der Morgen kam, wünschte sie sich von ganzem Herzen, es sei Mathis' Kind.

Reka strich erwartungsvoll um ihre Beine; es gab nichts, was ihn so schnell herbeilocken konnte wie der Geruch frisch geräucherter Fische. Sie gab ihm ein Stück von dem kleinsten, das er augenblicklich verschlang, und kostete selber. Genussvoll verzog sie den Mund. Ihr Experiment, die Buchenscheite gegen Erlenholz auszutauschen, hatte sich gelohnt. Das Aroma war milder, die Haut appetitlich goldbraun. Leider gab es nur wenige Erlen hier in der Nähe. Sie beschloss, den Holzhändler Pacher aufzusuchen, bei dem sie schon früher verschiedentlich günstige Reste erstanden hatte.

Den großen Korb gegen die Hüfte gestemmt, ging sie zum Haus zurück. Als sie die Stube betrat, sah sie eine Besucherin am Tisch sitzen.

»Mir war zu kalt, um dir nachzukommen.« Hanna Hümlin rieb sich die Hände. »Wie geht es euch beiden?«

»Gut«, sagte Ava. »Inzwischen glaube ich sogar, dass es wirklich wahr ist.«

»Es hat sich bewegt?«

Ava nickte. »Willst du heißen Hollersaft?«

Sie schenkte zwei Becher voll.

»Du hast noch mehr Kinder bekommen«, sagte Hanna. »Sie sind auf dem Weg hierher an mir vorbeigelaufen.«

»Ja«, sagte Ava. »Und eines von ihnen schon wieder verloren. Die Kleine mit dem roten Häubchen – ich wünschte, ich hätte sie öfter zum Lachen bringen können!« Sie fasste ihr Gegenüber scharf ins Auge. »Was willst du, Hanna?«, sagte sie. »Weshalb bist du hier?«

»Deswegen.« Die Besucherin zog ein zusammengefaltetes Blatt Papier aus dem Mieder und hielt es Ava hin. »Lies!«

Avas Augen flogen über die Zeilen. Die Schrift war unregelmäßig, die Tinte an einigen Stellen verschmiert oder verlaufen. Überrascht zog sie die Brauen zusammen.

»Du musst laut lesen«, sagte Hanna. »Damit ich es auch verstehe.«

Ich hab sie Magdalena genannt, denn sie ist ein Kind der Sünde. Dein Blut fließt in ihren Adern, und sie trägt dein Mal, die braunen Teufelshörner, die du an deinem Hals hast. Ich weiß nicht, warum Gott sie so gezeichnet hat. Ich muss es hinnehmen. Wir brauchen dringend Geld. Das, was du mir gegeben hast, ist längst aufgebraucht. Wir hungern und wir frieren, und die Arbeit in der Badstub hab ich immer gehasst, denn ich bin keine Hur, niemals gewesen. Jetzt kann ich sie ohnehin nicht mehr tun, denn ich bin krank und huste Blut, und niemand will sich mehr von mir anfassen lassen. Wenn du uns nicht hilfst, F., müssen wir verrecken. Gib uns Geld, nicht zu wenig, sonst werd ich alles, was geschehen ist, früher oder später öffentlich bekannt machen müssen …

Ava ließ den Zettel sinken.

»Der Rest ist kaum noch zu entziffern«, sagte sie. »Aber da steht ohnehin nichts Wichtiges mehr, nur noch ein paar ungelenke Drohungen. Woher hast du das?«

»Das spielt im Augenblick keine Rolle«, sagte Hanna.

Ava schaute wieder auf die Zeilen.

»Ich glaub, ich weiß sogar, von wem das stammt«, sagte sie.

»Was glaubst du?«

»Von Lenchens Mutter. Du weißt schon, das Kind, das man tot im Felsenkeller gefunden hat.«

»Viele Leute halten sie für eine Drute – so ein kleines, armes Ding! Wie sie nur darauf verfallen können? Aber sie fangen schon wieder damit an, Ava! Als sei das Schreckliche, was man damals meiner Mutter und anderen angetan hat, nicht mehr als genug!«

»*Ich hab sie Magdalena genannt* – und Lenchen, das passt doch! Außerdem ist von einem Mal die Rede. Lenchen hat sehr darunter gelitten, hat es für Teufelshörner gehalten, bis ich ihr gesagt habe, dass sie den Mond am Hals trägt.«

»Dann läuft hier in der Stadt der dazu passende Vater herum, der ebenfalls solch ein Mal hat. Aber wir wissen nicht, wer er ist.«

»Nein«, sagte Ava. »Wir wissen nur, dass er nicht unvermögend ist. Und dass er offenbar ein großes Interesse daran hat, dass niemand von seiner Vaterschaft erfährt.« Sie faltete den Brief zusammen. »Hier!«

»Nein.« Hanna schüttelte den Kopf. »Ich möchte, dass du ihn behältst. Das Kind hat bei dir gelebt. Dann ist auch der Brief seiner Mutter gut bei dir aufgehoben.«

»Hast du Angst, Hanna?«, sagte Ava. »Fühlst du dich beim Braumeister nicht mehr sicher?« Unwillkürlich suchten ihre Augen nach dem Bernsteinherz, aber Hannas Hals war nackt.

»Es kommt näher«, sagte Hanna. »Immer näher. Die Blicke der Leute, das Gerede – ja, ich habe Angst. Dabei hatte ich so sehr gehofft, es sei für immer vorbei. Aber das ist es nicht. Ganz im Gegenteil. Alles beginnt wieder von vorn. Als ob wir jemandem schaden würden! Wir huldigen doch nur der Natur, der Erde, die uns trägt und nährt. Mehr nicht.«

»Angst schützt uns, hat meine Mutter immer gesagt. Angst ist oft gar nicht so verkehrt. Du bist doch vorsichtig, Hanna? Ihr seid doch vorsichtig bei euren nächtlichen …«

»Sei still«, sagte Hanna. »Am besten, man redet nicht darüber. Nicht einmal hier.« Sie schlang sich das Tuch um die Schultern und stand auf. »Neuigkeiten von Mathis?«, sagte sie, schon halb im Gehen.

»Neulich hab ich ihn im Traum gesehen«, sagte Ava. »Er hat mir vergnügt zugewinkt. Beim Aufwachen musste ich weinen, so lebendig war er.«

»Männer wie Mathis bleiben immer lebendig.« Hanna kam

zurück, um noch einmal kurz Avas Bauch zu berühren. »Pass auf euch beide auf!«

»Und du auf dich«, sagte Ava.

Dann trug sie den Brief in ihre neue Schlafkammer.

»Wir werden verlieren, Adam, wenn wir nicht aufpassen. Der Feind ist in der Übermacht. Er wird uns besiegen.«

Niemals hatte Adam Josef Grün so ernst gesehen. Der alte Jesuit sah aus, als hätte er nächtelang nicht geschlafen, die Wangen eingefallen, das Gesicht faltig und bleich.

»Bislang hab ich Förner gut im Griff«, sagte Adam. »Es hilft, dass ich den Fürstbischof auf meiner Seite weiß.«

»Mach dir über Fuchs von Dornheim keine Illusionen, mein Freund«, sagte Grün. »Der weiß sich geschickt nach dem jeweils günstigsten Lüftlein zu richten. Im Augenblick kommt es ihm gelegen, dass du seinen Weihbischof im Zaume hältst. Aber sobald der Wind aus einer anderen Richtung weht, kann es schnell anders aussehen.«

Sie saßen in einem der Hörsäle des Collegiums, wo Grün einstmals Adam zusammen mit anderen Schülern unterrichtet hatte, und die karge Schlichtheit des Raums weckte jede Menge Erinnerungen in beiden.

»Da vorn hab ich immer gesessen«, sagte Adam. »Und hab viele dumme Fragen gestellt.«

»Fragen sind niemals dumm«, sagte Josef Grün. »Das können nur Antworten sein.« Er legte seine leichte, trockene Hand auf Adams. »Du bist doch vorsichtig, Adam?«, sagte er. »Du würdest doch keine Dummheiten machen, in dieser angespannten Situation?«

»Was willst du damit sagen?«

»Nun, mir sind da gewisse Dinge zu Ohren gekommen, Dinge, die du heimlich treiben sollst …«

Adams Miene verriet seine Betroffenheit. Ein heißes Gefühl durchflutete ihn. Sie waren so vorsichtig gewesen! Schlief diese Stadt denn niemals?

»Ich will ganz offen reden. Es geht um das Traktat, an dem du arbeitest. Glaubst du, jetzt ist tatsächlich der richtige Zeitpunkt dafür?«

»Wie hast du davon erfahren?«, sagte Adam und konnte sich trotz allem nicht gegen ein Gefühl der Erleichterung wehren.

»Unwichtig, Adam. Schlimm genug, dass ich es habe. Du willst dem Hexenwahn also mit deiner Schrift ein Ende bereiten?«

»Ob ich das kann, wird sich noch zeigen. Ich möchte zumindest logisch darlegen, dass es sie gar nicht geben *kann.*« Adams Wangen begannen sich zu röten. »Ich hab viele der alten Schriften studiert. In früheren Jahrhunderten waren die Philosophen und Theologen übrigens schon mal klüger als wir. Erst seit dem Erscheinen des Hexenhammers ...«

»Dann leugnest du also auch die Existenz des Teufels?« Josef Grün war aufgestanden. »Und damit die Existenz Gottes?«

»Kann man von Gott mehr wissen, als dass er existiert?«, entgegnete Adam. »Seine Schöpfung ist so groß, dass sie alles enthält – Teufel und Engel. Und was das Böse betrifft: Sehen wir Menschen es nicht in vieles hinein, weil wir es brauchen, weil wir das Gute sonst vielleicht nicht ertragen könnten?«

Er griff in die Tasche, zog den Korallenrosenkranz heraus.

»Was siehst du da?«, fragte er.

Grün wurde noch blasser. »Woher hast du den?«, sagte er mit brüchiger Stimme.

»Später. Was siehst du?«

»Einen roten Rosenkranz mit einem zerbrochenen Kreuz. Kostbare Korallen. Woher hast du ihn, Adam?«

»Drutenwerk für die einen«, sagte Adam. »Für mich aber das Symbol, wie schwach und fehlbar wir Menschen sind. Eigentlich nicht wert, dass Jesus für uns gestorben ist – und dennoch hat er dieses unfassbare Opfer für uns vollbracht. Liebe hat ihn geleitet, reine Liebe. Deswegen hab ich ihn behalten. Um mich daran stets zu erinnern.«

»Er gehört Förner«, krächzte Grün. »Ich weiß es genau.«

»Förner? Du musst dich irren, Josef. Man hat ihn bei dem toten Kind im Felsenkeller gefunden.«

»Das ist Förners Rosenkranz«, beharrte der alte Jesuit. »Ich hab ihn viele Male bei ihm gesehen. Ein derart auffälliges Stück! Ich irre mich nicht.«

Adam war sehr nachdenklich geworden.

»Das tote Mädchen trug ihn um den Hals«, sagte er. »Freiwillig hätte Förner ihn ihr bestimmt nicht gelassen. Aber wie kann sie daran gekommen sein? Gibt es eine Verbindung zwischen den beiden, von der wir nichts wissen?«

»Er hat ihn dem Kind nicht abgenommen?«, fragte Grün. »Das kommt mir erstaunlich vor. Ich hatte stets den Eindruck, dass ihm besonders viel an diesem Rosenkranz liegt.«

»Nein. Förner hat kein Wort darüber verloren, dass er einmal ihm gehört hat.«

»Dann muss er gute Gründe dafür haben, Adam.« Schmal und ernst stand der alte Jesuit vor ihm. »Sehr gute Gründe! Und du musst noch vorsichtiger sein, Adam. Hör vor allem damit auf, dein Glück im Unmöglichen suchen!«

Die heiße Welle, die Adam zuvor schon durchflutet hatte, kehrte zurück. Simon, dachte er. Aber wer hatte Josef Grün informiert?

»Du wirst es nicht finden außerhalb der engen Grenzen, die die Pflicht uns setzt«, fuhr Grün fort. »Versuche vielmehr, dein Leben in Mäßigkeit zu meistern, und sei demütig genug, Mittelmaß hinzunehmen, anstatt dich dagegen aufzulehnen.«

Adam starrte ihn an.

»Befiehlst du mir das als ein Soldat Gottes?«, brachte er schließlich hervor.

»Nein, darum bitte ich dich als Freund und Lehrer«,

erwiderte Josef Grün. »Als alter Lehrer übrigens, der manchmal angesichts der gesammelten Torheit der Welt schon sehr müde geworden ist.«

Mitten im Schnitzen hielt Simon plötzlich inne. Das Klopfen an der Tür wurde stärker. Er legte sein Werkzeug beiseite und öffnete.

»Ihr?«, sagte er überrascht. »Um diese Zeit?«

»Ich schlafe sehr schlecht«, sagte Damian Keller. »Und Ihr offenbar auch, wie ich sehe.« Seine Augen glitten neugierig durch den Raum. »Wo ist sie denn, die Krippe?«, sagte er. »Schon alles fertig?«

»Nebenan«, sagte Simon. »Beinahe. Bis auf ein paar Kleinigkeiten.«

»Dann werdet Ihr den Zeitplan einhalten?«

»Veit und Simon Sternen halten immer ein, was sie zugesagt haben«, sagte Simon. »Die Krippe wird zum vereinbarten Zeitpunkt geliefert.«

»Ich dürfte sie nicht vorab schon mal anschauen?«

»Keinesfalls«, sagte Simon. »Das würde Unglück bringen. Wir Schnitzer sind ein sehr abergläubisches Volk.« Er versuchte, aus Kellers Miene zu lesen. »Schickt Euch der Fürstbischof?«

»Fuchs von Dornheim? Nein, bewahre, der hat keine Ahnung, dass ich hier bin.«

»Und weshalb *seid* Ihr hier?«

»Nennt es Neugierde, wenn Ihr wollt«, sagte der Astrologe. »Nennt es Besorgnis oder auch Mitgefühl. Nichts davon wäre ganz falsch, nichts davon ganz richtig. Mir liegt Euer Schicksal am Herzen, so könnte man es vielleicht am besten ausdrücken.«

»Weshalb?«

»Weshalb, weshalb! Ihr seid ein äußerst kritischer junger Mann, Simon Sternen. Vielleicht, weil ich mich innerlich vor großem Talent verneige? Vielleicht, weil mir die Geburt des Herrn als das wunderbarste aller Geheimnisse erscheint? Vielleicht, weil Ihr einen Freund gebrauchen könnt in diesen schwierigen Zeiten?«

Ihre Blicke trafen sich. Dann wandte sich der Astrologe der halbfertigen Marienskulptur zu.

»Sie ist wunderschön«, sagte er. »Zart und kraftvoll zugleich.«

»Das ist nur eine Arbeit für mich selber«, sagte Simon schnell. »Für den Hausgebrauch, sozusagen. Nicht für fremde Augen bestimmt.« Seine Hand zuckte, aber sie jetzt noch zu bedecken wäre sinnlos gewesen.

»Was für eine Vergeudung! Ihr dürft sie uns nicht vorenthalten, ihr Gesicht, den weichen Mund, die großen Augen. Sie wirkt so jung, so unschuldig, fast ein wenig erstaunt …«

»Maria *war* jung und unschuldig«, sagte Simon. »Und natürlich hat sie gestaunt, als der Engel kam und ihr die Geburt Jesu verkündete. Selbst jetzt, wo sie den Herrn der Welt geboren hat, lebt noch viel von diesem Staunen in ihr. Deshalb hab ich ihr auch das Gesicht meiner Schwester Selina gegeben. Selina ist taub. Sie kann nur mit dem Herzen hören.«

Er räusperte sich, als hätte er schon zu viel gesagt. Ein Blick zu den heruntergebrannten Kerzen. Wieder einmal hatte er über dem Schnitzen die Zeit vergessen. Er wollte Adam nicht länger warten lassen. Die nächtlichen Stunden mit ihm waren alles, wofür er lebte.

»Ich möchte jetzt weiterarbeiten«, sagte er. »Oder habt Ihr noch andere Anliegen?«

»Nein«, sagte Keller. Er zog ein Leinentuch heraus, schnäuzte sich ausführlich.

»Aus Euch wird ein großer Künstler, Simon Sternen«, sagte er. »Das kann man jetzt schon deutlich sehen. Eines Tages werden alle Euren Namen kennen – weit über die Grenzen

Bambergs hinaus. Ich muss nicht einmal meine Sterne befragen, um Euch das schon jetzt zu prophezeien.«

»Was wird, das soll die Zukunft entscheiden«, sagte Simon. »Im Augenblick zählt nur, was ist. Ich bin Krippenschnitzer – nicht mehr und nicht weniger.«

Die Krähen warteten auf Agnes. Sehen konnte sie sie nicht mehr, aber hören, und ihre heiseren Rufe verfolgten sie bis in den Schlaf. Wenn das Licht schwand, war es am schlimmsten. Es kroch ohnehin erst sehr spät ins Loch und wurde viel zu früh wieder trüb, bis es irgendwann ganz erlosch.

Dann senkte sich Dunkelheit über sie, rabenschwarze Nacht, die alle Dämonen lebendig werden ließ. Manchmal sah sie ihre Kinder vor sich, die großen Mädchen, die weinend die Hände nach ihr ausstreckten, oder den kleinen Harlan, über und über mit gefährlichen Pusteln bedeckt. Dann vergaß sie alle Vernunft, rüttelte an den Stäben und schrie, bis ihre Stimme brach.

Die dünnen Suppen, die man ihr brachte, und das harte Brot waren die einzige Unterbrechung im trostlosen Verstreichen der Tage. Sie wusste, dass Harlan teuer für diesen Fraß bezahlen musste, weil sie ihn einmal zu ihr gelassen hatten, ganz am Anfang, als Agnes noch geglaubt hatte, dieser Alptraum fände ein schnelles Ende.

Inzwischen waren Tage vergangen, vielleicht sogar Wochen, sie wusste es nicht. Sie hatte nur ihre Gedanken, ihre Erinnerungen und ihren Körper, ihr einziges Kapital. Glücklicherweise war sie schlau genug gewesen, Harlan zu reizen, an jenem letzten Abend, bevor die Büttel sie geholt hatten. Es hatte keiner großen Anstrengung bedurft, und die Angst, die sie schon in sich gespürt hatte, war ein weiterer Antrieb gewesen. Zum ersten Mal seit langem hatte sie es genossen, bei ihm zu liegen, seine Lust zu spüren, seinen kräftigen Körper, in dem so viel Kraft und Leben steckte.

Sie musste schwanger sein!

Ihre Brüste waren hart, ihr Bauch stand leicht vor, obwohl das Fett Tag für Tag von Hüften und Schenkeln regelrecht schmolz. Wenn sie sich betastete, spürte sie Knochen, wo vorher weiches Fleisch gewesen war. Jetzt sah sie endlich wieder so aus, wie sie es sich gewünscht hatte, jetzt, wo sie im Loch saß und niemand sie sehen konnte.

Einmal hatte man ihr die Folterinstrumente gezeigt – ein Anblick, den sie ihrer Lebtag nicht mehr vergessen würde. Aber bisher war sie glimpflich davongekommen und lediglich verhört und jedes Mal ermahnt worden, die Wahrheit zu sagen.

Welche Wahrheit?

Manchmal konnte Agnes sich kaum noch erinnern, was wahr war und was gelogen. Hier, in der Einsamkeit, zog das Leben draußen sich zusammen auf einen einzelnen schmerzhaften Punkt, der so hell war, dass sie ihn kaum ertragen konnte. Dann verschwamm alles vor ihren Augen, und sie versank in einer Art Dämmerzustand, stumpf, aber erleichtert.

Nur ihr Körper blieb wach. Wie hätte es auch anders sein können, wo doch wieder neues Leben in ihm keimte?

Sie hatte ihren Ehering mit dem großen Granatstein dafür geopfert, um Harlan diese Nachricht zu schicken. Er würde sie nicht allein lassen in diesem Zustand, das wusste sie. Er konnte Veit Sternen nicht das Wasser reichen, doch wohin hatte diese Vernarrtheit sie letztlich gebracht?

Agnes leistete einen Schwur nach dem anderen.

Wenn sie erst einmal hier raus war, würde sie Dutzende von Kerzen für die Gottesmutter anzünden. Nie mehr eine Messe versäumen. Den Armen spenden. Nie mehr lügen, fluchen, keine schlechten Reden führen gegen andere. Eine Heilige würde sie werden – eine Heilige mit einem neugeborenen Kind.

Ihre Hände strichen über ihren Bauch.

»Lass mich nicht im Stich«, flüsterte sie, denn den ganzen Tag schon war er immer wieder hart geworden, hatte sich krampfhaft zusammengezogen. Das lag am jämmerlichen Essen, an dem stinkenden Eimer, in den sie ihre Notdurft verrichten musste. An den dünnen Decken, die kaum Wärme abgaben.

Sie versuchte, sich zu entspannen, dem Stechen entgegenzuatmen, so, wie sie es während der Geburten getan hatte. Ihr Körper durfte sie nicht enttäuschen, jetzt erst recht nicht.

Irgendwann war sie eingeschlafen und träumte von Veit Sternens grünlichen Teufelsaugen.

Ein Krähenschrei schreckte sie auf.

Sie tastete unter sich, spürte Nässe. Agnes weinte, als sie das Blut an ihren Händen roch.

⌖

Die Kinder schliefen bereits, als Ava ein Pochen an der Tür hörte. Sie öffnete und schaute in Veits blasses Gesicht.

»Herein mit dir!«, sagte sie. »Ich freue mich, dich zu sehen.«

Seine Augen glitten über ihren Körper.

»Ja, es wächst. Und ich kann es nicht mehr lang verstecken«, sagte sie mit einem Lachen. »Es scheint ein sehr eigenwilliges kleines Wesen zu sein.«

»Wie die Mutter.« Die Spur eines Lächelns um seinen Mund. »Ich musste dich sehen, Ava. Ich hätte schon viel früher kommen sollen. Aber es ist so viel geschehen inzwischen.«

»Ich weiß«, sagte sie. »Lenchen und Selina. Was passiert da nur Schreckliches, Veit?«

Er ließ sich auf einen Stuhl fallen, barg das Gesicht in seinen Händen.

»Manchmal weiß ich einfach nicht mehr weiter. Selina hat sich von mir abgewandt, ohne dass ich wüsste, weshalb. Simon ist mir fremd geworden, verbringt die Nächte irgendwo in der Stadt. Meine Frau …«

Er begegnete ihren Augen, als er aufschaute.

»Manchmal denke ich, dass Marie alles über uns weiß«, sagte er. »Und dann wieder verhält sie sich so, als sei es ihr vollkommen gleichgültig. Mein ganzes Leben ist aus den Fugen geraten, Ava.«

Sie griff nach seiner Hand. Die Finger waren grober geworden, die Gelenke wieder dicker.

»Ja, das kommt auch noch dazu.« Seine Stimme klang matt. »Wahrscheinlich bin ich bald ein einsamer Bettler, der nicht einmal mehr seine Schale halten kann.«

»So sehr tust du dir Leid?«

Er hörte den Spott in ihrer Stimme, noch bevor er ihn in ihrem Blick sah. Plötzlich musste er lachen.

»Du hast Recht«, sagte er. »Jammern hilft nicht weiter. Und deshalb bin ich auch nicht hier.«

»Weshalb dann?«

Veit stand auf, zog sie an sich. Avas Wange rieb an seiner steifen Wolljacke, sie öffnete die Lippen und sog seinen Geruch ein, spürte, wie er ihr über die Zunge rollte und sie innerlich ganz weich werden ließ. Ich sehne mich, dachte sie. Ich wusste nicht, dass ich mich so sehr sehne.

Sie überließ sich dem vertrauten Spiel seiner Hände, die plötzlich gar nicht steif waren, gar nicht grob. Selbst mit ihren Haken und Knöpfen kamen sie bestens zurecht, fanden ihren Weg, bis sie endlich warme Haut berührten.

Sie zitterte. Sie begehrte ihn plötzlich so sehr, dass sie es kaum noch aushalten konnte.

»Ja«, murmelte er, seine Lippen an ihrem Ohr. »Ja, so ist es gut. So, meine Schöne, hätte es längst schon sein sollen.«

Einmal nur noch protestierte Ava, als er sie gegen den Tisch drängte und versuchte, ihre Röcke hochzuschieben.

»Dafür bin ich wirklich nicht mehr beweglich genug. Komm nach nebenan. In der Kammer ist es viel bequemer.«

Veit lachte, packte die Kerze und wollte zur vertrauten Türe.

»Da schlafen jetzt die Kinder«, flüsterte Ava. »Wir beide schlafen hier.«

Als man ihr die Morgensuppe brachte, war Agnes Pacher bereits wach. Sie hockte auf der Pritsche, die Lider geschlossen, den Mund zu einer scharfen Linie verzerrt. Einen Augenblick zögerte sie noch, doch das Blut, das ungehindert zwischen ihren Schenkeln floss, gab den Ausschlag.

»Benachrichtige die geschätzten Herren Malefizkommissäre.« Die blassblauen Augen gingen weit auf. »Ich hab eine wichtige Aussage zu machen. Es handelt sich um Veit Sternen. Ihm allein hab ich mein Unglück zu verdanken.«

Veit war längst fort, als Ava erwachte, doch sein Geruch war noch immer da. Sie dehnte und streckte sich, spürte den Druck des Leinens auf ihren Brüsten, die Sanftheit in ihrem Schoß.

Sie schloss die Augen und ließ die Bilder, die Berührungen der Nacht für einen Augenblick zurückkehren.

Dann stand sie auf, hüllte sich in eine Decke und öffnete die Tür. Es hatte geschneit, alles war weiß und still. Kalte Luft strömte herein, frisch und klar. Sie konnte den Fluss riechen, die Büsche, den Wald. Den Winter.

Ava machte einen Schritt nach vorn und erschrak, als ihr nackter Fuß an etwas Weiches stieß.

Sie bückte sich, hob es auf. Ein Bündel Rebhühner, sechs an der Zahl. Eines für jedes Kind, das bei ihr lebte, eines für sie. Eines für Reka.

Perfekt zusammengeschnürt, wie nur Mathis es konnte.

Zehn

»Wie konnte Selina Sternen überhaupt in den Besitz des Schlüssels gelangen?«

Unter seinen Achseln wurde es feucht, aber es war kein ehrlicher Schweiß, wie er floss, wenn er zusammen mit seinen Gesellen Gerstensäcke hievte oder Fässer ablud. Er war kalt und klebrig. Sie bedrängten ihn, setzten ihm heftiger zu, als er angenommen hatte, und Pankraz Haller merkte, wie sein Körper sich immer mehr verspannte. Unter dem Raum mit der dunklen Kassettendecke, in dem er nun schon seit Stunden vernommen wurde, lagen die Keller. Ab und zu fiel sein Blick auf die Stockflecken an der gegenüberliegenden Wand. Dann versuchte er, die Gedanken an Nässe, Angst und Elend so schnell wie möglich wegzuschieben, doch es wollte ihm nicht recht gelingen. Dort unten saß die Pacherin ein, wie inzwischen jeder in Bamberg wusste.

»Das hab ich doch bereits ausgesagt. Mehr als ein Dutzend Mal, wenn ich mich recht erinnere.«

Schramms Feder kratzte über das Papier. Jede Frage, jede Antwort wurde von ihm protokolliert.

»Die Malefizkommission kann bestimmen, wie oft Ihr es zu wiederholen habt. Also?«

»Für gewöhnlich lege ich meine Schlüssel auf eine Ablage im Flur, wenn ich meine Tochter besuche, zusammen mit dem Rock. Selina muss ihn dort gesehen haben, hat ihn vermutlich abgemacht und an sich genommen. Ich hatte ihr die Felsenkeller einige Zeit zuvor gezeigt. Bei dieser Gelegenheit ist sie wohl auf diese Idee verfallen.«

»Weshalb?«, fragte Vasoldt. »Was hattet Ihr mit dem Mädchen dort unten zu suchen?«

»Selina ist meine Enkelin. Und Bierbrauen meine Welt. Ich wollte, dass sie sich dort zu Hause fühlt.«

»Bestenfalls eine angeheiratete Enkelin«, korrigierte der Drutenkommissar. »Marie Sternen ist meines Wissens die zweite Frau des Krippenschnitzers Sternen – und das erst seit ein paar Jahren.«

Pankraz Haller machte eine halbe Drehung zu ihm. Seine Worte jedoch waren einzig und allein an Adam Thies adressiert.

»Marie musste in ihrer Jugend eine Enttäuschung überwinden, an der sie lange zu kauen hatte. Mir hat der zweite Kandidat ebenso wenig zugesagt wie der erste. Und hätte ich entscheiden dürfen, sie lebte bis heute beschützt und in Frieden unter meinem Dach. Aber Väter können nun mal leider nicht bestimmen, was ihre erwachsenen Kinder zu tun oder zu lassen haben.«

Der Weihbischof wurde hellhörig.

Pankraz sah es daran, wie seine Augen neugierig zwischen Thies und ihm hin- und herflogen, und schon jetzt bereute er seine patzige Offenheit. Er mochte den jungen Jesuiten nicht, hatte ihn noch nie leiden können, aber vielleicht war Maries einstige Jugendliebe heute sein einziger Verbündeter.

»Wieso sagtet Ihr vorhin *vermutlich* genommen?«, setzte Thies gelassen die Befragung fort. Wenn ihm die Erwähnung Maries eben unangenehm gewesen war, so ließ er sich nichts davon anmerken. »Seid Ihr Euch nicht sicher?«

»Dabei war ich nicht. Deshalb kann es lediglich eine Vermutung sein.«

»Ihr wollt von alldem nichts bemerkt haben?«, schaltete sich der Weihbischof ein. »Wer soll Euch das glauben?«

»Mein Bund hat so viele Schlüssel«, sagte Haller. »Die kann ich unmöglich ständig kontrollieren. Weshalb sollte ich auch? Bislang war ja noch nie einer weggekommen.«

»Doch eines Tages war der Schlüssel wieder am Bund«, fuhr Vasoldt fort. »Könnt Ihr uns sagen, auf welche Weise sich das vollzogen hat?«

»Wohl auf die gleiche Weise, auf die er auch verschwunden ist«, sagte der Braumeister. »Selina hat ihn vermutlich zurückgegeben, weil sie ihn nicht mehr brauchte. Sie hatte die alte Tür aufgeschlossen und sich damit die Möglichkeit verschafft, jederzeit und unbemerkt den stillgelegten Stollen zu betreten.«

»Aber der Felsenkeller war doch verschlossen«, fuhr Förner dazwischen, »als man das tote Kind entdeckt hat! Das hat Georg Schneider beeidet, ein frommer, gottesfürchtiger Mann, und seiner Aussage zu misstrauen haben wir keinerlei Anlass.«

»Ja, weil er ihn eigenhändig verrammelt hat«, sagte Pankraz. »Mit seinem eigenen Schloss. Er ist ja schon halb verrückt vor lauter Hexenangst! Schneider konnte freilich nicht wissen, dass dort unten ein Kind war.«

»Was noch zu beweisen wäre!« Förners Stimme klang giftig. »Vielleicht war es ja gar nicht Menschenhand, sondern giftiges Drutenwerk, was das alles bewerkstelligt hat, und welche Bedeutung haben dann noch Schlösser und Schlüssel? Diese Scheusale können Mauern durchdringen, Eisen zum Schmelzen bringen, Steingebäude verrücken. Wer einmal in ihren Bann geraten ist, der muss …«

»Wir sollten uns an die Tatsachen halten, Monsignore«, unterbrach ihn Adam Thies ruhig, aber bestimmt. »Das macht es leichter – für uns alle.«

»Darf ich darauf hinweisen, dass mein Tag mit Arbeit stets gut ausgefüllt ist«, fuhr Haller fort. Inzwischen flossen wahre Bäche unter seinen Achseln. Er war froh, dass der dicke Wollrock nichts davon verriet. »Noch ein Grund, weshalb ich auf den Schlüssel nicht hab achten können. Die Brauerei, wie Ihr wisst, die Gaststube, die täglich gut besucht ist. Mein Amt im

Rat, das ich seit vielen Jahren innehabe. Seit einiger Zeit darf ich nun auch noch das Bier für die Tafel des Fürstbischofs liefern …«

»Beruft Euch darauf nur nicht allzu sehr!«, unterbrach ihn Förner grimmig. »Denn sollte auch nur ein einziges Verdachtsmoment gegen Euch bestehen bleiben, wird er sich eher heute als morgen einen neuen Brauer suchen!«

Er griff nach dem Becher, der vor ihm stand, leerte ihn in einem Zug. Neidisch starrte Pankraz Haller auf den Krug. Sein Mund war trocken, die Zunge rau. Wie gern hätte er sich auch mit etwas Kühlem erfrischt, aber es schien ihm nicht geraten, ausgerechnet jetzt danach zu fragen.

»Woher stammt eigentlich Eure Gerste, Haller?«, fuhr Vasoldt fort. »Diese Frage beschäftigt uns.«

»Aus verschiedenen Quellen.« Der Braumeister schwitzte noch heftiger. »Es gibt für alles Belege. Aber die führe ich selbstredend nicht ständig mit mir.«

»Dann habt Ihr nicht unter der Missernte des vergangenen Sommers zu leiden?«

»Wir alle leiden darunter«, sagte Haller. »Die ganze Stadt und das Umland dazu. Lasst uns beten, dass der gütige Herr uns im nächsten Jahr gnädiger sein wird!«

»Doch Ihr braut nach wie vor, während die anderen vor nahezu leeren Fässern sitzen – und das in beachtlichen Mengen, wie man hört. Wie lässt sich das erklären?«

»Der Fürstbischof ist ein anspruchsvoller Kunde. Und ein sehr durstiger dazu.« Seine Hände begannen leicht zu zittern. Pankraz Haller verschränkte sie ineinander, um sie unter Kontrolle zu halten. »Ich muss mir immer wieder Neues ausdenken, um seine Wünsche zu befriedigen. Doch ich tue es gern.«

»Verhält es sich in Wirklichkeit nicht ganz anders? Schneider behauptet, Ihr hättet spezielle Lieferanten.« Der Weihbischof strich über seinen Bart. »Direkt aus der Hölle! Denn

Eure Gerste ist verhext. Sonst würde sie sich wohl kaum auf wundersame Weise vermehren.«

»Das tut sie nicht, sonst hätte ich bedeutend weniger Sorgen.« Es gelang ihm, einigermaßen ruhig zu antworten. »In vielen Jahren des Brauens hab ich gelernt zu wirtschaften. Vielleicht ist es das, was mich von anderen meines Handwerks unterscheidet.«

»Und was ist mit Euren Gedanken, Ratsherr Haller?«

Förner hatte sich erhoben, stand nun direkt vor ihm. Ein unangenehmer Geruch ging von ihm aus, süßlich, leicht metallisch. Er riecht nach Blut, dachte Pankraz. Nach gestocktem Wundsekret. Er spürte, wie Ekel in ihm hochstieg. Am liebsten wäre er aufgesprungen und hinausgerannt. Aber es blieb ihm nichts anderes übrig, als sitzen zu bleiben und die widerliche Nähe zu ertragen.

»Welche Gedanken?«, sagte er vorsichtig.

»Habt Ihr Euch nicht gegen jemanden im Geist versündigt? Oder gar dem Teufel ein Versprechen gegeben? Eure unsterbliche Seele gegen unbegrenzte Gerstenlieferungen …«

»Haltet ein, Monsignore«, unterbrach ihn Adam Thies, »wir sind doch nicht in einer Drutenbefragung! Braumeister Haller wird von uns als Zeuge vernommen, nicht als Beschuldigter. Gegen ihn liegt keinerlei Anklage vor. Das habt Ihr sicherlich für einen Augenblick vergessen.«

»Mein Gedächtnis funktioniert ausgezeichnet. So weiß ich beispielsweise, dass jener Mann eine Lahme von übelstem Ruf in sein Haus aufgenommen hat. Als Buhlschaft, wie jeder in dieser Stadt weiß.«

»Hanna Hümlins Leumund ist tadellos«, sagte Pankraz. »Sie führt mir lediglich den Haushalt.« Sein Tonfall bekam eine gewisse Schärfe. »Im Angesicht Gottes ist niemand verkrüppelt, das hat Jesus selbst gesagt. Es sei denn, in seiner Seele. Und für Hanna Hümlin würde ich beide Hände ins Feuer legen. Wir sollten uns nicht über die körperlichen Gebrechen anderer erheben, sondern Gott dafür danken, wenn er uns davor verschont. Ich verlange, dass das ebenfalls zu Protokoll genommen wird!«

»Ein bis ins Mark verderbtes Weib. Ihre Mutter wurde bereits auf dem Scheiterhaufen verbrannt«, keifte Förner. »Wieso von allen Frauen Bambergs ausgerechnet die junge Hümlin? Weil Euch ihre Nähe zu Satan mehr als gelegen kommt?«

»Mit dem Teufel hab ich nichts zu tun. Und meine Wirtschafterin ebenso wenig.«

»Beweist es!«

»Beweist mir das Gegenteil!« Hallers Hals färbte sich rot, die bläulichen Adern traten dick hervor.

»Zurück zum Felsenkeller, meine Herren!«, forderte Adam. »Es gibt noch so viele Fragen, die einer Klärung bedürfen.«

Doch Förner war nicht mehr zu halten.

»Wie ist der Feind bei dir vorgegangen, Haller? Klang seine Stimme lieblich und lockend? War es ein Weib, das dich willig machen sollte? Hat sie gebettelt? Dich gereizt? Du lebst seit langem allein, bist daher anfällig gegenüber fleischlichen Versuchungen. Wahrscheinlich war genau das der Weg zu deiner unsterblichen Seele!«

»Monsignore!« Adams Stimme war schneidend geworden. »Ich bitte Euch – die Regeln!«

»Was bildest du dir ein, Thies?« Förners Stimme wurde immer giftiger. »Wenn ich den Teufel riechen kann – und das kann ich –, führe ich die Fragen nach meinem Gusto, verstanden? Ich bin nur Gott verpflichtet, unserem Herrn, niemandem sonst …«

Er verstummte abrupt, sah plötzlich aus wie ein zerrupfter schwarzer Vogel, der einen eiskalten Guss abbekommen hat. Adam Thies hatte einen Rosenkranz mit großen Korallenperlen aus der Tasche gezogen und vor sich auf den Tisch gelegt. Ein kostbares Stück, das noch eindrucksvoller gewirkt hätte, wäre das stattliche Kreuz, das an seinem Ende baumelte, nicht zerbrochen gewesen.

»Einen Schluck Wasser, Braumeister Haller?«, fragte der junge Jesuit.

Haller nickte, und Adam schenkte ihm einen Becher ein. Er wartete, bis Pankraz ausgetrunken hatte. Dann nickte er dem Weihbischof und Vasoldt kurz zu.

»Ich glaube, meine Herren, wir können jetzt fortfahren.«

Nicht einmal der winterlichen Nachtluft wollte es gelingen, sein aufgewühltes Herz zu kühlen. Die Teufel waren zurück, fuhrwerkten in seinem Inneren herum mit glühenden Haken und piesackten ihn so unerbittlich, dass nicht einmal der Stachelfreund mehr dagegen ankam. Alles hatte Friedrich Förner schon versucht: unzählige Ave-Maria gebetet, sich bäuchlings auf den eisigen Steinboden von St. Martin gelegt, bis er zu zittern begann. Schließlich hatte er sogar seine Höhenangst überwunden und war die steilen Stufen des Turms hinaufgestiegen, doch selbst hier, hoch über den Dächern der dunklen Stadt, fand er keine Linderung.

Die sieben Hügel Bambergs, den sieben Hügeln der Ewigen Stadt nachempfunden!

Bamberg war sein Rom, seine Stadt – auch wenn dort unten Fürstbischof und Rat abwechselnd um die Herrschaft stritten. Dass er sie jetzt nicht sehen, sondern nur erahnen konnte, ließ die nächtlichen Dämonen, die ihm zusetzten, noch lebendiger werden. Für einen Moment glaubte er sogar wüstes Katzengezeter zu hören, aber das war wohl nur seine überhitzte Fantasie, die ihm diesen Streich spielte.

Er beugte sich vor, um ganz sicherzugehen. Dabei knirschte das halbhohe Holzgerüst, neigte sich gefährlich nach vorn. Förner sprang erschrocken zurück. Die letzte Stelle, die noch durch ein Eisengitter ersetzt werden musste. Dann war sein großartiger Turm mit der Goldhaube endlich vollendet.

Jetzt kreisten seine Gedanken um Thies.

Der Jesuit hatte seinen Rosenkranz nicht nur an sich genommen, sondern auch noch gewagt, ihm damit zu drohen. Die Geste war unmissverständlich gewesen, hatte Förner abrupt zum Schweigen gebracht, auch wenn vermutlich kein anderer im Raum sie verstanden hatte. Doch darauf konnte er sich nicht verlassen. Wer wusste schon, zu welch anderen Ungeheuerlichkeiten jener noch fähig war?

Was wusste Thies? Was ahnte er nur? Auf wen konnte er sich im schlimmsten Fall berufen, um noch mehr, um alles zu erfahren?

Fragen, auf die Förner keine Antwort fand.

Aus Rom kannte er ihn, was die Sache nicht besser machte, denn bereits damals war er ihm suspekt gewesen. Adam Thies sah nicht aus wie ein Kirchenmann, er sprach und bewegte sich nicht wie ein Diener Gottes. Alles an ihm strotzte vor männlicher Kraft; allein diese geballte Körperlichkeit hätte schon genügt, um Förner abzuschrecken. Zudem machte es ihn misstrauisch, auf welche Weise der andere die Herzen der Vorgesetzten eroberte, scheinbar beiläufig, wie im Vorübergehen, und nicht daran dachte, sich demütig dem Gelübde des Gehorsams zu unterwerfen, das doch für alle Mitglieder des Ordens verpflichtend war.

Die Oberen schienen es nicht einmal zu bemerken, und wenn doch, so machte es ihnen offenbar nichts aus, weder im fernen Rom noch hier, in Bamberg. Thies stand unter dem speziellen Schutz des Fürstbischofs, konnte sich offen damit brüsten, sein Vertrauen zu besitzen. Förner machte sich keine Illusionen darüber, weshalb Fuchs von Dornheim ausgerechnet diesen Mann zurückgeholt hatte: um ihm Daumenschrauben anzulegen. Dabei konnte nur eines Bamberg vor der endgültigen Herrschaft Satans bewahren: reinigende Feuer, deren

Flammen zum Himmel stiegen und in denen die befleckten Leiber der Unholde zu Asche verbrannten.

Sein Weg. Sein Ziel. Seine Aufgabe.

Langsam wurde sein Atem ruhiger, und das Gefühl von Leere und Trostlosigkeit, das ihn in den vergangenen Stunden gequält hatte, ebbte ab. Er durfte sich nicht von seinem heiligen Krieg gegen das Böse abbringen lassen. Schon gar nicht von einem Mann wie Thies. Gott war auf seiner Seite, und wenn er nur aufmerksam genug war, würde sich ihm endlich auch das Zeichen der göttlichen Jungfrau offenbaren, nach dem es ihn so schmerzlich verlangte.

Er beschloss, logisch vorzugehen, der Reihe nach, und ließ vor seinem inneren Auge die Szenen im Verhörraum erneut ablaufen. Adam Thies war ein ernst zu nehmender Gegner, aber kein unbesiegbarer. An einem Punkt war er beinahe ins Straucheln gekommen, just in dem Augenblick, in dem Pankraz Haller seine Tochter Marie erwähnt hatte.

War er deshalb im Gasthof seines Vaters abgestiegen anstatt im Collegium, weil er insgeheim weiterzuführen gedachte, was sein Weggang aus Bamberg einst beendet hatte? Thies war ein Heißblut. Dieser Ruf eilte ihm voraus, trotz seiner allgemein anerkannten Fähigkeiten. Vielleicht missachtete er nicht nur das Gelübde des Gehorsams, sondern auch das der Keuschheit.

Der Jesuit und die Frau des Krippenschnitzers?

Es erschien Friedrich Förner durchaus denkbar. Eine Fährte jedenfalls, der er nachgehen sollte.

Als er die Treppen wieder heruntergestiegen war und St. Martin verlassen hatte, fühlte er sich ohne die schützende Hülle seines Gotteshauses bei den ersten Schritten wie nackt. Zum Glück begann es zu schneien. Große Flocken fielen vom Himmel, überzogen die Stadt mit weißer Stille. Seine Füße fanden den Weg wie von selbst, über den Markt, die Untere Brücke, bis hinunter in den Sand, wo das Gasthaus zum *Blauen Löwen* lag, das Adams Vater, Wolfram Thies, betrieb.

Alle Fenster zur Straße hin waren dunkel; für einen Augenblick durchströmte ihn Genugtuung, dass die Gläubigen die Fastengebote der Adventszeit ernst nahmen. Auch dafür hatten seine Drutenpredigten gesorgt. Er wollte schon umdrehen und nach Hause gehen, als ein Geräusch seine Aufmerksamkeit erregte.

Förner drückte sich enger gegen die Mauer und spähte in den Innenhof. Zwei Gestalten unter einer kleinen Laterne, in der ein Lichtlein flackerte, in einer Umarmung verschmolzen. Ein Liebespaar, dachte er unwillig. Zwei, die aus guten Gründen für ihre Wollust den Schutz der Nacht suchen.

Er hörte sie flüstern und lachen. Dann trat die kleinere Gestalt einen Schritt zurück.

Im Schneetreiben erkannte er den blonden Sohn des Krippenschnitzers.

»So lass ich dich noch nicht nach Hause, Simon«, sagte die größere Gestalt und zog den anderen näher heran.

Die Jungfrau Maria hatte ihm den Weg gezeigt. All seine Gebete waren erhört worden. Kälte strich ihm über den Rücken, Schneeflocken fielen auf seinen Kopf, bedeckten die Soutane. Friedrich Förner merkte von alldem nichts. So gebannt sah er dabei zu, wie Adam Thies und Simon Sternen sich innig küssten.

Die Stadt schlief schon, als Pankraz Haller sein Gasthaus *Unter den Störchen* absperrte. Die Kälte reizte seine Haut; er stapfte durch den Schnee, bis der Atem vor ihm in hellen Schwaden dampfte, und hatte doch keine Eile heimzukommen. Was erwartete ihn schon? Ein leeres, dunkles Haus und nichts als schwarze Gedanken!

Zu seiner Überraschung saß Hanna Hümlin noch in der Stube, vor heruntergebrannten Kerzen, die ihm zeigten, wie lange sie schon auf ihn wartete. In einer Vase auf der Truhe standen ihre Barbarazweige, die langsam austrieben, und der Gedanke an den Frühling, den sie lange vor der Zeit ankündigten, machte ihm die Seele leichter.

»Sie haben dich heute vernommen«, sagte sie. »Ich dachte mir, du kannst danach vielleicht jemanden zum Reden gebrauchen.«

Pankraz zog den Rock aus und setzte sich zu ihr. Der Kamin war noch immer angenehm warm; es entspannte ihn, seinen steifen Rücken dagegenzulehnen. Im Fenster sah er ihre verschwommenen Spiegelbilder. Draußen fiel der Schnee, in dicken, schweren Flocken.

»Geschwitzt hab ich, schlimmer noch als bei der Ernte im August, so scheußlich bedrängt haben sie mich. Alles wollten sie wissen – über die Schlüssel, über Selina, über die Keller. Und zuletzt sind sie noch auf dich gekommen.«

»Die alte Geschichte?« Sie sah plötzlich müde aus.

»Die alte Geschichte«, bekräftigte Pankraz. »Dein Bein, dein Leumund, deine Mutter – sie haben alles aufgefahren. Aber ich bin ihnen nichts schuldig geblieben. Und zum Schluss ist sogar Förner verstummt, wer weiß schon, weshalb.«

Sie schwieg, senkte den Kopf, und die Locken, die ihr Gesicht umkringelten, schimmerten im Kerzenlicht.

»Glaubst du eigentlich, dass Sterben wehtut?«, sagte sie nach einer Weile.

»Das weiß ich nicht«, sagte Pankraz überrascht.

»Aber wohin geht die Seele? Kannst du mir wenigstens das sagen?«

»Tut mir Leid, Hanna. Da musst du Klügere als mich fragen. Ich weiß nur, was sie von der Kanzel verkünden. Dass wir eines Tages auferstehen werden, sofern wir ein frommes Leben geführt haben. Wissen werden wir es erst, wenn es einmal so weit ist.« Er musterte sie erstaunt. »Wie kommst du jetzt auf solche Gedanken?«

»Weil Förner Blut an den Händen hat«, sagte sie, »und alles, was er berührt, in Tod verwandelt. Er steckt voller Hass, wird nicht aufhören, bis er erreicht hat, was er sich vorgenommen hat. Er will Menschen brennen sehen. Viele Menschen.«

Sie hob den Blick, sah ihn mit blanken Augen an.

»Aber ich will nicht dazugehören! Ich hab meine Mutter im Feuer schreien hören, verstehst du, Braumeister? Solche Schreie vergisst du ein ganzes Leben nicht mehr. Wenn man das, was ich jetzt führe, überhaupt ›Leben‹ nennen kann.«

Sie schaute auf ihre Hände, und Pankraz Haller tat es auch. Sie waren rissig und rau, verrieten, wie hart ihr Tagwerk war.

»Du bezahlst noch immer für ihren Tod?«, sagte er.

»Ein Scheiterhaufen ist sehr teuer.« Ihr Ton war bitter. »Und jede Folterung muss einzeln beglichen werden. Ganz zu schweigen von der Entlohnung der Drutenkommissare, deren Speisen und Getränken ...« Sie schüttelte sich. »Bis zu meinem seligen Ende werd ich den Schuldenberg nicht abtragen können, und wenn ich Tag und Nacht schufte!«

»Ich könnte dir dabei helfen«, sagte er. »Für mich wäre es einfacher.«

Ihr Blick verriet, wie überrascht sie war. »Warum solltest du das tun?«

»Weil ich dich mag, Hanna. Aber das weißt du ja längst.«

Noch als er sich später schlafen legte, spürte Pankraz Haller, wie ihm die Hitze in den Hals geschossen war, als sie plötzlich eine Bewegung gemacht hatte, beinahe als wolle sie ihn umarmen. Wie das Blut schwer zwischen seine Beine gesackt war! Und wie laut sein Herz auf einmal geschlagen hatte.

Doch es war vorüber gewesen, bevor es noch richtig begonnen hatte. Jetzt war sie fort und er wieder allein mit seiner Einsamkeit. Seiner Begierde. Er drehte sich auf den Rücken, schloss die Augen. Seine Hand fuhr unter die Decke. Er war gewohnt, allein damit fertig zu werden – bis das Geräusch bloßer Füße auf Holz seine Aufmerksamkeit erregte.

Hanna stand neben seinem Bett. Im Mondlicht schimmerte ihr Körper hell wie eine geschälte Zwiebel. Sie war nackt bis auf das schwere Bernsteinherz zwischen ihren Brüsten. Zwischen ihren Beinen ein rötliches Vlies.

»So wirst du dir noch den Tod holen«, sagte er mit trockenem Mund.

Ein feines Lächeln. Wärme schoss in seinen Leib. Sie wechselte von einem Bein auf das andere und sah plötzlich aus wie ein junges Mädchen.

»Dann lass mich lieber schnell zu dir unter die Decke.«

Zu Avas Überraschung war das Holzlager verschlossen. Sie umrundete das lang gestreckte Gebäude, das am Stadtrand lag, wo Grund und Boden noch billig zu haben waren, konnte aber keine Spur von Leben entdecken. Nirgendwo sah sie Pacher; auch der kräftige junge Mann, der ihm sonst als Gehilfe zur Hand ging, war offenbar nicht da.

Sie war außer Atem, weil sie sehr schnell gegangen war, um nicht zu frieren. Seit ein paar Tagen stöhnte Bamberg unter winterlicher Kälte; sie musste die Kinder öfter zum Holzsammeln schicken, damit es im Haus einigermaßen warm blieb. Eine plötzliche Müdigkeit überkam sie, die sie jetzt manchmal spürte, als verbrauche das kleine Wesen, das in ihr wuchs, ihre gesamte Energie, aber Ava ließ sich dadurch nicht von ihren Plänen abhalten.

Sie drehte um und ging den Weg zurück langsamer, bis sie in der Langen Gasse angelangt war. Angesichts der prachtvollen Bürgerhäuser mit ihren Giebeln, aufgesetzten Türmchen und blanken Butzenscheiben kamen ihr Tonis Worte über die Druten wieder in den Sinn. Er hatte seitdem nicht mehr in ihrer Gegenwart davon gesprochen, aber sie spürte, dass die ganze Angelegenheit noch immer in ihm rumorte. Ein Stück weiter sah sie das Haus, in dem die Sternens lebten, und für einen Augenblick durchfuhren sie wehmütige Gefühle.

Veits Mund an ihrem Hals, sein Atem, sein Schrei. Im größten Glück der Schmerz des Abschieds.

Und ihre jähe Freude, als sie am nächsten Morgen Mathis' Gruß vor dem Haus entdeckt hatte. Doch seitdem keine Spur mehr von ihm. Sie hatte sogar Bastian Mendel nach ihm gefragt, als er ihr einen riesigen Forellenfang gebracht hatte, sich aber nur eine knurrige Antwort eingehandelt.

»Tot ist er mir eigentlich am liebsten, das weißt du doch genau. Was ist jetzt? Brauchst du auch noch Hechte, Ava?«

Sie ließ den Klopfer gegen die Türe schlagen, bevor die Erinnerungen übermächtig werden konnten. Eine junge Magd mit geflochtenem Haarkranz und ängstlichen Augen öffnete.

»Ich will zu Pacher«, sagte Ava.

»In welcher Angelegenheit?«

»Das sag ich ihm am besten selber. Ist er da?«

Die Magd nickte.

»Aber ich weiß nicht, ob er Besuch ...«

Zwei Mädchen drängten sich an ihr vorbei.

»Er sitzt in der Stube und trinkt«, sagte die Kleinere. »Seit mehr als einer Woche tut er nichts anderes. Und manchmal weint er. Oder schreit. Wie heißt du denn? Ich bin die Vroni.«

»Ava.« Sie drehte sich zu dem anderen Kind. »Und wer bist du?«

»Dorle. Das ist nur wegen unserer Mama.« Die Größere hatte einen roten Schopf und sah selber aus, als ob sie gerade geheult hätte. »Sie ist nämlich eingesperrt. Aber sie soll ganz schnell wieder nach Hause kommen!«

»Das will ich doch auch«, sagte Vroni. »Doch vom Weinen wird es auch nicht besser. Wir müssen tapfer sein und uns um Harlan kümmern.«

»Ist das euer Bruder?«, sagte Ava.

»Er hat erst zwei Zähne. Und immer wenn er wach wird, schreit er.«

»Kann ich ihn mir mal ansehen?«, sagte Ava.

Jetzt ließ die Magd sie eintreten und führte sie in eine dunkle Kammer, wo ein kräftiger Säugling nach Leibeskräften brüllte. Die Mädchen folgten ihr. Ava nahm ihn hoch.

Er war viel zu fest in steifes Leinenzeug gewickelt, das sie trotz der missbilligenden Blicke der Magd Schicht für Schicht von seinem Körper löste. Als er nackt war, entdeckte sie überall rote Pusteln, manche verschorft, andere ganz frisch, andere blutig aufgekratzt.

»Ihr müsst ihm die Nägel schneiden«, sagte sie nach eingehender Inspektion. »Das ist das Wichtigste. Sonst kratzt er sich ständig auf. Dann reibt ihr seine Haut mit warmem Wasser vorsichtig ab, mindestens fünf Tage hintereinander, und trocknet ihn gründlich ab.«

Der Kleine sabberte, strampelte mit seinen dicken Beinchen. Ava wickelte ihn, ließ sich ein Wolltuch geben, hüllte ihn leicht damit ein.

»Er muss sich mehr bewegen können. Seht ihr, wie gut ihm das tut?« Auf ihrem Arm wurde er ruhiger. »Und wo finde ich jetzt euren Vater?«

Die Stube, in die Dorle sie führte, roch nach Kummer und Schnaps. Am Tisch hockte die massige, in sich gesunkene Gestalt des Holzhändlers, der sich an einen Krug klammerte. Der Anblick war so jämmerlich, dass Ava die Mädchen schnell wieder hinausschob.

Jetzt war sie mit Pacher allein.

»Was willst du?«, sagte er, als er sie erkannte. »Was hat mein Sohn auf deinem Arm verloren?«

»Günstiges Erlenholz zum Forellenräuchern«, sagte sie. »Ich ersticke fast in Ware, so viel haben die Fischer bei mir abgeliefert. Aber dein Lager war zu. Deshalb bin ich hier. Der Kleine hat geweint, und ich wusste, wie er zu beruhigen war.«

»Mein Lager bleibt auch zu. So lange, bis sie wieder zu Hause ist. Dann wird auch der Kleine nicht länger greinen.« Seine Augen waren müde und blutunterlaufen. Als ihr Umschlagtuch bei einer Bewegung verrutschte und den Bauch freigab, über dem das Kleid schon spannte, musterte er Ava mit neu erwachtem Interesse.

»Du bist schwanger?«

Sie nickte.

»Dann hast du mehr Glück gehabt als mein armes Weib. Ein neues Kind hätte ihr Leben gerettet. Aber Gott hat es nicht gewollt. Warum tut er uns das an?«

Der Kleine rülpste. Seine wasserblauen Augen waren neugierig und wach.

»Das musst du dir selber beantworten«, sagte Ava. »Wo steckt eigentlich dein Gehilfe? Vielleicht kann er mir ja das Holz verkaufen, das ich brauche.«

Er schien sie gar nicht zu hören.

»Sie ist leichtsinnig«, fuhr Harlan Pacher fort. »Und sie hat ein loses Mundwerk. Oftmals redet sie, bevor sie denkt. Aber sie hat mir drei gesunde Kinder geboren, und ich liebe sie. Meiner Agnes darf nichts zustoßen! Was kann ich nur tun, um ihr zu helfen?«

»Wenn stimmt, was man hört«, sagte Ava vorsichtig, »dann ist sie nicht unschuldig an ihrer misslichen Lage. Andere zu beschuldigen kann sehr schnell auf einen selbst zurückfallen.«

»Ich weiß«, jammerte Harlan Pacher, »das achte Gebot! Nicht einmal darum schert sie sich. Ich bin um einiges älter als sie und wohl auch um einiges klüger. Aber jetzt weiß auch ich nicht mehr ein noch aus.« Seine Hände vollführten eine mutlose Geste. »Was soll ich nur tun? Ich war schon überall:

beim Weihbischof, im Rat, sogar beim Fürstbischof hab ich um Gnade gebettelt, aber niemand will mir Gehör schenken.«

Sein Kopf sank auf den Tisch.

»Mein Leben würde ich geben, um ihres zu retten«, sagte er dumpf. »Und alles, was ich besitze.«

»Du darfst die Hoffnung nicht aufgeben«, sagte Ava. »Schon der Kinder wegen nicht. Sieh dir nur mal deinen Kleinen an!« Die Füßchen stießen munter gegen ihren Bauch, und sie hatte das Gefühl, dass das Kind in ihr darauf antwortete. »Deine Frau ist noch nicht tot, Harlan. Solange sie lebt, gibt es auch Hoffnung.«

Langsam kam sein Kopf wieder nach oben.

»Du kennst meine Agnes?«, sagte er. »Du musst sie kennen, um so zu reden. Sie hat so viel Kraft, so viel Feuer – sie jetzt so erbärmlich zu wissen bricht mir das Herz!«

»Flüchtig.« Was würde es nützen, wenn sie ihm mehr offenbarte?

»Agnes ist alles, was ich habe.« Harlan Pacher begann zu weinen. »Wenn ich sie verliere …«

»Nimm deinen Mut zusammen, und tröste deine Kinder«, sagte Ava. »Sie brauchen dich jetzt, mehr denn je. Das ist das Beste, was du tun kannst. Hier!«

Sie sah, wie er mit sich kämpfte. Dann zog er ein Leinentuch heraus, wischte sich über das Gesicht. Seine Hände streckten sich nach dem Kind aus. Der kleine Harlan begann wie ein Kätzchen zu maunzen, als er die raue Wange seines Vaters spürte, wurde dann aber schnell still.

»Er erkennt dich«, sagte Ava. »Du tust ihm gut. Nimm ihn nachts mit in dein Bett, dann wird er auch aufhören, nach der Mutter zu weinen. Ihr könnt ihm die Pusteln mit seinem ersten Morgenurin betupfen, das wirkt manchmal wahre Wunder. Und wenn sie trotzdem nicht besser werden, dann schick eines deiner Mädchen zu mir. Vielleicht kann meine Kamillensalbe helfen.«

»Ich will es versuchen«, sagte er. »Jackl soll dir eine ordentliche Lieferung Erlenscheite bringen. Man findet dich doch noch immer im Haus am Fluss? Dort, wo der große Räucherofen steht?«

»Ja«, sagte Ava. »Das ist jetzt mein Zuhause.«

Als die Büttel kamen, waren Marie und die Göhlerin mitten in den Backvorbereitungen. Sie hatten getrocknete Früchte in Streifen geschnitten, Rosinen und Gewürze dazugegeben. Jetzt verrührten sie Butter, Zucker und Vanillemark, um sie als letzte Zutaten unter Mehl und Hirschhornsalz zu geben. Sogar Selina drückte sich ausnahmsweise in der Küche herum, weil sie Früchtebrot liebte und den ganzen Teig am liebsten schon roh vernascht hätte. Sie wurde weiß, als sie die schwer bewaffneten Männer sah, klammerte sich an den Tisch.

»Was wollt ihr schon wieder hier?« Unwillkürlich stellte sich Marie schützend vor das Mädchen. »In ein paar Tagen feiern wir das Fest der Geburt Jesu. Gibt es in eurem schauerlichen Amt denn keinen Weihnachtsfrieden?«

»Wo ist dein Mann?«, fragte der Büttel, der einen der gefährlichen Morgensterne am Gürtel baumeln hatte. »Veit Sternen, der Schnitzer, wo steckt er?«

»Was wollt ihr von ihm?« Um sie herum wurde es schwarz. Schwer und schwarz.

»Wo ist er?«, wiederholte er ungerührt.

»Wir haben ihn schon, Prosper«, hörte sie einen anderen rufen. »In der Werkstatt hatte er sich versteckt. Und wollte flugs zur Tür hinaus wie ein munteres Vögelchen. Aber daraus ist nun nichts mehr geworden.«

Sie stießen Veit vorwärts; er wehrte sich heftig, aber gegen vier Gegner mit Schwert und Messer kam er nicht an. Grob banden sie ihm die Hände auf den Rücken.

Seine Augen suchten Maries.

»Mach dir keine Sorgen, Füchslein«, sagte er wenig überzeugend. »Alles wird sich aufklären. Ich bin eher zurück, als du denkst!«

Die Büttel brachen in wüstes Gelächter aus. Selina starrte sie an, als kämen sie direkt aus der Hölle.

»Was wollt ihr von ihm?«, sagte Marie mit dünner Stimme. Wieso war ausgerechnet jetzt Simon nicht da? Warum gab es keinen, der ihr hätte helfen können? »Wohin schleppt ihr ihn?«

»Ins Loch«, sagte einer der Männer. »Da wartet schon ein anderes Vögelchen, das munter gepfiffen hat.« Er wandte sich an Marie. »Hast du Geld?«, sagte er. »Sonst wird er leider hungern und frieren müssen.«

Sie rannte hinaus, schloss mit fliegenden Händen die Truhe auf, kam mit einem Beutel zurück.

»Hier«, sagte sie, »das müsste reichen ...«

Wieder das raue Gelächter der Büttel.

»Treib rasch mehr auf«, sagte der mit dem Morgenstern. »Du glaubst ja gar nicht, wie kostspielig das Leben dort unten sein kann!« Er versetzte Veit einen weiteren Stoß. »Und jetzt los mit dir! Der Weihbischof wartet nicht gern.«

Sie machten sich nicht die Mühe, die Türe zu schließen. Eisig fegte der Wind ins Haus. Selina schien aus ihrer Erstarrung zu erwachen und wollte ihnen nach, aber Marie hielt sie fest, während Theres Göhler energisch die Haustür zuzog.

»Du kannst ihm jetzt nicht helfen.« Das Reden kostete Marie große Kraft. »Wir müssen versuchen, Ruhe zu bewahren, Selina. Und genau überlegen, was wir als Nächstes tun werden.«

Sie sank auf einen Stuhl, starrte ins Leere.

»Du musst sofort zum Braumeister«, sagte die Göhlerin. »Dein Vater ist doch Ratsherr und Hofbrauer und kennt viele einflussreiche Leute. Oder lieber gleich zum Fürstbischof –

ja genau, das ist es! Wo dein Mann doch seine Krippe schnitzt …«

»Später«, sagte Marie. »Lauf erst zum Fasser Holbein, Theres, und hol Simon nach Hause!«

Kaum war die Göhlerin fort, begann auch Selina zu weinen. Marie wollte sie trösten, das Mädchen aber stieß sie weg.

»Das Schlimmste weißt du ja noch gar nicht«, brachte sie zwischen zwei Schluchzern hervor. »Aber ich weiß es. Ich weiß es schon sehr lange.«

»Was weißt du, Selina?«, fragte Marie. »Wenn es etwas über deinen Vater ist, musst du es mir sagen!«

»Aber dann wirst du mich hassen. Und ihn auch. So wie ich ihn hasse, seit ich es weiß. Wie konnte er mir nur so etwas antun? Und dir auch! Er hat …«

»Was hat er getan? Rede!« Sie musste an sich halten, um das Mädchen nicht zu packen und grob zu schütteln.

»Es geht um Lenchen. Die Kleine mit dem roten Häubchen.« Selina sprach so undeutlich, dass Marie sie kaum verstand.

»Das tote Kind im Felsenkeller?«, fragte sie.

Nicken. Selinas Tränen flossen stärker. Aber ihr wurde leichter dabei ums Herz, viel leichter.

»Was hat Veit damit zu tun?«

»Lenchen war sein Kind.«

Im ersten Augenblick glaubte Marie, sich verhört zu haben. Dann drangen die Worte in ihrer ganzen Wucht in sie ein.

»Sein Kind?«, wiederholte sie mechanisch. »Wieso sein Kind?«

»Sein Kind!«, bekräftigte Selina. »Und das der Otterfrau. Ich weiß es ganz genau. Lenz hat es mir gesagt. Und Lenz ist … war mein bester Freund. Außerdem hab ich sie auch gesehen. Alle drei, Lenchen, Ava und … ihn. Die ganze kleine Familie.« Sie spie die Worte aus, als verätzten sie ihren Mund.

Marie spürte Feuer in ihrem Kopf. Vor ihren Augen verschwammen die vertrauten Gegenstände. Es passte alles perfekt zusammen. Veits Heimlichkeiten. Sein ständiges Ausweichen. Die versteckte Maria, die Avas Züge trug. Was die Otterfrau bei ihrem Besuch angedeutet hatte. Dass er vor ein paar Tagen erst wieder im Morgengrauen nach Hause gekommen war. Aber wenn alles sich tatsächlich so verhielt, wie konnte er dann so kalt auf den Tod der Kleinen reagieren? Sie kannte ihn nicht, das war die bittere Wahrheit. Sie hatte keine Ahnung, wer der Mann war, an dessen Seite sie seit vielen Jahren lebte.

Selina starrte sie an, als hinge ihr Leben von ihr ab. Marie nahm den Schürzensaum, wischte ihr sanft die Tränen von den Wangen, und jetzt ließ sie es geschehen.

»Ich hasse dich nicht«, sagte sie. »Nicht dich, Selina. Es ist gut, dass du geredet hast, denn nun weiß ich endlich, woran ich bin.«

Selina nickte ungläubig.

»Ich hab sie nicht umgebracht«, sagte sie. »Das musst du mir glauben. Nicht einmal angerührt hab ich sie. Obwohl ich sie gar nicht leiden konnte. Sie war so störrisch. Und so ungezogen. Sie wollte nicht auf mich hören.«

»Sie war noch sehr klein.« Marie überschlug in Gedanken die Jahre, die Monate. Auch das passte. Sogar das.

»Ich wollte doch nur, dass sie ein bisschen Angst bekommt. Deshalb bin ich allein die Leiter hinauf. Ohne sie.« Ihre Augen wurden wieder feucht. »Sie sollte lernen, dass man mich nicht auslachen darf. Werden die Büttel jetzt auch kommen und mich holen – so wie ihn?«

»Das werden sie nicht«, sagte Marie, obwohl sie ganz und gar nicht davon überzeugt war. In ihrem Kopf überschlugen sich die Gedanken. Sie würde nicht als Erstes zum Vater laufen. Und auch nicht zu Adam. Es gab jemand anders, den sie zuvor zur Rede stellen musste.

»Ich muss noch einmal weg«, sagte sie. »Warte du hier auf Simon, und erzähl ihm, was passiert ist.«

»Zur Otterfrau?«

Dieses Mädchen konnte Gedanken lesen! Manchmal war Selina ihr richtig unheimlich.

»Ja«, sagte Marie. »Genau dorthin will ich.«

»Nimm mich mit – bitte! Ich möchte das Gesicht dieser Ava sehen, wenn du mit ihr redest.«

»Nein«, sagte Marie. »Das geht nur sie und mich etwas an.«

Der Fluss ächzte und stampfte, ein glänzendes dunkles Band, das sich machtvoll durch die weiße Winterlandschaft schlängelte. Ava konnte nicht so dicht am Ufer gehen wie gewöhnlich, weil die Wellen bereits vielerorts die Böschung überspült hatten, aber sie hielt sich trotzdem so nah am Wasser wie möglich, ohne nasse Füße zu riskieren. Sie hätte sich nach der einen Seite wenden können, wo die Regnitz ein Stück weiter in den Main mündete; aber sie hatte sich für die andere Richtung entschieden. Würde sie weiter und immer weiter wandern, sie würde irgendwann zur Quelle gelangen, zum Ursprung, inmitten der südlichen Frankenalb.

Mathis war einmal dort gewesen und hatte ihr davon erzählt. Wenn sie am Fluss war, war sie also auch mit ihm verbunden. Natürlich hielt sie vor allem Ausschau nach Mathis und erst in zweiter Linie nach Reka, dessen anfängliche Zurückhaltung vor dem schnell steigenden Wasser sich inzwischen offenbar in Neugierde verwandelt hatte. Zwei ganze Tage und Nächte war er ausgeblieben und erst zurückgekehrt, als sie sich schon Sorgen gemacht hatte. Aber der Otter war munter gewesen, trotz einer frischen Bisswunde am Ohr, die sie gesäubert und verbunden hatte, und konnte es nach ein paar Stunden Schlaf kaum erwarten, aufs Neue jagen zu gehen.

Verteidigte er sein Revier? Hatte er eine Gefährtin gefunden? Otter waren beim Balzen nicht auf bestimmte Jahreszeiten angewiesen, das hatte Ava bei ihren Flusserkundungen beobachtet. Aber musste sich Reka ausgerechnet winterliches Hochwasser für seine Brautwerbung aussuchen?

Auch die Enten schienen das mächtige Strömen zu genießen; sie sah ein paar Teichhühner auffliegen und entdeckte ein Stück entfernt sogar den scheuen Eisvogel, der sich nur selten blicken ließ. Das Gehen tat ihr gut, obwohl sie die Schwere in ihrer Mitte jetzt schon deutlich spüren konnte.

Sie atmete die frische Winterluft tief ein.

Das Haus war eng und laut geworden, doch sie wollte die Kinder nicht zum Stillsein zwingen, sondern war erleichtert, dass sie überhaupt wieder damit anfingen, Unsinn zu machen. Viel wichtiger war ihr, sie satt zu bekommen – keine leichte Aufgabe. Sie hatte die Ziegen, die Milch gaben, aber auch gefüttert werden mussten. Avas Rücklagen schmolzen, und würde Bastian Mendel nicht mindestens einmal pro Woche einen Extrakorb Fisch anschleppen, sie müsste anfangen, sich ernsthafte Gedanken über die Zukunft zu machen.

Der Wind blies immer heftiger. Sie spürte, wie sie langsam ermüdete, und konnte sich doch noch nicht zum Umkehren entscheiden. Zu stark war die Anziehung, die von dem rasch fließenden Gewässer ausging, ein Sog, den sie bis in ihr Innerstes spürte.

Du bist die Hüterin der Quelle.

Mathis' Worte klangen wieder in ihrem Ohr, aber heute stimmten sie Ava nicht froh, sondern ließen sie traurig werden. Du täuschst dich, das bin ich nicht, hätte sie ihm am liebsten entgegengerufen, ebenso wenig, wie ich damals in der Lage war, das Feuer zu hüten.

Wieder überkamen die Bilder sie ohne Vorwarnung.

Das Zischen der Flammen, das schnelle Auflodern, als sie die Türe aufgerissen hatte. Ihr Erschrecken, eine senkrechte

Feuersäule aufschießen zu sehen, als Luft hereinströmte, und Wenzels verzweifelte Stimme im Hintergrund: »Lauf, Ava, lauf, hinunter zum Fluss …«

Sie ließ sich auf die Knie sinken, fasste beidhändig in den Schnee und presste ihn auf ihre Wangen. Die Kälte brachte sie wieder zur Besinnung, aber ihr Herz blieb wund und heiß. Avas Finger wühlten tiefer in der Erde, bis sie auf etwas Hartes stießen – Wurzelwerk. Sie grub weiter, froh um die willkommene Ablenkung.

Der Boden war nur oberflächlich gefroren; es gelang ihr, mit dem kleinen Messer, das sie immer bei sich trug, alles aus der Erde zu lösen. Engelswurz, eine Pflanze, die man auch Angelica nannte und der man nachsagte, sie vermöge heimatlosen Menschen beim Wurzelschlagen zu helfen.

Sie würden das Haus damit ausräuchern, sie und die Kinder zusammen. Höchste Zeit, dass Kummer und Angst vertrieben wurden und Lachen und Fröhlichkeit wieder Einzug hielten! Beschwingt von dieser Vorstellung, machte sie sich auf den Heimweg.

Im Haus war es warm; das Holz, das Jackl auf Pachers Geheiß geliefert hatte, war so reichlich ausgefallen, dass sie einiges sogar zum Feuern verwenden konnten; zudem war neues bereits in Aussicht gestellt. Ava streifte das Winterkleid ab, das langsam eng wurde, und begann im Unterkleid alle Vorbereitungen für die Räucherung zu treffen. Sie hatte gerade eine Tonschale mit Sand gefüllt und ein paar Klumpen Fichtenharz hineingelegt, als sie Schritte hinter sich hörte.

»Was tust du da?« Marie Sternen kam offenbar direkt aus ihrer Kammer, denn sie hielt Veits Wams in der Hand. »Was hast du in meinem Haus zu schaffen?«

»Mich mit eigenen Augen davon überzeugen, wo mein Mann seine Nächte verbringt.« Sie warf es ihr entgegen. »Und wo er seine Sachen deponiert.«

Das Wams fiel zu Boden. Ava hatte keinerlei Anstalten gemacht, es zu fangen.

»Sonst noch etwas?«, sagte sie kühl.

»Allerdings.«

Maries wütender Blick flog weiter, über Avas Hals und Brüste, bis zum Bauch. Ava sah, wie die hellen Augen sich voll Schrecken und Erstaunen weiteten.

»Du bist schwanger?« Maries Stimme zitterte. Alle Gerüchte waren Wahrheit geworden. Schrecklichste, fleischliche Wahrheit.

»Siehst du das nicht?«

»Ist es seins?«

»Es ist meins. Denn es wächst in mir. Das ist das Einzige, was für mich zählt.«

Ava hatte nicht damit gerechnet, wie schnell die andere reagieren würde, nicht mit Maries kleinen, harten Händen, die wütend auf sie einschlugen, nicht mit der Kraft, die in dieser zarten Person steckte. Bis sie daran dachte, sich zu wehren, hatten sie schon ein paar ordentliche Schläge getroffen. Schließlich aber gelang es ihr, Maries Handgelenke zu packen und festzuhalten.

»Schämst du dich nicht?«, zischte Marie ihr aufgebracht entgegen.

»Wieso sollte ich?«

»Euer erstes Kind lasst ihr im Keller verrecken, und schon wieder habt ihr ein neues gemacht …«

Ava ließ sie so abrupt los, dass sie einen Schritt zurücktaumelte.

»Was soll das heißen? Rede!«

»Du verstehst mich ganz gut. Ich weiß, dass ihr beide schon ein Kind hattet, Veit und du. Lenchen. Und es ist auf erbärmliche Weise gestorben!« Ihre Stimme überschlug sich.

»Lenchen war nicht unser Kind«, sagte Ava. »Wie kommst du darauf?«

»Lüg mich nicht an! Selina hat mir alles gesagt.«

»Wie kann Selina so etwas behaupten?«

»Weil sie euch mit eigenen Augen gesehen hat!«

»Sie mag uns gesehen haben, aber ich lüge nicht, wenn ich sage, Lenchen war nicht unser Kind!«

»Und das soll ich dir glauben? Niemals, hörst du? Niemals!«

»Dann warte. Ich werd dir etwas zeigen.«

Ava schlang das Tuch um sich und fühlte sich sofort besser. Sie ging in ihre Kammer und nahm den Brief aus der Schatulle. Sie trug ihn hinüber, wo Marie sich inzwischen an den Tisch gesetzt hatte.

»Du kannst lesen?«

»Natürlich!« Marie klang entrüstet.

»Dann lies!«

Es verging eine Weile, bis Marie das Blatt wieder sinken ließ.

»Der Brief ist mit Gundel unterzeichnet«, sagte sie. »Und du heißt nicht Gundel.«

»Das ist richtig«, sagte Ava. »Außerdem ist der Brief an einen F. gerichtet.«

Maries Augen flogen wieder über das Blatt.

»*Wenn du uns nicht hilfst, F., müssen wir verrecken*«, las sie laut. »*Gib uns Geld* ... Veits Name beginnt mit einem V – keinem F. Was heißt das schon? Sie könnte sich nur verschrieben haben. Oder derjenige, der diese Zeilen für sie verfasst hat.«

»Woher soll ich wissen, dass das keine billige Täuschung ist?«

»Siehst du die Tränenspuren auf dem Papier?«, sagte Ava. »Die sind ebenso echt wie sein Inhalt. Lenchen hat mir von ihrer Mutter Gundel erzählt. Die Kleine war gern hier, und ich habe sie gern um mich gehabt – aber sie war nicht meine Tochter.«

Marie schien plötzlich wie abwesend.

»Warum hast du ihn mir genommen?«, sagte sie. »Veit gehört doch zu mir!«

»Er ist aus freien Stücken gekommen. Ich wusste, dass er nicht lange bleiben würde. Du kennst ihn doch. Du weißt, wie er ist.«

»Aus freien Stücken? Du hast ihn gereizt und gelockt! Aber damit ist es jetzt aus. Merk dir das! Aus und vorbei. Veit sitzt im Loch. Sie haben ihn heute abgeführt.« Sie schüttelte den Kopf, als könne sie es immer noch nicht glauben.

»Was hat er getan?«

»Woher soll ich das wissen?« Marie zögerte. Aber die Frage ließ ihr keine Ruhe. »Er weiß das von dem Kind?«

»Ja. Aber ich kann nicht sagen, ob er der Vater ist. Und das hab ich ihm auch gesagt. Was wirst du jetzt tun, Marie? Du kannst ihn dort doch nicht verrecken lassen!«

»Natürlich nicht.« Sie war aufgesprungen. Röte schoss in ihr Gesicht. »Er ist mein Mann. Ich werde ihn retten.«

Die beiden Frauen sahen sich an.

»Es gibt bestimmt einen Weg.« Ava zog das Tuch enger um sich. »Wann immer du Hilfe brauchst …«

»Du hältst dich da gefälligst raus, verstanden? Das ist das Einzige, was du jetzt noch für Veit tun kannst!«

Simon hatte sie kaum ausreden lassen, dann war er sofort wieder losgestürzt, und jetzt hielt es Selina auch keinen Moment länger im Haus. Draußen war es bitterkalt, aber sie fror nicht, so schnell lief sie den Domberg hinauf. Sie wollte zu den hellen Kerzen, zu Jesus am großen Altar, dorthin, wo sie vor einiger Zeit vergebens ihre Kummerweiden abgelegt hatte.

Auf dem Domplatz waren Kuni und ihre Bande beim Betteln.

Selina war zu überrascht, um rechtzeitig umzukehren, obwohl ihr Herz bei dem Anblick der vier Kinder wild zu schlagen begann. Sie wurde langsamer, aber sie bewegte sich noch immer auf die kleine Gruppe zu.

Toni sang offenbar, denn sie sah, wie er seinen Mund bewegte, während Kaspar wohl Lenchens früheren Platz übernommen hatte und mit der Bettelschale daneben stand. Lenz freute sich, sie zu sehen, das erkannte sie an seinen Augen, während Kunis Mund sich verächtlich verzog.

»Mörderin!«, spie sie ihr entgegen. »Hau ab!«

»Ich bin keine Mörderin«, sagte Selina und hoffte, dass ihre Stimme nicht zu schrill war.

»Mörderin«, echote nun auch Kaspar.

»Da hörst du es.« Kuni wirkte zufrieden. »Wir glauben dir nicht. Nicht einmal Lenz glaubt dir. Sag ihr, dass du ihr nicht mehr glaubst, Lenz!«

Der große Junge schwieg.

»Ich muss mit dir reden, Lenz.« Selina nahm ihren ganzen Mut zusammen. »Mit dir allein. Ohne die anderen.«

Sie hatte ihn erreicht, das sah sie an seinem Blick, der plötzlich auf ihr ruhte.

»Mit dir allein. Ohne die anderen«, äffte Kuni sie nach. »Da kennst du Lenz aber schlecht! Er redet nicht mit einer Mörderin!«

»Halt den Mund.« Lenz wandte sich an Selina. »Ist etwas passiert?«

»Ja. Sie haben meinen Vater verhaftet. Bitte, Lenz – nur einen Augenblick!«

»Dann gehen wir in den Dom. Da pfeift uns der Wind wenigstens nicht um die Ohren.«

Er ging voraus, und Selina folgte ihm rasch, denn sie spürte die Augen der anderen wie Pfeile in ihrem Rücken. Erst am Sarkophag der beiden Stadtgründer blieb er stehen.

»Also?« Seine Unterlippe zitterte leicht. Er war ebenso aufgeregt wie sie, das machte sie eine Spur sicherer.

»Ich hab Lenchen nichts getan«, stieß Selina hervor.

»Du mochtest sie nicht«, sagte er. »Das hab ich gleich gemerkt. Aber warum, Selina? Sie war doch so klein!«

»Nicht einmal angefasst hab ich sie. Ich mochte sie nicht, ja, das stimmt.«

»Was hat sie dir denn getan – ein kleines Mädchen, das ohne uns mutterseelenallein gewesen wäre.«

Eine heiße Welle durchflutete Selina. Aber sie sprach tapfer weiter.

»Ich war eifersüchtig auf sie. Weil Lenchen der Bankert meines Vaters war.«

Lenz starrte sie an, als sähe er sie zum ersten Mal.

»Deines Vaters? Wieso deines Vaters? Wie kommst du denn auf die Idee?«

»Das hast du mir doch selber gesagt.«

»Hab ich nie!«

»Hast du doch. Ich weiß sogar noch genau, wann und wo. In der alten Hechtmühle, als Lenchen so krank war.« Wieder wollte er etwas einwenden, aber Selina redete einfach weiter. »Außerdem hab ich es auch mit eigenen Augen gesehen. Ich hab es inzwischen sogar meiner Stiefmutter erzählt: Mein Vater war auch Lenchens Vater – und die Otterfrau Lenchens Mutter.«

»Das ist falsch. Lenchens Mutter hieß Gundel und hat in der Badstub geschafft. Sie ist schon lange tot. Und ihr Vater … das ist der alte Weihbischof. Der, der Toni immer in seiner Kirche singen lässt.« Ihm wurde ein bisschen mulmig, als er es ausgesprochen hatte, denn er musste an das Versprechen denken, das er Toni gegeben hatte. Aber schließlich hatte er Selina nichts von dem Mal erzählt. Und allein darum war es gegangen.

Sie starrte ihn an, mit blanken, fassungslosen Augen.

»Der dürre Mann mit dem schwarzen Bart?«

»Genau der.«

»Aber du hast doch gesagt …«

»Gar nichts hab ich!«

»Hast du doch!«

»Du kannst nicht besonders gut hören – du musst etwas verwechselt haben, Selina.«

Selina sank auf den Stein.

»Dann war es in Wirklichkeit ganz anders?«, sagte sie. »Lenchen war gar nicht meine Schwester?«

»Nein. Ja. Sie war das Kind ganz anderer Leute und ebenso wenig mit dir verwandt wie mit mir.«

Sie hielt sich die Hände vor das Gesicht, wünschte inständig, die Gabe zu besitzen, sich auf der Stelle unsichtbar zu machen.

»Was ist mit dir?«, sagte er nach einer Weile. »Ist dir schlecht?«

Sie schüttelte den Kopf, unfähig zu sprechen. Dann zog sie ihre Tafel heraus, begann zu schreiben.

Ich möchte sterben, las er. *So sehr schäme ich mich.*

Lenz wischte die Sätze energisch weg und nahm ihr die Kreide aus der Hand.

Eine Tote ist genug, stand da. *Ich bin froh, dass du lebst.*

»Wirklich?« Sie wagte kaum, den Blick zu heben, aber sie musste ihn doch ansehen, um von seinen Lippen lesen zu können. »Nach allem, was geschehen ist?«

Nach allem, was geschehen ist, schrieb er auf die Tafel.

»Ist das wahr?«, musste sie sich noch einmal vergewissern.

»Es ist wahr!«, bekräftigte Lenz. »Was wirst du jetzt tun, Selina?« Seine braunen Augen waren plötzlich ganz nah.

Am liebsten hätte sie ihn umarmt, ihre Wange an seiner gerieben und ihm tausend süße Dinge ins Ohr gesagt, aber dazu fehlte ihr der Mut. Sie schaute ihn lange an.

»Nach Hause gehen«, sagte sie schließlich. »Ich muss es meiner Stiefmutter erzählen.« Sie zögerte. Doch die Besorgnis überwog. »Und Kuni?«, fuhr sie fort. »Kuni glaubt mir doch im Leben nicht. Wird sie nicht …«

»Kuni kannst du ruhig mir überlassen«, sagte Lenz. »Lauf schon los. Allerdings würde ich dir als Ausgang die Adamspforte empfehlen.« Da war endlich wieder der Anflug seines Lächelns, das sie so schmerzlich vermisst hatte! »Dann läufst du ihr nicht direkt in die Arme.«

Lorenz Eichlers Augen brannten und tränten, so wenig Ruhe hatte er sich seit vielen Tagen gegönnt, bis er vorhin schließlich in einen erschöpften, traumlosen Schlaf gefallen war. Dafür war sein Herz mit Stolz erfüllt. Was da über seinem Arm hing, gut geschützt von dem groben Leinensack, war das schönste Messgewand, das er jemals gesehen hatte. Weiß wie das Licht, die Farbe Christi, durchwirkt von unzähligen Goldfäden, die den Glanz und die Unendlichkeit seiner Herrschaft symbolisierten.

Er war ohne Anmeldung auf dem Weg zum Weihbischof, aber das Risiko, nicht vorgelassen zu werden, erschien ihm gering. Dieses Mal würde Förner ihn nicht zurechtstutzen oder zurückweisen. Das Meisterstück aus seinen Händen musste selbst jemand wie ihn milde stimmen.

Beinahe hätte er aus Vorfreude gepfiffen, als er das Haus Förners erreichte, aber das ziemte sich weder für die vorweihnachtliche Fastenzeit noch für den hohen geistlichen Herrn, in dessen Diensten er endlich wieder stand. Lorenz Eichler brachte seine Gesichtszüge unter Kontrolle, atmete tief durch, klopfte.

Apollonia Krieger öffnete und beäugte ihn misstrauisch.

»Ich will zum Weihbischof«, sagte Eichler. »Sein neues Messgewand ist fertig.«

Bevor sie noch etwas antworten konnte, schob Gabriel Hofmeister sie zur Seite. Beleidigt zog sie sich ins Innere des Hauses zurück.

»Monsignore Förner ist nicht anwesend«, sagte der Sekretär. »Du kannst die Sachen mir aushändigen. Gib her!«

Er hatte *Sachen* gesagt! In Eichler zog sich alles schmerzhaft zusammen.

»Das werde ich nicht tun«, sagte er. »Wo kann ich den Monsignore finden?«

»Ich denke, er möchte allein sein.«

»Und ich denke, er wird überglücklich sein, das Messgewand zu sehen!«

Gabriel Hofmeister zögerte, dann entschloss er sich zu einer Antwort.

»Du findest ihn in seinem Gotteshaus. Wenn nicht vor dem Altar im Gebet, dann vermutlich oben auf dem Turm.«

»Ihr habt Turm gesagt?« Eichlers Augen traten leicht hervor.

»Turm«, bekräftigte Hofmeister ungerührt. »Soll ich dir die Sachen nicht doch lieber …«

»Bemüht Euch nicht!« Eichler hatte sich umgedreht und stapfte bereits in Richtung Kirche davon.

Der Sekretär sollte Recht behalten. Als Lorenz Eichler Sankt Martin betrat, fand er das Kirchenschiff leer. Für kurze Zeit klammerte er sich noch an die Hoffnung, den Weihbischof womöglich in der Sakristei anzutreffen, aber auch dort war Förner nicht. Es blieb ihm nichts anderes übrig, als den Weg nach oben anzutreten.

Die Treppe war eng und steil; sorgfältig achtete er darauf, dass der Leinensack nicht die schmutzigen Wände streifte. Oben angelangt, stieß er keuchend die kleine Türe auf, die auf den Söller führte. Viel zu früh senkte sich bereits der Abend auf die winterliche Stadt, aber es war immerhin noch nicht zu dunkel, um die schmale Gestalt Förners vor der frisch gestrichenen Mauer sofort zu erkennen.

»Monsignore!« Eichlers Stimme klang erwartungsvoll. »Seht, was ich hier für Euch habe!«

»Was willst du denn hier?«, sagte er, ohne sich umzudrehen.

»Euch die Kasel bringen.« Der Stolz, das ungewöhnliche

Wort über die Lippen zu bringen, als tue er es jeden Tag, war ihm anzuhören.

Förner war ungläubig zu ihm herumgefahren.

»Die Kasel, Euer Messgewand für Weihnachten!«, wiederholte Eichler. »Und drei verschiedene Alben aus feinstem Leinen. Außerdem einen Chormantel aus Brokat, ein halbes Dutzend Zingulums und zwei wunderbare Manipeln. Ihr werdet würdig darin aussehen, Monsignore. Wie ein himmlischer Bote.«

Förner starrte ihn finster an.

»Alles in strahlendem Weiß«, fuhr Eichler schon etwas eingeschüchterter fort. »Die Farbe des Lichtes Christi.«

»Was weißt du schon von Christus?«, fuhr der Weihbischof ihn an. »Was wisst ihr denn von seinem Leiden, die ihr seinen Namen unbedacht in euren gottlosen Mündern führt?«

»Weihnachten ist das Fest seiner Geburt. Das weiß ich. Ein Freudenfest. Deshalb muss Eure Kasel ja weiß sein …«

Um seine Worte zu unterstreichen, hatte er einen Schritt auf ihn zugemacht. Förner hob die Hände zu einer abweisenden Geste und riss ihm dabei den Leinensack vom Arm. Eichler bückte sich, wollte ihn aufheben. Der Weihbischof trat blitzschnell danach. Das Stoffbündel rutschte durch den provisorischen Bretterzaun und fiel nach unten.

»Was habt Ihr getan?«, sagte Eichler fassungslos. »Die schönen Gewänder …«

»Hör auf damit!« Förners Gesicht war wutverzerrt. »Hört alle endlich damit auf! Ich brauch euren Tand nicht, um Gott nah zu sein. Der Allmächtige will keinen Prunk, sondern Buße, Buße, nichts als Buße!«

»Aber Ihr seid doch ein Priester! Und ein Priester braucht würdevolle Gewänder«, stieß Eichler hervor.

»Ich bin nichts als ein demütiger Diener des Herrn.«

»Aber ich wollte Euch doch nur eine Freude machen!«

»Ich brauche deine Freude nicht!«

»Dann seid wenigstens im Gedenken an Euer totes kleines Mädchen …«

»Schweig, Elender – für alle Zeiten!«

Er hatte genau das Verkehrte gesagt! Nie mehr würde ihn der Weihbischof für sich arbeiten lassen. Voller Verzweiflung bewegte sich Eichler abermals auf ihn zu, wiederum erhob Förner die Arme. Aber jetzt schoben sie sich nicht vor sein Gesicht, sondern schnellten plötzlich nach vorn. Der unerwartete Stoß gegen die Brust ließ den kleinen Schneider nach hinten stürzen. Noch im Fallen versuchte er, sich an das Holzgerüst zu klammern, doch es zerbrach.

Lorenz Eichler schrie nicht einmal, als er ins Leere stürzte, seinem Leinenbündel hinterher.

Förner beugte sich vorsichtig nach vorn. Alles war dunkel und still. Als er sich aufrichtete, netzten Freudentränen seine Wangen.

»Das zweite Zeichen«, murmelte er. »So steht es schon bei Matthäus geschrieben: *Die Engel werden kommen und die Bösen von den Gerechten trennen und in den Ofen werfen, in dem das Feuer brennt!* Wie sehr hast du mich mit deiner Gnade belohnt! Ich danke dir aus ganzem Herzen, göttliche Jungfrau. Nun weiß ich, welchen Weg du mir gewiesen hast.«

«Ich kann nichts für ihn tun«, sagte Adam Thies. »Das musst du endlich begreifen, Simon. So schwer es dir auch fallen mag.«

»Aber er ist mein Vater – und du genießt das Vertrauen des Fürstbischofs. Hilf ihm, Adam!«

»Mir sind die Hände gebunden. Das hab ich dir schon heute Nachmittag gesagt. Inzwischen hab ich etwas mehr in Erfahrung bringen können.« Er schüttelte den Kopf, als er einen Funken Hoffnung in Simons Gesicht aufleuchten sah. »Was die Sache nicht besser macht. Ganz im Gegenteil.«

Simon ließ sich auf Adams Bett fallen, ohne sich um die eng beschriebenen Papiere zu kümmern, die darauf herumlagen.

»Was hast du erfahren?«

»Agnes Pacher hat deinen Vater besagt. Verstehst du, was das bedeutet?«

Kopfschütteln.

»Dann will ich es dir erklären. Die Pacherin hat behauptet, jemand habe einen Hexentopf unter ihrer Schwelle vergraben. Es gibt aber einen glaubhaften Zeugen, der noch dazu dem Weihbischof nah steht, und der behauptet, dass sie es selber getan hat. Nach Wochen hartnäckigen Leugnens hat sie es endlich zugegeben. Und das, ohne dass die peinliche Befragung bemüht werden musste.«

Simon starrte ihn stumm an.

»Aus freien Stücken hat sie ausgesagt, dass und auf welche Weise Veit Sternen sie verhext hat.«

»Mein Vater ein Drute – dass ich nicht lache!«

»Friedrich Förner lacht nicht darüber und Malefizkommissar Vasoldt ebenso wenig. Und auch der Fürstbischof wird gar nichts Lustiges daran finden. Die Sache ist ernst, Simon. Mehr als ernst.«

»Aber bei Selina konntest du doch auch …«

»Im Fall von Selina ist es mir gelungen, die Vorwürfe der Drutenkommission abzubiegen. Es kam zu keiner Anklage, das ist das Wesentliche, ganz im Interesse des Fürstbischofs. Im Fall deines Vaters dagegen geht es um Teufelspakt und Teufelsbuhlschaft. Sind erst einmal diese Begriffe protokolliert, muss man sich auf das Schlimmste gefasst machen.«

Adam deutete auf die Papiere, die neben und hinter Simon auf dem Bett lagen.

»Es wird nicht immer so bleiben, mein Freund, das verspreche ich dir bei allem, was mir heilig ist. Ich arbeite daran, lange schon. Ich bin dabei, ein ausführliches Traktat zu verfassen, das den Drutenglauben in dreierlei Hinsicht widerlegen wird:

theologisch, philosophisch und moralisch. Eines Tages werden diese Argumente allgemein anerkannt sein. Und man wird endlich aufhören …«

»Bis dahin ist mein Vater tot«, unterbrach ihn Simon. »Was kannst du *jetzt* für ihn tun, Adam?«

»Ich kann dafür sorgen, dass sie die Befragung korrekt durchführen und sich an die vorgeschriebenen Schritte des Inquisitionsverfahrens halten. Aber das werden sie vermutlich ohnehin tun, schon weil sie wissen, dass ich sie beobachte.«

»Und wenn er gewisse Verfehlungen einräumt? Wenn er sich geständig zeigt – was dann? Die Pacherin war tatsächlich seine Buhlschaft«, sagte Simon. »Ich hatte die beiden schon eine ganze Weile im Verdacht. Wie sie um ihn herumgeschwänzelt ist! Wie sie jeden Vorwand gesucht hat, um in seine Nähe zu kommen. Er hat sich verführen lassen. Mein Vater ist nun mal kein Mann, der solch ein Angebot übersieht. Frauen sind sein Segen – aber auch sein Fluch. Er wird erst von ihnen lassen, wenn er einmal unter der Erde ist.«

»Aber es ist viel mehr als das, Simon. Agnes Pacher hat zu Protokoll gegeben, der Teufel selber habe sich ihr in Veits Gestalt genähert, sie zur Unzucht und zum Ehebruch verführt. Sogar geschwängert habe er sie, sie aber dann gezwungen, das Kind abzutreiben – das nächste Verbrechen! Danach habe er sie unzählige Male genötigt, zusammen mit ihm auf den Hexensabbat zu reiten, wo er sie …«

»Sei still!« Simon presste sich die Hände gegen die Ohren. »Ich will diesen Unsinn nicht mehr hören!«

»Du wirst es lernen müssen«, sagte eine Stimme von der Türe her. »Adam hat Recht. Das ist erst der Anfang, Simon. Es wird noch übler werden. Wir müssen uns beizeiten darauf einstellen.«

»Marie!« Er starrte sie fassungslos an. »Wieso bist du hier? Und woher wusstest du, dass ich …«

»Weil ich Augen im Kopf habe.« Adam sah, wie ihr Blick zu dem Ring an Simons Hand glitt, und war dankbar, dass sie nichts darüber sagte. »Außerdem ist Adam ein alter Freund. Der Einzige, der uns jetzt noch helfen kann.«

Adam Thies erhob sich, fahl im Gesicht.

»Ich fürchte, da überschätzt du meinen Einfluss, Marie. Ich hab es eben schon Simon gesagt. Das Verfahren ist eingeleitet, und damit sind meine Einflussmöglichkeiten minimal geworden.«

»Aber sie haben dich doch nach Bamberg geholt, Kanzler Haag und mein Vater, damit du so etwas verhinderst«, sagte sie. »Mein Vater hat mich in alles eingeweiht. Du kannst offen reden. Ich weiß Bescheid, Adam. Du musst Veit retten!«

»Offiziell bin ich als Berater des Fürstbischofs bestellt.« Er klang angespannt. »Von den anderen darf nichts bekannt werden.«

»Wir können es uns jetzt nicht leisten, allzu bedenklich zu sein«, sagte sie kühl. »Keiner von uns. Was können wir tun?«

»Ich fürchte, da bleiben wenige Möglichkeiten, Marie.«

»Wie wenige?«

»Sehr wenige.«

»Und das heißt ganz konkret auf Veit bezogen?«

»Es geht um sein Geständnis. Darauf läuft alles hinaus. Und um weitere Besagungen aus seinem Mund, sobald er gestanden hat. Um das zu bekommen, werden sie alle Mittel einsetzen.«

»Auch Folter?«, sagte sie mit bebenden Lippen.

»Auch Folter.«

»Das wird er nicht lange aushalten.« Simon hatte endlich seine Sprache wiedergefunden. »Ich kenne ihn. Er ist nicht so stark, wie es nach außen scheint.«

»Manche gestehen schnell«, sagte Adam. »Dann müssen sie weniger Pein erleiden.«

»Außer den Tod.« Maries Stimme klang bitter. »Denn der steht doch am Ende eines Drutenprozesses, oder etwa nicht? Man wird ihn verbrennen?«

»In den meisten Fällen – ja. Oder jemanden zum Tod durch das Schwert oder den Strang begnadigen, wenn er Glück hat, und erst danach dem Feuer übergeben. Es sei denn, es geschieht ein Wunder«, sagte Adam.

»Darauf können wir nicht warten«, sagte Marie. Sie gab Simon ein Zeichen. »Komm mit!«, sagte sie. »Wir beide haben jetzt zu tun!«

Er erhob sich nur zögernd.

»Du kannst nicht hier bleiben«, sagte sie. »Das siehst du doch ein? Und heimlich herkommen darfst du ebenso wenig, nicht einmal im Schutz der Nacht. Es sei denn, du nimmst in Kauf, das Schicksal deines Vaters noch aussichtsloser zu machen.«

Die beiden Männer sahen sich wortlos an. Es war schwer für beide, das konnte sie erkennen.

Marie ging zur Tür.

»Ich warte draußen«, sagte sie.

»Ich weiß noch immer nicht, ob wir wirklich das Richtige tun!« Simon sprang vom Wagen, auf den Pankraz Haller die Krippe geladen hatte.

»Hast du eine bessere Idee?«, sagte der Braumeister.

Simon schüttelte den Kopf.

»Dann lad endlich aus. Und mich lass vorgehen. Man wird dir zeigen, wo du alles aufbauen kannst.«

»Ich gehe mit dir, Vater«, sagte Marie. »Warte!«

Sie nestelte an ihrem Schultertuch, trug ihr bestes grünes Kleid, hatte die Haare streng aufgesteckt.

»Nein, bleib du bei Simon«, sagte Haller. »Ich will zuerst mit dem Fürstbischof allein reden.«

Damian Keller holte ihn unterwegs ab; der dicke Kapuziner, der ihnen das Tor geöffnet hatte, verschwand durch eine der vielen Seitentüren.

»Ist Seine Exzellenz wohlauf?«, sagte Pankraz Haller.

»Ganz und gar nicht. Er hatte einen weiteren schweren Gichtanfall und kann sich erst seit zwei Tagen wieder halbwegs bewegen. Ihr tut gut daran, kein Wort darüber zu verlieren.«

Trotz dieser Vorwarnung erschrak Haller, als er das Zimmer betrat. Fuchs von Dornheim, in einem voluminösen Sessel mehr liegend als sitzend, wirkte gedunsen, als sei Wasser in all seine Glieder gekrochen. Ein Ausschlag bedeckte sein Gesicht und ließ die pockige, unreine Haut noch lepröser wirken als sonst.

»Es liegt nicht an Eurem Bier.« Der Fürstbischof schien sein Zögern richtig gedeutet zu haben. Er winkte ihn näher heran. »Ihr könnt beruhigt sein. Das mundet mir nach wie vor. Zu gut sogar, sollte ich den Ansichten meiner Medici und dieses überbesorgten Sternendeuters Glauben schenken. Doch der alte Fuchs von Dornheim vertraut am liebsten sich selber.«

Er senkte seine Stimme.

»Ich kann zum Weihnachtsfest doch mit der neuen Lieferung rechnen? An einem solchen Festtag möchte ich ungern auf Euren Bock verzichten!«

»Seid unbesorgt, Exzellenz.« Pankraz Haller verbeugte sich tief. »Mein letztes Hemd würde ich geben, um Eure Wünsche zu erfüllen. Aber deshalb bin ich nicht hier.«

»Euer Hemd könnt Ihr behalten! Davon schimmeln mehr in meinen Truhen, als ich jemals auftragen könnte.« Er lächelte, dann sackten die Mundwinkel wieder nach unten. Eine ungelenke Bewegung folgte, die verriet, wie unwohl er sich fühlte. »Was wollt Ihr dann von mir, Braumeister?«

In Pankraz' Kehle wurde es eng, und sein Herz klopfte hart gegen die Rippen.

Sag alles sofort, glaubte er Hannas Stimme zu hören. *Gleich zu Anfang. Sonst bringst du es später vielleicht nicht mehr über die Lippen.* Was hätte er jetzt darum gegeben, ihre weichen Arme zu spüren, ihre Brüste, ihre Wärme! Aber nur, wenn ihm gelang, was er sich vorgenommen hatte, konnte er auch sie schützen.

Ein tiefer Atemzug. Dann ließ er sich vor dem Sessel des Fürstbischofs auf die Knie sinken.

»Vergebt einem alten Sünder, Exzellenz«, bat er. »Ich habe gegen die Gebote verstoßen. Wenngleich aus lautersten Motiven. Aber schuldig geworden bin ich trotzdem. Nur Eure Absolution kann mich jetzt noch retten.«

»Das klingt, als würdet Ihr mich um die Beichte bitten!«

»Genau das tue ich, Exzellenz.«

»Dann müssten wir uns in einen Beichtstuhl bemühen …«

»Nicht nötig, Exzellenz. Ich bin bereit. Hier und jetzt.«

»In diesem Fall möchte ich mich zurückziehen«, sagte Keller, der plötzlich sehr unbehaglich dreinschaute.

»Nein, bleibt!«, bat Pankraz Haller. »Ich hab nichts zu verbergen.«

»Hol meine violette Stola – und dann verschwinde!«, befahl der Fürstbischof. Der Astrologe erledigte das Aufgetragene blitzschnell. Die Türe schloss sich hinter ihm.

»Erhebt Euch wenigstens«, sagte der Fürstbischof.

»Ich möchte lieber knien bleiben, falls Ihr erlaubt!« Pankraz Haller schlug das Kreuzzeichen. »Im Namen des Vaters und des Sohnes und des Heiligen Geistes. Amen.«

»Gott, der unser Herz erleuchtet, schenke dir wahre Erkenntnis deiner Sünden und seiner Barmherzigkeit«, erwiderte der Fürstbischof seufzend. »So sprich, mein Sohn!«

»Ich habe gegen das dritte Gebot verstoßen. Denn ich habe am heiligen Sonntag heimlich Gerste geladen. Und gegen das siebte Gebot – in gewisser Weise.«

»Was soll das heißen?«

»Nun, direkt gestohlen habe ich nicht, aber ich habe keine Steuern bezahlt. Für eben diese Gerste, die ich heimlich geladen habe.«

»Und wieso hast du das getan?«

»Weil ich sonst kein Korn mehr gehabt hätte, um Euer Bier zu brauen, Exzellenz. Die Speicher waren leer, landauf, landab. Ich musste meine böhmischen Kontakte bemühen, um an Nachschub zu kommen. Aber ich konnte und ich wollte Euch nicht enttäuschen!«

»Der Weihnachtsbock?«

Der Braumeister nickte.

»Hätte ich gewusst, welche Sündenlast auf ihm liegt, ich hätte ihn noch mit weitaus mehr Aufmerksamkeit getrunken«, sagte der Fürstbischof. »Bereust du, was du getan hast?«

»Aus ganzem Herzen«, sagte Haller. »Gleich morgen gehe ich zum Kämmerer und begleiche die Steuern bis zum letzten Heller.«

»Es ist doch noch genügend Gerste da?«

»Beunruhigt Euch nicht, Exzellenz. Die Fässer sind randvoll, und der neue Sud gärt bereits.«

»Nun gut. Du wirst sechs Rosenkränze beten und zehn Vaterunser. Außerdem erwarte ich ordentlich Silber bei den nächsten Domkollekten. Und du finanzierst die Armenspeisung der Kapuziner für drei Monate.« Nach einer bedeutungsvollen Pause fuhr er fort: »Und gnade dir Gott, wenn deine neue Bocklieferung nicht bis spätestens Wochenanfang in meinen Kellern liegt!« Er beäugte ihn. »Du nimmst die Buße an?«

»Ich nehme die Buße an.«

Fuchs von Dornheim schlug das Kreuz; Pankraz Haller tat es ihm nach.

»Ego te absolvo. In nomine patri, filii et spiritus sancti.«

»Amen«, sagte Pankraz Haller.

»Und jetzt steht auf. Ich spüre schmerzhaft meine eigenen Knie, wenn ich Euch so sehe.«

Haller kam seiner Aufforderung nach, machte aber keine Anstalten, sich zurückzuziehen, sondern blieb vor dem Sessel des Fürstbischofs stehen.

»Habt Ihr sonst noch etwas auf dem Herzen, Braumeister?«

»Allerdings, Exzellenz. Es geht um meinen Schwiegersohn – Veit Sternen.«

»Nicht diesen Namen, hier in meinen Räumen! Ihr wisst doch, was man ihm anlastet.«

»Aber er ist unschuldig, Exzellenz! Ein eifersüchtiges Weib hat ihn zu Unrecht beschuldigt.«

»Das herauszufinden ist Aufgabe der Malefizkommission. Lauter gelehrte Spezialisten. Ich bin sicher, sie werden das richtige Urteil fällen.«

»Nebenan warten sein Sohn und seine Frau«, sagte Pankraz mit dem Mut der Verzweiflung. »Sie haben die Krippe mitgebracht, die Sternen für Euch geschnitzt hat. Ein Meisterwerk, Exzellenz, das weit über die Grenzen Bambergs hinaus …«

Fuchs von Dornheim hatte sich ächzend erhoben.

»Dann sagt ihnen, dass sie alles wieder einpacken und verschwinden sollen, bevor ich meine Wachen rufen lasse!«

»Es ist ihre letzte Hoffnung, Exzellenz«, flehte er. »Monatelang haben sie daran gearbeitet!«

»Die Krippe eines Druten in meinem Dom – niemals! Und jetzt lasst mich allein. Die ganze Angelegenheit hat mich erschöpft.«

Er klang so ungehalten, so endgültig, dass Pankraz keinen weiteren Versuch wagte. Mit gesenktem Kopf ging er hinaus und merkte zunächst nicht, dass Keller ihm folgte. Irgendwann blieb er stehen.

Der Astrologe trat zu ihm.

»Er hat die Krippe abgelehnt?«, sagte er.

»Ja. Er will sie nicht einmal ansehen«, sagte der Braumeister. »Wie soll ich das meiner Tochter und Simon beibringen?«

»Er ist enttäuscht, das müsst Ihr verstehen«, sagte Damian Keller. »Er hat sich so viel davon erwartet. Und nun …«

»Aber das Holz kann doch nichts für die grundlosen Anschuldigungen, die man gegen Sternen erhebt!«, rief Pankraz. »Ein Drute soll er sein – nur weil ein geiles Weib nicht bekommt, was sie sich in den Kopf gesetzt hat!«

»Das sieht der Fürstbischof anders. Es ist der Geist, der darin steckt. Und ist der Geist unrein, so ist es auch das Holz.« Seine Stimme wurde eindringlich. »Der Fürstbischof *kann* diese Krippe nicht im Dom aufstellen lassen, Haller. Nicht, solange Sternen unter der Anklage von Hexerei im Loch sitzt.«

Marie kam ihnen entgegen. Die innere Anspannung hatte ihre Züge wächsern gemacht.

»Sag nichts«, flüsterte sie. »Er hat abgelehnt!«

Simon, der hinter ihr hereingekommen war, erfasste die Situation mit einem Blick.

»Aber das darf er nicht!«, rief er. »Das kann er doch nicht machen. Monatelang haben wir daran gearbeitet. Für die Stoffe bin ich eigens bis nach Italien geritten. Marie hat nächtelang genäht. Wir haben eine neue Werkstatt angemietet, einen Batzen Geld vorgestreckt und bislang nur eine lächerliche Anzahlung bekommen, die längst verbraucht ist. Er *muss* sie annehmen, das ist er uns schuldig!«

»Gar nichts ist er«, sagte Marie. »Fuchs von Dornheim ist der Herr der Stadt – und wir sind Niemande.« Sie sank auf einen Schemel, der neben dem großen Tisch stand, wo Simon den Krippenberg aufgebaut hatte. »Das ist das Ende, Simon. Veits Ende. Und meines auch. Denn bezahlt er nichts, so haben wir auch nichts mehr, um sein Leben im Loch erträglicher zu machen.«

»Das dürfen wir uns nicht gefallen lassen!« Simon hieb so fest auf den Tisch, dass ein paar Hirtenfiguren umfielen und ihre Tiere gleich mit ihnen. »Auf der Stelle gehe ich zu ihm und sag ihm, dass er …«

»Verzeiht, wenn ich mich einschalte!«, sagte Damian Keller. »Es muss nicht das Ende sein. Nicht unbedingt. Allerdings würde ich Euch raten, Seine Exzellenz heute nicht mehr mit diesem heiklen Thema zu behelligen. Aber mir ist da eben eine Idee gekommen, die ein Ausweg sein könnte – vielleicht.«

»Dann redet schon!«, verlangte Pankraz.

»Gerne. Allerdings würde ich meinen Vorschlag am liebsten mit dem jungen Sternen unter vier Augen besprechen. Seid Ihr bereit?«

Simon nickte.

Agnes hörte ihn erst schreien, später wimmern. Danach war alles still, und das war das Schlimmste von allem. Dunkelheit umfing sie, so vollständig, dass sie Angst hatte, das tiefe Schwarz würde in sie einsickern und sie schließlich nach und nach vollständig auslöschen.

Sie versuchte an die Gesichter ihrer Töchter zu denken, an den runden Kopf des kleinen Harlan mit seinen abstehenden Ohren. Sogar die groben Züge des großen Harlan sehnte sie inständig herbei, aber vor alles schoben sich immer wieder die Bilder von Blut und splitternden Knochen.

Was hatte sie getan? Wozu hatte ihre Angst sie getrieben, ihre Rache, ihre Eifersucht?

Nur ihr linkes Bein war mit einer eisernen Kette beschwert; ihre Handgelenke waren ungefesselt, ein Privileg, das sie einzig und allein den immensen Geldsummen verdankte, die Harlan wöchentlich für sie ablieferte. Sie erhielt nicht nur Wasser und Brot, sondern auch Suppe und Knödel, und manchmal reichte ihr einer der Wärter sogar einen Krug wässriges Bier hinein, das sie gierig trank, auch wenn der Durst danach nur umso größer war.

All das hätte sie jetzt dafür gegeben, und noch viel mehr, wenn sie noch einmal seine Stimme hätte hören dürfen.

Doch es blieb still. Schwarz und still.

War sie nun schuld an Veits Tod? Sie barg den Kopf in den Händen, begann wieder hin und her zu schaukeln, wie sie es seit endlosen Stunden schon getan hatte.

Plötzlich war da ein hoher Schrei. Gellend, durchdringend, der durch die Schwärze drang.

Ein Mensch in Todesangst.

Agnes begann zu zittern. Erst dann merkte sie, dass er aus ihrer eigenen Kehle gekommen war.

Das Feuer kroch über ihre Haut, hatte bereits die Waden erfasst, die Knie, die Schenkel. Immer weiter nach oben schob es sich, aber es war nicht heiß, sondern bestenfalls lauwarm. Dennoch sah Ava, wie ihr Körper sich unter seinem Einwirken veränderte. Das Fleisch schien zu schmelzen, gab Muskeln und Sehnen frei, schließlich blanke Knochen.

Das Kind!, schoss es ihr durch den Kopf. Es wird gleich mein Kind töten!

Sie begann wild zu strampeln, aber das Feuer wich nicht, sondern blieb hartnäckig an ihr haften.

Mit einem Schrei schoss sie hoch, sah mit angstverzerrtem Gesicht an sich hinunter.

»Du hast geträumt«, hörte sie Mathis neben sich sagen. »Schlecht geträumt, Ava. Aber das ist jetzt vorbei.«

Sie träumte noch immer, das wusste sie. Er lag neben ihr auf dem Bett, in Hosen und Stiefeln, als sei er eben erst zur Türe hereingekommen. Eine Kerze stand auf dem kleinen Hocker neben ihrem Bett; etwas Bräunliches lag davor.

»Wo warst du?«, stieß sie hervor. »Ich dachte, du bist tot.

Ich hätte dich gebraucht. Wieso hast du mich so lange warten lassen?«

Er legte den Finger auf die Lippen und lächelte.

»Jetzt bin ich ja da«, sagte er. »Du musst große Angst gehabt haben, so wie du eben geschrien hast. Willst du mir nicht erzählen, weshalb?«

»Ich weiß nicht«, flüsterte sie und spürte, dass die Tränen sich nicht länger zurückhalten ließen. »Da war auf einmal überall Feuer – beinahe so wie damals …«

»Was war damals, Ava?«

»Ich kann nicht«, sagte sie weinend.

»Doch, du kannst.« Sie spürte seine warme Hand auf ihrem Scheitel. »Versuch es!«

»Meine Eltern waren Glasbläser«, sagte sie. »Und als mein Vater gestorben war, hat meine Mutter sich mit Wenzel zusammengetan. Ein Nachbar. Ein guter Mann, etwas jünger als sie, den ich gern leiden mochte, und mein Bruder, der kleine Karel, auch. Dann wurde meine Mutter wieder schwanger …« Ihr Schluchzen wurde heftiger. »Wir haben uns alle so gefreut! Auch wenn ihr oft übel war und sie ständig schlafen wollte. So war es auch an jenem Tag. Ich hatte versprochen, das Feuer zu hüten, aber anstatt das zu tun, bin ich zum Spielen nach draußen.«

Sie fuhr sich mit der Hand über die Augen.

»Ich hatte alles vergessen, aber plötzlich fiel es mir wieder ein. Ich bin zurückgerannt, da sah ich die Flammen schon aus dem Dach schlagen. Ich hab die Türe aufgerissen, und die Luftzufuhr hat dann …« Sie konnte nicht weitersprechen.

»Sie sind gestorben?«, sagte Mathis sehr sanft.

Ava nickte.

»Alle?«

»Alle vier. Sie war doch schwanger.« Ava weinte bitterlich. »Die schrecklichen Bilder überfallen mich immer wieder, und ich kann nichts dagegen tun – nichts!«

»Außer lernen, sie anzunehmen. Du kannst nicht ändern, was geschehen ist. Aber du kannst versuchen, damit zu leben.«

»Das kann ich nicht«, sagte sie unter Tränen. »Niemals!«

»Du musst sogar. Was willst du sonst einmal deinem Kind sagen?« Er beugte sich hinunter und zog etwas aus seiner Rocktasche. »Schau, was ich dir mitgebracht habe.« Mathis legte eine kleine Kette aus hellen Bernsteinperlen auf Avas Bauch. »Damit soll das Zahnen viel einfacher werden.«

»Ist das nicht noch ein bisschen früh?« Sie merkte zu ihrem Erstaunen, dass sie unter Tränen lächeln musste.

»Man kann nie früh genug damit anfangen.« Er bettete seinen Kopf in ihren Schoß. »Bewegt es sich schon?«

»Manchmal.« Der schmerzhafte Knoten in ihrer Brust war noch immer da, doch er war kleiner geworden, viel kleiner. »Und dann weiß ich wenigstens, dass es kein Traum ist.«

»Es ist ein Traum«, sagte er. »Kinder kommen aus einer anderen Welt zu uns.«

Sie schob ihn ein Stück beiseite.

»Da gibt es noch etwas, was du wissen solltest, Mathis. Ob es dein Kind ist, kann ich nicht …«

»Es ist dein Kind, Ava«, sagte er. »Das steht fest, oder?«

Sie nickte.

»Das ist das Einzige, was ich wissen muss.«

»Aber du ahnst ja nicht, was inzwischen alles geschehen ist!«

Er zog sein Hemd über den Kopf, dann streifte er die Stiefel ab und schlüpfte aus seiner Hose.

»Rück ein Stück«, sagte er mit einem Grinsen, als er zu ihr unter die Decke schlüpfte. »Und jetzt erzähl mir alles, was du loswerden musst.«

Elf

Simon stellte den Napf ab und griff zum Lappen. Er hatte ihn gut getränkt, dass das Lindenholz genügend Wachs aufnehmen konnte. Sobald alles eingezogen war, stand nur noch die Endpolitur mit einem weichen Tuch an. Er trat ein paar Schritte zurück, ließ die drei Magier aus der Entfernung auf sich wirken, bevor er sie erneut und dieses Mal endgültig umgruppierte. Melchior, den Ältesten, stellte er in die Mitte, rechts von ihm den jungen Caspar, während der Platz Balthasars links war.

»Aber das ist ja Veit!«, rief Marie, die ihm auf einem Tablett Brot, Schinken und Biersuppe brachte, damit er über dem Schnitzen das Essen nicht ganz vergaß. »Du hast deinem Balthasar seine Züge gegeben. Seine Haare, seine Statur.«

Hoffentlich nicht das Einzige, was ich für meinen Vater noch tun kann, dachte Simon. Die Erinnerung, wie er einmal war, in Holz zu bannen.

»Die Könige unserer ersten Krippe hatten sehr viel prachtvollere Gewänder«, sagte er und zwang sich zu einer halbwegs zuversichtlichen Miene. »Allein die vielen Stunden, die du daran genäht hast! Und jetzt war alles umsonst.«

»Was spielt das noch für eine Rolle, Simon? Außerdem ist dein Holz schöner als all die Samte und Seiden zusammen«, sagte Marie. »Sie sehen so lebendig aus. So würdig. Und sehr geheimnisvoll. Drei große Könige, von weit her aus dem Morgenland gekommen, um dem König der Könige ihre Gaben darzubringen.«

»Sag ehrlich: Ist dieser König der Könige nicht etwas zu

klein geraten?«, sagte Simon. »Manchmal habe ich Angst, dass man ihn in der Krippe übersieht.«

»Jesus ist als Mensch für uns geboren worden«, sagte Marie. »So klein und schwach wie jedes andere Kind. Genau daran liegt seine Stärke. Er ist nicht zu klein, Simon! Ich kann das Strahlen spüren, das von ihm ausgeht.«

Sie umrundete die Werkbank, um die Figuren von allen Seiten zu betrachten. Er sah, wie sie dabei kurz über den Rücken der Maria strich, und freute sich darüber. Die Maria mit dem anderen Gesicht hatte er nie gemocht. Und Selina war überglücklich, dass er sie zum Vorbild für seine Gottesmutter gewählt hatte.

»Deine Hirten kommen mir vor wie Nachbarn«, sagte Marie. »Sie sehen aus, als könnte man sie mit ihren Tieren bei uns am Fluss treffen.«

»Ich hab leider nur noch fünf von ihnen geschafft«, sagte Simon. »Zu mehr war nicht die Zeit.«

»Fünf sind genug. Sie staunen, sie sind ehrfürchtig, und der Kleinste von ihnen steht mit offenem Mund da.«

»›Fürchtet euch nicht!‹, hat der Engel zu ihnen gesagt. Denn sie hatten wahrlich Grund, sich zu fürchten.« Simon stellte eine weitere Figur, einen Engel, dazu und positionierte sie ein wenig erhöht auf dem provisorisch angelegten Krippenberg. »Der ist erst heute Morgen fertig geworden«, sagte er. »Aber mit Wachs eingelassen hab ich ihn schon.«

»Adam!«, entfuhr es ihr.

»Im Hebräischen heißen sie auch ›die Brennenden‹«, sagte Simon. »Ihr göttlicher Auftrag ist es, in das weltliche Geschehen einzuwirken, denn sie sind ja auch der Mund Gottes.«

»So sehr liebst du ihn?«, sagte Marie leise.

»Hast du ihn weniger geliebt?«

»Adam hat einmal alles für mich bedeutet. Ich dachte, ich müsse sterben, als er fortgegangen ist.«

»Aber das bist du nicht.« Simon rührte mit einem Spatel sorgfältig das Wachs um. »Du hast weitergelebt und später Vater gefunden, Selina und mich. Ich bin froh, dass es so gekommen ist, Marie.«

»Ich auch, Simon.«

Er schaute auf, weil ihre Stimme so gepresst klang, und sah, wie sehr sie mit sich kämpfte.

»Ich hab dich gleich angenommen«, sagte er. »Eine Mutter hab ich zwar nicht mehr gebraucht, aber eine Freundin umso mehr.«

»Das weiß ich. Bei Selina war es leider anders. Sie hat sich von Anfang an gegen mich gesperrt. Obwohl sie damals noch so klein war.«

Wieder benetzte Simon seinen Lappen mit Wachs und trug die Politur anschließend mit kreisenden Bewegungen auf den jüngsten Hirten auf.

»Sie ist schwer krank geworden, kurz nachdem wir hierher gezogen sind«, sagte er. »Das hat sie sehr verändert, nicht nur der Tod unserer Mutter. Wer nicht sehen kann, der entbehrt das Licht, schöne Gegenstände, sonnige Landschaften. Große Dinge. Vielleicht sogar die herrlichsten Dinge. Aber wer nicht hören kann, dem fällt es schwer, die Menschen zu verstehen, weil es keine Zwischentöne für ihn gibt, keine feinen Abstufungen. Ihm bleibt nur die Bewegung ihrer Lippen. Das Spiel der Gesichter. Und Lippen können ebenso lügen wie Gesichter. Das mussten wir alle schon erleben.«

Marie hörte ihm zu und schnitt dabei das Brot in Scheiben, nicht zu dünn, nicht zu dick, so, wie er es am liebsten hatte.

»Mir gefällt, wie du Selina verteidigst«, sagte sie. »Auch Veit hat sie immer in Schutz genommen. Das rechne ich ihm hoch an.«

»Dabei macht er es dir doch am schwersten von uns allen«, sagte Simon. »Manchmal war ich schon nah daran, meinen Vater dafür zu hassen.«

Marie sah ihn überrascht an. Es war selten, dass er so offen war. Aber angesichts der drohenden Gefahr gab es keine Zurückhaltung mehr.

»Er kann nicht anders.« Simon stellte den Engel, der Adam glich, noch eine Stufe höher. »Zumindest glaubt er das und ist somit ein Gefangener seiner eigenen Überzeugungen. Er fürchtet sich vor dem Tod. Das Schnitzen und die Liebe sind das Einzige, was ihn davor bewahrt. Deshalb muss er immerfort jagen, erobern, neue Beute schlagen.«

»Möglicherweise hat Veit dabei ein neues Kind gezeugt«, sagte Marie. »Ein Kind, das in ein paar Monaten zur Welt kommen wird. Mit einer Frau, die Ava heißt.«

»Die Otterfrau?«, sagte er erstaunt.

»Du kennst sie?«

»Nein. Ich hab nur schon viel über sie in der Stadt reden hören. Wieso ›möglicherweise‹, Marie? Ist sie schwanger, oder ist sie es nicht?«

»Sie ist es. Aber sie weiß nicht, ob es von ihm ist oder von einem anderen Mann«, sagte Marie. »Sie hat etwas Wildes an sich, etwas Unberechenbares. Ava lebt sehr frei, ohne Regeln und Gesetze.«

»Dann ist sie nichts für meinen Vater!«, sagte Simon bestimmt. »Er sucht zwar das Abenteuer, aber er kehrt anschließend gern dorthin zurück, wo er sich sicher fühlt.« Er suchte in ihren Zügen. »Hasst du diese Frau?«, sagte er schließlich. »Ich weiß, wie sehr du dir ein Kind mit ihm wünschst.«

»Versucht hab ich es, aber ich kann es nicht. Obwohl ich sie sogar geschlagen habe, so wütend hat sie mich gemacht. Aber sie hassen? Irgendetwas hindert mich daran.« Marie war sehr blass geworden. »Lass uns von etwas anderem reden, Simon!«

Er nickte.

»Du hast Recht, es gibt Wichtigeres«, sagte er. »Vor allem muss die Krippe fertig werden. Keller hat gesagt ...«

»Kannst du diesem Hofastrologen denn vertrauen?«, unterbrach sie ihn. »Diese Frage quält mich schon die ganze Zeit. Du kennst ihn doch kaum. Welches Interesse sollte er haben, uns zu helfen?«

»Er sagt, die Menschwerdung Gottes sei das größte aller Wunder. Und dass die Menschen dieses Wunder niemals vergessen dürfen.«

»Das klingt sehr schön und sehr fromm. Aber was steckt dahinter, Simon?«

»Das weiß ich nicht. Haben wir denn eine andere Wahl?« Simon nahm den Engel, der wie Adam aussah, und stellte ihn noch eine Stufe höher. »Ihnen vertraue ich«, sagte er. »Denn sie entspringen meinem Innersten.«

»Und werden sie Veit retten können, Simon?«, sagte sie bang.

»Das müssen andere beurteilen«, sagte er. »Aber ich wünsche es mir. Von ganzem Herzen.«

Georg Schneider stand vor dem Bottich mit dem Jungbier, als eine Hand seinen halb erhobenen Arm nach hinten bog. Ein Schmerzensschrei entfuhr ihm. Seine Faust ging auf; alles rieselte heraus. Als Pankraz Haller die Gewürze zertrat, stieg ein süßlicher Geruch auf.

»Was zum Teufel treibst du da?«, fuhr er den Gesellen an. »Hast du jetzt auch noch den letzten Rest Verstand verloren?«

»Das ist doch nur Kümmel, Braumeister! Und etwas Besseres gegen Druten und Dämonen werdet Ihr kaum finden.«

»Auch der beste Kümmel hat nichts in meinem Bier verloren, du Tölpel! Willst du das Reinheitsgebot eigenmächtig umschreiben?«

»Nein«, sagte Schneider trotzig. »Aber es gibt für einen frommen Mann Gründe …«

»Du kannst fromm sein, wo du willst und so lange du willst, aber nicht bei meinem Jungbier! Pack deine Sachen, Georg, und verschwinde. Ich will dich hier nicht mehr sehen.«

»Ihr werft mich hinaus?«

»Genau das tue ich.«

»Nach all den Jahren treuer Dienste? Das werdet Ihr noch bereuen!«

»In Zukunft übernimmt Johann Schmieder deine Aufgaben. Bei dem kann ich wenigstens sicher sein, dass er mir nicht heimlich Läuse oder Brennnesseln ins Bier streut!« Hallers Stimme wurde scharf. »Es ist nicht nur dein verdammter Aberglaube, den ich nicht mehr ertrage. Es ist vor allem wegen Selina, und das weißt du ganz genau.«

»Sie hat nichts anderes verdient. Und glaubt ja nicht, dass ich auch nur einen einzigen Tag auf der Straße stehen werde!«, prahlte Schneider. »Der Forstner vom *Roten Rösslein* hat schon lang ein Auge auf mich geworfen. Außerdem ist er ein gottesfürchtiger Mann – im Gegensatz zu …«

Pankraz musste nicht einmal die Hand erheben, um ihn zum Schweigen zu bringen. Ein scharfer Blick genügte, und Schneider stolperte hinaus.

Kaum war er allein, inspizierte er gründlich den Felsenkeller. Er schien gerade noch rechtzeitig gekommen zu sein; alles sah unberührt aus, und auch der Geruch, der den Kesseln entströmte, hatte nichts Auffälliges. Nur der felsige Boden war mit ungelenken Kreidekreuzen geradezu gepflastert. Er nahm einen Besen zur Hand und begann gründlich auszufegen.

»Was für ein Anblick«, sagte Kilian Haag, der plötzlich vor ihm stand. »Der Braumeister und sein Besen!«

»In meinem Handwerk bin ich mir für keine Arbeit zu schade. Wer hat dich denn hereingelassen, Kilian?«

»Schneider – er ist gerade an mir vorbeigestürmt, als wär ihm der Leibhaftige auf den Fersen«, sagte der Kanzler.

»Das denkt dieser Idiot vermutlich auch! Ich hab ihn rausgeworfen. Es war überfällig. Auch wenn du mich ausdrücklich davor gewarnt hast.«

»Mein Fehler, Pankraz. Ich hab dir unrecht getan und möchte mich dafür entschuldigen.«

»Mit deinen Vermutungen wegen meiner Gerste lagst du gar nicht so daneben.« Pankraz spürte, wie Erleichterung sich in ihm ausbreitete. Ihr sinnloser Zwist hatte ihm zugesetzt. Und jetzt war weniger denn je der geeignete Zeitpunkt, sich mit einem alten Freund zu überwerfen. »Mir blieb nichts anderes übrig, als böhmische Quellen zu bemühen, weil ich sonst dem Fürstbischof nur leere Fässer hätte liefern können. Und das hab ich lieber heimlich getan. Inzwischen ist die Steuerschuld jedoch beim Stadtkämmerer beglichen. Auf Heller und Pfennig.«

»Ich weiß«, sagte Haag. »In Bamberg bleibt nichts lang geheim. Aber mir geht es vor allem um Apollonia Krieger und ihren angeblichen Fund. Ich hab die ganze Sache noch einmal gründlich durchdacht. Sie hat versucht, uns gegeneinander auszuspielen, und beinahe wäre es ihr sogar gelungen. Dir hätte ich glauben sollen, von Anfang an, und nicht dieser habgierigen Magd!«

»Und jetzt glaubst du mir?«

»Ja«, sagte Haag. »Denn auch in puncto Thies hattest du Recht. Deine Skepsis ihm gegenüber war angebracht.«

»Was hat Adam denn getan?«

»Frag lieber, was er *nicht* getan hat«, sagte der Kanzler. »Manchmal weiß ich inzwischen nicht mehr, auf welcher Seite er steht. Im Fall deines Schwiegersohns jedenfalls hat er versagt.«

»Das wird Marie treffen. Sie hat große Hoffnungen in ihn gesetzt«, sagte Pankraz. »Dann hat Adam sie wohl zum zweiten Mal enttäuscht.«

»Das kann man sagen!« Der Kanzler sah bedrückt aus. »Ihr

müsst jetzt sehr tapfer sein, du und deine Marie. Denn sie haben Veit übel zugerichtet.« Er zog ein Papier aus der Tasche. »Ich wollte es dir persönlich bringen«, sagte er. »Damit du sie wenigstens vorbereiten kannst.«

Der Braumeister faltete es auseinander und begann zu lesen.

»Das hat er geschrieben?«, sagte er. »Das klingt ja zum Gotterbarmen!«

»Diktiert, nicht geschrieben«, erwiderte der Kanzler. »Und frag mich nicht, wie Sternen es überhaupt zustande gebracht hat, diese Zeilen heimlich aus dem Loch zu bekommen. Zum Schreiben, fürchte ich, wird er niemals wieder imstande sein.«

Ich wünsche euch von Herzen eine gute Nacht, meine liebe Frau Marie, meine Tochter Selina, Simon, mein Sohn. Ich bin zu Unrecht in dieses Gefängnis gekommen, ich bin zu Unrecht gefoltert worden, und zu Unrecht muss ich sterben. Denn wer hierher geschleppt wird, der wird zwangsläufig zur Drute, oder er wird so lange gefoltert, bis er sich selber etwas Derartiges ausdenkt, falls ihm, mit Gottes Hilfe, etwas einfällt …

Maries Hände zitterten.

»Lies du weiter, Vater!«, bat sie. »Vor meinen Augen verschwimmt alles!«

Sie glauben der Pacherin mehr als mir, und was Agnes alles über mich gesagt hat, kann und will ich hier nicht wiederholen. Ich bin ein schwacher Mann, Marie, stets gewesen, der dem Zauber der Frauen immer wieder erlegen ist, und inzwischen verabscheue ich mich dafür. Aber ich bin kein Teufel, habe niemals ein Weib genötigt oder zu etwas Bösem gezwungen. Seitdem ich lebe, habe ich Gott geliebt und mich bemüht, seine Gebote zu achten. Seit vielen Jahren haben meine Hände nichts anderes geschnitzt als Hirten und Könige, Engel und Schafe, als das Jesuskind, Maria und Joseph. Das hab ich auch den Herren Drutenkommissaren gesagt, offenbar überzeugend, denn ich dachte schon, ich hätte sie von meiner Unschuld überzeugt und sie würden mir Glauben schenken …

Pankraz Haller hielt inne.

»Jetzt kommt das Schlimmste«, sagte er. »Seid ihr sicher, dass ihr das wirklich hören wollt?«

Marie und Selina verständigten sich mit einem schnellen Blick, bevor sie beide nickten. Die Knöchel an ihren Händen waren weiß vor Anspannung.

Aber Förner hat es nicht zugelassen. Wieder und wieder hat der Weihbischof seine Fragen gestellt, Fragen, so schlüpfrig und hinterhältig wie Schlangennester, bis ich mich mit meinen Antworten immer mehr verheddert habe. Als ich gar nicht mehr weiterwusste, hat er den Henker geholt. Und der, gütiger Gott im höchsten Himmel erbarme dich meiner, legte mir die Fingerschrauben an …

»Sie haben ihm die Hände gebrochen!«, schrie Marie. »Seine wunderbaren Schnitzerhände!«

Auch aus Selinas Mund brach ein rauer Schrei. »Das darf er nicht!« Sie sprang auf und begann wie eine Wahnsinnige im Zimmer auf und ab zu laufen. »Wieso tut er das? Was hat Vater ihm denn getan?«

»Der Henker ist der Gehilfe der Malefizkommissare«, sagte Pankraz. »Sie geben die Anordnungen. Er führt sie lediglich aus. Und wird dafür bezahlt.«

»Jetzt bleibt uns nur noch Simons Plan.« Marie machte sich nicht die Mühe, die Tränen abzuwischen. »Worauf haben wir uns da nur eingelassen, Vater? Das Schicksal eines Menschen ruht auf den Schultern von ein paar Holzfiguren!«

»Ich möchte, dass ihr wenigstens die nächste Zeit bei mir wohnt«, sagte Pankraz. »Bitte, Marie! Ich würde mich besser fühlen, wenn ich euch unter meinem Dach wüsste.«

»Danke, Vater, aber wir bleiben hier.«

»Wenn es wegen Hanna ist …«

»Ist es nicht. Aber hier ist unser Zuhause. Von hier aus werden wir kämpfen.«

»Ich werde noch einmal mit Kilian Haag reden.« Er konnte ihr weißes, winziges Gesicht kaum noch ertragen. Ebenso wenig wie die roten Augen Selinas. »Ich gehe zu ihm. Auf der Stelle! Ihm muss noch etwas einfallen.«

»Mach das.« Maries Tonfall verriet, wie wenig sie sich davon versprach.

»Kann ich euch denn überhaupt allein lassen?«

»Simon ist bald zurück. Er wird uns beschützen.«

Marie war beinahe erleichtert, als er gegangen war, und auch Selina schien sich ein wenig zu beruhigen.

»Meinst du, Simon ist jetzt schon in Schloss Geyerswörth?«, fragte sie bestimmt schon zum zehnten Mal.

»Keller hat versprochen, ihn durch einen Seiteneingang hineinzulassen. Und wenn er erst einmal drin ist, wird er es auch schaffen. Ich hoffe so sehr, dass Simon es schaffen wird!«

»Der *nonno* liebt dich sehr«, sagte Selina unvermittelt. »Ich kann es spüren.« Sie legte die Hand auf ihr Herz. »Hier drin.«

»Dein Vater liebt dich auch.« Erneut begannen Maries Tränen zu fließen. »Das musst du erst recht in deinem Herzen spüren. Er war so unglücklich, Selina, dass du dich von ihm abgewandt hattest. Immer wieder hat er davon angefangen.«

»Wie konnte ich nur?« Selinas Stimme klang rau wie ein Tierlaut. »Ich hab ihn gehasst, weil ich dachte, er sei Lenchens Vater. Dabei ist es doch der alte Förner! Der, der ihn jetzt so quält.«

»Was hast du da gerade gesagt, Selina?«, fragte Marie.

»Dass Förner Lenchens Vater ist«, wiederholte Selina. »Du kennst ihn. Der Mann mit dem schwarzen Bart. Der Prediger. Ich weiß es von Lenz. Und dieses Mal hab ich mich nicht getäuscht, Marie!«

»Und wer ist dieser Lenz?«

»Mein bester Freund«, sagte Selina mit bebendem Kinn. »Auch wenn Simon ihn nicht leiden kann. Aber er kennt ihn ja nicht richtig. Und Lenz kann doch nichts dafür, dass er arm ist und betteln gehen muss.«

Für ein paar Augenblicke war Marie ganz still.

»Der Brief«, sagte sie dann. »Der Brief, den ich bei Ava gelesen habe. Warte mal, Selina! Der Name von Lenchens Vater, der mit F beginnt. F … wie Förner …«

Ihre Lippen waren schmal geworden, die Augen funkelten vor Entschlossenheit.

»Was hast du?«, rief Selina. »Marie, was ist auf einmal mit dir?«

»Komm!« Marie stand auf, steckte Veits Brief ein und schlang das warme Tuch um sich. »Wir müssen los!«

»Jetzt? Wohin?«

»Zur Otterfrau«, sagte Marie. »Nimm ein paar Kienspäne mit, damit wir auf dem Rückweg noch genügend Licht haben und nicht ins Wasser fallen.«

Auf den ersten Blick wirkte der Fürstbischof gelassen, beinahe gut gelaunt, aber Damian Keller ließ sich nicht davon täuschen. Er hatte sein Ächzen gehört, als die lange Sitzung des Domkapitels endlich zu Ende ging; er bemerkte, wie schwer es ihm fiel, mit seiner Gichthand den ganzen Stapel Dokumente zu unterzeichnen, der noch in der Ledermappe auf ihn wartete. Am liebsten hätte er sofort losgeredet. Doch er zwang sich zur Geduld. Er durfte seinen Einsatz nicht verpatzen.

»Komm ans Feuer, und trink ein Glas Port mit mir, Keller!« Fuchs von Dornheim winkte ihn an den großen Kamin heran, wo zwei Sessel vor dem Feuer standen, und er folgte der Aufforderung, seine Berechnungen in der Hand. Nach kurzem Zögern ließ er die Zeichnungen neben sich auf den Teppich gleiten. Griffbereit.

Der schwere Wein war vorzüglich. Der Astrologe spürte, wie er ihm ölig durch die Kehle rann und in seinem Magen wohlige Wärme verbreitete.

Der Fürstbischof bediente sich bereits zum zweiten Mal. Sein Blick glitt zu den Kerzen, die in silbernen Leuchtern und Kandelabern überall im Raum brannten, auffallend mehr als sonst, obwohl damit in Schloss Geyerswörth nie geknausert wurde.

»Die Thomasnacht«, sagte er. »Die dunkelste Nacht des Jahres. Da kann es drinnen gar nicht hell genug sein.«

»Ab morgen werden die Tage wieder länger«, sagte Keller. »Und spätestens an Lichtmess wissen wir, dass es Frühling werden wird.«

»Er hat an Jesus gezweifelt, konnte dessen Auferstehung erst glauben, als er seine Finger in die Seitenwunde gelegt hatte. Diese Nacht soll uns an die eigene Schwäche im Glauben mahnen. Dafür steht der Apostel Thomas – für den Zweifler in jedem von uns.«

»Aber kann es manchmal nicht auch sinnvoll sein? Ohne Zweifel würden wir vielleicht aufhören, nach der Wahrheit zu suchen.«

»Die Menschen sollen nicht wissen, sondern glauben«, sagte Fuchs von Dornheim. »Nur mit dem Herzen können wir die unendliche Gnade Gottes erfassen, nicht mit dem Verstand. Warum wollen sie das nicht endlich verstehen?«

»Die Menschen sehnen sich ja danach, zu glauben.« Keller wählte jedes seiner Worte mit Bedacht. »Aber sie sind voller Angst, voller Unsicherheit. Sie hungern, frieren, sie bangen vor dem Krieg.« Er fasste sein Gegenüber scharf ins Auge. »Sie brauchen Hoffnung. Eine Zuflucht. Himmlisches Licht. Gäbe es Eure Krippe, Exzellenz, wie Ihr geplant hattet, so könnten sie …«

»Erinnere mich bloß nicht daran! Selten zuvor bin ich so enttäuscht worden. Der alte Sternen war mir ja von Anfang an suspekt, aber der Junge – welche Erwartungen hatte ich in ihn gesetzt!« Gereizt sah er zu Keller hinüber, weil der sich zu seinen Unterlagen gebeugt hatte. »Was raschelst du da unten eigentlich ständig herum? Kannst du nicht einmal an einem Tag wie heute Ruhe geben?«

»Nein, Exzellenz. Ich fürchte, das kann ich nicht.«

»Hast du noch immer nicht genug, Keller? Obwohl so viele deiner Vorhersagen völlig danebenlagen?« Der beißende Spott in seiner Stimme war unüberhörbar. »Ginge es nach dir, wäre Förner längst entmachtet. Doch in Wirklichkeit wütet er entschlossener denn je. Wo sind denn seine Schwierigkeiten, die du so eifrig prognostiziert hast? Seine Bedrängnis? Ich kann nichts davon erkennen. Lassen deine Sterne und Planeten dich etwa im Stich?«

Damian Keller lächelte.

»Vergesst Förner in dieser Nacht, Exzellenz! Denn Wunderbares ereignet sich gerade. Ihr werdet staunen, wenn ich es Euch sage!«

»Für Wunder bin ich heute schon zu müde.« Fuchs von Dornheim gähnte. »Ich werde bald zu Bett gehen. Das Beste, was man in der Thomasnacht tun kann.«

»Und wenn es etwas wäre, was Ihr Euch von ganzem Herzen gewünscht habt, was dann?«

»Du willst mich neugierig machen, Keller? Da musst du schon einiges auffahren!«

»Ich möchte Euch etwas zeigen. Nur ein paar Türen weiter. Ihr werdet es nicht bereuen, Exzellenz!«

Fuchs von Dornheim erhob sich schneller, als er erwartet hatte. »Gehen wir!«

Er blieb stumm, während sie nebeneinander zum großen Speisesaal strebten. Keller hatte dafür gesorgt, dass im Flur nur wenige Kerzen brannten, um die Überraschung noch größer zu machen. Als einer der Lakaien die Tür zu dem Raum öffnete, der nur an hohen Festtagen genutzt wurde, entfuhr dem Fürstbischof ein Laut der Überraschung.

Auf der langen Tafel war Simons Krippenberg aufgebaut. Das Licht zahlreicher Kerzen machte das gewachste Lindenholz weich und ließ es kostbar aussehen. Dennoch waren die Schnitte noch deutlich zu erkennen, die Hand, die sie kunstvoll und entschlossen gesetzt hatte.

»Sie tragen keine Stoffgewänder«, sagte Fuchs von Dornheim, als er sich halbwegs wieder gefasst hatte. »Das gefällt mir. Prachtvolle Gewänder lenken vom Wesentlichen nur ab. Im geschnittenen Holz dagegen wird ihre Seele sichtbar.« Er umrundete die Tafel. »Und sie sind so schön groß! Sie sehen aus, als würden sie zusammengehören. Dennoch wirkt jede der Figuren für sich.«

»Zusammen erzählen sie eine Geschichte«, sagte der Astrologe. »Die größte Geschichte aller Zeiten.«

»Du hast Recht!«, rief der Fürstbischof. »Es gibt wahrlich nichts Größeres! Aber wem haben wir diese ungewöhnliche Arbeit zu verdanken?«

»Ihr kennt ihn, Exzellenz. Genau genommen habt Ihr sie sogar bei ihm in Auftrag gegeben.«

»Du meinst doch nicht etwa den jungen Sternen?«

»Genau den. Eigentlich war diese Krippe nur für ihn selber bestimmt. Aber als ich ihm sagte, dass Ihr die seines Vaters ablehnen musstet, hat er keinen Augenblick gezögert …«

»Und das Wunder?«, unterbrach ihn Dornheim. »Was ist mit dem versprochenen Wunder?«

»Hier. Seht her!« Damian Keller legte seine Zeichnungen auf den Tisch. »Könnt Ihr es erkennen? Es gibt keinen Zweifel! Dreimal hab ich es berechnet, um ganz sicherzugehen: Im Augenblick Eurer Frage erhebt sich der fromme Schütze im Osten, und Jupiter regiert die Stunde. Gemeinsam mit Saturn steht er in der Himmelsmitte.«

Der Fürstbischof starrte ihn an.

»So, wie die beiden einst über dem Stall unseres Herrn gestanden haben, damit die Heiligen Könige zu ihm fanden!«

»Soll das etwa heißen, dass ...«

»Exakt, Exzellenz! Der Stern von Bethlehem. In diesem Augenblick. Genau über Simon Sternens Krippe!«

Der Verdacht ließ Gabriel Hofmeister nicht mehr los, obwohl der Weihbischof alles abgestritten hatte. Nein, er habe Lorenz Eichler nicht gesehen. Er selber sei gar nicht mehr in Sankt Martin gewesen, sondern habe lange zuvor in einer wichtigen Angelegenheit auf den Domberg eilen müssen. Doch seine Augen redeten eine andere Sprache, ebenso wie die fahrigen Gesten, die seine Worte begleiteten. Was immer ihn mit diesem schmierigen Schneider verbunden hatte, die Erleichterung über seinen plötzlichen Tod konnte Förner nicht verbergen.

Einige redeten von Selbstmord, andere wieder glaubten an einen Unfall. Die meisten aber waren bereit, alles den Druten zuzuschreiben, die inzwischen nicht einmal mehr vor Gotteshäusern Halt machten. Förner verhielt sich in diesem Punkt erstaunlich zurückhaltend, was Hofmeister in seinem Verdacht weiter bestärkte. Keinerlei Erwähnung in seiner täglichen Predigt; nicht einmal zu einer gründlichen Untersuchung der Drutenkommission kam es. Die zerschmetterten Glieder Eichlers wurden in einem Armengrab am Rande des Friedhofs verscharrt.

Seitdem blieb der Sekretär auf der Hut. Jetzt schien ihm der richtige Zeitpunkt, um seine alten Kontakte nach Würzburg neu zu beleben. In einem ausführlichen Schreiben bat er seinen Studienfreund Julius Salzbrenner, der es im dortigen Domkolleg zu einigem Ansehen gebracht hatte, sich beim Bischof für ihn zu verwenden. Es kostete ihn Überwindung, weiterhin mit Förner umzugehen, als sei nichts geschehen, aber solange er keine Antwort aus Würzburg hatte, blieb ihm nichts anderes übrig. So machte er gute Miene zum bösen Spiel und hoffte darauf, bald von Bamberg wegziehen zu können.

Unkonzentriert brütete Hofmeister über Förners seitenlanger Weihnachtspredigt, als der Küster Toni in die Sakristei führte. Der Junge wurde blass bei seinem Anblick, schlug die Augen nieder.

»Ich wollte nur …«, begann er stotternd. »Er ist nicht da?«

»Nein. Und ich weiß auch nicht, wann er wiederkommt. Was willst du von Monsignore Förner?«

»Nichts. Dann hab ich wohl etwas durcheinander gebracht.« Schon stand Toni an der Tür, Hofmeister aber war schneller und versperrte ihm den Weg.

»Wir zwei müssen uns unterhalten, Anton«, sagte er. »Denkst du, ich merke nicht, dass du immer vor mir davonläufst? Warum tust du das? Was hab ich dir denn getan?«

»Nichts. Gar nichts.« Toni starrte auf seine viel zu großen Holzschuhe.

»Nichts? Das glaub ich dir nicht. Du bist so ein kluger kleiner Kerl. Warum hast du solche Angst vor mir? Es muss doch einen Grund geben!«

»Der Teufel kann ganz verschieden aussehen«, stieß Toni hervor. »Auch wie ein schöner junger Mann.«

»Vermutlich kann er das«, sagte Hofmeister. »Man sagt ihm ja nach, er vermöge so manches. Aber wieso kommst du ausgerechnet jetzt auf den Teufel?«

Toni schwieg, die Lippen fest zusammengepresst.

Hofmeister starrte auf den strubbeligen Kopf und den dünnen, schmutzigen Hals.

»Du denkst doch nicht etwa, dass ich der Teufel bin?«, sagte er aus einer plötzlichen Eingebung heraus.

Toni blinzelte schräg zu ihm hoch, und in seinen angsterfüllten Augen las er, dass er mit seiner Vermutung Recht hatte.

»Doch, genau das glaubst du! Deshalb rennst du immer weg, sobald du mich siehst.«

»Bist du denn nicht der Teufel?« Toni machte einen Schritt zurück, die Tür aber nicht aus den Augen lassend.

»Nein«, sagte Hofmeister lachend. »Das bin ich nicht. Ich bin nur ein ganz gewöhnlicher Mensch. Und dass du mich schön findest, ehrt mich sehr.«

»Beweis es!«, verlangte der Junge. »Sonst glaube ich dir nicht.«

»Du willst Beweise? Das kann ich verstehen. Warte, lass mich überlegen! Was weißt du vom Teufel, Anton?«

»Dass er kalt ist«, sagte Toni nach einigem Überlegen. »Und dass in seinen Adern pechschwarzes Blut fließt. Er stinkt wie eine Kröte. Und er kann sich unsichtbar machen …«

»Nicht so viel auf einmal! Lass uns der Reihe nach vorgehen.« Hofmeister zog seinen Rock aus und krempelte den Hemdsärmel nach oben. Toni starrte auf die helle, blond behaarte Haut, die darunter zum Vorschein kam. »Fass mich an. Komm schon!«

Toni streckte seine Hand aus, zuckte aber gleich wieder zurück.

»Fester. Sonst spürst du ja nichts.« Die Kinderhand blieb auf dem Männerarm liegen. »Und? Was fühlst du?«

»Wärme«, sagte Toni. »Du bist ganz warm.«

Hofmeister lächelte, dann hauchte er ihn an.

»Und was riechst du?«

»Du hast Zwiebeln gegessen«, sagte Toni. »Die mag ich auch sehr gern. Aber nur, wenn sie weich gekocht sind.«

»Schön. Sehr schön sogar! Aber damit wollen wir uns noch nicht zufrieden geben.« Gabriel Hofmeister nahm den Brieföffner vom Tisch und fuhr mit ihm blitzschnell über seine Hand.

Der Junge zuckte zurück.

»Du blutest! Du hast dich geschnitten.«

»Natürlich hab ich das! Und welche Farbe hat mein Blut? Siehst du das auch?«

»Rot«, sagte Toni. »Es ist hellrot.«

»Wenn du jetzt auch noch von mir verlangst, dass ich unsichtbar werden soll …«

»Nein. Es reicht. Hör auf! Du bist nicht der Teufel«, sagte Toni. »Das weiß ich jetzt. Und ich werd auch nie wieder vor dir wegrennen.«

»Dann bin ich zufrieden. Aber ich möchte dich noch um einen anderen Gefallen bitten, Anton.« Hofmeister räusperte sich. »Sei vorsichtig mit dem Weihbischof. Geh nicht allein mit ihm irgendwohin, versprichst du mir das? In keinen Keller und auf keinen Turm. Am besten wäre es, du würdest dich überhaupt von ihm fern halten, aber ich weiß, es ist schwer, was ich da von dir verlange.«

»Ist er der Teufel?«, sagte Toni. »Der schwarze Prediger?«

»Jedenfalls kennt er sich gut damit aus«, sagte der Sekretär. »Zu gut für meinen Geschmack. Du wirst also aufpassen, Anton? Gibst du mir dein Wort?«

»Ja«, sagte Toni. »Das tue ich.«

Der Mann, der auf ihr Klopfen hin öffnete, hatte dunkles, schulterlanges Haar und ein waches Gesicht.

»Wir müssen zu Ava«, sagte Marie, während Selina rot anlief. Es gab ihn also wirklich, diesen anderen. Er war nicht nur eine Erfindung der Otterfrau, was sie irgendwie beruhigte. »Ist sie da? Es ist sehr wichtig.«

»Sie hat sich hingelegt«, sagte er. »Aber ich kann sie holen gehen, wenn es so wichtig ist. Kommt herein!«

Er verschwand nach nebenan, während Marie und Selina ihre Tücher abnahmen und sich an den Tisch setzten. Nach einer Weile kam Ava allein in die Stube.

»Du?« Sie knöpfte ihr Kleid vollständig zu und setzte sich. »Dich hätte ich hier nicht mehr erwartet. Wer ist das Mädchen?«

»Das ist Selina. Ich wollte sie jetzt nicht allein zu Hause lassen. Nach allem, was geschehen ist.«

Sie streckte ihr Veits Zeilen entgegen.

»Lies!«

Avas Augen flogen über den Brief.

»Ausgerechnet seine Hände«, sagte sie voller Mitgefühl, als sie geendet hatte. »Sie hätten Veit nichts Schlimmeres antun können! Was sind das nur für Menschen?«

»Das sind Teufel, keine Menschen«, sagte Marie. »Veit hat gestanden, obwohl er unschuldig ist. Dazu haben sie ihn gebracht. Jetzt werden sie ihn hinrichten, wenn wir sie nicht daran hindern.« Inständig dachte sie an Simons neue Krippe. Ihr Mund füllte sich mit Speichel, so aufgeregt war sie.

»Ich muss unbedingt noch einmal den Brief sehen«, sagte sie. »Den von neulich. Gundels Brief, du weißt schon. Deshalb sind wir hier, Selina und ich.«

»Weshalb?«

»Das sag ich dir gleich. Hol ihn – bitte!«

Ava erhob sich und kam ihrer Bitte nach. Als sie Marie den Brief reichte, sah sie, dass deren Hände zitterten. Beim Lesen bewegte sie lautlos die Lippen, bis sie plötzlich innehielt.

»Hier! Das ist die Stelle, die ich meine.« Ihr Finger deutete auf eine Zeile. Sie begann laut zu lesen. »*Wenn du uns nicht hilfst, F., müssen wir verrecken. Gib uns Geld …*«

Sie begann wie von innen zu glühen.

»Selina und ich glauben zu wissen, wer dieser F. ist. Friedrich Förner. Förner ist Lenchens Vater!«

»Der Hexenbrenner?«, sagte Ava.

»Der Weihbischof von Bamberg«, bekräftigte Marie. »Verstehst du, was das bedeutet?«

»Wer hat euch das gesagt?«

»Lenz.« Endlich hatte auch Selina den Mut, den Mund aufzumachen. »Das weiß ich von Lenz.«

Jetzt saß sie ihr leibhaftig gegenüber, die Otterfrau, die so lange ihre Fantasie beschäftigt hatte! Ava war so nah, dass sie die Hand hätte ausstrecken können, um sie zu berühren, wenn sie nur gewollt hätte. Kleiner kam sie ihr vor und jünger. Wenn sie die Nase beim Überlegen kraus zog, hätte man sie beinahe für ein Mädchen halten können.

»Lenz?«, wiederholte Ava. »Aber woher sollte ausgerechnet Lenz das wissen? Ich meine, wir können ihn fragen, wenn er zurückkommt. Er holt mit Kuni und Kaspar noch meine Körbe vom Markt und wird bald …«

Die Tür flog auf, Toni platzte herein und plapperte sofort los.

»Er ist gar nicht der Teufel! Er hat sein Hemd hochgeschoben und sich in die Haut gestochen. Und seine Hand war warm und sein Blut hellrot. Er hat ganz stark nach Zwiebeln gerochen …«

Jetzt erst bemerkte er, wer alles am Tisch saß.

»Du?« Seine Augen flogen zu Selina, dann zu Marie. »Und sie?«

»Du kommst vom schwarzen Prediger?«, sagte Ava.

»Der war nicht da.«

»Bist du Lenz?«, sagte Marie.

»Nein.« Der Junge schüttelte den Kopf. »Ich bin Toni. Lenz ist doch viel größer als ich.«

»Lenz hat etwas zu Selina gesagt, Toni«, schaltete sich nun Ava ein. »Über Lenchen und ihren Vater.«

In seinem Bauch begann es zu rumoren.

»Das durfte er nicht«, murmelte er mit gesenktem Kopf. »Das hat er mir fest versprochen!«

»Offenbar hat er es trotzdem getan. Lenz hat Selina gesagt, dass Förner Lenchens Vater ist.« Avas Stimme klang eindringlich. »Ist das wahr? Und falls ja, woher weiß er das?«

»Das weiß ich nicht«, sagte Toni trotzig.

»Dann stimmt es vielleicht gar nicht?«, sagte Marie enttäuscht.

Selinas Mund öffnete sich im stummen Protest. Es war ihr anzusehen, wie sehr sie mit den Lauten kämpfen musste.

»Es muss stimmen. Lenz lügt nicht«, brachte sie hervor. »Niemals!«

Marie packte Tonis Hand, zwang ihn, sie anzusehen.

«Mein Mann ist in großer Gefahr. Sie haben ihn gefoltert, bis er schließlich gestanden hat, ein Drute zu sein. Aber er hat gelogen. Er hat niemanden verhext, er konnte nur die Folter nicht mehr ertragen. Sie haben ihm die Hände zerschmettert, ihm, einem Krippenschnitzer!« Flehentlich sah sie ihn an. »Toni, sag uns die Wahrheit, wenn du sie kennst: Ist Förner Lenchens Vater?«

Er machte sich los.

»Ich weiß es nicht.« Sein Kopf ging zur Seite.

»Toni!«, sagte Ava eindringlich. »Denk einmal ganz genau nach. Es geht um ein Menschenleben!«

»Aber ich weiß es wirklich nicht!« Jetzt schrie er. »Und wenn ihr mich noch hundertmal fragt. Das mit dem Vater hat Lenz gesagt. Ich weiß bloß das von dem Mal.«

»Welches Mal?«, sagte Marie.

»Lenchens Mal?« Ava bedeutete Marie mit einer Geste, sich zurückzuhalten. »Der braune Sichelmond an ihrem Hals?«

Toni nickte.

»Ja«, sagte er. »Der schwarze Prediger hat das gleiche. Ich hab es gesehen, als er einmal sein Gewand nach der Messe abgestreift hat. An seinem Hals. Genau wie bei Lenchen. Und ich soll niemals mit ihm in den Keller gehen oder hinauf auf einen Turm. Denn er kennt sich mit dem Teufel viel zu gut aus. Das hat Hofmeister gesagt. Das ist der, der für ihn schreibt.«

Die beiden Frauen sahen sich an.

»Lenchen trug immer einen Rosenkranz«, sagte Ava. »Aus roten Korallen. Sehr wertvoll, zu wertvoll für ein kleines Bettlermädchen. Sie hat sich geweigert, ihn abzunehmen. Sogar beim Baden wollte sie ihn unbedingt anbehalten. Die Mutter hätte ihr es verboten. Strengstens! Ihre Mutter Gundel, die einmal bei einem reichen Mann in Diensten war, bevor er sie schwängerte und auf die Straße setzte ...«

»Denkst du auch, was ich denke?«, sagte Marie.

Ava nickte.

»Auch wenn ich das mit dem Mal noch nicht ganz verstehe?«

»Das werd ich dir gleich erklären. Und ihr beide, Toni und Selina, geht jetzt am besten nach nebenan zu Mathis«, befahl Ava. »Marie und ich haben zu reden.«

«Was werdet ihr jetzt tun?«, sagte Selina, als sie nach Hause gingen. Das Gurgeln des Flusses zwang sie zu respektvollem Abstand vom Ufer.

»Alles auf eine Karte setzen«, sagte Marie.

»Hast du keine Angst?«

»Große Angst. Aber ich werde nicht allein sein.«

»Sie wird dir helfen?«

»Es ist besser, Selina, wenn du so wenig wie möglich weißt. Nur für den Fall der Fälle.«

Das Mädchen blieb stehen. Sie hielt den Kienspan etwas höher und kam Marie ganz nah, damit ihr kein Wort entging.

»Du willst mir nicht mehr verraten?«, sagte sie, den Blick unverwandt auf Maries Lippen gerichtet.

»Du darfst nicht noch einmal in Gefahr geraten. Das wäre mehr, als ich jetzt ertragen könnte.«

Selina nickte langsam. Sie gingen weiter.

Nach einer Weile spürte Marie, wie Selinas kalte Hand sich in ihre schob. Schutz suchend. Vertrauensvoll.

Als wolle sie sie nie wieder loslassen.

«Ist das dein Werk, Thies?« Förner stellte ihn in der Eingangshalle, als Adam die Alte Hofstatt gerade verlassen wollte. »Ich bin sicher, es ist dein Werk!«

»Was meint Ihr, Monsignore?« Nicht einmal, wenn sie allein waren wie jetzt, griff er auf die vertraute Anrede unter Ordensbrüdern zurück.

»Die Aussetzung der Hinrichtung Sternens. Da steckst doch du dahinter.«

»Seine Exzellenz, der Fürstbischof, hat diese Anweisung gegeben. Weihnachtsfrieden. Keine Hinrichtungen in der Zeit zwischen der Thomasnacht und dem Heiligdreikönigstag. Gemäß den Anordnungen von Kurfürst Maximilian.«

»Auch diese Verzögerung wird euch nichts nützen«, zischte Förner. »Er hat gestanden. Er brennt. Auch die Krippe des jungen Sternen wird ihn nicht retten.«

Adams Miene blieb unbewegt. »Dem Fürstbischof gefällt sie«, sagte er. »Während wir hier miteinander sprechen, wird sie drüben im Dom aufgebaut. Ein Meisterwerk, wie man hört. Das die Herzen der Menschen berühren wird.«

Förner kam ihm so nah, dass er den Atem anhalten musste.

»Aber wird sie das auch noch, wenn die Menschen erst einmal erfahren haben, von wem sie stammt? Vom Sohn eines Druten!«

»Das Werk lebt durch den Geist. Und der Geist dieser Krippe ist rein.« Adam schob ihn ein Stück zur Seite. »Und jetzt entschuldigt mich. Ich hab es eilig.«

»Simon Sternen. Ein Mann, der Euch nahe steht, habe ich Recht?«, sagte Förner in seinen Rücken hinein. »*Sehr* nahe sogar.«

Etwas Kaltes breitete sich in Adam aus. Der Mensch hat zwei Wangen, dachte er. Der Mensch verdient auch zwei Ohrfeigen. Marie hatte richtig gelegen mit ihren Warnungen. Aber sie waren doch so vorsichtig gewesen, die ganze Zeit!

»Jeder, der diesen Künstler kennt, darf sich glücklich schätzen«, sagte er, ohne sich umzudrehen. »Sein Name wird noch genannt werden, wenn unser beider Namen längst vergessen sind.«

»Es gibt Sünden, die jeden Namen beschmutzen«, sagte Förner. »Das weißt du, Thies, das muss ich dir nicht näher erklären.«

»Wer ohne Sünde ist, der werfe den ersten Stein.« Adam drehte sich langsam um. »Wir sind Menschen. Wir sind fehlbar. Deshalb ist Jesus für uns am Kreuz gestorben.«

Schweigend standen sich die beiden gegenüber.

»Was wollt Ihr?«, sagte Adam nach einer Weile.

»Den Rosenkranz«, sagte Förner.

»Und dann?« Adam zögerte kurz, bevor er Förner direkt in die Augen schaute. »Ich habe ihn nicht hier, wie Ihr Euch denken könnt.«

»*Manus lavat manum.*« Förners linkes Lid zuckte. »Ich kann dir entgegenkommen, aber nur, wenn du dich einsichtig zeigst.« Jetzt war es Förner, der einen Augenblick überlegte. »Wir treffen uns am Fluss. Am Mühlsteg. Da sind wir unbeobachtet. Das ist doch auch in deinem Sinn.«

»Heute noch?«

»Nein, morgen. Morgen früh. Zur *Laudes*. Falls du nicht schon alles vergessen hast, was einen Mönch ausmacht. Du wirst doch kommen, Pater Thies?«

Adam machte eine unbestimmte Geste.

»Ich rate es dir dringend«, sagte Förner mit einem hässlichen Lachen. »Wenn dir das Leben eines jungen Künstlers etwas bedeutet.«

»Du?«, sagte Simon, als Adam plötzlich neben der Krippe auftauchte. »Wie schön, dich hier zu sehen, Adam!«

»Ich kann nicht lange bleiben.« Adam sah sich gehetzt um. »Ich hätte nicht einmal kommen dürfen. Aber ich musste es.«

»Du hast Nachrichten vom Fürstbischof?«, fragte Simon mit angespannter Miene.

»Noch nicht«, sagte Adam. »Bislang hüllt er sich in Schweigen. Gib die Hoffnung nicht auf, Simon, aber rechne auch mit dem Schlimmsten. Fuchs von Dornheim ist bequem und feige. Er hasst es, seine Meinung ändern zu müssen. Dass er deine Krippe angenommen hat, ist für ihn schon ein enormer Schritt.«

»Das Geld tut uns gut. Aber er muss Vater doch …«

»Er muss gar nichts, Simon. Wenigstens gibt euch der Weihnachtsfrieden einen Aufschub. Das ist schon sehr viel.« Adam umrundete langsam den Krippenberg. »Ich hab wahrlich nicht zu viel versprochen. Sie sprühen vor Leben. Deine Figuren sind einzigartig. Du bist ein großer Künstler, Simon!«

»Hast du auch den Engel gesehen?«

Adams Augen wurden feucht.

»Wir gehen einen Weg miteinander«, sagte er leise. »Das darfst du niemals vergessen. Und wenn es keinen Weg mehr gibt, dann werden wir ihn trotzdem weitergehen. Versprich mir das!«

»Wieso sagst du das, Adam? Natürlich werden wir das. Denkst du, ich lass dich jemals allein?« Jetzt war es Simon, der sich nach allen Seiten umsah. »Ich komme heute Nacht zu dir«, flüsterte er. »Ich halte es kaum noch aus ohne dich.«

»Das darfst du nicht. Es ist viel zu gefährlich!«

»Was kümmert mich das? Wir können sterben. Jeden Tag. Schon in der nächsten Stunde, wenn es uns so bestimmt ist. Ich will wenigstens vorher gelebt haben.«

»Du bist wahnsinnig, Simon!«

»Vielleicht bin ich das. Aber ich will bei dir sein. Und wenn du nicht aufmachst, dann stelle ich mich unter dein Fenster und fange an zu singen. So lange, bis du …«

»Ich will es doch auch, Simon. Du ahnst gar nicht, wie sehr.«

Aus den Augenwinkeln sah er den Küster näher kommen.

»Ja, ich denke, damit wird Seine Exzellenz zufrieden sein«, sagte er. »*Ex cathedra* ist die Sicht auf die Figuren besonders gut.«

Ein letzter Blick zu Simon. Dann eilte Adam Thies aus dem Dom.

»Zwei Frauen und ein Kind, Marie?«, sagte Adam, als sie ihm alles erzählt hatte, in hastigen, wirren Sätzen. »Gegen Förner? Ihr habt den Verstand verloren!«

»Nein«, sagte sie und schob ihr Kinn dabei vor, damit er sah, wie ernst sie es meinte. »Mein Kopf war noch nie so klar. Wir sind auf der richtigen Fährte. Das sagt mir auch mein Bauch.«

»Und wenn er sich auf den Handel nicht einlässt? Wenn er die Büttel kommen und euch kurzerhand ins Loch werfen lässt?«

»Das wird er nicht. Dafür sind unsere Beweise zu gut.«

»Ein Stück Papier, das sich zerreißen lässt? Zwei Weiber, die auf der Streckbank um Hilfe schreien? Ein Kind, dem man im Handumdrehen an die Gurgel gehen kann? Ich glaube, du weißt noch immer nicht, mit wem du es hier zu tun hast!«

Wütend ging Adam in dem kleinen Raum auf und ab.

»Seit Monaten brüte ich über meinem Traktat«, sagte er. »Wie viele Nächte hab ich dafür schon durchwacht! Die Finger hab ich mir wund geschrieben. Aber was kann es schon bewirken? Vielleicht wird es nicht einmal gedruckt.«

»Es ist gut und wichtig, was du dir da vorgenommen hast, aber für Veit kommt es zu spät«, sagte Marie. »Deshalb müssen wir handeln – schnell. Der Fürstbischof wird ihn nicht begnadigen. Darauf läuft es doch hinaus, oder? Simon macht sich noch Hoffnungen. Ich nicht. Dafür dauert mir sein Schweigen schon zu lange.«

»Ich fürchte, du wirst Recht behalten, Marie. Fuchs von Dornheim gefällt Simons Krippe. Aber für seinen Vater hat er wenig übrig.«

»So bleibt uns keine andere Wahl. Was dann geschieht, liegt in Gottes Hand.«

Sie war schon am Gehen, als er seine Hand auf ihren Arm legte. Jetzt waren sie sich so nah, dass sie die goldenen Sprengsel in seinen Augen sehen konnte. Sie spürte seinen Atem auf ihrer Haut. Eine wilde Sehnsucht stieg in ihr empor, nach den alten Tagen, dem hellen Licht, den unbeschwerten Jugendträumen.

Er zog sie an sich, hielt sie fest in seinen Armen.

»Ich wünschte, ich hätte bei dir bleiben können«, sagte er an ihrem Ohr. »Du hättest es verdient, Marie.«

Dann ließ er sie wieder los.

»Ich möchte dir noch etwas mitgeben«, sagte er. »Ein Argument, das Eindruck bei Förner machen wird, darauf kannst du dich verlassen.«

Er fasste in seine Tasche und zog den Rosenkranz heraus.

»Es gibt nichts auf der Welt, was er mehr begehrt«, sagte er. »Sag ihm auch, dass Josef Grün über alles Bescheid weiß. Es sollte euer letztes und stärkstes Argument sein, falls alle anderen ihn nicht zum Nachgeben bringen.«

Sie nickte.

»Sie hat offene Augen gehabt, das kleine Lenchen«, sagte Adam mit belegter Stimme. »Das hat mich sehr gerührt. Mit offenen Augen haben wir sie begraben müssen. Sie wollte sehen. Wollte leben. Mit dem, was ihr vorhabt, rächt ihr auch sie.«

»Ich danke dir«, sagte Marie. »Ich bin froh, dass du mir vertraust. Ich hab niemals ganz aufhören können, dich zu lieben, Adam. Obwohl ich jetzt zu Veit gehöre. Aber das weißt du sicherlich. Darf ich dich noch etwas fragen?«

»Ja?« Er drehte sich halb zu ihr um.

»Du triffst dich doch nicht mehr mit Simon, oder?«

Er hatte den gleichen Gesichtsausdruck wie damals, als ihn der Nachbar auf frischer Tat im Kirschenbaum erwischt hatte.

»Nein«, sagte er. »Unser Abschied ist beschlossene Sache.«

Pankraz Haller war nicht ganz zufrieden mit dem, was er von Selina erfahren hatte, aber immerhin hatte er sie zum Reden gebracht beziehungsweise zum Schreiben. Geduldig hatte er zugesehen, wie sie Satz für Satz geschrieben hatte, und sich gefreut, wenn sie ihm dann vertrauensvoll ihre Tafel entgegenstreckte. Er mochte das taube Mädchen von Tag zu Tag lieber, und wenn er sich nicht täuschte, dann schmiedete die traurige Situation auch Marie und sie enger zusammen.

Auf dem Heimweg zum Gasthaus *Unter den Störchen* rekapitulierte er die Ergebnisse. Marie rechnete nicht mehr mit einem Gnadenerlass des Fürstbischofs, das schien ihm eindeutig. Offenbar hatte sie inzwischen einen anderen Plan gefasst, einen Plan, bei dem sie auf die Hilfe der Otterfrau vertraute. Zwar wunderte sich der Braumeister über die seltsame Allianz, aber seine Tochter handelte nie unüberlegt, darauf konnte er sich verlassen.

Allerdings musste es ein gefährlicher Plan sein, denn sonst hätte sie ihn nicht vor Selina verheimlicht, und das wiederum beunruhigte ihn. Marie hing an diesem Sternen, auch wenn ihre frühere Blindheit ihm gegenüber inzwischen gewichen war und sie ihn endlich mit sehenden Augen betrachtete. Dennoch würde sie alles tun, um ihn zu retten, sonst wäre sie nicht Marie.

Was, wenn sie ihr eigenes Leben dabei gefährdete? Und das von Simon, Selina, vielleicht sogar seines? Und damit auch das von Hanna, die unter seinem Dach lebte. Bei Drutenprozessen kam es immer wieder vor, dass die Verurteilung eines Mitgliedes binnen kurzem die der gesamten Familie nach sich zog.

Und noch eines lag klar auf der Hand, das, was ihm das Herz am schwersten machte: Entkäme Veit Sternen wie durch ein Wunder noch einmal dem Feuer, so musste er Bamberg schnellstens und für immer verlassen. Er würde nicht nur sein Mädchen verlieren, sondern sein Enkelkind Selina mit dazu.

Der Braumeister hatte sein Haus erreicht und öffnete die Tür. Hanna, die seine Schritte gehört hatte, empfing ihn mit einem Lächeln. Jener unvergesslichen ersten Nacht waren weitere gefolgt, die ihn sehr glücklich gemacht hatten, tagsüber jedoch blieb sie nach wie vor zurückhaltend. Wer sie jetzt so zusammen sah, hätte glauben können, dass sie sich nur flüchtig kannten.

»Du bist schon zurück?«, sagte sie. »Ist etwas geschehen, Pankraz?«

»Allerdings.« Er ging zu einer Truhe, schloss sie auf und entnahm ihr drei prall gefüllte Lederbeutel.

»Der größte ist für dich«, sagte er. »Ich möchte, dass du ihn gleich morgen zum Kämmerer trägst und damit einen Teil deiner Schulden abbezahlst. Wir wollen es nicht übertreiben, damit kein dummer Verdacht aufkommt, deshalb bringst du ihm besser nicht die ganze Summe auf einmal.«

»Und wenn er mich fragt, woher ich auf einmal so viel Geld habe?« Hannas Hand fuhr zum Bernsteinamulett.

»Geld stinkt nicht«, sagte der Braumeister. »Und die Kassen sind leer. Er wird es wortlos einstreichen. Verlass dich drauf. Achte darauf, dass er es auch in den Büchern einträgt.«

»Und die anderen beiden Beutel?«

»Die bringst du der Otterfrau.« Er ließ sie nicht aus den Augen. »Ich weiß, dass du sie kennst, Hanna. Ich weiß inzwischen so einiges über dich, auch wenn ich damit nicht hausieren gehe. Darauf kannst du dich verlassen – immer.«

»Und willst mich trotzdem weiterhin in deinem Haus haben?«

Sie dachte an den Brief, der jetzt bei Ava lag, und fühlte sich plötzlich schlecht. Sollte sie ihm doch davon erzählen? Hanna entschloss sich, es nicht zu tun. Wäre er wichtig gewesen, hätte Pankraz sie längst danach gefragt.

»Sogar mit dem Segen der Kirche, falls du einverstanden bist«, sagte Pankraz. »Ich wollte dich schon länger danach fragen.«

»Darüber müssen wir uns ein andres Mal unterhalten.« Ihre Hand hatte leicht zu zittern begonnen, was ihm gefiel.

»In Ordnung. Dann geh bitte zur Otterfrau und bring ihr dieses Geld. Sie wird es brauchen können. Dringend sogar, wie ich annehme, wenn sie die Stadt verlässt. Und wenn du bei dieser Gelegenheit etwas mehr erfährst …«

Sie warf ihm einen scharfen Blick zu.

»Wenn sie dir mehr darüber erzählen möchte«, korrigierte er sich, »so soll es mir recht sein. Vorausgesetzt, du gibst es an mich weiter.«

»Ich soll gleich gehen?«

»So wäre es mir am liebsten«, sagte Pankraz Haller. »Es gibt Dinge, die man nicht aufschieben sollte.«

»Mathis ist zurück«, sagte Ava, nachdem sie Hanna Hümlin begrüßt hatte.

»Ich hab schon davon gehört. Er ist gerade nicht da?«

»Er verkauft die Ziegen«, sagte Ava. »Mathis hat jemanden gefunden, der anständig dafür bezahlt.«

»Wo hat er denn die ganze Zeit gesteckt?«

»Bei den Flößern«, sagte Ava. »Im Lamitztal. Er sagt, dort gibt es jede Menge leere Häuser.« Ein schiefes Lächeln. »Weil Flößen eine zwar gut bezahlte, aber auch gefährliche Arbeit ist.«

»Du suchst ein neues Haus?«

Ava machte eine Geste, die alles und nichts bedeuten konnte. Sie zog die Stopfnadel energisch durch einen Wollsocken.

»Dann kannst du das hier ja bestimmt gut gebrauchen.« Hanna stellte die beiden Geldbeutel auf den Tisch.

»Was ist das?«, sagte Ava.

»Blanke Silbertaler. Pankraz Haller schickt sie dir. Er sagt, du wirst sie brauchen können. Wenn du Bamberg bald verlässt. Ihr wollt weg von hier, Mathis und du?«

»Das hat er gesagt?« Ava ließ den Socken sinken. »Er ist ein kluger Mann, dein Braumeister.«

»Ich weiß«, sagte Hanna. »Deshalb bin ich ja bei ihm.«

»Nur deshalb?«

»Geht ihr weg, Ava?«

Nur wenn man ganz genau hinsah, konnte man sehen, dass ihr Kopf sich unmerklich bewegte.

»Du solltest vorsichtig sein bei euren Zusammenkünften«, sagte Ava unvermittelt, »wenn du deinen Pankraz behalten willst. Noch vorsichtiger als bisher, Hanna! Der Hexenbrenner ist schon jetzt von Sinnen. Und falls noch etwas geschieht, womit er nicht gerechnet hat, könnte es kein Halten mehr für ihn geben.«

»Ich bin vorsichtig. Aber meinen Glauben verrate ich trotzdem nicht. Der Lauf der Natur fragt nicht nach unserem dürftigen Menschenwerk. Die Säfte sprießen. Es wird ein neuer Frühling kommen. Und wir werden ihn ehren.«

»Ein Frühling, den du doch sicherlich mit deinem Braumeister erleben willst.«

Hanna lachte. »Jetzt redest du wie alle Schwangeren! Das Nest ist auf einmal das Wichtigste.«

»So ist es. Ich brauche einen sicheren Platz, an dem ich es bauen kann.« Ava begutachtete die löchrige Ferse, dann schaute sie plötzlich Hanna an. »Ich nehm sein Geld«, sagte sie. »Ich nehm es gern. Dank ihm in meinem Namen dafür – und im Namen der Kinder.«

»Du nimmst sie mit? Alle vier?«

»In einer Stadt, in der sie Scheiterhaufen errichten, sollen sie nicht leben müssen.« Sie berührte ihren Bauch. »Und das hier, das in mir wächst, erst recht nicht.«

»Und du? Was ist mit dir? Hast du keine Angst vor dem Weggehen, jetzt, mitten im Winter?«

»Ich hab schon einmal die Heimat verlassen. Ich kann es wieder tun. Das zu wissen gibt mir Sicherheit.« Sie lächelte. »Und Fische kann ich überall räuchern. Vorausgesetzt, es ist ein Fluss in der Nähe, in dem Mathis fischen kann.«

Hanna stand auf.

»Ich werde Mathis bei unseren nächtlichen Treffen vermissen«, sagte sie. »Wir alle werden ihn vermissen. Es gibt nicht viele wie ihn. Und dich natürlich auch!«, fügte sie schnell hinzu.

Ava lachte.

»Du musst dir keine Mühe geben, Hanna«, sagte sie. »Ich hab nie wirklich zu euch gehört. Ich gehör nur mir allein. Und das wird so auch so bleiben. Selbst wenn Mathis mit mir geht.«

Simon war eingeschlafen, lag auf dem Rücken, ein Bein angewinkelt, das andere ausgestreckt, das Haar noch feucht vom Liebesschweiß. Sein Mund war leicht geöffnet; ab und zu entwich ein zarter Schnarchlaut, der Adam belustigte.

Wie ein hübscher, liebestrunkener Faun, dachte er und hätte ihn am liebsten wieder an sich gezogen, um ihn mit einem Kuss zu wecken. Er würde es später tun. Sobald er zurück war.

Er schlüpfte in seine Kleider, so leise wie möglich, aber Simon schlief fest. Adam fuhr in die Stiefel und zog den schweren Mantel an, um sich vor der beißenden Kälte des frühen Morgens zu schützen.

Den Beutel mit dem Rosenkranz hatte er schon bereitgelegt. Er nahm ihn noch einmal heraus, bevor er ihn in die Tasche stopfte. Die Farbe war annähernd gleich. Doch wer ihn in der Hand wog, würde den Unterschied schnell bemerken.

Es kostete ihn Überwindung, das warme Zimmer mit dem schlafenden Geliebten zu verlassen, und als er schließlich vor der Tür stand, entfuhr ihm ein tiefer Seufzer. Er stieg die Treppe hinunter, durchquerte den Hof. Dann war er auf der Straße und lenkte seine Schritte zum Mühlviertel.

Kein Mensch war weit und breit zu sehen. Der Schnee knirschte unter ihm, der Himmel war klar, und das viele Weiß ringsumher ließ die Nacht nicht ganz undurchdringlich wirken. Je näher er dem Fluss kam, desto lauter wurde das Rauschen, ein dumpfes, unheimliches Brodeln, als reiße tief unten ein großes Tier an einer Kette, begierig darauf, sie zu sprengen.

Er sah Förners magere Gestalt schon von weitem, und plötzlich hätte er am liebsten auf der Stelle kehrtgemacht. Was konnte er schon gegen ihn ausrichten, mitten in der Nacht, auf einem gottverlassenen Steg?

Der Gedanke an Simons gelöstes Gesicht ließ ihn weitergehen. Förners Drohungen waren unmissverständlich gewesen. Er hatte keine Wahl. Er musste sich mit diesem gnadenlosen Menschen arrangieren.

»Du kommst spät, Bruder Thies«, sagte Förner. »Ich dachte schon, du hättest es dir anders überlegt.«

»Jetzt bin ich hier.« Er musste fast schreien, um gegen das Donnern des Wassers anzukommen. »Was wollt Ihr von mir?«

»Das weißt du. Und meine Geduld ist begrenzt. Den Rosenkranz, Thies.«

»Und der Gegenwert?«

»Das wagst du zu fragen?«

»Das frage ich in der Tat.«

Förner sah sich um.

»Man versteht ja kaum sein eigenes Wort«, sagte er.

»Der Ort war Eure Wahl, nicht meine«, sagte Adam. »Also?«

»Ich werde nichts gegen Simon Sternen unternehmen«, presste Förner heraus.

»Wie lange? Und wer garantiert mir das?«

Eine große Welle schwappte über den Brückenboden. Ihre Stiefel wurden nass.

»Teufelsfluss!« Förner zog seinen Mantel höher. »Ich. Du wirst dich damit zufrieden geben müssen. Hast du den Rosenkranz dabei?«

»Wollt Ihr ihn sehen?« Adam zog seinen Beutel aus der Tasche und öffnete ihn.

»Gib ihn mir!« Förner streckte die Hand danach aus. »Er gehört mir. Du hättest ihn niemals an dich nehmen dürfen. Es war ein großer Fehler, dass du das getan hast!«

»Das hat Gundel damals sicherlich auch gedacht«, sagte Adam. »Und wusste sich trotzdem nicht anders zu helfen, als Ihr sie aus dem Haus gewiesen habt. Schwanger. Mit Eurem Kind im Bauch.«

»Schweig, Thies!«

»Sie hätte ihn verkaufen können, um an Brot zu kommen. Aber sie hat ihn lieber ihrem Kind umgehängt, um es zu schützen. Das kleine Lenchen. Mit seinen offenen, toten Augen.«

»Schweig – sonst …«

Förner machte einen Satz und kam ins Rutschen. Hilfe suchend griff er nach Adams Arm und riss ihm dabei den Beutel aus der Hand.

Beide bückten sich im gleichen Augenblick danach. Ihre Köpfe krachten zusammen. In diesem Augenblick kam die nächste Welle. Als Adam sich aufrichten wollte, glitt er auf dem Steg aus.

Förner trat nach ihm. Adam rutschte ab. Förner trat wieder nach ihm und noch einmal. Es gab kein Halten mehr, kein Hindernis.

Wie ein Stein fiel Adam in den dunklen, reißenden Fluss.

Er kam wieder hoch, schrie, ruderte mit den Armen. Dann verschwand er in der Strömung.

Förner lauschte in die Nacht. Nur das Rauschen des Flusses war zu hören. Mit zitternden Händen machte er sich an dem nassen Säckchen zu schaffen.

»Das dritte Zeichen«, murmelte er und zerrte mit seinen steifen Fingern an dem Band. »Ich danke dir! Du hast mich ausgezeichnet vor allen anderen, heilige Jungfrau. Bis zum letzten Atemzug werd ich dir dienen.«

Es war hell genug, um das satte Rot der Perlen zu erkennen. Ein wehmütiges Lächeln verzerrte seinen Mund. Als er den Rosenkranz aber schließlich ganz in der Hand hielt, erstarrte er.

Die Steine waren leicht und kalt. Rotes Glas. Nichts als eine billige Fälschung.

Wutentbrannt warf er sie ins Wasser.

»Die Ziegen sind fort«, sagte Kuni, als sie mit rot gefrorenen Wangen ins Haus kam. »Nicht eine einzige steht mehr im Stall. Was ist passiert?«

»Mathis hat sie verkauft.« Ava zupfte ihr Kleid zurecht und fuhr sich mit der Bürste übers Haar.

»Dann werden wir keine Milch mehr zu trinken haben?«

»Wir werden andere Milch trinken«, sagte Ava. »In einem anderen Haus.«

Das Mädchen trat neben sie.

»Also stimmt es, was Toni sagt?«, flüsterte sie. »Es ist wirklich wahr!«

»Was sagt Toni denn?«, fragte Ava.

»Nichts.« Kuni errötete. »Nur, dass du weggehen wirst. Schon sehr bald. Zusammen mit Mathis.« Sie zögerte, ihr Blick ging zu Avas Bauch. »Und dem Kind.«

»Ihr sollt nicht darüber reden«, sagte Ava eindringlich. »Mit niemandem. Am besten nicht einmal untereinander. Was ihr nicht wisst, kann auch keiner aus euch herauspressen. Das hab ich Toni extra eingeschärft.«

»Ich weiß. Auch das hat er mir gesagt. Aber was soll aus uns werden, so ganz ohne dich?«

»Wieso ohne mich? Wir gehen doch alle zusammen, Kuni.«

»Alle zusammen?«

»Alle zusammen. Warum sollten wir uns trennen?«

Kuni sah Ava ungläubig an, ihre Augen glänzten verdächtig.

Ava zog ihre dicke Jacke an und wickelte sich in das Schultertuch. »Aber jetzt muss ich los.«

»Wohin gehst du?«, sagte das Mädchen. »Du hast dein bestes Kleid an. Und die neuen Stiefel.«

»Ich muss noch etwas erledigen«, sagte sie. »Ich hoffe, wir werden bald wieder zurück sein.«

Sie rief nach Toni, der sofort erschien, als hätte er hinter der Tür nur auf dieses Zeichen gewartet.

»Wir gehen?« Auch er trug seine besten Kleider, war frisch gewaschen und sehr blass.

»Wir gehen, Toni. Hab keine Angst. Er kann dir nichts tun. Dafür werde ich sorgen.«

Apollonia Krieger schlug ein Kreuz, als sie die Otterfrau vor der Türe stehen sah, und ein zweites gleich hinterher, als sie Marie neben ihr erblickte. Dann fiel ihr Blick auf den Jungen, der klein und schmächtig zwischen den beiden Frauen stand.

»Wir müssen den Weihbischof sprechen«, sagte Marie. »Es ist eine Angelegenheit auf Leben und Tod.«

»Er wird euch nicht empfangen«, erwiderte sie unfreundlich. »Er mag es nicht, wenn Frauen in sein Haus kommen – und Bettlerkinder schon gar nicht.«

Kampflustig straffte sie die Schultern und schob die Brust nach vorn.

»Er wird uns empfangen«, sagte Ava. »Richte ihm schöne Grüße aus – von Gundel.« Sie hatte ihren Fuß schon in der Tür, bevor Apollonia sie zuschlagen konnte. »Wir warten drinnen. Und jetzt geh ihm Bescheid sagen.«

»Lauf!«, sagte sie zu Toni, sobald die Wirtschafterin verschwunden war. »Du kennst dich hier ja aus.«

Er rannte die Treppe hinauf. Die beiden Frauen hörten, wie eine Tür auf- und wieder zuging.

Mit säuerlichem Ausdruck kehrte Apollonia Krieger zurück.

»Nach oben«, sagte sie. »Zweite Türe rechts. Ihr findet den Weg bestimmt allein.«

»Ist das neben dem Zimmer, in dem Toni wartet?«, flüsterte Ava.

»Ich denke, ja«, antwortete Marie leise. »Jetzt können wir ohnehin nur noch beten.«

Friedrich Förner erhob sich nicht hinter seinem Schreibtisch, als die Frauen das Zimmer betraten.

»Was wollt ihr?« Seine Stimme klang herrisch. »Ihr stehlt nur meine Zeit.«

»Wir sind hier, um Euch einen Handel anzubieten, Monsignore«, sagte Marie. »Das Leben meines Mannes Veit Sternen gegen Euren Ruf.«

»Veit Sternen hat den Teufelspakt gestanden. Er wird brennen. Mehr ist dazu nicht zu sagen.«

»Dann gelangt dieser Brief noch heute in die Hände des Fürstbischofs«, sagte Ava, die Gundels Schreiben bereits in der Hand hatte. »Ihr kennt ihn? Oder soll ich ihn Euch noch einmal vorlesen, damit Eure Erinnerung zurückkehrt?«

»*Ich hab sie Magdalena genannt, denn sie ist ein Kind der Sünde.*« Ihre Stimme war frisch und klar. »*Dein Blut fließt in ihren Adern, und sie trägt dein Mal …*«

»Schweig!«, donnerte Förner.

»Ihr erinnert Euch also«, konstatierte Marie. »Das ist gut, denn es erspart uns Zeit. Das tote kleine Mädchen mit dem Mal war Euer Kind. Ihr seid Lenchens Vater.«

Förner war aufgesprungen.

»Unsinn! Das ist eine ungeheure Verleumdung! Das muss ich mir nicht länger anhören. Dafür gibt es nicht einen Beweis!«

»Wir haben den Brief. Und einen glaubwürdigen Zeugen, der alles beschwören wird. Toni! Komm herüber zu uns.«

Die Tür ging auf, und der Junge kam mit gesenktem Kopf herein.

»Anton!«, rief Förner. »Du? Du lässt dich doch nicht von diesen Weibern missbrauchen!«

Toni schluckte, dann sah er ihn an.

»Ich hab dein Mal gesehen«, sagte er. »Das Mal an deinem Hals. Es ist das gleiche, das auch Lenchen hatte. Jetzt ist sie tot, aber ich habe es gesehen, und die anderen auch!«

»Damit kommt ihr nicht durch!« Förner verdrehte die Augen, bis nur noch das Weiße zu sehen war. »Ein Stück Papier! Ein Bettlerkind! Wer soll euch schon glauben?«

Ava schlug ihr Tuch zurück und zog den Rosenkranz aus ihrem Mieder. Voller Abscheu starrte er zunächst auf ihren Bauch, dann änderte sich sein Ausdruck.

»Woher habt ihr ihn?« Seine Stimme klang auf einmal brüchig. »Von ihm? Aber er ist doch … « Er verstummte.

»Ihr könnt Josef Grün danach fragen«, sagte Marie. »Er hat ihn an Euch gesehen. Wenn Ihr denn unbedingt wollt. Grün weiß über alles Bescheid.«

Es war still im Raum. Tonis magere Brust hob und senkte sich schnell.

»Was wollt ihr dafür?«, sagte Förner.

»Das Leben von Veit Sternen«, erwiderte Marie. »Gegen Euer dunkles Geheimnis. Nicht mehr und nicht weniger. Ihr veranlasst alles Nötige, damit mein Mann in der Weihnachtsnacht fliehen kann.«

»Schon morgen? Das ist unmöglich!«

»Dann sorgt dafür, dass es möglich wird«, beharrte Marie. »Sonst bekommt der Fürstbischof zum Fest eine hübsche Weihnachtsüberraschung.«

»Und das Leben von Agnes Pacher«, fügte Ava zu Maries Überraschung hinzu. »Ihre Kinder brauchen die Mutter.«

»Seid ihr endlich fertig?« Förners Stimme war dunkel vor Verachtung.

»Nein«, sagte Marie. »Denn jetzt werden wir Euch noch genau mitteilen, wie alles abzulaufen hat.«

Kinder fanden die Leiche, ein paar halbwüchsige Jungen, die sich einen Spaß daraus machten, Stöcke und Steine in den gurgelnden Fluss zu werfen. Beim Wehr war sie hängen geblieben; die eiserne Schleuse hatte Adams rechte Gesichtshälfte bis zur Unkenntlichkeit zerfetzt. Die linke dagegen war unversehrt, und als man die Entstellungen mit einer Plane abgedeckt hatte, sah es aus, als schlafe er nur.

Die Nachricht verbreitete sich schnell in Bamberg. Simon erhielt sie durch die Göhlerin, die mit rot geweinten Augen vom Bäcker kam, vor Kummer unfähig, die Habseligkeiten der Familie Sternen zusammenzupacken.

Er ließ alles stehen und liegen und rannte los.

Man hatte den Toten in einen Sarg gebettet und in einer der kleinen Kapellen des Collegiums aufgebahrt. Simon musste sich durchfragen; Josef Grün war es, der ihn schließlich zu Adam führte.

»Er war mein begabtester Schüler«, sagte er, als sie nebeneinander am Sarg standen. »Einer der Besten, die ich je getroffen habe.«

Simon stand da wie versteinert.

»Adam hat sich immer für den schwierigsten Weg entschieden«, fuhr Grün fort. »Das hat ihn ausgezeichnet. Ein Suchender. Ein großer Zweifler. Bis zuletzt.«

»Wie soll ich nur ohne ihn weiterleben?«, brach es aus Simon heraus. »Jetzt, wo ich ihn endlich gefunden hatte?«

Er breitete seine Arme aus und ließ sie schon im nächsten Moment resigniert wieder sinken.

»Die Erinnerung kann uns niemand nehmen.« Der alte Jesuit neigte seinen Kopf. »Behalte die hellen Tage. Und gib die dunklen dem Schicksal zurück.«

»Adam hat mir den Weg gezeigt …«

»Du wirst ihn weitergehen. Mit ihm. Denn wenn wir die Toten nicht vergessen, leben sie weiter in unseren Herzen.«

Zart berührte er Simons Stirn.

»Ich möchte jetzt allein mit ihm sein«, presste Simon hervor. »Noch dieses eine Mal.«

Josef Grün schlug ein Kreuzzeichen.

»Gott segne dich, mein Sohn!«, sagte er.

Zwei Fuhrwerke krochen den Domberg herauf, in Schrittgeschwindigkeit, weil der Boden unter den Pferdehufen spiegelglatt war. Pankraz Haller kutschierte das erste; das zweite wurde von Harlan Pacher gelenkt.

»Wir sind spät«, flüsterte Marie.

»Wir kommen rechtzeitig. Die Christmette beginnt erst in zwei Stunden«, versuchte er sie zu beruhigen. »Bis dahin sind wir längst wieder weg.«

»Und wenn Veit …«

»Er lebt, mein Mädchen. Das ist das Einzige, was jetzt zählt.«

Haller verstummte. Noch ein Wort mehr – und alles würde aus ihm herausbrechen. Die Opfer, die er für diesen Mann bringen musste, den er nicht einmal leiden konnte. Die vielen Taler aus seinem Vermögen, die er für seine Flucht investiert hatte. Die Ungewissheit, wie Förner mit ihm verfahren würde, sobald Veit frei war. Denn er würde Bamberg nicht verlassen. Dies war seine Stadt; hier wollte er leben und sterben – mit Hanna, wenn sie einverstanden war.

Sie stiegen ab, gingen mit klopfenden Herzen bis zur vereinbarten Türe.

»Wo ist eigentlich Simon?«, sagte Marie.

»Ich hab ihn gerade hinüber zum Dom rennen sehen«, erwiderte der Braumeister. »Er wird gleich wieder zurück sein.«

Sie schien ihn gar nicht richtig zu hören.

Er sah sie an. »Soll ich?«

Marie nickte.

Pankraz Haller stieß die Türe auf.

Der Gang, der vor ihnen lag, war lang und feucht. Sickerwasser rann von den Wänden. Es roch scharf nach Exkrementen. Ratten huschten an ihnen vorbei, aufgeschreckt durch das Licht, das sie bei sich hatten.

Marie biss sich auf die Unterlippe, bis sie blutete.

»Ich sehe nirgendwo Wachen«, flüsterte sie.

»Er hat sie abgezogen oder betrunken gemacht. Aber das ist nicht unsere Angelegenheit.«

»Der Weg scheint tatsächlich frei zu sein. Förner hält, was er versprochen hat.«

»Das will ich ihm auch geraten haben«, sagte Pankraz grollend. »Bei den Unsummen, die er dafür verlangt hat.«

Aus der vergitterten Zelle, auf die sie als Erstes trafen, drang dumpfes Stöhnen.

»Das hier ist deine Abteilung«, sagte Haller zu dem Holzhändler, der ihnen schweigend gefolgt war. »Und pass in Zukunft besser auf deine Frau auf, damit sie nicht wieder Unsinn macht!«

Agnes stieß einen Schrei aus, als Harlan zu ihr trat. Sie verdrehte die Augen, einer Ohnmacht nah. Er nahm sie auf die Arme, trug sie nach draußen. Tränen rannen über sein Gesicht. Sie war kaum noch schwerer als seine Tochter Dorle.

Dann waren auch Pankraz und Marie am Ziel. Veit lag auf der schmalen Pritsche, die Hände in zwei unförmigen Verbänden. Als Pankraz die Fackel näher an ihn hielt, verzerrte sich sein Gesicht in Todesangst.

»Ich bin tot«, murmelte er. »Ich muss tot sein, wenn ich euch sehen kann!«

»Das bist du nicht«, sagte Marie. »Du lebst, und wir holen dich jetzt heraus.«

Sie hatten seine Fußfesseln geöffnet, wie vereinbart, aber Veit schien es gar nicht zu bemerken, als die schweren Eisen von ihm abfielen. Das Stehen war eine Tortur für ihn; das Gehen erst recht. Schwer stützte er sich auf ihre Schultern. Sie mussten ihn halb herausschleifen.

Draußen half Simon, ihn auf den Wagen zu laden, wo Selina, in Decken gehüllt, bereits wartete.

»Papa«, sagte sie, als er schwach gegen sie fiel. »Papa!«

Marie trat zu Förner, der sich in einer Nische verborgen gehalten und alles beobachtet hatte.

»Den Brief!«, verlangte er. »Und meinen Rosenkranz. Gib her!«

»Von dem Brief existiert eine Abschrift.« Sie reichte ihm das Verlangte, sorgsam darauf bedacht, ihn nicht zu berühren.

Lieber hätte sie eine Ratte angefasst als ihn. »Nur für den Fall, dass Ihr es Euch anders überlegen solltet und Anstalten macht, uns aufzuhalten.«

»Geh mir aus den Augen!«, sagte er drohend. »Verschwindet endlich – für immer. Wenn einer von euch Sternens jemals wieder diese Stadt betritt, dann …«

»Wir gehen nach Italien«, sagte Marie. »Und dort wird Simon kunstvoll weiterführen, was Ihr seinem Vater auf grausame Weise genommen habt.«

Förner drehte sich um und verschwand wortlos im Dunkel.

»Er wird sich nicht ändern«, sagte Pankraz Haller. »Dieses eine Mal habt ihr ihn aufhalten können. Doch die Wut und der Hass in ihm sind nicht beseitigt.«

»Wir leben«, sagte Marie und blinzelte schräg nach oben zu ihrem Vater. »Auch wenn ich noch nicht weiß, wie ich das künftig ohne dich anstellen soll.«

Der Braumeister schloss seine Tochter in die Arme und hielt sie, bis Selinas raue Stimme dazwischenfuhr.

»Und ich, *nonno*? Hast du mich ganz vergessen?«

Er musste lachen, trotz seiner bleischweren Brust, stieg auf den Wagen und umarmte das Mädchen. Schließlich hielt er sie ein kleines Stück von sich weg, damit sie seine Lippen lesen konnte.

»Ich dich vergessen, Selina? Niemals!«

Als Pankraz wieder unten stand, ließ Simon die Peitsche knallen. Das Fuhrwerk setzte sich langsam in Bewegung.

»Ich kann Reka nirgendwo finden.« Avas Stimme klang traurig. »Er ist nicht im Haus. Und am Fluss habe ich auch schon vergebens nach ihm Ausschau gehalten.«

»Er weiß, dass wir fortgehen«, sagte Mathis. »Reka hat es längst gespürt. Deshalb ist er verschwunden. Das ist Otterart, sich so von dir zu verabschieden. Komm jetzt, Ava. Es wird Zeit.«

Sie nickte. Dachte an Reka, ihren treuen Gefährten. Dann schoben sich wieder die Gedanken an Veit und Marie davor. Wenn alles nach Plan verlaufen war, mussten sie mit ihrem Pferdewagen schon ein ganzes Stück in Richtung Nürnberg gekommen sein, und wenn sie Nürnberg erst einmal erreicht hatten, waren sie in Sicherheit. Die Stadt lieferte keinen aus.

Gedanken, die sie froh machten. Veit lebte. Und Marie würde dafür sorgen, dass es ihm gut ging. Sie hatte kein weiteres Wort über das Kind in ihrem Bauch verloren. Jetzt, wo sie gemeinsam gegen Förner gekämpft hatten – und hoffentlich auch gesiegt.

»Ich hab ihn gestern mit einem Weibchen gesehen«, sagte Toni. »Ganz nah am Ufer. Sie war ein bisschen kleiner als er. Und hatte helleres Fell. Die beiden sahen ganz fröhlich aus, so zusammen.«

Kuni warf ihm einen strengen Blick zu. »Wieder nur eine deiner Geschichten, Toni?«

»Du weißt doch, dass er nicht lügt, Kuni«, sagte Lenz. »Toni sagt immer die Wahrheit!«

Kaspar schob kichernd den Weidenkorb auf seinen schmalen Schultern zurecht und stellte sich neben Kuni.

»Fertig?«, fragte Mathis.

Mit einem letzten Blick umfasste Ava die Stube, die auf einmal leer und fremd wirkte. Dann ging sie als Erste hinaus. Nach ein paar Schritten blieb sie stehen, zog ihr Messer heraus.

»Du willst dich noch vom Holler verabschieden?«, sagte Mathis. »Ich pflanz dir einen neuen, Ava! Wo immer wir ansässig werden.«

Sie schnitt ein paar Zweige ab. Steckte sie in ihren Korb, sodass sie ein Stück herausragten und feucht bleiben konnten.

»Wir nehmen die Geister der Ahnen mit«, sagte sie. »Jetzt, wo wir wieder nach Hause gehen.«

Kurz darauf war es Mathis, der stehen blieb.
»Und der Fluss?«, sagte er. »Kein Abschied von ihm?«
»Nein«, sagte Ava. »Wir werden einen anderen finden. Die Quelle ist in jedem von uns.«

Nach dem letzten »Amen« wurde es ganz ruhig im Dom. Kein Hüsteln mehr, nicht mal mehr ein Flüstern. Das große steinerne Kirchenschiff erstrahlte im Licht der unzähligen Kerzen.

Fuchs von Dornheim hob gerade den Arm, um den Weihnachtssegen zu erteilen, als eine klare Kinderstimme die weihevolle Stille durchschnitt.

»Sieh nur, Mama, der Engel!«

Alle Köpfe flogen zu ihm herum.

Ein kleiner Blondschopf war aus der Kirchenbank gelaufen und stand nun vor Simons Krippe, auf Augenhöhe mit den schlichten, schönen Holzfiguren.

»Der Engel, auf dem Berg. Über der Krippe. Er ist weggeflogen!«, rief er. »Der Engel ist nicht mehr da.«

Historisches Nachwort

Die Krise des 17. Jahrhunderts oder: »Die Welt ist aus den Fugen«

Das 17. Jahrhundert wurde bereits von Zeitgenossen als »martialisches Säkulum« bezeichnet, vor allem wohl wegen der zahlreichen Kriege, die die betroffenen Menschen als apokalyptische Leidenszeit erlebt haben dürften – in Deutschland vor allem der Dreißigjährige Krieg. Dabei hat diese Fixierung in der historischen Forschung lange den Blick dafür verstellt, dass die gesamte Zeit von etwa 1560 bis 1720 eine Epoche voller Spannungen und Erschütterungen war. Zum Krieg kamen politische und soziale Umwälzungen sowie klimatische Veränderungen, die ab dem späten 16. Jahrhundert immer wieder zu Missernten, Hungersnöten und in Folge davon zu einem horrenden Preisanstieg führten, der viele alles Hab und Gut kostete. Manche sahen in den Missernten eine Strafe Gottes und forderten Reue und Buße; andere waren davon überzeugt, Hexen seien die Schuldigen, woraus sie die Schlussfolgerung zogen, es gelte, diese Agenten des Teufels zu fangen und zu vernichten.

Dabei begegnen sich auf merkwürdige Weise objektive und subjektive Faktoren und verbinden sich teilweise zu einem unentwirrbaren Knäuel: Die Gletscher, die im 17. Jahrhundert nachweislich bis in die Täler wuchsen, die geringeren Ernteerträge und die höheren Steuern, die gestiegene Mortalität aufgrund von Seuchen und Kriegen – das ist die eine Seite. Kometenfurcht und Endzeitspekulationen, die Nachfrage nach erbaulicher Literatur, Fantasien über Hexen und Dämonen als Vertreter des Bösen – das ist die andere. Erfahrung und

Imagination stoßen dabei aufeinander, Anschauung und Obsession, Lebenspraxis und Orientierungswunsch. Kluge Lebensbewältigung und religiöser Eskapismus lagen damals eng nebeneinander, ebenso wie verstehende Einsicht und ausweichende Kompensation. Daher finden sich in meinem Roman aktive »magische« Praktiken, die sozusagen als Traditionen »hinter vorgehaltener Hand« weiter gelebt wurden. Es war ein magisches Jahrhundert, das unter anderem der Astrologie einen immensen Stellenwert einräumte.

Was wir im 17. Jahrhundert vielerorts vorfinden, ist ein erstaunlich großes Maß an Gewalttätigkeit im Alltag, an gewaltbereitem Verhalten und grober Sprache. Dazu kommt eine bemerkenswerte Bereitschaft, sich für außergewöhnliche Ereignisse zu interessieren und über diese Dinge zu spekulieren. Diese beiden Phänomene werden unterstützt durch die oben bereits erwähnten existenziellen Sorgen. Alles zusammen produziert eine außerordentlich gereizte Stimmung, eine labile Atmosphäre, die schnell zu Ausbrüchen führen kann.

Im Mai 1626 zerstört ein Frosteinbruch in Bamberg beinahe die gesamte Ernte. Die Menschen suchen nach Schuldigen für diese Naturkatastrophe – und finden die Hexen oder »Druten«, wie sie im Fränkischen hießen, als geeignete Projektionsfläche für ihre Ängste und Nöte. Sie bitten die Obrigkeit sogar, gegen diese Scheusale vorzugehen. Hexenbrenner Friedrich Förner, Weihbischof zu Bamberg, wird nach einer Zwangspause von acht Jahren, in der ihm der Geldhahn für die kostspieligen Hexenprozesse »von oben« zugedreht worden war, wieder aktiv.

Hexenwahn
oder: »Gott ist tot, und der Teufel ist jetzt der Meister ...«

In diesem Klima kollektiver Ängste sind die Hexenverfolgungen der frühen Neuzeit ein bis heute bestürzendes Kapitel der europäischen Geschichte. Wenn aktuelle Forschungen auch mit früher vermuteten Zahlen von über neun Millionen Hexen, die allein in Deutschland (!) verbrannt worden sein sollen, längst aufgeräumt haben, so kann man immerhin davon ausgehen, dass 25.000 Menschen (von circa 60.000 gesamteuropäischen) im Heiligen Römischen Reich Deutscher Nation auf Scheiterhaufen verbrannt wurden.

Der Begriff »Hexe« lässt sich erst ab 1419 in deutschsprachigen Gerichtstexten nachweisen. Glaubte man davor noch an einzelne Zauberinnen und Zauberer, die Schadens-, aber auch Heilzauber vollbringen konnten, so entwickelt sich ab der Mitte des 15. Jahrhunderts ein ganz neuartiges Bedrohungsszenarium von einer im Geheimen agierenden, Schaden stiftenden Hexensekte. Beeinflusst von Geständnissen, die man den Mitgliedern der religiösen Sekten der Katharer (siehe dazu auch meinen Roman: »Straße der Sterne«) oder der Waldenser (siehe dazu auch meinen Roman: »Die sieben Monde des Jakobus«) erpresst hatte, entwickelten sich neue Vorstellungen von Teufelsanbetungen, nächtlichen orgiastischen Zusammenkünften, einem Hexensabbat, Huldigungsritualen an den bösen Geist und Kindesopfern.

Eine wichtige Rolle spielte dabei das Basler Konzil (1431–1437), das diesen Vorstellungen viel Platz einräumte. Überdies verlieh das neue Medium des Buchdrucks dem Glauben an die geheime Hexensekte, deren Adepten die christliche Gemeinschaft verlassen, Gott abgeschworen und einen durch Geschlechtsverkehr mit dem Teufel besiegelten Pakt geschlossen hatten, zusätzlichen Auftrieb. Durch Predigten, Flugschriften und Einblattdrucke erlebten Hexendarstellungen ab 1500 erstmals einen regelrechten Boom. Das intensive Suchen und Befragen »erschuf« die Hexen gleichsam aus dem Nichts. Eine fatale und über Jahrhunderte reichende Rolle spielte dabei der so genannte »Hexenhammer« von 1486, der, verfasst von einem Dominikaner, in unzähligen Auflagen in Klosterbibliotheken, Gerichte und Amtsstuben wandern sollte.

Die Konfession der Gerichtsherren spielte für die latente Bereitschaft, Hexenprozesse zu führen bzw. zuzulassen, offenbar nur eine untergeordnete Rolle. Entscheidend scheint viel eher die herrschaftliche und gerichtsrechtliche Zersplitterung eines Gebietes gewesen zu sein. Kleinere und mittlere geistliche und weltliche Sprengel stehen deshalb an der Spitze, während Flächenstaaten, in denen die lokalen Gerichte eingebunden waren in einen von gelehrten Juristen kontrollierten Instanzenweg, weit weniger Hexenjagden erlebten.

Ohne Zweifel sind der europäischen Hexenverfolgung mehrheitlich Frauen zum Opfer gefallen, wenngleich man konstatieren muss, dass jede vierte »Hexe« ein Mann war und ein erstaunlicher Prozentsatz aller Verurteilten unter zwanzig Jahre war. Beim Verdacht dieses schwersten aller Verbrechen war der Rechtsschutz der »Carolina«, des Strafrechts von 1532, das sonst Kinder bis zum 14. Lebensjahr als strafunmündig erklärte, außer Kraft gesetzt. Selbst dreijährige Kinder konnten als Hexe angeschwärzt, angeklagt, verurteilt und getötet werden.

Formal bediente man sich dabei des Inquisitionsprozesses, wenngleich mehr und mehr die weltliche Gerichtsbarkeit das Verfahren durchführte. Aber die Berufung auf diese Prozessart hieß: keine Verteidigung, Anklage aufgrund von (nicht genannter) Denunziation, Anwendung der Folter. In den meisten Fällen stand das Urteil bereits mit der Anklage fest. Perfiderweise musste der »Delinquent« bzw. seine Erben die Verursacher seiner Pein auch noch bezahlen: Verpflegung für die Hexenkommissare und den Scharfrichter, der zudem jede einzelne Folteranwendung abrechnen konnte, sowie die Holzkosten für die Verbrennung (!). Natürlich wurde das Vermögen eingezogen (falls vorhanden) und der weltlichen bzw. geistlichen Obrigkeit zugeschlagen.

Der »Brenner« von Bamberg
oder: »Was hast du zu hoffen gewagt, Unselige …«

Mit der Missernte des Jahres 1626 begann in Bayern und Franken eine bis 1630 andauernde Dauerkrise. In jener Zeit lagen die Getreidepreise mehr als hundert Prozent höher als in Normaljahren. Extreme Hungersnot war die Folge. Die Pest wütete wie selten zuvor; die Bevölkerungszahl sank stellenweise auf die Hälfte ab. In diesen Krisenjahren erreichten die Hexenverfolgungen in Deutschland ihren Höhepunkt.

In Bamberg kann der Weihbischof Friedrich Förner (1568–1630) als Spiritus Rector der Hexenjustiz gelten. Eingeleitet mit dem »Mandat gegen Zauberer« von 1610, wurden bereits 1616/17 in Bamberg an die dreihundert Menschen verbrannt. Die zweite, noch gewaltigere Welle von Hexenverbrennungen folgte von 1626–1630. Sechshundert Menschen fielen ihr zum Opfer, interessanterweise zu Beginn fast zwei Drittel der Ratsherren, bis schließlich der Kaiser selber 1630 das Ende herbeiführte.

In diesem Klima ist mein Roman »Die Hüterin der Quelle« angesiedelt, der im Jahr 1626 spielt, also dem Jahr, in dem die zweite große Hexenprozesswelle beginnt. Ich habe mich bewusst dagegen entschieden, eines der historischen Hexenschicksale nachzuerzählen – aus verschiedenen Gründen.

Zum einen hat Britta Gehm mit ihrer Dissertation »Die Hexenverfolgung im Hochstift Bamberg« (2000) eine gewissenhafte Dokumentation vorgelegt, die leicht lesbar und verständlich ist. Zum anderen scheitern meines Erachtens die meisten Romane mit dem Thema »Hexe« an vorgegebenen Klischees. Dazu kommt, dass die tatsächliche Folter- und Hinrichtungspraxis so grausam war, dass an einer literarischen Ausschmückung allenfalls Sadisten Freude finden können.

Mich hat an diesem Thema interessiert, wie sich die Stimmung in einer Stadt dreht, wie bislang selbstverständlich Geduldetes plötzlich auf Ablehnung stößt, wie Toleranz von Hass, Argwohn und Feindseligkeit abgelöst wird.

Mein Stoff ist *fiktiv*, wenngleich alles gründlich historisch recherchiert ist. Dazu gehört vor allem die Vorrangposition Bambergs im Krippenkunstwerk, das durch die Jesuiten vor Ort entscheidend gefördert wurde. In der Person des Schnitzers Veit Sternen, der lange in Neapel gelebt hat (Ausgangspunkt der Krippenkunst im 17. Jahrhundert), konzentriert sich diese Kunstrichtung.

Keine Regel ohne Ausnahmen: Weihbischof Förner und Fürstbischof Fuchs von Dornheim, der ihn in seinen grausamen Aktivitäten unterstützte und anfeuerte, sind historische Personen. Allerdings habe ich mich hier nur zum Teil an historisch verifizierte Fakten gehalten. Der Konflikt zwischen Förner und Fuchs von Dornheim entspringt meiner Fantasie, um die Beziehung zwischen den beiden spannungsreicher zu gestalten.

Ebenfalls in Bamberg gelebt hat der Malefizkommissar Dr. Ernst Vasoldt; seine Grausamkeit ist ebenso belegt wie seine Trunksucht. Es ist tatsächlich einmal passiert, dass ihm bei einem seiner Saufgelage ein Zettel mit potenziellen Verdächtigen aus der Tasche fiel, der dann in der Stadt die Runde machte.

Die Gestalt des kleinen Lenchens und ihr Schicksal sind ebenfalls »erfunden«. Es hat mich gereizt, Weihbischof Förner mit einer Sünde aus seiner Vergangenheit zu konfrontieren, die ihn in arge Bedrängnis bringt. In meinem Roman gelingt es der List und Klugheit der Frauen, Veit zu retten. In Wahrheit hat Förner 1628 mit den schrecklichen Verbrennungen in Bamberg erst richtig begonnen.

Eine »halb historische« Figur in meinem Roman ist Kanzler Kilian Haag. Die Figur, die wirklich gelebt hat, war Dr. Georg Haan, ebenfalls Kanzler, einer der reichsten Männer der Stadt und Erzfeind Förners, der 1628 als »Hexer« verurteilt und hingerichtet wurde. Ich habe mich für diesen Zwischenweg entschieden, um etwas freier mit der Gestalt umgehen zu können. Das reale – und sehr tragische – Schicksal Haans ist ebenfalls detailliert in der bereits erwähnten Dissertation von Britta Gehm nachzulesen.

Und noch eine historische Anleihe an eines der berührendsten Zeugnisse menschlichen Leids: Der Brief, den ich Veit Sternen aus dem Loch schmuggeln lasse, enthält einige Passagen aus dem Brief, den Johannes Junius, Bürgermeister von Bamberg, am 24.7.1628 an seine Tochter verfasst hat; offenbar hat er die Empfängerin nie erreicht. Aus heutiger Sicht ist es ein Glücksfall, dass dieses Dokument zu den Akten gelangt ist, handelt es sich doch um eines der wenigen Zeugnisse, die das Hexenverfahren unmittelbar aus der Sicht des Opfers darstellen.

Der Rest des Ensembles ist erfunden. Die Mühle, in der die Kinder eine Zeit unterkommen, hat es zwischen der Oberen und der Unteren Brücke gegeben; den Namen »Hechtmühle« habe ich mir ausgedacht.

Ich wollte keine Geschichte der Verurteilung erzählen, keine der Qual, sondern eine des Entkommens. Vor dem Hintergrund der entsetzlichen Hexenbrände, in die die Personen beinahe hineingezogen werden, weil sie zu feige sind, Lebenslügen aufzugeben, müssen sie lernen, sich der Wahrheit zu stellen, ohne das Wichtigste zu vergessen: die Liebe.

Literaturempfehlungen

Die Liste anzuführender Bücher wäre endlos. Besonders zu empfehlen sind alle Werke des Historikers Prof. Dr. Wolfgang Behringer, der sich als einer der Ersten in Deutschland mit der systematischen Aufarbeitung der Hexenverfolgung in Deutschland und Europa beschäftigt hat – alle äußerst lesenswert! Daher möchte ich mich hier auf einzelne, ausgewählte Beispiele beschränken.

Rosmarie Beier-de-Haan u. a. (Hg.): Hexenwahn. Ängste der Neuzeit. Begleitband zur gleichnamigen Ausstellung des Deutschen Historischen Museums, Berlin 2002

Gabriele Becker, Silvia Bovenschen u. a. (Hg.): Aus der Zeit der Verzweiflung. Zur Genese und Aktualität des Hexenbildes, Frankfurt am Main 1977

Wolfgang Behringer: Hexenverfolgung in Bayern. Volksmagie, Glaubenseifer und Staatsraison in der frühen Neuzeit, München 1988 (und alle anderen Werke aus seiner Feder!)

Gerhard Bogner: Das große Krippenlexikon. Lindenberg 2003

Richard von Dülmen (Hg.): Hexenwelten. Magie und Imagination. Frankfurt am Main 1987

Christian Fiedler: Bamberg. Die wahre Hauptstadt des Bieres. Bamberg 2004

Urs-Beat Frei u. Freddy Bühler: Der Rosenkranz. Andacht, Geschichte, Kunst. Bern 2003

Eva Labouvie: Zauberei und Hexenwerk. Ländlicher Hexenglaube in der frühen Neuzeit. Frankfurt am Main 1991

Hannelore Putz: Die Domus Gregoriana zu München. Erziehung und Ausbildung im Umkreis des Jesuitenkollegs St. Michael bis 1773. München 2003

Karl Schnapp: Stadtgemeinde und Kirchengemeinde in Bamberg. Vom Spätmittelalter bis zum kirchlichen Absolutismus. Bamberg 1999

Hartwig Weber: Hexenprozesse gegen Kinder. Frankfurt am Main und Leipzig 1991

Dank

Ein großes Dankeschön geht an den Diplom-Braumeister Matthias Trum, Bräu vom Schlenkerla in der sechsten Generation (Brauerei Heller) in Bamberg, die noch heute das traditionsreiche Rauchbier braut und im weltberühmten Brauhaus *Schlenkerla* in der Dominikanerstraße 6 zu Bamberg (seit 1678 in Familienbesitz) ausschenkt. Nicht nur seine Diplomarbeit »Historische Darstellungen, Zunftzeichen und Symbole des Brauer- und Mälzerhandwerks«, sondern vor allem seine kenntnisreiche, kreative Freundlichkeit, mit der er mir alle Fragen zur Kunst des historischen Brauens geduldig beantwortet hat, haben meine Recherchen unterstützt und erleichtert. Als kleine Honorierung trägt der Braumeister Pankraz in meinem Roman den Namen eines seiner Vorfahren; das Gasthaus *Unter den Störchen*, das Pankraz Haller im 17. Jahrhundert im Roman führt, können Sie sich in etwa so vorstellen, wie das *Schlenkerla* (erstmals 1405 urkundlich erwähnt als *Blauer Löwe*) noch heute aussieht.

Weitere Infos unter:
http: //www.schlenkerla.de/biergeschichte/brauerstern/

Herzlichen Dank an den Münchner Holzbildhauermeister Georg Wilczek, mein Spezialist und Berater in Sachen Holzbearbeitung und Krippenschnitzen, dem ich auch die aufschlussreiche Begegnung mit dem Fasser und Vergolder Herrn Hornsteiner, ebenfalls München, verdanke.

Infos und Kontakt unter: www.der-holzbildhauer.de

Ich bedanke mich herzlich bei Dr. Robert Zink, dem Leiter des Stadtarchivs Bamberg, und seinen liebenswürdigen Mitarbeitern für die Bereitstellung von Materialien und die zahlreichen Anregungen, vor allem zu den interessanten Bereichen barocke Schifffahrt und Fischerzunft im 17. Jahrhundert.

Der Kunsthistorikerin Karin Labrens-Möckl, M.A., Bamberg, danke ich für unvergessliche Flussführungen, in denen ich viel über die Regnitz als Lebensader Bambergs damals und heute gelernt habe. Als Erlebnis für alle Bamberg-Touristen wärmstens zu empfehlen!

Infos unter: KarinLabrens@aol.com

Für zahlreiche Informationen und eine private Führung in der außergewöhnlichen Krippensammlung des Bayerischen Nationalmuseums, München, sei dem Theologen Dr. Marc Achilles herzlich gedankt. Er leitet das Münchner Bildungswerk.

Mein besonderer Dank geht an den Historiker Michael Behrendt, M.A., der mich als rechte Hand auch bei diesem Projekt kreativ und unverdrossen bei Literaturbeschaffung und vielem anderen unterstützt hat. Ebenfalls bedanken möchte ich mich bei der Historikerin Dr. Hannelore Putz, Universität München, für inspirative Gespräche, »Jesuitenaustausch« und die exakte Datierung barocker Kirchenlieder!

Herzlichen Dank an Dr. Oliver Peschel, Institut für Gerichtsmedizin der Universität München, für seine ebenso freundlichen wie präzisen Auskünfte.

Bei dem Diplombiologen Michael Bögle, TU München, bedanke ich mich für seine Informationen zum Thema Holunder.

Dem Tarot- und Astrologieexperten sowie Autor zahlreicher Bücher zu diesen Themenbereichen, Hajo Banzhaf, danke ich für den »Stern von Bethlehem« und andere kosmische Inspirationen.

Mein Dank geht an Dana Baur; sie hat die entsprechenden Passagen im Roman für mich in ihre Muttersprache Tschechisch übertragen.

Und natürlich vor allem an Sabine – für kreative Nachmittage, konstruktive Kritik und liebevolle Unterstützung!